Regine K

Oma zeigt Flagge

Oma geht campen

Die Autorin

Regine Kölpin hat zahlreiche Romane und Kurztexte publiziert, gibt Anthologien heraus und leitet als Dozentin Schreibseminare für alle Altersklassen. Unter Regine Fiedler schreibt sie für Kinder. Die Autorin wurde mehrfach ausgezeichnet. Ihre Lesungen gestaltet sie u.a. mit musikalischem Beiprogramm des Gitarrenduos »Rostfrei«, wo Regine Kölpin als Backgroundsängerin zu hören ist. Sie wurde 1964 in Oberhausen (NRW) geboren und ist verheiratet mit dem Musiker Frank Kölpin. Sie haben fünf Kinder und mehrere Enkel und leben ihr Großfamiliendasein in einem historischen Dorf an der Nordseeküste Frieslands.
Mehr unter: www.regine-koelpin.de

Regine Kölpin

Oma zeigt Flagge

Oma geht campen

2 Romane in 1 Band

Weltbild

Besuchen Sie uns im Internet:
www.weltbild.de

Genehmigte Lizenzausgabe für Weltbild GmbH & Co. KG,
Werner-von-Siemens-Straße 1, 86159 Augsburg
Oma zeigt Flagge

Ein Imprint der Verlagsgruppe Droemer Knaur GmbH & Co. KG, München
Oma geht campen

Ein Imprint der Verlagsgruppe Droemer Knaur GmbH & Co. KG, München
Umschlaggestaltung: Atelier Seidel – Verlagsgrafik, Teising
Umschlagmotiv: Oliver Wetter / Ars Fantasio / www.fantasio.info
Satz: Datagroup int. SRL, Timisoara
Druck und Bindung: GGP Media GmbH, Pößneck
Printed in the EU
ISBN 978-3-95973-898-9

2021 2020 2019 2018
Die letzte Jahreszahl gibt die aktuelle Lizenzausgabe an.

Regine Kölpin

Oma zeigt Flagge

Roman

Weltbild

Blersum im Sommer

Die Sonne scheint über der ostfriesischen Landschaft, Mähdrescher klopfen ihren Rhythmus, die Luft duftet nach frisch geschnittenem Gras. Möwen ziehen kreischend ihre Kreise, über der Wiese rüttelt ein Falke.

Die meisten Rentner beschäftigen sich während dieser Jahreszeit mit ihrem Garten, fahren mit dem Rad oder frönen ihrer Angelleidenschaft. Im ostfriesischen Blersum aber lebt ein Pensionär, der liebt nicht nur das, er liebt auch Enten. Lebendige Enten, mit Schnäbeln, Watschelfüßen und Federn. Nur mag er nicht die gemeinen Vögel, die landläufig vor allem zur Weihnachtszeit im Ofen gebraten, mit Thymian gewürzt und krosser Haut, serviert werden, sondern die mit den langen Hälsen. Indische Laufenten oder auch Flaschenenten genannt. Die Exemplare dieses Pensionärs würden mitnichten auf dem Teller landen, behandelt er sie doch wie wahre Persönlichkeiten. Sie haben Namen, jede ein eigenes Stallzimmer, einen kleinen ovalen Teich und natürlich auch einen beheizten Entenswimmingpool für besondere Anlässe.

Der Pensionär füttert wie jeden Morgen seine Laufenten, reinigt den Stall und stellt ihnen heute als besonderes Highlight einen neuen Futternapf (verchromt, dreißig Zentimeter Durchmesser, rostfrei) hin. Dazu streut er eine besondere Sorte Stroh (Marschboden, Seelage, schnell getrocknet, guter Jahrgang) ein. Vor lauter Dankbarkeit verspeist der Erpel zwei besonders dicke Nacktschnecken und rettet auf diese Weise mindestens einem Salatkopf das Leben. Eine honore Leistung. Seine Weibchen sind trotz der Bonusgaben nicht willig, zusätzliche Schnecken zu vertilgen, und besonders die weiße mit dem gelben Schnabel treibt sich neugierig an den Büschen herum. Plötzlich taucht die Ente den Kopf unters Gebüsch und verschwindet in Richtung Straße.

Der Pensionär hört das Unheil mehr, als dass er es sieht. Normalerweise durchqueren diese Straße mit Sackgassenlage am Tag etwa vier Fahrzeuge und das Ganze mal zwei. Einmal auf dem Hin- und einmal auf dem Rückweg. Manchmal gesellen sich während der Saison ein paar verirrte Touristen hinzu, die gleich wieder wenden, nachdem sie ihren Irrtum eingesehen haben. Hier geht es nicht weiter, hier ist nichts los. Hier kann man nur umdrehen oder sterben, wenn man Ersteres nicht tut und deswegen verhungert.

Es sei denn, man hat hier ein Häuschen wie der Pensionär und seine Nachbarn. Was es aber nie gibt, sind Motorräder. Das Auftauchen dieser Spezies ist in der Sackgasse in dem kleinen ostfriesischen Dorf so wahrscheinlich wie das Auftauchen einer fliegenden Untertasse. Und doch hört sich das Jaulen, das der Pensionär vernimmt, genau so an wie diese Höllenmaschinen auf zwei Rädern.

Er hechtet seiner Entendame durch die Hecke hinterher, zerreißt sein linkes Hosenbein, aber er spürt den Kratzer am Oberschenkel nicht, sieht er doch nur den roten Helm, hört die durchdrehenden Räder und ein kurzes lautstarkes Schnattern, was seiner Ente spontan die füllige Form nimmt.

Nun hätte sie problemlos durch den Schlitz unterhalb der Haustür gepasst. Der Pensionär trägt das Tier zurück in den behüteten Garten und schaufelt dort ein kleines Grab. Mit seiner Trauer ist er allein, der Erpel schert sich nicht um das Ableben seines einen Eheweibes und begattet derweil die übrig gebliebene Entendame.

In dem Augenblick, als die letzte Schaufel Erde die weiße Ente bedeckt, weiß der Pensionär, dass er etwas in seinem Leben ändern muss. Das tragische Ableben seiner weißen Lieblingslaufente ist ein Zeichen, ein Wendepunkt in seinem Leben. Er würde es tun. Er würde endlich das zurechtrücken, was er vor dreißig Jahren verbockt hat.

1

Noch vierzehn Tage

Wenn dein Haus in Flammen steht,
dann wärme dich daran.
(Aus Spanien)

Das Telefon schrillte. Jette griff nach dem Hörer und blickte aus dem Küchenfenster auf die Straße. »Blümerant«, meldete sie sich und beobachtete Pablo, der mit seinem weiß gestrichenen Hollandrad gemächlich über die Hauptstraße in Richtung Kaapdüne radelte. Er sah allen jungen Frauen nach und rammte dabei fast eine Kutsche. Pablo bemerkte es rechtzeitig, stoppte und fiel beinahe einer blonden Strandschönheit mit langen Beinen und überdimensionaler Oberweite vor die Füße, die sein Missgeschick mit einem Lächeln quittierte und ihn, ohne zu zögern, ins nächste Café abschleppte. Jette ignorierte das leichte Magengrummeln. Pablo war eben Pablo, sie wollte sich über ihn jetzt nicht den Kopf zerbrechen.

»Also ist es abgemacht?«, schnappte Jette die letzten Worte aus dem Telefonhörer auf.

»Was? Hallo?«, hakte sie nach. Pablo hatte sie so stark abgelenkt, dass sie gar nicht realisiert hatte, mit wem sie eigentlich sprach.

»Ich bin es, Kea, deine Tochter. Falls du auf deiner Nordseeinsel vergessen haben solltest, dass es mich und die Kinder noch gibt!«

»Ach, Kea, du bist es! Entschuldige bitte, ich war gerade unkonzentriert.«

»Wir kommen dann morgen mit der zweiten Fähre nach Langeoog! Schön, oder?«, flötete Kea.

Dieser Ton machte Jette hellhörig. Schon von Kindesbeinen an bedeutete das stets: Ich will etwas von dir. Weil Jette nicht sofort antwortete, ging das Flöten abrupt in eine Art Fauchen über. »Mama! Hörst du mir überhaupt zu? Ich habe dir eben unseren Besuch angekündigt!«

»Ja, ihr wollt kommen«, wiederholte Jette stupide und strich sich mit der Hand durchs wirre Haar. Zum Kämmen war sie heute noch nicht gekommen, so, wie sie zu so manchen Dingen noch nicht gekommen war, die sie für einen respektablen Start in den Tag brauchte.

»Mama, ich glaube, du wirst alt. Na ja, immerhin steht dein Sechzigster an! Also jetzt ganz langsam, damit du wirklich jedes Wort mitbekommst: Ich bin morgen um kurz nach zehn mit den drei Kids auf Langeoog. Wir müssen über deinen Geburtstag sprechen! Man nullt ja nicht ständig, und wer weiß, wie oft du das noch feiern kannst! Bis morgen dann.« Klack, aufgelegt.

Das war typisch Kea, feinfühlig wie ein Schaufelbagger. Jette fühlte sich überrollt. Es war ja nicht so, dass sie sich nicht freute, wenn Kea mit ihren Kindern kam. Nur war es Jette entschieden lieber, wenn sie zumindest gefragt wurde, ob es ihr überhaupt passte. Kea meldete sich verdammt selten. Jette schmerzte das, nur war sie dennoch der Ansicht, man könne Termine auch absprechen und müsse sie nicht gleich so überfallen. Sie hatte schon lange ein Leben jenseits ihrer Familie. Nun aber war Keas Erscheinen nicht mehr zu verschieben. Sie wollte also über Jettes sechzigsten Geburtstag sprechen.

»Ich muss mir bis dahin überlegen, wie ich sie stoppen kann! Ich will diesen Tag auf keinen Fall feiern! Nicht dass sie plant, sämtliche Nachbarn, ja alle Insulaner mit Rang und Namen einzuladen. Womöglich den Bürgermeister! Den Shantychor *de Flinthörners* und *de Likedeeler*. Den Gospelchor, den Judoverein …« Kea war es zuzutrauen, den jährlichen *Bunten Inselabend* mit allen Akteuren in Jettes Haus zu verlegen. Vielleicht aber reichte ihr die musikalische Inselprominenz nicht und sie plante noch Größeres. Jettes Terrasse zu einer Weltbühne umzufunktionieren zum Beispiel. Helene Fischer einzuladen, Abba wieder zusammenzubringen und bei ihrem Geburtstag »The Winner Takes It All« singen zu lassen. Oder gar Robbie Williams' Hüftschwung nach Langeoog zu katapultieren. Kea war nie etwas gut genug, und solche Events zu organisieren vermittelte ihrer Tochter ein Gefühl von *Kümmern*. Egal, ob ihre Mutter, die sie offenbar für senil hielt, bekümmert werden wollte oder nicht. »Halbe Sachen mache ich nicht, Mutter. Das habe ich von dir gelernt. Wie sonst hättest du uns drei Kinder gegen den Rest der Welt aufziehen können?« Keas ewiger Spruch. Zu schlecht konnten ihre Kinder es in der Tat nicht gehabt haben, denn auch Kea war mit Anfang zwanzig bereits begeisterte Mutter geworden, genau wie Jette.

In Gedanken spürte sie bereits den Geburtstagsschampus auf sich niederregnen. Sie hörte wichtige Worte von ihr fremden Menschen und sah ein unendliches Blumenmeer, in der Fülle nur mit dem einer Beerdigung vergleichbar. Da konnten alle schon mal üben. Gut einstudiert und erprobt würde auch ihre Beisetzung *das* Event der Insel werden, bei dem Kea als vorbildliche Tochter glänzen konnte.

Schwarze Kutsche, schwarzes Pferd, betretene Gesichter, die sich mit gesenktem Kopf als Trauerzug in Richtung Dünenfriedhof bewegten. Ganz sicher plante Kea ein Grab neben dem von Lale Andersen für sie. Etwas anderes wäre nicht stimmig für solch ein Inselevent! Notfalls würde sie den Gruftnachbarn exhumieren und dessen Grabstelle mit Jettes Leichnam füllen. Die Kaffeetafel hätte immense Ausmaße, stilecht erklängen die getragenen *Likedeeler* Gesänge, in Abwechslung mit dem Gospelchor. Ähnlich wie auf Jettes geplantem sechzigsten Geburtstag. Es war ja nicht so, dass Jette die Musik der Gruppen ablehnte, im Gegenteil. Nur wollte sie keine Menschenansammlungen um sich. Weder tot noch lebendig.

»Sie ist deine Tochter!«, maßregelte sie sich selbst. »Sie meint es gut. Und sie ist das einzige Kind, das es nicht in die große weite Welt verschlagen, sondern sich tapfer in der norddeutschen Provinz gehalten hat.« Aber ihre Tochter Kea war wie sie und an Organisationstalent nebst Kontrollwahn unübertroffen. Nun, vor der Beerdigung galt es zunächst, den Sechzigsten mit Anstand zu meistern. »Ich glaube, ich brauche eine Dusche!«

Jette huschte ins Bad und prustete laut, als die Tropfen auf ihrer Haut abperlten. Dann drehte sie den Regler auf kalt. Das regte Geist und Sinne an. Genau wie ihre tägliche Tasse Grüntee. Stoffwechsel angekurbelt, Verdauung gefördert, sämtliche sich anbahnenden Krankheiten im Keim erstickt. Und so wollte sie die nächsten Jahre weiter gut und in Ruhe überstehen. Ohne Weltbühne, Robbie Williams, Abba-Revival und die gute Helene.

Jette hatte die Weichen mit der Flucht nach Langeoog rechtzeitig gestellt. Weg vom Festlandmief in die Freiheit der ostfriesischen Insel. Sie genoss jeden Tag, jede Stunde ihrer Unabhängigkeit, die sie sich hart erkämpft hatte. Denn obwohl ihre Kinder lange ein eigenes selbstbestimmtes Dasein führten, fanden sie es reichlich schräg, ausgerechnet auf Langeoog abzutauchen. »Kauf dir doch eine Finca auf Malle, dann hast du es immer warm«, war Knuts Vorschlag gewesen. Ihr Sohn weilte im Augenblick zwischen den Papuas auf Neuguinea. Kathrin hingegen badete mit den Leguanen auf den Galapagosinseln oder streichelte Schildkrötenpanzer oder die Nase von Seelöwen. Darüber hatten sie in Biologie mal einen Film gesehen, und seitdem war sie besessen von der Idee, dort zu leben. Der eine Sohn weilte also inmitten eines lendenbeschurzten Naturvolks, die andere Tochter zwischen schuppigen Leguanen und Riesenschildkröten und die dritte in Oldenburg.

Na immerhin war diese Stadt so bekannt, dass Jette sie Fremden, die nachfragten, nicht ständig buchstabieren musste. So wie damals, als Kea eine Zeitlang in der ostfriesischen Pampa in Rechtsupweg gelebt hatte. Das Dörfchen kannte wirklich niemand. »Hauptsache, die vier kommen nur kurz«, murmelte Jette, während sie sich trockenrubbelte und zugleich in Gedanken ihr heutiges Outfit durchging. Das war ihr immens wichtig. Niemals würde man Jette in Jogginghosen oder farblich nicht zusammenpassender Kleidung vorfinden. Jette war bunt. Und das nicht nur äußerlich. »Es ist ja nett, Kea und die Kinder wiederzusehen, aber ich muss auch meinen Laden den ganzen Tag geöffnet haben, es ist Saison.« Sie beschloss, gleich die Tarotkarten zu legen. Damit war sie gewappnet und wusste, wie sie mit der Situation umgehen sollte, falls es doch anstrengend wurde. Weil Kea Robbie Williams bereits gebucht hatte. Oder Helene Fischers neuer Song, extra und eigens für Jette Blümerant verfasst, bereits in der Pipeline ausharrte und sie ihr nun den neusten Megahit versaute. Die Karten würden Jette den richtigen Weg weisen. So, wie sie es immer taten.

»Ich sag ihnen morgen schlichtweg, wie es ist. Keine große Feier. Wenn es sein muss, kann ich eine Kaffeetafel organisieren. Das reicht.« Jette hängte das Handtuch an den Haken.

Haken.

Jette zuckte zusammen. Warum sie ausgerechnet beim Aufhängen ihres Handtuchs diese Assoziation hatte, war ihr ein Rätsel, aber im Schlafzimmer hing dieses vermaledeite Gemälde! Am Haken eben. Es war so schwer gewesen, es im maroden Putz zu befestigen. Dieses Bild musste bis morgen verschwunden sein. Niemals durften Kea und die Kinder es sehen. Das ging gar nicht! Sie stürzte in ihr Schlafzimmer.

Das Kunstwerk hing an der sorgsam gestrichenen hellblauen Wand. Dabei handelte es sich allerdings nicht um irgendein Gemälde, sondern um einen Akt, den Pablo im Frühsommer von ihr angefertigt hatte. Jette Blümerant mit gefühlten fünfzig, aber realistisch neunundfünfzigeinhalb Jahren auf Leinwand in Öl.

Nackt.

Und in der Größe eines DIN-A0-Umschlags.

Das konnte unmöglich im Schlafzimmer hängen, wenn Kea mit den drei Teenagern hier einfiel!

Pablo war ein Schmeichler, hatte er doch die Falten an den meisten Stellen geflissentlich ignoriert und nicht auf Leinwand gebannt. Jette trug nicht einmal ein züchtiges Tuch um die Hüften, sondern zeigte sich in ihrer vollen Blöße. Wie peinlich war das, wenn ihre Familie ein solches Bild von ihr sah! Sie war Großmutter von drei Enkeln. Mutter von drei erwachsenen Kindern. Auch wenn sie diese Tatsachen hin und wieder verdrängte.

Entstanden war der Akt nach einer gemeinsamen Nacht. Beim Malen hatten die überschießenden Hormone Pablos Künstlerhände gelenkt. So schmeichelhaft, wie das Gemälde war. Er kannte ihr wahres Alter nicht, und ihr war seines unbekannt. Aber er war fünfzehn Jahre jünger als sie. Mindestens.

Jette setzte sich auf die Bettkante, um einen klaren Gedanken zu fassen. »Entspann dich!«, machte sie sich selbst Mut. »Du nimmst es einfach ab, versteckst es für den einen Tag. Sie sind schließlich nur kurz zu Besuch.« Kea muss sicher arbeiten, und sie hasst das Inselleben. Fenna hat bestimmt irgendein Ökoprojekt am Laufen, Maries Bedürfnis nach Laufstegen, Kosmetiksalons und Nagelstudios mit für sie ausreichender Kompetenz wird auf dem Eiland genauso wenig erfüllt wie Kilians Interesse an der Nordpolarwelt oder anderen wissenschaftlichen Aktivitäten. Höchstens einen Tag. Sie bleiben höchstens einen Tag! Wenn überhaupt. Und den können wir gemeinsam genießen.

Länger als die Zeitspanne von ihrer Ankunft bis zur letzten Fähre würde ihre Tochter für die Geburtstagsplanungen nicht brauchen. Schon deshalb, weil sie alles ohnehin längst schriftlich fixiert hätte. Als Organisationstalent war sie so gestrickt. Und da Jette alle Vorausüberlegungen zunichtemachen würde, war ein ausgedehnter Besuch mit weiterer und eventueller Detailplanung völlig überflüssig.

»Ich bin das Familienleben einfach nicht mehr gewohnt«, flüsterte Jette. »Es überfordert mich, auch wenn ich es mir nicht eingestehe.«

Zumindest hatte sie mittlerweile ihr heutiges Styling im Kopf, es würde ein dem Sommertag angepasster, farbenfroher Look werden. Mit gezieltem Blick fuhr sie über die sorgfältig, stets Kniff auf Kniff zusammengefalteten Teile und fischte das heraus, was sie sich vor ihrem geistigen Auge zurechtgelegt hatte. Sie schlüpfte in die grüne Leinenhose und den knallroten Kasack, kämmte das dunkelbraune Haar, das sie neuerdings kinnlang trug, weil es so einfach zu pflegen war und trotzdem weiblich wirkte, und legte Lidschatten auf. Ein Hauch von Rouge und etwas Lippenstift: So fühlte sie sich wohl. Anschließend nahm sie den Akt von der Wand und versteckte ihn, in ein Badetuch eingewickelt, unter dem Bett.

»Na bitte, Jette Blümerant. Es geht doch! Du wirst dich doch nicht von so einem bisschen Besuch aus der Fassung bringen lassen!«

Zurück in der Küche, sah Jette erneut aus dem Fenster. Die Sonne knallte vom Himmel und strahlte den Bahnhof an, den sie von hier aus gut erkennen konnte. Der Vorplatz des roten Backsteingebäudes mit den weißen Sprossenfenstern glich an einem Tag wie diesem der *Piazza S. Pietro* in Rom, zumindest was die Menschenmassen anging, die aus der bunten Inselbahn strömten. »Es wird ein toller Tag, Jette. Ein ganz toller Tag! Und morgen ebenfalls. Sogar wenn Kea und ihre Brut kommen.« Um sich das selbst zu bestätigen, beschloss Jette, ihren Frühstückstee und das Müsli auf der Terrasse einzunehmen, auch die Karten ließen sich an der frischen Luft besonders gut legen. Dabei hätte sie den herben Duft der Nordsee in der Nase, nirgendwo war die Luft so klar wie auf den Inseln.

Jette nahm die Müslipackung und die Milch aus dem Schrank, stellte Honig und eine Tasse aufs Tablett und wartete, bis das Wasser kochte. Den Tee ließ sie auf die Minute ziehen und setzte sich anschließend auf die Terrasse. Sie rührte den Honig ein, nahm einen Schluck, genoss die vertrauten Geräusche, die von der belebten Hauptstraße zu ihr herüberdrangen. Die Touristenströme schoben sich über Langeoog in Richtung Strand. Der Ort war geprägt vom Rattern der Trolleys, Stimmengewirr, dem Klappern der Pferdehufe und Kindergeschrei. Fahrräder reihten sich Schutzblech an Schutzblech. Man könnte meinen, diese vielen Menschen würden die Insel übervölkern, aber sie verloren sich in der Weite der Landschaft. Allein Langeoogs vierzehn Kilometer langer Strand bot jedem genügend Platz. Eng wurde es schon mal auf den Fahrrad- und Wanderrouten in Richtung der Meierei, aber jenseits der Hauptrouten, auf den kleineren Dünenpfaden, glaubte man sich oft allein auf der Welt mit den Seevögeln und den zirpenden Grillen. Jette übergoss das Müsli, das sie sich aus ausgesuchten Körnern selbst zusammenmischte, mit der Milch. Aus den Augenwinkeln erkannte sie Pablo.

Er war, wie immer einem Judoka gleich, in Naturweiß

gekleidet und flanierte mittlerweile mit der grellblonden Strandschönheit die Hauptstraße entlang. Ihren Kaffee hatten sie offenbar schon eingenommen und waren danach nicht willens, sich zu trennen. Die junge Frau wirkte so grazil, dass sie dem Nordseewind ohne Pablos stützende Hand sicher nicht lange standhalten konnte. Jette schloss die Augen und wandte den Blick bewusst ab. »Interessiert mich alles nicht! Er soll tun und lassen, was er will. Wir haben uns nichts versprochen. Gar nichts. Wir sind frei wie der Nordseewind. Deshalb leben wir hier und nicht auf Malle. Nichts ist für die Ewigkeit«, murmelte sie vor sich hin.

Dennoch konnte Jette ein gewisses Grummeln im Bauch nicht völlig beiseiteschieben. Aber sie wollte keine Verpflichtungen, keine Verantwortung mehr. Beides hatte sie jahrelang gehabt. Mit einstündiger Verspätung öffnete Jette ihr Lädchen mit der Galerie und einer Bernsteinschleiferei. Dazu verkaufte sie ausgesuchte Kleidung, die ihrem eigenen Styling ähnelte. Es wirkte ein bisschen alternativ und zugleich sehr edel. Nichts von der Stange. Alles klein, fein und ein bisschen bunt. Der Laden befand sich im vorderen Teil ihres weißen Inselhäuschens, von wo sie das aktuelle Langeooger Geschehen hautnah miterleben konnte.

»Ist ja nicht so, dass ich neugierig bin, aber es schadet auch nichts, alles zu wissen«, sagte sie zu sich. In letzter Zeit führte sie verdammt häufig Selbstgespräche. Wurde sie doch alt?

Mumpitz. Was ist schon alt, dachte sie im Stillen bei sich.

Sie öffnete die Tür, die klassisch mit grünen Fenstersprossen versehen war. Auf den Gehweg stellte sie einen Ständer mit kleinen, erschwinglichen Strandmotiven und drapierte eine Grünpflanze in einer angerosteten Milchkanne dazu. »Muss Rost dran sein«, hatte Pablo gesagt. »Antiquitäten kommen immer gut bei Urlaubern an. Ist in Spanien so und hier auch.« Er hatte recht, denn diese Kanne zog oft die bewundernden Blicke der Gäste auf sich, so dass Jette Pablo erlaubte, mit dem Hammer ein paar Beulen hineinzuschlagen, um das Alte deutlicher zu machen. Das hatte sie in einem Otto-Waalkes-Film gesehen.

Ein Urlauberpaar erstand sogleich ein Bild des weißen Wasserturms auf der Kaapdüne, ein anderes kaufte eines von Wellen und Meer mit den bunt gestreiften Strandkörben. Niedliche Motive, die das Urlaubsgefühl zu Hause noch eine Weile nachhallen ließen. Wirklichen Kunstkennern konnte Jette nicht allzu viel bieten, dafür gab es kein Publikum auf Langeoog. Also malte sie in ihrem Atelier, das sich ganz oben in ihrem Wohnhaus befand und durch die geschickt eingearbeiteten Dachfenster ein optimales Licht bescherten, meist Strand- und Inselmotive.

Hin und wieder steuerte auch Pablo ein Motiv bei. Er hatte sich allerdings auf Vorhängeschlösser und Dünengrashalme spezialisiert. Beides bot ein unerschöpfliches Reservoir an Möglichkeiten. Inspirieren ließ sich Pablos Künstlerseele von den zahlreichen Schlössern am Aufgang zum Wasserturm mit seiner eigentümlichen Kuppel, der sich auf der Kaapdüne befand. Dort hatten sich genügend Pärchen damit verewigt. Tag für Tag kamen neue Schlösser hinzu. Mit Initialen, mit kleinen Motiven, mit Sprüchen von Liebenden, die sich die Ewigkeit versprachen. Warum Pablo, für den ein solches Gedankengut nicht existierte, sich gerade für dieses Motiv entschieden hatte, verstand Jette zwar nicht, aber alles musste man auch nicht verstehen. Das machte das Zusammensein mit ihm so geheimnisvoll. Jette wusste nie, woran sie bei ihm war. Pablo, der Freigeist.

Seine Spezialität war ohnehin die Aktmalerei. Hier gab es ständig Frischfleisch, sowohl in blond als auch in brünett. Er ließ sich immer wieder etwas Neues einfallen. Pablo war ein Thema für sich.

»Themenwechsel, Jette! Du hast wahrlich genug andere Sorgen!«

Auf jeden Fall hatte sie in ihrem Laden eine Menge zu bieten. Alles, was das Urlauberherz begehrte. Bis auf aufblasbare Plastiktiere, Muscheln in Netzen und kitschige Leuchttürme, die des Nachts sogar blinkten. Das wäre zu viel des Guten für sie. Solche Dinge gab es woanders.

Pablo schaute gegen Mittag vorbei, kurz bevor sie das Geschäft schloss. Keine Spur mehr von seiner Strandschönheit.

Das wäre ja auch noch schöner gewesen, wenn er die mitgebracht hätte.

Pablo sah wie immer fantastisch aus, war schokoladig gebrannt, hatte die Sonne der letzten Wochen für sich genutzt. Gegen ihn wirkte Jette wie ein beigefarbiges Bettlaken, sie wurde einfach nicht braun, egal, was sie anstellte. Also mied sie ausgedehnte Sonnenbäder, denn die Auswirkungen bescherten ihr allerhöchstens das Aussehen einer Cocktailtomate.

Pablos Füße zierten auch heute nur Flip-Flops. Weiteres Schuhwerk lehnte er ab, selbst im Winter. Aber zumindest ließ er an den Füßen etwas anderes als Weiß zu, so dass die Badelatschen wie ein Farbtupfer an ihm wirkten, zumal er sie häufig mit Perlen oder Muscheln aufpeppte. »Wollen wir am Abend an den Strand?«, fragte er und strich Jette übers Handgelenk. »Mir ist ein wunderbares Motiv eingefallen. Muy bien! Ich will dich malen! Die Frau mit der fahlen Haut im fahlen Mondschein.«

Geht es noch charmanter?

Pablo umfasste Jettes Hüfte und drückte ihr einen Kuss auf die Wange.

»Du warst doch eben unterwegs mit diesem Mädchen!«, hakte Jette nach.

Ich will wissen, ob da was war.

»Sie ist dünn«, erklärte Pablo sogleich und tauchte seine dunkelbraunen Augen in ihre. »Wie ein tapezierter Knochen, so dürr!« Er krauste die Stirn. »Lass uns an den Strand gehen heute Abend. Keine Frau kann dir das Wasser reichen!« Er tätschelte Jette wohlwollend über den Po.

Dick bin ich auch nicht. Nur da rund, wo es hingehört!

Für einen Augenblick war Jette tatsächlich versucht, seinem Schmeicheln nachzugeben. Aber sie fürchtete, Pablos Charme völlig zu erliegen und deshalb morgen früh nicht rechtzeitig zu Hause zu sein. Kea und die Kinder würden sie suchen und Fragen stellen.

Vergiss es, das geht gar nicht!

Außerdem wusste Pablo nichts von Kea. Geschweige denn von Kathrin auf den Galapagosinseln oder von Knut mit dem Lendenschurz, wobei er das vielleicht noch recht cool finden würde. Sie könnten sich über alternative Schuhmode unterhalten oder über die Sommerkollektion der Naturvölker. Von ihren drei Enkeln wusste Pablo natürlich erst recht nichts, und Jette fand es auch vorteilhafter, wenn das so bliebe. Genauso wie es besser war, wenn er keine Ahnung von Jettes sechzigstem Geburtstag in zwei Wochen hatte. Diese Zahl musste auf ihn dinosauriermäßig wirken. Er, der Maler aus Spanien, alterslos und unabhängig. Eine freie Existenz im Hier und Jetzt ohne Verantwortung. Nie und nimmer würde er eine Frau ihres Alters haben wollen.

Morgen war sie also für einen Tag Oma Jette, ob es ihr gefiel oder nicht. Da war es unmöglich, kurz zuvor das Liebesleben einer Anaïs Nin zu führen. »Heute kann ich leider nicht, Pablo. Übermorgen vielleicht!«

Ein Funken von Enttäuschung huschte über sein Gesicht, doch die Trauer hielt nicht lange an, er lächelte schon bald wieder. »Du willst mir ärgern«, hauchte er in gebrochenem Deutsch, das er stets herauskramte, wenn er sie rumkriegen wollte. In Jette löste das einen Beschützerinstinkt aus, diese Masche funktionierte immer.

Heute bleibe ich standhaft. Es geht nicht!

»Habe so viel zu tun, wenn die zahlreichen Gäste auf der Insel sind«, wich Jette aus und fragte sich gleichzeitig, warum sie sich rechtfertigte. Er tat es schließlich auch nicht, wenn er als spanischer Ritter mal wieder unabkömmlich war und sämtliche Keuschheitsgürtel knackte. »Ich werde heute Abend sehr müde sein.«

Pablo sah sie erstaunt an, denn von einem Besucheransturm konnte man in der Galerie im Augenblick nicht reden. Doch er war kein Mann, der sich Gedanken über irgendetwas machte, und so trollte er sich mit einer Kusshand. Er würde für den Abend Ersatz finden.

Als die Tür sich hinter ihm schloss, war Jette ein wenig

erleichtert. Je länger sie mit der Vorstellung schwanger ging, dass ihre Tochter tatsächlich mit den Kindern auf dem Weg hierher war, ertappte sie sich bei dem Gedanken, dass sie sich auf die vier freute. Das Haus würde kurz zum Leben erwachen ... Lachen touchierte die Wände. Sie könnte für alle Unmengen kochen, so wie früher.

Um Gottes willen, das will ich doch gar nicht mehr!, schoss es ihr durch den Kopf. Ich bin eine unabhängige Frau!

Nicht zugedrehte Zahnpastatuben, herumliegende Einzelsocken, Tassen und Teller auf, statt in der Spülmaschine. Ein Apparat, der unmöglich von anderer Hand als der von Jette ausgeräumt werden konnte, weil den Griff der Maschine ein unerklärbares Geheimnis umrankte und das Öffnen vermutlich mit einer Gefahr für Leib und Leben einherging. Klebrige Überreste auf dem Küchentisch oder wahlweise am Kühlschrank, der eigentümlicherweise auch für ungeübte Hände zu öffnen war ... Nein, das wollte sie nicht mehr. Sie war frei!

Ja, es war gut, wenn Kea und ihre Brut rasch wieder verschwanden. Man konnte sich nichts schönreden. Viele Menschen in einem Haushalt bedeuteten Chaos, erst recht, wenn diese Menschen sich altersmäßig unterhalb der Dreißigergrenze befanden. Nein, es gab absolut nichts schönzureden.

»Langeoog? Wie ätzend ist das denn?« Fenna sprach das laut aus, was ihre beiden Geschwister dachten.

Kea sah ihre Kinder mit festem Blick an. »Ich regle das mit Oma! Und ihr tut ausnahmsweise mal das, was ich euch sage. Oma Jette ist eine alte Frau, sie wird schon sechzig! Wer weiß, wie lange wir sie noch haben.«

»Jopi Heesters ist über hundert geworden. Schafft Oma das auch, hat sie noch mindestens so lange zu leben, wie du jetzt alt bist«, korrigierte Kilian seine Mutter und rückte die runde Brille mit den flexiblen grünen Bügeln wissend auf seiner sommersprossigen Stupsnase zurecht.

Kea überging den Kommentar und betrachtete Marie, die ihre Ohren zugestöpselt hatte und sich mit irgendeiner Musik beschallte. Definierbar waren einzig die wummernden Bässe. Sie zog Marie den Stöpsel aus dem Ohr. »Was sagst du dazu?«

»Wozu?«

»Langeoog. Die Insel, auf der Oma ihr Einsiedlerleben lebt«, erklärte Fenna. »Und wo echt kein normaler Mensch auf dieser Welt leben möchte. Außer Oma.«

»Gibt es da Nagellack? Einen brauchbaren Drogeriemarkt für meine Tönungen? Eben was man zum Überleben braucht?« Maries Haar glänzte seit gestern pechschwarz und hatte das zuvor rostig wirkende Rot abgelöst. Von ihrem einstigen Honigblond war schon seit längerer Zeit nichts mehr zu erkennen.

»Wir fahren schließlich nicht in den Dschungel«, antwortete Fenna. »Auf Langeoog gibt es alles. Aber zu welch ökologischen Bedingungen schaffen sie da alles hin! Es ist eine Katastrophe für die Umwelt!«

Marie zuckte mit den Schultern und stöpselte die Kopfhörer gleich wieder ein. »Wenn mein Styling garantiert ist, fahre ich mit.«

Kea hatte keine leichte Mission vor sich, aber dieses eine

Mal mussten sich ihre Kinder fügen. »Es ist nur für kurze Zeit, meine Süßen. Papa kann nicht kommen, um auf euch achtzugeben, er hat gerade ein interessantes Eisbärprojekt!«

»Vielleicht sollten wir uns ein weißes Kuschelfell und eine schwarze Nase zulegen, damit er sich ab und zu an uns erinnert«, konterte Fenna. »Wir können doch auch allein zu Hause bleiben. Das schaffen wir schon. Sogar mit dem da!« Sie wies mit einem Kopfnicken auf Kilian, der ihr die schwarze Zunge rausstreckte. Er hatte zuvor einen Lakritzlolli geschleckt. »Es ist völlig ausgeschlossen, auf diese Insel zu fahren. Auf Langeoog dominiert der Massentourismus! Überlege mal, wie viele Leute täglich dorthin transportiert werden, und wir gehören nun auch noch dazu! Das hält kein Ökosystem aus! Selbst wenn alle so tun, als ob.«

»Ach, es gibt da so wunderbare einsame und idyllische Ecken!«, wandte Kea ein. »Da haben sowohl Tourismus als auch die Tierwelt ihren Platz. Ihr dürft dort eine Weile leben, wo andere Urlaub machen. Ihr solltet dankbar sein.«

»Deshalb behauptest du auch ständig, sobald das Gespräch auf Oma kommt, dass sie so jwd wohnt, dass es kein normaler Sterblicher länger als vier Stunden auf diesem ostfriesischen Eiland aushält! Janz weit draußen eben. Was für ein beknacktes Wortspiel!«

Kea startete einen letzten Versuch: »Oma wird sich bestimmt freuen, wenn sie mal was von euch hat. So oft sieht sie euch ja nicht.«

»Ich habe aber keine Lust, den Seniorenbespaßer zu geben! Ich bin doch keine Altenpflegerin!« Fenna sprang auf und verließ die Küche. Dabei verfing sich ihr Oberteil, das sie sich aus groben Leinenstoffresten selbst zusammengenäht hatte, im Türrahmen. Fenna ruckelte einmal kräftig daran, dann löste es sich, und sie stolperte lautstark von dannen.

Kilian folgte ihr mit den Worten: »Ich wäre lieber an den Nordpol gefahren! Da hätte ich wenigstens was für die Menschheit tun und forschen können! Aber nein, das klappt natürlich wieder nicht! Papa und du, ihr seid so spießig!« Die Tür schepperte zu.

Marie hämmerte eine WhatsApp in ihr Handy. Sie hatte offenbar nicht vor, sich weiter an der Diskussion zu beteiligen, war sie doch startklar für alle Eventualitäten, die in den nächsten Tagen auf sie zukamen. Ihr Haar war frisch gefärbt, der Schminkkoffer und ihr sonstiges Outfit konnten mit. Internet gab es auf der Insel ebenfalls. Papa hatte Zeugnisgeld springen lassen, so dass der Langeooger Shoppingtrip gesichert war. Für ihr persönliches Überleben war gesorgt. »Niemals!«, schimpfte Fenna lautstark aus dem Flur. Sie riss die Tür zur Küche noch einmal auf. »Ich bin alt genug, um allein hierzubleiben! Ich brauche keine Kindergärtnerin, und erst recht keine, die wahrscheinlich dement ist und bei der ich mich allmorgendlich neu vorstellen muss, weil sie schon wieder vergessen hat, dass ich ihre älteste Enkelin bin!«

»Da lernt man ja jeden Tag neue Leute kennen, wenn man alt und vergesslich ist!«, überlegte Kilian, der ihr auf Schritt und Tritt gefolgt war und ständig an ihrem Oberteil zerrte. »Zumindest scheint das so.«

»Ich fahre auf keinen Fall mit!«, bockte Fenna. Sie riss sich von Kilian los und stapfte die Treppe nach oben. Das ganze Haus erzitterte, als sie ihre Tür zuknallte.

2

Noch dreizehn Tage

Lass dich überraschen!

»Da sind wir!« Keas schrille Stimme war unüberhörbar. Genau wie das Gezanke ihrer Kinder.

»Kilian, du nervst mit deinem Gelaber!«

»Und du hättest dir was Anständiges anziehen können. Oma findet Jutesäcke an Mädchenkörpern bestimmt blöd.«

»Besser als Maries künstlicher Look! Wie kann man sich so eine Gruftifrisur machen?«

»Was hast du gegen ein gepflegtes Äußeres?«

»Ruhe, wir sind da«, beendete Kea das Ganze. Sie strahlte ihre Mutter an, als Jette vor die Haustür trat. Hinter Kea tauchten drei sommersprossige Gesichter auf, die allerdings nur entfernte Ähnlichkeit mit den lächelnden Sprösslingen auf den Fotos hatten, die Kea ihr regelmäßig zusandte. Als Ausdruck, weil sie glaubte, ihre Mutter könne nicht mit einem PC umgehen. »Ist ja einfacher in deinem Alter, wenn man Bilder so angucken und in der Hand halten kann, Mama.«

Das hatte sie vermutlich irgendwo in einem Seniorenratgeber gelesen. Haptische Wahrnehmung oder so.

Jette lächelte jetzt dennoch. Im unverbindlich Lächeln war sie schon von Berufs wegen gut. Sonst könnte sie nicht Tag für Tag dieselben »Kunstwerke« überzeugend verkaufen.

Die Kids an Keas Seite strahlten weder Zuversicht noch Lebensfreude aus, wie man es dem Foto nach hätte erwarten können. Diese Exemplare waren unübersehbar stinksauer und alles andere als niedlich. Blond waren ebenfalls nur zwei der Enkel, eines war zu Schneewittchen mutiert. Oder zu einem Goth oder wie man das heute nannte. Oder doch Grufti, Satanist? Jette kannte sich nicht so genau damit aus, aber Schneewittchen hatte ja auch in einem gläsernen Sarg gelegen, so weit lag das schließlich nicht auseinander. Jette würde bestimmt noch erfahren, warum Marie sich den Schneewittchenattributen, so rot wie Blut, so weiß wie Schnee und so schwarz wie Ebenholz, angeglichen hatte. Vielleicht war sie auch nur ein begeisterter Märchenfan.

Das andere Wesen hatte unübersehbare Pubertätserscheinungen in Form von Pickeln, wobei der erste Blick aber eher auf die individuell geprägte Kleidung fiel, die sicher selbst entworfen und aus gebrauchten Anziehsachen hergestellt und neu zusammengeschustert worden war. Der vorherrschende Ton war Grau, als Farbtupfer diente ein Braun, das allerdings schon recht verblichen war. Das Styling war für Jette, die sich Morgen für Morgen genau überlegte, was sie trug, fast eine Beleidigung. Fennas Kleidung betonte nichts, versteckte alles und hing einfach schlapp und farblos an dem viel zu dünnen Körper herunter.

Das kleine Männchen trug eine Brille, die jeden zerstreuten Professor hätte neidisch werden lassen. Seine Frisur stand zudem in alle Himmelsrichtungen ab, so als raufe er sich ständig das Haar.

Ein kleiner Albert Einstein, Gott bewahre!

Jette hatte ihre Enkel fast ein Jahr lang nicht mehr gesehen, doch hatten sie sich in diesen Monaten zu einer höchst eigentümlichen Spezies verwandelt. Kein Vergleich mehr zu den strahlenden Sonnenscheingesichtern, die als Makel allenfalls einen schokoladenverschmierten Mund vorzuweisen hatten und problemlos für jegliche Art der Süßigkeitenwerbung hätten herhalten können.

Jetzt strotzte Jette aber die personifizierte Lustlosigkeit entgegen. Der Widerwillen kroch den Jugendlichen aus jeder Pore.

Super! Da besuchen dich die Enkel und finden das so nervig, dass sie sich nicht einmal anstandshalber freuen können, dachte Jette.

Sie schob die Enttäuschung beiseite, immerhin hatte auch sie keinen Freudentanz aufgeführt, als sie von deren Kommen gehört hatte, also war es vermessen, Ansprüche zu stellen. »Dann erst mal rein in die gute Stube!«, forderte sie ihre Familie in gemütlichem Oma-Ton auf und merkte, wie sie sogleich in ihre alte Rolle zurückfiel. Ungeachtet des Unbehagens, das sich von Minute zu Minute heftiger einstellte.

Einmal Mama, immer Mama ...

Konnte sie da nicht aus ihrer Haut?

Die drei Enkel betrachteten sie argwöhnisch. In ihren Gesichtern spiegelten sich die verschiedensten Gedanken. Offensichtlich waren alle drei bemüht, diese Großmutter irgendwo zwischen Altersstarrsinn und Begräbnis einzuordnen. Das buntgewandete Gesamtbild passte nicht zu dem, was Kea über sie erzählt hatte.

»Oma sieht nicht aus wie eine Oma. Sie ist ein bisschen

bunt, weil sie immer vergisst, wie alt sie schon ist. Sie ist aber ganz normal. Ihr müsst euch nicht fürchten. Sie ist schon etwas senil, fast sechzig eben, und nicht mehr belastbar, weshalb sie sich auf die Insel zurückgezogen hat. Obwohl ich von Beginn an dagegen war! Aber sie freut sich auf euch, ganz sicher tut sie das. Sie sieht euch ja so selten.«

Jette kannte Keas nicht zu stoppenden Redeschwall, wenn sie andere überzeugen wollte. Jette war kurz versucht, einen ketzerischen Kommentar loszulassen, doch dann schluckte sie die Bemerkung herunter. Es handelte sich ja nur um ein paar Stunden ...

Vorhin hatte sie vorsichtshalber noch einmal überprüft, ob der Akt auch unversehrt und für keinen sichtbar unter ihrem Bett schlummerte.

Alles save, Jette! Alles gut!, beruhigte sie sich.

Nun galt es, das hier anstandslos zu überstehen. Sie machte einen Schritt beiseite und winkte die vier in die Stube durch.

Kea trat eher vorsichtig ein, zog ihre Pumps nicht aus und klackerte über die Fliesen. Sie trug trotz der enormen Hitze, das Thermometer hatte die Dreißig-Grad-Marke fast erreicht, eine hautfarbene Perlonstrumpfhose, was ihre Beine makellos erscheinen ließ. Kea, die Perfekte, die Planende. Sie würde sich nie ändern und nie etwas dem Zufall überlassen. Das war schon so, als sie ein Kind war: »Mama, ich habe schnell aufgeschrieben, was ich mit in den Urlaub nehmen will!« Kea hatte Jette einen Zettel gereicht, damals war sie acht Jahre alt gewesen und konnte gerade einigermaßen sicher schreiben. Sie hatte jede Socke, jede Unterhose und jeden Stift vermerkt, den sie mitzunehmen gedachte.

Jette sah ihre Tochter an, doch noch lugte kein Papier aus ihrer Hand oder Tasche.

Es gibt also Hoffnung auf ein friedliches Ende.

Ihr folgte Fenna, dann Marie, und schließlich stolperte Kilian hinterher. Noch während die Kinder ihre Rucksäcke in die Ecke pfefferten und sich aufs Sofa flegelten, warf Kea, die nur mit einer kleinen Handtasche bewaffnet war, ihrer Ältesten einen warnenden Blick zu. Die Kids musterten Jettes Stube mit kritischem Blick, fügten sich aber den stummen Anweisungen ihrer Mutter.

Klar hat sie auch das im Griff, schmunzelte Jette.

Sie hatte die Stube mit erlesenen Antiquitäten eingerichtet. Modern hätte nicht in das kleine Friesenhaus gepasst. Ein Ohrensessel mit rotem Samt stand vor dem Fenster, ein dunkelbrauner Sekretär war an der Stirnwand neben einem Spinnrad platziert. Die Sofaecke zierten schmale Streifen, das Polster hatte Jette auf dem Festland passend anfertigen lassen. Der Couchtisch stammte aus der Biedermeierzeit. Vor den Fenstern hingen feine weiße, seitlich geraffte Gardinen.

Jettes Enkel waren in den zwei Jahren, seit sie hier lebte, noch nie auf Langeoog gewesen, hatten sich stets geweigert, in diese »Pampa« zu fahren.

So war Jette zuletzt im vergangenen Jahr nach Oldenburg gereist. Nach zwei Tagen aber war ihr die Hektik auf dem Festland schon aufs Gemüt geschlagen. Ihre Enkel sahen sich in ihrem Vorurteil bestätigt, dass Oma zwar bunt wie ein Paradiesvogel durch die Lande schwebte, aber doch alt war, wenn sie »das bisschen Stadt« nicht aushielt. »Die Verpackung täuscht«, waren Maries Worte gewesen.

Jette sah den abschätzenden Blicken ihrer Enkel an, dass sie eine weniger spießige Einrichtung erhofft hatten. Apfelsinenkisten oder ein Sperrmüllsammelsurium wären in ihren Augen passender gewesen und hätten ihre starre Mimik bestimmt aufgeweicht.

»Wollen wir zuerst einen Tee trinken? Tee ist Balsam für die Seele!«, durchbrach Kea die Stille, die nur vom unterschwelligen Brummen aus Maries Player durchbrochen wurde.

»Ich koche welchen«, schlug Jette vor. »Kommt, wir gehen in die Küche!« Sie wollte sich beeilen, bevor die ersten Flecken das Sofa verunzierten. Oder die Federn des Biedermeiersofas kaputt waren, denn Kilian hüpfte mittlerweile doch bedenklich schwungvoll auf und nieder.

Jette war froh, als das Wasser kochte und der Tee schließlich auf dem Stövchen stand. Eine Stunde war schon geschafft, nur noch kurze Zeit, und alles war gut!

Jette bedeutete Fenna, Marie und Kilian, ihr zu folgen. »Wenn man schon nach Langeoog kommt, ist Ostfriesentee genau das Richtige! Kekse habe ich auch.« Sie bemühte sich um einen munteren Tonfall, der trotz aller aufgesetzten guten Laune aber nur wie in Moll gesungen anzukommen schien. Immer wieder taxierte sie ihre Tochter nach verdächtigen Anzeichen.

Wann kam Kea endlich auf den Punkt? Viel Zeit blieb ihr nicht, wenn sie eines der nächsten Schiffe zurücknehmen wollte.

Es hing etwas in der Luft.

Hoffentlich geht es wirklich nur um meinen Geburtstag. Dann sind wir schnell durch.

Jette wurde immer nervöser. Etwas stimmte hier nicht. Ganz und gar nicht.

Mechanisch füllte Jette die Kekse nach, die erste Packung war binnen einer halben Minute vertilgt. Die Krümelreste verteilten sich in drei Wegen über den Tisch, aber der zu Kilian war mit Abstand am breitesten. Jette goss Tee nach, erzählte vom grandiosen Sommerwetter, das seit Wochen auf der Insel herrschte, *Inselwetter eben*, dass der Laden wunderbar lief und wie anstrengend ein paar der Feriengäste waren. Sie redete und redete, Antworten bekam sie keine. Ihr Blick schweifte ständig zur Uhr. Doch Kea tat weiterhin, als lausche sie ihr intensiv, Marie tippte auf der Handytastatur herum, Kilian beeilte sich, auch die zweite Kekspackung leer zu bekommen.

Entweder er neidet unter Futterneid oder er hat den ganzen Morgen noch nichts zu essen bekommen.

Fenna hielt die Augen geschlossen, während sie den Keks zu Brei zermalmte.

Erst als es nichts, aber auch gar nichts mehr zu erzählen gab, wagte Jette es, Kea abwartend anzusehen. Bereit für die Botschaft, die sie gleich zweifelsohne treffen würde und die sie im Keim ersticken musste. Dazu brauchte sie drei Sätze:

»Nein, Kea, ich bestehe weder auf Robbie Williams noch auf die Abba-Zusammenführung. Ich möchte nicht feiern. Spart das Geld für meine Beerdigung.«

Jettes Stimme zitterte nur leicht, als sie es nicht mehr aushielt und fragte: »So, und ihr wollt meinen Geburtstag planen?«

Kea lächelte wissend. »Mutter, du wirst sechzig. Ein stolzes Alter, und du bist so fit! Dafür können wir dankbar sein. So dankbar!«

Stimmt, noch kann ich auf den Rollator und passierte Kost verzichten. Und Windeln brauche ich ebenfalls nicht.

Jette riss sich zusammen. Jetzt oder nie. »Ihr braucht trotzdem nichts zu planen und zu organisieren. Ich möchte keine Feier.« Nun war es heraus. Der Tee plätscherte beim nächsten Einschenken überlaut in die winzigen Tassen, das Zerspringen des Kandis knallte wie ein Schuss.

Jette lächelte noch immer gewinnend.

Zog die Brauen abwartend hoch.

Stellte die Kanne zurück aufs Stövchen.

Nahm einen Schluck.

Es herrschte jedoch Schweigen. Nichts als Schweigen, nur unterbrochen vom gelegentlichen Knacken, wenn Kilian einen weiteren Keks erlegte. Der Löffel klirrte, als er ihn zurück auf die Untertasse knallte. Die Uhr zerhackte mit ihrem Ticken die unangenehme Stille. Noch nie hatte Jette diesen Ton als so laut empfunden.

»Ist gut, dann feiern wir nicht«, lenkte Kea ein. »Wenn du nicht magst, ist es in Ordnung.«

Jette sah ihre Tochter erstaunt an. Kein Abba-Revival oder der Po von Robbie Williams, kein bahnbrechender Helene-Fischer-Song ihr zu Ehren? Nicht einmal *de Flinthörners*, keine *Likedeeler* und kein Bürgermeister? Sondern Ruhe? Einfach nur Ruhe?

Das geht zu einfach, das geht zu leicht! Verdammt, das geht zu leicht.

Wie die singende Tonfolge eines Jahrmarktschreiers glitten Jette diese Sätze warnend durchs Ohr. Dennoch lächelte sie ihre Älteste abwartend an.

»Ich muss beruflich in die Staaten«, sagte Kea schließlich

gepresst. Ihre Stimme zitterte ein bisschen, als sie weitersprach. »Es handelt sich um einen wichtigen Auftrag. Morgen Mittag. Und das für zwei Wochen. Bis zu deinem Geburtstag bin ich zurück.«

»Das ist ja schön für dich!« Jette fiel ein Stein vom Herzen, denn wenn es das war, was ihre Tochter loswerden wollte, war alles halb so wild. Die Staaten, das war Zivilisation, das war bar jeden Lendenschurzes und frei von großen, drachenähnlichen Schuppentieren. Weg waren die anderen auch, nun war also Kea dran, sich abzusetzen. Der Lauf der Dinge und für die Enkel sicher eine tolle Erfahrung! In Amerika war ihnen mit allem gedient. Es gab Internet, es gab Nationalparks. Es gab Shoppingmeilen und Friseure, und es gab bestimmt auch irgendetwas, was den kleinen Professor a) satt werden ließ und ihm b) Raum für seine Forschungen gab. Die Forschergene steckten ihm väterlicherseits im Blut, wenngleich die präferierten Eisbären in Braunbären getauscht werden mussten. Jette hoffte, dass der Kleine da flexibel war.

Sie beschloss, es ihrer Tochter so leicht wie möglich zu machen. »Das ist ja ganz wunderbar, Kea! Es sind Ferien und Amerika ist ein tolles Erlebnis für deine Kinder. Welche Möglichkeiten bieten sich ihnen dort!« Jette schenkte sich eine zweite Tasse Tee ein und erfreute sich am befreienden Knacken des Kandis. Morgen war alles wieder, wie es war. Ach, morgen! Heute bereits. Wenn gegen Abend die letzte Fähre fuhr.

Die Gesichter der drei Enkel hatten sich bei Jettes Sätzen zusehends verfinstert. Ihre Bemerkung über die Möglichkeiten in Amerika war definitiv die falsche gewesen, und sie bohrte ganz offensichtlich in einer offenen Wunde.

Fenna stand plötzlich auf, und wie von einem unsichtbaren Zeichen gesteuert, erhoben sich auch ihre Geschwister und folgten ihr. Zurück kamen sie mit drei Koffern. Sie stellten alles brav ab, drehten um und betraten das Haus ein weiteres Mal. Jetzt schleppte jedes der Kinder eine große Sporttasche.

Jette gefror das Lächeln. »Das sieht nach einem längeren Aufenthalt aus«, versuchte sie zu scherzen und damit die aufkommende Panik in Schach zu bekommen. Es durfte nicht heißen, was sie vermutete. Auf gar keinen Fall!

»So ist es«, knurrte Fenna schließlich. »Genau so ist es! Ein verdammt langer Aufenthalt.«

»Es handelt sich summa summarum um exakt dreizehn Tage, einschließlich des heutigen Datums«, sagte Kilian. »Unsere Mutter wird genau am zwölften Tag mit dem Flieger nach Europa zurückkehren.« Beim p von Europa hatte Kilian den Kekskrümel im rechten Mundwinkel nicht mehr ganz unter Kontrolle und spie ihn Jette in den Tee. »Das bedeutet, sie wird mit einem nicht unerheblichen Jetlag an deinem sechzigsten Geburtstag, folglich Tag dreizehn, auf dieser Insel ankommen.« Er zog ein blaues Notizbuch aus der Tasche. »Ich habe alles notiert!«

»Die Kinder sollen bei mir bleiben?« Jettes Frage war so überflüssig wie ein Kropf. Kilian hatte ihr die Antwort ja eben lang und breit gegeben. Außerdem stand die unumstößliche Tatsache in Form des Gepäcksammelsuriums in der Friesenstube. Und offensichtlich war alles in diesem blauen Notizbuch schriftlich fixiert.

Jette konnte nicht glauben, was sie da gehört hatte. Ihr blieb jedes weitere Wort im Hals stecken, als sie in Keas Augen sah und anschließend die Mienen ihrer Enkel musterte. Keiner brauchte es auszusprechen. Kea würde nach Amerika reisen. Fenna, Marie und Kilian nicht.

»Und wie stellst du dir das vor?«, fragte Jette nach einer Weile. »Ich habe meine Galerie mit dem Laden, und es ist Hochsaison. Außerdem hättest du mich vorher fragen müssen!«

»Du hast viel Zeit, Mama. Die Kinder sind groß, machen wenig Mühe. Das bisschen Essen und Wäsche. Ist doch eine tolle Überraschung.« Kea stimmte dieses Rudi-Carrell-Lied an: »Lass dich überraschen!« Es klang leicht schief.

Weil Jette nicht antwortete, setzte Kea noch eins drauf: »Du wirst sie kaum bemerken.«

Wie zur Bestätigung kreischte Maries Handy los. »Get up, stand up ... for your rights!« Bob Marley.

Jette hätte diesen Ton auch grad gern als Klingelton. Sie würde Marie fragen, ob sie ihn ihr herunterlud. Die war im Augenblick vermutlich nicht willens, sprang auf und nuschelte so etwas wie: »Das ist Julia!«, und stürmte aus der Küche.

Fenna saß mit verstocktem Blick am Fenster und stierte hinaus. »Wir werden zu Umweltsündern in größtmöglichem Ausmaß!« Sie machte ein Gesicht, als sähe sie Harmagedon förmlich auf Langeoog zurasen.

Kilian schüttete sich indes den halben Topf Sahne in die Tasse, die der weißen Sahnewolke oder, wie man auf Friesisch sagte, der Wulkje nicht gewachsen war, die Untertasse überschwemmte und von dort einen Bachlauf bildete, der wie ein Wasserfall auf den Boden stürzte. Dessen ungeachtet grabschte er nach dem letzten verbliebenen Keks und versenkte ihn in seinem Forschermund, dessen Kauwerkzeuge augenblicklich zu mahlen begannen.

Jette sprang auf, zerrte ein paar Blatt Küchenkrepp von der Rolle und wischte die Fliesen trocken. »Hast recht«, keuchte sie. »Sie werden kaum Arbeit machen.«

Die Vergangenheit hatte sie eingeholt. Sie würde nach den zwei Wochen aussehen wie das Knochengestell gestern an Pablos Seite. Würde die dunkelsten Augenringe aller Zeiten haben, deshalb den Kajal einsparen. Wimperntusche sowieso. Wenn ihr die Tränen in die Augen schossen, würde sie ohnehin verlaufen. Jette Blümerant wäre nach diesen dreizehn Tagen, heute mitgerechnet, ein Wrack. Nach all den »würdes« sog Jette die Luft ein, legte den Kopf in den Nacken und hoffte, alles wäre nur ein böser Traum.

»Du wirst sie kaum bemerken, Mama!«, wiederholte Kea.

Willkommen im Leben, Jette!

3

Immer noch dreizehn Tage

Ich glaub, mein Schwein pfeift

»Da sind wir nun!« Marie betrachtete das kleine Zimmer mit Argwohn und rümpfte die Nase. »Wie spießig!« Sie zupfte an der Scheibengardine, die seitlich mit einem Band gehalten wurde wie die Gardinen fast überall in Jettes Haus. »Ich dachte im ersten Moment, als ich Oma so interessant gekleidet gesehen habe: Mann, ist die cool drauf. Aber dieses Friesengetue ist doch echt der Hohn! Sie *ist* alt, auch wenn sie das nicht wahrhaben will.«

Fenna warf einen Blick nach draußen, wo gerade eine Kutsche mit einem braunen Pferd und gelber Plane vorbeipolterte. »Na wenigstens verpesten hier keine Abgase die Umwelt. Immerhin etwas!«

Marie antwortete ihr nicht mehr. Sie hatte mittlerweile ihren Laptop aufgeklappt und hämmerte wie wild auf der Tastatur. Als das keinen Erfolg zeigte, mühte sie sich mit dem Handy ab. »Wir haben hier null Netz!«, stieß sie verzweifelt aus. »Fenna! Kilian! Was für ein Desaster!«

Ihre Schwester runzelte die Stirn und blickte hochmütig auf die Jüngere hinab. »Das nennst du Desaster? Hast du vorhin nicht gesehen, dass extra Versorgungsschiffe eingesetzt werden müssen, damit die Menschen auf dieser Insel in Saus und Braus leben können? Das waren diese rotblauen, die man dann auch noch nett und freundlich als *Onkel Otto* tituliert. Weißt du, was das an Benzin und Öl kostet und wie viel Energie vergeudet wird? *Das* ist ein Desaster!«

Marie hörte Fenna gar nicht zu. »Hoffentlich hat Oma Internet. Ich frag sie mal nach dem Key. Und hoffe, sie weiß, was das ist. Ich sterbe sonst!«

»Klar stirbst du, wenn du nicht auf deiner Datenautobahn herumkurven kannst!«, knurrte Fenna. »Aber wir werden allesamt früher oder später am Fortschritt krepieren.« Sie warf sich rücklings aufs Bett. »Mama fliegt morgen nach New York und setzt dem Klimaschaden noch eins drauf. Wir werden alle sterben! Und ich zuallererst, sollte ich diese zwei Wochen tatsächlich auf Langeoog bleiben müssen.«

»Es ist anzumerken, dass es sich a) um nur dreizehn Tage und nicht zwei volle Wochen handelt. Und b) ist zu klären, ob das der richtige Augenblick für dein Ableben ist«, dozierte Kilian. »Wenn du auf der Insel stirbst, muss ein Sarg vom Festland nach Langeoog gebracht werden. Haben die hier ein Bestattungsunternehmen, ändert das auch nichts, weil sie die Dinger bestimmt nicht selbst herstellen oder zumindest das erforderliche Material herschaffen müssten. Sprich: Es kostet unnötige Treibhausgase, auf einem Eiland dahinzuscheiden. Das kann nicht in deinem Sinne sein!« Er rückte die Brille mit dem Zeigefinger ein paar Millimeter nach oben und betrachtete seine Schwester. »Wenn du meine Meinung hören möchtest: Warte die Tage lieber ab, bis wir drüben sind. Dein Tod hier ist äußerst unökologisch.«

Fenna nickte düster. »Danke, kleiner Professor. Fürs Augenöffnen, du hast recht. Ich kann und darf noch nicht sterben.«

»Gern geschehen.« Er bückte sich und zerrte sein Notizbuch heraus, in das er sofort seine Nase steckte. Er fläzte sich aufs Bett und tat konzentriert, was man am ständigen Zucken seiner Zehen bemerkte. »Ich für meinen Teil habe vor, mich hier weiterzubilden. Ich gehe quasi wie ein Mönch im Kloster in Klausur. Mehr kann man ohnehin nicht tun.« Er zückte seinen Stift und kritzelte etwas auf die leere Seite.

Marie überließ ihre Geschwister kurz sich selbst und hüpfte hinunter zu Oma Jette, die ihr den Internetschlüssel bereitwillig zusteckte.

»Kinder, ich habe Nehetz!!! Oma wusste tatsächlich sofort, was ich will«, jubelte Marie, als sie wieder oben war. »Netz! Auf dieser Insel. Es gibt hier wirklich *Internet!*« Sie würde folglich nicht sterben, sie war gerettet.

Jette entkorkte die Weinflasche, ließ sich auf den Gartensessel fallen und schloss die Augen. Eine orangefarbene Wollstola umhüllte ihre Schultern, denn auch wenn es ein lauer Abend war, kühlte es doch merklich ab. Neben ihr lag ein Stapel Tarotkarten. Sie hatte das *Kleine Kreuz* und *Das Hufeisen* für heute und für morgen gelegt und wünschte, es besser gelassen zu haben. Die Karten sagten nichts Gutes, absolut nichts Gutes. Chaos und Unbill.

»Jetzt bin ich sogar zu müde, mir den Wein einzuschenken«, murmelte sie und ärgerte sich augenblicklich über ihre Selbstgespräche. Diese Macke nahm immer mehr zu. »Bin ich vielleicht einsam?«

Blödsinn. Alles ist gut so, wie es ist. Ich liebe meine Freiheit.

Kea war, nach einem kurzen und schmerzlosen Abschied, mit dem letzten Schiff zurück nach Bensersiel gefahren. So ganz hatten ihr die Kinder das Parken auf der Insel bei Oma Jette nicht verziehen.

Die schrak zusammen, als sie merkte, dass sie schon wieder nicht allein war. Vor ein paar Minuten hatte Marie sich den Internetschlüssel geholt, war allerdings wie ein Orkan gleich nach oben ins Zimmer gewirbelt.

Nun war Fenna neben sie getreten und beäugte das Obst auf dem Tisch mit kritischem Blick.

Wäre gut, wenn dieses Kind auch mal was anderes als Äpfel in sich reinfutterte, dachte Jette. Sie ist viel zu dünn. Kea hatte auch immer zu wenig gegessen und glich bis heute der Statur nach einer dünnen Birke. Das hatte sie vom Vater geerbt, der ähnlich drahtig gewesen war.

Fenna nahm einen Apfel in die Hand und studierte den Aufkleber im Schein des Windlichtes. »Die stammen zwar aus biologischem Anbau, haben aber eine äußerst negative Klimabilanz.«

Jette zog fragend die Brauen hoch. »Warum? Sind doch einfach nur Äpfel. Am Baum gewachsen, geerntet und hierhergebracht.«

Fenna schüttelte energisch den Kopf. »Die kommen nicht nur vom Festland, sondern sind auch noch gleich aus Südamerika eingeflogen. Weißt du, wie viele Tonnen Kohlendioxid ein solcher Import kostet?«

»Auf Langeoog wachsen nun mal keine Äpfel«, wagte Jette einzuwenden. »Vielleicht vereinzelt.«

Die mit dem schädlichen Obst ausgelöste ökologische Katastrophe hielt Fenna allerdings nicht davon ab, sich ein Stück zu Gemüte zu führen. »Immer noch besser, als Leichenteile zu verspeisen«, nuschelte sie. »Fisch ist völlig ausgeschlossen. Wegen der Überfischung kann die Brut nicht mehr groß werden. Von der Massentierhaltung beim Geflügel oder der Schweinemast ganz zu schweigen.« Sie verschwand und schnappte sich im Fortgehen die letzte Birne, deren Herkunft sie ausnahmsweise nicht hinterfragte.

»Was wolltest du denn von mir?«, rief Jette ihr nach.

»Hatte Hunger. Muss schließlich überleben, auch wenn die Welt dabei draufgeht! Hier zu sterben würde der Umwelt erheblichen Schaden zufügen, das kann ich nicht verantworten, da sind klimaschädliche Äpfel das geringere Übel. Das Leben besteht nun mal aus Kompromissen!«

Dass Fenna in diesen zwei Wochen nicht sterben wollte, empfand Jette als extrem rücksichtsvoll. Die Tür knallte oben zu. Der Ton hallte in den merklich vibrierenden Scheiben nach.

Wenn die drei die Tage auf der Insel überlebten, konnte Jette allerdings die Fenster neu einbauen und vermutlich alles renovieren. Sie schenkte sich den Rotwein doch ein, ließ ihn im Glas kreisen, damit sich das Bukett voll entfaltete. Dabei legte sie den Kopf in den Nacken. Den Himmel zu betrachten beruhigte sie in der Regel. Wenn die Kinder weg waren, würde sie genau diesen Himmel malen und daran denken, wie wertvoll ihr die neu gewonnene Freiheit war. Möwen zogen ihre Bahnen, der Himmel färbte sich rot und machte Hoffnung auf einen neuen sonnigen Tag. Trotz der Windstille drang das Rauschen der Wellen an ihr Ohr, es roch leicht nach Tang. Jette schloss erneut die Augen. Eine Grille zirpte im Busch. Was für ein Frieden auf ihrer wunderschönen Insel.

Ihre Gedanken wanderten zu Pablo. Was er wohl tat? Malte er gerade den tapezierten Knochen in Öl oder zeichnete er allein die Dünenketten bei Mondschein?

Jette setzte sich aufrecht hin.

Jetzt bitte nicht über Pablo nachdenken. Er war ein weiteres Problem, das es zu lösen galt. Aber nicht heute Abend.

Zwei Wochen lang sollte sie nun Oma sein. Zwei Wochen drei Teenager beherbergen. Zwei Wochen Rücksicht nehmen. So lange, bis sie sechzig wurde. Sie musste es irgendwie schaffen, immerhin hatte sie schon schwierigere Situationen gemeistert, und Improvisation war eine ihrer großen Stärken. Die jahrelange Übung, ihre Kinder allein großgezogen zu haben, würde sich nun auszahlen.

Sie war immer gern Mutter gewesen, hatte sich aufopfernd um den Nachwuchs gekümmert, doch wie es eben war: Eines Tages verließen die Vogelkinder ihre Nester und flogen fort. Fragten nicht, ob sie vermisst wurden und wie Mama sich ohne sie fühlte. Der Lauf der Welt. Trotzdem war es schmerzhaft, zudem sie keinen Mann an ihrer Seite hatte, mit dem sie fortan in die Zukunft blicken konnte, nachdem der Vater ihrer Kinder bei einem Verkehrsunfall ums Leben gekommen war und dieser andere ... Jette mochte nicht einmal mehr an seinen Namen denken. Er war keinen dieser sieben Buchstaben des Vornamens wert, von den elf Buchstaben des Nachnamens ganz zu schweigen. Achtzehn negative Assoziationen.

Nach seinem Abgang hatte es keinen Mann mehr in Jettes

Leben gegeben. Keinen richtigen jedenfalls, nur solche wie Pablo. Jette grinste. Gut, dass Kea das nicht wusste!

Trotz aller Verletzungen und dem ständigen Gefühl, alles allein schaffen zu müssen, hatte Jette beschlossen, ihre drei Sprösslinge fliegen zu lassen, ihnen nicht nachzutrauern und selbst nicht in der Einsamkeit zu versinken. Deshalb hatte sie das Haus auf Langeoog gekauft. Sie war frei! »Würde ich es je anders machen?«, fragte sie leise. »Nein, alles ist gut so, wie es ist!«

Gerade als sie den ersten Schluck Wein nehmen wollte, hörte sie Schritte auf dem Pflaster. Dahinter ratterte das typische Trolleyrollen. Jette wandte den Kopf, denn normalerweise trat es nur auf, wenn die Inselbahn kam oder kurz bevor sie abfuhr, dann allerdings in großer Lautstärke, weil unzählig viele Trolleys über das Pflaster gezogen wurden. Hier handelte es sich aber um ein vereinzeltes Geräusch, dennoch war es um diese Zeit äußerst ungewöhnlich, weil die Gäste längst in ihre Behausungen abgetaucht waren. Fuhr kein Schiff, gab es von Langeoog kein Entkommen. Es sei denn, man charterte sich ein Flugzeug oder besaß ein eigenes Boot.

Die Dämmerung senkte sich bereits über die Insel, eine letzte Amsel huschte durch den Garten und gab einen keckernden Ruf von sich. Das Trolleyrollen war verstummt, bestimmt hatte sich nur ein Badegast verirrt.

Auf der Insel, klar, Jette. In diesem Labyrinth kann man sich super verirren.

»Egal, ich habe meine Ruhe!« Kaum hatte sie den Satz ausgesprochen, spürte sie eine Hand auf der Schulter. »Wer zum Henker ...« Ihr blieb das Wort im Hals stecken, als sie ihre Augen öffnete und die in einem Strauß roter Rosen badeten.

Jette drückte die Blumen zur Seite, setzte sich in Zeitlupentempo aufrecht hin. Vor ihr befand sich genau das Gesicht, das sie so viele Jahre aus ihrer Erinnerung verbannt hatte und das sie auch nie wieder aus dieser Schublade hervorzuholen gedachte. Das, was nicht einmal die achtzehn Buchstaben wert war. Hatte sie ihn mit ihren negativen Gedanken womöglich hergezaubert? Oder aus der Versenkung geholt?

Die Nase, die Augen, das Kinn. Alles gehörte zu Günther Meilenstein. Der Kerl, von dem sie geglaubt, nein gehofft hatte, ihn niemals wiederzusehen. Günther trug dieselben Klamotten wie damals. Selbst von seiner Günter-Netzer-Scheitelfrisur hatte er sich nicht verabschiedet, genau wie noch immer diese Hornbrille seine Nase schmückte. Hier hatte er Glück gehabt, denn die überdimensionalen Brillengestelle erlebten gerade eine Renaissance. Dennoch wirkte er wie aus einer längst vergangenen Zeit entstiegen.

Entgeistert starrte Jette ihn an. Sie hatte mit allem gerechnet, aber nicht mit dem Auftauchen des Mannes, den sie schon mindestens hundert Mal auf den Mond gewünscht hatte. Hundert Mal? Einhunderttausend Mal. Was nur wollte er auf Langeoog, ihrer ureigensten Bastion? Uneinnehmbar für ihn! Der Mann, dem sie verdankte, dass sie ihr Haar drei Jahre früher hatte färben müssen, weil sie nicht als Silberlöckchen herumlaufen wollte.

Immerhin hatte der Inselfriseur ihre Ursprungsfarbe exakt getroffen.

Woher wusste Günther aber überhaupt, dass sie hier lebte?

Er streckte ihr die Rosen immer noch entgegen, ließ sie aber Stück für Stück sinken. In der Mitte des Straußes steckte eine kleine Meerjungfrau. Mein Gott, war das kitschig! Und als wäre das nicht genug, bewegten sich Jettes Hände fast mechanisch auf diesen pompösen Rosenstrauß zu und umfassten ihn. Eine der Dornen durchbohrte ihr Fleisch.

»Kann ich mich setzen?«, lächelte Günther. Sein Gebiss war neu, eine Veränderung, der er offenbar stattgegeben hatte. Blitzweiße Kronen reihten sich fehlerfrei aneinander. Das war aber die einzige Novität, beim Rest seiner Erscheinung zog er das Antiquariat vor. Jette glaubte, selbst das Hemd noch als eines von früher zu entlarven. Kein Hersteller würde es heutzutage wagen, auf einem Hemd farbenfrohe Moto Guzzis einzuarbeiten. Wer außer Günther Meilenstein trug so etwas?

Jette wies höflich auf den freien Stuhl und erkannte erst dann, was er neben dem Meerjungfrauen-Blumenstrauß noch so mitgebracht hatte. Entgeistert starrte sie auf den monströsen Koffer und den Metallkäfig, beides hatte er auf dem Gartenweg abgestellt. Das sah nicht nach einer Reise aus, sondern nach Umzug.

»Was wird das, wenn ich fragen darf?«

»Gibt kein Zimmer mehr«, entschuldigte sich Günther. »Da dachte ich …«

Jette blieb die Luft weg. Sie griff nach dem Weinglas und trank es in einem Zug leer. Weil es sie befreite, goss sie sofort ein weiteres Glas nach. »Da dachtest du nach all den Jahren, dass du einfach so hier reinschneien und sogar bei mir wohnen kannst? Geht's noch?«

Ich glaub, mein Schwein pfeift. Der hat doch nicht alle Latten am Zaun. Seine Fichte ist komplett abgenadelt. Seine Uhr tickt falsch herum.

Mehr fiel Jette nicht ein.

Günther nickte. »Du hast doch bald Geburtstag. Du wirst sechzig, Jette! Deine Kinder sind in alle Winde verstreut, wie ich recherchiert habe. Ich möchte nicht, dass du ganz allein feierst! Ich habe mir überlegt, wir bereiten das Fest zusammen vor und begehen den Tag in Ehren. Es sind ja noch exakt dreizehn Tage bis dahin, aber gut Ding will Weile haben.«

Zieh Leine, Günther Meilenstein. Mach dir die Meilen deines Lebens zum Lebensziel, bevor ich mich vergesse!

Exakt dreizehn Tage, hatte Günther gesagt. Er war immer noch so kleinlich wie früher! Jette musste sich mühsam beherrschen, ihre Zunge im Zaum zu halten. »Ich bin aber gar nicht allein«, entgegnete sie schließlich. Wie zur Bestätigung knallte oben eine der Türen, ein spitzer Schrei fäkalen Ursprungs durchschnitt den friedlichen Abend.

»Sche... Bei Omilein sitzt ein Typ!«, kreischte Kilian und stieß die Tür zu Fennas und Maries Zimmer auf. Er selbst war in der Dachkammer neben dem Atelier untergekommen.

»Ein Typ?«, fragte Fenna und vergaß für einen Augenblick den Untergang der Erde und ihr eigenes vorzeitig befürchtetes Ableben.

Marie hatte sich mit ihren Ohrstöpseln abgekapselt und bekam von dem Gespräch nichts mit, weil sie irgendein PC-Spiel spielte.

»Und was will der?«

Kilian schloss die Tür. Er flüsterte mit verschwörerischer Miene: »Der Typ hat Omilein einen Strauß roter Rosen geschenkt. Darin steckt Arielle, die Meerjungfrau. Und er hat einen ganz dicken Koffer dabei!«

Fenna spitzte die Lippen, und auch Marie entkorkte die Ohren. »Rosen? So ein richtiger Rosenkavalier? Krass. Das heißt in Omas Generation noch was! Wahre Liebe oder so. Nennen die Kukis das nicht Verehrer? Vielleicht wird das hier ja spannender, als wir dachten. Bestimmt ganz romantisch!«, frohlockte sie. »Wie in *Nur die Liebe zählt*. Oder in *Mit dir an meiner Seite*.«

Fenna winkte ab. »Tu nicht so gebildet. Das hast du doch beides nicht gelesen!«

»Wie auch? Das Erste ist nämlich eine Fernsehsendung, die du aus Energiespargründen natürlich noch nie gesehen hast! Die haben sie gerade neu aus der Taufe gehoben. Weißt du natürlich nicht, weil du ja quasi ein fernsehbefreites Individuum bist.«

Fenna ignorierte Maries Gekeife. Sie lehnte solch bewusstseinsschmälernde Freizeitaktivität bekanntlich ab. »Ein Kerl um diese Zeit mit einem Koffer und Rosen, der Oma auf der Terrasse stört und sich offenbar nicht angemeldet hat, ist nicht romantisch: Das klingt nach Verwicklungen! Und, was ich mich frage: Was bedeutet diese Nixe?«

»Ein altes Ritual«, sagte Kilian. »Irgendwas verbinden sie damit.«

»Wie dem auch sei ... Ich habe Internet!«, stellte Marie klar und empfahl sich retour in ihre eigene Welt.

Kilian war derweil die Treppe hinuntergeschlichen und kam mit hochroten Ohren wieder. Seine Brille war vor Aufregung verrutscht. »Es gibt weitere Neuigkeiten! Jetzt ist da noch ein Achtundsechziger. Und der schleppt eine Flasche Wein mit sich!«

»Ein Achtundsechziger?«, fragte Fenna. »Was soll denn das heißen?«

»Na so ein Polit-Öko von damals. So 'n Terrorist eben«, erklärte Kilian. »Ein Kinderladenfreak oder so.«

»Du liest echt zu viel Mist. Kinderläden waren die Befreiung aus den eingefahrenen und stockkonservativen Erziehungsmodellen der Sechziger …« Fenna stockte in ihrem Vortrag und runzelte die Stirn. »Aber was wollen zwei Männer da unten?«

Marie entkabelte sich erneut: »Eine Orgie vielleicht? Hat Oma vergessen, denen von uns zu erzählen, und sie hatte einen Abend zu dritt vor? Igitt!« Dann schüttelte sie den Kopf. »So ein Quatsch! Oma ist eine Oma! Dahinter muss etwas anderes stecken.«

»Omilein ist ein Neutrum!«, bestätigte Kilian. »Und gehört zum Kukidentgeschwader erster Güte! Sie hat Gebissreinigungstabletten im Bad. Hab ich gesehen. Da macht man keinen Sex mehr.« Er hüpfte wie ein Flummi aufgeregt auf und nieder.

Fenna drückte ihre Hand auf seine Schulter. »Hör auf zu hüpfen, du Klugscheißer!«, fuhr sie ihn an. »Was weißt du schon davon?«

»Vielleicht ist einer von beiden auch ihre alte große Liebe, und sie sind einst durch ein tragisches Unglück voneinander getrennt worden. Nun muss Oma sich für einen von ihnen entscheiden, damit sie mit ihm auf ihre alten Tage glücklich sein kann bis an ihr Lebensende!«, schwärmte

Marie. Sie strich sich ihr Schneewittchenhaar hinters Ohr. »Oma war ja mal eine schöne Frau. Ich glaube, ich sehe ihr ähnlich.«

»Hör auf mit deinem Bollywoodblödsinn!« Fenna schüttelte den Kopf.

»Aber wenn es so ist? Wer weiß, was damals geschehen ist, dass sie einander entsagen mussten.« Marie pfefferte ihre Ohrstöpsel auf den kleinen Beistelltisch.

»Nun entsag du besser deinem Internet! Lasst uns lieber überprüfen, was da unten wirklich los ist.« Fenna drückte auf die Aus-Taste des PCs, was Marie mit einem Ellbogencheck kommentierte.

Anschließend schlichen die drei die Treppen hinunter und kauerten sich hinter die Küchentür. Fenna legte warnend den Finger an die Lippen, als sie sah, wie Marie nach Kilian trat, weil er versehentlich ihr Knie berührt hatte. »Keinen Mucks!«

Das Gemurmel in der Küche war nun gut zu verstehen.

»Corazón, du hast Besuch! Dachte, du bist gestresst von den Badegästen! Ich wollte dich malen! Ich bin Künstler mit einer sensiblen Seele!« Der in Naturweiß gewandete Rastalockenmann hatte einen vorwurfsvollen Ton angeschlagen. Seine Haarpracht war locker mit einem Lederband gebändigt, seine rechte muskulöse Schulter lag frei, weil das Oberteil heruntergerutscht war. Ein Schlangenkopftattoo wand sich lüstern um den Hals.

»Ein Latin Lover!«, keuchte Fenna begeistert. »Mit Flip-Flops, Tattoo und dem geilsten Styling der Welt! Einfach und ohne Schnickschnack! Ein echter Mensch, keine blutsaugende Zecke, die das Universum schädigt!«

»Woher willst du denn das wissen?«, fragte Marie. »Vielleicht isst er liebend gern Hummer, der lebendig ins kochende Wasser geworfen wurde, oder er besitzt auf dem Festland eine Hühnerfarm.«

»So ein Quatsch! Ein Hühnerbaron sieht anders aus. Der Typ ist ein Künstler vor dem Herrn!«

»Sicher malt er nur mit Ökofarben und baut seinen Hanf selbst an«, nickte Marie. »Aber aus dem Süden könnte er tatsächlich stammen. So sieht er aus. Übrigens trägt er Plastiklatschen. Von wegen Öko.«

»Die sind sicher secondhand, dann mussten sie nicht sinnlos entsorgt werden.« Fenna wirkte völlig entrückt.

»Bestimmt. Mann, wach mal wieder auf!«, stieß Marie sie an. »Der Typ könnte dein Opa sein!«

»Höchstens mein Vater«, berichtigte Fenna sie. »Der Trend geht zum reifen Mann.«

»Jedenfalls klingt das, was er an Brocken einwirft, tatsächlich spanisch«, erklärte Kilian und unterbrach so den sich anbahnenden Streit seiner Schwestern.

»Du hast recht, Kili. Aber wo hat sie den her?«, raunte Marie. »Der Mann ist ja mindestens zehn Jahre jünger als Oma! Wenn er das ist, was ich vermute, dann irrst du, was Omas Sexleben angeht. Kukident hin oder her.«

»Halt die Klappe, davon hast du doch gar keine Ahnung. Oma ist eine alte Frau. Sie wird sechzig! Denke mal nach!«, flüsterte Fenna. Sie legte den Zeigefinger an die Lippen. »Und jetzt Ruhe, die quatschen weiter!«

»Ich bin ein alter Freund von Frau Blümerant!«, dröhnte eine sonore Stimme. »Gestatten: Günther Meilenstein! Wer sind Sie?«

Marie kicherte und ignorierte Fennas mahnenden Blick. »Und was ist das jetzt für einer? Der ist ja jenseits des Verfallsdatums, was sein Outfit angeht!« Sie schüttelte sich. »Dann echt besser so ein weißer Ökofuzzi mit Secondhand-Flip-Flops!«

»Der sieht aus wie Günter Netzer!«, flüsterte Kilian. »Hat dieselbe Frisur! Hab ich eben in Omileins WM-Buch aus dem Jahr 1974 gesehen.«

»Ein Steinzeittyp, sag ich doch«, bestätigte Marie. »Oder besser ein verkappter Achtziger. Die wurden kürzlich in einer Historiensendung beleuchtet und als Generation Golf bezeichnet. Die liefen jedenfalls alle so eigenartig rum.«

»Nun seid doch still!«, flüsterte Fenna. »Man bekommt ja gar nichts mit!«

»Was wollt ihr beide hier?«, fragte Jette gereizt. »Ich habe keine Zeit! Meine Enkel sind zu Besuch, also trollt euch!«

»Da geht niemand!«, berichtete Kilian, der den besten Platz hatte. »Die gucken sich an wie zwei Kampfhähne. Gleich duellieren sie sich! Dieser Günther macht einem echt Angst. Sein Gebiss sieht aus wie das vom Terminator. Auch so ein alter Kultfilm mit Special Effects!«

War klar, dass er den Film kannte. Heimlich aus dem Netz runtergeladen, dachte Marie.

»Wer sind Sie denn nun?«, wiederholte Günther Meilenstein und fixierte Pablo, der seinen Arm kurz anwinkelte und die Muskeln spielen ließ, was Fenna ein begeistertes »Wow« entlockte.

»Das ist Pablo!«, sagte Jette schnell. »Ein Freund.«

»Sie schämt sich für ihn!«, erklärte Marie. »Sonst würde

sie diesem Günther genau sagen, wer er ist. Denn das ist nicht nur ein Freund. Ganz sicher nicht! Aber sie mauert, das sieht man an Omas Gesicht. Ich kombiniere: Sie hat ein Verhältnis mit dem Latino, und dieser Steinzeit-, nein, Achtzigerabkömmling ist irgendein Verflossener. Kinder, so langweilig wird das hier doch nicht!«

»Sieht ganz so aus«, grinste Fenna. »Aber jetzt haben wir seine Antwort gar nicht gehört.«

Kilian drehte sich um. »Ich schon! Er hat gesagt, er heißt Pablo Torres Plata und dass er Omilein ab und zu malt!« Er verzog wissend das Gesicht. »Mehr sag ich nicht!«

»Komm, was hat er noch abgelassen? Spuck^'s aus!«, forderte Fenna ihren kleinen Bruder auf.

Der wurde rot. »Er hat behauptet, dass Omilein keine Enkel hat.«

»Dann hat sie ihm wohl nichts von uns und ihrer Familie erzählt!« Marie war entrüstet, aber Kilian winkte ab. »Er hat aber noch was gesagt!«

»Hm?«, fragte Fenna mit erhobenen Augenbrauen.

»Er hat gesagt, dass er sie nackt gemalt hat und das Bild über ihrem Bett hängt.«

»Nackt?«, kam es wie aus einem Munde von Fenna und Marie. »Das wollen wir sehen!« Fenna ging voraus, und ihre Geschwister folgten ihr dieses Mal widerspruchslos.

»Der Steinzeitterminator hat ganz schön blöd geguckt«, gackerte Kilian, als sie in Oma Jettes Schlafzimmer schlichen. »So langsam finde ich das gut hier.«

»Da hängt gar nichts!«, stellte Marie enttäuscht fest, nachdem sie die Wand über Oma Jettes Bett eingehend betrachtet hatte. »Hast du dich vielleicht verhört, Kilian?«

Der kletterte aufs Kopfteil und begutachtete die Tapete ebenfalls. »Da hing bis vor kurzem etwas. Seht ihr den helleren Abdruck und den Haken?«

»Manchmal bist du gar nicht so blöd.« Marie nahm ihr Handy, löste die Taschenlampenfunktion aus und strahlte die Wand an. Kilian hüpfte von der Matratze.

Kaum spürte er Boden unter den Füßen, krabbelte er bereits unters Bett. Triumphierend zerrte er das mit dem Handtuch umwickelte Bild hervor. »Tatatata!!! Frauen verstecken immer alles an so unsinnigen Orten«, erklärte er altklug. »Das kennt man ja. Von Mama«, fügte er hinzu, als er Maries fragenden Blick sah.

Fenna zog das Tuch vorsichtig beiseite, und eine nackte Oma Jette lächelte sie an. Sofort bedeckte sie deren Blöße. »Das ist kein Anblick für elfjährige Jungs!«, stellte sie fest.

Kilian schmollte. »Immerhin habe ich rausgefunden, wo es liegt. Und so viel älter seid ihr ja nicht, und ihr guckt es ja auch an!«

»Es ist durchaus ein Unterschied, ob man noch wie du grün hinter den Ohren ist oder wie Marie und ich schon fast erwachsen!«, korrigierte Fenna ihn.

»Mit sechzehn und siebzehn!«

Marie schob das Handtuch beiseite und betrachtete den Akt mit großem Interesse. »Hört auf rumzuzanken! Eines steht definitiv fest: Oma Jette ist nicht die Oma, für die wir sie gehalten haben!«

»Sieht so aus«, bestätigte Fenna. »Aber sie kommt doch dem Exemplar nahe, das Mama von ihr gezeichnet hat und was wir nie glauben wollten. Nur dass sie offensichtlich nicht so senil ist, wie Mama es immer durchklingen ließ.«

Sie machte eine Pause. »Pst, da schleicht jemand herum. Los, wir müssen abhauen!«

Sie stießen das Bild unters Bett zurück und verschwanden so rasch es ging nach oben.

4

Immer noch dreizehn Tage

Nicht jedes Tier frisst Heu

Jette betrachtete beide Rivalen und war ratlos, wie sie ihnen begegnen sollte. Pablo blitzte sie wütend an. »Du bekommst rote Rosen von einem fremden Mann, der aussieht wie …!« Er sprach den Satz nicht zu Ende.

»Wie sehe ich denn aus?« Günther blickte verständnislos an sich herunter. Er schien sich wirklich keiner Schuld bewusst zu sein. Jette folgte seinem Blick. Modetechnisch war er eine wahre Flatline. Er trug eine braune Breitcordhose in bequemer Größe, dazu eines dieser karierten bügelfreien Hemden, die bei längerem Tragen rochen, als habe der Besitzer sie markiert. Jette schlussfolgerte, dass Günther allein lebte. Sonst würde seine Frau die Bügelfee spielen, und sie hätte ihn niemals in reinem Polyester durch die Welt geschickt. Keine liebende Gattin tat das. Schon in eigenem Interesse nicht. Auf dem Kopf ihres Verflossenen thronte ein speckiger grauer Filzhut mit Banderole, seine Füße zierten helle Lederschuhe, an der Spitze gestanzt. Immerhin waren die sauber, kein Sandkorn verunzierte die Oberfläche. Pedantisch wie eh und je.

Pablo sprach glücklicherweise nicht aus, was Jette dachte. Er schnaubte nur wie ein wütender Stier und verschwand.

Die Tür schloss er sehr nachdrücklich und unterschied sich im Geräusch nur unwesentlich von der rasanten Methode, die Marie und Fenna zu eigen war.

»Seit wann gibst du dich mit Ökofuzzis ab? Das war doch sonst nicht dein Stil!« Günther plusterte sich auf wie ein Pfau. »Wäscht der sich überhaupt? Nimmt er Drogen?« Er schnappte nach Luft. »Wer im Glashaus sitzt, sollte nicht mit Steinen werfen! Was hat der überhaupt gegen mein Auftreten einzuwenden? Solide, sauber …«

Pflegeleicht.

»Was hast du gesagt?«, unterbrach Günther seine Ausführungen.

Jette schrak zusammen. Sie hatte doch nicht etwa laut gesprochen? »Nichts, Günther. Ich habe nichts gesagt.«

Er zog die rechte Braue hoch, wie immer, wenn er ihr nicht glaubte. »Nun denn«, hob er erneut an, »man sollte einen Menschen keineswegs nach dem Äußeren beurteilen. Aber so sind sie, die Künstler. Völlig intolerant.«

Jette verschränkte die Arme vor der Brust und presste die Lippen zusammen. Es reichte. »Du kannst nicht bei mir wohnen«, sagte sie kühl. »Das geht einfach nicht. Bitte verschwinde!«

Günthers Braue sackte enttäuscht herab. »Konnte wohl nicht erwarten, dass du mir um den Hals fällst nach dem, was gewesen ist.«

»Das konntest du in der Tat nicht erwarten, Günther Meilenstein. Mir ist es gleichgültig, was du anhast, und wenn du in einem Sack über Langeoog stromerst. Mich interessiert nur, was du damals getan und dreißig lange Jahre nicht wiedergutgemacht hast.«

»Damals war ich dreiunddreißig Jahre, vier Monate und drei Tage alt!«

Pedant …

»Ich war ein junger Mann. Menschen ändern sich.« Er legte den Kopf schief. »Weißt du noch, Jette? Du warst immer meine kleine Meerjungfrau. Und du bist es bis heute!«

Seine Meerjungfrau, ha! So jungfräulich waren wir damals nun wirklich nicht.

Das hätte er wohl gern gehabt. Die brave Jette mit dem Fischschwanz, die zeitlebens auf ihren Prinzen wartet! Sie war noch jung gewesen. Um genau zu sein: dreißig Jahre, zwei Monate und fünf Tage. Nur damit war es zu entschuldigen.

In Jette kroch die alte Wut gegen ihn hoch. »Du weißt, wo der Garten zu Ende ist, bitte die Pforte schließen, sie scheppert, wenn Wind aufkommt.«

»Das kannst du nicht machen. Ich habe kein Bett, weiß nicht, wo ich die Nacht verbringen soll!«

»Meine drei Enkel, Fenna, Marie und Kilian, sind heute gekommen und alle Zimmer besetzt.«

Und mein Herz ist zwar frei, aber verschlossen. Zumindest für dich.

Günther überlegte kurz, verlegte sich dann aufs Flehen. »Darf ich den Koffer denn so lange bei dir lassen, bis ich eine Bleibe gefunden habe? Es ist so mühsam, ihn über die Insel zu ziehen.« Er druckste herum. »Und ganz wichtig wäre auch Emma, die Arme.«

»Emma?« Günther blieb Günther. Wer zum Teufel war Emma? Brachte er seine Freundin etwa auch noch mit? Ihm war alles zuzutrauen.

»Das ist der Scheidungshamster von Andrea, meiner Nachbarin. Ich hüte ihn, weil sie verreist ist und ihr Gatte sie Knall auf Fall verlassen hat. Sonst steht als Hamstersitter niemand zur Verfügung. Da bin ich eingesprungen ...«

Jette unterbrach ihn. Der Hamsterdame würde sie Asyl gewähren, für die Koffer war in der Abstellkammer Platz. »Schon gut. Emma und dein Gepäck dürfen bleiben.«

Günther Meilenstein aber war ein Schuft und sollte bleiben, wo der Pfeffer wächst! Ein Ziegenbock, ein Schw... Das letzte Wort wollte Jette nicht zu Ende denken, aber auf jeden Fall fraß nicht jedes Tier Heu, wie Scheidungs-Emma. Die biss gerade wütend in die Metallstangen und machte dabei ziemlichen Lärm. Vermutlich hielt sich ihre Reiselust in Grenzen.

Na super. So schnell konnte alles kippen! Jette betrachtete die Kofferansammlung, deren Zwischenlagerung sie eben zugestimmt hatte. Zu den Enkeln gesellten sich jetzt also ein überdimensionaler Schrankkoffer, zwei Trolleys und ein Scheidungshamster in schwarzem Metallkäfig. Wie auch immer Günther es geschafft hatte, das alles hierherzuschleppen. »Ich habe noch mehr Gepäck«, gab Günther zähneknirschend zu. »Das steht am Bahnhof.«

Wenn das weiter so ging, konnte Jette bald anbauen. »Das Zeugs da«, sie wies auf sein Hab und Gut, »kannst du in die Abstellkammer bringen, das Tier nehme ich vorerst mit in die Küche. Nun beeil dich mit der Zimmersuche, viel Zeit bleibt dir nicht.«

Es war spät geworden, durch den Ort schlenderten nur noch vereinzelte Gäste. Jette bezweifelte, dass Günther ein Nachtquartier finden würde. Die Insulaner vermieteten in der Hauptsaison wirklich jedes Zimmer und jede Hütte, jeden Dachboden. Doch im Augenblick platzten die Unterkünfte aus allen Nähten. Was aber war, wenn Günther tatsächlich nirgendwo unterkam?

Jette verdrängte den Gedanken. »Wie bist du denn nach Langeoog gekommen? Mit der letzten Fähre?«, versuchte sie das Thema zu wechseln. In dem Fall müsste er eigentlich eher angekommen sein.

Günther schüttelte den Kopf. »Nein, mit meinem Freund. Der musste noch arbeiten.«

»Deinem Freund«, wiederholte Jette langsam und unheilvoll erahnend, wen er damit meinen könnte. »Du redest nicht von Horsti!«

Günther schwieg betreten, und Jette wusste, dass sie ins Schwarze getroffen hatte. Günther war mit Horsti von Hinten gekommen. Diesem ... diesem ... eben diesem Typen, der alle von hinten mit der Faust durchs Auge plattmachte. Jette fehlten für den Mann die Worte, keines erschien ihr schlecht genug. Horsti besaß in Hamburg einen Club, was auch immer das sein sollte, und vergnügte sich in seiner Freizeit mit windigen Geschäften, vermutlich Diebstahl, Steuerbetrug oder Brandstiftung. Irgend so etwas. Warum Günther Meilenstein, der überkorrekte Günther Meilenstein, sich ausgerechnet an diesen Kleinkriminellen und sein zugegeben dickes Portemonnaie hängte, hatte Jette nie verstehen können. Dass Günther sich von ihm sogar hin und wieder von seiner Überkorrektheit abbringen ließ, war ebenfalls ein Rätsel, das unlösbar bleiben würde.

»Seid ihr mit seinem Schiff gefahren? Besitzt er eine Motorjacht, wie damals?« Natürlich hatte er die. Die brauchte Horsti zum Protzen. Damit er seine Lockenmähne im Nordseewind flattern lassen konnte, wenn er mit dem Boot über die Wellen flog. Mittlerweile dürfte die aber merklich gelichtet, zumindest aber ergraut sein. Obwohl Horsti sie bestimmt färbte, um seine Dynamik zu erhalten.

»Hm, ja«, druckste Günther herum. Er schabte mit der Schuhspitze über den Weg. Ein typisches Zeichen dafür, dass er verlegen war. Manche Dinge änderten sich nie. Günther war so ein Ding.

»Dann kannst du doch bei ihm nächtigen«, schlug Jette vor. »Er wird bestimmt eine Kajüte für dich frei haben.« Sie bugsierte Günther Meilenstein aus der Tür. »Bring bitte erst noch deinen Hausstand nach hinten! Ich möchte mich nicht damit abschleppen!«

Warum er auch immer seine gesamten Habseligkeiten mitgebracht hatte. Ein kleiner Koffer hätte für einen Kurztrip ja wohl genügt. Jette flog für einen Augenblick der Gedanke an, welche Konsequenzen sie aus dieser Tatsache schlussfolgern konnte, wollte es aber besser doch nicht wissen. Nein, das war nicht ihr Problem.

»Nun sind beide weg!«, kommentierte Kilian. »Die Luft ist wieder rein.«

»Schade, dachte, wir erleben noch so richtig was!«, schmollte Marie. »Oma kennt wirklich komische Typen. Aber keiner hat ein anständiges Sixpack. Nicht mal der Latin Lover! Das ist eher ein Tripack. Zumindest ist der Ansatz da. Also, wenn ich mir mal einen Typen aussuche, der muss schon etwas mehr vorzuweisen haben.«

»Du darfst nicht vergessen, dass diese Männer schon ein fortgeschrittenes Alter haben«, begann Kilian.

»Aber der Tripack-Typ ist auf jeden Fall etliche Jahre jünger als Oma.« Fenna hatte noch immer ein verdächtiges Leuchten in den Augen. Sie hatte sich umgezogen und trug nun braune Shorts mit einem Flicken-T-Shirt. »Mama hätte Oma vielleicht doch nicht allein nach Langeoog lassen sollen. Sie ist trotzdem Großmutter und hat offensichtlich gleich zwei Verehrer! Geht gar nicht, oder?«

»Und sie lässt sich nackt malen! Nackt!«, bestätigte Marie düster. »Wer tut das, wenn er klar im Kopf und nicht bereits scheintot ist? Hier trügt das äußere Bild gewaltig.«

Kilian rückte wieder wissend die Brille zurecht, seine Sommersprossen schienen vor Eifer förmlich zu leuchten. »Omilein ist eben aus einer anderen Zeit. Uralt halt, völlig egal, wie sehr das Äußere täuscht. Wobei man aber alles auch aus Künstlersicht sehen kann: Ich möchte an Leonardo da Vinci erinnern, der hat die Leda auch unverhüllt gemalt. Sogar gemeinsam mit Kindern. In den vorigen Generationen war das vermutlich Kult.«

»Du bist und bleibst ein echter Klugscheißer, Professor Kilian!« Fenna presste die Lippen zusammen und sah ihren Bruder strafend an.

»Hauptsache, sie verfällt nicht auf eine solche Idee, das kann sie nämlich vergessen! Ich lass mich nicht nackt mit ihr malen so wie diese Leda mit den Kindern«, erklärte Marie.

»Eben hast du noch behauptet, du bist kein Kind«, stellte Kilian richtig.

Marie zuckte ratlos mit den Schultern und überging seinen Einwand. »Aber ist Leonardo da Vinci nicht viel älter als Oma? Ich meine älter als sechzig?« Sie kannte zwar die neusten Mode- und Frisurentrends, da hatte zumindest der eine Gigolo an Omas Seite ein echtes Defizit. Und über den Geschmack bei Flip-Flops ließ sich ebenfalls streiten. Jedenfalls, wenn sie secondhand waren, aber mit den alten Malern hatte sie es nicht so.

»Leonardo da Vinci hat Ende des fünfzehnten Jahrhunderts ...«, begann Kilian, aber Fenna hielt ihm den Mund zu. »Hey, ich höre da was!« Sie griff mit der anderen Hand nach Maries Arm. »Klingt komisch!«

»Was ist denn das für ein Geräusch?«, argwöhnte die.

»Metall! Das hört sich an wie das Schlagen an Metall. Ob hier jemand einbricht?« Kilians Augen leuchteten.

»Wer geht runter?«, fragte Fenna. »Einer muss sich opfern. Alle sind zu auffällig.«

Kilian hob den Arm. »Das mach ich. Ehrensache! Ich bin der Mann.«

»Das Männlein«, berichtigte Marie, aber Kilian hatte das glücklicherweise nicht mehr gehört.

Nach einer Weile kam er zurück. »Das wird immer mysteriöser, Mädels! Jetzt hat Omilein auch noch einen Hamster! In einem schwarzen Käfig. Hoffentlich hat das nichts mit Satanismus zu tun. Allein wegen der Black Box, die in der Käfigecke steht!«

»Eine Black Box ist was ganz anderes, glaub ich. Egal, ich geh jetzt pennen.« Marie warf sich aufs Bett.

5

Immer noch dreizehn Tage

Suche nicht nach Fehlern, suche nach Lösungen.
(Henry Ford)

Jette betrachtete den Mond und sehnte sich sofort nach Pablo. Was für eine dumme Konstellation, dass ausgerechnet heute Günther Meilenstein vor der Tür stehen musste. Dazu mit einem Strauß Rosen, gespickt mit dieser Fischflossenschönheit! Wie lächerlich!

Aber Pablo ist eifersüchtig, grinste sie. Dabei war er es doch, der gern frei sein wollte und ihr Angebot, dass ihre Liaison keine Verpflichtung in irgendeiner Form bedeutete, begrüßt hatte. Sie waren darin übereingekommen, niemals Gefühle wachsen zu lassen.

In ihrem Alter, mit allen Enttäuschungen und der durchlebten Trauer, glaubte Jette das im Griff zu haben, und sie war sich mit ihrem Angebot an ihn sehr progressiv vorgekommen. Bislang hatte das Arrangement hervorragend geklappt.

Wer konnte damit rechnen, dass Günther Meilenstein noch einmal auftauchen würde? Vergessen wollte sie ihn. Für immer und ewig. Auf diesen Mann musste Pablo ganz sicher nicht eifersüchtig sein.

Draußen wurde es zu feucht und kalt. Außerdem frischte der Wind auf und wehte den salzigen Duft der Nordsee über die Insel. Die letzten Möwen sangen ihren Gutenachtschrei, bald würde es still werden auf Langeoog. Jette schnappte ihr Weinglas und zog sich in die Stube zurück. Von diesem Tag hatte sie die Nase gestrichen voll!

Sie hätte auf ihre Tarotkarten hören sollen. Die logen niemals. Sie schmiss sich rücklings aufs Sofa und schlief augenblicklich ein.

Nach einer Weile unruhigen Schlafes schreckte Jette hoch. Sie musste erst realisieren, was für ein Geräusch das sein könnte. Es klopfte an ihrer Haustür. Jette rappelte sich schlaftrunken auf und öffnete.

Vor ihr hockte Günther auf der Treppe und hatte eine halb geleerte Weinflasche in der Hand. Er blickte kaum auf.

»Was willst du schon wieder?«, herrschte sie ihn an. »Ich hatte dich bereits rausgeworfen! Du wolltest bei Horsti schlafen, schon vergessen?«

»Das geht nicht. Horsti ist weg«, lallte er. »Außerdem dreht die Welt sich, und das ziemlich schnell.«

»Die Welt dreht sich immer.«

»Aber nicht in dieser Geschwindigkeit, versch...tehscht du? Es ist wie in einem Kettenkaruschel.« Günther hatte eindeutige Artikulationsschwierigkeiten. Jette überging sein Jahrmarktgeschwafel, der Grund für seine Karussell-Halluzinationen lag auf der Hand. »Und warum ist Horsti weg?«

»Eine Frauengeschichte.« Günther entfuhr ein Hicks, ihm folgte ein singender Rülpser. »Vertscheihung! Horsti kommt erst morgen tschurück. Ich habe wirklich alles versucht, aber es gibt auf dieser gottverdammten Insel keinen Platz in der Herberge mehr!«

»Das klingt wie bei Maria und Josef. Wäre prima, wenn

du nicht auch noch gebären möchtest! Und deine Hamsterdame ebenfalls nicht. Dann komm rein.« Jette wies auf das Sofa und verfluchte sich schon in derselben Sekunde für diesen Samariterakt. »Diese eine Nacht! Nur diese eine Nacht.« Wie sie das ihren Enkeln erklären wollte, konnte sie sich die nächsten schlaflosen Stunden ausgiebig überlegen.

Günther Meilenstein betrachtete die abgewetzte Blumentapete, die sich in der Ecke bereits löste. Jette hatte ihn in die Abstellkammer verfrachtet, und genau so kam er sich auch vor. Abgestellt. Außerdem war ihm schlecht, er könnte die ganze Regentonne austrinken und ekelte sich gleichzeitig bei der Vorstellung eines jeden Tropfens, der ihm durch den Hals lief. Dazu drehte sich die Welt noch immer, es sah aus, als spielten die Blümchen auf der Tapete Fangen.

Jette hatte kurzfristig beschlossen, ihn doch nicht in der guten Stube unterzubringen, sondern, zusammen mit seinen Koffern, in der dunklen Abstellkammer, die rückwärtig ans Haus grenzte. Zu groß war ihre Sorge, er könne seinen Mageninhalt unkontrolliert auf dem Boden mit dem handgewebten Teppich mit Schachbrettmuster verteilen.

Es gab allerdings einen weiteren, nicht unerheblichen Grund, den sie aber niemals zugeben würde. Günther kannte Jette schon viel zu lange, als dass er das nicht durchschaute. Sie war eine Frau mit Prinzipien, da schickte sich ein fremder Mann im Haus nicht, wenn die Enkel zugegen waren. In der Abstellkammer, die ja nur entfernt zum Wohnbereich gehörte, war er nicht direkt bei ihr zu Gast. Abgeschoben eben.

Jetzt, wo ihm der Kopf dröhnte, der Wein in seinen Gedärmen spazieren floss, fühlte es sich an, als wären ihre harschen Worte ein Nudelholz gewesen, das sie über seinen Schädel gezogen hatte.

Morgen würde sie ihn rauswerfen. Er sollte zu Horsti gehen, den sie nicht leiden konnte. Den sie ablehnte und dem sie misstraute. Hass war es nicht, denn das war für Jette ein zu großes Wort. Hass gab es in ihrem Wortschatz, in ihrem ganzen Denken und Fühlen nicht.

Eigentlich hätte sich Günther nach dem ersten Rauswurf vorhin auch gar nicht zurück zu Jette getraut, vielleicht morgen einen zweiten Rosenversuch gestartet. Nun hatte sich Horsti gerade heute wieder in eine Touristenschönheit verguckt. Wobei das Wort Schönheit in einigen Fällen durchaus neu definierbar und eben Geschmackssache war. Seine aktuelle Favoritin war für Horsti schön, weil er Schönheit mit Willigkeit gleichsetzte. Das genügte ihm für den Anfang: Mehr als den würde es nicht geben. »Jedes Ende ist ein neuer Anfang«, zitierte er stets, weil Horsti immer etwas zitierte. Er war quasi ein wandelndes Sprüchelexikon und konnte dadurch in jeder Lebenslage intelligente Dinge sagen, was die Herzen der Damenwelt regelmäßig zum Schmelzen brachte.

Da er zusätzlich eine außergewöhnlich imposante Motorjacht besaß, gab es genügend Schönheiten, die sich gern auf der Nordsee im Einklang der Wellen von ihm durchschaukeln und von seinen Sprüchen berieseln ließen. Horsti verfügte, eigenen Auskünften nach, über eine ausreichende Potenz. »Abwechslung stärkt den Appetit, das sagte schon Euripides. Ein griechischer Tragödiendichter.« Horstis Verlangen war demnach unersättlich, und er hatte es sich selbst zum Ziel gesetzt, sich nie erneut bei derselben Frau in einer weiteren Nacht beweisen zu müssen.

Günthers Übelkeit wurde übermächtig. Er schaffte es eben noch bis zur Toilette, die sich auf dem Flur direkt neben der Haustür befand. Eine armselige, schmucklose Keramikschüssel mit Ketten-Zugband und Wasserreservoir unter der Decke. Er musste viermal ziehen, ehe er die Spülung in Gang brachte. Danach hielt er die Kette in der Hand.

Er legte sie sorgfältig auf der Fensterbank ab, hoffte, dass er kein zweites Mal in die Verlegenheit kam, sich hier erleichtern zu müssen. Wie sollte er in seinem Zustand auf der Klobrille balancieren, um an den Abzug am Spülkasten zu gelangen? Er schaufelte sich am Waschbecken (Marke Emailleschüssel mit blauem Rand, quadratische, tiefe Form mit abgerundeten Ecken, Wasserhahn hoch angebracht für eine optimierte Putzeimerfunktion und zweimal geknickter Siphon) ein paar Ladungen kaltes Wasser ins Gesicht. Günther achtete stets auf solche Details, auch in Extremsituationen wie Alkoholmissbrauch.

Das Drehen der Welt ließ daraufhin merklich nach. Nicht aber Günthers Gedankenspiel. Er schleppte sich zurück ins Bett, zerrte das Daunenbett bis zum Hals, weil er trotz der Hitze fror. Nie wieder Alkohol! Oder wenigstens nicht in diesen Mengen. Und auch besser keinen Liebeskummer mehr.

Günther bemitleidete sich selbst. Er stand ein zweites Mal auf, schleppte sich ins Bad und holte einen nassen Waschlappen. Immerhin hatte Jette ihn mit genügend

Handtüchern und anderen Waschutensilien versorgt. »Eine Dusche habe ich in diesem Bad nicht, aber du kannst dich ja, wie in alten Zeiten, am Waschbecken waschen. Rasierzeug wirst du ja wohl mithaben.«

Günther war ihr kritischer Blick nicht entgangen. Dazu der prüfende Strich über seine Bartlandschaft, da konnte Jette nicht aus ihrer Haut, da war sie pingelig. Was hatte er diese Fürsorge vermisst!

Er zitterte vor Kälte, die Stirn glühte. Wie er den Rotwein hasste, den er haltlos getrunken hatte. Er wusste doch, dass ihm das nicht bekam.

Günther fiel auf die Matratze, fing den Stoß aber vorher ab, eine heftige Erschütterung wäre fatal für seinen lädierten Allgemeinzustand gewesen. Er war wirklich ein bemitleidenswerter Mann.

Der Waschlappen war warm geworden, aber das Frösteln ließ nach. Günther wagte sogar, ein Bein seitlich unter dem Federbett herauszustrecken und mit dem Fuß zu wackeln. Er schloss die Augen und schlief tatsächlich ein.

Als er erwachte, war der Schwindel verschwunden, die Tapetenblumen prangten nur noch an der für sie vorgesehenen Stelle. Wobei sie so geschmacklos hässlich waren, dass sie in rasender Form tatsächlich fast besser zu ertragen gewesen waren. Günthers Übelkeit ließ nach, und so langsam temperierte sich sein Körper in den Normalbereich zurück.

Das Licht der Straßenlaterne warf einen schmalen Streif auf die Bettdecke, und nun, wo sich nicht mehr alles drehte, hatte Günther Muße, den Raum genauer zu betrachten. In der Ecke dominierte ein alter Sekretär. Günther nahm mit den Augen Maß, befand ihn für ausreichend, ab morgen den mitgebrachten Laptop daraufzustellen. Er hatte wirklich an alles gedacht und auch mitgenommen. Er positionierte sein altes Handy schon mal darauf. Es war von ähnlich altertümlicher Form wie der Laptop. Ein Smartphone besaß er nicht. Er musste mit dem Gerät lediglich telefonieren und hin und wieder eine kurze Nachricht schreiben. »Du musst dich modernisieren, Günther«, war einer von Horstis Dauersprüchen. »Dann wird das auch was mit der Damenwelt.« Aber Günther glaubte nicht, dass ein Smartphone als Balzhilfe taugte. Horsti war selbstverständlich hochgerüstet mit allen technischen Neuerungen. Kaum hatten sie Kurs auf Langeoog genommen, hatte der ihm lang und breit seine Apps erklärt, die er sich regelmäßig aufs Handy zog. Günther interessierte das nur mäßig. Er hatte eigene Ziele, die mit einer App nicht zu lösen waren. Es gab sie nicht, diese »Ich-erobere-Jette-im-Flug-App«.

Auch wenn der Beginn seiner Rückeroberung bislang eher schleppend verlaufen war (Günther weigerte sich strikt, schon jetzt von einer Pleite zu sprechen, weil Jette auf die alte Meerjungfrau-Nummer nicht ansprach), wollte er dieses Mal kämpfen.

Er würde bleiben und Jette für diese Abstellkammer ein paar Euro Miete zahlen, ihr anbieten, zu renovieren und aufzuräumen. Eben ein Zimmer daraus zu machen, das sie später vermieten konnte. Oder als Gästezimmer nutzen. Dann war es keine Abstellkammer mehr, sondern eine Kemenate. Das klang gemütlicher, fast anheimelnd.

Günther befand sein Vorgehen plausibel und überzeugend; so konnte er Zeit gewinnen.

Plan A war gewesen, einfach so hereinzuschneien und

Jette widerstandslos zu erobern. Denk nur an die Meerjungfrau, alte Erinnerungen ziehen immer. Das war, zugegebenermaßen, eher suboptimal verlaufen, aber immerhin hatte er einen Fuß, nein, ein ganzes Bett in ihrem Haus. Das war aber noch unbefriedigend, und Plan B musste her.

Langsam entstand ein Bild, wie der eventuell auszusehen hatte.

Die größte Hürde waren sicher die angekündigten drei Enkel, die ihm bislang noch nicht unter die Augen gekommen waren. Es würde schwierig sein, sie auf seine Seite zu ziehen. Enkel hatten nur mäßiges Interesse daran, ihre Großmutter zu verkuppeln, denn sie liefen Gefahr, sich selbst die Konkurrenz um die Gunst ihrer Oma ins Haus zu holen. Außerdem war er unerfahren im Umgang mit Menschen dieses Alters. Seine Kontaktquote zu Jugendlichen glich der zu Aliens, belief sich folglich gegen null. Meist hatten beide eher weniger mit dem Liegenschaftsamt zu tun.

Über was konnte man sich mit Früh- und Spätpubertierenden unterhalten? Welche Themen würden sie faszinieren? Die Verwaltung von bebauten und unbebauten Grundstücken war bestimmt nicht der Hit. Ihm würde schon was einfallen, Jette und auch die Kinder für sich zu gewinnen. »Suche nicht nach Fehlern, suche nach Lösungen, das sagte schon Henry Ford«, flüsterte er und kam sich schon vor wie Horsti.

Jette sah zum Mond, der hell in ihr Schlafzimmer schien. Es war still im Haus. Keiner schimpfte mehr über Äpfel mit negativer Klimabilanz, niemand suchte nach einem Internetzugang, und selbst die Hamsterdame hatte ihre Befreiungsversuche aufgegeben.

Die Ruhe vor dem Sturm. Wie sollte sie alldem Herr werden? »Als Erstes gehe ich morgen zu Pablo und erkläre ihm, wie es ist. Auch, dass ich Kinder habe. Eine Menge Kinder. Und Enkel«, flüsterte sie. »Dann mache ich den dreien deutlich, dass Günther nur ein guter Freund ist. Nicht mehr und nicht weniger. Obwohl Freund ja beinahe schon hoch gegriffen ist. Also ein Bekannter, der ein bisschen Ruhe braucht. Dass Pablo mein Lover ist, werden die Kinder nicht vermuten, das ist zu abwegig. Hauptsache, sie dichten mir nicht Günther als Liebhaber an. Immerhin hat er mir Rosen mit einer Meerjungfrau geschenkt.« Bei dem Gedanken lief es Jette eiskalt den Rücken herunter. Sie hechtete aus dem Bett in die Stube, ergriff mit einem gezielten Griff die Stengel der Blumen und stopfte sie in die Mülltonne vor dem Haus. »Rosen haben etwas Verbindliches«, murmelte sie. »Dass da nichts läuft, glauben mir meine Enkel nie, wenn ich meine Vasen mit den Dingern schmücke und dann noch das Ariellegesicht dort herausguckt.«

Mein Gott, ich bin doch alt, ich führe seit fast einer halben Stunde nur Selbstgespräche.

Jettes Gedanken kursierten weiter. Günther, das war einmal. Er, der modetechnisch die Achtziger nicht verlassen hatte. Er mit seinem Seitenscheitel, dieser Cordhose und dem breitkrempigen Hut. Jette suchte verzweifelt nach dem Attraktivitätsbonuspunkt, der sie einst dazu verleitet hatte, sich ein Leben mit ihm vorzustellen.

Sie drehte sich auf die Seite und hoffte auf einen tiefen Schlaf. Es war alles in Gedanken vorbereitet, nun musste sie morgen nur noch alles umsetzen. Nur klang das leichter, als es werden würde.

6

Noch zwölf Tage

Schlimmer geht's nimmer

»Omilein! Wo ist die Milch?« Das war Kilian. Zu nachtschlafender Zeit. »Omilein!«

Es dauerte eine Weile, ehe Jette begriff, dass sie gemeint war.

Omilein = alte Frau, und das bin ich.

Mit dieser Erkenntnis schlüpfte sie in ihren Bademantel, einer Kreation aus verschiedenen Gardinenstoffen, die sie in einem Anfall von nächtlichem Wahn zu einem kunterbunten Mix zusammengenäht hatte. Darauf reihten sich Teetassen dicht an derbe Blockstreifen in einem anmutigen Braunorange-Mix neben Äpfeln, Leuchttürmen und zarten Rosen. Sie mochte ihre »Gemütlichkeit«, wie sie das Teil liebevoll nannte. Diese Kreativität könnte Fenna von ihr haben, wenngleich ihre Enkelin die Ideen etwas weniger farbenfroh umsetzte.

Kilian fand ihren Look offenbar weniger kreativ, obwohl er von seinen Schwestern sicherlich viel gewohnt war, und das in sehr verschiedenen Richtungen. Entgeistert starrte er seine Oma an, als sie in die Küche trat. Er verkniff sich aber jeglichen Kommentar. Jette hatte ohnehin keinen Blick für ihn.

Sie sah andere Dinge. Einen großen Haufen Sägespäne seitlich des Hamsterkäfigs, während sich Emma kratzend auf dem leergefegten schwarzen Plastikuntergrund vergnügte. Ihre Augen wanderten in Richtung Küchenarbeitsplatte. »Was ist das?« Jette deutete auf den Milchsee, der sich leise tropfend in Richtung Küchenfußboden verjüngte. Darin waberten Schokoflakes, die den Schwimmtest nicht bestanden hatten und gnadenlos ersoffen waren.

»Mein Frühstück«, erklärte Kilian. »Ich esse immer Schokoflakes. Mama hat sie mir eingepackt. Cerealien sind sehr gesund.«

»Ich hätte Müsli gehabt«, sagte Jette mit einem Blick auf das angerichtete Chaos. Fragend sah sie ihren Enkel an. Immerhin hatte ein Teil der Flakes es bis in die Schale geschafft.

»Ich hatte mächtig Hunger«, erklärte Kilian schuldbewusst. »Muss die Inselluft sein.«

»Deswegen ertränkst du Cornflakes und schaffst neue Niagarafälle aus Milch?«

»Ich wisch das gleich weg.« Kilian griff zum Spültuch und verteilte den Milchsee zu einem flacheren Gewässer.

Jette entwand ihm den Lappen und entfernte das Chaos mit wenigen Handgriffen. »Es ist sechs Uhr morgens«, sagte sie mit einem Blick auf die Uhr. »Junge Menschen schlafen eigentlich länger, oder?«

»Ich nicht. Ich bin Forscher wie mein Papa, und als solcher muss man früh auf den Beinen sein, damit man nichts verpasst.« Er zückte das blau eingebundene Notizbuch mit goldener Aufschrift, das er ihr gestern bereits unter die Nase gehalten hatte. »Hier drin vermerke ich immer, was ich so erforsche.« Er klappte es auf und schob sich die Brille wieder ein Stück höher auf die Nase.

Jette seufzte und versuchte ihm die Aufmerksamkeit zu schenken, die er nun von ihr verlangte: »Nun zeig schon, was darin steht!«

Er zog die sommersprossige Nase kraus und presste kopfwackelnd die Lippen aufeinander, als müsse er abwägen, ob die Inhalte seiner Forschungsaktivitäten den Horizont einer Großmutter überschritten. »Alles kann ich dir nicht zeigen. Gibt ja so was wie Privatsphäre.«

Klar, du Wicht. Meine habt ihr mir mit eurem Überfall ja genommen.

»Ist gut. Musst du ja nicht.« Jettes Augen wanderten schon wieder über das Chaos in der Küche. So viel zum Thema Privatsphäre.

»Doch, einen Teil zeig ich dir. Nur nicht das von gestern Abend.«

Jette zuckte zurück. Nein, die Kinder konnten nichts von ihrem Herrenbesuch mitbekommen haben, das hätte sie bemerkt.

Kilian schlug sein Notizbuch auf und hielt es Jette unter die Nase. »Ich habe die bahnbrechende Veränderung in unserem Leben mit berücksichtigt, was die Anzahl der Tage angeht, Omilein.«

Jette sah ihn fragend an.

»Nun, meine Logbucheinträge beginnen an dem Tag, als unsere Mutter uns vor vollendete Tatsachen gestellt hat, dass wir von nun an hier bei dir sein sollen. Deshalb bin ich schon bei Tag drei angelangt, obwohl wir erst den zweiten Tag hier sind. Genau genommen begann aber die Veränderung unseres Daseins einen Tag früher.«

Ist der immer so kompliziert? Dann prost Mahlzeit!

»Das ist ja gut durchdacht, Kilian.« Jette griff nach dem Büchlein und begann zu lesen:

Logbuch Kilian
Langeoog, Tag 3, Eintrag IV
Wetterlage: heiß und sonnig
Geschehnisse: Beginn der Forschungen auf der Nordseeinsel Langeoog
Inhalt: streng geheim
Kilian

Jette lächelte. »Na, dann wünsche ich dir auf der Insel viel Spaß.« Sie wischte ein paar der Schokoflakes, die in der Kuhle der Sitzfläche des Stuhls auf die Milch warteten, beiseite und setzte sich. Es knirschte, als sie einen übrig gebliebenen mit dem Hintern zerquetschte. Sie würde für den Rest des Tages von einer Schokoflakearmada verfolgt werden, das war mal sicher.

»Du willst gar nicht wissen, was ich erforschen möchte«, sagte Kilian enttäuscht.

»Doch klar. Was möchtest du denn auf dieser Insel erkunden?«, gähnte Jette. Ihre Forschungsaufnahmequalität befand sich noch im unteren Level.

»Ich finde schon was. Wüsste ich das vorher, dann wäre ich ja kein Forscher. Ich forsche also erst immer, was ich erforschen will.«

Jette waren das zu viele »forschs« auf einmal. Sie fühlte sich überfordert und brauchte einen Kaffee.

Sie stellte die Maschine an und lauschte erwartungsvoll dem leisen Knacken, als das Gerät das Wasser zum Kochen brachte. In der Zwischenzeit kümmerte sich Jette ums Frühstück für die Mädchen und Günther.

Nachdem sie Käse, Marmelade in drei Variationen und einen Rest Kräuterquark auf dem Küchentisch aufgebaut hatte, war klar, dass heute noch ein ausgiebiger Einkauf fällig war. Schon gestern Abend waren ihre Enkel wie eine unkontrollierte Heuschreckenplage über die bescheidenen Vorräte hergefallen. So, wie sie es früher tagtäglich mit ihren drei Ks, Kea, Kathrin und Knut, erlebt hatte.

»Ich war wie eine Vogelmama, hab immer nur die Schnäbel gestopft, bin weitergeflogen, um neue Nahrung zu finden«, flüsterte sie.

Kilian nahm seine künftigen Forschungsaufgaben offenbar sehr ernst. Während Jette im Bad war, hatte er sich sechs Scheiben Brot geschmiert und in Pergamentpapier eingewickelt. Jetzt war er gerade dabei, sie zusammen mit seinem Forscherbuch im Rucksack zu verstauen.

»Wo willst du denn überhaupt hin?«, fragte Jette argwöhnisch. »Allein über Langeoog zu streifen, das verbiete ich dir. Du kennst dich hier überhaupt nicht aus. Nachher verläufst du dich!«

Kilian begann zu lachen. »Ringsum Wasser, dazwischen die Insel und in der Mitte das Dorf. Wie soll man sich hier verirren?«

»In den Dünen ... Du nimmst Marie oder Fenna mit!«, bestimmte Jette.

»Marie geht nicht«, erklärte Kilian. »Der Wind.«

»Was ist mit dem Wind?«

»Der zerstört ihre neuste Frisur. Sie macht heute nämlich Sockenlocken.« Es klang ganz selbstverständlich. Als ob es stinknormal war, wenn eine Sechzehnjährige Sockenlocken machte. Was auch immer das sein sollte. Jette tippte auf zusammengerollte Strümpfe, die nach dem Entwirren eine lockenähnliche Form hatten. Nur – wozu sollte das gut sein? »Sockenlocken«, wiederholte sie, wollte aber nicht weiter nachfragen. Es galt dramatischere Probleme zu lösen, als sich in die neumodische Sprache der Pubertierenden einzufinden. »Dann begleitet dich Fenna. Die hat kein Frisurproblem.« Ihre älteste Enkelin war gänzlich unfrisiert. Strähniges schulterlanges Haar, meist nachlässig mit einem Zopfgummi zusammengebunden oder mit einem Haarkrebs am Hinterkopf hochgesteckt. Selbst ein Orkan mit Regenguss hätte ihrem Putz in Naturhaarfarbe »Straßenköterblond« nichts anhaben können. Kilian nickte und zerschnitt einen Apfel in mundgerechte Viertel. Er scheute sich nicht, Jettes Schubladen nach einer geeigneten Dose zu durchforsten. Die ließ es geschehen und nahm sich eine Tasse Kaffee. Es schmeckte fürchterlich. Was für ein Abstieg zum Genuss des grünen Tees. Die aktuelle Koffeinmenge barg akute Vergiftungsgefahr. Aber besondere Vorkommnisse erforderten besondere Maßnahmen. Im Augenblick empfand sie ihre Situation als besonders besonderes Vorkommnis. Mit einem Käsebrot dazu war es zu ertragen.

Die Tarotkarten konnte sie auch beim Kaffeetrinken legen, und mit dem Horoskop war es dasselbe. Beides war unverzichtbar, schließlich musste Jette wissen, was der Tag so brachte. Heute vor allem. Sie versuchte, sich zu konzentrieren, aber es gelang ihr einfach nicht, die Karten so zu legen, dass sie aus der Botschaft schlau wurde. Heute musste das Horoskop ausreichen. Das bekam sie täglich als App geschickt. So viel zum Thema: Mutter, ich drucke dir die Bilder aus, der PC ist zu kompliziert für dich.

Jette rief ihr Horoskop auf. »Der Tag verspricht lebhaft und interessant zu werden. Aber Vorsicht! Es könnte Sie überfordern!«, spuckte das Handy die Losung des heutigen Tages aus.

»Tolle Aussichten«, knurrte Jette. Aber genauso hatte dieser Tag tatsächlich begonnen. Horoskope hatten und behielten immer recht.

Ihr Leben begann normalerweise nicht mit ersoffenen Cornflakes und einem Hamsterdamen-Sägespanangriff, sondern ausgeruht und ohne Hektik. So, wie es sich mit fast sechzig ziemte.

Kaum aber waren ihre Enkel eingefallen, brach sie mit sämtlichen Regeln und trank sogar dieses Gesöff, bloß damit sie den Tag überstand. Trotz des ungewohnten Kaffeekonsums wurde sie nicht wacher. Draußen ratterten die ersten Kutschen und Elektroautos vorbei, darunter mischten sich das Poltern der Bollerwagen, Kindergeschrei und das Klingeln der Fahrradfahrer. Langeoog erwachte, und die Insulaner bereiteten sich auf den neuerlichen Besucherandrang vor.

Jette kaute lustlos auf ihrem Biokäsebrot herum. Kilian hatte derweil seinen Proviant komplett verstaut. Die Mengen ließen glauben machen, er plane eine Himalaja-Expedition. Genau diese Bemerkung ließ Jette fallen.

Kilian aber schüttelte vehement den Kopf. »Omilein! Wenn man dort aufsteigt, hat man Träger! Oder meinst du, da schleppt man sein Zeug allein rauf?«

Jette kam sich jetzt tatsächlich vor wie eine unwissende Oma, und das Gefühl verstärkte sich noch, als Kilian weiter dozierte. »Ich aber werde niemanden mit solch niederen Arbeiten belästigen. Nicht einmal Fenna. Obwohl sie meine große Schwester ist.«

»Diese Träger kennen aber immerhin den Weg.«

Gut gekontert, Jette.

Ihr Enkel zögerte mit seiner Antwort tatsächlich drei Sekunden lang. Ein Rekord!

»Ich will den Weg aber gar nicht kennen«, erwiderte Kilian ernsthaft. »Ich bin doch Forscher. Und Wege finden gehört zu meinem Metier!«

»Zu deinem Metier«, wiederholte Jette. Wieso warf ihr elfjähriger Enkel mit Begriffen um sich, die sie in seinem Alter noch nicht einmal gehört hatte? »Du wirst auf jeden Fall eine deiner Schwestern mitnehmen. Du weißt schließlich gar nicht, was man tun darf und was nicht. Die Dünen sind nur auf ausgewiesenen Wegen zu betreten, die Salzwiesen gänzlich verboten. Und untersteh dich, zu nah ans Wasser zu gehen! Die Strömung ist gefährlich, und wenn der Seenebel kommt, wirst du dich ins Meer verirren. Viele Gefahren für ein Kind wie dich.« Jette sah ihn scharf an.

»Nebel ist momentan nicht zu erwarten, Omilein. Und ich bin kein Kind mehr, ich bin Forscher, und ich kenne die Risiken der Welt!« Kilian schlug sich wie ein Römer mit der Faust gegen die Brust.

»Ich räume jetzt das Haus auf, weil ich den Laden um halb zehn öffnen muss. Kommst du allein zurecht, bis Fenna und Marie aufgestanden sind?« Jette warf einen Blick auf den Berg Brote, dessen Spitze aus dem Rucksack ragte.

Ein Verhungern ihres Enkels war nicht zu erwarten, wohl aber das der Restfamilie. Kurz entschlossen legte sie ihm zehn Euro hin. »Bitte hole Brötchen und ein halbes Brot beim Bäcker drüben. Sonst haben Fenna, Marie und Günther nichts zum Frühstück.« Das alte Brot, auf dem sie eben herumgekaut hatte, wollte sie ihnen nicht zumuten.

Kilian nickte abwesend. »Wer ist Günther?«

Fehler Jette, grober Fauxpas.

»Ein Bekannter, der auf der Insel kein Zimmer mehr bekommen hat. Er wohnt vorübergehend in der Abstellkammer«, erklärte sie rasch.

Kilian nickte wissend, zog sein Forscherbuch noch einmal aus dem Rucksack und kritzelte etwas hinein. »Ich teile die veränderte Situation meinen Schwestern mit.«

Und jetzt rasch das Thema wechseln, so tun, als sei hier alles im Lot.

Jette packte Kilian an der Schulter und sah ihm fest in die Augen: »Noch einmal! Du stromerst mir nicht allein über die Insel! Es gibt viele Dinge hier, die dir nicht geläufig sind, und ich habe die Verantwortung für dich.« Sie ließ ihn los und schloss die Tür.

Der Tag, nein, die Tage würden überaus heiter werden. Ein Teenager mit irgendwelchen Locken, eine durchgeknallte Ökobraut, ein Forscher, der mit Fremdwörtern nur so um sich schmiss und ein Ex-Lover mit Breitcordhose und Scheidungshamster. »Schlimmer geht's nimmer«, flüsterte sie.

Es kam schlimmer. Als Jette das Bett gemacht, die Böden gesaugt und gewischt und die Küche wieder in eine lebensmitteltaugliche Zone rückverwandelt hatte, glaubte, alles im Griff zu haben, saß Horsti in der Küche. Er konnte nicht durch den vorderen Hauseingang hereinspaziert sein, sondern musste die Hintertür genommen haben. Von hinten, wie sein Name, sein Leben.

Er lümmelte auf einem Stuhl, vor sich die noch halb gefüllte Kaffeekanne und einen Becher. Die Zeitung, die Jette vorhin aus dem Briefkasten gezerrt hatte, lag auf dem Tisch ausgebreitet. »Dachte, ich mach es mir mal gemütlich«, gluckste er. »Morgenstund hat Gold im Mund!«

Kilian hatte inzwischen frisches Brot und ein Brötchensortiment erstanden. Horsti griff schamlos zu und tat sich an Käse und Marmelade gütlich. »Wurst hast du nicht? Oder Fisch, wie es sich für eine echte Meerjungfrau ziemt?«

Jette zog die Mundwinkel nach unten. »Im Kühlschrank ist weiterer Käse, daneben befindet sich echter Kaviar und ein Stück Graved Lachs, direkt aus Norwegen eingeflogen heute Morgen. Ich kann dir auch noch Hummerkrabben anbieten. Darunter diniere ich nicht. Drittes Fach von unten, rechts«, antwortete Jette mit einem süffisanten Lächeln. »Noch Fragen?«

»Käse, Lachs, Hummerkrabben und Kaviar? Ach nein, danke.« Horsti stand auf und öffnete den Kühlschrank. Enttäuscht erkannte er die Leere in Jettes Kühlschrank. Ihn lächelten lediglich ein Paket angebrochene Geflügelsalami und eine tiefrote Tomate an. Horsti schloss die Tür wieder. »Auf reifes Gemüse stehe ich nicht.«

Jette hatte seine Aktion mit in die Hüfte gestemmten Fäusten beobachtet. »Was willst du? Günther abholen? Nichts lieber als das.« Jette deutete mit der Hand in den

Flur. »Den Flur entlang, die beiden Stufen in den Anbau und dann die erste Tür rechts. Er haust in der Abstellkammer. Bist du ja schon dran vorbeigekommen, warum du auch immer den Hintereingang einem anständigen Anmelden mit Klingeln oder Klopfen vorziehst.«

»Freut mich, dass mein alter Spezi bei dir gut untergekommen ist, junge Frau«, ignorierte Horsti Jettes Anmerkung. Der Becher Kaffee war geleert. »Danke für den Kaffee und die anregende Konversation, Jette Blümerant.« Er stand auf und hieb ihr mit der flachen Hand leicht auf den Hintern. »Hast dich wacker gehalten. Für sechzig gehst du gar nicht durch!« Er lachte glucksend. »Den Günni lass ich dir aber mal hier. Weißt ja, alte Liebe rostet nicht, und er hat vor, alles noch mal auf Hochglanz zu polieren.«

Jette räumte das benutzte Geschirr kommentarlos beiseite. »Du möchtest jetzt doch bestimmt gehen. Und nimm bitte Günther mit! Ich vermute ihn noch im Bett. Er wird seinen Rausch ausschlafen müssen.« Sie wies mit dem Kopf in Richtung Flur.

»Bist ja richtig biestig geworden. Haare auf den Zähnen, dass man einen Rasenmäher braucht, um sie zu stutzen, weil die Schere nicht reicht.« Horsti setzte sich wieder, denn er hatte auf dem Küchentisch ein Marmeladenglas entdeckt, das es zu leeren galt. Er nahm einen Löffel, stach ihn hinein und schaufelte sich ungeniert den Inhalt in den Mund. »Mann, ist das lecker. Ich hätte mir vielleicht doch ein Weib zulegen sollen, was, Jette?«

»Eine Frau ist kein Hund, den man sich zulegt. Ich glaube, du verschwindest jetzt. Auf deinem Boot sonnt sich ganz sicher eine langbeinige Schönheit, die nur darauf wartet, mit dir zu frühstücken!«

Horsti lachte auf. Eine schwarze Johannisbeere hatte es nicht ganz bis in seinen Mund geschafft und klebte vorwitzig an seinem rechten Schneidezahn. Das, was bei jedem anderen Mann unästhetisch ausgesehen hätte, wirkte bei Horsti von Hinten tatsächlich charmant. Jette hasste sich für diesen Gedanken. Mit einem Mal fiel ihr auf, dass es ungewöhnlich still im Haus war. Von Horstis Schmatzen mal abgesehen. »Sag mal, hast du Kilian gesehen?«, fragte sie. Allein, um etwas zu sagen, denn Horsti machte keinerlei Anstalten zu gehen.

Da er sich, genau wie Günther, in den Jahren keineswegs geändert hatte, befürchtete sie, dass jeglicher Widerstand ihrerseits zwecklos war. Horsti hatte etwas von einer Zecke, und er ließ sein Opfer erst dann los, wenn er es für richtig erachtete. Seiner Ansicht nach war jetzt aber dieser Zeitpunkt noch nicht gekommen.

»Kilian?«, fragte er langgezogen. »Dieser kleine sommersprossige Klugscheißer mit grüngerandeter Nickelbrille und blondem Schopf?«

Jette nickte widerwillig. »Er ist aber kein Klugscheißer, sondern er erforscht gern Dinge«, berichtigte sie Horsti.

Und schreibt sie sorgfältig in ein Logbuch.

»Er ist mein Enkel, und du wirst ihn hier nicht schlechtmachen!«

»Sagte die Oma«, grinste Horsti. »Auf Zack ist der Kleine ja, kann ich nur sagen. Und was der so ausplaudert! Ich habe eben ja nur kurz mit ihm gesprochen, aber ...«

Jette zuckte zurück. »Mein Enkel ist erst seit gestern auf Langeoog, was soll er denn ausplaudern?«

Denk an das Logbuch mit der Privatsphäre, Jette. Der weiß mehr, als er sagt.

»Ich sage nur: Jette, andere Frauen in deinem Alter haben stärkere Blessuren davongetragen als du. Du gehst noch glatt für fünfzig durch. Oder sagen wir: Dein Maler sieht es so!«

Jette wurde blass. Kilian hatte Horsti den Akt gezeigt, woher der Junge auch immer wusste, dass er existierte. Er war also mit ihm, während sie duschte, ins Schlafzimmer geschlichen und hatte ... unvorstellbar! Das konnte nicht sein. Horsti hatte ihr allein hinterherspioniert und schob jetzt nur die Schuld auf Kilian. Horsti von Hinten war, wie er war. Falsch und korrupt. »Kein Wort zu Günther«, zischte sie. »Kein Wort!«

Horsti stand auf. »Sei froh, dass ich auf jüngere Kaliber stehe, sonst würde ich mir meinen Lohn für das Schweigen einfordern.« Er duckte sich, als Jette ihren Hausschuh nach ihm warf. Horstis Silbermähne wurde nur leicht gestreift und wallte im Zugwind. Dabei legte sich der Ohrring frei und ein kleines Tattoo am Hals, das einst einen Schmetterling darstellen sollte. Mit ihm aber hatte mittlerweile eine Remutation zur Raupe stattgefunden, weil die Flügel in seiner Halsfalte zusammengeklappt waren und das ganze Tier nur noch als Strich mit Fühlern zu erkennen war. Jette nahm es mit Genugtuung zur Kenntnis. Aus dem prächtigen Schmetterling war ein Wurm geworden. Ein Horsti-von-Hinten-Wurm.

»Was bist du stürmisch, holde Maid«, grinste der. »Nun werde ich dich und deine Lieben verlassen. Die langbeinige Schönheit hat schon in der Nacht das Weite gesucht, und mein Spezi schlummert noch. Ich such den jetzt mal in seiner Kammer auf und kippe ihm einen Liter Bier über das müde Haupt. Das wird ihn erwachen lassen.«

»Untersteh dich!«, zischte Jette, die sich schon das Bettzeug waschen sah. »Aber weißt du, wohin Kilian verschwunden ist, nachdem er dir mein Geheimnis preisgegeben hat?«

Horsti wandte sich noch einmal um. »Ja, weiß ich. Er sah ziemlich unternehmungsfreudig aus. Schwer bepackt, als plane er einen längeren Ausflug. Mindestens bis zum Nordpol. Hauptsache, der verschwindet nicht heimlich von Langeoog. Dann hast du richtig Stress, Omilein! Wie sagen die Spanier immer so schön: Morgen ist meist der stressigste Tag der Woche.«

Jette ließ sich auf einen der Stühle fallen.

Gerade als Horsti verschwinden wollte, stolperte Pablo herein und musterte ihn mit argwöhnischem Blick von oben bis unten. Er sah ihm nach, bis er aus seinem Blickfeld verschwunden war. »Wer war denn das schon wieder?«, fragte er.

»Horsti.«

»Du kennst auf einmal viele Männer.«

Und du kennst tapezierte Knochen, Botoxmutationen und Silikonelfen!

»Horsti ist ein Freund von Günther. Sonst nichts.«

»Und Günther ist auch nur ein Freund von dir«, vollendete Pablo den Satz. Seine Miene hatte sich merklich verfinstert. Den freundlichen Spanier hatte er abgelegt. In diesem Augenblick wäre er für einen finsteren, wenn auch in Naturweiß gekleideten Piraten durchgegangen. Vor allem, da Pablo sein Lederband quer über die Augen gerutscht war und ihm ein nahezu verwegenes Aussehen bescherte.

Jette bekam weiche Knie. So liebte sie Pablo, so wollte sie mit ihm über die Weltmeere schippern. Na ja, wenigstens bis nach Bensersiel, denn um Pablos Hochseetauglichkeit war es nicht gut bestellt. Er war bei der ersten und einzigen gemeinsamen Kutterfahrt nur bis zur Ausfahrt der Hafenmole mit einem Lächeln gelangt. Da hatte er die gelben Algen noch bemerkt, mit der die dunklen Steine nach oben hin bedeckt waren. Kaum aber hatte der Kutter Langeoog umrundet und die Wellen schlugen seitlich gegen den Schiffsrumpf, war sein mediterraner Teint rasch zu Milchsuppenfarbe mutiert. Hernach hatte Jette eher von ihm gehört als etwas gesehen, denn Pablo hatte sich verkrochen, um den Inhalt seines Magens der Nordseemeereswelt ganz uneigennützig zur Verfügung zu stellen.

Erst als sie in den schützenden Hafen zurückgekehrt waren, hatte er sich hinter den Tauen hervorgewagt. Also: nur bis Bensersiel, da war die See meist ruhig. Aber bis dahin immer.

»Ich versuche, mir nachher freizunehmen. Wenigstens eine halbe Stunde«, versprach sie. Obwohl sie bei näherer Betrachtung der Lage doch lieber den Fische fütternden Pablo in Kauf genommen und mit ihm die Insel Richtung Nordpol verlassen hätte, als sich weiter diesem Durcheinander zu stellen. Island oder die Azoren wären ebenfalls eine Option. Egal, irgendwohin. Hauptsache weit weg von allen Problemen, die von Stunde zu Stunde größer wurden.

»Eine halbe Stunde reicht nicht, um viel Liebe zu machen«, riss Pablo sie aus ihren Gedanken und zog Jette an sich. »Warum hast du so wenig Zeit?« Er streckte die Brust raus und legte den Kopf schief. Mit dieser Geste versicherte er Jette, dass er den tapezierten Knochen nicht in sein Bett gelassen hatte. Und auch nicht die chlorgebleichte Nixe mit ihrem grünen Glitterkleid von vorgestern oder das mit Silikon gepolsterte Dornröschen, dem sogar die Knöpfe von der Stachelbluse geplatzt waren. Als Minimum aber zeigte es, dass er Jette trotz der Liebschaften nicht vergessen hatte.

»Ich kann nicht!«, hauchte Jette. »Ich muss dir was gestehen!« Sie sah sich hektisch um. Die Küche sah dank ihrer Putzaktion wieder manierlich aus, nur unter dem Tisch lugte noch immer ein vorwitziger Schokoflake hervor. Die Sägespananhäufung Emmas hatte sich erneut zu einem Berg aufgetürmt, und Kilian war verschwunden. Das war jetzt keinesfalls die Zeit für Sex and Rock 'n' Roll. Absolut nicht. »Ich möchte nichts hören, nur fühlen«, hauchte Pablo. »Nix gestehen, Jette!«

Jette stieß ihn sacht weg. »Okay, aber jetzt muss ich Kilian suchen!«

»Noch eine weitere Mann?« Pablo entglitten die Gesichtszüge. »Jette, was mache ich falsch?«

»Nichts, Pablo. Ich erkläre es dir später!« Sie schob ihn aus der Küche ins Freie. Jetzt war wirklich keine gute Zeit, ihm alles zu erklären.

Sollte Horsti recht haben, dass Kilian sich tatsächlich allein auf den Weg gemacht hatte, galt es, ihn zu stoppen. Jette sah ihren Enkel schon verzweifelt durch die Dünenlandschaft tappen, die Brille verloren, durstig, weil alle Vorräte aufgebraucht waren. Mit letzter Kraft schaffte er es zum Ostende und fand Unterschlupf an der Seehund-Beobachtungsplattform, während ein Gewitterschauer niederging und jegliche Rettung unmöglich machte.

Es sind aber keine Wolken am Himmel, Jette. Nicht eine. Woher soll das Gewitter kommen?

Gewitter nähern sich immer plötzlich und überraschend.

Man hat keins angesagt.

Egal, dann kommt ein Tornado.

Sie musste ihren Enkel suchen! »Es geht nicht«, wiederholte Jette, weil Pablo sich widerspenstig zeigte. Noch nie hatte sie ihm widerstanden und nun schon das zweite Mal in Folge.

»Ich tötte sie! Alle!«

Jette strich ihm über den Arm. »Das musst du nicht, es ist nur ...« Sie kam nicht weiter, weil sich eben Günther mit seinem rot karierten Holzfällerhemd und Knickerbockern, die eher für einen Alpenaufstieg als für einen Inselaufenthalt geeignet schienen, in die Küche schob.

»Da ist eines meiner Opferrr!«, stieß Pablo hervor. Er schnaubte wie ein wütender Stier.

Günther hingegen sah ihn freundlich an. »Sie sind auch schon wieder hier? Ich bin Jette sehr dankbar, dass sie mir ein Nachtquartier geboten hat.«

»So einerrr! Jette!«, fauchte Pablo. »Nicht so einer.« Er rauschte ab.

Spinnenbeinige Grazien mit Riesenbrüsten und Löwenmähne waren natürlich ästhetischer als ein Breitmaulfrosch mit überdimensionalen Kronen. Das sah Jette durchaus ein.

»Warte!«, rief sie Pablo nach. Sie wollte nicht, dass er so ging. Und das Falsche vermutete. Sie und Günther. Das war einmal. Lange war es her. »Es ist nicht so, wie du denkst!« Ihr Lover winkte ab und bestieg sein weißes Wolkenrad.

Jette war klar, dass das genau der verkehrte Satz gewesen war. »Es ist nicht so, wie du denkst«, äffte sie sich selbst nach. Kitschiger ging es wohl nicht.

7

Noch immer zwölf Tage

Lerne von gestern, lebe für heute und hoffe für morgen

»Günther, wir müssen Kilian suchen! Meinen Enkel! Er ist erst elf und weg. Ich habe eben nach Fenna gesehen, sie schläft tief und fest. Was gut ist, im Schlaf schädigt sie die Umwelt nicht, das ist ihr wichtig.«

Was ist das wieder für ein blöder Spruch, Jette Blümerant? Im Schlaf schädigt sie die Umwelt nicht! Hallo? »Bin ich über Nacht gealtert und rede wirr?«, flüsterte sie frustriert.

Günther hatte das alles glücklicherweise nicht gehört. Er hob und senkte die ganze Zeit seinen Arm und wackelte mit dem Kopf, weil ihm eine Haarsträhne ständig vor dem rechten Auge hing. Jette erkannte ein Handy von immenser Größe in seinen Handpranken. Fragend blickte sie ihn an.

»Ich suche nach Empfang«, verkündete er. »Ist nicht allzu üppig hier.«

»Warum? Wir wollen jetzt nicht telefonieren, whatsAppen oder simsen! Oder im Netz surfen. Wir müssen Kilian finden. Nicht dass er ins Watt läuft! Dann von der Flut mitgerissen wird, weil er die Gefahr unterschätzt! Er kann auch von einer Düne stürzen, im Sand begraben oder von einer Kuh angegriffen werden oder von einem freilaufenden Hund. Womöglich verirrt er sich im Dünengebiet!«

Günther senkte seinen Arm und sah Jette an. »Wir sind

auf Langeoog! Wie soll man sich auf einer Insel verlaufen, wenn rechts und links Wasser ist und in der Mitte das Dorf?«

Das waren Kilians Worte. Hatten die sich abgesprochen?

»Keine Ahnung. Er ist doch noch ein kleiner Junge. Es kann so verdammt viel passieren!« Jette war völlig außer sich. Sie sah sich schon mit gesenktem Kopf vor ihre Tochter treten, um ihr zu beichten, dass Kilian unauffindbar war.

Günther hob den Arm erneut, als begreife er die Sinnlosigkeit, Jette in ihrem Worst-Case-Szenario-Denken zu unterbrechen. Die lamentierte ohnehin weiter lautstark vor sich hin.

»Ach herrje, warum hat Kea mir das angetan? Ein Unglück hätte wirklich gereicht.«

Günther sah sich nach wie vor nicht als eines dieser Unglücke an, sondern strahlte mittlerweile freudig, weil sich in seinem Display nunmehr drei Teilstriche abzeichneten. »Nun habe ich Netz«, frohlockte er.

Jette griff nach ihrer Jacke. »Ich hinterlasse den Mädchen eine Nachricht, mache mich auf den Weg und fahre in den Osten. Kannst du in Richtung Flinthörn suchen?«

Günther runzelte die Stirn. »Der Empfang hat sich auf einen Teilstrich reduziert«, kommentierte er. »Ich weiß ja nicht mal, wie der Knirps aussieht!«

Jette ignorierte den letzten Satz und eilte an ihm vorbei. »Männer und ihr blödes Handy. Es gibt wahrlich Wichtigeres.«

»Nun, du hättest es ja mal mit dem Telefon versuchen können«, murmelte er. »Jungs wie Kilian besitzen doch sicher eins.«

Jette stoppte abrupt. »Was hast du gesagt?«

»Ich sagte, du kannst ihn ja anrufen. Der Junge hat doch bestimmt ein Handy dabei.«

»Ich hatte bislang an Buschtrommeln gedacht!«, zischte Jette. Dann lenkte sie ein, verärgert, nicht selbst auf die eine naheliegende Lösung gekommen zu sein: »Hast ja recht. Aber du hättest ja auch schon lange versuchen können, ihn anzurufen. Anstatt mir Vorwürfe zu machen.«

»Nun, zum Telefonieren braucht man bekanntlich eine Nummer und Netz. Beides fehlt mir, genauso wie das Wissen über sein Aussehen.«

»Ein Telefon. Kilians Nummer«, flüsterte Jette. Sie musste augenblicklich wissen, wo der Kleine steckte. Wo zum Teufel hatte sie nur ihr Handy hingelegt? Es ging wirklich alles drunter und drüber, dabei vergaß sie alles.

Jette rannte in die Stube, fiel dabei über ein Paar Sneakers, einen großen Kosmetikkoffer und einen Karton. Ihre Bauchlandung konnte sie mit gezielt vorgestreckten Armen eben noch abfedern. Sie wartete nur auf das Knacken eines Knochens, der ihr anzeigte, dass er der Wucht des Aufpralls nicht mehr gewachsen war.

Doch der bedrohliche Ton blieb aus. Jette hob vorsichtig den rechten Arm. Er war beweglich, jedes Gelenk funktionierte einwandfrei. Mit dem linken verhielt es sich ähnlich. Nur das eine Knie war leicht abgeschürft. Erleichtert setzte sie sich auf und versuchte zu sondieren, was überhaupt geschehen war. »Marie?«, fragte sie entgeistert, als sie ihre Enkelin inmitten von Kämmen, Bürsten, mindestens drei Haarspraydosen und einem Berg von Socken sitzen sah. »Sind die gewaschen?«

»Wer? Die Socken oder die Haare?«

Das war Fennas Stimme. Jette entdeckte sie auf dem Sessel neben dem Sofa.

Marie saß unter einer leise brummenden, dick aufgepusteten Plastiktrockenhaube und feilte ihre Nägel. In ihren Ohrmuscheln steckten zwei kleine Kopfhörer, dessen Beschallung Marie dazu veranlasste, leicht mit dem Kopf zu nicken, so, wie es der Takt offenbar vorgab.

»Meine Enkelinnen, Fenna und Marie! Fenna, Marie, das ist Günther Meilenstein, ein Bekannter, der vorübergehend in der Abstellkammer wohnt«, stellte Jette alle noch aus ihrer Bodenhaltung vor.

Fenna warf Günther einen Blick zu und nickte unmerklich. »Tach. Hat Kilian schon erzählt. Und mich extra deswegen geweckt.«

Günther lächelte den beiden Mädchen freundlich zu und flüsterte bei Maries Trockenhaubenanblick: »Houston, wir haben ein Problem. So können wir nicht starten.«

Jette ignorierte diesen unsinnigen Einwand, rappelte sich auf und prüfte vorsichtig jeden ihrer Knochen. »Was wird das hier? Mit den Socken. Mit alldem?« Wo hatte Marie nur diese vielen Strümpfe her?

Fenna wirkte gelangweilt. Sie trug noch Boxershorts und ein schlampiges T-Shirt. Mit beidem hatte sie vermutlich geschlafen. Vermutlich sparte sie der Ökologie wegen auch an Wäsche. Jedenfalls sahen ihre über den Knöcheln zusammengerollten Socken nicht aus, als hätten sie vor kurzer Zeit mal das Innere einer Waschmaschine gesehen.

»Ach, Oma! Das sollten Sockenlocken werden, aber weil Marie die dicken Stoffklumpen letzte Nacht gestört haben, hat sie sich heute für eine modische Glatthaarfrisur entschieden. Das braucht seine Zeit. Und kostet unnötig Energie.« Fenna wies auf das Glätteisen, das sich mit dem Kabel wie eine Schlange um den Fuß des Couchtisches gewunden hatte und auf seinen Einsatz wartete. Das also waren Sockenlocken! Es hatte also mit Haaren und Unmengen Strümpfen zu tun. So ganz erfasste Jette den Sinn noch nicht, aber es war im Moment zweitrangig, denn es galt, ihren Enkel zu finden. »Ich dachte, ihr schlaft noch? Wollte gucken, ob du mit Kilian zum Forschen losgegangen bist. Ich habe ihn nicht aufbrechen gehört.«

»Wie auch«, sagte Fenna. »Du hattest ja dreifachen Herrenbesuch. Respekt, Oma.«

Verdammt, sie haben das doch mitbekommen. Logbucheintrag Kilian III.

»Weißt denn du, wo dein Bruder streckt?«, ignorierte Jette den Einwurf ihrer Enkelin.

Fenna nickte. »Klar, Omi. Der forscht. Wie immer. Dabei sollte man ihn nicht stören, denn so nervt er jedenfalls nicht.« Fenna griff in die vor ihr liegende Kekspackung und schob sich eine Handvoll in den Mund. »Der findet immer wieder nach Hause. Kili kennt alle Überlebenstricks. Zum Beispiel, dass Waldameisen immer in Südlage bauen. Er kennt sich mit dem Sonnenstand aus, hat herausgefunden, in welcher Himmelsrichtung das Moos an den Bäumen wächst. Und er weiß etwas total Geniales: Die Baumringe haben zu einer Seite hin größere Jahresringe. Frag mich nicht, ob nach Norden oder Süden. Hauptsache, unser Professor hat sich da schlaugemacht.« Fenna winkte ab. »Der geht nicht verloren, Oma. Der nicht.«

Auf Langeoog gab es nur kaum Bäume und schon gar keine, die gefällt waren, so dass Kilian die Jahresringe hätte erkennen können.

»Hat er denn eine Axt mit?«, rutschte es Jette raus. Sie winkte mit einem verlegenen Lächeln ab, als sie Fennas fragenden Blick sah. Es war zwecklos, das zu vertiefen.

Günther stand derweil mit zusammengepressten Lippen da und wirkte, als denke er intensiv nach. Dabei hielt er die Augen leicht geschlossen und bewegte seine Lippen in raschem Tempo.

Ich glaube, ich bin im Irrenhaus. Oder zumindest in einer Vorstufe davon, dachte Jette.

Sie kniff sich. Das tat weh, und alles um sie herum entsprach der Realität.

Was gäbe sie um eine Zeitmaschine, die sie jetzt gleich einfach zwölf Tage nach vorn katapultierte.

»Fenna, bitte, hat er nicht gesagt, wo genau er forschen wollte? Ich hatte ihm verboten, ohne dich oder Marie wegzugehen!«

Aber auf mich hört ja keiner.

Fenna zermalmte die ersten drei Kekse, war aber durchaus in der Lage, deutlich zu sprechen, wenngleich ihrem Mund dabei eine leichte Staubwolke entwich. »Kilian lässt sich nichts verbieten, wenn er was entdecken will. Der ist doch hochbegabt und ohne sein Tun hoffnungslos unterfordert! Du weißt nicht, auf welche Ideen er so kommt, wenn er nicht außer Haus forscht. Entspann dich, Oma. Der taucht schon wieder auf. Nun ist er eine Weile beschäftigt.« Sie wandte einen Blick zum Kronleuchter. »Dem Himmel sei Dank!«

»Mir wäre es aber lieber gewesen, wenn du oder Marie ihn …«

»Marie kann nicht. Sie braucht morgens Zeit für ihr Styling und lässt es sich nicht gleich wieder von diesem Wind da draußen zerstören. Die Sockenlocken wären sofort hin gewesen.«

»Sie glättet doch!« Jette wies auf die herumliegenden Socken und das Glätteisen, das dem ausströmenden Geruch nach heiß war.

Jetzt kroch Marie unter der Haube hervor. »Der feuchtsalzige Nordseewind in meiner frisch gestylten Frisur! Das ist Gift für die Haare!«

Jette wandte sich an Fenna. »Aber du, du hättest doch …!«

»Oma, ich brauche meinen Schlaf. Sonst bin ich unausstehlich. Ich muss relaxed durch die Ferien gehen. Mach dich locker, der türmt zu Hause auch ständig. Mama kennt das schon.«

Jette machte sich also locker. Zumindest für zwei Minuten, aber dann schoss ihr eine andere Idee siedend heiß durch den Kopf. »Was ist denn, wenn er gar nicht forscht, sondern was gesehen hat, was seinen Kinderhorizont überfordert?«

Fenna lachte auf. »Du redest von diesem Nacktbild, oder? Das du unter deinem Bett versteckt hast, weil du es für verboten hältst? Kili ist noch zu klein für so etwas. Wir hingegen können ganz gut damit umgehen.«

Das Bild hatten also zumindest die Mädchen gesehen … In ihrem Haus war nichts mehr sicher! Hauptsache, sie hatten den Jungen da rausgehalten!

Jette nickte unmerklich, Günther suchte schon wieder mit hoch erhobenem Arm nach Netz.

»Ja, das Bild …«

»In deinem Alter ist es schon gewöhnungsbedürftig, weil du ja längst nicht mehr so frisch bist. Aber man kann es auch als ein Stück Kultur auffassen. So ein Gemälde hat doch schon«, Fenna kratzte sich am Kopf, »ein anderer Maler mit der Leda gemalt. Sogar mit Kindern.«

»Das war Leonardo da Vinci«, ergänzte Marie.

»Ach so«, antwortete Jette kleinlaut. Restlos überzeugt war sie aber dennoch nicht. Was war, wenn Kilian doch verstört aus dem Haus gelaufen war, weil er seine eigene Oma splitterfasernackt auf einem Gemälde gesehen hatte? Dass er es Horsti gezeigt hatte, war vielleicht ein Hilferuf gewesen. Er war doch noch so klein und mit einer solchen Konfrontation gnadenlos überfordert.

Und sie, Jette, war schuld an der Misere. Sie musste ihre Enkel schützen und behüten, und sie durfte sie nicht mit pornografischen Darstellungen erschrecken. Auch wenn Kilian keineswegs traumatisiert gewirkt hatte, als er die Schokoflakes badete, schlummerte die Erschütterung über ihr Handeln unter Umständen so tief in ihm, dass es erst draußen in der Natur, wenn er allein mit sich und seinen Gedanken war, aus ihm herausbrach. Bestimmt saß er mutterseelenallein in den Dünen oder am Strand und weinte bittere Tränen über die Moral, die seiner Großmutter abhandengekommen war. Wenn Horsti doch recht hatte und Kilian Bescheid wusste.

Sie sah in Gedanken seinen Eintrag im Logbuch:

Logbuch Kilian
Langeoog, Tag 3, Eintrag V
Wetterlage: sonnig und heiß

Geschehnis: Mein Omilein ist nackt auf einem Bild. Ich kann den Anblick nicht ertragen. Sie ist doch mein Omilein!
Kilian

»Ich gehe jetzt Kilian suchen, egal, was du sagst. Er steht unter meiner Obhut. Wenn da etwas passiert ...!« Jette sprach den Satz nicht weiter. Schien zur Gewohnheit zu werden, dass sie sich seit gestern nur noch in Andeutungen und halben Sätzen verlor.

Günthers Netzsuche war noch immer nicht von Erfolg gekrönt. Er hoppelte wie ein Kaninchen durch die Stube, machte zwischendurch Männchen und kauerte sich wieder zusammen.

Jette erspähte plötzlich ihr Handy inmitten der Sockenberge, kämpfte sich hindurch und wählte Kilians Nummer. Sie hatte problemlosen Empfang. Vermutlich telefonierte Günther noch mit einem Bügeleisen aus der Handybeginnerzeit. Größe und antike Form ließen das vermuten. Natürlich ging Kilians Mailbox an. Er hatte sie eigens für Langeoog besprochen.

Hier ist die Nordseeforschungsstation von Kilian. Ich bin wegen einer Forschungsaufgabe zurzeit leider nicht erreichbar. Sollte das Anliegen dringend sein, bitte eine Message hinterlassen, ich rufe allerdings ganz sicher nicht zurück. Prepaid und keine Kohle.

Jette saß eine Stunde später auf ihrem E-Bike und radelte in Richtung Osten. Ihre Gedanken tanzten Polka.

So weit bin ich schon gesunken, dachte sie mit jedem Tritt

in die Pedale. Ich nehme herrenlose Ex-Lover auf und stelle sie nicht einmal anständig meinen Enkeln vor. Dann radle ich meinem logbuchgeschädigten Enkel hinterher, anstatt mich mitten in der Hauptsaison um meinen Laden zu kümmern. Wohin soll das noch führen? Am Ende lande ich wieder in meinem alten Leben als Mama. Das will ich nicht! Ich bin frei!

Fenna hatte sich beharrlich geweigert, nach ihrem Bruder zu suchen, und noch einmal explizit wiederholt, wie sie die Sachlage sah. »Dem passiert nichts. Sei froh, dass er beschäftigt ist. Weißt du, was hier los ist, wenn der sich langweilt? Lass ihn bloß durch die Dünen stromern. Sonst sammelt der dir sämtliche Raupen von den Blättern und wartet so lange, bis sie sich verpuppen. Manchmal zieht er auch Kaulquappen groß. Oder er beobachtet Spinnen, wenn sie Fliegen verspeisen.« Fenna war bei diesen Worten aufgestanden und hatte sich eine Tomate mit negativer Klimabilanz (Ursprungsland Spanien, Malaga, Entfernung ca. 2600 Kilometer) in den Mund geschoben.

»Er hat anhand von Blattlausbeobachtung sogar herausgefunden, dass die lebend gebären und keine Eier legen.«

Jette wäre es am liebsten, die Viecher würden sich überhaupt nicht vermehren, weil sie regelmäßig ihre Blumen attackierten, aber ihre Meinung war an dieser Stelle irrelevant.

»Und was ist mit dir, Marie?«, hatte Jette ihre Enkelin gefragt.

»Er wird schon nicht zum Nordpol aufgebrochen sein«, war die gelangweilte Antwort gewesen. Sie hatte mit den Fingerspitzen, deren Nägel kleine Strasssteine schmückten, ihre Frisur geordnet oder das, was später dabei herauskommen sollte. »Ist ja ein bisschen weit. Das schafft selbst der nicht. Wann gibt es Frühstück? Ich bin gleich präsentabel.«

Günther war, nachdem er die Netzsuche aufgegeben hatte, der Ansicht gewesen, es sei sinnvoll, die Mädchen mit extravaganten Köstlichkeiten zu verwöhnen, und hatte ihnen Frühstück machen wollen. »Ich kann ihnen ein fantastisches Spiegelei kredenzen und mich ihnen gleich vernünftig vorstellen. Den Kleinen wirst du schon allein finden. Auf der Insel kann er ja nicht weg, was soll schon passieren? Aber ich möchte noch etwas richtigstellen, was mir sehr am Herzen liegt: Ich wohne nicht in der Abstellkammer, sondern in der Kemenate. Das klingt besser.«

»Wobei in der Abstellkammer kein Kamin zu finden ist und ich auch nicht feststellen kann, dass du auch nur die Spur von Adel hast. Ich hoffe, du kennst die wahre Bedeutung dieses Wortes?« Jettes Stimme war verdammt biestig gewesen, aber Günther hatte das nicht interessiert.

Jette trat wütend in die Pedale. In ihr brodelte es noch immer. In einer Kemenate wohnten auf Burgen vornehmlich Frauen. Günther Meilenstein brauchte sich gar nicht einzubilden, dass sie auch nur in Erwägung zog, sein Gemach zu betreten, solange er sich dort aufhielt. Vor lauter Wut fuhr Jette viel zu schnell. Bei der Höchstgeschwindigkeit wäre es sinnvoll gewesen, einen Helm zu tragen, aber damit wäre sie sich richtig dämlich vorgekommen. Helme trugen entweder Vierjährige oder alte Leute, wenn sie Fahrrad fuhren. Sie war weder das eine noch das andere. Das hatte sie zumindest bis gestern immer als gesetzt gesehen.

Es waren viele Radler und Spaziergänger unterwegs, und

schon nach kurzer Zeit erkannte Jette die Sinnlosigkeit ihres Tuns. Kilian konnte überall sein. Im Ort, in den Dünen oder am Strand. Im Westen am Naturpfad Flinthörn oder im Osten an der Aussichtsplattform Osterhook. Sie würde ihn so nicht finden. »Ich gebe ihm zwei Stunden, dann alarmiere ich den Dorfpolizisten.«

Dennoch erklomm Jette die Melkhörndüne und schaute von der Anhöhe aus über die Dünentäler, ob sich Kilians rotes T-Shirt als Farbtupfer irgendwo zeigte. Das kleine Schild auf der Bank mit dem Zitat von Schopenhauer entlockte ihr ein Grinsen: »Das Alter hat die Heiterkeit dessen, der seine Fesseln los ist und sich nun frei bewegt.« Ja, so hatte sie bis vor zwei Tagen auch gedacht. Bis ihre Tochter samt Enkeln und Günther mit Horsti aufgetaucht waren. Sie warf einen Blick zum Schloppsee und dann Richtung Salzwiesen. Von Kilian keine Spur.

Anschließend radelte sie noch zum Strand, doch es war unmöglich, die gesamten vierzehn Kilometer einzusehen. Es war ein so friedlicher Anblick von der Dünenkette aus. Die Nordsee wirkte tiefblau und brach ihre Wellen mit nur leichten Schaumkronen. Am Spülsaum liefen hier, abseits des bewachten Strandgebietes, nur vereinzelte Urlauber, ein paar spielten mit ihren Hunden. Ein paar Kinder stromerten herum und suchten mit gesenkten Köpfen nach Muscheln, die von den Wellen an den Strand geworfen worden waren. Sie hatten einen Heidenspaß, wenn sie sich eben nach einer Muschel gebückt hatten und die nächste Woge sie mit ihrem Sog wieder in die Nordsee hinaustrug. Der eine kleine Kerl hatte blondes abstehendes Haar und trug eine Brille. Verdammt, was für ein T-Shirt hatte Kilian am

Morgen angehabt? Doch sicher das rote, Jette war sich beinahe sicher, dass er ein ähnliches trug wie der kleine Junge dort unten. Gerade als Jette lossprinten wollte, näherte sich ein Mann, schnappte sich den kleinen Kerl und wirbelte ihn durch die Luft. Kurz darauf standen auch die Mutter und die kleine Schwester daneben. Eine Familie, die den Sommertag am Strand genoss. Von Kilian keine Spur. Das gleichtönige Rauschen der See vermittelte einen Frieden, den Jette nicht empfand. »Er ist nicht hier, und du kannst ihn so nicht finden. Am besten, du fährst zurück und wartest, bis er wieder auftaucht.«

Jette warf einen Blick auf die Uhr und machte kehrt. Das erste Schiff war lange angekommen, das zweite, zusätzlich eingesetzte, würde ebenfalls bald einlaufen, und sie hatte ihren Laden nicht geöffnet. Es war Hochsaison, und so tummelten sich genug Gäste und damit Kunden auf der Insel. Fenna hatte recht. Kilian würde schon zurückkommen, sie machte sich zu viele Gedanken. Dreimal hatte sie ihm die Mailbox zugequatscht, aber er hatte schließlich angekündigt, dass er nicht gedachte, zurückzurufen. Sie musste sich wirklich locker machen, wie Fenna gesagt hatte. Sonst wäre sie nach den zwei Wochen entweder reif für die Klapse oder scheintot.

Jette hoffte, dass Günther und die Mädchen während ihrer Abwesenheit ein bisschen aufgeräumt hatten. Und sie betete, Kilian sei inzwischen heil und gesund zurückgekehrt.

Natürlich erfüllte sich keine ihrer Hoffnungen. Als sie auf ihr Häuschen zuradelte, erkannte sie Günther, der auf allen vieren durch den Vorgarten robbte, bis von ihm nur noch die karierten Strümpfe aus dem Gebüsch hervorragten. Die Schlappen lagen auf dem Rasen verstreut. »Du Mistvieh!«, hörte Jette.

Aus dem Küchenfenster drang das laute Stampfen von Bässen, dazu schien jemand auf und ab zu hüpfen. Dieser Verdacht bestätigte sich, als Maries Kopf wie ein hüpfender Flummi immer wieder im Fensterrahmen zu sehen war. Ihre ganze Körperhaltung wirkte dabei aber unnatürlich steif, fast, als hätte sie einen Stock verschluckt. Jetzt erkannte Jette, dass sich unter die Bässe auch Dudelsackmusik mischte. Klingt irisch, dachte sie, konnte sich aber nicht weiter darauf konzentrieren, weil Günthers Mistvieh-Ruf die Musik übertönte. Jette verharrte auf dem Gehweg.

Vor ihrem Laden stand derweil ein Ehepaar, das sich lautstark über die Faulheit der Ostfriesen ausließ, die ja schlimmer sei als die der Südländer mit ihrer nervigen Siesta. Und dass sie im nächsten Jahr wieder nach Malle reisen würden, weil dort die Geschäfte fast rund um die Uhr aufhätten. Überhaupt wollten sie jetzt und auf der Stelle ein Bild der Kaapdüne erwerben. Und zwar in Jettes Kunsthandlung. »Hör mal, Hildchen! Die Leute auf der Insel haben das Arbeiten einfach nicht erfunden, was meinst du?«

»Ja, die liegen nur auf der faulen Haut, diese Insulaner.«

Jette sah zu ihrem Wohnhaus, dann zum Eingang des Lädchens. Aus der Küchenterrassentür quollen die Sägespäne, als habe jemand ihre Küchenmöbel geschreddert. Marie hüpfte noch immer, vielleicht hatte sie irgendwoher ein Trampolin aufgetrieben. Von Fenna fehlte jede Spur, vermutlich durchforstete sie Jettes Vorräte auf ökologische Sünden. Günthers Mistvieh-Ruf hallte durch den Garten.

Zumindest hatte er seinen Kopf mittlerweile aus dem Gebüsch befreit und ward nun mit einem Blätterkranz geschmückt. Er hielt etwas triumphierend in der Hand. Bei näherem Hinsehen erkannte Jette eine gewisse Ähnlichkeit mit Emma. Das bestätigte sich, als sie näher herantrat. Genau in dem Augenblick erleichterte sich die gerettete Scheidungshamsterdame mit einem winzigen Strahl auf Günthers Alpenknickerbocker. Mitten in seinen Schritt. Da seine Hosenpracht aus dünnem Leinen genäht war, breitete sich das kleine Urinal rasch zu einem Fleck der Größe einer Zweieuromünze aus.

»Sie hat dich markiert«, sagte Fenna, die eben aus der Küche nach draußen trat und geräuschvoll an einem Apfel (Bioanbau; Ursprungsland Südafrika, Entfernung ca. 92 000 Kilometer) nagte. »Nun bist du für immer ihr Herr und wirst sie nie mehr los.«

»Ist Kilian wieder aufgetaucht?«, unterbrach Jette die Konversation.

»Nein.«

Günther sah kopfschüttelnd an sich herunter. »Ich geh mich mal umziehen. Nein, Kilian ist noch nicht wiedergekommen.« Er umklammerte Emma mit der Faust und eilte ins Haus.

Fenna hieb ihre Zähne ein weiteres Mal in den Apfel und trat neben Jette, die noch immer fassungslos am Gartentor stand. »Der Kleine forscht hoffentlich den ganzen Tag. Lass ihn! Wir haben dich mehrfach gewarnt. Womöglich züchtet er wildgewordene Keineahnungwas, wenn er seiner Kreativität keinen Lauf lassen kann. Du weißt, er ist hochbegabt ...«

Jette war froh, dass keines ihrer Kinder in irgendeiner Form eine besondere Begabung aufgewiesen hatte. Außer vielleicht im Sockenkaputtmachen. Oder im Badzimmersaubermachen-Verweigerungswettkampf. Auch im Türenknallen waren sie gut gewesen. Aber als Hochbegabung wollte Jette das mitnichten bezeichnen. Von der Leda und von Aktbildern hatten sie mit elf Jahren definitiv keine Ahnung gehabt.

Jettes Blick wanderte zu Fennas Füßen. Sie hatte sich immerhin der getragenen Socken entledigt und lief barfuß in Leinen-Flip-Flops. Außerdem trug sie nun äußerst knappe blaue Shorts, was so gar nicht zu ihrem vorherigen Auftreten passte. Wenigstens beim grauen Shirt war sie sich treu geblieben. »Ein Pablo war eben kurz hier. Er hat dich gesucht.« Etwas an Fennas Tonfall und ihren leuchtenden Augen, wenn sie seinen Namen aussprach, machte Jette stutzig.

Verdammt, auch von ihm wussten sie. Nichts war mehr privat.

Jette sah wieder zur hüpfenden Marie.

»Irish Dance«, kommentierte Fenna im Telegrammstil. »Gut für die Figur. Sehr positive Eigenenergiebilanz. Schlecht allerdings für die Haare, sie muss die Frisur später erneuern. Stromverschwendung.«

Mach dich locker, Fenna!

»Warum frisiert sie sich denn, bevor sie Sport macht?«

Sie bekam keine Antwort, vermutlich gab es auch keine. Außerdem drohte die Laune ihrer potenziellen Kunden zu eskalieren, und das erforderte Jettes Aufmerksamkeit. Das Ehepaar hatte sich mittlerweile auch neben Jette positioniert und machte seinem Unmut weiter Luft. »Na, wird denn der Laden heute noch aufgemacht? Ich möchte mein Kaapdünenbild! Sofort!«

»Komme schon!« Jette rannte zum Lädchen und schloss die Tür auf. Das Pärchen folgte ihr. »Da ist sie ja endlich! Das wurde aber auch Zeit, Mädschen. Sind wir hier im Süden und verschlafen den Tag?«

Herein, werter Mann, und mit dir alle Vorurteile der Welt.

Jette lächelte den Kunden freundlich an. Solche Dinge unkommentiert zu lassen war immer die bessere Lösung.

»Mädschen, Mädschen!« Der Dicke schob sich durch die Galerie. Vorn befand sich Jettes Kunsthandlung, nach hinten und seitlich erstreckte sich ein erlesenes Schmuck- und Designermodenangebot. »Mädschen, Mädschen!«

Jette blickte sich um, ob noch jemand anders außer ihr und dem Ehepaar im Laden war. Fenna oder Marie? Doch sie war allein hier mit ihm und seiner Gemahlin, die er sicher nicht als »Mädschen« bezeichnen würde. Sie passte der Fülle wegen kaum neben ihn in den schmalen Gang. Jette quetschte sich hinter den Tresen.

»Na, Mädschen, oder Deern, wie ihr Ostfriesen so schön sagt, was hast du denn zu bieten an Kram, wie ihr Ossis ja auch sagt. So 'n heel Tüdelkram.«

Der beshortste Mann, der Obelix mit seinem Bauch eine ernsthafte Konkurrenz machen würde und mit klapperdünnen Fellbeinen in weißen Tennissocken und Jesuslatschen steckte, meinte tatsächlich sie, Jette Blümerant. Mädschen. Mädschen. Nicht Omma. Nicht Omilein. Mädschen!

»Hilde«, wandte er sich an sein weibliches Pendant, »willst du ein Bild oder was anderes Schönes von dem Kitsch hier?«

Hilde konnte sich nicht entscheiden, schmolz bei seinen Worten aber förmlich dahin und tatschte ihm auf der freigelegten bewaldeten Brust herum, über der er ein geöffnetes Hemd trug, das den Bierbauch sanft wie ein Spannbetttuch umfasste. Aus der Brusttasche lugte eine monströse Sonnenbrille, deren Gläser golden glänzten und worin sich die Umgebung wunderbar spiegelte.

»Ich habe keinen Kitsch, sondern Gemälde mit Inselmotiven«, korrigierte Jette ihn. »Wenn Sie Interesse haben, dort hinten ist auch noch eine Bernsteinschleiferei, und nach rechts schließt sich meine Boutique an.«

»Was denn, Mädschen? Beleidigt, weil ich Kitsch gesagt habe?«, röhrte der Mann. »Hilde, hast du das gehört? Ich lach mich scheckig. Also, dann zeig mal deine Bernsteine. Dat wäre ja mal was Echtes von der Küste hier. Genau wie Sanddorn. Aber was mit Sanddorn, so wie Bonbons oder Tee, hast du nicht, oder?«

»Ich verkaufe Kunstwerke lokaler Künstler und Designermoden aus Dänemark, keine Kulinarik«, verbesserte Jette ihn. Lächelte, ballte die Faust. Sie hätte besser weiter nach Kilian suchen sollen. Das, was ihre vorrangige Aufgabe war. Aber von irgendwas musste sie schließlich auch leben.

Der Mann ignorierte Jettes Einwand und schob Hilde, die ihre schlecht ondulierten Platinlocken mit einem silbernen Haarkrebs am Hinterkopf festgetackert hatte und dazu aussah, als sei sie aus modischer Sicht die Großmutter der Barbiepuppe, in die Bernsteinecke.

An Hildes Barbiefigur gab es allerdings Nachmodellierbedarf, aber modetechnisch hatte sie das Styling gut kopiert, selbst wenn es an ihrem Body erst auf den zweiten Blick deutlich wurde. Hilde sah aus wie rosa überlackiert, und das nicht nur an den Nägeln. Das Hilde-Gebilde wirkte dazu nicht so, als blättere auch nur an einer Stelle der Lack ab.

Sie kramte nun in der Bernsteinecke mit ihren Wurstfingern in den ausgelegten Steinen herum. »Herbi, was sind die schön!«, lechzte sie. »Schau nur!« Sie behängte sich mit einer Kette, in die die dicksten Steine eingearbeitet waren. Sie verschwanden sofort in ihrem Dekolleté. »Herbi, die muss ich haben. Was stehen die mir. gut. Was meinst du?« Ihre Stimme brach vor Begeisterung.

Jetzt galt es, die Klappe zu halten. Die Kette kostete schlappe vierhundert Euro. Jette lächelte ihr Verkäuferlächeln. Im Verkäuferlächeln war sie unschlagbar. Jeden Tag Touristen, das übte.

»Sind bestimmt sündhaft teuer, also genau das Richtige für mich.« Hilde-Barbie stand also auf sündhaft teure Sachen. Da hatte Jette durchaus noch mehr auf Lager. Vielleicht ließ dieses Ehepaar ja Unmengen von Geld hier, und es regnete Goldstücke auf sie wie bei der Goldmarie.

Sofort schämte sich Jette ihrer Gedanken. So dachte man nicht über Kunden. Man vielleicht nicht, aber Jette schon, wenn solche Käufer mit diesem Getue und Gewese vor ihr standen und planten, in den nächsten Minuten ein Vermögen in Jettes Ladenkasse zu schütten. Nach einem solch suboptimalen Tagesstart könnte es sie mit ihrem Schicksal zumindest am heutigen Tag aussöhnen.

Jette lächelte. Jetzt galt es, alle Register der Verkaufsstrategien zu ziehen. »Die Bernsteine sind selbst gesucht und geschliffen«, erklärte sie.

Nur leider nicht von mir. So dicke Steine gibt es in den Massen hier gar nicht.

»Hör mal! Echte Handarbeit, Herbi! Von Beginn an!«

Der griff nach den Steinen in Hildes Dekolleté und ließ dabei seine Hand tiefer als nötig in ihrem Ausschnitt verschwinden. »Da guckste, Mädschen, was? Dazu bist du nämlich schon zu alt. Das macht sicher kein Kerl mehr bei dir. Mein Mädschen mag meine sensiblen Fingerspitzen. Die Hilde, das ist eine ganz wilde.«

Barbies Oma verdrehte verzückt die Augen, wobei es schwer auszumachen war, ob das an Herbis Speckfingern oder der geschliffenen, selbst gesammelten und eigenhändig aufgefädelten Bernsteinkette lag. Nachdem Herbi von ihr abgelassen hatte, drehte und wendete sich Hilde vor dem Spiegel. Jette enthielt sich jeglichen Kommentars, auch wenn es offensichtlich war, dass das Gold der Bernsteine keine optimale Ergänzung zum dominierenden Barbierosa darstellte. Die wilde Hilde hätte ihr ohnehin nicht geglaubt, denn sie tanzte vor dem Spiegel hin und her, zog ihren Ausschnitt noch etwas tiefer und bewunderte ihr Dekolleté. Die goldenen Bernsteine hatten sich tief in ihren Ausschnitt eingesogen, fühlten sich offensichtlich zwischen dem vergleichbaren Mount Everest und dem K2 aus China äußerst wohl.

Herbis sensible Finger begrabschten derweil das Schleifgerät. Ein paar Sonnenstrahlen kämpften sich durchs Fenster des Lädchens und ließen den Schmuck erstrahlen. »Was für göttliche Sachen sehen meine Augen da noch! Herbi!«, jubilierte Hilde und behängte sich mit einem Bernsteinarmband und zwei Ohrringen.

Sieht toll aus zu ihrem Barbierosa! Doch wirklich!

Jettes Kieferknochen schmerzten vom ewig dümmlichen Grinsen, aber was Barbie-Omi da plante, war der Verdienst einer ganzen Woche. Doch, dafür stand ihr der Schmuck ausgezeichnet. »Man muss auch mal Kompromisse eingehen, wenn man reich werden will«, flüsterte Jette. »Sie ist ein freier Mensch und muss das nicht kaufen. Ich zwinge sie schließlich nicht. Ich zwinge sie auch nicht, Schweinchenrosa zu tragen. Und auch nicht, diesen Mann an ihrer Seite zu dulden, Barbie-Hilde ist ein freier Mensch mit freiem Willen.« Wie ein Mantra betete Jette es leise vor sich hin, bemüht, das schlechte Gewissen zu verdrängen. Normalerweise sagte sie ihren Kunden ehrlich, ob etwas zu ihnen passte oder nicht. Glücklicherweise ging ihr Gewissenskonflikt an der Wahrnehmung Hildes und Herbis vorbei.

»Haben Sie auch Hühnergötter? Die sollen ja so viel Glück bringen. Und Glück kann man immer brauchen!«

Jette wandte sich ab und holte eine Kiste mit den durchlöcherten Steinen. »Bitte, bedienen Sie sich. Ich habe sie in verschiedenen Größen.«

Hilde konnte sich nicht entscheiden, ob sie lieber den schwarzgrauen oder besser einen der grau-schwarzen Steine haben wollte. »Herbi? Welchen soll ich nehmen? Nun sag schon, wer uns Glück bringen soll!«

Herbi rief was von »Nimm den schwarzen Stein. Je dunkler, desto besser«, denn er hatte inzwischen in der Boutique die Gürtelkollektion entdeckt. Einen davon, der vorn mit Bernstein besetzt war, schlang er um Hildes nicht vorhandene Taille. »Grrr«, stieß er heiser aus, zupfte die Sonnenbrille aus der Hemdtasche und stülpte sie in zwei Anläufen über seine Augen. Nun glich er Puck der Stubenfliege. »Ich bin so geblendet«, scherzte Herbi. »Was für ein Mädschen, mein Mädschen«, gurrte er und schlug der wilden Hilde auf den Hintern.

Jette hoffte nur, er würde seine Triebe, die ihn unübersehbar lenkten, nicht in ihrem Laden ausleben wollen. »Wir nehmen das alles. Man muss ja eine Erinnerung an die Insel hier haben, was, Hildchen?« Seine Stimme klang völlig heiser. »Wie hieß die noch? Diese Insel, meine ich. Mann, Mädschen. Du machst mich ganz wuschig.«

»Langeooge«, säuselte Hildchen, die sich voll im Griff hatte, weil ihr Shoppingtrip noch nicht zu Ende sein sollte. Sie griff nach einem Gemälde mit der Kaapdüne, das Pablo gezeichnet hatte, und warf es auf den Tresen. »Das ist für meinen Dicken«, raunte sie Jette verschwörerisch zu. »Der soll ja nicht leer ausgehen.«

Herbi schmatzte ihr einen Schlidderer auf die Lippen, sie saugte sich daran fest wie ein Laubfrosch mit seinen Saugnäpfen. Anschließend reichte Herbi Jette eine Kreditkarte. »Damit kann ich hier doch zahlen, was, Mädschen? Ist ja nicht ganz so Hinterwald, wie wir gedacht haben, ihr habt ja sogar fließend Wasser auf dieser Insel! Wie hieß sie noch? Ach ja, Langeooge«, feierte er seinen Gedankenblitz. »Wie kann man eine Insel nur Langeooge nennen.«

»Langeoog«, verbesserte Jette ihn. »Die Insel heißt Langeoog. Ohne e am Ende.«

»Noch schlimmer«, winkte Herbi ab. »Ohne e noch schlimmer.« Er benetzte seine Lippen, als er einen Seitenblick auf Hilde warf, die seinen Gemütszustand offenbar nicht zur Kenntnis nahm oder nicht zur Kenntnis nehmen wollte.

Jette tippte mit zitternden Fingern die Unsummen für die erstandenen Artikel in die Kasse. »Das macht eintausenddreihundert Euro«, sagte sie.

»Was für ein Sümmchen, was, mein Mädschen?« Puck die Stubenfliege zahlte, ohne mit der Wimper zu zucken, wobei man die unter den reflektierenden Stubenfliegenfacettenaugen auch nicht hätte zucken sehen können. »Wir zahlen und stehlen nicht!«

»Wie darf ich das, bitte schön, verstehen?«, hakte Jette nach.

»Na, hier auf Langeooge treibt sich doch ein Dieb rum, der das Geschmeide der Damenwelt und Bares stiehlt. Eine äußerst unschöne Sache, Mädschen.« Mit diesen Worten verließen die beiden das Lädchen. Hilde wirkte behängt wie ein amerikanischer Tannenbaum, weil sie den gekauften Schmuck einfach dem bereits vorhandenen hinzugefügt hatte. Sie musste am Abend, wenn sie sich abgetakelt hatte, um etliche Kilos leichter sein.

Von den Diebstählen hatte Jette noch nichts gehört, aber es wurde so viel getratscht auf der Insel, dass man nicht jedem Gerücht Glauben schenken musste.

Nachdem die beiden sich getrollt hatten, überlegte Jette, sofort zu schließen. Umsatz hatte sie heute genug gemacht, und sie konnte sich ohne schlechtes Gewissen ihren Enkeln und der Wiederherstellung der Ordnung in ihrem Haus widmen. Aber da stolzierte Günther mit trockener Hose – dunkelbraune Breitcord mit aufgenähter Gesäßtasche – und Hemd – dezentes Mausgrau mit aufgestickter Rose – herein.

»Soll ich dir für Emma eine Bernsteinkette verkaufen? Dann kannst du sie festketten«, schlug Jette vor.

»Sie mag nicht in diesem Käfig sein, sie zerkaut mir glatt die Stäbe, die Kleine«, erklärte er.

»Das Mistvieh«, berichtigte Jette. »Du nanntest sie eben noch das Mistvieh.«

Günther winkte ab. »Ach, das war im Eifer des Gefechts. Emma ist schon süß!«

»Was treibt dich zu mir? Ist Kilian zurück?« Der Gedanke an ihren Enkel erdete Jette, die noch immer Eurozeichen vor ihren Augen tanzen zu sehen glaubte.

Günther verneinte. »Aber Horsti war eben da. Seine neue Flamme hat ihn versetzt.«

Jette sah ihn fragend an, denn seiner Stimme haftete großer Unglauben an. Einen Horsti versetzte man nicht. Es sei denn, man hatte Grips und kein Silikon im Hirn. Wobei Jette nicht wusste, ob es da auch schon korrigierende Operationen gab. Bei einigen Damen konnte man das nicht ausschließen.

»Er ist geknickt! Der arme Mann!« Günther war außer sich.

Jeder bekommt das, was er verdient. Von wem war das noch gleich?

Jette seufzte. Zitate wirkten nur dann gebildet, wenn man den Urheber benennen konnte. Was ging sie das alles an? Günther würde sie mit seinem Gefolge bald verlassen, da war es egal, wie oft Horsti versetzt wurde.

»Dann tröste ihn schnell. Kannst ja deine Koffer und den Scheidungshamster schon mal an Bord bringen.« Jette wandte sich ab und räumte die Bernsteinecke auf. Sie überlegte, die Sachen einmal mit einem feuchten Tuch abzuwischen, ließ es aber, weil ein weiterer Kunde den Laden betrat.

Günther verschwand durch die offene Tür.

8

Noch immer zwölf Tage

Wer schreit, hat (nicht) verloren

Jette schloss die Ladentür. Was für ein erfolgreicher Vormittag. Sieben Bilder hatte sie verkauft und, neben dem Arrangement an die Stubenfliege nebst Barbie-Gattin, drei Bernsteinketten. Bald musste sie sich um Nachschub kümmern. Aber vorrangig hatte sie andere Probleme.

Schon beim Betreten der Küche war klar, dass sich Kilian noch immer auf Forschungsreise befand, denn Marie schüttelte mitleidig den Kopf. Der würde was zu hören kriegen! Jette war allerdings etwas ruhiger geworden, denn wenn etwas auf Langeoog passiert wäre, hätte es sich schon bis zu ihrem Lädchen herumgesprochen. Sie lebte so zentral in der Nähe des Bahnhofs, da hörte sie jede Buschtrommel.

Auch wenn wir schon Mobiltelefone haben, Günther Meilenstein.

Die Mundpropaganda funktionierte stets allerbest und oft viel effektiver als jede Handyübermittlung. Vor allem, wenn man wie Günther seit Stunden auf Empfangsuche war.

»Gibt es gleich was zu essen?«, fragte Marie, die immerhin ein Ohr freigestöpselt hatte und lediglich auf der Handytastatur herumhämmerte. Ihr Sportprogramm war beendet, die Haare nach dem zweiten Styling-Anlauf nunmehr an den Spitzen gewellt.

»Ich koche jetzt was«, sagte Jette freundlich. »Weißt du denn inzwischen, wo Kilian abgeblieben ist?« So ruhig, wie sie eben noch gedacht hatte, war sie bei weitem nicht.

Marie blickte tatsächlich auf. Ihr Kaugummi wanderte bei der Bewegung auf die andere Seite. »Ja, der schwimmt.«

»Im Meer?«, entfuhr es Jette entsetzt. Hatte sie es nicht erwartet? Sie hätte den Laden schließen, auf die läppischen paar Euro verzichten und ihn suchen sollen. Kilian, ihr einziger Enkel, ihr eigen Fleisch und Blut, war zum Opfer ihrer egoistischen Kapitalsucht und der Ausbeutung von Touristen geworden! Was war sie doch für ein schändlicher Charakter. »Da sind Strömungen, hohe Wellen ... Ich muss sofort dorthin. Zu welchem Strandabschnitt wollte er denn?«

Marie zuckte mit den Schultern, war sofort wieder abgelenkt, weil ihr Handy den Bob-Marley-Gesang abspielte. Es dauerte einen Moment, ehe sie Jette im Telegrammstil antwortete. »Nicht Strand. Hallenbad. Kommt gleich zum Essen. War hungrig. Hat sich schon mit Nachschub versorgt. Hirn verbraucht Kalorien.« Sie senkte den Blick, stöpselte die Hörer ein. Funkstille.

Jette hatte am Morgen Hackfleisch aus der Truhe genommen. Spaghetti mochten alle jungen Leute. Es brutzelte, und ein würziger Duft zog durch die Küche, in der es immer noch aussah, als wäre eine Horde ausgehungerter Aliens hindurchgezogen. Töpfe stapelten sich neben Pfannen in der Spüle, benutzte Teller mit Ketchupstreifen bildeten einen interessanten Kontrast zum Schwarz des Beckens.

Emmas Sägespänespuren auf den Fliesen hatte auch noch niemand beseitigt. Unterdessen war irgendwem ein Becher Tee umgekippt.

Cool bleiben. Nicht ausflippen, Jette.

Fenna steckte den Kopf zur Küche herein. »Mach dir keinen Stress, Oma. Ich esse nur Tofu! Ich lebe vegetarisch. Nicht vegan, nicht als Carnivore!«

»Dann musst du Nudeln mit Sauce essen. Tofu habe ich nicht da.«

Fenna nickte. »Aber bei Marie kannst du die Nudeln weglassen, sie hat grad ihre metabolische Phase. Metabolic Balance, verstehst du?«

Nein, Jette verstand nicht. »Was soll das sein?«

»Keine Kohlenhydrate zum Abendessen, in Extremphasen nicht mal zu Mittag«, verkündete Kilian, der eben seinen Kopf unter Fennas Arm hindurchschob.

»Mann, du Hirn! Du machst mich ganz nass mit deinem Haar! Außerdem stinkst du wie ein Güllefass!«, kreischte Fenna. »Schon mal was von einem Handtuch oder Föhn gehört?«

Kilian ignorierte ihre Bemerkung, putzte seine Brille und betrachtete das Chaos in Oma Jettes kleiner Küche. »Ist heftig unsauber hier«, sagte er.

Jette sog die Luft scharf ein, sie war kurz vorm Platzen.

Ich will wieder wohnen. Einfach nur wohnen und leben. Kein Wort mehr, kleiner Mann. Kein Wort!

Ein Blick in die Runde zwang Jette zur inneren Einkehr, um nicht doch auszuflippen. Als habe Kilian ihre stumme Warnung verstanden, schwieg er zum herrschenden Chaos. Er rückte die Brille umständlich auf der Nase zurecht. »Um noch einmal auf die Metabolic zurückzukommen: Nun denn, ich glaub aber nicht, dass es wirkt.«

»Was soll nicht wirken?« Das Nudelwasser kochte, und Jette warf die Spaghetti hinein. Nach dem Essen würde sie alle rauswerfen und ihre Küche, ihre kleine gemütliche Küche, gründlich putzen. Und keiner, wirklich keiner durfte hier je wieder ein solches Durcheinander veranstalten. In ihr brodelte es. Warum tat hier jeder, was ihm beliebte, und sie war die Einzige, die alles wieder in die richtige Spur brachte?

»Na, Metabolic Balance«, referierte Kilian ungeachtet des mangelnden Interesses, das man ihm entgegenbrachte. »Essen ohne oder mit wenigen Kohlenhydraten. Denkt doch mal an die Bienen.«

»Was haben denn die damit zu tun?«, höhnte Fenna. »Ich verzieh mich, bis die Sauce fertig ist.«

»Warum also halte ich die Theorie von Metabolic Balance für abwegig und ziehe das an meinem Wissen über die Bienen auf?«, dozierte Kilian weiter. Dabei tropfte sein Haar Jettes weiße Fliesen nass. »Willst du das gar nicht wissen, Omilein?«

Nein, Omilein möchte das nicht wissen. Omilein möchte dir jetzt die Haare abtrocknen und euch dann alle für zwei Stunden in die Mittagspause schicken, damit sie hier endlich in Ruhe aufräumen kann, verdammt!

»Trockne dich bitte ab! Du tropfst!« Jette warf Kilian ein Geschirrhandtuch zu. »Bist du so nass vom Schwimmbad nach Hause gekommen?« Es war ein heißer Sommertag, das Haar hätte längst trocken sein müssen.

Kilian verneinte. »Hab mir den Kopf draußen noch unter den Regentonnenschlauch gehalten. Mir war so warm!«

Daher der leicht modrige Geruch, der sich seit seinem Erscheinen aufdringlich mit dem Duft der köstlichen Sauce vermischte. Er rubbelte sich mit dem Tuch über den Kopf und pfefferte es über die Stuhllehne, was dem Chaos Vollkommenheit gab. »Noch mal zu den Bienen und meiner metabolischen Antitheorie«, begann Kilian erneut.

Jette wurde heiß und kalt. Gab der Junge denn nie auf? Gleich erzählte er ihr noch was über Aufklärung. Bienen haben *immer* mit Aufklärung zu tun. Das war es doch, was man den Kindern vermittelte, wenn man ihnen sagen wollte, wie Mann und Frau …

Ich will nicht mehr. Ich kann nicht mehr!

Jette lenkte sich ab, indem sie die Tomatensauce würzte und eine Prise Rosmarin dazugab.

»Mein Bienenansatz basiert auf ihren Gewohnheiten und Lebensbedingungen …«

»Autsch!« Jette hatte sich die Finger verbrannt, weil etwas von der Tomatensauce hochgeschwappt war.

»Ich sag nur: Honig!«

Jette nahm das fertig gekochte Essen vom Herd und goss Nudeln und Sauce in die bereitgestellten Schüsseln, die zwischen einer aufgeschlagenen Zeitung und dem Hamsterfutter gerade noch Platz gefunden hatten. »Honig«, wiederholte sie stumpf und überlegte, wohin sie die Teller stellen sollte.

»Ja, Honig besteht fast vollständig aus Kohlenhydraten, wenngleich nicht so schädlich wie reiner Industriezucker. Auf jeden Fall sind die Bienen in einer Tour damit beschäftigt, ihn zu vertilgen, herzustellen und so. Die schlürfen nur Nektar. Nur Süßes! Das ist, als würde ich ausschließlich Bonbons essen.«

Jette begriff die Zusammenhänge noch immer nicht, was durchaus an ihrem mangelnden Interesse für das Thema liegen könnte. Sie liebte Industriezucker, vor allem in Form von Kluntjes im Ostfriesentee, sie liebte Nudeln, und bitte nicht die Vollkornvariante. Gegen eine feine Scheibe Brot hatte sie auch nichts einzuwenden. »Karies haben sie davon nicht«, sagte sie, um überhaupt etwas zu sagen. »Wobei Bienen ja auch keine Zähne haben, die kariös sein könnten.«

»Omilein, es geht doch nicht um Zähne oder Karies! Metabolic Balance macht schlank. Bauch weg, Orangenhaut futsch und so. Weil man keine Kohlenhydrate isst. Die Bienen tun das aber. Mit dem Honig und Nektar. Und?«

Jette zog die Stirn kraus. »Was und?«

Kilian schien am Ende seiner Geduld. »Haben die Cellulite? Haben die dicke Speckrollen? Nein, Bienen sind immer schlank. Guck dir die Beine an! Den Körper! Deshalb glaube ich nicht, dass es stimmt. Alles Geldschinderei.«

Jette betrachtete Kilians dünne Beinchen, die aus den weiten Shorts herauslugten.

Dir würden ein paar Kohlenhydrate mehr auch gut stehen, genau wie deiner Schwester.

Nur Marie hatte Rundungen, ohne dabei dick zu sein.

Sie beschloss, Kilian mit Unmengen Schokolade und Milchschnitten zu mästen, damit er was auf die Rippen bekam. Honig war ja nach seiner Theorie nicht das Mittel der Wahl. »Vielleicht liegt es daran, dass sie den Honig eher produzieren als speisen«, wagte sie einzuwenden, aber ihre Gedanken waren ganz woanders. Sie musste den Tisch für fünf Personen decken und wusste nicht, wie sie in diesem Durcheinander die Teller plazieren sollte. In ihr kochte bereits wieder die Wut hoch, und als ahnte Kilian, was in ihr vorging, nutzte er die kurze Pause und räumte tatsächlich den Tisch frei.

Gleich beim Essen gibt es was an die Ohren. So geht das nicht weiter mit diesem Chaos, meine Lieben!

Als er fünf Lücken für die Teller geschaffen hatte, nagte er an der Oberlippe und war noch immer dabei, Jettes Bemerkung zu seiner bienenmetabolischen Theorie zu verdauen. »Omilein, du bist genial. Hast recht! Das ist nämlich richtig. Honig ist genau genommen ja Bienenscheiße. Es wäre zu überlegen, ob man das weiterhin essen sollte oder nicht.« Mit den Worten verschwand er.

»Es gibt jetzt Essen! Ich muss nur noch die Teller hinstellen. Bleib hier! Und außerdem hast du eines nicht bedacht, du Bengel! Bienen haben an den Beinen weder Gewebe noch Fettzellen.«

Kilian kam augenblicklich zurück und hob den Daumen anerkennend in die Höhe. »Sauberer Gedankengang, Omilein! Das ist das fehlende Puzzleteil meiner Überlegungen. Respekt! Aber Bienenscheiße esse ich trotzdem nicht mehr. Ich trag das mal kurz in mein Buch ein.« Damit verschwand er.

»Komm bitte gleich zurück! Ich wiederhole: Das Essen steht schon auf dem Tisch!«

Jette fegte mit kräftigen Handbewegungen die Sachen von den Stühlen. Es war ihr gleichgültig, ob es schepperte oder nicht. Es war ihr egal, dass Fenna und Marie fast gleichzeitig mit aufgerissenen Mündern in der Tür standen und mit hektischen Bewegungen die Einzelteile ihrer Habseligkeiten zusammensuchten.

»Oma, das sind unsere Sachen!«

»Und das ist meine Küche, mein Haus. Ich gebe ab jetzt den Ton an. Ihr werdet ab sofort mithelfen, kein Chaos mehr verbreiten und euch wie zivilisierte Menschen benehmen!« Jettes Ton war von Sekunde zu Sekunde schärfer geworden, bis sie am Ende tatsächlich brüllte. Ungeachtet des Ausspruchs, den sie selbst immer als ihren Wahlspruch bei der Erziehung ihrer drei Ks gesehen hatte. *Wer schreit, hat verloren!* Was war ihr der Wahlspruch jetzt schnurzegal. Völlig schnurzpiepegal! »Mir reicht es einfach! Ich wusste nicht, was eure Mama mit euch vorhatte, ihr habt keine Lust, auf Langeoog zu sein, und ich muss mich jetzt völlig umstellen. Alles gut und schön! Aber nun stecken wir hier gemeinsam in der Situation und können es nicht ändern. Aber wir müssen uns arrangieren. Und ich werde nicht allein diejenige sein, die das tut. Ich nicht! Habt ihr das kapiert? Gespeichert? In eure Festplatte integriert?«

So, *nun geht es mir besser. Wow!*

Es dauerte eine Weile, ehe die Enkel ihre hungrigen Münder wieder zuklappten. Doch sie nickten anerkennend. »Cooler Akt, Oma. Das haben wir nicht erwartet«, brach Fenna als Erste das Schweigen.

»Dann können wir ja jetzt essen! Ich hoffe, es ist noch nicht kalt geworden.« Jette atmete tief ein.

»Ich wollte euch meine neuen Schuhe zeigen.« Marie hielt ihren Fuß in die Höhe.

»Was hat denn das damit zu tun?« Fenna schüttelte den Kopf und sortierte die Zeitschriften auf dem Boden. »Oma hat ja recht. So geht es nicht.«

Message angekommen.

Eine klare Ansage half immer. Zum Teufel mit dem Wahlspruch. Und tschüss und weg.

»Dann zeig uns deine neuen Schuhe, und danach essen wir«, schlug Jette in versöhnlichem Tonfall vor.

Marie hielt ein Paar Pumps ein bisschen schräg, so dass alle die seitlich angebrachte Schnalle bewundern konnten. »Schick, Marie. Nun setzt euch.«

»Kilian, Günther! Essen!«, schrie Fenna. Ihr Tonfall war so herrisch, dass die beiden binnen weniger Sekunden in die Küche traten und aussahen, als hätten sie einen Stock verschluckt.

»Sind ja schon da!«, flötete Günther. »Immer noch die perfekte Köchin, meine gute Jette!«, sagte er. »Der arme Horsti muss heute Pommes essen.«

»Dachte, Spaghetti mit Tomatensauce mögen alle. Fast alle«, fügte Jette hinzu, als sie Maries kritischen Blick auf die Spaghetti bemerkte.

Kilian packte sich einen beachtlichen Berg Nudeln auf den Teller. Um seine negative Kohlenhydratbalance musste sich Jette also keine Sorgen machen. Das war ja schon mal was. Es gab in diesem Augenblick des Friedens berechtigte Hoffnung, die kommenden zwölf Tage zu überleben.

Eine Weile war es still in der Küche. Abgesehen von dem gleichmäßigen Metallstabnagen Emmas und dem stetigen Tropfen einer vergessenen Teepfütze auf die Fliesen.

»Wo ist der eigentlich? Dieser Horsti«, schoss es aus Kilian heraus, als Jette diese Beinahe-Stille gerade als Geschenk des Himmels sah. »Ich könnte ihm beim Pommesessen Gesellschaft leisten.« Sein Blick wanderte angewidert über den Salat, den Jette ihm mit einem auffordernden

Kopfnicken und dem Wort »Vitamine« herübergeschoben hatte.

Fenna verstand sofort: »Du liegst richtig, Kilian. Dieser Salat ist mit Sicherheit extrem pestizidbelastet, wenn Oma ihn nicht als Bioware gekauft hat. Und so als Giftsalat hat er außerdem den Nährwert von Klopapier.«

Jette schaufelte sich eine extra große Portion auf den Teller. »Ich mag das besonders gern. So das ein oder andere … Fungizid …«

»Kriegt man halt keine Pilze«, versicherte Kilian. »Soll ja als Krankheit sehr ungesund sein. Ich würde aber trotzdem lieber gucken, was dieser Horsti so speist. Ich kann ihm ja ausrichten, dass Vitamine gesund sind.«

»Du bleibst! Und isst, was hier auf dem Tisch steht!« Klarer Tonfall, klare Ansage. Notfalls etwas lauter.

Kilian nahm sich drei Salatblätter und einen Schnipsel Tomate.

Na also, geht doch.

Marie schwieg zu alledem. Sie nahm die Bolognese zusammen mit dem Salat auf den Teller, während Fenna mit einem Teesieb das Fleisch aus der Sauce filterte. Gegen das Eis zum Nachtisch hatte dann auch die kohlenhydratfeindliche Schönheit nichts einzuwenden. Sie genoss sogar eine extra dicke Portion Sahne. »Ich habe heute mal Schummeltag, also Diätpause. Bin quasi metabolisch grad durch«, erklärte sie. »In diesem Urlaub gönne ich mir was. Ab jetzt.«

»Hast es ja auch drei lange Tage durchgehalten«, lachte Fenna sie aus. »Deine Konsequenz ist beeindruckend.«

»Ich glaube, meine Theorien haben ihre Motivation geblockt«, sagte Kilian. »Könntest also auch ein paar Spaghetti essen. Wenn noch welche da wären!« Er zuckte mit den Schultern. »Sind aber nicht!«

Jette hatte den Appetit der Kinder maßlos unterschätzt. In der Schüssel lag nur noch eine halbe gekrümmte Nudel herum. Die schnappte sich Marie nun demonstrativ und steckte sie in den Mund: »Habe aus Rücksicht auf euch auf meinen Kohlenhydratanteil verzichtet!«

Eben wollte Fenna darauf antworten, als Jette die Hand hob und sie zum Schweigen verdonnerte. Das erste Donnerwetter hatte gesessen. »Nun, Kilian, zu dir«, hob Jette mit gewichtiger Stimme an. »Ich möchte wissen, warum du meine Anordnungen ignoriert hast und einfach allein über die Insel gestromert bist.«

»Ich bin nicht gestromert«, berichtigte Kilian sie. »Ich war a) mit dem Rad unterwegs und b) habe ich geforscht.«

»Vermutlich über die Cellulite von Bienen«, sagte Marie. Sie zerrte ihr Handy aus der Hosentasche und steckte die Kopfhörerknöpfe in ihre Ohren. Ein warnender Blick Jettes aber ließ sie innehalten. Alles versank unter dem Tisch. »Keine Kopfhörer beim Essen!«

Offene Worte. Gern auch eine Tonlage höher. Zum Teufel mit den Wahlsprüchen.

»Okay«, gab Marie nach, wenn auch widerwillig. Der Musikentzug ließ sie unruhig auf dem Stuhl hin und her rutschen. Ihre Finger knibbelten ein Stück Papier zu Kugeln. Aber sie gehorchte.

»Was hast du denn nun erforscht, wenn es keine Bienencellulite war?«, nahm Fenna das Gespräch wieder auf. »Dann hast du die Kühe auf Krampfadern untersucht, stimmt's? Und haben sie welche?«

»Nein«, entgegnete Kilian ernsthaft. »Obwohl sie keineswegs wie die Bergkühe ständig auf- und abwärts klettern müssen, haben auch Inselkühe keine Varizen. So heißt es nämlich korrekt, Fenna.«

Seiner ältesten Schwester entglitt ein wütendes Schnauben, und Jette sah sich genötigt, in das Gespräch einzugreifen. »Nun, Kilian, ich möchte dennoch wissen, wo du warst und warum du nicht auf das hörst, was ich dir sage. Es geht nicht, dass du, ohne zu erklären, wo du steckst, einfach so verschwindest. Das dulde ich nicht.«

Kilian wand sich hin und her. »Ich spreche normalerweise nicht über das, was mich mental bewegt. Das blockiert meine Gedanken. Aber da wir ja soeben etwas wie einen Viererpakt beschlossen haben«, er wandte seinen Blick zu Günther, beschloss dann offenbar, ihn zu diesem Pakt als dazugehörig zu betrachten, und verbesserte sich, »korrigiere, einen Fünferpakt beschlossen haben, bin ich willens, zumindest anzudeuten, worüber ich mir gerade den Kopf zerbreche. Ich werde, soweit es möglich ist und es meine Kreativität nicht allzu sehr einschränkt, deinen Anweisungen Folge leisten. Und gleich lasse ich euch an meinen Erkenntnissen teilhaben.«

Jette sah ihren Enkel abwartend an. Er rückte, wie immer, wenn er zu einer ausschweifenderen Abhandlung ausholte, seine Brille zurecht, krauste die Sommersprossennase und setzte sich aufrecht hin.

»Also, Omilein, liebe Schwestern und Günther. Ich offeriere euch mal kurz, womit ich die frühen Morgenstunden verbracht habe: Ich betreibe Stufenforschung und bin auch noch nicht ganz fertig damit.«

»Stufenforschung?« Günther setzte seine wichtige Miene auf, die sein Einfühlungsvermögen in alles und für jeden demonstrieren sollte. Kilian hatte ihn soeben in den Familienclan rund um Jette aufgenommen. Dass ihm das gefiel, war unübersehbar.

Kilian blickte zu Fenna. Dann schweifte sein Blick zu Jette. Beide hatten die Lippen zusammengepresst. »Ich sehe schon: Kaum einer hat Verständnis für meine Intellektualität«, sagte Kilian. »Bis auf Günther.« Er beugte sich zu ihm herüber und flüsterte ihm etwas ins Ohr. Daraufhin glitt ein Strahlen über dessen Gesicht. »Der Junge, der kann etwas! Stufenforschung. Darauf muss man erst einmal kommen!«

Kilian zückte sein Logbuch und schlug es auf. »Ich überspring mal einen Eintrag.«

»Hey, das will keiner hören!«, knurrte Marie ihn an, doch Kilian ignorierte seine große Schwester.

> Logbuch Kilian
> Langeoog, Tag 3, Eintrag VI
> Wetterlage: sonnig
> Geschehnis: Aufnahme des Projekts Stufenforschung
> Sämtliche Stufen im Osten der Insel gezählt und erforscht.
> Gesamtsumme: _____

Er hielt kurz inne. »Muss ich noch ausrechnen.«

Jette wurde es nun zu bunt. Sie brauchte jetzt und sofort einen größeren Radius, der ihrer Individualität geschuldet war. Ihretwegen auch der Kreativität, denn sie wollte ihre

Küche auf der Stelle in den Urzustand zurückversetzen und einfach nur noch ihre Ruhe. »Raus!«, sagte sie mit scharfer Stimme. »Allesamt raus hier! Ich will aufräumen!«

Und das tat Jette auch. Zwei Stunden lang. Erst dann sah das kleine Häuschen wieder so aus, als könne man tatsächlich darin wohnen.

9

Noch immer zwölf Tage

Das Leben ist kein Ponyhof

»Omilein hat aber miese Laune«, stellte Kilian fest. »Die hat echt rumgebölkt!«

»Woran du ja nicht ganz unschuldig bist. Haust einfach ab, obwohl sie es verboten hat!« Fenna knuffte ihren Bruder. »Mann, Oma ist schon alt, die macht sich dann Sorgen! Verstehst du nicht, oder?«

»Mit sechzig, oder fast sechzig, hat man demnach kaum das Bewusstsein für meine Forschergene«, bestätigte Kilian. »Gut, dass sie ihren Bekannten hier hat. Der scheint meine Ambitionen zu verstehen.«

»Was soll das überhaupt sein? Stufenforschung? Die Stufen, wie man Oma wahnsinnig macht?«, herrschte Marie ihn an. Sie war gerade dabei, die Lockenwickler einzusortieren. Darauf verwendete sie große Sorgfalt. Das Ergebnis der Sockenlocken hatte nicht die gewünschte Wirkung gehabt, weshalb sie doch wieder zu der herkömmlichen Methode gegriffen hatte. Neben ihr standen drei unterschiedliche Packungen mit Haarfärbemitteln, die sie am Morgen im Supermarkt gekauft hatte. Sie hob und senkte den Arm, überlegte, konnte sich aber zwischen Platinblond und Ascherosa nicht entscheiden.

»Ich finde beides scheußlich, lass es!«, sagte Kilian. »Und

meine Stufenforschung übersteigt deinen geistigen Horizont.«

Fenna schüttelte heftig den Kopf, als sie die Unentschlossenheit ihrer Schwester bemerkte. Sie hatte längst aufgegeben, Marie wegen der darin enthaltenen Gifte zu missionieren.

Deren Entscheidung war zugunsten von Platinblond gefallen. Sie würde aussehen wie Bibi Blocksberg, wenn das Ergebnis konform mit der Farbe auf der Verpackung ging.

Kilian war es egal, er lächelte selig.

Der denkt schon wieder an sein neues Projekt, dachte Fenna.

Als ob Kilian Fennas Überlegungen bestätigen wollte, schaute er sie nun lächelnd an. »Um Maries Frage für alle zu beantworten: Ich bin erst mal bis zur Melkhörndüne gefahren. Das ist eine Aussicht, sage ich euch. Man schaut zum Schloppsee und über die Salzwiesen bis zum Festland. Davor liegen in den Dünen nur verstreute Bauernhöfe. Und das Meer kann man auch sehen …«

»Bist du neuerdings Reiseführer oder was?«, unterbrach Fenna ihn. »Was ist das denn jetzt mit deiner Stufenforschung?«

Kilian zog die Nase kraus. »Also, ich habe mir Omileins Rad geliehen, aber nicht das E-Bike-Ding. Das zum Treten. Da kam mir die Idee zur Stufenforschung.«

Er zog sein Logbuch erneut aus der Tasche, schob die Brille in den richtigen Winkel. »Hab das jetzt konkretisiert, errechnet und detailliert aufgeführt:

Logbuch Kilian
Langeoog, Tag 3, Eintrag VII
Wetterlage: sonnig
Geschehnis: Stufen auf der Melkhörndüne gezählt und erforscht.
Ergebnis: Rechter Hand 41 Stufen, inklusive Zwischenstufen. (2-3, je nach Blickwinkel. Eine Stufe kann auch als Normalstufe gesehen werden.) Linker Hand: 55 Stufen, steil, ohne Zwischentritt.
Kilian

Fenna runzelte die Stirn. »Wie bitte? Du hast nicht wirklich …«

»Doch klar. Das sind die Treppenstufen zur Düne. Rechter Aufgang, linker Aufgang oder umgekehrt: rechter Abgang, linker Abgang, wobei sich in dem Fall natürlich auch die Stufenzahlen tauschen.«

»Du hast doch ’nen Knall«, sagte Marie und rauschte ins Badezimmer ab.

Fenna nahm es gleichmütiger hin. Das schien ja mal eine entspannte Forschung zu sein. Ohne Krabbelgetier, ohne Würmer.

»Möchtest du vielleicht noch was von mir wissen? Ich bin immerhin bis Osterhook geradelt. Habe alle Touris überholt.«

Fenna wollte nichts dergleichen. Sie hatten erst einen Tag auf Langeoog geschafft. Schon heute hatte Oma Jette ein Machtwort gesprochen. Mal sehen, wie das weiterging.

»Wir müssen uns nun mal in diesem Inselgefängnis, wo es weder Pinguine noch das ewige Eis gibt, sinnvoll beschäftigen. Immerhin haben wir noch exakt«, Kilian sah auf die Uhr an seinem Handgelenk, »zwölf Tage vor uns. Wobei ich davon ausgehe, dass wir nach Omas Geburtstag einen weiteren Tag bleiben, um aufzuräumen, was mich dann wiederum doch auf eine Summe von dreizehn Tagen kommen lässt. Aber der letzte Tag ist ja Abreisetag und zählt folglich nicht. Also doch wieder zwölf.« Er fügte seinem Buch eine weitere Notiz hinzu.

»Halt bitte einfach die Klappe!«, fuhr Fenna ihn an. Die Zeitrechnung hatte ihr deutlich gemacht, was ihre Mutter ihnen wirklich aufgebürdet hatte.

Nebenan plätscherte das Wasser, Marie beschallte sich mit Bob Marley, den sie absolut kultig fand, weil sie in ihrem Alter so ziemlich die Einzige war, die das so sah. Marie begeisterte sich immer für das, was andere als blöd erachteten.

Fenna studierte die Verpackung, die ihre Schwester achtlos liegen gelassen hatte. »Sieht ein bisschen zitronig aus«, sagte sie. »Das Ergebnis will man nicht sehen. Ich glaub, ich tu es dir gleich, Kili, und radle mal los. Vielleicht kann man hier ökologisch was tun.«

Kilian stimmte ihr zu: »Ich hätte da was.«

Fenna sah ihn fragend an. »Und?«

»Das alte Vogelwärterhaus. Steht leer, und sie haben auf der Insel noch keinen Plan, was sie damit anstellen wollen. Aber ich weiß da was!«

»Was weißt du? Spuck's aus!«

»Zum Vogelwärterhaus sind es genau neunzehn Stufen.«

Fenna warf ein Kissen nach Kilian.

»Die Mädels sind noch nicht reif für meine Forschung«, murmelte Kilian. »Ich trage es trotzdem ein. Eintrag VIII.«

Da aus dem Bad fast verzweifelte Töne drangen, vermutlich weil Marie mittlerweile bemerkt hatte, dass Bibi-Blocksberg-Gelb ihren Teint blass wirken ließ, verdrückte sich Fenna lieber auch.

Marie sollte sich farbtechnisch austoben, wie immer sie wollte, und es war allemal besser, wenn Kilian seine Forschungen allein weiter betrieb. Es gab noch viel zu tun für ihn: die Kaapdüne, den Bahnhof, die Kirche, den Wasserturm ... Das bedeutete einfach: Ruhe!

Günther saß in seiner Kemenate. Er kam nicht voran. Jette wollte ihn so rasch wie möglich loswerden. Es war unerträglich. Ihre Blicke sagten alles. Vor allem, als die Kinder deutlich gemacht hatten, dass sie ihn als Mitstreiter akzeptiert, ja sogar als dazugehörig empfanden. Nun, Kilian zumindest. Fenna und Marie hatten sich nicht geäußert, aber das musste nichts heißen. Die beiden äußerten sich ohnehin meist zu nur einem Thema. Fenna zur Umwelt und Marie zu Frisuren.

Günther hörte Jette im Haus rumoren. Sie rückte dem Geräusch nach Stühle und Kommoden beiseite, und das nicht so, als schone sie dabei den Fußbodenbelag. Das klang wie dramatische Putzwut!

Als Günther einen Blick aus dem Fenster warf, sah er, wie sie in Richtung Barkhausenstraße davoneilte. »Sie rennt zu diesem Pablo. Was hat er, was ich nicht habe?« Die Antwort gab er sich selbst: einen flachen Bauch, mindestens zehn Jahre weniger auf dem Buckel, langes dunkles Haar, Gesichtszüge wie Pierre Brice in seinen besten Jahren ... Er stoppte die Aufzählung, das Ergebnis war zu frustrierend.

Wenn er an sich heruntersah, erkannte er sein Defizit deutlich. Er hatte etliche Kilos zu viel auf der Waage. Kilos, die sich über den Gürtel der Breitcordhose schoben und ein gutes Polster für schlechte Zeiten bildeten. Wann auch immer die eintreffen würden.

»Na, eben eine Rücklage für seelischen Stress. Für einsame Stunden. All so etwas. Ich habe einen Grund, genau so auszusehen. Immerhin trage ich dreißig lange Jahre Liebeskummer mit mir herum.«

Jette hingegen war äußerst schlank, fast drahtig. Hatte sie nicht so stark gelitten wie er? Bestimmt hatte es bei ihr nur andere Auswirkungen. Er hatte sich einen Kummerspeck angefuttert, sie glich einer dünnen Birke, weil der Kummer ihr den Appetit nahm.

Träum weiter, Güntherlein. Ihr liegt ein feuriger Spanier zu Füßen, der sie sogar nackt malt. *Nackt!* Günther schüttelte sich.

Sie konnte Pablo mit diesen speckigen Flip-Flops nicht attraktiv finden! Günthers Füße kleideten fußbettgeprägte Schuhe in belastbarem Leder. Kam Pablo erst in sein Alter, würde ihn sein Rücken schon in ähnliches Schuhwerk zwingen. Nur – bis Pablo Günthers Alter erreicht hatte, wäre der Deckel auf seinem Sarg unter Umständen längst geschlossen. Es war folglich müßig, darauf zu warten, dass Pablo einen Bandscheibenvorfall oder eben »Rücken« im Allgemeinen bekam. Auch auf Potenz- oder Abführprobleme zu setzen war vergebene Liebesmüh. Pablo musste auf andere, auf unnachahmliche Weise, aus dem Verkehr gezogen oder durch nachhaltiges Vorgehen in den Hintergrund gedrängt werden. Dazu aber müsste er, Günther, etwas richtig Fieses tun. War er dazu in der Lage?

Günther starrte noch immer auf seine Füße oder besser auf das, was unter seinem Bauch davon zu sehen war. In diesem Augenblick befiel ihn gewaltige Hoffnungslosigkeit. Er kämpfte auf verlorenem Posten. Er war nicht der kleine, sympathische David, der selbst gegen Goliath gewann. Er war ein großer dicker Günther mit einer haarsträubenden Vergangenheit, was seine Beziehung zu Jette Blümerant anging. Es hinkte an allen Ecken und Enden.

Seine Augen schweiften zu Emma, die nach wie vor ihre Zähne an den schwarzen Stäben wetzte. Während Jettes Putzattacke hatte sie die arme Emma in den Garten gestellt. Zwei Nachbarskatzen hatten ihr einen Besuch abgestattet und die Krallenhand durch die Käfigstäbe gesteckt. Emma war einem Schock nahe gewesen. Der Puls schlug in bedenklich schnellem Takt. Hätte er den armen Hamster seine Blutdruckmanschette umlegen können, was aber allein wegen der viel zu dünnen Beine nicht ging (Emma mit dem gesamten Körper einzuspannen, hielt selbst Günther für kontraproduktiv), wäre die Diagnose bestätigt gewesen.

Am Ende hatte Günther Emma mit in die Kemenate genommen. Nun nagte sie wieder hoffnungsfroh am Metall, fest daran glaubend, irgendwann die Freiheit zu erlangen. Er war nur froh, dass Jette dem Ganzen nicht vorgegriffen und Emma diesen Wunsch widerspruchslos erfüllt hatte. In ihren Augen war eine gewisse Hamster-Mordlust zu erkennen gewesen. Eine Idee, die sie auch auf ihn, Günther, übertragen würde, wenn sie es für richtig hielt. Er aber konnte sich vorsehen, der Emma-Hamster nicht.

Wie hätte Günther seiner Nachbarin Emmas Tod klarmachen sollen? Im Falle des plötzlichen und unverhofften Ablebens des Hamsters hatte er einer Klausel zugestimmt, die besagte:

> Sollte Emma ohne ersichtlichen Grund vorzeitig dahinscheiden, werden die Umstände des Todes akribisch untersucht. Ist der Tod grob fahrlässigem Umgang geschuldet, verpflichtet sich Günther Meilenstein, Andrea Will, der Besitzerin des Hamsters, die Schadenersatzsumme von zweihundert Euro zu zahlen.

Er hatte unterschrieben, weil Andrea Will immer ihren Willen bekam und er unter dem Helfersyndrom *Ich kümmere mich um alle verwaisten Tiere* litt. »Ich würde dir den Tod Emmas nie verzeihen, Günther Meilenstein! Sie ist mir wichtiger, als mein Ex es je war!« Ihre harschen Worte klangen noch immer in Günthers Ohren.

Emma trug auf jeden Fall nicht zum Verständnis zwischen ihm und Jette bei, selbst wenn er es sich so sehr erhofft hatte. Ihm waren viele Fehler unterlaufen. Aus allen hatte er gelernt, aber wirklich gestürzt, nicht nur gestolpert, war er am Zerbrechen ihrer Liebe. Er liebte Jette immer noch, sogar, wenn sie wütend wie ein Tiger durchs Haus lief und jedem die Zähne zeigte.

Jette, Jette, Jette. Was war er doch für ein Idiot, dass er sie damals hatte gehen lassen. Sein Handy piepte. Günther schlurfte zum Laptop, den er sich, ungeachtet von Jettes Missbilligung, mittlerweile vom Bahnhof geholt und angeschlossen hatte, und klickte den Bildschirm an. Er ließ sich sämtliche Nachrichten auch an den Server schicken. Die Displays der Mobiltelefone waren nichts für echte Männerhände. Welcher Zeigefinger war schon grazil genug, stets die Buchstabentaste zu treffen, die man benötigte. So las er seine Nachrichten stets in Ruhe zu Hause. Die SMS kam von Horsti.

Bin auf dem Weg nach Spiekeroog. Dort soll sich eine Kegeltruppe aufhalten. Eine Frauenkegelgruppe! Du weißt ja, dass Kegeln eine umwerfende Sportart ist, oder?

Günther tippte auf der Tastatur.

Kann's mir denken. Bin noch bei Jette.

Ran an den Speck, alte Rostlaube,

war die Antwort.

Ran an den Speck, dachte Günther. Zuerst musste dieser spanische Hengst und Schwerenöter verschwinden. Was wollte er mit einer um so viele Jahre älteren Frau?

Er weiß nicht, wie alt sie tatsächlich ist, dachte Günther. Man sollte es ihm stecken, vielleicht kühlte sich der Don Juan dann ab. Oder er musste ihn irgendwie in Misskredit bei Jette bringen. Irgendwie ...

Günther kam sich schäbig vor. Es war nicht recht, Jette in den Rücken zu fallen. Aber wie nur sollte er ihr Herz zurückgewinnen, wenn sie mit diesem Kerl spanischen Wein trank? Und noch mehr tat? Er hatte wirklich gedacht, Emmas Knopfaugen würden sie bezirzen, dann die Erinnerung an die kleine Meerjungfrau, wie er sie immer genannt hatte, und schon wäre die Sache geritzt. Ersteres war ein Grund gewesen, dem Hamster Asyl zu gewähren und den Knebelvertrag seiner Nachbarin zu unterschreiben. Jettes Blick zufolge hätte sie Emma aber lieber noch extra pikant gewürzt, wenn die Katzen sie aus dem Käfig gezerrt hätten, um ihnen das Mahl schmackhafter zu machen. Die Hamsterdame fiel als Überzeugungsfaktor also aus. Er behielt sie besser in der Kemenate, um Jettes überhitztes Gemüt nicht noch mehr anzuheizen.

Bei seiner Ankunft auf Langeoog hatte er keine Ahnung von Pablo gehabt. Nicht geahnt, dass sich ihre drei Enkel auf der Insel aufhielten. Nichts von Jettes Freiheitsdenken, ihrer Unabhängigkeit, die sie unglaublich stark, ja fast unbezwingbar machte, gewusst. Jette würde in ihrem Leben keine Kompromisse mehr eingehen. Und sich schon gar nicht von einer Hamsterdame oder einer Meerjungfrau einlullen lassen. Sie hatte sich verändert. Wie man sich eben in dreißig Jahren veränderte. Sie war direkt geworden und hatte ihm sehr deutlich gemacht, wie sinnlos sein Unterfangen war, sie zurückgewinnen zu wollen. Drei Sätze, die klarer nicht hätten sein können.

»Du hast mir so weh getan, Günther Meilenstein, wie mir noch kein Mann weh getan hat. Ich habe dir vertraut. Nicht einmal der Tod meines Mannes hat mich so viel Tränen gekostet wie das, was du mir und den Kindern angetan hast.«

Ja, er hatte die Tür damals nicht nur heftig zugeschlagen, sondern gleich auch noch verriegelt in dem Glauben, es sei für sie beide das Beste.

So verbrachte Günther Stunde um Stunde mit seinen Gedanken. Er drehte sich im Kreis, kam immer wieder dort an, wo er begonnen hatte. Ihm fehlte die Fantasie, was er noch anstellen sollte. Außer Pablo zu ermorden, in den Dünen zu begraben oder ihm etwas Schlimmes anzutun. Schließlich schnappte er sich das Gartenmagazin; der Garten war schließlich sein Steckenpferd. Er blätterte sich lustlos von Seite zu Seite, als ihm eine Anzeige ins Auge sprang. Es war wie ein Zeichen des Himmels!

Das würde er tun! Damit konnte er Jettes Herz zurückgewinnen. Sie hatte es immer geliebt, wenn er für sie Dinge erledigt hatte, die sie lästig fand. Damit hatte er schon damals alle Rivalen ausgestochen.

Der neue Plan B war unschlagbar. Eine Weile ließ er die Idee noch hin und her springen, dann stand sein Entschluss unumstößlich fest. Er hatte den goldenen Weg zu Jettes Herz gefunden. Er brauchte das winzige Gartenparadies nur anzusehen! Es lechzte förmlich danach, bewacht und beschützt zu werden. Jede Rosenblüte verlangte nach Läusevernichtung, der sorgfältig abgestochene Rasen nach Maulwurfschutz. Obwohl es zugegebenermaßen keinerlei Spuren in die eine oder andere Richtung gab. Nur war das zum jetzigen Zeitpunkt unerheblich. Günther würde präventiv eingreifen, nicht erst, wenn es zu spät war.

Er surfte mit seinem Stick im Internet – Jette hatte er nicht um den Key bitten mögen – und rief die Firma des Gartenkatalogs auf. Genaue Information war die Voraussetzung für das Gelingen seines Vorhabens. Er klickte sich durch verschiedene Maulwurfabwehrsysteme und befand den Maulwurfschreck mit Solarbetrieb für angemessen. Mittels Ultraschalltönen und Vibration würden so alle Schädlinge aus Jettes Garten vertrieben werden. Die Modelle, die er zuvor auf anderen Seiten gefunden hatte, verwarf er. Denn die Maulwürfe oder wahlweise die Wühlmäuse zu enthaupten oder mit stinkenden Substanzen zu vertreiben gefiel ihm nicht. Er war auch nicht sicher, ob Jette abgetrennte Häupter als Trophäen schätzte.

Der solarbetriebene und damit ökologisch vertretbare Maulwurfschreck aber war eine hervorragende Errungenschaft! Er sah in Gedanken Jettes beeindrucktes Gesicht. Ihre Freude, wenn er dafür Sorge trug, dass es kein einziger Maulwurf wagen würde, seine braune Erdhinterlassenschaft auf Jettes Grundstück zu verewigen. Er, Günther, glänzte als Mann, der sich um sie sorgte und kümmerte – das umfasste schließlich auch ihren Garten.

Frauen wollten, dass man das tat. Sich kümmern. Für sie da sein. All so was. Aber ein Günther Meilenstein war keine spanische Eintagsfliege ... An der Stelle seiner Gedanken stutzte Günther: Eine spanische Fliege war etwas anderes. Wenn es ihn nicht täuschte, hatte das mit Sex zu tun. Also noch mal von vorn. Er war kein spanischer Gigolo ... Oder gab es den wieder nur in Italien?

Na egal: Er war *der* Mann für Jette, und er würde es ihr beweisen.

Es klopfte an Günthers Kemenatentür. Marie schaute herein. Um den Kopf hatte sie einen Handtuchturban gewickelt. »Heute mal keine Socken«, sagte sie entschuldigend.

Günther blickte zu ihren Füßen und fand es angesichts

der herrschenden Hitze nicht unnormal, dass Marie barfuß in ihren strassbestickten Flip-Flops steckte. Selbst er lief in seinen Gesundheitslatschen ohne Strümpfe.

»Im Haar«, ergänzte sie. »Keine Socken im Haar. Hab was anderes gemacht.« Ihr Kinn zuckte bedenklich.

Wenn Günther etwas nicht ertragen konnte, waren das Maulwürfe, Nacktschnecken und Blattläuse. Wenn er aber einer Sache absolut nicht gewachsen war, dann einem zuckenden Frauenkinn, das auf einen unmittelbar bevorstehenden Tränenausbruch hinwies.

»Was hast du denn?«, stotterte Günther schließlich in der Hoffnung, den Tränenstrom von vornherein zu bannen.

Falsche Frage, die Schleusen öffneten sich. Gepaart mit einem Schluchzen und unglaublicher Theatralik fiel Marie ihm in den Arm.

»Nun sag, was passiert ist«, versuchte Günther sie zu beruhigen.

»Ich muss sterben! Ich möchte sterben! Ich werde sterben!«

Sie hat Gift geschluckt, schoss es Günther durch den Kopf. Oder Tabletten. Oder ...

»Müssen wir zum Arzt?«

»Der kann mir auch nicht helfen. Absoluhuuuut nicht!«

Günther war schon mit negativer Frauenpower überfordert, jugendliche negative Frauenpower aber ließ ihn vollends die Segel streichen. »Aber wie soll ich dir helfen? Warum glaubst du, sterben zu müssen?«

»Meine Haare! Günther, meine Haare!«

Schneewittchen, schoss es ihm durch den Kopf. Schon Schneewittchen war wegen ihrer Haare fast gestorben. Sie hatte einen vergifteten Kamm darin gehabt. Ob unter dem Handtuch …

»Du wirst an deinen Haaren sterben?«, fragte er vorsichtshalber noch mal nach. Sicher war sicher. Erst die Lage erfassen, erst kombinieren, dann handeln. So wie mit der Maulwurffalle.

»Ja, wenn ich nicht das tue, was absolut überlebensnotwendig ist. Verstehst du das?« Ihr Schluchzen wies jetzt längere Abstände auf, das Elend stand ihr ins Gesicht geschrieben.

Günther nickte stumm. »Nun, wie kann ich dich retten?« Seine Stimme klang väterlich. Das hatte er sich von Horsti abgeguckt, und es funktionierte immer. Horsti konnte nicht nur Sprüche! Sein Freund konnte alles!

Marie schmiegte sich in Günthers Arm. »Weißt du, es ist fast Selbstmord!«

Wieder durchzuckte Günther eine Panikattacke. Wusste Jette, was hier mit ihren Enkeln abging? »Du hast es überlebt«, flüsterte er.

Marie nickte. »Noch! Du bist der einzige Mensch, der mich aus der Misere befreien kann! Du hast die Verantwortung!«

Die wollte Günther ja ohnehin tragen. Man musste das Leben und die Gegebenheiten nehmen, wie sie kamen. Darüber hinaus würde Jette die Sorge um Marie zu würdigen wissen. Und das brächte ihm uneinholbare Pluspunkte gegenüber diesem verkappten Salvatore-Dalí-Pablo ein. Den Grand Slam wollte er für sich entscheiden. Das war wie bei der Formel 1. Da siegten die Fahrer auch nach Punkten. »Ich werde dich nicht im Stich lassen, Marie!«

Richtige Antwort, Günther Meilenstein, Volltreffer.

Marie wischte sich die letzten Tränen von der Wange und strahlte ihn an. »Ich brauche Geld. Viel Geld!«

Günther sah sie fragend an. Was hatte Marie getan?

»Ich *muss* zum Friseur, meine Frisur ist völlig ruiniert!« Sie zerrte das Handtuch herunter, und jetzt erkannte Günther, was Marie meinte. Das, was hervorquoll, hatte nichts mehr mit dem Schneewittchenhaar gemein, sondern glich eher einem perfekt gelungenen Emanzenlila. Eine Farbe, die Alice Schwarzer hätte neidisch werden lassen, wenn sie sich je zu einer solch außergewöhnlichen Farbvariante hätte durchringen können.

»Was hast denn du gemacht?«, fragte er entsetzt. Das war wieder die falsche Frage. Er musste von Horsti noch viel lernen. Der hätte, ohne mit der Wimper zu zucken, einen eleganten und einfühlsamen Spruch losgelassen, dabei mit einer fließenden Handbewegung das Portemonnaie aus der Gesäßtasche gelupft und Marie generös einen Hunni in die Hand gedrückt.

Aber erstens: Horsti hatte immer Hunnis in rauhen Mengen in der Gesäßtasche, Günther hingegen trug in diesem Umfang lediglich Eineuromünzen spazieren. Zweitens: Günther besaß gar keine Geldbörse. Jedenfalls nicht in der Gesäßtasche, sondern nur einen Brustbeutel, den er entweder in seiner Nachttischschublade aufbewahrte oder unterm Hemd am Hals trug. So konnte er ihm nicht von windigen Taschendieben entwendet werden. Günther ging immer auf Nummer sicher.

Nun, jedenfalls löste seine wenig feinfühlige Frage den nächsten – war es der zweite oder schon der dritte? – Tränenstrom aus. Wenn Marie weiter so machte, wäre sie bald vertrocknet. Hilflos wartete Günther auch diesen Ausbruch ab. So lange, bis über Maries Wange nur noch eine letzte Träne kullerte.

»Ich habe mich gelangweilt und eine neue Farbe probiert. Auf der Packung sah das super aus. Obwohl Kilian sagt, ich soll froh sein, dass es lila geworden ist, weil er keine Bibi Blocksberg als Schwester will. Das wäre die Alternative gewesen. Aus dem Alter ist er nämlich raus, weißt du? Er ist schließlich ...«

»Hochbegabt«, vollendete Günther den Satz.

»Ja genau«, nahm Marie den Redeschwall wieder auf, der an Heftigkeit ihrem Tränenausbruch glich. Ihr gingen die Worte heute vermutlich ebenso wenig aus wie die Flüssigkeiten. Günther hatte Mühe, ihr zu folgen. Zumal ihn ihre Wortflut irritierte. Bislang hatte er Marie eher wortkarg erlebt. »Hochbegabt und deshalb nix mehr mit Bibi. Wo war ich stehengeblieben? Ach ja. Ich habe einen Inselkoller. Ganz dramatisch, weil das Leben auf Langeoog Tag für Tag ein und dasselbe ist. Nichts ändert sich im Ablauf ...«

»Du bist doch erst den zweiten Tag hier«, unterbrach Günther sie.

»Egal, das merkt man schon jetzt. Jedenfalls wollte ich die Monotonie unterbrechen und mal etwas Ausgefallenes wagen ...« Nun stockte Marie zum ersten Mal und holte Luft, nachdem sie zuvor das Atmen komplett eingestellt haben musste. Jedenfalls wäre Günther nicht in der Lage gewesen, so schnell und ohne Punkt und Komma zu reden. »Nun, ich habe die Tüten im Laden zurück in die Packung gestopft und sie dabei verwechselt. Die hier«, Marie deutete auf ihre Haarpracht, »muss noch vom Fasching im Frühjahr stammen. Das lassen die einfach so im Regal liegen!«

»So gewährleisten sie auf Langeoog eben eine große Auswahl an Warensortiment«, sagte Günther. Vor etlichen Jahren hatte es diese merkwürdigen grellbunten Plastikpferdchen mit farbigen Mähnen gegeben. Sie hießen *Mein kleines Pony*. Ein Nachbarsmädchen aus Blersum hatte ihn damit ständig besucht und die Tierchen über den Rasen galoppieren lassen. Jedenfalls sah Marie jetzt aus wie diese Ponys. Besser, er erwähnte seine Assoziation nicht. Marie lief sonst Gefahr, sich von der Kaapdüne zu stürzen. Obwohl das nichts nützen würde, tödlich konnte das kaum enden.

»Es gab jedenfalls nur das eingeschränkte Inselsortiment, was meine Spezialfarbe nicht beinhaltet hat. Außerdem war es ein Sonderangebot. Wobei es ja kein wirkliches war.« Maries Verzweiflung spiegelte sich noch immer auf ihrem Gesicht wider.

Günther war maßlos überfordert. »Ein Sonderangebot, was keines ist?«

»Genau. Haarfarbe zum halben Preis. Damit locken sie.«

»Und?«

»Das Angebot gilt mit Ausnahme der aktuellen Trendfarben und nicht am Dienstag und Donnerstag und überhaupt nur, solange der Vorrat reicht.«

Günther grinste. »Da blieb dann nur dieses Emanzenlila am Mittwoch.«

Marie schnaubte wie ein wütendes Pferd. »Veräppel mich nur. Egal, wie du das siehst: Wir müssen handeln.« Sie betonte das *wir* so stark, dass Günther sich augenblicklich verpflichtet fühlte. »Zu Jette magst du damit nicht gehen? Ich meine, vielleicht bezahlt sie dir den Friseur«, wagte er doch noch einzuwenden.

»Oma ist zu diesem Pablo-Lover abgehauen. Sie will ihm bestimmt sagen, dass zwischen dir und ihr nichts läuft. Aber wie kann er das auch denken! Du und Oma!«

»Undenkbar?«, wiederholte Günther gedehnt. »Das findest du undenkbar?«

»Klar!« Marie zupfte sich ein Kaugummi aus der Hosentasche. »Außerdem hat sie grad Feuer gespien. Weil sie die Küche und die Stube jetzt sauber hat und sich nach der Mittagsstunde im Bad die Hände waschen wollte. War ja besetzt, weil ich mich darin umgestylt habe. Na ja und danach ... Ich kann sie unmöglich fragen.«

Günther schwante, was Jette dort vorgefunden hatte. »Die Farbe, die dein Haar schmückt, ist recht lange haltbar, oder?«, fragte er vorsichtig.

Marie nickte heftig. »Sehr haltbar. Sie lässt sich nicht auswaschen. Ein bisschen Lila ist mir in Omas Handtücher geraten. Und da kann es auch nicht rauswachsen, so wie aus meinem Haar. Aber die waren ja sowieso alt, diese Teile.«

»Das Waschbecken in Jettes Bad besteht aus Kunststoff.« Ovale Form, ursprünglich reinweiß mit Hebelmischer und Unterbauschrank in ecru, resümierte Günther. »Darin hält sich die lila Farbe vermutlich genauso hervorragend, stimmt's?«

Jetzt druckste Marie herum. »Ja. Tut sie. Kann ich doch nicht wissen, dass es auch lila wird. Sieht aber echt peppiger aus als vorher. Sind halt ein paar Sprenkel in der Schüssel. Ich meine, einfaches Weiß hat jeder, oder nicht?«

»Nun denn, da ist in der Tat gezieltes Handeln gefragt«,

schloss Günther. Plan B wird ausgeweitet: Reinigung des Waschbeckens als weitere Rettungsmaßnahme. Er klickte mit der Maus die Maulwurfabschirmanlage aus dem Rechner und bot Marie einen Stuhl. »Pass auf! Ich schlage dir was vor: Ich zahle gleich den Friseur, und du wirst mein Spion.«

Marie schnellte hoch. »So was mach ich nicht. 007 und so. Heiß ich James Bond? Frag Kilian, der taugt dazu.«

»So ist das ja nicht gemeint«, druckste Günther herum. »Zunächst reicht mir ja ein guter Rat von dir. Ein richtig guter Rat. Wegen Jette.«

Jetzt begriff Marie. Sie hieb sich mit der Handfläche gegen die Stirn. »Oh nein, da hab ich das Falsche abgelassen vorhin und bin voll ins Fettnäpfchen getrampelt, stimmt's? Du hast Oma rote Rosen geschenkt! Wolltest einen auf romantisch machen, weil du dich in Oma verknallt hast. Ich soll dir nun helfen, dass sie dich ziemlich scharf findet! Und ich hab gesagt ... na ja, sorry. War nicht so gemeint. Nur ...«

»Was nur?«

»Das wird nichts«, frustrierte Marie ihn sofort. »Guck dich doch mal an!«

»Hab ich schon. Ein paar Kilo zu viel.«

»Nicht nur das! Du siehst aus wie eine Comedy-Figur.« Maries vernichtendes Urteil traf Günther tief. »Kauf dir was Anständiges zum Anziehen! Das muss der erste Schritt sein. Abnehmen ist tatsächlich nicht zu vermeiden.« Marie taxierte Günther von oben bis unten abschätzend. »Lass dich frisieren! Ich meine richtig. Nicht nur diese ›Ich ziehe mir mal den Kamm durch‹-Nummer.« Sie musterte ihn weiter, schien sich zu fragen, ob sie zu weit gegangen war. »Es hilft nichts, ich muss schonungslos sein. Ganz ehrlich, Günther: Deine Chancen laufen gegen null, so, wie es ist. Du hast doch ihren Latin-Lover gesehen. Fast Sixpack, lange Haare, weiche Finger und ein Künstler! Du bist so stinknormal. So spießig. Oma aber ist wie eine bunte Fee, eine Ikone. Ein … Sonderfall. Anders als alle Omas der Welt. Ne, vergiss es. Das wird nichts.« Maries Redeschwall verebbte. Resigniert schüttelte sie den Kopf. »Tut mir leid, aber ich trau dir nicht zu, dass du das schaffst. Das ist eine Nummer zu groß für dich.« Sie holte noch einmal tief Luft. »Ich glaube außerdem, dass bei Oma noch etwas anderes dahintersteckt. Ich habe euch beobachtet.«

Nun wird es psychologisch, dachte Günther. Wo nimmt die Kleine das her?

»Da war mal was mit dir und ihr, und Oma hat diesen eigenartigen Blick drauf. Der sagt: Rühr mich nicht an.«

Günther schluckte. So katastrophal, wie Marie es auf den Punkt gebracht hatte, hatte er seine Lage nie gesehen. Er war nicht der attraktivste Typ auf Langeoog, nicht mal in Blersum, und da war die Konkurrenz nicht groß. Es lebten zu wenige Menschen dort. Aber dass es so vernichtend aussah … Die Chance auf Jette hatte er gründlich verdorben. Damals, als er sich für unwiderstehlich und göttlich, eben Horsti gleich, gehalten hatte.

Marie strich ihm über die Handoberfläche. Ihre harschen Worte taten ihr offenbar leid. »Ich muss ehrlich zu dir sein, Günther. Du ziehst Pablo gegenüber den Kürzeren.«

»Aber er ist ein Windhund! Jette, ich meine die Jette, die ich kannte, war Familienfrau, ganz Mama. Sie hat für ihre Kinder gelebt. Sie wollte einen Beschützer, jemanden, an den sie sich anlehnen konnte.«

»Günther Meilenstein! Du siehst nicht nur aus wie ein Steinzeittyp, du tickst auch noch so. Mann, das ist dreißig Jahre her. Oma hat ihre drei Ks allein großgezogen, sie ist stark und braucht alles, aber ganz sicher keinen Typen, der auf sie aufpasst.«

Günther nagte an seiner Unterlippe. Ob seine Idee mit dem Maulwurfschreck vielleicht doch nicht die optimale Strategie war, selbst wenn es ihm gelang, auch das Waschbecken von Maries lila Farbtupfern zu befreien? Bestimmt kannte Marie ihre Oma nicht gut genug, um ein solches Urteil zu fällen. So oft sahen sie sich gar nicht. Er hingegen wusste intime Dinge von Jette. Von vor dreißig Jahren.

»Ich denk mal drüber nach, ob du recht hast«, lenkte er schließlich ein, zupfte einen Fünfziger aus der Nachttischschublade und steckte ihn Marie zu. Er war nicht Horsti und führte keine Hunnis spazieren.

Marie schnappte sich das Geld und stopfte es in ihre Jeans. »Danke für die Kohle! Werde ich dir nie vergessen. Wenn du mal Nachhilfe brauchst, von wegen Styling oder so, hau mich einfach an, okay? Immerhin hast du mir eben das Leben gerettet.«

»Moment!«, rief Günther ihr nach. »Meinst du eigentlich, Pablo ist ihr Liebhaber? So richtig …« Seine Stimme brach. Marie hörte ihn ohnehin nicht mehr. Sie war schon auf dem Weg zum Friseur.

Günther betrachtete sich im Spiegel, zog den Bauch ein, streckte die Brust heraus. Zeigte seine Muskeln. Oder besser die Oberarme und die Stelle, wo bald welche sein würden, wenn er ein Fitnessprogramm absolvierte. Marie täuschte sich. Die eine oder andere Änderung konnte er zwar vornehmen, aber alles in allem gab er doch schon jetzt ein recht passables Gesamtbild ab. Welcher Mann seines Alters hatte noch eine solche Haarpracht und mit nur wenigen grauen Schläfen? Selbst Horsti war schon ein Silberpudel.

»Meine Finger sind gepflegt«, murmelte er. »Die Kleidung sauber, die Schuhe geputzt. Ich laufe meist auch ohne Socken in den Sandalen.« Dass man das tat, hatte Horsti ihm mal erklärt. Die Strümpfe zu den Knickerbockern aber trug man. Jedenfalls hatte Günther das genauso in einem Trachtenkatalog gesehen.

Aber wenn Marie meinte, er müsse etwas anderes anziehen: okay. Nichts leichter als das. Gleich morgen früh würde er zu einer ausgiebigen Shoppingtour auf Langeoog aufbrechen. Dann war Schritt eins erledigt. Seine Frisur fand er ansehnlich. Immer noch besser als das Emanzenlila von Marie. Sie stammte aus einer anderen Generation und konnte sicher nicht beurteilen, was man in seinem Alter schätzte.

Zwei Kilo würde er locker abspecken können, das war drin. Zwei Kilo entsprachen zwei Paketen Mehl und würden die Rolle über dem Gürtel merklich abflachen. Dazu die Klamotten, die er morgen einkaufte, und schon war er in der Spur. Zusammen mit der Gartenüberraschung und der Waschbecken-Wiederherstellung war er unschlagbar. Er würde Jette für sich gewinnen! Nichts auf der Welt konnte ihn davon abhalten. Auch ein Pablo nicht. Günther trat in den Flur. Er befand sich allein im Haus. Den ersten Schritt konnte er tun.

Als er in die jetzt blitzende Küche trat, glaubte er Horsti

auf der Straße entlangeilen zu sehen. Mit einem Paket unter dem Arm. Er schien es mächtig eilig zu haben.

Günther huschte zurück in die Kemenate und tippte auf seiner Laptoptastatur eine SMS, die er an Horstis Handy weiterleitete.

Bist du nicht auf Spiekeroog bei den Kegelfrauen? Dachte, ich hätte dich eben gesehen.

Doch! Ich kegle, was das Zeug hält,

kam prompt die Antwort.

Jette hatte Pablo vergebens in seinem Haus in der Willrath-Dreesen-Straße gesucht. Er lebte dort ein kleines Stück außerhalb des Dorfes in einem alten, weißen Holzhaus, das er eigentlich renovieren wollte, aber nie dazu gekommen war. So wie Pablo meist nicht dazu kam, etwas zu vollenden, was über seine Malerei hinausging.

Jetzt trieb er sich vermutlich irgendwo beleidigt herum, weil sie ihn in seinem Stolz gekränkt hatte, als sie ihm nicht sofort zu Willen war. Immerhin war dies noch nie vorgekommen, und deshalb musste es sehr an ihm nagen.

Nach dem kurzen Weg zu Pablo und wieder zurück war sie völlig durchgeschwitzt. Der Sommer hatte Langeoog fest im Griff, auch am Abend war es noch unnatürlich warm. Sie schleppte sich in ihr Schlafzimmer, schlüpfte aus dem Kasack, kramte dann im Schrank nach einer luftigen Alternative. Sie entschied sich für ein orangefarbiges Hemd, auf dem eine rote Rose prangte. Das passte hervorragend zu dem bunten, leicht ausgestellten Minirock, der ihre schlanken Beine zart umspielte. Das Hemd knotete sie am Bauch zusammen, dann fuhr sie sich mit der Hand durchs Haar und bürstete es, weil es vom Fahrtwind zerzaust war. Ein Hauch von Lippenstift noch, dazu ein bisschen Rouge, und los ging es. Nach Feierabend würde sie Pablo noch einmal aufsuchen.

Jette wollte eben das Zimmer verlassen, als sie stutzte. Etwas war anders, warum hatte sie das nicht gleich bemerkt? Was genau war es? Was ließ sie innehalten? Es war einfach nur ein saudummes Gefühl, das Jette förmlich in den Raum zurückspringen ließ.

Jette kroch ahnungsvoll unters Bett, tastete mit ihren Händen über den Holzfußboden. Das Handtuch lag in der Ecke. Allerdings ein paar Zentimeter zu weit nach rechts verschoben und ein wenig zu sehr zusammengeknüllt. Jette tastete hektisch mit den Fingern danach und zerrte es ganz unter dem Bett hervor. Doch sooft sie es auch drehte, wendete und ausschüttelte: Es war nichts darin eingewickelt.

Jette ließ sich mit einem Seufzer auf die Bettkante fallen. Das konnte und durfte nicht wahr sein: Der Akt war verschwunden. »Horsti! Du bist der Einzige, der zu einer solchen Tat fähig ist. Was hast du mit meinem Bild vor? Du Taschendieb! Du Tunichtgut. Du Taugenichts!«

10

Noch elf Tage

Bis du heiratest, ist alles wieder gut

Wenn Jette etwas hasste, dann waren es ungeklärte Dinge. Dinge wie den verschwundenen Akt. Sie traute Horsti keinen Deut über den Weg. Er war ein windiger Hund. Er hieß nicht nur von Hinten, er war auch so. Nomen est omen ...

Jette war allerdings hilflos bei der Überlegung, wie sie ihn überführen könnte. Sie schnitt das Thema Horsti und seinen Besuch auf Langeoog, ohne das Verschwinden des Bildes anzumerken, beim Frühstück an.

Sie hatte den Satz aber noch gar nicht ganz ausgesprochen, als Günther bereits felsenfest behauptete, sein Freund halte sich mit einer Damenkegelgruppe auf Spiekeroog auf. Warum bestand er nur so vehement darauf, dass sein Busenfreund auf der Nachbarinsel weilte? Sie kannte Günthers Blick, wenn er log, und das tat er im Augenblick gewaltig. Steckte er womöglich mit seinem Kumpel unter einer Decke?

»Warum verteidigst du ihn eigentlich, wo ich ihn nicht einmal angeklagt habe? Du weißt doch gar nicht, warum ich danach frage.«

»Tu ich das? Ihn verteidigen, meine ich.«

»Ohne Ende. Was versuchst du zu vertuschen, Günther Meilenstein?«

»Warum sollte ich das tun? Vertuschen und so. Was ist denn passiert, dass du mir das unterstellst?«

Jette beugte sich über den Küchentisch und flüsterte: »Du könntest einen triftigen Grund dafür haben! Der Akt ist nämlich verschwunden. Von wegen Horsti weilt auf Spiekeroog?«

»Horsti ist mein Freund, und er hat dich niemals bestohlen. Egal, was du von ihm hältst!« Günther klang fast wie ein bockiger Junge.

Sie konnten allerdings nicht weiter darüber sprechen, weil Kilian mit seinen Schwestern die Küche in Beschlag nahm. Jette war es lieber, wenn ihre Enkel von dem Diebstahl nichts mitbekamen. Schlimm genug, dass zumindest die Mädchen überhaupt von der Existenz des Gemäldes wussten.

Heute benahmen sich die drei sehr zivilisiert, die gestrige Standpauke zeigte Wirkung. Sie saßen freundlich lächelnd am Tisch. Jette erfreute allein ihre Pünktlichkeit. Sie schmatzten nicht, sie krümelten nicht. Sie stritten nicht. Alles war gut.

Bis auf die Kleinigkeit, dass das Bild auf wundersame Weise gestohlen worden war und Jette Gefahr lief, auf Langeoog furchtbar kompromittiert zu werden, wenn das Gemälde irgendwo auf der Insel auftauchte.

»Gestern hab ich einen Mann gesehen, der sah aus wie dein Freund mit den silbernen Haaren und dem Goldkettchen«, sagte Kilian. Er putzte sich mit der Serviette den Mund ab, bevor er weitersprach. »Der sah aus, als ob er über die Insel schleicht. Ist das ein Verbrecher?« Er biss vorsichtig ins Brötchen, kaute, schluckte, lächelte. »Ich habe eigentlich keine Vorurteile, aber dein Freund sieht ein bisschen so aus, als drehe er krumme Dinger.«

Jette sah, wie Marie ihm vors Schienbein trat. Deren Haarpracht leuchtete seit gestern Nachmittag nun in Quittengelb. Marie hatte es zusätzlich stoppelkurz scheren lassen. Nur in der Mitte ragte ein Haarbüschel, wie der Kamm einer Echse, heraus. Dieser Kamm blendete indes in einem krassen Rotton.

»Marie sieht aus wie ein brennender Igel auf Eigelb«, wechselte Kilian das Thema. »Oder wie die Warnflagge für einen Ölunfall, die ist auch rot-gelb gestreift. Alternativ ähnelt der Putz auch der spanischen Flagge, nur hat Marie den Stier vergessen.«

Den jetzigen Tritt konnte er kaum verschmerzen, denn jetzt hatte Marie so richtig hingelangt. Das gute Benehmen der Kinder hatte immerhin zehn Minuten und dreißig Sekunden lang angehalten.

Kilian konnte sich eben noch wegducken, bevor ihn Maries Ellbogen in die Seite traf. »Das ist in, du Ignorant«, herrschte sie ihn an. »Ab und zu ein neues Styling, gerne mit etwas mehr Farbe, dazu ein Kurzhaarschnitt sind absolut hip!«

»Hipp fressen Babys«, konterte Kilian.

Marie erhob sich mit wutverzerrtem Gesicht. »Es reicht, kleiner Klugscheißer!«

Fenna zupfte sie am Ärmel. »Entspann dich! Immerhin spart der kurze Putz die Locken im Haar und damit viel Zeit, die du für dich selbst verwenden kannst.« Fennas Schlichtungsversuch lief ins Leere, denn Marie machte auf dem Absatz kehrt und verließ türenknallend die Bühne. Oder die Küche.

Noch elf Tage, und der Spuk ist vorbei!

Maries Auftritt hatte den Showdown aber noch nicht erreicht, es handelte sich nur um einen kurzfristigen Abgang. In dem Augenblick, als sich alle wieder dem Frühstück widmen wollten, steckte sie ihren spanisch beflaggten Igelkopf erneut zur Tür herein. Sie sah Fenna und Kilian mit todesverachtendem Blick an. »Das ist wie bei ›Germanys next Topmode‹. Da bekommen die Mädels auch immer mal wieder ein anderes Styling. Man muss Mut zu seinem Typ haben. Habt ihr den? Nein, du mit deiner Garnichts-Frisur, wo man nicht einmal die Farbe erkennen kann, werte Schwester! Oder Kilian, du Angeber. Du weißt allenfalls, wie man Friseur buchstabiert.«

»Möchtest du es mit ›ö‹ oder in der französischen Version mit ›eur‹ hören?«, krähte der.

Fenna hob abwehrend die Hände: »Ich sag doch gar nichts dagegen. Im Gegenteil: Ich verteidige dich auch noch!«

»Wenn du das verteidigen nennst ...«

»Auf jeden Fall spart dein neuer Look Geld«, versuchte Fenna weiter zu beschwichtigen. Ihr Blick schweifte besorgt zu Jette, die sich auf die Lippen biss, um nicht zu explodieren.

»Wenn man von der Ausgangsinvestition mal absieht«, korrigierte Kilian.

»Wie kommst du jetzt darauf?« Bei diesem Argument schienen Marie die Kosten für den Haarschnitt samt exakter Färbung wieder eingefallen zu sein.

Jette glaubte an Günthers nachdenklichem Blick, der hilflos zwischen den streitenden Parteien hin und her hüpfte, zu erkennen, dass es sich um keine unerhebliche Summe gehandelt hatte. Seine Lippen formten, für andere unmerklich, einen schwindelerregend hohen Betrag, den Jette für ihre Frisur noch nie ausgegeben hatte und wohl auch nie ausgeben würde. Günther stand deswegen eindeutig unter Schock. Von Frisuren verstand der Mann überhaupt nichts.

Er hat ja sogar Maries Trockenhaube für Astronautenzubehör gehalten.

Fenna räusperte sich. »Kilian, aber dafür fallen die anderen Investitionen weg. Marie hat im letzten Monat zehn Pakete Socken für ihre Sockenlocken gekauft. Das war teuer und ein Fehlkauf, weil sie zudem Größen bevorzugt hat, die man beim besten Willen nicht auftragen kann.«

»Und jetzt sind sie unbrauchbar, wegen ihrem neuen Look«, ergänzte Kilian.

»Kleiner, das war falsch. Korrekter Genitiv wäre: wegen ihres neuen Looks!« Fenna grinste breit, konnte sie doch endlich mal ihren kleinen Bruder verbessern.

Marie interessierte weder der korrekte Einsatz des Genitivs noch ihre Frisureninvestition. Sie fühlte sich einfach nur angegriffen. »Was weiß denn ich, welche Tretergröße du hast? Oder Kili.«

»Zumindest nicht zweiunddreißig. Das ist *Kindergröße!*« Fenna schüttelte den Kopf. »Du agierst sehr unökologisch, was soll man jetzt mit den Socken tun, wenn sie nicht einmal mehr für Sockenlocken taugen?«

Die Stimmung war zum Zerschneiden mies. Günthers Mund klappte dümmlich auf und zu, als suche er nach geeignetem Vokabular, um dem Ganzen ein Ende zu bereiten und zu retten, was vom friedlichen Frühstück noch zu retten war.

»Zehn Minuten, dreißig Sekunden. Immerhin etwas«, flüsterte Jette mit einem heimlichen Blick auf die Armbanduhr.

Man sollte nicht zu viel erwarten. Jeden Tag zehn Minuten und dreißig Sekunden, hochgerechnet auf die verbleibenden elf Tage machte das immerhin eine Summe von einhundertzehn Minuten ohne Geschrei. Das klang fast nach Luxus. Einhundertzehn Minuten Frieden zuzüglich der Zeit, die Jette in ihrem Laden verbringen durfte, und zuzüglich der Spanne, in der die drei schliefen und sich nicht streiten konnten. Summa summarum blieben trotzdem genug Stunden, in der man das Leben mit ihnen ertragen musste. Jette schob den Gedanken beiseite und kümmerte sich besser um das Hier und Jetzt, was gerade ein zweites Mal dabei war, zu eskalieren, weil Marie Kilian mit den fehlgekauften Socken bombardierte und zum Showdown blies.

»Wenn«, rums, »die Socken«, rums, »zu groß sind«, rums, rums, »klappt das«, rums, »mit dem Wickeln«, rums, »nicht so gut«, rums, »weil man dann zu dicke«, rums, »Beulen am Kopf hat!« Endrums.

Schließlich gab Marie auf. »Ich werde sie spenden. Für die armen Kinder, die damit zwar keine Sockenlocken machen, aber ihre kalten Füße wärmen können.« Sie wirkte nach diesem Entschluss von einer Sekunde auf die andere merklich entspannter, fuhr sich durchs Haar und grinste breit, als sie an die hart gegelten Spitzen kam. »Ist eben mal was anderes. Und wer hätte gedacht, dass die am entlegensten Teil der Welt so futuristische Ideen umsetzen können.«

Marie wirkte mit der neuen Frisur schmal und blass. So richtig konnte Jette dem nichts abgewinnen, egal, wie hip oder futuristisch es auch sein mochte.

Besser, du hältst deinen Mund, Jette. Oma-Kommentare sind jetzt nicht angesagt.

Kilian war Jettes Blick gefolgt. »Alles kein Problem. Bis Mama zurück ist, in«, er krauste die Stirn, »zehn Tagen und circa dreiundzwanzig Stunden, ist sicher ein Zentimeter hinzugekommen. Nicht jedes Haar wächst gleich schnell. Aber wenn man davon ausgeht ...«

»Reicht schon, Kilian«, fiel Fenna ihm mit einem Seitenblick auf ihre Schwester ins Wort. »Geh mal wieder forschen, dann bist du beschäftigt, okay?«

»War schon los. Stufen in der evangelischen Kirche gecheckt.«

»Wir wollen's nicht wissen!«

»Doch, Kilian, ich möchte es wissen«, lächelte Jette. Besser das Thema wechseln und keine weiteren Komplikationen zulassen. »Ist ja eine schöne Kirche, unsere Inselkirche. Mit dem Altarbild und dem schönen Schiffsmodell der *Bethel.* Hat Caspar Döring gebaut.« Sie strich Kilian sacht über den Handrücken, und der zückte sein Notizbuch, blätterte ein wenig darin und grinste sein Omilein breit an, als er die entscheidende Seite gefunden hatte. »Ich lese auch nur den aktuellen, alle meine Einträge müsst ihr schließlich nicht kennen. Ich sage nur: Privatsphäre!«

Logbuch Kilian
Langeoog, Tag 4, Eintrag IX
Wetterlage: sonnig und heiß

Geschehnisse: Stufenforschung Kirche
Stufenanzahl: 14 bis zur Empore
Kilian

Jette nickte ihm verständnisvoll zu. Mit der Altersklasse kam sie zurecht. Wie anstrengend Mädchen in dem Alter waren, hatte sie aus purem Überlebenswillen verdrängt.

Als wäre nichts gewesen, setzten die drei schließlich das Frühstück fort und plauderten munter über das Wetter, die Insel und lobten Jette für das gute Essen. Marie schmierte sich sogar die Schokocreme fingerdick aufs Brötchen, und keiner monierte ihre unterbrochene metabolische Phase.

Jette warf unauffällig einen Blick auf die Uhr, um die Zeit zu checken. Mit etwas Glück konnte sie die Tagesfriedensbilanz noch minimal nach oben korrigieren.

Sie sah, dass Günther es ihr gleichtat. Ein einvernehmliches Nicken machte beiden Mut. Man musste eben leben und essen, wie es passte.

Das war die erste Übereinkunft mit Günther. Für einen Wimpernschlag hatten sie gleich getickt.

Jette erschrak bei dem Gedanken.

Vergiss es, Jette! Vergiss es einfach. Denk an das, was er dir angetan hat!

»Dürfen wir aufstehen?«

Ihre Enkel verschwanden. Abgang. Klappe. Ende der Frühstücksszene mit Brut.

Als Jette kurze Zeit später einen Blick in den Garten warf, ließen sich die drei gerade in trauter Eintracht nebeneinander auf die Hollywoodschaukel fallen.

Günther drehte derweil das Innere des Brötchens zu weißen Krümeln. »Das wäre erst mal überstanden. Das war wie ein Gewitter.«

»Eher ein Unwetter aus dreifacher Richtung!« Jette lehnte sich mit verschränkten Armen seufzend zurück. »Was ist denn jetzt mit Horsti? Ist er hier auf Langeoog oder wirklich drüben auf der Nachbarinsel?«

»Du meinst, dass ich lüge, und vermutest, dass er dein Bild gestohlen hat.«

»Ja, das meine ich.« Jette stand auf und nahm die Kaffeekanne von der Warmhalteplatte. »Ich will nicht, dass es meinen Enkeln irgendwann aus einer der Auslagen entgegenlacht. Ich will nicht, dass mich das Langeooger Inselvolk als Akt erlebt. Und für mich will ich das auch nicht. Verstehst du das?«

Günther nickte. »Er hat mir wirklich gesimst, dass er drüben ist. Hier treibt sich aber ein ähnlich aussehender Typ rum. Den habe ich auch gesehen und kurz geglaubt, es sei Horsti. Bestimmt hat Kilian ihn verwechselt.«

»Einen Kerl wie Horsti kann der liebe Gott wahrlich nur einmal erschaffen haben. Sicher, dass dein Freund nicht lügt?«

»Ja, der Typ sieht Horsti einfach nur unglaublich ähnlich.«

Jette zog die Stirn in Falten: »Womit Gottes Unfehlbarkeit einwandfrei ad absurdum geführt wird. Fehlerhafter hätte er nicht konstruieren können, und dann macht der gleich zwei von diesen Kerlen!« Jette goss sich einen Kaffee ein und sah fragend zu Günther, doch der wehrte ab.

»Nun gehst du aber zu hart mit Horsti ins Gericht. Er ist ein Frauenheld, ein Chaot. Hin und wieder greift er den reichen Leuten mal tief in die Tasche, weil er findet, das sei ausgleichende Gerechtigkeit.«

»Ein moderner Robin Hood also?«

»Ja, so könnte man es nennen. Aber er stiehlt doch nicht deinen Akt! Was soll er damit?«

Jette fuhr wütend herum. Dabei schwappte die halbvolle Kanne beinahe über. »Warum sollte er keinen Nutzen haben? Weil mein Körper mit denen der langbeinigen Kegeldamen nicht mithalten kann? Du meinst, dass er es nicht wert ist, gestohlen zu werden?«

Weil ich bereits dreimal geworfen habe und deshalb für die Männerwelt uninteressant bin?

Jette wusste selbst, wie ungerecht sie war, wie wenig das jetzt mit allem zu tun hatte, aber sie war jetzt nicht zu stoppen. »Es gibt eben Männer, die machen nur gern Kinder, fühlen sich aber trotzdem nicht verantwortlich, wenn es passiert ist. Oder sie hauen einfach ab, wenn sie sich etwas vertraut gemacht haben, weil sie die Hose voll haben!« Mit Wucht knallte sie die Kanne auf die Warmhalteplatte zurück und stellte die Maschine aus. Wer noch Kaffee wollte, konnte den auch kalt trinken. Zu langes Warmhalten war denkbar schlecht für die Energiebilanz.

Günther grinste sie an. »Wobei Horsti ja kein Kind hat. Da hat er immer aufgepasst!«

»Das wäre ja auch noch schöner, wenn sich ein solcher Mann vermehren würde! Nicht auszudenken für die Menschheit.« Jette schnaufte kurz. »Aber bestimmt weiß er nur nicht so genau, ob er doch irgendein Balg hinterlassen hat.«

Was rede ich da für einen ausgebufften Blödsinn?

Jette war von ihrer heftigen Reaktion selbst schockiert. Keine der Anschuldigungen hatte Hand und Fuß. Ihr Aufruhr lag nicht nur am verschwundenen Akt. Da war noch etwas. Etwas Größeres. So als ob das Auftauchen ihrer Enkel eine Saite in ihr zum Klingen gebracht hätte, die sie lange verstummt, ja sogar zerrissen glaubte. Eine unbestimmte Sehnsucht, das Gefühl, einen wesentlichen Bestandteil verloren zu haben. Lag es nur an den drei Enkeln, oder hing es mit Günther Meilenstein zusammen? Sie streifte ihn mit einem Blick.

Er war älter geworden, aber noch immer haftete ihm diese liebevolle Unbeholfenheit an, in die sie sich damals verliebt hatte. In dem Glauben, endlich einen Mann an ihrer Seite zu wissen, auf den sie sich verlassen konnte. Ein Mann, der ihre Schwangerschaftsstreifen überaus erotisch fand. Der Spaß daran hatte, sich an den kleinen Narben entlangzuküssen. Aber Günther hatte damals nur auf Horsti von Hinten gehört, als er ihm hintenrum eingetrichtert hatte, dass er Freiheiten brauchte und keine Frau mit Anhang.

Der Anflug des Gedankens, Günther könne auch nur einen Funken mit ihrer Sehnsucht zu tun haben, verflog augenblicklich. Was sollte sie mit einem Tollpatsch, der zwar gut darin war, verspielte Gartenanlagen mit Teichen und Schnickschnack zu bauen. Sich aber gleichzeitig nicht schämte, einen Horst-Dietmar von Hinten zum Freund zu haben.

Jette setzte sich zurück an den Tisch, musterte ihren alten Liebhaber und schüttelte unmerklich den Kopf. Vorbei war vorbei. Sie hatte ein neues Leben begonnen. Ohne ihn.

Ohne die Kinder, die ebenfalls unabhängig waren. Und das war gut so. So konnte sie nichts und niemand mehr verletzen. Günther erst recht nicht, egal, welche Hirngespinste ihm durch den Kopf schossen.

Selbst Pablo hatte keine Macht über sie, weil sie niemanden mehr so nah an sich heranlassen würde, wie sie es mit Günther einst getan hatte. Und zuvor mit ihrem Mann, der es vorgezogen hatte, schon früh ins ewige Universum zu verschwinden und sie mit der Brut allein auf Erden zu lassen. Männer an ihrer Seite waren einfach kein Thema mehr für Jette Blümerant. Sie nahm sich, was sie brauchte. Mehr nicht.

Sicher, dass du ihn nicht mehr willst, Jette?

Was wollte diese zweite Stimme jetzt? Sie kam sich ja schon vor wie in dieser Werbung. Siehst du, jetzt hast du ein schlechtes Gewissen!

»Ja«, sagte sie laut und nachdrücklich.

Günther sah Jette erstaunt an, fragte aber nicht nach. Jette weilte mit ihren Gedanken ohnehin in der Vergangenheit. Eigentlich machte sie sich viel zu viele Gedanken um ihren Ex-Lover, das hatte er gar nicht verdient. Er war ein Schuft.

Auch wenn in Günther noch immer die alte Sankt-Martin-Ader pochte, die ihm am Ende auch den nervigen Scheidungshamster beschert hatte. Ein Etwas, das er vermutlich nur schwer loswerden würde, so wie damals die Piranhas seines Vetters, die Schnappschildkröte der Schwester und die mongolischen Wüstenrennmäuse der verschwägerten Cousine.

Die fleischfressenden Fischmonster hatte er nur mit

Mühe an einen Privatzoo in der Nähe von München abtreten können. Nachdem die Schnappschildkröte ordentlich nach seinem Finger geschnappt hatte, war ein Terrariumbesitzer aus der Steiermark bereit gewesen, ihn aus der Gefahrenzone zu bringen. Er war fasziniert von dem gepanzerten Ungeheuer, weil er fand, das Schnappen sähe aus, als ob die Schildkröte jodelte. Günther war also zweimal quer durch die Republik von Nord nach Süd und wieder retour gereist, um diesen bösartigen Carnivoren und der jodelnden Schildkröte ein neues Zuhause zu bescheren.

Seine harmlosen Mäuse hatten sich hingegen furchtbar lieb gehabt, und das ließ sich an der rasch wachsenden Zahl der possierlichen Tiere abzählen. Jette hätte nicht einmal geahnt, wie oft so eine Maus in diesen Mengen entbinden konnte. Eins und eins machten da locker sechs bis acht. Auch wer kein Mathegenie war, konnte den Fehler erkennen. Dagegen war sie mit ihrer Dreifachbrut wirklich ein Waisenkind.

Aber so war Günther. Nahm alles an, was die Umwelt ihm darbot. Nur bei Jette und ihren drei Ks hatte er damals gekniffen. Vielleicht hätte sie ihm einfach sagen sollen, dass sie wieder von irgendwem abgeholt werden würde. So wie seine Pflegetiere. Er hätte es bestimmt geglaubt, und schon hätte sie im sicheren Nest gesessen. Ihn in Sicherheit wiegend, dass ihn schon bald jemand von der Jette-Verantwortungslast befreien würde. Sie war aber so dumm gewesen und hatte von »immer« gesprochen. Für ein »Immer« war Günther aber nicht bereit gewesen. Dieser Feigling. Dieser Windhund.

Nun schleppte er sich auf die Insel, trug Goldhamsterkäfige in modernem Design bei sich, schmeichelte sich bei ihren Enkeln ein und erwartete ihre Absolution.

Vergiss es, Günther Meilenstein. Vergiss es einfach!

»Ich gehe in den Laden. Räumst du hier bitte auf? Falls eines der Kinder sich bequemen würde, dir unter die Arme zu greifen, wäre das grandios.« Jette trank den Becher Kaffee in einem Rutsch aus, so als müsse sie sich für den nächsten Satz Mut antrinken. »Und wenn du dich dann bitte nach einem anderen Quartier umsehen könntest, wäre das mein Highlight des Tages.«

Als Jette den bestürzten Blick Günthers bemerkte, taten ihr die harschen Worte gleich leid. Er sah so erstaunt aus, als hätte sie ihm ohne Vorwarnung den Kopf abgeschlagen. Er hatte seine Chance vor dreißig Jahren gehabt. Man konnte die Zeit nicht zurückdrehen.

Günther hatte die Küche aufgeräumt und dabei erneut versucht, Horsti auf dem Handy zu erreichen, denn das lenkte ihn von Jettes böser Zurückweisung ab. Das war ihm nicht geglückt, zumal er sich wegen der kleinen Tastatur dreimal verwählt hatte. Horsti wälzte sich vermutlich noch an der Seite einer der bronzefarbenen Kegelschönheiten am Spiekerooger Strand.

Jette hatte trotz ihrer Wut vorhin unglaublich verletzt gewirkt. Sie hatte ihm nicht verziehen, der zu besteigende Berg war größer als erwartet.

»Ganz oder gar nicht«, hatte sie ihm damals gesagt. »Ich sage dir das nur ein einziges Mal. Du kannst damit tun und lassen, was du willst: Ich liebe dich und möchte mein Leben mit dir und meinen Kindern verbringen.«

Günther hatte sich mit Horsti beraten – schlecht beraten, aber das weiß man immer erst, wenn es zu spät ist –, und drei Flaschen Wein später war die Entscheidung für »gar nicht« gefallen. Das war im Nachhinein so gewesen, als hätte er einen Lottoschein ausgefüllt und vergessen, ihn abzugeben. Ein Entschluss, den er bis zu diesem Tag bereute, aber dreißig lange Jahre nicht gewagt hatte, rückgängig zu machen. Warum er sich in die Idee verrannt hatte, Jette könne ihm jemals vergeben, verstand er selbst nicht.

Er hatte genau wie Horsti leben wollen und nach dieser durchzechten Nacht auf ihn gehört. Damals, als die drei Flaschen Wein und Horsti ihm in einem intensiven Dialog davon abgeraten hatten, sich für immer an eine einzige Frau zu binden, die sich zudem schon dreimal vermehrt hatte, was Flexibilität unmöglich machte. Mit jedem weiteren Schluck hatte auch Günther eingesehen, wie unwiderstehlich er war, welche außergewöhnlichen Möglichkeiten er verschenkte, wenn er sich an Jette mit ihren drei Ks band. Er war sogar zu feige gewesen, ihr das ins Gesicht zu sagen, hatte ihr lediglich einen Brief zukommen lassen. Sie hatte nie darauf reagiert. Dazu wäre sie viel zu stolz gewesen.

Was aber hatte es ihm gebracht, sich gegen Jette und für Horstis Philosophie entschieden zu haben? Alle Frauen nach Jette waren farblos gewesen oder glichen Chamäleons; färbten sich nach bestem Wissen und Gewissen so, wie sie glaubten, sich bei ihm einschmeicheln zu können. Keine hatte Prinzipien, rieb sich mit ihm an Themen, diskutierte nächtelang. Keine wollte die Welt verbessern oder wenigstens die Straße, in der sie lebte. Sie waren einfach nur da, und so bemerkte er sie gar nicht, wenn sie sang- und klanglos wieder verschwanden. Von den meisten kannte er nicht einmal mehr die Namen. Und je länger dieser Zustand anhielt, desto deutlicher wurde ihm, was er verspielt hatte.

Warum war ihm das Leben an Jettes Seite zu langweilig gewesen? Warum hatte er Horsti so sehr für seine Unabhängigkeit bewundert und beneidet, dass er Jette verschmäht hatte? Er wollte ein Held und selbstbestimmt sein. Genau das war Thema an dem besagten Abend gewesen.

»Ein Mann muss sich ausleben können. Freiheit ist bedingungslos!« Horsti hatte irgendwann dieses Zen-Zitat in den Raum geworfen. Wie Gift war es durch Günthers Gedanken geflossen. »Mit Jette und ihren drei Gören aber bist du alles, nur nicht frei«, waren die letzten Worte Horstis zu dieser Diskussion gewesen, und somit war es beschlossene Sache, dass es ein »für immer« mit Jette nicht geben würde.

Günthers Freiheit beschränkte sich allerdings zunächst darauf, die Überreste der abgelegten und für Horsti verwelkten Blüten zu gießen, damit sie nicht völlig verdorrten, weil die Begegnung mit dem sagenumwobenen Horsti sie zu sehr erhitzt und anschließend mit Trauer beseelt hatte.

Die Trockenblumen standen meist schluchzend vor Günthers Haustür. Seine Aufgabe bestand darin, diese einsamen Damen für die Nachwelt tauglich zu erhalten, damit sie zukünftig nicht jedes männliche Wesen hassten. Er selbst galt als Neutrum, gehörte er doch nicht ins Beuteschema von Horstis abgelegten Frauen.

Im Trösten aber war Günther gut, und da er außer seinem Beruf beim Liegenschaftsamt nichts zu tun hatte, tat er es mit Inbrunst. Er bekochte die vertrockneten Pflänzchen, bis das erste Grün wieder spross. Er besorgte Prosecco und

Antipasti, ging mit Horstis abgelegten Vollweibern ins Theater und schaute im Programmkino *Harry und Sally*. Um sich hinterher sagen zu lassen, dass der Film irre gut sei. Es gäbe wunderbare Freundschaften zwischen Männern und Frauen, sie und Günther wären der beste Beweis. Mit einem auf die Wange gehauchten Kuss entfernten sich die restaurierten und wieder in voller Blüte stehenden Ladys und suchten sich den nächsten Horst, der meist ein Porsche- oder Jaguarfahrer war und nicht in einen Golf in Richtung Liegenschaftsamt stieg wie Günther. Dessen Auto hatte zwar ein Schiebedach, dort ragte jedoch allenfalls seine Hutkrempe heraus – bei starkem Wind noch der karierte Schal, wenn ihn eine Böe nach oben drückte. Die Damen von heute, die etwas auf sich gaben, ließen sich aber gern den Fahrtwind um die Nase wehen, trugen Kopftuch wie in den Sechzigern und überdimensionierte Sonnenbrillen. Ihrem solariumgeschädigten Teint konnte die frische Luft nichts mehr anhaben, sie waren auf der sicheren Seite. Mit ihm ins Bett aber wollte keine der Sahneschnitten. Ihm blieben lediglich die farblosen, die unscheinbaren Damen. Namenlos und Chamäleons eben. Die allerdings hefteten sich im Laufe der Zeit zuhauf an seine Fersen und zierten sich ewig lange, bevor sie mit ihm das Lager teilten, und meist hatte sich der Aufwand nicht gelohnt. Einige ignorierten seine Kühle, planten dennoch eine Hochzeit, weil sie den eingelösten Sex als Eheversprechen sahen. Ihre Vorstellungen korrespondierten aber so gar nicht mit Günthers. Da war die Rede von mindestens fünfhundert Leuten – »Du hast ja eine gesicherte Beamtenposition« –, Standesamt, Kirche, Brautjungfern, fünfstöckiger Hochzeitstorte, sechsgängigem Menü – »Wir müssen bei deinem Gehalt ja nicht auf den Pfennig achten« – und danach eine kleine Hochzeitsreise für zehn Tage auf die Malediven. »Ein bisschen musst du ja zeigen, was du hast.« Während der Flitterwochen würde das erste Kind gezeugt, das später selbstredend Abitur machte und ebenfalls die Beamtenlaufbahn einschlug, damit der Kreis sich schloss. Die Gattin selbst vertrieb sich ihre Zeit derweil mit Bridge, Canasta und dem Sauberhalten des Eigenheims, das sich in vortrefflicher Randlage einer Kleinstadt befand, alles andere wäre zu unpersönlich ... Günther schüttelte sich immer noch. Er war so manches Mal nur knapp entronnen. Jette hingegen hatte auf einer Insel im Leuchtturm oder am Strand heiraten wollen. Ganz intim. Ganz romantisch. Er hatte den Schiebedachgolf und die Hoffnung auf ein Horsti-Freiheitsleben irgendwann aufgegeben. Das Aufpäppeln der welken Blüten kostete ein Vermögen und war unter dem Strich nicht das, was er sich von der Freiheit erhofft hatte. Genauso wie diese ewige Mühe mit der farblosen Damenwelt. Günther investierte fortan in ein altes, friesisches Bauernhaus in Blersum bei Wittmund. Dort hegte und pflegte er den verwunschenen Garten nebst idyllisch angelegtem Teich. Anstelle von Schönheiten oder Chamäleons jagte er nun Nacktschnecken und kaufte drei langhalsige Indische Laufenten (ein Erpel, Forellenfarbe; zwei Weibchen, eins weiß mit gelbem Schnabel und eins rehfarbigweißgescheckt) zur Unterstützung. An weiblichen Wesen mangelte es ihm somit weiterhin nicht, wohl aber an der Frau an seiner Seite. In seinem Haus lag er ähnlich einsam im Bett wie jetzt in dieser Abstellkammer. In den langen Nächten vermisste er

Jette von Jahr zu Jahr, von Monat zu Monat, von Tag zu Tag und schließlich von Stunde zu Stunde immer mehr. Er verfluchte den Tag, als er exakt dreiunddreißig Jahre, vier Monate und drei Tage alt war und in großem Leichtsinn den Fehler seines Lebens begangen hatte! Vor lauter Trübsinn und Kummer, und um das Gefühl zu haben, Jette sei ihm nah, benannte er die stolze Laufentendame nach ihr. »Das sollte ich ihr aber besser nicht sagen«, murmelte Günther. Er war sich sicher, dass Jette die Namensgleichheit mit einer Indischen Laufente, die sie vielleicht auch nur unter dem Namen Flaschenente kannte, nicht zwangsläufig als Auszeichnung sehen würde. Obwohl seine Enten-Jette diejenige war, die die meisten Schnecken vertilgte. Mehr als ihr Gatte und die rehfarbig-weiß Gescheckte! Es tat gut, die Enten-Jette abends persönlich in den Stall zu holen, ihr eine Schale Futter hinzustellen und ihr gute Nacht zu sagen. Die Federn waren wunderbar weich, und ihr Hals erinnerte an den Jettes, den er ebenfalls so gern liebkost hatte. Schneeweiß war seine Enten-Jette gewesen, mit einem glänzenden quietschgelben Schnabel, sie glich Daisy Duck. Nur langhalsiger. Ja, er hatte die Enten-Jette geliebt und ihr sämtliche Fürsorge angedeihen lassen. So wie zuvor den abgelegten Horsti-Frauen. Er war ein Mann, der sich kümmerte, auf den Verlass war. Auch bei der Pflege eines Scheidungshamsters, selbst wenn ihm eine Mäusepopulation über den Kopf wuchs oder sich Schnappschildkröten und Piranhas um sein Fleisch stritten. Nur bei der echten Jette, da hatte er versagt. Leider aber wurde seine rehfarbig-weißgescheckte Ente Opfer eines Marderangriffs, was Günther in tiefe Trauer stürzte, ihn aber veranlasste, eine weitere Laufente (erbsgelb mit schwarzer Flügelendfeder) zu erwerben. Als aber dann die Laufenten-Jette in der letzten Woche von einem Motorradfahrer überfahren worden war, war ihm die Endlichkeit seines Lebens deutlich geworden.

Wie rasch konnte ein solches Schicksal ihn oder die echte Jette ereilen. Wobei sie auf Langeoog mitnichten Opfer eines Motorradfahrers werden konnte. Aber es bestand immerhin die Möglichkeit, dass ein Elektrowagen sie überrollte, eine Kutsche außer Kontrolle geriet oder sie von der Inselbahn erfasst wurde. Gefahren lauerten auch an scheinbar sicheren Orten. Wer hätte schon gedacht, dass jener Motorradfahrer seine Fahrkünste im idyllischen Blersum in der abgelegenen Straße Am Drift auf solch tödliche Weise ausleben würde? Es galt jedenfalls zu handeln, es galt, ein paar Dinge zurechtzubiegen. Dreißig Jahre waren verschenkt. Die Enten-Jette hatte ihm die Augen für das Wesentliche geöffnet, und das Wesentliche war Jette Blümerant, die sich nach Langeoog zurückgezogen hatte.

Er war einfach zu Horsti an Bord geklettert. »Setz über!«, hatte er mit heiserer Stimme gehaucht, und Horsti hatte als alter Freund sofort verstanden. Allein schon, weil Günther samt Kofferparade und Emma am Anleger ausgeharrt und auf ihn gewartet hatte. Es war die erste spontane Aktion in seinem dreiundsechzigjährigen Leben. Mit einem miserablen Timing, wie er schon zu Beginn seines Balztanzes feststellen musste: Bei der Liebeswerbung war es unvorteilhaft, einen Hamster mitzuschleppen. Es wirkte sich ebenfalls negativ aus, wenn man die Angebetete mit viel Gepäck, ohne Quartier und dem Anspruch überraschte, auf Anhieb bei ihr wohnen zu dürfen, weil man davon ausging, dass sie über das Erscheinen ihrer schon längst vergessenen Liebe erfreut war.

Aber Günther mochte nicht nur mit einem Koffer reisen, da fühlte er sich nackt. Und Emma hätte er ja auch nicht verhungern lassen können. Nun stand er einer Jette mit ihren pubertierenden Sprösslingen gegenüber. Kinder, deren Mutter er sich einst vertraut gemacht und dann sitzengelassen hatte. Feige, wie er war.

Kinder waren aber damals nicht in seiner Lebensplanung vorgesehen. Freiheit ist bedingungslos, hatte Horsti gesagt. Kinder aber stellten Bedingungen und Ansprüche. Sie forderten, machten Dreck und warfen stets sämtliche Konzeptionen über den Haufen. Horsti hätte dafür jetzt einen passenden Spruch gehabt. So etwas wie: Es gibt zwei Arten zu reisen. Erster Klasse oder mit Kindern. Oder: Kinder erhellen das Haus, sie lassen überall das Licht brennen.

So hatte Günther lange Zeit auch gedacht und seine Fehlentscheidung gerechtfertigt. Jette war nun mal Familienmama und jetzt auch noch dreifache Großmutter. Damals war sie in der Rolle vollständig aufgegangen und hatte ihren Nachwuchs wie eine Löwin verteidigt. »Ganz oder gar nicht. Mich nur mit Anhang und für immer. Ich sage es nur einmal.« Er hatte es versemmelt. Ganz gehörig versemmelt.

Günther musste wirklich rasch mit der Umsetzung seiner Pläne beginnen, bevor Jette handgreiflich wurde, ihn samt Gepäck auf die Straße warf und alles vergebens gewesen war. Nur änderten sich die zuvor so gut durchdachten Pläne immerfort. Zur Maulwurfschreckanlage hatten sich nun das Waschbecken und, bei näherer Betrachtung seiner augenblicklichen Wohnsituation, auch die nötigen Renovierungsarbeiten in der Kemenate dazugesellt. Und Marie verlangte von ihm eine gleichzeitige Typveränderung. Es war ziemlich viel, was da auf ihn einstürmte. Er könnte jetzt tun, was Jette von ihm verlangte: seine Siebensachen packen und klammheimlich von Langeoog verschwinden. Zurück nach Blersum in sein Häuschen Am Drift abtauchen und Tag für Tag und Abend für Abend den Laufenten beim Nacktschneckenmahl zusehen. Zusätzlich könnte es ihm gefallen, Imker zu werden und sich mit Bienen zu umgeben. An ein Gewächshaus, in dem Gurken und anderes Gemüse gediehen, hatte er ebenfalls schon gedacht. Aber war all das ein Ersatz für ein Leben an Jettes Seite?

»Niemals! Niemals! Ich mache mir einen Plan.« Er rieb sich die Hände und war sicher, dass Jette ihn nicht so bald hinauswerfen würde, wenn er sich dermaßen nützlich machte.

Günther riss den Schrank auf und durchforstete seine Kleidung. Marie hatte ja recht: Es war so heiß, und er lief mit einer Breitcordhose herum, die schon bessere Tage gesehen hatte. Oder mit einer hamstermarkierten Leinenknickerbocker. Seine Hemden zeigten an den Rändern eindeutige Abnutzungserscheinungen, sie gehörten auf den Sondermüll. Auch das hatte Marie ihm unumwunden erklärt. Allein des Geruchs wegen. »Die riechen sehr schnell, solche Materialien.« Auch da war sie sehr deutlich geworden. Unauffällig schnüffelte Günther an sich und beschloss, dieses Hemd noch heute zu entsorgen, obwohl er keinerlei abstoßende Düfte wahrnahm.

War es wirklich so schlimm? Immerhin kostete so ein Hemd ein paar Mark fünfzig, nein, ein paar Euro fünfzig.

Im Prinzip schmiss Günther nie etwas weg. Ab jetzt würde er diese Angewohnheit ändern. Für Jette! Am Ende hatte sich ein großer Sack mit Altkleidern angesammelt. Wollte Günther ab morgen nicht in Unterwäsche über die Insel stromern, musste er tatsächlich noch heute ein paar neue Sachen erstehen. »Gemach, gemach!«, murmelte er. Der Stress ließ sein Herz schon jetzt ein paar Schläge zu viel machen. Er verfasste eine To-do-Liste, damit er nichts vergaß.

To-do-Liste – Jette
A: Bestellung und Installation einer Maulwurfschreckanlage
B: Einkauf, Renovierung und Restaurierung Badezimmer Jette
C: Einkauf und Renovierung Kemenate
D: Neukauf einer Hose, dreier Hemden und zweier Shirts

Weil Günther bei der Maulwurfschreckanlage die Versandzeit einrechnen musste, war es sinnvoll, mit der Bestellung des Gerätes zu beginnen.

Er rief die Gartenseite erneut auf und gab den Begriff »Kampf dem Maulwurf« ein. Bevor er das bereits gewählte Gerät endgültig bestellte, wollte er auf Nummer sicher gehen. Günther ging immer auf Nummer sicher. Es gab mehrere Foren, in denen er den Maulwurfschreck diskutiert sah. Allein die vielen Einträge bestätigten ihn, niemals etwas einzukaufen, ohne sich nicht über das Für und Wider informiert zu haben, auch wenn es viel Zeit kostete.

Der intervallmäßig piepende Maulwurfschreck deckte

mit seinen Vibrationen und dem Ultraschall das gesamte Grundstück Jettes ab. Er würde nur eine Anlage benötigen. Günther drückte auf »bestellen« und »Express«. Ja, er war ein Held!

»Was tust du da?«, fragte Marie, die leise ins Zimmer getreten war und mit großen Augen den Bildschirm des Laptops betrachtete.

»Ich will Jette davon überzeugen, dass ich ihr eine echte Hilfe bin.«

»Mit Maulwurfschreck«, kommentierte Marie. Sie klang etwas fassungslos. »Also Frauen meiner Generation stehen auf was anderes. Aber Oma ist ja alt, vielleicht mag sie so was.«

»Ich habe extra die Guillotine gemieden.«

»Finde ich relativ rücksichtsvoll. Ich glaube auch nicht, dass Oma auf Blut, Mord und Totschlag steht. Und auf Quälen auch nicht. Also, was ich sagen will: Ich glaub nicht, dass sie ein Sadomaso-Typ ist. Sie hat nicht mal diesen Bestseller in ihrem Bücherregal.«

Nein, ist sie nicht, dachte Günther. Jette ist eine zärtliche, anschmiegsame Frau. Aber das ging Marie nun wirklich nichts an. »Dieses Gerät gibt Töne von sich und wird Omas Garten von den Plagegeistern befreien«, lenkte er ab.

Marie stellte sich ans Fenster der Kemenate und sah hinaus. »Abgefahren«, entwich es ihr. »Du siehst zwar echt aus wie von gestern. Aber innerlich bist du ein Ritter.«

Genau das wollte Günther hören, genauso fühlte er sich. Genau das hatte er vorhin gedacht! Er setzte sich aufrechter hin und schob seine Brust raus.

»Aber das reicht natürlich nicht. Was soll sie mit einem

Ritter, der aussieht, als sei er sein eigener Stallknecht. Lass sie uns starten: die Operation Sockenlocken!«

»Die will ich aber nicht. Locken passen nicht zu mir«, stammelte Günther, aber Marie zupfte ihn am Ärmel. »Das ist nur ein Synonym und Geheimcode für unseren Plan.«

»Operation Sockenlocken«, wiederholte Günther und dachte an seine perfekt durchdachte To-do-Liste.

Marie strahlte ihn an und wuschelte ihm einmal durchs Haar. »Du solltest aber ganz dringend mit deiner Frisur beginnen. Und mit deiner Breitcordfrosch- und Breitcordbraunhose. Auch diese bayrischen Knickerbocker gehen gar nicht. So wird das nichts. Da kannst du ihr wie ein Kater noch so viele imaginäre Maulwürfe und Wühlmäuse auf die Treppe legen, sie wird dich ignorieren. Sie hat einen *Kerl* wie Pablo. Vergiss das nicht.«

Pablo hätte Günther liebend gern vergessen, aber Marie hatte recht. »Morgen gehe ich zum Friseur«, versprach er ihr und hoffte, dass der Friseur auf der Insel für ihn eine andere Idee hatte als den brennenden Igel. Musste auch noch auf die Liste. Sie verlängerte sich von Sekunde zu Sekunde, und Günther fühlte sich maßlos überfordert.

»Ich sehe, du hast deinen Schrank schon ausgemistet. Warum gehst du nicht heute schon los?«, schlug Marie vor.

Günther hielt ihr die Liste hin. »Zuerst muss ich dieses Zimmer zu einem bewohnbaren Raum machen und deine lila Spuren im Waschbecken eliminieren. Eins nach dem anderen.«

»Du must wissen, wo du deine Prioritäten setzt.« Marie klang etwas schnippisch, nachdem sie einen Blick auf seinen Punkteplan geworfen hatte. »Meine Sockenlockenagenda wird erfolgversprechender sein. Ich weiß, was Frauen wünschen!« Genussvoll nahm sie das Blatt in die Hand und zerriss es in feine Streifen. »Lass mich mal machen, Günni!«

Jette hörte es schaben und kratzen. Eigentlich wollte sie sich in ihrer Mittagspause ein wenig ausruhen, doch diese Geräusche hielten sie ab. Durchs Haus zog ein penetranter Farb- und Chlorgeruch. Ihre Enkel heckten irgendetwas mit Günther aus. Zumindest waren Kilian und Marie dabei. Fenna radelte auf den Spuren der Umweltsünder über die Insel. Sie trug noch immer diese viel zu kurzen Shorts, und heute Morgen hatte sie sogar ein Top angezogen. Ohne BH. Ob sie auf einen Freund hoffte? Gott möge mich davor schützen, dachte Jette. Mein eigenes Liebesleben ist kompliziert genug, da muss nicht auch noch eine Teenieliebe dazukommen.

Als Jette ins Bad wollte, quoll ihr eine besonders starke Chlorwolke entgegen. Ein ganz in Weiß gekleideter Außerirdischer mit Mundschutz stellte sich Jette in den Weg und schüttelte vehement den Kopf. »Geht noch nicht!«

»Günther Meilenstein, bist du das?«, entfuhr es ihr.

Er nickte. »Noch ein paar Minuten, und alles ist wie neu.«

Oder weggeätzt. Was trieb der da? Jette flüchtete, so genau wollte sie es gar nicht wissen. Sie hatte die Herrschaft über ihre eigenen vier Wände offenbar komplett verloren.

Als Jette eine halbe Stunde später in ihr Bad trat, glänzte es wie neu. Die lila Sprenkel aus dem Waschbecken waren gänzlich verschwunden, und alles Verchromte glitzerte wie aus dem Katalog. Dafür rumorte es in der Abstellkammer oder in der Kemenate, wie Günther es ausdrückte, und der Farbgeruch war fast unerträglich.

Jette beschloss, in ihren Laden zu gehen. Sie sollte Günther auf der Stelle auf die Straße setzen. Heute legten noch zwei Schiffe ab. Selbst wenn Horsti wirklich auf Spiekeroog war, konnte Günther zurück nach Blersum fahren. Er war schließlich nicht obdachlos. Er sollte einfach aus ihrem Leben verschwinden.

Doch sie vermochte es nicht. Warum nur gelang es ihr nicht, einfach einen Schlussstrich zu ziehen. Die Arbeit im Laden würde ihr helfen, sich darüber klarzuwerden. Und heute Abend wollte sie malen. Sich eine Auszeit von alldem gönnen. Pablo hatte sie noch immer nicht erreicht. Dabei musste sie auch dort klar Schiff machen, ihm reinen Wein einschenken.

Die ganze Welt hatte sich gegen sie verschworen.

11

Noch zehn Tage

Es gibt Tage im Leben einer (Groß-)Mutter,
da fragt sie sich: Warum?

Jette hatte in der Nacht hundsmiserabel geschlafen. Gleich nach dem Aufstehen war sie durchs Dorf gelaufen und hatte in allen Schaufenstern nach dem Akt gesucht. Immer in der Panik, ihn irgendwo zu entdecken. Die Scheibe des Geschäftes wäre zerbrochen, hätte er dort gehangen. Aber sie war nicht fündig geworden. Nirgendwo. Es hatte sie auch kein Langeooger angesprochen, noch war das Gemälde offenbar nicht im Umlauf. Nachdem der Akt in keinem Laden zu finden war, hatte sie sich die Mühe gemacht und war zum Jachthafen geradelt. Die Boote reihten sich wie weiße Perlen an den Stegen, umflogen von Silber- und Lachmöwen. Am Fähranleger tuckerte gerade wieder eines der weißen Seebäderschiffe ein, die Urlauber standen dicht an dicht an der Reling, voller Freude auf den Inseltag. Die Sonne brach sich im graugrünen Nordseewasser, das an der Wattenmeerseite der Insel eine völlig andere Farbe hatte als im nördlichen Teil, wo sich auch die Dünen befanden. Jette ließ ihren Blick über jedes einzelne Boot schweifen. Horstis Jacht war auffällig und würde sich von den anderen Schiffen abheben. Doch er schien Langeoog tatsächlich verlassen zu haben. Es lag kein Protzerboot am Steg. Stellte sich nur die Frage, ob er mit oder ohne Bild verschwunden war.

Als sie zurückgekommen war, hatte eine herrliche Stille über dem Haus gelegen. Sie war in ihr Atelier gegangen, und ihr waren zwei wundervolle Motive mit Möwen und Strandkörben geglückt. Die würde sie rasch verkaufen können.

Jette nahm sich die Kaffeekanne. Sie schlürfte mittlerweile routinemäßig Kaffee statt Tee. Seit sie ihrer Familie und Günther ausgesetzt war, hatte sie ihre Rituale, wie das Trinken von grünem Tee und das Legen ihrer Tarotkarten, völlig vernachlässigt. Drei Tage hatten genügt, sie mit allen liebgewordenen Gewohnheiten brechen zu lassen. Sie sah auf die Uhr. Ihre Enkel und Günther schliefen noch. Sie hatten sich wohl gestern bei ihrer Reinigungs- und Renovierungsaktion verausgabt. Jette ahnte bereits, was sie in der Abstellkammer angestellt hatten. Solange sie sich so beschäftigten, konnte es ihr nur recht sein.

Bevor sie den Laden öffnete, wollte sie aber noch zu Pablo. Sie musste ihm sagen, dass zwischen ihr und Günther nichts lief. Und es stand die Beichte an, dass sein Gemälde gestohlen worden war. Das würde ihn als Künstler tief treffen, und sie musste alle Register ziehen, um ihn zu trösten. Pablo war sensibel, wenn es um seine Kunst ging.

Jette fühlte sich plötzlich wirklich wie sechzig. Nein, älter. Viel älter. Sie wollte nur noch ihr altes Leben zurück. Doch ... war es tatsächlich so?

Natürlich war es das. Kein normaler Mensch konnte sich freiwillig ein solches Durcheinander wünschen. Das hatte sie lange hinter sich. Jetzt war ihre Zeit! Sie würde nur noch die Sonnentage ihres Restlebens genießen und keine Verantwortung mehr übernehmen. So war der Plan, und keine Enkel, kein Günther dieser Welt und erst recht kein Scheidungshamster konnten sie davon abhalten.

Sie schüttete den Kaffee in den Ausguss und machte sich auf den Weg zu Pablo. Um diese Zeit schlief eine Künstlerseele wie er meist noch, und es war für Jette die beste Möglichkeit, ihn zu erwischen.

Auf der Hauptstraße war schon wieder eine Menge los. Als eine Frau mit einem Bollerwagen an ihr vorbeipolterte, aus dem zwei Mädchen- und ein Jungengesicht lachten, versetzte es Jette einen Stich. So war sie mit ihren drei Ks auch immer losgezogen. Sie legte einen Schritt zu und bog hinter der Kurverwaltung in den Vormann-Otten-Weg ein, wo es erheblich ruhiger war. Sie genoss kurz den Blick auf die kleine Grünfläche, an deren Rand die Rosen blühten. In der belebten Barkhausenstraße wäre es gleich mit der Ruhe vorbei. Hier reihten sich die Geschäfte und Cafés aneinander.

Gerade als sie dort einbog, kam ihr Kilian mit hochrotem Kopf entgegen. »Hallo, Omilein. Auch so früh morgens unterwegs?«

Jette nickte. »Wo kommst du denn schon wieder her?«

»Stufenforschung! War heute am Bahnhof.«

Lass dein Notizbuch bitte in der Tasche!

Jette heuchelte Interesse. Grinste. Fuhr ihm durchs strubbelige Haar. »Dann hast du ja wieder gut geforscht.«

»Ja, hab ich.« Er nestelte sein Logbuch doch heraus.

Na super, jetzt kommt wieder ein Vortrag!

»Dann erzähl mal!«

Er blätterte die Seiten mit in den Mund geklemmter Zunge um. »Es sind zwanzig, Omileinchen. Zwanzig Stufen innen.« Kilian machte eine Pause. »Nun gibt es aber bald nichts mehr, wo man raufklettern kann. Hättest du geahnt, wie wenige offizielle Stufen es auf einer Nordseeinsel gibt? Ich meine, ohne die Treppenaufgänge in den Privathäusern. Ich bin wirklich schockiert. Dachte, ich kann die zwei Wochen ausschließlich mit dieser Forschung verbringen, aber das war nichts. Jetzt muss ich mir was anderes suchen, die Stufen auf Langeoog sind ausgereizt.« Kilian entglitt ein bedauerndes Seufzen, während er sein Logbuch schloss. »Schade, hat Spaß gemacht, zu forschen, aber mir bleibt nur noch ein einziges Objekt.«

»So?« Jette lächelte immer noch, wie es sich für eine wohlerzogene und anteilnehmende Großmutter ziemte. Dennoch konnte sie nicht vermeiden, ständig auf die Uhr zu sehen.

Ich muss weiter. Ich muss zu Pablo!

Sonst war der womöglich auch schon wieder unterwegs.

»Ja, Omilein, ich muss mir ab morgen einen anderen Aufgabenbereich suchen, wenn ich bei meinem letzten Einsatzort war. Ich habe als Forscher wirklich eine schwere Last zu tragen.«

»Dann erzähl, was dir noch fehlt!«, forderte Jette ihn auf.

Aber komm rasch zur Sache, kleiner Professor Stufenmann!

»Das Schiff! Mir bleibt nur das Schiff.«

Jette erwachte augenblicklich aus ihrem Phlegma. »Untersteh dich! Womöglich legt es auch noch ab, und du fährst als blinder Passagier mit!«

»Genau das ist mein Problem, Omilein. Ich komme ohne

Ticket nicht drauf. Da sind die echt scharf auf Langeoog. Ich recherchiere gerade, wie ich das bewerkstelligen kann.«

»Du bewerkstelligst jetzt mal ganz flott, nach Hause zu kommen. Da kannst du gern die Zinken der Gabeln zählen, wenn es dir gefällt!«

»O, Manno! Du bist uncool. So wie Mama! Aber so wird man, wenn man alt wird, hat Marie zumindest gesagt!«

Marie sagte auch, dass man mit Socken Locken machen konnte und dass eine Punkfrisur hip war. Ein Maßstab war das für Jette nicht. »Nun Abmarsch! Ihr habt gestern dermaßen gewühlt, da gibt es bestimmt noch Aufräumbedarf!«

Kilian trollte sich mit gesenktem Kopf. Seiner Haltung haftete die absolute Tragik an. In Jette keimte sofort Mitleid auf, aber genau das war es ja, was er wollte. Sie sollte ihre Forderungen rückgängig machen, weil er absolut *keinen Bock* auf Aufräumen hatte. Manche Dinge änderten sich nie. Oder doch?

Jette wandte sich ab, doch kam sie nur ein paar Schritte weit, als Kilian schon wieder an ihrem Ärmel zupfte. »Wenn du meinst, ich befreie dich von deinen Aufgaben, irrst du«, warnte Jette ihn.

»Mein ich ja gar nicht!« Kilian schenkte ihr ein entwaffnendes Lächeln. »Wie kannst du so etwas denken?« Sein Blick schweifte einem Mann hinterher, der aus Richtung der Inselbäckerei mit einer prall gefüllten Brötchentüte an ihnen vorbeilief. Jette schmolz dahin. Ihr Enkel! Ihr eigen Fleisch und Blut! Er hatte nur Hunger, der arme Kleine! Sie nestelte in ihrer Tasche nach einem Fünfzigcentstück. Wie hatte sie ihn eben erst loswerden wollen?

Rabenoma! Du bist eine Rabenoma. Sieh dir doch die meer-

blauen Augen an. Seinen liebevollen Blick. Er hat nur Hunger.

Kilian war zu dünn, wirkte wie ein aus dem Nest gefallener Vogel und bedurfte ihrer großmütterlichen Fürsorge. Ein wenig sah er mit seinem blonden abstehenden Haar und den dürren Beinchen in der blauen Shorts aus wie Bart Simpson. Wie konnte sie so hart sein? Zu ihm, diesem schutzlosen kleinen Ding, das sie noch nötig brauchte. Alle seine Forschungen betrieb er doch nur, um ihr allein zu gefallen! Er winselte förmlich um ihre Aufmerksamkeit!

Rabenoma. Du schreckliche Rabenoma.

Jette beschloss, die Zeit sein zu lassen. Immerhin gehörte auch die Ruhe zu ihrem neu gewonnenen und propagierten Lebensstil. Pablo schlief sicher lange genug, so dass er ihr nicht entkommen konnte. Und wenn sie ihren Laden eine Stunde später öffnete, scherte das auch keinen.

Kilian umklammerte derweil ihre Hand. »Ich möchte nicht, dass du uns zum Teufel wünschst, Omilein. Und ich möchte auch nicht, dass du Kummer hast.«

Was habe ich seiner Kinderseele bloß angetan, dass er solch schlimme Sachen über mich denkt? Er ist das einfühlsamste Kind unter Gottes Sonne. Er will mir helfen!

Jette konnte nicht anders, als ihren Enkel dicht an sich heranzuziehen. Wärme durchflutete sie. Es glich dem Gefühl, das sie schon früher immer genau dann heimgesucht hatte, wenn ihre drei Ks die gesamte Tagesplanung durcheinandergeworfen hatten und sie, Jette, am Rande des Nervenzusammenbruchs stand. Wenn ihr vorrangig nur ein Satz durch den Kopf geisterte: Es gibt Tage im Leben einer Mutter, da fragt sie sich: Warum? Lagen die drei, immerhin waren ja aller guten Dinge drei, schließlich friedlich schlafend in ihrem Bett, die Augen geschlossen, die Gesichter entspannt, hatte sie sich ähnlich gefühlt.

Was warst du heute ungerecht, Jette. So was von ungerecht.

»Ja, ihr wart etwas rücksichtslos. Aber lieb von dir, dass du einsiehst, dass ich eure Hilfe benötige. Du wirst von jetzt ab immer schön aufräumen, nicht wahr«, säuselte sie. »Siehst du, mit etwas Verständnis füreinander kommen wir gut miteinander aus. Und jetzt darfst du dir ein Brötchen aussuchen.«

»Nein, das meinte ich eigentlich nicht.« Kilian schob die Unterlippe vor.

Jette schluckte. »Was dann?«

»Nun, Omilein. Ich weiß, dass dein Nacktbild futsch ist.«

»Woher weißt du das?« *Spion, elendiger du.*

Horsti hatte also nicht gelogen und seine Info tatsächlich von Kilian erhalten. Jettes irrige Hoffnung hatte sich mit einem Schlag als Trugschluss erwiesen. Wenn sie ehrlich war, hatte sie es geahnt.

»Omilein, ich weiß es eben. Mir entgeht so schnell nichts.«

»Das habe ich schon bemerkt.« Wieder klangen Jettes Worte harscher als beabsichtigt.

Kilian stieß einen kleinen Pfiff aus. »Tja, so bin ich eben! War übrigens ein sehr schmeichelhaftes Gemälde. Davon mal ganz abgesehen, wie ich das moralisch finde, wenn meine Oma sich auf so etwas einlässt. Wir alle fanden eine solche Aktion für dich nicht zeitgemäß, da du immerhin einer anderen Ära angehörst.«

»Wohl eher einer anderen Generation«, verbesserte Jette in ihrem letzten Versuch, die Situation zu beherrschen.

»Kann man das Bild kaufen?«, fragte ein Dickbauch in Bermuda-Shorts plötzlich hinter Jettes Rücken. Sie erkannte ihn sofort als Herbi. An seine Schulter schmiegte sich die Bernstein-Barbie, die heute kleidungstechnisch auf Friesisch-Blau umgestiegen war. »Wir mögen die norddeutsche Kultur in allen Facetten«, erklärte Herbi und sah die wilde Hilde mit liebevollem Blick an. »So ein Nacktbild mit einer echten Ostfriesin über dem Ehebett hat was ganz Erotisches! Was, mein Mädschen?«

»Es ist ein Akt«, verbesserte Jette ihn. »Kein Nacktbild. Es ist ein Kunstwerk. So, wie die Leda mit ihren Kindern eins war.«

»Ach dieser Picasso ...«, lachte Herbi.

»Es war Leonardo. Leonardo da Vinci«, verbesserte Kilian. »Nur mit Sachen angeben, die man kennt! Aber Omileins Bild hat ja Pablo gemalt. Das ist ein spanischer Maler.«

Zum ersten Mal, seit Jette Herbi kannte, hielt der endlich mal seinen Mund.

»Ich bin *Direcktor!*«, sagte er mit starker Betonung auf dem ck, als er sich wieder gefangen hatte. »Direcktor einer großen Firma. Ich bin gebildet und mein Mädschen auch!« Dass er den großen Pablo von Langeoog nicht kannte, hatte ihn tief getroffen. Herbi wirkte geradezu waidwund.

Zu dem »Direcktor« hatten sich mittlerweile noch mehr Urlauber gesellt, die mit einem neugierigen Lächeln der Diskussion über den verschwundenen Akt lauschten. Eine Omi, die sich von einem spanischen Flip-Flop-Träger nackt malen ließ, begegnete einem schließlich nicht so oft.

Eigentlich war Jette lange mit den Wechseljahren durch, aber nun überfiel sie eine Schweißattacke, die ihre Klimakteriumswellen hätten neidisch werden lassen. Unauffällig bemühte sie sich, der Wasserflut Herr zu werden, was nicht ganz einfach war, weil sie zusätzlich von der Schwüle des Sommertags attackiert wurde.

»Nun ist das Bild ja auch erst mal weg«, erklärte Kilian mit einer ausschweifenden Handbewegung allen, die es ringsum wissen wollten.

»Der Schmuckräuber!«, bestätigte Herbi auch gleich. »Nun stiehlt er auch noch Gemälde. Man ist sich seines Besitzes auf Langeooge wirklich nicht mehr sicher, was, Mädschen?«

»Langeoog«, verbesserte Jette ihn. »Wir sind hier auf Langeoog.«

»Ja, sach ich ja. Aber was kann man gegen einen solch dreisten Dieb tun?«

»Nun«, mischte sich Kilian ein, »weil mir, da die Stufenforschung fast abgeschlossen ist, genug Kapazitäten bleiben, werde ich mich auf die Suche nach dem Dieb machen. Mein Omilein kann sich auf mich verlassen. Hundertpro!«

Er tat, was er immer tat, und zückte sein kleines blaues Büchlein, schlug eine neue Seite auf und kritzelte etwas hinein.

»Ein Skandal ist das!«, entfuhr es einer anderen Frau, die sich stylish nur von der Bernstein-Barbie unterschied, weil sie sich in der Schmuckauswahl auf Rosenquarzrosa spezialisiert hatte und vermutlich metabolisch aß. Denn sie war neben der wilden Hilde kaum zu entdecken. Die hatte sich tatsächlich zwanzig Zentimeter von ihrem »Direcktor« Herbi entfernt. Der dürre Körper der Rosenquarzdame, der bestimmt nicht in Öl auf einem Gemälde hätte porträtiert werden können, weil es für den Künstler eine Beleidigung wäre, einen einfachen Strich zu malen, hatte sich derweil haargenau zwischen die beiden gedrängt und passte sich der schmalen Lücke nahtlos an. »Ein Skandal!«, wiederholte sie und blickte beifallheischend zu Herbi, der mit schmollenden Lippen nickte. »Schämen sollten Sie sich! In Ihrem Alter! Nackt.« Die Rosenquarzdame löste sich aus dem Dreierbündnis und stöckelte mit erhobener Nase von dannen.

Jette sah ihr neidisch hinterher. Wenn sie früher mit ihrer geringen Körpergröße nach solchen Schuhen gesucht hatte, war das stets zum Scheitern verurteilt gewesen. Aber das war in dieser Situation unwichtig, sie war befreit und quälte sich nicht mehr mit Absätzen, dafür mit verschwundenen Nacktbildern. Das Leben war ungerecht.

Kilian hatte die etwa zehn neu Hinzugekommenen bereits über den Sachverhalt des gestohlenen Aktes aufgeklärt und musterte Jette, ob sie ihm wieder aufmerksam folgte. Demonstrativ ergriff er ihre Hand und flüsterte ihr zu: »Ich stehe dir bei, Omilein! Als Familie müssen wir ja zusammenhalten.«

Ein tosender Beifall folgte, an dem sich sogar Herbi und Hilde beteiligten. »Toller Auftritt von uns beiden, Omilein! Respekt!«, flüsterte Kilian, als die Menge sich verflüchtigte.

12

Immer noch zehn Tage

Alter ist irrelevant, es sei denn, du bist eine Flasche Wein.
(Joan Collins)

Günther hatte das Durcheinander in der Küche nach bestem Wissen und Gewissen beseitigt. Jette war unauffindbar und hatte in die Tür ihres Lädchens ein Schild gehängt, dass sie heute später öffnen würde.

Marie nahm seine Aufräumbemühungen mit einem anerkennenden Blick zur Kenntnis. »Nun hast du zwar diese Küche auf Vordermann gebracht und gestern rumrenoviert, aber du verschwendest deine Zeit mit Nebensächlichkeiten.«

Günther verstand. »Ich mache mich ja schon auf den Weg!«

»Vergiss deine Kreditkarte nicht!«

Viel Geld wollte er eigentlich nicht ausgeben. Er war ein sparsamer Mensch, das hatte ihn sein Beruf gelehrt. Ein paar der alten Kleidungsstücke hatte er heimlich wieder aus dem Altkleidersack gefischt.

Nun fehlten eine neue kurze Hose, ein Shirt und ein Pulli. Die Menge hatte er nach den Kosten für die Renovierungen radikal im Kopf zusammengestrichen. Der Einkauf durfte schließlich kein Vermögen kosten.

Auf dem Festland hätte er das sicherlich auch nicht getan, auf der Insel schon, wie Günther schon bald feststellte. Er durchkämmte ein Geschäft nach dem anderen. Schließlich hatte er eines gefunden, was zwar annähernd seinen Preisvorstellungen entsprach, nicht aber seinem Modegeschmack.

»Darauf kann ich jetzt keine Rücksicht nehmen«, brummelte er. »Marie hat nur gesagt: neu und modischer. Was hier hängt, wird schon modern sein.« Er schob sich zwischen den Kleidungsständern hindurch und erstand ein grellgelbes Hawaiihemd mit glühendem Sonnenaufgang am Palmenstrand. Das maritime Modell Nordsee sagte ihm wegen der Möwe nicht zu, weil sie über dem Bauch arg spannte und dadurch überfressen und aufgebläht wirkte. Außerdem kaufte er froschgrüne Shorts mit Windsurfmotiv. Beides zusammen für den sagenhaften Vorteilspreis von knapp zwanzig Euro. Blieben von seinen vorgenommenen dreißig Euro Maximalausgabe noch satte zehn Euro und zehn Cent übrig für ein Shirt. Das Modell war rasch ausgesucht, denn so viel Auswahl gab es in der gesetzten Kategorie nicht.

»Hundert Prozent Polyacryl«, las Günther, als er die Größe kontrollierte. Unter XXL ging es mit seinem Bauch leider nicht. Egal, es gab Waschmaschinen, und Plastikpullover trockneten schneller als die aus Baumwolle. Er entschied sich für das bunt geblümte Shirt, weil es exakt zehn Cent weniger kostete als das mit den Grashalmen. Immerhin blieben ihm selbst nach dieser Investition noch zwanzig Cent Restbetrag. Er war einfach unschlagbar und ein Fuchs.

Beim Hinausgehen stutzte er, weil ihm ein weiteres Kleidungsstück auffiel, das er sich wunderbar an seinem Körper vorstellen konnte, allein schon, weil es zu Jettes Stil passte. Allein dadurch würde er seine Affinität zu ihr deutlich machen. Sie wären Ton in Ton, Falte in Falte. Günther wurde leichtsinnig, nein, für seine Verhältnisse größenwahnsinnig. Er investierte noch einmal glatte zwanzig Euro für den Traum in Orange.

»Brauchen Sie eine Tüte?«, fragte das junge Mädchen hinter dem Tresen. Ihrem Mund entwich ein feiner Minzeduft, der von ihrem Kaugummi herrührte, das sie ständig von einer Seite zur nächsten schob. Sie tütete seine Beute ein, runzelte aber bei jedem Kleidungsstück die Stirn. »Das ist alles für Sie?«, hakte sie nach.

»Ja, alles für mich. Können Sie mir bitte die Schilder abschneiden? Ich ziehe es gleich an.« Er deutete auf die Shorts und das Hemd und fügte hinzu. »Ich will meine alte Liebe beeindrucken.«

Jette, seine Jette, sollte sogleich einen völlig neuen Günther erleben und sich wieder unsterblich in ihn verlieben. Erst recht, wenn sie die aufgeräumte Küche entdeckte, die renovierte Kemenate und dann, als Highlight, seine Maulwurfschreckanlage! Leider hatte sie das wunderbar geweißte Waschbecken nur mit dem Öffnen des Fensters kommentiert. Trotzdem musste es einfach klappen! Die Renovierungs- und Reinigungsaktion war ihm gestern, vor allem mit Hilfe von Marie und Kilian, leicht von der Hand gegangen. Seine To-do-Liste hatte sich dadurch merklich verkürzt.

Er hatte noch so viele Ideen, wie er Jette beweisen konnte, dass er der Mann war, auf den sie sich von jetzt ab immer verlassen konnte. Ihr Fels in der Brandung. Ihr Zufluchtsort vor den Stürmen des Lebens. Ihr Hafenbecken, ihr Rapunzelturm, zu dem niemand Zutritt hatte. Er, Günther Meilenstein, war der Ritter, der seine Jette auf einem weißen Schimmel aus der Einsamkeit holte und auf sein Schloss brachte. Zugegebenermaßen fehlte das. An der Stelle mit dem Schloss musste er an der Dramaturgie noch etwas feilen.

Günther konnte ihr nur das immerhin renovierte Landarbeiterhaus mit Laufentenstall in Blersum vorweisen. Aber das war doch besser als gar nichts.

Leider fürchtete sich Günther auch vor Pferden. Hier war die zweite dramaturgische Änderung nötig. Auf dem Festland stand am Fähranleger, akkurat eingeparkt und mit einer silbernen Haube als Schutz gegen Möwenschiss versehen, sein kleiner Fiat Panda in Rostrot. Sicher bestand Jette nicht auf dem Schimmel, sondern akzeptierte sein Gefährt. Während Günther seinen Gedanken nachhing, war er in die neuen Sachen geschlüpft und zog enthusiastisch den Vorhang der Umkleidekabine zur Seite. Er drehte sich vor dem großen Spiegel und war nahezu beeindruckt von dem neuen Günther, den er dort antraf. So konnte Jette ihm wahrlich nicht mehr widerstehen. Was für ein Meilenstein!

»Sie kann bestimmt nicht mehr richtig gucken, Ihre alte Liebe«, schmatzte das Mädchen an der Kasse mit einem leicht hoffnungsvollen Tonfall, als er lässig dort vorbeischlenderte.

Jette stand vor Pablos weißem Holzhaus. Es befand sich im hinteren Dünengürtel auf einer kleinen Anhöhe. Eine kleine Steintreppe führte zu einem Wäscheplatz oben auf der Düne, bei dessen Pfeilern aber nicht klar war, ob sie dem Gewicht der Wäsche standhalten konnten. In dem verwilderten Garten stand außerdem ein abgewrackter Steingrill, der schon lange nicht mehr benutzt worden war. Ein verlassener blauer Blumenkübel mit weißer Holz-Steckmöwe schien den Eindruck des Zerfalls des kleinen Anwesens noch zu verstärken. Jettes Lover war aus unerfindlichen Gründen schon wach, stand mit nacktem Oberkörper und weißer Hose im Garten und versuchte, ihn urbar zu machen. Mit voller Wucht rammte er den Spaten in den Boden, riss die Grassoden heraus und schleuderte sie schwungvoll auf einen Haufen, der schon erhebliche Ausmaße angenommen hatte.

»Hallo, Pablo!«

Er reagierte nicht, sondern hieb weiter den Spaten in die Erde.

»Pablo, ich muss mit dir reden.«

Endlich blickte er auf. »Mi corazón. Da bist du ja. Hast du den altersschwachen Mercedes zurück aufs Festland geschickt?«

»Günther?«

»So hieß er wohl. Ein schrecklicher Mann. Die Haare, der Bauch. Diese Hose! Der ist nichts für dich!«

Jette schwieg. Weil Pablo recht hatte. »Aber du traust ihn mir zu. Wie soll ich das verstehen?«

»Komm rein, mi corazón. Ich mache dir einen grünen Tee!«

Ja, Pablo wusste, was sie mochte. Nicht Kaffee in rauhen Mengen, sondern Grüntee, dazu ein Räucherstäbchen und ein paar Tarotkarten, damit man wusste, was der Tag brachte. Pablo verstand das. Ohne dass sie es ihm erklären musste. Sie tickten gleich. Um so vieles gleicher als sie und Günther, weil die letzten dreißig Jahre eine andere Jette hervorgebracht hatten. Sie hatte sich mehrfach gehäutet, war zu dem geworden, was sie war: eine unabhängige, selbstbewusste Frau ohne Verpflichtungen. Nur hatte Günther das einfach noch nicht mitbekommen.

Jette folgte Pablo in sein baufälliges weißes Haus. Es versprach von außen nichts und bestätigte das auch, wenn man eintrat. Pablo hatte sich eingerichtet, wie er es nannte. Eingerichtet hieß schlichtweg: In der Küche standen zwei wackelige, weiß gestrichene Holzstühle, die zur Außenwand des Hauses passten und sich unauffällig in den ausnahmslos weißen Raum integrierten. Sah man mal von den grauen Spinnweben ab, die sich an etlichen Stellen dazwischenmogelten.

Farbliche Disharmonie beleidigte Pablos Auge, das Grau der Weben zählte für ihn nicht. Die Stühle waren um einen monströsen weißen Holztisch positioniert, bei dem Jette sich jedes Mal aufs Neue fragte, wie sie dieses wuchtige Ding auf der Fähre mitbekommen hatten, ohne dass das Schiff gesunken war. Pablo nannte auch einen Herd – natürlich weiß lackiert – sein Eigen, allerdings musste der noch mit Holz befeuert werden, weshalb er das Kochen in der Regel unterließ und lieber bei Jette aß.

Er selbst behauptete zwar, dass das Essen nur mundete, wenn es auf echtem Feuer kochte, weshalb er sein Schmuckstück niemals tauschen würde. Bei Jette aber nahm er das elektrische Kochen billigend in Kauf. Einen weißen Küchenschrank besaß Pablo auch, allerdings musste man schon freundlichen Gemüts sein, um ihn als solchen zu erkennen. Pablo fand es effektiv, verschiedene Arten und Formen von Kisten übereinanderzuschrauben und weiß zu bemalen. Da er nur über wenig weißes Geschirr verfügte, wirkte sein Arrangement auch nicht überladen, sondern tatsächlich stilecht. Zumindest passte es zu Pablo.

Jette selbst wäre wahnsinnig geworden, so zu hausen, zumal sich diese merkwürdige Ansammlung der weißen Möbel durch sämtliche Zimmer zog. Dem ganzen Haus haftete ein steter Farbgeruch an, der nicht nur von den Wänden herrührte, die Pablo seit Monaten Meter für Meter renovierte. Mehr schaffte er nicht, weil ihm ständig neue kreative Ideen einschossen, die er ohne Zeitverzögerung umsetzen musste und die ihn für mehrere Stunden oder gar Tage daran hinderten, die Renovierungsarbeiten voranzutreiben. Der dauerhafte Farbgeruch aber stammte auch von seinen Gemälden, die an die Wände gelehnt standen oder halbfertig auf der Staffelei vor sich hin trockneten und auf weitere begnadete Pinselstriche warteten.

Mit der Sauberkeit nahm Pablo es nur an guten Tagen genau und diese guten Tage waren gezählt. Lediglich sein Bett war stets sauber und frisch mit weißen Laken bezogen, wenn Jette kam, da war sie eigen.

Pablo hielt sich jetzt nicht lange mit Komplimenten und Zärtlichkeiten auf. Und schon gar nicht mit der Zubereitung von grünem Tee oder der Vorhersage mit Tarotkarten.

Jette konnte gar nicht so schnell gucken, wie sie rücklings auf dem großen weißen Metallbett lag. »Extra für dich frisch gemacht, corazón! Muy bien.«

Unter normalen Umständen schmolz Jette spätestens in diesem Augenblick dahin, ließ sich treiben und genoss. Es waren aber keine normalen Umstände mehr. Zu Hause lungerte ihre alte große Liebe herum, der Akt war auf Nimmerwiedersehen aus ihrem Schlafzimmer verschwunden, und ihre Enkel warteten darauf, von ihr umsorgt zu werden, wie es sich für eine gute Oma ziemte.

Oma, Oma, Oma. Alter ist irrelevant, es sei denn, du bist eine Flasche Wein.

Wer hatte das noch gesagt? Richtig, Joan Collins, das Biest aus dem Denver Clan. Ach, den kannte heute auch keiner mehr. Jette war alt. Eine Großmutter. Eine dreifache Großmutter auch noch. Wie sollte sie Pablo *das* sagen?

Ich bin übrigens Oma, mein jugendlicher Lover. Ganz nebenbei bemerkt. Oma ... Oma ... Oma ...

Der Takt von Pablos beglückten Stößen gab das Stakkato dieser drei Worte vor, die durch Jettes Kopf hämmerten. Als er sich ermattet von ihr herunterwälzte und seinen grandiosen Erguss feierte, wurde Jette klar, dass es schon vorbei war.

»Er ist ein Held und immer zuverlässig!« Pablo deutete auf seine erschlaffte Schlange, die sich immer mehr in sich selbst verkroch. »Fünfundrrreißig Cauntimeterrr, Jette! Fünfundrrreißig Cauntimeterrr«, bejubelte er seine Männlichkeit. Das tat er immer, wenn er fertig war.

Jette kannte seine nachträglichen Congratulations schon. Seine Protzerei hatte sie am Anfang sogar gemocht, mittlerweile sah sie einfach entspannt darüber hinweg. Es waren sowieso nicht fünfunddreißig Zentimeter. Höchstens zehn. Allerhöchstens. Aber es klang überaus erotisch, wie Pablo »fünfundrrreißig Cauntimeterrr« sagte. Gnadenlos erotisch. Es war der Augenblick, in dem Jette gern ein zweites Mal loslegte, doch heute? Heute nicht.

Ich bin Oma. Oma. Oma.

Pablo bemerkte Jettes Teilnahmslosigkeit nicht. Er versuchte aus alter Gewohnheit, die zusammengeschrumpften Zentimeter aus dem Schlaf zu erwecken, was ihm allerdings nicht gelang. »Später kann er wieder!«, versprach er.

»Ich will aber nicht«, flüsterte Jette und erschrak.

Wieso will ich nicht?

»Was hast du gesagt?« Pablo hatte seine Weckrituale aufgegeben. Er schüttelte sein Handgelenk. »Er hat ja schon Großes geleistet heute. Was für ein Mann, mi corazón! Fünfundrrreißig Cauntimeterrr! Fünfundrrreißig! Ganz sicher!« Er verpackte das Schlänglein in seinen Boxershorts und ließ es wirken wie einen heiligen Akt.

Fehlt nur noch, dass er das Ding anbetet.

»Ich muss dann auch wieder los«, sagte Jette. Sie musste nicht viel anziehen, denn Pablo hatte sie gar nicht erst entkleidet, sondern sich auf die wesentlichen Dinge des Geschlechtsaktes beschränkt. Das Nachfeiern hatte fast einen höheren Stellenwert für ihn. Dieses Ritual zog er der Zärtlichkeit immer häufiger vor, was Jette hin und wieder zu dem Verdacht verleitete, dass er seine wahren Liebhaberkünste doch an den Strandschönheiten erprobte und ihr nur noch die Bewunderung für ihn blieb.

Pablo nahm ihre Ansage zu gehen mit einem Kopfnicken zur Kenntnis und erklärte, er habe ohnehin gerade die Idee aller Ideen und müsse nun seiner kreativen Intuition folgen.

Jette hastete aus dem Haus. Pablo merkte nichts, aber auch gar nichts! Hätte sie sich ihm verweigert, hätte er vielleicht reagiert, und es wäre ihm bewusst geworden, dass sie etwas bedrückte. So war sie nichts, aber auch wirklich gar nichts von dem losgeworden, was sie ihm hatte sagen wollen. Er hingegen war genau das losgeworden, was er loswerden wollte.

Jette ließ das Haus Bethanien mit den blau-weiß gestreiften Strandkörben im Vorgarten rechts liegen, eilte ein Stück durch die Barkhausenstraße, nahm dann wieder die Abkürzung durch den Vormann-Otten-Weg an der Kurverwaltung vorbei in Richtung Hauptstraße. Als sie von dort zu ihrem Haus abbiegen wollte, stutzte sie. »Dass es so etwas gibt. Verlegen die Fasching jetzt im Sommer nach Langeoog? Was sollten die Karnevalsflüchtlinge dazu sagen?«

Vor ihr lief ein übergewichtiger Papagei, der der Frisur nach verblüffende Ähnlichkeit mit Günther hatte. Aber diese Gestalt trug keine braune oder dunkelgrüne Breitcordhose, sondern froschgrüne Shorts, deren Farbe eine wirkliche Beleidigung fürs Auge war. Aus den weit ausgestellten Löchern ragten dünne Fellbeine, die das Gewicht, das auf ihnen lastete, eigentlich nicht zu tragen vermochten und wirkten, als brächen sie jeden Moment durch. Den Oberkörper zierte ein Hawaiihemd, wie es grausiger nicht sein konnte. Wieder suchten Jette Schweißattacken heim. Das sollte nun besser nicht zur Gewohnheit werden. Aber das, was sie da sah, durfte einfach nicht wahr sein. »Günther!«, entfuhr es Jette. »Bist du das etwa?«

Der Papagei drehte sich um. »Hallo, Jette!«

Der Stimme nach war er es. Jette kniff sich in den Arm.

Ich träume. Das hat er nicht getan. Das hat er ganz sicher nicht getan. Er hat diese Anziehsachen nicht wirklich gekauft!

Günther schien ihr Entsetzen nicht zu bemerken, sondern eilte freudestrahlend auf sie zu. »Hab meinen Typ verändert!«

Du hast aus einer Rostlaube einen restaurierten Hippietrecker gemacht.

Eigentlich benötigte Jette jetzt ein Handtuch, die Schweißattacken drohten sie fortzuspülen.

»Magst du es etwa nicht? Man muss mit der Zeit gehen. Und ein bisschen hip sein schadet nichts. Wir sind doch nicht alt, Jette!«

Alter ist irrelevant, außer man ist eine Flasche Wein.

»Alles gut, Günther!«

Außer, dass du jetzt völlig abdrehst, wir so schnell es geht im Haus verschwinden sollten und ich besser nicht mit dir gesehen werden möchte!

13

Noch neun Tage

Dein Blick ist, so verwandelt, mir ein Spiegel,
der mir den meinen auch verwandelt zeigt.
(William Shakespeare)

Jette nutzte die Mittagspause und legte sich erschöpft in den gut geschützten Garten. Oben ohne und im Schatten, den Sonnenhut ins Gesicht geschoben. So wie vorher. Bevor Kea ihr die Kinder dagelassen hatte, denn Jette war ein Fan von nahtloser Bräune. Sofern man bei ihrem bleichen Körper von Bräune reden konnte, aber darum ging es schließlich nicht. Es war die Freiheit, das zu tun, was sie tun wollte, selbst wenn ihre Haut den Farbton niemals in ein feines Braun veränderte. Sie hatte Günther dann doch nicht rausgeworfen. Er hatte gestern alles aufgeräumt und sie angefleht, ihm noch eine Gnadenfrist zu gewähren.

Aber nun war sie endlich mal allein. Fenna war mit Kilian nach Flinthörn geradelt, weil sie sehen wollte, ob dort irgendwelche ökologischen Maßnahmen zu ergreifen waren und ob die übrige Welt auf Langeoog grundsätzlich ihrer Rettung bedurfte. In diesem Gebiet würden sie eine Weile beschäftigt sein. Die Sicht war gut, und mit etwas Glück konnten sie von der Deichkrone aus bis zur Meierei im Osten der Insel blicken. Fenna würde sich an der Vogelwelt in den Salzwiesen und dem Wattenmeer erfreuen, denn hier befand sich einer der größten Brut- und Rastplätze für tausende Vögel. Außerdem blühte der Strandflieder in schönstem Violett, das ließ die Salzwiesen wunderbar bunt erscheinen. Mit etwas Glück fand Kilian hier weitere Forschungsmöglichkeiten, nachdem sich die Stufenforschung erschöpft hatte. Jedenfalls hatte er recht: Mehr Stufen gab es, außer auf dem Schiff, wirklich nicht, die im Schwimmbad hatte er vermutlich vergessen. Soweit Jette wusste, gab es dort eine Rutsche, zu der man hinaufsteigen musste. Sie seufzte. Jetzt war sie mal allein, und sie beschäftigte sich mit Kilians Stufenforschung, anstatt sich auf sich selbst zu fokussieren und den Ist-Zustand zu genießen. Es war doch gleichgültig, ob ihr Enkel noch mehr Stufen fand. Wen interessierte das schon?

»Mich«, stieß sie aus und setzte sich augenblicklich aufrecht hin. »Solange Kilian Stufen zählt, ist er beschäftigt. Und will nicht den Dieb des Bildes selbst stellen.« Das war definitiv gerade ihre größte Sorge. Nicht dass der Kleine sich unnötig in Gefahr begab!

Jette ließ sich wieder hintenüberfallen. Sie konnte das Unabänderliche ohnehin nicht ändern. »Nun nutze die Zeit, die du für dich hast. Bevor gleich Günther und Marie vor dir stehen.«

Ich werde doch alt, weil ich schon wieder Selbstgespräche führe. Jette schloss die Augen.

Mit etwas Glück würde Marie noch lange schlafen und sie nicht stören. Sie war von ihrem neuerlichen Friseurtermin am frühen Morgen, wo jeder vernünftige Teenager noch schlief, äußerst geschafft. Der brennende Igel war in eine schlecht gemähte Graslandschaft übergegangen, vermutlich war das noch lange nicht die letzte Version, die Jette in der Zeit des Besuchs auf dem Kopf ihrer Enkelin erleben würde. Sie hatten schließlich noch neun Tage vor sich.

Wo Günther steckte, wusste Jette nicht. Er hatte nach dem Essen mit einem verschmitzten Grinsen das Haus verlassen und war noch nicht zurückgekehrt. Nach wie vor stolzierte er wie ein Pfau in seinem neuen Outfit über die Insel und glaubte tatsächlich, die unverhohlene Bewunderung der Insulaner und Gäste zu genießen.

Marie war zwar nicht in Bewunderungsrufe ausgebrochen, als sie ihn gesehen hatte, aber ein »Na bitte, geht doch, wir arbeiten später noch am Feinschliff« war ihr doch entglitten. Die beiden schien ein sonderbares Band zu umschlingen, wusste der Kuckuck, wann es sich um sie gewunden hatte. Es war allemal besser, als wenn sie sich aus Türen und Fenstern prügelten.

Jette schloss die Augen und versuchte, fünf Minuten *nicht* an ihre Enkel und Günther zu denken.

Dabei schlief sie ein und schreckte hoch, als die Kirchenglocke der nahe gelegenen Inselkirche schlug. Die Sonne war gewandert, ihr Hut vom Gesicht gerutscht und sie der Strahlung gnadenlos ausgesetzt. Ihre Haut würde nachher puterrot sein und sich der Farbfreudigkeit von Günthers neuem Outfit angleichen. Jette wollte sich ihm aber nicht angleichen. Weder mit dem Rot ihrer Haut noch sonst irgendwie. Sie huschte ins Haus, kippte sich After-Sun-Lotion über die lädierten Stellen und schlüpfte in Kasack und Hose. Heute beides in dezent Leinenfarben.

Es wurde Zeit, den Laden zu öffnen.

»Da kommst du ja endlich.« Herbert und die wilde Hilde standen schon vor der Tür. »Das nackische Bild hast du noch nicht gefunden, oder, Mädschen?«

Nein, Herr »Direcktor«.

Jette schüttelte freundlich lächelnd mit dem Kopf. Vielleicht wollte Herbi ja gern wieder einen Tausender loswerden, weil der seine Tasche ausbeulte, da sollte sie ihm weiterhin freundlich begegnen.

Da bin ich käuflich …

Zunächst verlangten Hilde und Herbi nach einem Bild vom Strand und einem Mobile, das Jette aus Treibgut hergestellt hatte. Ein paar sich überkreuzende Äste, verbunden mit einfachem Paketband, die Hölzer bewusst leicht mit Teer beschmiert, waren den beiden zwanzig Euro wert.

»Die hat aber auch immer feine Sachen, was, Hilde.« Herbi konnte es nicht bleiben lassen, die kleinen Speckfingerchen immer wieder auf seiner Gattin herumwandern zu lassen. Ob der Herr »Direcktor« das auch mit seiner Sekretärin tat? Und ob er hinterher seine Männlichkeit ebenso feierte wie Pablo?

Günther hat das nie getan. Günther wollte immer, dass es ihr gutging. Jette wollte alles, aber jetzt ganz sicher nicht an Günther denken. Er hatte an der entscheidenden Stelle nicht an sie gedacht. Schluss jetzt!

»Kann ich sonst noch etwas für Sie tun?« Jette packte die beiden Sachen vorsichtig in Papier und versuchte sich im gewinnbringenden Verkäuferlächeln.

»Heute nicht, Mädschen. Aber wir kommen bestimmt noch mal wieder.« Das klang wie eine Drohung. Die wilde Bernstein-Hilde schloss sich Herbis Gehversuch aber nicht an, sondern verschwand für einen Augenblick in die Ecke der für sie prädestinierten Steine. Herbi nutzte den Moment und trat an Jettes Seite. Er zog sie dicht an sein schweißiges Gesicht heran. »Sach mal, Mädschen«, flüsterte er in einem vertrauten Tonfall, »sach mal, hast du das Nacktbild nicht doch schon wieder?«

Jette stieß ihn weg. »Nein, habe ich nicht. Aber wenn Sie ein solch großes Interesse daran haben, macht mich das fast stutzig. Noch haben wir den Dieb ja nicht. Hat das einen Grund?« Sie fixierte ihn mit ihrem Blick.

»Mädschen«, hauchte er. Er musste sich dem Kräuteratem nach zuvor ein Hustenbonbon zwischen die Zähne geschoben haben. »Ich finde dich echt sexy. Auch wenn du nicht mehr so frisch bist.«

Du hingegen gleichst einem frisch geschlüpften Küken …

»Das Bild ist nicht aufgetaucht. Möchten Sie jetzt zahlen?«

Herbi warf einen vorsichtigen Blick zu Hilde, die sich gerade zwei Ringe abwechselnd auf Ring- und Mittelfinger stülpte, aber offensichtlich unentschlossen war.

Sie sehen beide grässlich aus.

»Ich würde den rechten nehmen, das unterstreicht die Eleganz Ihrer Hände!«

»Ich überlege es mir noch«, flötete die wilde Hilde.

»Lassen Sie sich ruhig Zeit. So ein Kauf will gut überlegt sein«, rief Jette freundlich und wich dabei den grabschenden Fingern Herbis aus. »Das ist ja hier kein Viehhandel, wo man schnell sein muss.«

Seine Finger huschten über Jettes Hintern.

»Sind Sie Direktor einer Klinik oder doch der eines

Schlachthofes?«, entwich es ihr. »Dann verstehe ich, warum Ihnen ein Tastbefund so wichtig ist. Entweder, damit Sie Krankheiten ausschließen können, oder aber um den Preis des Viehs einzuschätzen.«

Herbi lachte laut auf. Er hatte die Anspielung nicht verstanden, sondern fühlte sich auch noch geschmeichelt. »Ja, ich bin ›Direcktor‹. Hör mal! Wenn du das Bild wiederhast, gib mir Bescheid. Ich zahl dir jede Summe.«

Jette streckte sich eine dahingekritzelte Telefonnummer entgegen. »Das ist meine Handynummer. Für Notfälle«, keuchte er.

Danke, mein Notstandsgebiet ist heute bereits von fünfunddreißig Zentimetern erobert worden.

»Das Bild ist unverkäuflich.« Jette reichte ihm den Zettel zurück.

»Behalt mal, Mädschen. Für Notfälle. Ich ruf dich an, wenn ich mal allein ... du weißt schon.«

Der Mann hielt sich eindeutig für Adonis. Entweder hatte er zu Hause keinen Spiegel oder einen mit Zaubereffekt. Oder hier lag ein klarer Fall von Wahrnehmungsstörung vor. Jette steckte sich die Nummer dennoch ein, bevor Herbi eine Diskussion vom Zaun brach.

Derweil hatte sich die wilde Hilde für den klobigen Ring entschieden. Jette betonte, dass genau der die Eleganz ihrer Hände unterstreichen würde. Herbi klappte sein Portemonnaie auf und wählte eine der bunten Kreditkarten aus. Dieses Mal sprengte die Summe zwar den Rahmen nach oben nicht, wies aber zumindest fast die Hälfte der Einnahmen vom Vortag auf. Während Jette sie in den Automaten steckte und Herbi sich zum zweiten Mal darüber freute, dass die Technik auf der Insel, wie hieß sie noch gleich, tatsächlich funktionierte und man sogar bargeldlosen Zahlungsverkehr kannte, warf sie einen Blick nach draußen.

Sie hätte es lassen sollen. Dieses Mal überschwemmte sie keine Schweißattacke, sondern ihr Herz blieb gefühlte dreißig Sekunden lang stehen, als sie Günther in ihrem Garten herumfuhrwerken sah. Was tat er da auf ihrem kleinen Rasenstück? Jette stellte sich in eine günstigere Position.

Günther kniete in einem neuen Papageiengewand, dieses Mal in Blutorange und als Ganzkörpersack, auf der Erde und hämmerte wie wild darauf herum.

»Also, nichts für ungut, Mädschen«, jubilierte Herbert, als habe er bei Jette einen Sieg eingefahren. Er zwinkerte ihr vielsagend zu. »See you later, Alligator! Denk an den Notfall.« Dabei klatschte er seiner mittlerweile nahezu vornübergebeugten, weil mit zu viel Schmuck behangenen Hilde auf den Hintern.

Jette warf einen weiteren Blick nach draußen, Günther hatte sich mittlerweile vorgearbeitet. Womit auch immer, jedenfalls kniete er an einer anderen Stelle.

»Vielleicht beerdigt er Emma«, flüsterte Jette. »Sie ist spontan dahingeschieden, und er braucht der Hitze wegen augenblicklich ein Grab, damit sie nicht in seiner Abstellkammer verwest.«

Zwischen seinem ersten Kniefall und dem mittlerweile dritten befanden sich allerdings mindestens fünf Meter. Das sah nicht aus, als legte er ein Hamstergrab an.

»Obwohl es wirklich nicht bedauerlich wäre, wenn Emma das Zeitliche gesegnet hätte. Diese Viecher leben ohnehin nur zwei Jahre, bis sie in die ewigen Jagdgründe verschwinden. Wer weiß schon, wie alt dieser Scheidungshamster war und wie lange diese Ehe gedauert hat.«

Ich rede schon wieder mit mir selbst.

Jette beendete ihren Monolog, weil die Ladenglocke anschlug und eine andere Kundin den Laden betrat.

»Wenn ich es dir doch sage, Fenna. Der Akt ist gestohlen, und ich habe mir bereits Notizen gemacht, wer alles als Dieb in Frage kommt.« Sie stoppten in Höhe der Buchhandlung Krebs an der Lale-Andersen-Skulptur und stellten ihre Räder dort ab. Von dort konnten sie besser zu Fuß zum Wasserturm auf der Kaapdüne gelangen. Kilian zerrte noch im Laufen sein Notizbuch aus der Hosentasche. Seine Schwester nahm ihn einfach nicht ernst.

»Kannst du nicht besser irgendwelche Stufen zählen?«, fragte sie.

»Die letzten waren die hier auf der Kaapdüne, in diesem Turm und im Bahnhof. Bin damit fertig. Aufs Schiff lässt Oma mich ja nicht. Und die Stufen im Schwimmbad habe ich vergessen zu zählen, als ich dort war. Das muss ich noch nachholen.« Er fuhr sich mit der Zunge über die Lippen, steckte den Bleistift hinters Ohr und schlug die in Frage kommende Seite auf. »Da haben wir es. Alles fein säuberlich dokumentiert.«

»Sie wird ihre Gründe haben, dich nicht dorthin zu lassen«, gähnte Fenna. »Und wie viele Stufen hat die Kaapdüne nun? Du lässt ja doch nicht locker, und bevor du an der Info erstickst ...«

Kilian wies auf seinen Eintrag und formte lautlos eine Zahl. Dann noch einmal. Und noch einmal. Fenna ignorierte ihn und stapfte einfach weiter. Kilian lief indes mit gesenktem Kopf hinter ihr her, als müsse er aus seinen Aufzeichnungen wichtige Dinge herausfinden. Dabei stolperte er zweimal so heftig, dass er beinahe hinfiel.

»Ich gebe auf! Nun sag es schon!«, lenkte Fenna ein, nachdem sie ihn gerade noch aufgefangen hatte. Sie waren an den unteren Stufen des Wasserturms angekommen, der seinen weißen Turm mit dem zusätzlich aufgesetzten »Hütchen« in den blauen Inselhimmel reckte. »Nun müssen wir da rauf, zumindest bis zum Eingang. Man soll schon von dort einen tollen Ausblick haben.«

Kilian kraxelte hinter Fenna die Stufen rauf. »Seit du diesen Pablo gesehen hast, sind deine sackähnlichen Kleidungsstücke wie von Geisterhand verschwunden.«

»Halt den Mund, davon verstehst du nichts«, herrschte sie ihn an. Sie wollte sich von ihrem kleinen Bruder jetzt nicht provozieren lassen. Pablo war auf dieser Insel der einzige Lichtblick. Einen großen Teil der Sehenswürdigkeiten hatten sie bereits gesehen.

»Hörst du das auch?«, wechselte ihr kleiner Bruder das Thema abrupt.

»Was?« Fenna zuckte zusammen, weil sie gerade eine Zahl ausgesprochen hatte. »Ich bin schon genauso durchgeknallt wie du und zähle tatsächlich Stufen!«

Der grinste. »Spannend, meine Forschung, oder?«

»Äußerst. Aber was sollte ich hören?« Fenna zupfte an einem der Liebesschlösser, doch es war fest angeschlossen.

»Das Summen.« Wenn man genau lauschte, zog der Wind über die Dünen durch das Geländer und diese Liebesschlösser. »Es hört sich fast an, als singe der Wind.«

»Yep.« Kilian hielt sein Notizbuch noch immer fest umklammert. »Und bist du mit dem Zählen fertig?«

Fenna biss sich zunächst auf die Lippen, besann sich aber dann eines Besseren. »Hast mich ja unterbrochen.«

»Soll ich's dir sagen?«

»Du bist ein Nervkeks. Spuck's aus und dann anderes Thema, okay?« Mittlerweile war sie oben angekommen.

Kilian gab sich beleidigt. »Es sind zweiundvierzig Stufen. Wie viele drinnen im Turm sind, verrat ich aber nicht.«

»Dann eben nicht. Ist mir auch egal, was du alles anstellst oder zählst oder forschst. Aber du wirst nicht Detektiv spielen und dieses blöde Oma-Nacktbild suchen. Haben wir uns verstanden?«

Kilian überhörte die Frage, wie er es gern tat, wenn er ein Ass im Ärmel zu haben glaubte oder sich einfach nichts vorschreiben lassen wollte. »Du weißt schon, dass Oma eine Nudistin ist, oder?«, ließ er die Katze aus dem Sack. »Nicht nur wegen dem Akt.«

»Genitiv-Präposition, Bruderherz! Du lernst es nie«, verbesserte Fenna ihren kleinen Bruder. »Wie kommst du darauf, dass Oma auf Nacktsein steht? Ich meine, das Bild ist eine Seite, aber sie ist fast sechzig! Da hat sie ja wohl sonst was an.«

»Du hast eben keine Augen im Kopf«, erklärte Kilian. »Ich aber habe entdeckt, dass sie sich oben ohne sonnt. So lange, bis sie aussieht wie eine Tomate. Sie hat helle Haut, und damit verbrennt sie ganz sicher.«

Fenna runzelte die Stirn. Ob ihre Mutter wusste, wohin sie ihre Kinder geschickt hatte? »Mag sein«, wand sie sich. »Aber nun lenk nicht ab! Wir werden dieses Bild nicht suchen. Es geht uns schließlich gar nichts an. Und wenn es futsch ist … umso besser.«

»Ich habe es Omilein aber versprochen. Vor Zeugen!«

»Dann frag das Omilein mal, ob sie deine Hilfe wirklich will.«

Sie hüpften die Stufen herunter, vergewisserten sich, dass die Anzahl korrekt war, und radelten zurück nach Hause.

Kaum fuhren sie auf den Hof, als ein markerschütternder Schrei ertönte. Die beiden fuhren erschrocken zusammen und stürzten in den Garten. Die Sonne stand schon tiefer, schien in den westlichen Dünen zu versinken, dennoch schien Langeoog in der Hitze zu glühen. Doch das war nicht der Grund für Jettes Schrei.

»Günther gehört jetzt zum Bhagwan«, flüsterte Kilian. »Guck nur!«

Auf dem Rasen standen sich Oma Jette und Günther gegenüber. Jette, wie Kilian vorausgesagt hat, in Tomatenrot, was die Hautfarbe anging, aber immerhin bekleidet mit einem dezent leinenweißen Kasack und einer Hose, auf der lediglich am Schlag unterhalb des Knies ein paar Rosen aufgestickt waren, die wiederum farblich gut zu ihrer neuen Gesichts- und Armfarbe passten. Oma Jette konnte man nachsagen, was man wollte, aber stylish hatte sie das perfekte Händchen. Auf jeden Fall war sie nicht nackt, wie Fenna insgeheim nach Kilians Aussage befürchtet hatte.

Günther hingegen glich tatsächlich einem Jünger in Orange, zumal das farbige Zelt, unter dem er sich verbarg, nur mit einer Kordel auf Hüfthöhe zusammengehalten wurde.

»Das kann nur das Werk unserer durchgedrehten Schwester sein«, grummelte Fenna. »Wer sonst steckt einen Mann wie Günther Meilenstein in solche Klamotten?«

»Vielleicht war sie es gar nicht, und er zeigt uns jetzt sein wahres Ich. Bestimmt ist er ein heimlicher Holland-Fan!« Kilian hüpfte aufgeregt auf und nieder. »Nein, das ist es. Günther ist jetzt Müllmann!«

Fenna umschloss seinen Mund mit der Hand. »Halt die Klappe. Was ist nur los mit ihm? Er sah heute Mittag und gestern schon aus wie ein Papagei mit seinem scheußlichen Hawaiihemd. War auch eine Beleidigung fürs Auge. Aber das jetzt? Das sprengt alles!« Fenna wirkte beunruhigt. »Wie sollen wir diese Zustände noch neun Tage und die kommende Nacht durchhalten? – Ich behaupte immer noch, dass Marie dahintersteckt!«

»Quatsch!«, stieß Kilian mit Inbrunst aus. »Marie ist kein Holland-Fan, die steht auf Werder, und die tragen grünweiß. Hat er aber nicht an. Gläubig oder esoterisch ist sie erst recht nicht. Aber vielleicht hat er einen Job angenommen und verkauft ab jetzt Apfelsinen und andere Zitrusfrüchte? Wenn du meinst, dass er kein Müllmann ist.«

»Klar, dann rennt er morgen als Zitrone über Langeoog.«

Kilian schwieg eine Weile beleidigt. »Ich glaube aber trotzdem nicht, dass Marie was damit zu tun hat. Wenn es nach ihrem Modegeschmack ginge, hätte der jetzt eine Knackarschjeans an, ein Muskelshirt und würde mit Gewichten seinen Oberkörper und die Sixpacks trainieren. Oder eben seinen Bierbauch, damit der Formen annimmt.«

Fenna kaute auf der Unterlippe. »Da wäre wohl alle Mühe vergeblich. Günther und Waschbrettbauch ... Der wird immer sein Onepack-Fass behalten, glaub's mir.«

Oma Jette und Günther schienen sich mächtig in der Wolle zu haben. Beide gestikulierten wie wild.

»Und außerdem«, Fenna betrachtete die beiden Streithähne, »würden Günther eine Knackarschjeans und ein Muskelshirt nicht stehen. Schon weil da nicht viele Muskeln sind, wie du auch schon festgestellt hast. Eher andere Masse. Nicht wie bei Pablo!« An der Stelle wurde ihre Stimme weicher, und sie fuhr sich unwillkürlich mit der Hand durchs Haar, das sie seit ihrem Kleidungswandel nicht mehr mit einer Spange festtackerte.

»Das ist Marie doch egal.« Kilian schüttelte immer heftiger den Kopf. »Ganz ehrlich, Fenna. An diesem Styling kann sie keine Schuld haben. So was würde sie nicht zulassen, brennender Igel auf dem Kopf oder Sockenlocken hin und her. Das da«, er deutete auf Günther, »hat keinen Stil. Das ist einfach nur schlimm.«

»Es kaschiert zumindest seine Problemzonen«, überlegte Fenna. Es musste doch einen Grund haben, warum sich Günther von seiner Breitcordhose und dem Plastikhemd verabschiedet hatte. »Bestimmt fand Marie das vorteilhaft.«

Kilian stieß seine Schwester an. »Komm, wir schleichen uns an, dann können wir hören, was Omilein so wütend macht.«

Sie näherten sich vorsichtig. Aber Oma Jette und Günther waren in ihre Diskussion vertieft und bemerkten die Enkel nicht.

»Warum hämmerst du meinen Garten kaputt? Ich frage dich zum letzten Mal, Günther Meilenstein! Warum?«

»Da geht es gar nicht um Bhagwan und auch nicht um die Holländer«, sagte Kilian enttäuscht. »Sie regt sich nur über den kaputten Rasen auf. Kann mir denken, was er da tut.«

»Und was, bitte schön?«

»Der hat Sender verbuddelt!«

»Weil er doch ein holländischer Spion ist oder warum?«

Kilian legte väterlich seinen Arm um ihre Schultern, musste sich dabei allerdings ziemlich strecken, weil er fast zwei Köpfe kleiner als Fenna war. »Nein, weil er Großwildjäger spielt.«

»Hier auf Langeoog? In Omas Garten? Meinst du, wir sollten Hilfe holen? Psychohilfe?«

»War ein Spaß, Fenna. Er jagt nur Maulwürfe.«

Seine Schwester sah ihn verständnislos an.

»Hat er mir gestern erzählt, und es sollte ein großes Geheimnis sein. Überraschung für Omilein.« Kilian plusterte sich mit seinem Wissen regelrecht auf. »Es gibt da so Geräte, die geben einen Piepton von sich und schrecken die Tiere auf.«

Da Oma Jette und Günther gerade schwiegen, war der feine Ton tatsächlich zu hören. »Warum hast du das nicht gleich gesagt, sondern mit dieser Holland- und Bhagwan-Geschichte angefangen?«, schüttelte Fenna den Kopf.

»Hatte es vergessen. Und die anderen Varianten wären immerhin denkbar gewesen, weil er dabei so eigenartig rumläuft.«

Oma Jette und Günther standen sich noch immer kampfbereit gegenüber.

Jetzt ein Nudelholz, und der ist platt, dachte Fenna.

»Nur verstehe ich nicht, warum sie dagegen ist, dass er die Maulwürfe vertreibt? Sie scheint mit ihrem Rasen wirklich pingelig zu sein. Würde mich nicht wundern, wenn sie den mit der Nagelschere schneidet. Eine Ökotussi wie du ist sie ganz sicher nicht. Eine Tierfreundin benimmt sich ebenfalls anders. Emma mag sie zumindest nicht.« Kilian nagte an der Unterlippe. »Eigentlich kann sie doch froh sein, wenn der Rasen nicht von Maulwurfshügeln verunziert wird.«

Jetzt hatte Fenna ein zweites Mal Oberwasser. »Professor Kilian, ich kann meine Oma verstehen: Es gibt auf Langeoog nämlich keine Maulwürfe! Das haste auch nicht gewusst, oder?«

Endlich war Kilian mal still.

14

Noch acht Tage

Alles hat einmal ein Ende,
nur die Wurst hat zwei …

»Günther, so geht das nicht! Umstylen, Omas Lover ausstechen – das sieht anders aus!«, schimpfte Marie, als der zum Frühstück wieder in seinem orangefarbigen Umhang in die Küche wallte.

Er sah verstört an sich herunter. »Warum? Habe eine moderne Farbe gewählt. Dieses Hemd, dann das mit der Sonne …«

»Das ist kein Hemd, das ist ein Sack.«

»Du bist ungerecht. Ich habe investiert. In die farbigen Shorts, das neue Shirt … Das hast du ja noch gar nicht gesehen!«

»Muss ich auch nicht, Günther. Wenn das Teil genauso aussieht wie das, was du gerade anhast. War billig alles, oder?«

Günther nickte. »Natürlich, man muss doch auf die Mark, ähm, den Euro achten.«

Marie fasste sich an die Stirn. »Kann man machen. Wenn man Junggeselle bleiben und nicht die Frau seines Lebens rumkriegen will. Die Sachen kannst du komplett in die Tonne treten.« Maries Stimme senkte sich. »Die sind ja fast noch schlimmer als das, was du vorher anhattest.«

»Ist aber bequem«, verteidigte er sich. »Gestern Morgen hast du noch gesagt, es sei besser als vorher.«

»Da wusste ich ja noch nicht, was du noch erstanden hast.«

Günther gab sich beleidigt. »Dir kann man es genauso wenig recht machen wie deiner Oma. Der Apfel fällt eben nicht weit vom Stamm.« In Extremsituationen glich er sich sprachlich noch immer gern Horsti an, der ganz sicher ein gleichlautendes Wortspiel verwendet hätte. Er hüstelte. »Meine Knickerbocker wolltest du auch nicht. Außerdem habe ich doch die Maulwurfschreckanlage gebaut.«

»Günther!« Maries Stimme überschlug sich fast. »Es geht hier nicht um Maulwürfe! Es geht um Oma Jette!«

»Sie möchte doch so gern, dass man sich um sie kümmert«, flüsterte Günther.

»Und dazu muss man rumlaufen wie du und den Maulwurfschreck spielen? Ihr seid echt alt. In meiner Generation geht Aufreißen anders.«

Günther schluckte. »Ich dachte, es funktioniere damit, dass ich mich unersetzlich mache. Sie sollte merken, wie viel Mühe ich mir gebe.«

Marie strich ihm mitleidig über die Hand. »Und wie wäre es mal mit Romantik? Die Rosen waren ein guter Anfang. Du könntest sie auch zum Essen einladen, das mögen Frauen.«

Er nickte.

»Was hast du denn früher getan, dass sie mal so verliebt in dich war?«

»Ich habe mich um sie und die drei Ks gekümmert. Ich war immer für sie da und habe alles, was sie getan hat, ernst genommen und nie versucht, es ihr auszureden.«

Marie drückte ihn. »Das war sicher gut, ein Teampartner ist immer gut. Aber …«, sie zögerte, »ihr müsst euch ja attraktiv gefunden haben. Und liebenswert. Sie braucht schließlich keinen Kumpel.«

Günther zuckte mit den Schultern. »Ich wollte es zumindest so versuchen. Ich weiß ja, dass ich nicht vor Attraktivität strotze so wie Horsti oder ihr Lover. Welche Chancen habe ich sonst?«

Marie presste die Lippen aufeinander. »Dein Ansatz war ja auch gut, aber die Umsetzung, Günni. Daran müssen wir noch arbeiten. Gibt es denn irgendwas, was Jette so wichtig ist wie nur was, so dass du ihr damit *den* Wunsch überhaupt erfüllst?«

»Ich glaube, Jette fühlt sich schrecklich allein.«

Maries Augen wurden ganz groß. Sie stutzte. »Allein? Echt? Hat sie keine Freundin?«

»Doch, aber das meine ich nicht. Sie vermisst ihre Familie.«

»Meinste? Bist du dir sicher?«

Günther nickte. »Ja, sie hat die große Familie geliebt und jemanden gesucht, der ihr dabei zur Seite steht. Ich glaube nicht, dass sich das in der Zeit geändert hat. Sie hat noch immer diesen sehnsüchtigen Blick, wenn sie von ihren Kindern spricht. Und auch, wenn sie euch ansieht.«

»Na, das kam mir die letzten Tage doch anders vor«, brummelte Marie, aber es schien sie nachdenklich zu stimmen. »Und du meinst echt, Oma mag gern viel Familie um sich haben?«

»So sehr kann sich kein Mensch ändern«, bestätigte Günther. »Sie war damals der größte Familienmensch, den ich kannte. Es ging immer nur um ihre drei Ks.«

Marie grinste. »Und das hat dich gnadenlos überfordert, stimmt's? Kann ich irgendwie verstehen. Wenn Mama und ihre Geschwister auch nur annähernd so waren wie wir …« Sie schüttelte sich.

Günther nickte nur. Er wollte Marie nun wirklich nicht bis ins Detail erläutern, was damals geschehen war.

»Brauchst du nicht auszuführen, Günni. Ich versteh das auch so«, lachte Marie. »Weißt du was? Ich glaube, wir sollten die Operation Sockenlocken um ein paar Kleinigkeiten erweitern.«

Günther dachte an seine schon so wunderbar abgearbeitete und mutwillig zerstörte To-do-Liste und zweifelte, ob eine Erweiterung seinen Vorstellungen entsprach. Er sah Marie fragend an. »Ich glaube, ich weiß, worauf du hinauswillst. Es würde ihr bestimmt helfen und sie würde mich in einem anderen Licht sehen, wenn ich den Akt finden und euch so schützen könnte.«

Marie prustete los. »Günther! Du taugst doch nicht zum Detektiv. Absolut nicht. Das vergiss mal ganz schnell, zumal der Hauptverdächtige dein bester Kumpel ist. Da kannst du dir in alle Richtungen so derb die Finger verbrennen. Nein – ich habe eine bessere Idee!«

Günther überlegte einen Augenblick a) ob er schmollen sollte, weil Marie all seine wundervollen Geistesblitze abtat, als wäre er gestört und b), warum sie die Operation Sockenlocken so entflammte. Bis zum Augenblick dieser Erfindung hatte Marie eher oberflächlich und völlig lethargisch gewirkt, und nun schien sie vor Tatendrang kaum zu bremsen zu sein. Doch er entschloss sich a) nicht zu schmollen und b) ihre Vorschläge als kreativ und umsetzbar anzunehmen, weil er c) keine andere Wahl hatte. Ohne Unterstützung konnte er Jettes Herz nicht gewinnen, und das war für ihn im Augenblick eine unerträgliche Vorstellung. Er war einfach nicht mehr in Übung, was das Gewinnen von Frauenherzen anging, und schon gar nicht, wenn er sie irgendwann einmal gebrochen hatte. Etwas weibliche Hilfe, und sei es nur die eines sockengelockten oder eben gerade punkgestutzten Teenies, war immer noch besser als nichts. »Was hast du dir so vorgestellt?«

»Strand. Wir gehen jetzt erst mal an den Strand. Pläne schmieden, und dann ziehst du den Friseurtermin durch! Und eine zweite Shoppingwelle rollt ebenfalls auf dich zu. Davon mal abgesehen.«

»Ich hab aber nicht die Figur für den Strand und«, Günther räusperte sich, »für eine Badehose.«

Marie zog die Stirn in Falten, meinte, dass es darauf nun wirklich nicht mehr ankäme, aber ein gebräunter Body schon mal die Grundvoraussetzung wäre, um überhaupt den Wettlauf mit Pablo antreten zu können. Sie holte einen Stift und Papier. »Ich stelle eine Agenda auf, sonst wird das nichts.«

Günther war sehr überrascht, dass Marie das Wort Agenda überhaupt in ihrem Wortschatz hatte. Er wollte seine To-do-Liste an dieser Stelle aber nicht erwähnen. Er musste ohnehin tun, was Marie ihm vorgab. Die schleppte Stift und Papier an und begann zu schreiben:

Agenda – Operation Sockenlocken
Günther Meilenstein, wohnhaft in Blersum, verpflichtet sich zu folgenden Punkten:

1. Jeden Tag mindestens fünf Kilometer Jogging am Strand mit Steigerung bei steigender Fitness.
2. Der getätigte Klamotteneinkauf wird ohne Rücksicht auf die Kreditkartenbelastung wiederholt.
3. Die zuvor erstandenen Scheußlichkeiten werden den armen Menschen in Afrika gespendet (oder wohin auch immer, da wäre zunächst die Mode-, Schnitt- und Farbfrage des Kontinents zu klären, um keinen Dritten Weltkrieg anzuzetteln, weil sie sich wegen der Shorts und Hemden beleidigt fühlen. Das klärt Marie in Kooperation mit Fenna).
4. Die Maulwurfschreckanlage wird postwendend abgebaut (Gefahr eines akuten Herzinfarktes von Jette).
5. Die Haut muss gebräunt werden (Strandsonne oder Solarium)
6. Neue Frisur
7. Die Restfamilie wird aus aller Welt, ohne Kosten und Mühen zu scheuen, zusammengetrommelt.
8. Den finanziellen Aufwand für die komplette Umsetzung der Operation Sockenlocken, einschließlich der Anreise der Anverwandten aus allen Teilen der Welt, trägt Günther Meilenstein.
Ziel der Operation:
Hochzeit von Günther und Jette mit einem Fest der gesamten Familie, eingeflogen aus den Vereinigten Staaten von Amerika, den Galapagosinseln und aus Neuguinea.

Nach Vollendung der Eckdaten trug Marie alles in einem Redeschwall vor, von dem Günther am Ende zumindest die Wörter Hochzeit mit Jette und am Strand bräunen erfasste. Und dass er irgendwo unterschreiben sollte.

Günther war eine Wortflut dieses Ausmaßes von Marie nicht gewohnt. Immerhin hatte sie die erste Zeit größtenteils in Kurzwortsätzen oder multimedial kommuniziert und war erst seit ihrem Friseurdesaster zu einem Wesen geworden, das nicht nur Sätze mit Subjekt, Prädikat und Objekt, sondern sogar mit eingefügten Nebensätzen bilden konnte.

Es sprach aber für Keas ausgewogene Erziehung, dass sie Marie auch Sprachmuster und längere Sätze beigebracht hatte, ja, Marie sogar in der Lage war, Dinge in einer Agenda auf den Punkt zu bringen. Und nicht nur die neusten Frisurentrends im Kopf zu haben. Vermutlich konnte selbst Fenna weitere Inhalte als ökologische Weisheiten von sich geben. Kilian war vielseitiger, das hatte er schon bewiesen.

»Klingt gut, deine Idee. Du meinst also, ich soll Jette heiraten?«

»Wenn du das nicht vorhast und Oma noch mal weh tun willst, können wir das hier gleich vergessen, alles klar?«

»Alles klar.«

»Unterschreibst du?« Marie hielt ihm den Stift hin.

Auch wenn Günther nicht jeden Punkt erfasst hatte und so schnell seine Brille nicht finden konnte, um alles nachzulesen, kritzelte er seinen Namen darunter. Das Ziel war Hochzeit, und das wollte er haben. Um jeden Preis. »Und nun einigen wir uns auf den kleinsten Nenner, mit dem wir beginnen«, sagte er, nachdem er schwungvoll unterschrieben hatte.

»Der wäre?« Marie rollte das Papier zusammen und steckte es ein.

»Strand, Marie. So, wie du es vorgeschlagen hast. Wir gehen an den Strand und beginnen mit dem Braunwerden.«

Das Wetter war super, und da fand er es nicht erstrebenswert, sich beim Friseur die heiße Luft in den Nacken blasen zu lassen. Das bisschen kürzen konnte er notfalls auch noch selbst mit seinem Haircutter. Irgendwo musste er ja sparen, immerhin stand ihm ein weiterer Shoppingtrip bevor. Er glaubte, das Maries Redeschwall ebenfalls entnommen zu haben.

Also: zuerst Strand. Sonnencreme, Lichtschutzfaktor fünfzig hatte er dabei, um dem Hautkrebs wirkungsvoll vorzubeugen. Dagegen würde Marie sicher nichts einzuwenden haben, denn was sollte Jette mit einem gekochten Hummer, der sich nach und nach schälte. Reichte ja, dass sie bereits einer überreifen Tomate glich. »Ich packe jetzt meine Sachen, und dann gehen wir los. Dort kannst du mir ja noch einmal in Ruhe erklären, was ich alles unterschrieben habe. Scheint eine kompakte Angelegenheit zu werden.«

»Du hast nicht alles verstanden?«

Er schüttelte den Kopf.

»Aber du weißt schon, dass eine Unterschrift rechtsverbindlich ist?«

»Ich habe beim Liegenschaftsamt gearbeitet, ich weiß das!« Er konnte das plötzlich aufkommende Unwohlsein nicht mehr beiseiteschieben. »Du sagst das so eigenartig.«

Marie zuckte mit den Schultern. »Ich hole noch rasch meine Sachen, ich schicke dir eine WhatsApp, wenn ich so weit bin.«

»Hab ich nicht. Kann nur SMS mit meinem Handy empfangen. Ist schon älter. Außerdem antworte ich nur am Laptop. Die Tasten sind so klein.«

»Zeig mal!« Marie griff nach seinem Telefon und begann zu kichern. »Du hast ja nicht einmal ein Smartphone! Und wie schwer das Ding ist! Kann man damit wirklich telefonieren?«

»Ja, dafür reicht es. Hab aber nicht immer Empfang.«

»Günni!«, kicherte Marie immer noch. »Hatte ganz vergessen, dass du aus der Steinzeit stammst, sorry. Der Ärawechsel muss auch auf die Agenda, sonst wird das nichts. Oma ist zwar Oma, aber eine moderne Frau!« Marie fügte den weiteren Punkt hinzu.

Jette pfefferte das Spültuch in die Ecke des Ausgusses. Was bildete sich Günther Meilenstein eigentlich ein, einfach irgendwelche Sensoren in den Rasen zu rammen? Und dann welche, die alle paar Sekunden einen nervigen Piepton von sich gaben, der sie schon in der ersten Stunde wahnsinnig machte. Am liebsten hätte sie Emma nach draußen direkt neben diese Anlage gestellt. Bestimmt hätte sich das Scheidungstier in Luft aufgelöst, und Günther wäre untröstlich gewesen. Aber was konnte die Hamsterdame dafür, dass sie ausgerechnet von Günther gepflegt wurde.

Glücklicherweise lief es mit ihren Enkeln etwas besser. Sie hatten, dank ihres Donnerwetters, offensichtlich nachhaltig kapiert, wo der Hase im Hause Blümerant langlief, und benahmen sich meist zivilisiert.

Wer schrie, hatte eben nicht immer verloren. Es kam vermutlich auf die Situation an.

Einen Günther Meilenstein zu erziehen mutete allerdings schwieriger an. Der Mann war völlig verkorkst, Horsti-geschädigt und überhaupt. Horsti, immer wieder Horsti!

Wenn der wieder auf Langeoog eintrudelte, konnte er was erleben. Sie würde ihn zwingen, den Akt gleich herauszurücken, sonst konnte er gar nicht so schnell gucken, wie er den Dorfsheriff an den Backen hatte. Da das Bild auf Langeoog nirgendwo aufgetaucht war, hatte er es dort nicht vertickt. Hauptsache, er hatte das nicht auf dem Festland getan. Was würde Kea sagen, wenn sie die Galerien durchstromerte und plötzlich das Nacktbild ihrer Mutter dort hängen sah. Jede Galerie, die etwas auf sich hielt, würde es einkaufen. Es war ein echtes Kunstwerk. Pablo übertrieb zwar mit den »fünfundrrreißig Cauntimeterrrn«, aber malen konnte er wirklich.

Womöglich plante Horsti auch eine räuberische Erpressung, weil er sich das lukrativ vorstellte. Dass Jette nicht arm war, wusste er schließlich. Aber da würde sie ihm etwas ganz anderes erzählen! Nicht mit ihr!

Im Haus war es jetzt ruhig. Günther und Marie waren, mit Decken und Handtüchern bewaffnet, in Richtung Strand gelaufen, Fenna und Kilian hatten sich Räder geliehen und wollten die Insel weiter erkunden.

Jette trat in den Garten und lief zum Schuppen. »Auf zu Horsti. Ich schau mal, ob er wieder eingelaufen ist. Zieh dich warm an, mein Guter! Die alte stille und schüchterne Jette, die du zu kennen glaubst, gibt es nicht mehr!« Ich hole mir jetzt den Akt, dann werfe ich Günther, der all das gedeckelt hat, zu Horsti aufs Schiff. Seine Gnadenfrist ist ab sofort verstrichen, und beide können sehen, dass sie eine andere Insel unsicher machen. »Alles hat einmal ein Ende, nur die Wurst hat zwei«, trällerte sie und schnappte sich das Rad. Zunächst kam sie am Flugplatz vorbei, linker Hand befand sich der Reitstall. Dort war reger Betrieb. Sie folgte dem Weg durch die Wiesen, auf denen ein paar Pferde grasten. Kormorane zogen ihre Kreise, ein paar Gänse watschelten gemächlich mit ihren Familien über die Wiesen. Zwei Silbermöwen balgten sich um ein weggeworfenes Brötchen, und ein Kiebitz stolzierte mit nickendem Kopf über den Weg. Friede. Hier auf Langeoog herrschte ein solcher Friede, wenn er nicht von Horsti und Günther gestört wurde!

Jette kam die rote Inselbahn mit den blauen, gelben, grünen und pinkfarbenen Waggons entgegen. Der Lokführer grüßte Jette freundlich, doch sie hatte keinen Blick für all das. Sie musste ihren Akt finden, sonst grüßte sie hier bald keiner mehr. Endlich konnte sie die ersten Segel der Boote erkennen, und nach kurzer Zeit erreichte Jette den Jachthafen. »Wusste ich es doch!«, stieß sie zufrieden aus, als sie dort erblickte, was sie sich erhofft hatte.

Horstis Angeberschiff stach aus der Masse der anderen Boote allein wegen seiner Klobigkeit heraus. Obwohl es ein anderes Modell war als das, was er früher sein Eigen nannte, stand es für Jette außer Zweifel, wem dieses monströse Gebilde gehörte. Schnurstracks eilte sie darauf zu, kletterte über den Steg und donnerte an die Kajütentür, die fest verschlossen war. »Klar, er muss ja auch sein ganzes Diebesgut dort verstecken. Mit meinem popligen Akt wird er sich nicht zufriedengeben«, murmelte sie bissig. Als sich nichts rührte, nahm Jette die Faust und hieb dreimal kräftig gegen den weißen Kunststoff. »Nun mach schon auf, Horsti von Hinten. Sonst komm ich gleich von hinten in deine heiligen Gemächer!«

Ihr antwortete nur der Schrei einer Lachmöwe, die am Bug auf der Reling saß und sich Jettes Treiben mit schief gestelltem Hals ansah, dann den Kopf ein zweites Mal in den Nacken legte und wieder laut und inbrünstig kreischte. Ihre neuerliche Tonfolge hatte was Keckerndes. Es klang, als lache der Vogel Jette aus.

Sie überlegte kurz, der Möwe den Hals umzudrehen, sie genüsslich zu ertränken oder ihr zumindest den Schnabel zuzubinden. Als hätte der Vogel ihre mordlustigen Gedanken geahnt, schrie er ein letztes Mal, breitete dann die Schwingen aus und hob in den strahlend blauen Langeooger Sommerhimmel ab.

»Glück gehabt, du lästerliches Vieh!«, grummelte Jette. Ihre Wut auf Horsti von Hinten war dermaßen angewachsen, dass sie sich nicht mehr beherrschen konnte und an der Klinke der Kajütentür rüttelte. Wider Erwarten sprang die sofort auf. »Er ist sich seiner Sache so sicher, dass er es nicht einmal für nötig hält, die Tür abzuschließen.« Sie sah sich im Inneren des Schiffes um. »Er ist älter geworden, fast ein Ordnungsfanatiker«, sagte sie mit einem abschätzenden Blick auf die blank polierten Flächen, auf denen nichts, aber auch wirklich nichts herumstand oder herumlag.

Jette hätte zumindest den einen oder anderen BH oder Slip erwartet, denn so etwas befand sich wie eine gekonnte Inszenierung früher immer bei ihm auf den Ablagen, weil er seinen Besuchern auf diese Weise unauffällig seine nicht zu übertreffende Potenz demonstrierte. Hatte er doch dazugelernt?

Jette tastete sich weiter durchs Schiff. In der hinteren Kajüte hing zumindest der Hauch von weiblichem Parfüm.

Etwas blumig, nicht scharf, und hier befanden sich im Schrank neben modernen und ansprechenden Hosen auch ein paar Frauenkleider und Schmuck. Es sah regelrecht eingerichtet aus. Sein sonst so propagierter Junggesellencharme, der sich in einem perfekt organisierten Chaos widerspiegelte, war einer Reinlichkeit und Ordnung gewichen, der jedem weißen Testhandschuh standgehalten hätte.

Jette fasste es nicht. Dreißig Jahre konnten einen Menschen durchaus verändern, das war hier ebenso deutlich wie bei ihr. Lediglich an Günther war die Zeit spurlos vorbeigewandert, aber ob ihm das zum Vorteil gereicht hatte, blieb dahingestellt.

Sollte Horst von Hinten tatsächlich sesshaft geworden sein und eine Frau an seiner Seite zulassen? Oder zumindest mit ihr einen festen Teil seines Lebens gestalten? Was dieser von Hinten hinter ihrem Rücken tat, wusste seine arme Gefährtin vermutlich nicht. Immerhin hatte Günther von einer Frauenkegelgruppe auf Spiekeroog gefaselt. Vielleicht deckte er ihn auch wieder. So wie früher. Egal, was Horsti von Hinten hier auf seinem Luxusliner trieb: Es gab einfach Dinge, die änderten sich nie.

»Sein Sexualleben kann er gestalten, wie es ihm beliebt. Ich will nur mein Bild zurück. Und das vor meinem sechzigsten Geburtstag!« Jette stieß die Tür zum kleinen Bad auf, das eindeutig Merkmale einer sich regelmäßig an Bord befindlichen Frau aufwies. Drei Parfümflakons, Rouge, Make-up und schätzungsweise zwanzig verschiedene Lidschattentöne, Highlighter und Mascara nebst Eyeliner tummelten sich in einer mit Tüll ausgelegten Bambusschale, umlegt von kleinen Duftzitronen aus Holz. Weiblicher ging es nicht. Horsti hatte folglich regelmäßig Sex mit einem Tuschkasten, der laufen konnte.

»Aber wo könnte er sein Diebesgut versteckt haben? Wenn er nicht da ist, um mir mein Eigentum freiwillig zu geben, hole ich mir mein Bild eben selbst zurück«, zischte Jette. »Gnade ihm Gott, wenn er es schon verschachert hat.« Sie wunderte sich selbst über die Ruhe, mit der sie nun sämtliche Schränke, Abseiten und Kisten durchwühlte. Doch sie fand nichts. Weder den Akt noch Gold und Silber, Brillanten oder Ähnliches, mit dem sie ihren Widersacher überführen könnte.

Je länger sie allerdings in seinen Sachen wühlte, desto stärker beschlich Jette das Gefühl, Horsti von Hinten sei in den vergangenen dreißig Jahren tatsächlich zu einem anderen Menschen mutiert. Zu einem völlig anderen Menschen, der nicht zu dem Großkotz passte, der sich vor kurzer Zeit noch in ihrer kleinen Küche breitgemacht hatte und da völlig dem Mann glich, der ihr Günther abspenstig gemacht hatte.

Dieses Gefühl wurde schlagartig zur Gewissheit, als Jette in der Schlafkajütenschublade ein ungerahmtes, leicht zerknittertes Bild in die Hand fiel. Ein Bild, auf dem ein attraktiver blonder Mann mit ebenso attraktiven Muskeln in attraktiven Knackarschshorts und einem Muskelshirt steckte. Jenes Shirt hatte sie eben noch neu zusammengefaltet, um keine Spuren zu hinterlassen. An seinen rechten Bizeps schmiegte sich eine blonde Elfe mit echter Barbie-Statur, bei der unbestreitbar war, dass sie als Vorbild für den Körperentwurf Modell gestanden hatte. Auch sie trug eines der geblümten Kleider, das im Augenblick auf einem Bügel im Schrank hing. Es war ein wunderschönes Ken-und-Barbie-Paar. Und es wohnte ganz sicher auch auf diesem Boot. Alles war schlüssig, nur eines nicht: Wie gehörte Horsti in diese Konstellation?

Gar nicht, Jette Blümerant, gar nicht. Du bist auf dem falschen Schiff!

Jette blieb keine Zeit, diesen Gedanken zu manifestieren, denn von draußen hörte sie Schritte. Ihr blieb nicht einmal Zeit für Fluchtgedanken, weil eine dunkle Stimme ihr diese Entscheidung abnahm. »Flucht ist zwecklos! Sie sind umstellt. Kommen Sie mit erhobenen Händen heraus!«

Jette tat wie ihr geheißen und blickte im grellen Sonnenlicht dem Barbie-und-Ken-Pärchen, dem Dorfsheriff und einer Pistolenmündung entgegen.

»Super Timing«, flüsterte Jette, als die Handschellen zuschnappten.

15

Immer noch acht Tage

Alles ändert sich.
(Ovid)

»Ich sag dir eins, Fenna! Wir müssen kombinieren, wann genau das Bild von Oma verschwunden ist und wer sich zur fraglichen Tatzeit im Haus aufgehalten hat.«

Kilian und seine große Schwester standen in Osterhook auf der Aussichtsplattform. Sie beobachteten die Seehunde. Dazu hatte Fenna extra von Oma Jette ein Fernglas besorgt, denn sie wollte die Tiere ganz genau erkennen. Es war fantastisch, wie sie sich dort auf der Sandbank aalten.

Kilian hatte schon bald die Nase voll und sah sich die Schautafeln an, zumal Fenna auf seine detektivischen Aktivitäten nicht reagierte. Er überredete sie, sich wieder auf den Rückweg zu machen. Sie überquerten den kleinen Steg, liefen dann über das kleine Strandstück, bis sie wieder an den Fahrradständern angelangt waren.

Nun blies der Wind ordentlich von vorn, und der Ausflug hatte nichts mehr gemein mit der zuvor schnellen und leichten Hinfahrt.

»Mann, wenn ich geahnt hätte, wie lang eine solche Tour sein kann, wenn der Wind aus der falschen Richtung weht, wäre ich nicht bis zum Ende gefahren«, keuchte Fenna.

Kilian schien das hingegen gar nichts auszumachen. Er trat munter in die Pedale und plapperte vor sich hin. Den vereinzelten Gesprächsfetzen, die Fennas Ohr streiften, entnahm sie, dass er das Forschungsprojekt »Ich zähle alle Stufen auf Langeoog« trotz ihrer Einwände der Jagd nach dem gestohlenen Akt seiner Großmutter geopfert hatte. Im Augenblick grenzte er gerade die Täter ein und beleuchtete die Motive, die sie dazu getrieben haben könnten, Oma Jettes Bild zu stehlen. Und da ihr Bruder nichts für sich behielt, diskutierte er laut mit sich selbst.

»Kilian, du guckst zu viele Krimis!«, rief Fenna ihm zu, doch ihre Worte wurden vom Wind fortgetragen, als wolle der so demonstrieren, wie nutzlos sie waren. Aber sie gab nicht auf: »Ist ziemlich klar, warum das Bild futsch ist: Es ist tatsächlich ein Kunstwerk, und man kann es zu Geld machen. Wo also liegt das Problem? Wenn es weg ist, kann es keinen Ärger mehr machen.«

»Aber wer tut das? Ich glaube nicht an den großen Unbekannten.«

Weil es auch in Krimis nie der große Unbekannte ist, vollendete Fenna in Gedanken seinen Satz. Es war zwecklos, herumzubrüllen, weil gerade unzählige Windböen über die Dünenfläche tanzten, sie mit saharaheißem Sand puderten und ihre Worte wer weiß wohin katapultiert hätten.

Selbst das hielt Kilian nicht davon ab, in unverminderter Geschwindigkeit weiterzuradeln. Er beugte sich lediglich leicht nach vorn und nahm auf diese Weise eine windschnittigere Haltung ein. Hin und wieder fuhr er einen Schlenker, wenn ihn eine seitliche Böe auf die Seite drückte.

Sie umrundeten die Meierei. Vor der Hofstelle standen bereits unzählige Fahrräder, eine Kutsche mit einem schwarzweiß getupften Pferd und einem gelben Verdeck. »Ein Noriker!«, rief Fenna begeistert aus, doch dann musste sie sich wieder auf die Strecke konzentrieren, denn ihr kamen etliche andere Radfahrer entgegen.

»Kilian, warte!«, schrie Fenna, nachdem sie sich über das graue Pflaster auf den endlos scheinenden Weg durch die Dünenkette gekämpft hatten. Sie brauchte dringend eine Pause. Das war ja unerträglich. Kilian stoppte, auch sein Gesicht war krebsrot, ihm lief der Schweiß von der Stirn. Er war also doch aus Fleisch und Blut, kam nicht von einem anderen Stern. Sein Körper reagierte völlig normal, selbst wenn Kilians Geist oftmals in anderen Sphären schwebte. Fenna ließ sich rücklings auf eine Bank am Wegrand fallen. »Ich möchte eine dieser Gänse sein, die da einfach nur faul in den Salzwiesen grasen«, keuchte sie.

»Siehst kaputt aus«, stellte Kilian fest, zupfte seine Fahrradflasche aus der Halterung und legte den Kopf in den Nacken. Sogar daran hatte Mr. Perfekt gedacht.

»Gibst du mir was ab?«, fragte Fenna.

»Hast du nicht genügend Flüssigkeit eingepackt?«, tadelte Kilian. »Das ist bei diesen Temperaturen gefährlich, Schwesterherz. Weißt du, was in deinem Körper geschieht, wenn du ihn nicht mit ausreichend Wasser versorgst?«

Fenna riss ihm die Flasche aus der Hand und schüttete sich die warme Brühe in den Hals. »Das ist mir egal, Kilian«, antwortete sie, während sie sich mit dem Handrücken über den Mund wischte. »Ich hab bei solchen Temperaturen einfach Durst. Und wenn du mir jetzt nichts gibst, dann schlürfe ich den See aus, an dem wir gleich noch vorbeikommen.«

»Der heißt Schloppsee. Da sind aber keine Stufen, was mich allerdings nicht weiter belastet, weil ich meine Forschungsebene verlegt habe.« Kilian griff in die Packtaschen seines Rades und holte eine zweite Flasche hervor. »Nun, Durst wird hervorgerufen durch …«

»Stop it, Bruderherz. Halt einfach mal deinen Dozenten-Klugscheißerschnabel. Ich muss mich kurz ausruhen, brauchte einen Schluck Wasser, und gut ist. Kein Wort mehr über die chemischen oder biologischen Hintergründe, sonst könnte es sein, dass ich ausraste.«

Kilian zuckte mit den Schultern. »Kommen wir also auf Omileins gestohlenes Bild zurück. Mein neues Forschungsprojekt.«

Er griff in seine Tasche.

»Lass dein Heft stecken, bitte. Ich will es nicht sehen!« Fenna kniff die Augen zusammen und wünschte, sie wäre eines dieser Äffchen – nichts sehen, nichts hören, nichts sagen. Wer einen solchen Bruder an seiner Seite wusste, brauchte keine Feinde. Der brauchte gar nichts mehr. Der war beschäftigt bis zum Sankt Nimmerleinstag.

Kilian ignorierte ihren Einwand und blätterte bereits die Seiten um. Als er die richtige gefunden hatte, sah er Fenna erwartungsvoll an. »Nun, was glaubst du, wer es gewesen sein könnte?«

»Hey, Kleiner. Zum letzten Mal: Damit sollten wir uns nicht belasten. Das ist allein Omas Sache.«

»Finde ich nicht, Fenna. Stell dir vor, sie kommt eines Tages auf die Idee, wir könnten etwas damit zu tun haben, da müssen wir präventiv eingreifen und diesen Verdacht im Keim ersticken.« Er schob die Brille nach oben. »Ich habe da mal was vorbereitet.« Kilian zeigte Fenna eine wüste Grafik, untermalt von seinem Gekritzel.

Logbuch Kilian
Langeoog, Tag 7, Eintrag XII
Wetterlage: sonnig und windig, heiß, etwa 30 Grad im Schatten
Geschehnis: Fahrradtour nach Osterhook
Besonderheiten: Viele Touristen auf der Strecke, Seehunde gesichtet.
Omas Akt weiterhin unauffindbar.
Mögliche Verdächtige:
Verdächtiger A: Horsti von Hinten,
Verdächtiger B: Günther Meilenstein, im Folgenden Günther M genannt,
Verdächtige C, D & E: Fenna, Marie und Kilian,
Verdächtiger F: der große Unbekannte.
Motive:
Horsti von Hinten: Habgier,
Günther M. Sehnsucht,
Fenna, Marie , Kilian: Peinlichkeit,
der Unbekannte: Habgier (wie Verdächtiger A).
Kilian

Kilian las Fenna seine Einträge vor und kratzte sich am Kopf. »Schwer, oder?«

»Warum soll das bei uns Peinlichkeit sein und bei Günther Sehnsucht? Was sind denn das für blöde Motive?« Sie riss

Kilian noch einmal die Wasserflasche aus der Hand und nahm einen kräftigen Schluck.

»Der Dieb muss ja welche haben«, gab Kilian ungerührt zurück. »Immerhin mache ich mir mannigfaltige Gedanken.«

»Mhm, mannigfaltig. Wer hat dich eigentlich erfunden, Professor Kilian.« Fenna wuschelte ihm liebevoll durchs Haar. »Wenn du dein Wissen doch mal für sinnvolle Dinge anwenden würdest. So was wie Ökologie oder so.«

»Meine Forschungen sind sinnvoll«, entgegnete er und klappte sein Büchlein zu.

»Aber mal ehrlich, Kili: Warum sollte Oma uns verdächtigen, ihr Bild gestohlen zu haben? Das macht keinen Sinn.«

»Es ist sinnlos«, verbesserte Kilian. »Macht keinen Sinn ist abgeleitet aus dem Englischen von ›makes no sense‹, ist aber nicht eins zu eins auf die deutsche Sprache übertragbar und ...«

»Mund halten, bitte!« Fenna hielt den Kopf in Richtung Dünenkette, weil vom Meer her eine frische Brise wehte, die durchaus angenehm war, wenn man nicht dagegen anstrampeln musste.

»Aber um auf deine Frage zurückzukommen: Man weiß ja nie, was kommt«, antwortete Kilian. »Und es ist egal, was Oma irgendwann glaubt: Jetzt müssen wir alle Personen ins Kalkül ziehen, die sich in Jettes Haus aufgehalten haben, einschließlich der Kunden.«

»Dann zieh du mal alle ins Kalkül«, gähnte Fenna. Eigentlich war es super, dass Kilian ein neues Ziel hatte, so konnte sie sich ungestört mit ihren eigenen Themen und der Rettung der Welt befassen. Dennoch schoss ihr ein äußerst ketzerischer Gedanke durch den Kopf, den sie unbedingt noch loswerden musste. »Was ist denn, wenn es wirklich der große Günther Meilenstein war? Deiner und Maries dicker Freund? Und nicht sein Kumpel Horsti, den er vehement zu schützen versucht? Ist doch eigenartig, dass er als angeblich alte große Liebe plötzlich vor der Tür steht und sogleich das Bild verschwindet.«

Kilian ließ die Flasche sinken, die er soeben an den Mund gesetzt hatte. »Oder sie haben gemeinsame Sache gemacht«, stieß er düster hervor. »Horsti von Hinten soll ja ziemlich viel Dreck am Stecken haben, wenn man Omilein glaubt. Ich dachte, das hier wird ein echt mieser und langweiliger Urlaub, und was ist? Wir *erleben* richtig was! Eins kannst du mir glauben, Fenna. Ich finde den Täter.«

Mach das, dachte die. Dann bist du beschäftigt, und ich muss dir nicht ständig mit dem Rad hinterherjagen, weil du auf der Suche nach neuen Aufgaben bist. Ich kann mich dann wichtigeren Dingen widmen.

In der Inselbuchhandlung hatte sie ein interessantes Buch über den ökologisch korrekten Fischfang gekauft. Es wurde Zeit, das kritisch unter die Lupe zu nehmen.

Kilian bestieg sein Rad und wies Fenna mit dem Kopf an, ihm zu folgen. Nur noch wenige Kilometer, und sie war ihn los, weil ihm Ideen durch den Kopf spukten, bei denen eine ältere Schwester eher hinderlich war.

Marie lag am Strand und aalte sich seit geschlagenen zwei Stunden fast regungslos in der Sonne. Günther befürchtete, sie würde bei noch länger anhaltender Sonneneinstrahlung vertrocknen und zu einer Schrumpfmumie werden. Doch noch gab sie wohlig grunzende Laute von sich und kippte hin und wieder ein wenig Flüssigkeit nach.

Günther hatte diese Ruhe nicht, außerdem sehnte er sich nach einem schattigen Plätzchen. Selbst wenn von der See her ein stets frischer Wind über den Strand strich, war ihm die seit Stunden vom Himmel sengende Sonne zu viel. Er wollte Marie aber nicht enttäuschen und hatte sich bislang nicht getraut, etwas zu sagen. Immerhin war seine Aufgabe für heute: Werde braun wie ein Grillhähnchen! Bis eben war er auch willens gewesen, hatte nicht gemuckt und sich den Anordnungen von Marie gebeugt, weil er um Jette kämpfen wollte. Wenn eine Bratbräune dafür unausweichlich war, musste er es durchziehen.

Rings um sie herum befanden sich nur fröhliche Menschen, die einfach viel zu gute Laune hatten. Überall lächelten Bikinischönheiten in die Sonne, Kinder balgten im Sand, seine Nachbarn bauten eine Sandburg und beklebten sie mit den zuvor gesammelten Muscheln. Am Horizont schob sich ein weißes Schiff über die Nordsee, ein Flugzeug malte weiße Streifen an den Sommerhimmel. Der Duft von Sonnencreme waberte von den Nachbarn zur Rechten herüber und mischte sich mit der salzhaltigen Luft. Strandidylle pur. Dennoch wollte sich bei Günther keine wirkliche Urlaubsstimmung einstellen. Alles, was er die letzten Tage angestellt und versucht hatte, war misslungen. Und diese idiotische Bodybräunungsaktion war so ziemlich das Schrecklichste, was er in seinem ganzen Leben mitgemacht hatte. Seine Haut war vom lieben Herrgott nicht dafür geschaffen. Er kam sich, trotz Lichtschutzfaktor fünfzig, schon nach diesen zwei Stunden in der prallen Nordseesonne vor wie jener gekochte Hummer. Seine Haut sah das ähnlich. Er glaubte, das Wasser darin koche bereits und werfe Blasen. Vermutlich würde er Jette mit seiner roten Farbe noch toppen.

»Ich glaube, es ist besser, wenn wir gleich zurückgehen«, hob er vorsichtig an. Er scheute Maries scharfe Zunge. »Ich darf nicht so lange in der Sonne liegen. Es bekommt mir nicht.«

Marie blinzelte mit einem Auge, gähnte, setzte sich langsam hin und die Sonnenbrille auf. Es war eine quietscheentengelbe, die, zusammen mit dem werdergrünen Haar, wie eingestreuter Löwenzahn auf einer Sommerwiese wirkte, wenn sie die zurück ins Haar schob. »Was willst du denn bei Jette? Die tobt, weil das Bild weg ist und wir ihrer Ansicht nach nur Chaos verbreiten. Sie ist im Moment echt nicht entspannt. Ich glaube, sie plant tatsächlich deinen Rausschmiss.«

Genau das befürchtete Günther ebenfalls. Jette hatte sogar ihren Laden geschlossen, weil sie sich auf Bildersuche oder besser auf Diebessuche begeben wollte.

Ein Junge mit roten Badeshorts und Flip-Flops an den Füßen näherte sich und verteilte Flyer. Marie warf einen kritischen Blick darauf und wollte das Papier eben zusammenknüllen, als Günther es ihr aus der Hand riss.

»Was ist das?«, fragte er.

»Ein Konzert für Gruftis in deinem Alter!«, sagte sie. »Vergiss es. Du musst anders werden, damit beeindruckst du Oma Jette nicht.«

»Zeig her!« Günther studierte den Inhalt. Ein Konzert des Shantychors *de Flinthörners*. Das klang toll, das gefiel ihm. »Pass auf, Marie, ich schlage dir einen Kompromiss vor: Jetzt gleich investiere ich in eine neue Frisur.«

Das gefiel Marie offenbar. »Friseur ist gut. Den nehmen wir gleich auf dem Rückweg mit!« Sie fuhr sich durch ihren Putz, als überlege sie, sich schon wieder ein neues Styling zuzulegen, doch ein Blick zu Günther ließ sie in ihrer Bewegung innehalten. »Ist gut, heute nur du«, gab sie nach.

Günther nickte. »Ich werde, trotz der neuen Frisur und dem anderen Zinnober ...«

Bei diesem Wort starrte Marie ihn an, als käme er von einem anderen Stern. Günther ließ sich aber nicht beirren, sondern sprach ruhig weiter. »Ich werde trotz des ganzen Zinnobers meinen Musikgeschmack nicht ändern und mich völlig verbiegen. Jette muss mich einfach mögen, wie ich bin.«

»Du stehst nicht wirklich auf Shantychöre?« Marie war fassungslos. Es klang, als hätte Günter ihr gestanden, dass er eigentlich vom Mars käme und seine Leibspeise rostige Nägel wären.

»Ja, warum?« Was hatte das Mädchen denn nun wieder dagegen einzuwenden? Er mochte auch Helene Fischer, Andrea Berg und den Wendler.

»Okay, okay ... ich sag besser nichts mehr.«

Günther zog sich das T-Shirt über den Kopf. »Und nun sag noch mal ganz langsam, was außer dem Friseurbesuch und dem neuen Klamottenkauf so auf deiner Agenda stand.« Er war dieses ungute Gefühl im Bauch noch immer nicht losgeworden.

»Wusste doch, dass du nicht zugehört und blind unterschrieben hast«, stöhnte Marie. »Aber Vertrag ist Vertrag.« Sie zögerte. »Wenn du dich nicht dran hältst ...«

»Was dann?«

»Dann steht mir ein Jahr lang jeden Monat mindestens ein Friseurbesuch meiner Wahl zu.« Maries Lächeln gefiel Günther nicht, und er wusste, dass er einen gravierenden Fehler begangen hatte. »Nun sag schon!«

»Da steht unter anderem drin, dass du die Maulwurfschreckanlage abbauen und dich sonnen sollst.«

Das klang noch nicht schlimm. Sonnen hatte er ja schon geschafft. »Weiter!«

»Friseur, Klamotten und so müssen neu sein. Haben wir ja besprochen.« Marie grinste breit. »Du wirst noch etwas tun, und *das* wird der Knaller. Der Durchbruch.«

»So, was denn?« Den Knaller hatte er offenbar überhört.

»Wir holen meine Onkel und Tanten vom anderen Ende der Welt zu Omas Geburtstag nach Langeoog. Dann kannst du so viel Shanty sein, wie du willst. Das überzeugt sie ganz sicher von dir!«

Günther bezweifelte das. »Sie möchte nicht feiern. Sie möchte gar nicht, dass auch nur irgendwer weiß, dass sie sechzig wird. Das hat sie mir ziemlich deutlich gesagt, als ich sie auf das magische Datum angesprochen habe.« Er stand auf und schlüpfte in die Froschshorts. »Das hast du ganz falsch verstanden, als ich dir von ihrer Familiensehnsucht erzählt habe.«

»Papperlapapp! Du selbst hast mir doch vorgebetet, wie sehr sie mal Familienmama war. Also müssen alle kommen. Was ist daran falsch zu verstehen?«

»Selbst wenn wir sie holen würden«, entgegnete Günther, »wer soll denn die teuren Flüge und Hotels bezahlen?« Schon als er die Frage stellte, fiel ihm die Antwort siedend heiß ein. Du selbst, du Dösbaddel. *Das* soll der Gag sein. *Der* sagenumwobene Knaller!

»Na du, so, wie du es unterschrieben hast«, bestätigte Marie sogleich seine Befürchtungen. Sie sprang auf und rollte die Decke zusammen, während Günther nach Luft japste wie ein Fisch, den man an Land geworfen hatte. »Das soll ich unterschrieben haben?«

»Yep! Und wer A sagt, muss auch B sagen. So einfach ist das!«

Günther fischte seinen Sonnenhut aus dem Sand. Bestimmt hatte er bereits einen Sonnenstich und nahm seine Umgebung nicht mehr richtig wahr. Solchem Unsinn konnte er gar nicht zugestimmt haben.

Marie stieß ihn unsanft in die Seite. »Verdammt, Günther! Jetzt siehst du aus wie Pettersson aus dem Kinderbuch. Da fehlt nur noch Findus, die Katze.«

»Hab eine Katzenallergie«, wandte Günther ein, aber Marie winkte ab. »Das ist jetzt egal, aber dein Outfit geht schon wieder gar nicht.« Sie schüttelte den Kopf, war um Fassung bemüht. »Dieser Hut zu den Shorts und dem Shirt. Ach, Günther! Dir ist irgendwie nicht zu helfen. Lass uns sofort mit der Mutation beginnen, sonst kriege ich einen Schreikrampf.«

Günther zog den Hut trotzig in die Stirn. »Besser als ein Sonnenstich und noch viel besser als kochendes Zellwasser. Da kann ich nämlich nicht mehr denken.« Er beschloss, sich nicht zu ärgern, und hüpfte auf dem heißen Sand hin und her bei dem Versuch, seine geschwollenen und verbrannten Füße in die Latschen zu quetschen.

Sie machten sich zurück auf den Weg zur Dünenkette,

die sich am Ende des Strandes gelb gegen den Himmel abhob. Die Dünengräser wiegten sich im Wind. Es hatten sich schon mehr Menschen auf den Weg gemacht. Wie kleine bunte Käfer krabbelten sie in dichten Reihen den mit Holzpaneelen ausgelegten Dünenübergang hinauf. »Pass mal auf, Günther«, keuchte Marie, »während du den Großwildjäger gespielt hast, habe ich bei Oma Jette selbstverständlich die Augen offen gehalten, sie sozusagen bespitzelt. Und zwar immer dann, wenn sie sich unbeobachtet glaubte.«

»So?« Günther lief der Schweiß übers Gesicht, sein Shirt war völlig getränkt. Der Weg über den Strand kam ihm unendlich lang vor.

»Ja, und weißt du, was sie immer macht?«

Sie hatten den Dünenübergang beinahe erreicht. Günther blieb kurz stehen und sah Marie schnaufend an. Dabei traf ihn der bunte Ball eines angehenden Nationalspielers der Deutschen Elf. Zumindest deutete das Trikot des Jungen auf Ambitionen in dieser Richtung hin.

Marie zeigte ihm den Stinkefinger und schoss das Leder zurück. Dann nahm sie den Faden wieder auf. »Sie steht am Fenster und sieht raus.«

»Und was sagt dir das? Ich sehe auch gern aus dem Fenster.«

»Sie denkt an Knut und Kathrin und natürlich an Mama. Und an uns.«

Günther erschloss sich die Logik nicht, aber er nickte. Ihm war jetzt nicht danach zu diskutieren, ob Maries Interpretation der Wahrheit entsprach oder nicht. Er wollte nur noch eines: Schatten! Und wenn er den im Laden eines Friseurs fand, der mit seinem Föhn herumfuchtelte. »Können wir ja noch drüber nachdenken«, sagte er. »Ich gehe jetzt erst mal zum Haareschneiden.«

»Ich habe immer recht«, entgegnete Marie. »Du wirst schon sehen!« Sie war zwar ebenfalls außer Atem, hatte aber ansonsten keine Schwierigkeiten mit der Hitze und hüpfte munter über den Dünenweg. »Seit ich meine Haarpracht abgegeben habe, kann ich völlig entspannt über die Insel laufen, weil mir der Wind die Frisur nicht zerstört. Ist das nicht toll?«

Kaum waren sie im Dorf angekommen, bugsierte Marie Günther nach Westen. »Da ist ein Laden, der sieht so aus, als könne er dir eine so richtig tolle Frisur machen. Typgerecht, ein bisschen Farbe, und alles ist gut.«

Bei ein bisschen Farbe zuckte Günther mit einem Blick auf Maries kurzen Punkerlook zurück. Nicht dass sie ihn auch noch in einen grünen Irokesen verwandeln wollte. »Ich geh da morgen trotz der momentanen Pflegeleichtigkeit auch noch mal hin, lass mich entfärben und die Haare wieder verlängern. Das nennt man Extensions.«

Wie man das nannte, war Günther ziemlich egal, denn er wollte die Haare ja abgeschnitten haben. Wobei es Maries Gesicht sicher gut anstand, sie wieder extensieren zu lassen.

»Weißt du, Günni, ich habe mir eben die anderen Strandschönheiten angesehen. Die tragen langes Haar, so wie ich früher. Oft mit wunderbarer Welle. Ich kaufe mir dazu ein gut fixierendes Haarspray. Kostet nur ...«

»Was kostet das?« Günther hielt abrupt an.

Marie formte eine unvorstellbar hohe Summe, die Günther dazu veranlasste, energisch mit dem Kopf zu schütteln und zeitgleich die Hände abwehrend zum Himmel zu heben. »Vergiss es.«

»Dann färb ich nur um«, lenkte Marie ein. Sie stapften weiter, bis sie am Frisiersalon ankamen.

Eine Welle schwüler Luft verhinderte einen Augenblick lang das Atmen, als sie ihn betraten. Weil es so heiß war, befanden sich kaum Kunden im Laden, und Günther bekam sofort einen Platz zugewiesen. Er war lange nicht beim Friseur gewesen, schließlich besaß er eine Haarschneidemaschine, und die musste sich amortisieren.

Während die Friseurin ihm den Kopf mit lauwarmem Wasser wusch, rechnete er aus, seit wann er nicht mehr auf einem Frisierstuhl gesessen hatte. Er kam, als sich der Conditioner auf seiner Kopfhaut verteilte, auf ungefähr zehn Jahre. Es musste gewesen sein, als er zu einer Hochzeit eingeladen worden war und sein damaliger Haircutter einen Kurzschluss gehabt hatte. Angesichts des Preises dieser Dienstleistung, die beim Dorffriseur *Haberschmidt* zwar noch deutlich unter dem des Stadtfriseurs *Hairdreams ohne Wenn und Aber* lag, war ihm eines schnell klargeworden: Wenn er die Kosten einer Investition in eine neue Haarschneidemaschine mit den vierwöchigen Besuchen bei *Haberschmidt* oder *Hairdreams ohne Wenn und Aber* verrechnete, Verschleiß und weitere Neuanschaffung eines solchen Gerätes mit ins Kalkül zog, so war der Eigenhaarschnitt dennoch in Summe erheblich, wirklich erheblich günstiger als ein regelmäßiger Besuch sowohl bei *Haberschmidt* als auch bei *Hairdreams ohne Wenn und Aber*. Zumal bei Ersterem die Benzinkosten hinzukamen, da der Salon *Haberschmidt* zehn Kilometer entfernt lag. Seine damals erstandende Maschine (schwarzes Design, silberne Knöpfe und günstige Ersatzklingen, dazu ein gut zu pflegendes Nylonetui mit extra seitlichem Reißverschluss) besaß er noch immer, und sie tat ihren monatlichen Dienst.

Dieser wirtschaftlich begründete Entschluss hatte dazu geführt, dass Günther seit Jahrzehnten dieselbe Frisur trug. So schlecht sah sein Standardschnitt schließlich nicht aus, und da er kein Profi war, hatte er sich eben darauf spezialisiert. Er musste nur ein und dieselbe Handbewegung mit lockerem Schwung ausführen, das Ganze in verschiedene Richtungen, und mit der kleinen Nagelschere seinen schräg plazierten Pony als Feinschliff bearbeiten.

Nun also war das alles nicht mehr gut genug. Das hatte nicht nur Marie gesagt, auch die Friseurin stöhnte leise, als sie das Handtuch von seinem Kopf wickelte und ihm eine Massage verpasste. Anschließend hob und senkte sie seine Haarpracht, lupfte mal einige Strähnen rechts, dann wieder links. Ihrer Mimik nach waren Hopfen und Malz verloren. »Ich muss mit Ihnen eine umfassende Veränderung vornehmen. Die Basis stimmt einfach nicht«, sagte sie nach einer Weile. Ihre Mimik wirkte noch immer unsicher, ob überhaupt eine Rettung möglich war. »Das Haar weist in seiner Struktur Mängel auf, es ist nicht nur unprofessionell geschnitten, sondern an einigen Stellen eher gerupft, als wäre die Klinge unscharf. Will sagen, es strotzt vor Spliss und ist stumpf. Ihm fehlt jegliche Form, es hat kein Volumen. Es hat ... nichts.«

Ähnlich hatte sich die Dame von *Hairdreams ohne Wenn und Aber* damals auch ausgedrückt. Günther hatte es für Geldschneiderei gehalten. »Bitte machen Sie, was Sie für richtig halten!«, sagte er mit einem gequälten Lächeln. Er tat es für Jette. Marie nickte ihm aufmunternd zu.

Dann ging es ganz fix. Rechts die Schere, links die Schere. Ritsch, ratsch fielen seine Haare zu Boden. Günther schloss die Augen und öffnete sie erst wieder, als er etwas Klebriges fühlte. »Haargel, damit bringen wir alles in Form«, erklärte die junge Frau.

Er öffnete die Augen und glaubte sich einem Fremden gegenüber. Marie klatschte begeistert in die Hände. »Günther, das ist phänomenal! Da ist der Hammer! Jetzt noch raus aus den grünen Froschshorts, raus aus dem Blumenshirt, raus aus dem Bhagwan!«

Die Friseurin nickte. »Ich würde Ihnen auch generell zu einem völlig anderen Styling raten«, sagte sie vorsichtig. »Da gebe ich dem jungen Fräulein recht. So trifft es nicht ganz Ihren Typ!« Sie druckste herum, während sie eine Strähne nachzupfte. »Sie sind doch eher, sagen wir mal, konservativ.«

Günther nickte. Die Frauen rings um ihn schienen sich in ihrem Urteil einig zu sein. Vielleicht hatte er doch zu lange mit seinen Laufenten gelebt. Zwar in der Nähe Wittmunds, aber doch fern von jeglichen Metropolen, so dass die Strömungen an ihm vorbeigezogen waren und er eine Frisur als kein dringliches Problem eingeschätzt hatte. In Blersum hatte sich nie jemand an seinem Äußeren gestört.

Die Friseurin ließ derweil den Spiegel mit der einen Hand hinter Günthers Kopf vorbeiwandern und glättete sacht eine widerspenstige Strähne am Hinterkopf. »Hier habe ich etwas Fülle genommen, da ein wenig Schnitt reingebracht, gekürzt und den Wirbel mit eingearbeitet.«

Den Wirbel hatte die junge Frau von *Hairdreams ohne*

Wenn und Aber auch integriert, da war sich die Zunft offenbar einig. Bevor er wegen der Hochzeit vor zehn Jahren jenen Salon aufgesucht hatte, war er zwei Jahre zuvor, der Oberfinanzdirektor hatte Jubiläum, im Salon *Haberschmidt* gewesen, und der Besuch hatte ihn den Wirbel gekostet, weil Herr Haberschmidt ihn einfach abrasiert hatte. Nun aber war der Wirbel wieder mit dabei, was Günther freute, denn im Salon *Haberschmidt* hatte er sich, trotz der niedrigeren Kosten, doch sehr abgeschnitten gefühlt, und mit so etwas hatten Männer in der Regel Probleme.

»Sind Sie zufrieden?«, fragte das Mädchen, zog noch sanft an der einen Strähne, bis sie einen Millimeter nach rechts verschoben war und die Frisur nun das perfekte Bild abgab. Der Haaransatz wirkte eigenartig, aber das lag sicherlich am Lichteinfall.

Günther nickte. Das war bislang das beste Ergebnis eines Friseurbesuches. Die Rechnung war es dann auch. Salon *Haberschmidt* und *Hairdreams ohne Wenn und Aber* hatten schon gepfefferte Preise gehabt, doch das Zettelchen in seiner Rechten stellte alles in den Schatten. Jahrelange Haarvernachlässigung hatte ihren Preis.

»Denk an den Vertrag«, flüsterte Marie.

Günther dachte an nichts anderes mehr.

»Jetzt gehen wir noch shoppen, und dann wird dir Jette zu Füßen liegen!«, jubelte Marie, nachdem er anstandslos seine Kreditkarte gezückt hatte. »Erst recht, wenn du sie dann noch mit ihren Kindern überraschst.«

»Meinen Sie Jette Blümerant?«, horchte die Friseurin auf. Es klimperte, als sie ihren Trinkgeldanteil in die passende Spardose stopfte.

»Ja, das ist meine Oma!«

»Die werden Sie heute nicht zu Hause antreffen.« Ihre Worte klangen düster und schwer, dabei wiegte sie mit zusammengekniffenen Lippen ihren Kopf.

»Ist etwas passiert?«, fragte Günther.

»Das kann man wohl sagen«, ertönte eine Stimme aus der brummenden Trockenhaube vom nächsten Frisiertisch herüber. Günther erkannte nur eine spitze Nase. »Wir wussten alle, dass sich hier ein Unhold herumtreibt und überall einbricht. Aber dass ausgerechnet diese nette Frau das ist. Nein, das hätten wir nicht gedacht.«

»Mein Gott, was ist denn passiert?«, fragte Marie.

»Die Frau, diese Frau Blümerant, hat man doch vorhin verhaftet. Stellen Sie sich das mal vor! Verhaftet!«

»Meine Oma? Das kann nicht sein!«, stieß Marie hervor. »Warum?«

»Weil sie in eine Jacht eingebrochen ist und es sich bei ihr vermutlich um die Serientäterin handelt, die auf der Insel überall einsteigt und Schmuck stiehlt!« Die spitze Nase versenkte sich wieder in die Story um Heidi Klum und ihren angeblich neusten Lover.

Marie stürzte aus der Tür. »Das ist ganz sicher ein Missverständnis!«

Günther wollte ihr folgen, doch ihm stellte sich ein kleines Mädchen breitbeinig in den Weg und begann zu lachen. »Du Mama, der Mann sieht aus wie ein Zebra!«

Als Günther einen prüfenden Blick ins Schaufenster warf, stellte er fest, dass das Sonnenbad am Morgen logistisch gesehen zum falschen Zeitpunkt stattgefunden hatte. Doch was kümmerte ihn dies. Er musste Jette retten. Das war seine Chance!

16

Noch immer acht Tage

Unverhofft kommt oft

Die Sonne stand schon tiefer, als Günther und Marie nach Hause kamen. Die sehen aus, als wäre ihnen der Teufel begegnet, dachte Fenna. Sie hatte ein vegetarisches Abendessen zubereitet, um dem Rest der Familie zu beweisen, dass man sich auch ökologisch angepasst ernähren konnte. Und vor allem, ohne Tiere dafür zu töten. So glänzten ein Tofuschnitzel mit Zwiebeln neben einer eigenen Kreation aus Avocado mit Knoblauchöl, wobei der Knoblauchanteil ein bisschen zu hoch ausgefallen war. Zumindest roch es so. Jette war noch nicht zurückgekehrt, und langsam war Fenna genervt. Da brachte man sich mal ein, und keiner kam, um das zu würdigen.

»Da seid ihr ja endlich«, sagte sie schließlich. »Ich habe Tee gekocht und ein gesundes Mahl gezaubert.«

»Können wir jetzt nicht essen, wir müssen dringend Oma suchen!«, rief Marie und schoss an Fenna vorbei. »Hier ist sie noch nicht wieder aufgetaucht, oder?«

»Würde ich dann allein vor den vegetarischen Köstlichkeiten sitzen?«, fragte Fenna. »Was soll denn mit Oma sein?«

»Sie ist angeblich festgenommen worden. Weil sie eine Einbrecherin sein soll. Eine, die sie schon lange suchen«, erklärte Marie und wandte sich an Günther. »Günni, hier ist sie nicht. Wir gehen jetzt sofort zur Polizei. Bestimmt haben sie sie dort eingeschlossen. Ich weiß, wo das ist.«

»Günni hier, Günni da«, frotzelte Fenna. »Ich habe *gekocht!*«

»Oma ist im Knast, Mensch, merkst du noch was?« Maries Stimme brach hysterisch.

»Auf der Insel gibt es keinen Knast. Höchstens eine Zelle oder so«, murmelte Fenna.

Mittlerweile hatte sich auch Kilian dazugesellt. Er trug sein aufgeschlagenes blaues Notizbuch in der Hand, in dem es nur so von Pfeilen und Strichen wimmelte. »Das ist eine neue und interessante Theorie, die ich noch nicht ins Kalkül gezogen habe«, sagte er. »Kunstraub als Ablenkungsmanöver für einen Schmuckserienräuber. Fast schon genial. Darauf muss man erst kommen. Ich bin von mir tief beeindruckt.«

Er nahm den Stift, den er sich wie ein Buchhalter hinter das rechte Ohr geklemmt hatte, und kritzelte eine neue Anmerkung auf das Blatt Papier. Danach sah er seine Schwestern und Günther an. »Worauf warten wir noch? Lasst uns Oma befreien und ihr notfalls helfen, sich schadlos aus der Affäre zu ziehen.«

Die vier stürmten los, unterwegs holte Günther sein Handy aus der Hosentasche. »Ich rufe Horsti an, der kennt sich mit so etwas aus. Mit etwas Glück ist er von seinem Kegeldamentrip schon zurück.« Noch während sie in Richtung Kaapdüne zur Polizei eilten, zitierte Günther seinen besten Freund herbei.

Jette saß wie erwartet in der Polizeistation. Vor ihr stand ein Becher Kaffee, in dem sie lustlos rührte und der nicht so aussah, als habe sie schon einen Schluck getrunken. Sie blickte kaum auf, als ihre Enkel und Günther eintraten. Erst als nach einer Weile auch Horsti hinzukam, erwachte sie aus ihrer Lethargie. »Da haben Sie den wahren Täter! Er ist der Dieb. Ganz sicher hat er nicht nur mein Bild gestohlen, sondern auch die anderen Dinge, die sie mir hier unterschieben wollen!«

Horsti schüttelte den Kopf. »Was es auch sei, ich kann nichts dafür, wie schon Graffito in seiner unendlichen Weisheit sagte. Ich habe der Frau jedenfalls nichts gestohlen. Ich bin hier, um meinem Freund beizustehen, der mich gebeten hat, ihn in der leidigen Sache zu unterstützen. Ich bin vorhin von Spiekeroog aus eingelaufen und augenblicklich hierhergeradelt.« Er sah zu Jette. »Wie kommst du überhaupt auf die glorreiche Idee, ich könnte dein Bild haben?«

»Weil du immer, wirklich immer irgendwelche Dinge getan hast, die nicht zu tolerieren sind. Wo du auftauchst, geht alles schief. Wo ist also mein Akt?«

Der Polizist bekam hochrote Ohren. Er hatte, Günthers Einschätzung nach, noch nie nach einem verschwundenen Nacktbild fahnden müssen und schon gar nicht, wenn eine Oma darauf abgebildet war, die nun mit ihrer Familie bei ihm einfiel. Erste Zeichen der Überforderung tanzten über seine Mimik. Er versuchte, die Aussagen zu protokollieren, gab das angesichts des Redeschwalls, der von allen Seiten auf ihn einprasselte, aber schon bald auf.

»Ich habe das Bild nicht!« Horsti stand wütend auf, doch Günther zupfte ihn am Arm. »Bleib!«, raunte er.

Nun mischte sich der Polizist doch ein. Er stand auf, um sich Gehör zu verschaffen. »Ich habe bei Ihrer Großmutter, Freundin, Feindin oder in welcher Beziehung Sie auch immer stehen, kein Diebesgut gefunden. Ob sie etwas in ihrem Haus versteckt hat, gilt es noch herauszufinden. Wer nun diesen verschwundenen Akt in seinem Besitz hat, gilt es an anderer Stelle zu klären.«

Jetzt sprang Kilian mit hochroten Ohren dem Polizisten vor der Nase herum. Er hatte die ganze Zeit in seinem Notizbuch herumgekritzelt. »Im Haus ist tatsächlich nichts. Das habe ich auch bereits durchkämmt.« Er sah sich entschuldigend um. »Bin ja als Detektiv unterwegs und musste das ausschließen.«

Mit wichtiger Miene schlug er sein Buch auf und schob es dem Dorfpolizisten über den Tisch.

Logbuch Kilian
Langeoog, Tag 7, Eintrag XIII
Wetterlage: heiß, sonnig
Stimmung: trüb bis angespannt
Geschehnis: Omilein festgenommen
Verdacht auf Raub und illegales Betreten einer Luxusjacht.
Verdachtsmomente auf weitere Straftaten und Raub auf Langeoog.
Omilein hat Verdächtigen A, Horsti von Hinten in Verdacht, ggf. bediente der sich der Mithilfe von Verdachtsperson B, Günther M.
Kilian

Der Polizist runzelte die Stirn.

»Wie kommst du darauf, dass diese Herren das Bild gestohlen haben könnten?«

Kilians Brille wanderte augenblicklich ein Stück auf der kleinen Nase nach oben. Seine Sommersprossen glühten förmlich auf, weil man ihn um Rat gefragt hatte. »Sie hätten beide die Gelegenheit gehabt und beide ein Motiv, wobei die Motivlage sehr unterschiedlich ist. Ich könnte das jetzt mal weiter ausrollen, dazu müsste ich ...« Er blätterte ein paar Seiten zurück, doch der Polizist erhob die Hand. »Ist gut, Junge. Darum geht es ja im Augenblick auch gar nicht. Fakt ist, dass deine Großmutter sich unrechtmäßig auf der Jacht aufgehalten hat.« Er lehnte sich auf seinem Stuhl zurück und klopfte mit dem Kugelschreiberende auf der Tischplatte herum. Er sah aus, als hoffe er inständig, dass dieses Possenspiel bald ein Ende hätte.

»Kilian, ich würde deine Oma aber doch nie beklauen«, sagte Günther, dem die Hände zitterten. Wie konnte der Junge so etwas behaupten?

»Ich sage ja auch nur, dass du es gewesen sein *könntest*, genau wie wir drei«, erwiderte Kilian ungerührt. »Es geht um die Wahrscheinlichkeit.«

Der Polizist räusperte sich. »Belassen wir es dabei. Hier geht es ausschließlich um die Tat von Frau Blümerant. Das Pärchen, in dessen Schiff sie eingedrungen ist, verzichtet nach dem neusten Stand auf eine Anzeige, weil nichts fehlt und Frau Blümerant glaubhaft versichern konnte, dass sie das Schiff tatsächlich verwechselt hat. Hinzu kommt ihr ausgezeichneter Ruf.« Er wischte sich den Schweiß von der Stirn. Ihm war sichtlich alles zu viel. Eine Frau mit großem

Mundwerk, die von drei pubertierenden Enkeln und einem Mann mit zebragestreiftem Gesicht sowie einem Gigolo, der wirkte, als sei er vom Hamburger Kiez abgehauen, verteidigt wurde, gehörten einfach nicht zu seinem Langeooger Inseldasein. Dazu dieser kleine blonde Klugscheißer, der sich offensichtlich mehr, als es gut war, mit dem Diebstahl des Bildes beschäftigte. Jeder Gesichtszug zeigte deutlich, dass er förmlich darum betete, diese Bagage möge seine Polizeistelle so schnell es ging verlassen.

»Nur noch einmal zur Absicherung, Herr von Hinten«, sagte er zu Horsti. »Ist es denn korrekt, dass Sie ein größeres und auch luxuriöseres Boot besitzen, das man mit einem ähnlichen Modell, das nun im Hafen liegt, verwechseln kann?«

Horsti bekam sofort heiße Wangen. »Ich halte es ja mit den Wikingern«, prahlte er. »Über den Wind können wir nicht bestimmen, aber wir können die Segel richten. Kurz: Es gibt nur wenige solcher Schiffe, und wie durch ein Wunder liegen nun ausgerechnet zwei dieser Grazien im Hafen.«

Sein Boot, das war sein Thema. Günther half Jette schon mal hoch. Sie wirkte auf ihn wie eingerostet. Horsti würde den Beamten nun eine Weile beschäftigen, weil er ihn mit sämtlichen technischen Daten füttern würde. Da konnten sie nach Hause gehen und in Ruhe essen. Jette hatte eine Auszeit nötig. Wobei sich die Frage stellte, ob das vegetarische Essen von Fenna zur Entspannung beitrug. Tofu hatte was von Pappe mit Gewürz, aber das sagte Günther lieber nicht laut. Und wenn man da an die Klimabilanz dachte ...

Horsti hatte sich mittlerweile gemütlich vor dem Polizisten niedergelassen, Jettes Kaffee ausgetrunken, sich aus der

Kaffeemaschine eines neuen bedient und dem Beamten ebenfalls einen eingeschenkt. Der wiederum schien vergessen zu haben, welch verzwicktem Fall er zuvor zum Opfer gefallen war, und entließ seine Verdächtige samt Brut und Zebra aus der Polizeidienststelle.

Nach ein paar Metern erwachte Jette und sah Günther zum ersten Mal an. »Du warst beim Friseur?«

»Ja«, sagte er nur. Wohl wissend, dass die Frisur überaus gelungen war, wohl wissend, dass das Weiß seiner Haut an den zuvor behaarten Stellen sehr stark hervorstach.

Jette kommentierte das nicht, Kilian sah immer wieder verstohlen zu ihm herüber und tuschelte dann in Günthers Ohr: »Wäre gut, wenn du ab morgen in die Sonnenbank gehst. Das muss weg!«

Kaum hatte Jette die Tür aufgeschlossen, fühlte sie ihre alte Kraft zurückkehren. »Das wäre überstanden!«, seufzte sie erleichtert. »Da hat Horsti mich ja echt reingeritten! Wo der hinkommt ... Ich sag's ja immer wieder. Den Mann kann man nur von hinten sehen.«

»Er hat dich nicht gezwungen, in fremde Schiffe einzusteigen«, sagte Günther.

»Doch, hat er. Erst stiehlt er mein Bild, Gold von irgendwelchen reichen Damen hier und all so 'n Zeug und macht jetzt einen auf Unschuldslamm.«

»Es sind also tatsächlich noch mehr Dinge auf der Insel weggekommen?«, fragte Günther.

Jette bestätigte dies. »Erzählt man sich im Dorf.« Plötzlich klopfte es an der Haustür, und die wilde Bernstein-Hilde nebst Herbi standen aufgeregt gestikulierend vor der

Tür. »Meine Kette ist weg. Diese wunderschöne Bernsteinkette, die ich bei Ihnen gekauft habe!«, japste Hilde.

»Ich habe sie nicht. Warum kommen Sie damit zu mir?«, fragte Jette.

»Wir dachten, der Hehler hätte sie Ihnen zum Kauf angeboten. Wir Geschädigten müssen zusammenhalten.«

Jette schüttelte den Kopf. »Der Hehler, der mir auch gerade nicht bekannt ist, hat mir nichts angeboten. Außerdem mache ich mit solchen Menschen keine Geschäfte.«

Herbi hob warnend den Zeigefinger. »Mädschen, hör mal! Du lässt dich ja auch nackisch malen!«

»Mein Bild ist ebenfalls unauffindbar«, begann Jette. »Aber wir überlassen die Sache doch der Polizei. Die wird den Dieb schnell dingfest machen, seien Sie unbesorgt.«

Herbi schien nicht überzeugt. »Die sind ja hier nicht das FBI auf ...«

»Langeoog«, vollendete Jette den Satz. »Lan-ge-oog.«

»Langeooge, sag ich ja.«

»Die Polizei macht das schon. Sie genießen Ihren Urlaub, und bevor Sie abreisen, ist die Kette ganz sicher wieder da.« Jette wies mit der Hand zur Tür. Von draußen ertönte ein Grummeln. »Da kommt ein Gewitter. Sie sollten sich sputen, schnell in Ihr Hotel zu kommen.« Sie warf einen prüfenden Blick aus dem Fenster, wo sich die dunklen Wolken über dem Wattenmeer auftürmten. Das Unwetter kam vom Festland direkt auf die Insel zu. Der Bahnhof erstrahlte bereits in eigenartigem Licht. Hinter ihm war der Himmel pechschwarz, Blitze zuckten fast ununterbrochen auf. Der Vorplatz aber wurde noch von der Sonne angestrahlt. »Das sieht gar nicht gut aus. Überhaupt nicht!«

»Auf dem Weg könnten Sie ja noch einen Abstecher bei der Polizei vorbei machen. Die Station liegt in der Nähe der Kaapdüne, gehen Sie einfach bis zum Buchladen Krebs und wenden Sie den Blick nach links. Dort steht ein kleines rotes Einfamilienhaus, daran ist ein Polizeischild angebracht. Nicht zu verfehlen«, schlug Günther vor. »Das ist immer noch besser, als meiner Freundin auf die Nerven zu fallen.«

Herbi räusperte sich. »Die Polizei ist nicht da. Die haben schon zu. Da hängt nur eine Handynummer. Haben wir natürlich schon probiert.«

»Ich würde es mal mit dem Telefon versuchen. Die Nummer kann man in die Tastatur eintippen«, erklärte Kilian.

Herbi hatte die Klinke bereits in der Hand. »Ich merke schon, dass ich hier nicht erwünscht bin.«

Jette tat er fast leid, denn Günthers Tonfall war sehr scharf gewesen, aber Herbi und Hilde verstanden einfach keine andere Sprache. Und so setzte sie noch eins drauf: »Ich habe eine andere Idee, wenn es Ihnen heute Abend nicht zu weit ist. Versuchen Sie es doch mal am Hafen auf dem protzigsten Schiff, das dort liegt. Ich wette mit Ihnen, dass Sie Täter und Polizei dort in trauter Zweisamkeit Bier trinkend auf dem Deck finden.«

Über Herbis Gesicht glitt wieder sein feistes Grinsen. »Mädschen, das ist das erste vernünftige Wort, was ich heute höre, nicht wahr, Hilde?« Er beugte sich zu Jette und flüsterte ihr beim Weggehen völlig motiviert ins Ohr: »Meine Nummer für den Notfall hast du ja, Mädschen. Mann bist du ’ne Wucht in deinem Alter.« Sie trollten sich.

»Was war das? Ein Alien-Angriff?«, fragte Marie.

»Kunden«, erwiderte Jette. »Kunden, die mir zwar finanziell die Woche gerettet, aber ansonsten die Nerven ruiniert haben.«

»Wer weiß, ob das nicht die wahren Diebe sind und hier mehr zur Kontrolle waren«, sinnierte Kilian. »Irgendjemand muss auf der Insel schließlich sein Unwesen treiben. Ich füge die beiden meiner Liste mit den Tatverdächtigen hinzu.« Er sah herausfordernd zu Günther, der unter Kilians Blick die Augen senkte.

Während der Junge seinen Pfeilen und Skizzen weitere hinzufügte und anschließend etwas auf die nächste Seite kritzelte, wanderte seine Zunge von einem Mundwinkel zum nächsten. »Jetzt habe ich's!«, freute er sich und las vor:

Logbuch Kilian
Langeoog, Tag 7, Eintrag XIV
Wetterlage: Gewitterlage, unwetterartig
Geschehnisse: Auftauchen weiterer Verdächtiger, die nun den Rang G § H einnehmen
Verdächtige G § H: H. und H., weiblich und männlich, auffällig gekleidet. Frau versteckt unter Bernsteinen. Mann verhält sich eigentümlich, nähere Definition folgt, beide Verdächtigte ins Unwetter abgetaucht.
Verdächtiger B, Günther M: benimmt sich ebenfalls auffällig, gravierende Veränderung seines Äußeren. Streitet aber jede Mittäterschaft ab.
Grund für Änderung des Äußeren muss erforscht werden.
Kilian

Günther öffnete den Mund, wollte etwas erwidern, aber Marie hieb ihm kräftig mit dem Fuß gegen sein Schienbein, was Kilian zu einem weiteren Eintrag veranlasste.

Nachtrag: Marie legt ebenfalls verdächtiges und nicht nachvollziehbares Verhalten an den Tag. Verbrüderung mit Täter? Was weiß meine Schwes …

Marie riss ihm das Buch und den Stift aus der Hand. »Du hast sie doch nicht mehr alle. Lass den Mist!«

Jette hob den Arm. »Ruhe, es reicht. Ich bin mir sehr sicher, dass keiner in diesem Raum etwas mit dem Verschwinden des Bildes zu tun hat.«

Günther war ihrer Ansicht nach einfach zu tollpatschig. Er würde sich schon allein bei der Idee, einen Raub zu begehen, ertappen lassen. Aber dennoch waren Kilians Überlegungen nicht völlig aus der Luft gegriffen. »Zusammen mit Günther ist nun mal auch Horsti gekommen«, sagte sie. Warum es ihr ein Bedürfnis war, ihren alten Liebhaber zu verteidigen, obwohl sie ihn, samt Emma, doch eigentlich lieber auf das Festland oder noch besser auf den Mond ohne Rückflugkapsel wünschte, konnte sie gar nicht sagen. Vielleicht war es sein Einsatz bei der Polizei gewesen. Außerdem wirkte er mit der neuen Frisur verändert. Männlicher. Das Zebramuster würde schon noch verschwinden. Obwohl die nächsten Tage Regen angesagt und ein Nachbräunen erschwert war. »Ich glaube noch immer, dass Horsti hinter alldem steckt. So, wie er immer und überall alles zerstört, was wichtig ist.«

Ihre drei Enkel sahen sie erstaunt an, Jettes Stimme

musste verletzter geklungen haben, als sie es beabsichtigt hatte.

»Na, ist ja auch egal. Ich bin wieder auf freiem Fuß, ihr seid da, und wenn das Bild nicht mehr auftaucht, dann ist es gleich. Ihr wisst ja ohnehin, dass es existiert. Der Dieb wird es schon nicht auf Langeoog anbieten und mich brüskieren.« Und hoffentlich keiner Kunsthandlung verkaufen.

Die Unbekannte nackt in Öl! Welch Horrorvorstellung!

Vermutlich machte sie post mortem noch beachtliche Karriere. Sie wurde in einer Woche sechzig. Die Uhr tickte schon etwas schneller, fast so, als hätte der Countdown bereits begonnen. Das Gewitter näherte sich, der Donner grollte wie das Herannahen eines Güterzuges, ein Blitz erhellte die Küche. Draußen ergoss sich ein Platzregen, der die Straßen binnen kürzester Zeit in kleine Bäche verwandelte. »Da werden Herbi und Hilde wohl nass geworden sein«, sinnierte Jette. »Macht bitte oben mal alle Fenster zu, nicht dass es reinregnet.«

Ihre Enkel verschwanden.

Kaum waren sie aus der Tür, stürzte Pablo herein. Er triefte vor Nässe. »Mi corazón, ich habe den Regen gerufen!« Pablo schüttelte sich das Wasser wie ein junger Hund aus dem langen Rastahaar und kippte Fersenpfützen aus den ausgetretenen Flip-Flops. Dass nun Jettes Küche von seinen Wassertropfen und ebenjenen Pfützen verunstaltet war, kümmerte ihn wenig bis gar nicht. Er stieß lediglich seinen dicken Zeh hinein und verteilte das Nass. »So fällt es nicht auf«, stellte er überflüssigerweise fest. Mit einem Blick auf die vielen Gläser auf dem Tisch fügte er hinzu: »Die

Kinder sind ja immer noch da. Und der Kerl auch. Heute geschoren!«

Jette nahm Pablo beiseite. Sie befürchtete einen südländischen Gefühlsausbruch, wollte ein Duell vermeiden. »Er wohnt hier, Pablo, das weißt du. Und nicht in meinem Zimmer, sondern als Gast in der Abstellkammer.«

»In der Kemenate«, verbesserte Günther. »Ich wohne in der Kemenate.«

Zu allem Überfluss bevölkerten nun auch Marie, Fenna und Kilian wieder die Küche. »Auftrag ausgeführt, Omilein. Die Fenster sind alle verschlossen«, erklärte Kilian. Sein Blick schweifte zwischen Günther und Pablo hin und her. Die Luft brannte, das merkte selbst ein Knirps wie er.

»Gleich hauen die sich um Oma«, flüsterte Kilian. Leider nicht leise genug, weil es alle gehört hatten. Seine Wangen glühten. »Um Mama hat sich noch nie jemand geprügelt.«

Fenna stieß ihn in die Seite. »Das verbessert die Lage keineswegs. Sag einfach mal nichts!«

Jette versuchte, das Thema zu wenden und der Situation so die Schärfe zu nehmen. »Pablo, ich muss dir was gestehen.«

»Ich ahne es«, schnaubte er. »Das da ist dein Mann. Du bist nicht frei, wie du es behauptet hast. Du hast Ehemann und Kinder. Einen ganzen Stall voll, und nun besucht dich dein Typ, und ich bin übrig!«

Er war mit seinen Vermutungen verdammt nah dran. »Ach, Pablo. Ich habe natürlich keinen Ehemann. Jedenfalls nicht mehr.«

»Hast du ihn umgebracht? Mit ihm zusammen?« Er deutete auf Günther, der sich offensichtlich geschmeichelt fühlte, denn ihm glitt ein besitzergreifendes Lächeln übers Gesicht. Doch bevor er mit stolzgeschwellter Brust Pablo von seiner Liaison von vor dreißig Jahren erzählen konnte, ergriff Jette das Wort. Sie drückte Pablo auf den nächstbesten Stuhl und strich ihm mit dem Zeigefinger sacht übers Haar, was wiederum Günther rot anlaufen ließ, und das nicht vor Verlegenheit.

»Nein, Pablo. Ich habe noch nie jemanden umgebracht. Aber ich war wirklich mal verheiratet, und ich habe drei erwachsene Kinder. Das hier sind meine Enkel.« Jette deutete auf die Jugendlichen, die Pablo ein freundliches Lächeln schenkten. Na ja, nicht alle: Während Fenna breit grinste, ihr Haar mit einer grazilen Bewegung hinters Ohr strich und gleichzeitig den Kopf schief legte, lächelte Kilian unverbindlich. Marie hingegen spitzte die Lippen und schmunzelte statisch, es glich Jettes Verkäuferinnenlächeln.

Jette sah zu Günther, der eine ähnliche Mimik zelebrierte wie Marie. Auf jeden Fall war es nun heraus. Jette befürchtete einen Eklat, doch Pablo blieb erstaunlich ruhig. Er ließ das Gesagte sacken, musterte Jettes Anhang, Günther ignorierte er. Dann erhob er sich und umarmte erst Marie, dann Kilian und zum Schluss Fenna, die das trotz seiner Nässe offensichtlich genoss. »Ich liebe chicos und chicas«, stieß er dann lachend aus. »Und sie stören unsere Liebe ja nicht.«

»Das wird sich noch herausstellen«, kommentierte Marie die veränderte Situation.

»Und ich möchte einwerfen, dass wir keine kleinen Menschen, also keine chicas oder chicos mehr sind«, belehrte Kilian ihn augenblicklich. Jette war schon aufgefallen, dass er stets großen Wert darauf legte, klarzumachen, dass er bereits in die Pubertät eingetreten und sein Stimmbruch in Bälde zu erwarten war.

»Egal ob große Kinder oder kleine. Hauptsache, sie sind nicht von dem Mann da!« Er wies mit dem Kopf auf Günther, der wie bestellt und nicht abgeholt in der Ecke kauerte und scheinbar unschlüssig war, wie er reagieren sollte.

»Unverhofft kommt oft«, jubilierte Pablo weiter und erinnerte Jette an seinen Balzgesang beim Geschlechtsakt. »So schnell komme ich an Enkel. Wir können Drachen bauen mit ihnen. Ich bin gut im Drachenbauen.«

»Ich wiederhole: Wir sind keine kleinen Kinder mehr«, warf Kilian ein, doch wieder rammte ihm Fenna den Ellbogen in die Seite. Jetzt stellte sie ein Bein vor, das noch immer in ihren knappen Shorts steckte. Ihre Zunge fuhr lasziv über die Lippen.

Verdammt, wo hat das Gör denn das gesehen?

Jette zog die Brauen hoch. Es wurde Zeit, diese Komödie zu beenden, bevor Fenna das Genre hin zur Femme fatale wechselte und die Dramaturgie entglitt. »Augenblick, Pablo. Von wegen, du hast jetzt Enkel. Wir wollten unabhängig sein. Ohne Zwang. Schon vergessen?«

»Aber nun liegen die Dinge doch völlig anders! Du hast Familie. Da müssen wir Ernst machen. Kinder brauchen das. Grande familia. So lieben wir Spanier das!«

»Also …«, begann Jette. Sie blickte unsicher zu Günther, der trotz seiner Körpergröße zu schrumpfen schien. »Das müssen wir ja jetzt nicht entscheiden«, sagte sie schnell.

Bloß weg von diesem heiklen Thema.

Fennas Wangen glühten, ihre Augen klebten noch immer

begeistert an Pablo. »Aber du kannst doch unmöglich unser Opa sein. Das wäre zu schade. Du bist so ... cool.«

Ihre Enkelin war ja völlig hin und weg von ihm.

Es wurde wirklich allerhöchste Zeit für einen Themenwechsel oder für einen Abgang der beiden Herren. Die waren aber völlig anderer Ansicht.

Günthers Unsicherheit war plötzlich wie verflogen, seinem Gehabe nach hatte er beschlossen, mit allen Mitteln um Jette zu buhlen. Sie wollte aber nicht umbuhlt werden. Weder von Günther noch von Pablo.

Günthers Stimme dröhnte im Bass, als er ausstieß: »Ich kenne die drei schon viele Jahre. Sie brauchen alles, aber keinen Großvater wie dich.«

Pablos Augen verengten sich erneut zu Schlitzen. »Sie brauchen aber auch keinen Großvater, der krumme Sachen dreht und die Frau bestiehlt, um ihr Herz zu gewinnen, weil er den Helden spielen kann.«

»Augenblick!«, mischte sich nun Jette ein. »Ihr redet über mich, als sei ich zu verschachern. Also: Raus jetzt. Alle beide! Ich kann immer noch selbst entscheiden, wen ich als Partner haben möchte, und im Augenblick sehe ich euch beide am liebsten von hinten. Verschwindet aus meiner Küche!«

»Das war deutlich«, sagte Marie, als die Männer den Raum wie zwei geprügelte Hunde verließen.

17

Noch sieben Tage

Nichts bleibt, wie es war

Der Tag begann nass. Nachdem sich das Gewitter über Langeoog ausgetobt hatte, war eine Tiefdruckfront gefolgt, und es regnete noch immer ohne Unterlass.

»Mann, Günther, jetzt darfst du nicht aufgeben!« Marie rüttelte an seiner Schulter. »Du gehst jetzt auf der Stelle joggen! Die Pfunde müssen weg. Dein Gesicht muss nachbräunen, und anschließend steht Shoppen auf dem Programm. Ist ja wegen Oma ausgefallen.«

»Es regnet«, grummelte Günther. Wie zur Bestätigung trommelte gerade ein besonders heftiger Regenguss gegen die Scheiben seiner Kemenate. »Bei dem Wetter kann ich unmöglich durch die Welt rennen.« Er zog sich das Kissen über den Kopf.

»Die Welt tut auch nicht not. Du sollst lediglich über Langeoog joggen. Es reicht, wenn du vom vierzehn Kilometer langen Strand erst mal fünf schaffst. Nun steh schon auf! Diese läppische Regenausrede zählt nicht«, erklärte Marie. »Entweder du willst Jette für dich gewinnen oder nicht. Und jetzt, mein lieber Günther, wird die Luft für dich gerade verdammt eng.«

Wie konnte ein junger Mensch am frühen Morgen nur ununterbrochen so viel reden, und das in einer so grauenhaften Geschwindigkeit? Günther rieb sich die Augen. Er sah, als er eines vorsichtig öffnete, nur Regentropfen, die nicht an der Scheibe herunterperlten, sondern wahre Sturzbäche bildeten. »Ist das der Preis für die Liebe?«, fragte er.

»Ja, Günther.« Maries Stimme klang grabesschwer. »Jette ist nicht zum Nulltarif zu haben. Wir können meinetwegen die Reihenfolge wechseln. Erst shoppen und Solarium, damit die Zebrabräune verschwindet, und dann joggen, oder du beginnst mit dem unangenehmen Teil. Du musst das große Ziel vor Augen haben: Jette und du in trauter Zweisamkeit!«

Günther hasste unangenehme Dinge und beschloss, das Joggen zu verschieben, vielleicht kam er drum herum, weil Jette ihn bereits nach seiner Shopping- und Solariumtour unwiderstehlich fand. Immerhin besaß er, im Gegensatz zu dem Malerindianer, nicht nur Mokassins und Flip-Flops, sondern echte Schuhe. Und seit gestern hatte er eine Frisur. Mit beiden Attributen war er seinem Nebenbuhler voraus und konnte bei Jette punkten.

»Ich dusche, und dann geben wir erst Geld aus.« Geld, das Günther nicht hatte.

»Okay. Und du musst noch Knut und Kathrin anrufen, ich könnte das zwar für dich tun, habe aber keine Kohle auf dem Handy. Du hast sicher einen Vertrag und kein Prepaid, damit geht das ja problemlos.« Marie verließ das Zimmer.

Jette saß in der Küche und blickte ratlos auf den Flyer, der Günther aus der Tasche gefallen war. Demnach plante er einen Besuch des Konzerts der *de Flinthörners* und hatte auch das dienstägliche Langeooger Dünensingen in Betracht gezogen. Das war heute Abend. Im Prinzip hatte sie ja nichts dagegen, wenn er sich musikalisch auf diese Weise betätigte. Schon vor dreißig Jahren hatte er auf Roger Whittaker gestanden, während sie den Stones zugejubelt oder ihr langes Haar zu Rainbow und AC/DC geschwungen hatte.

Nur hoffte sie nun inständig, dass er sich nicht in den Kopf setzte, sie mitzuschleppen. Der Shantychor war wirklich gut, das musste Jette zugeben, denn sie unterschieden sich sehr von den vielen klassischen Nordseedarbietungen, die man landläufig hörte. *De Flinthörners* lieferten eine tolle Bühnenshow und waren alles andere als langweilig. Aber sie war Jette Blümerant. Sie wurde sechzig, und niemand sollte es merken. Shantychören jubelten aber alte Menschen zu. Und das war sie nicht. Nein, das war sie einfach nicht

»Ich besitze sogar eine CD von Blink«, murmelte sie. Die waren in ihrer Generation so unbekannt, dass man sie beim wöchentlichen Häkelkränzchen für ein neues Reinigungsmittel halten würde.

Blink hörte in ihrer Generation kein Mensch, genau deshalb tat Jette das. Genau deshalb passte sie zu dem unkonventionellen Pablo. Der lauschte allerdings Buckelwalgesängen, weil sie ihn meditativ inspirierten. Zum letzten Weihnachtsfest, das Pablo als kommerzielles Kapitalistenfest mit Heiligenschein nicht feierte, hatte Jette ihm die Schreie der Silbermöwen und die See bei auflaufend Wasser aufgenommen und geschenkt. Das hatte ihn tief beeindruckt.

Jedenfalls standen die Damen der Generation 50+ auf volkstümlichere Weisen und bescherten *de Flinthörners* bei jedem Konzert ein volles Haus.

Sie weigerte sich jedoch standhaft. Jette Blümerant wollte nie wieder zu der spießigen Frau werden, die sich einst in einen Mann wie Günther Meilenstein verguckt hatte. Jetzt war sie frei, unabhängig und progressiv.

Kurz darauf kam Günther herein. Er wirkte noch verschlafen, aber seine neue Frisur stand ihm außergewöhnlich gut.

Er sah, dass sie den Prospekt in der Hand hielt. »Den habe ich wohl gestern hier vergessen. Hat mir ein Junge am Strand gegeben.«

»Sicher möchtest du dorthin«, sagte Jette.

Günther nickte. »Nicht nur das. Ich werde dort mitsingen. Ich spüre, dass mir das guttun wird.«

»Du willst was?«

»Mitsingen. Ich singe im Bass. Hast du das schon mal gehört?« Günther holte kurz Luft und legte los. Er schmetterte ihr den *Hamburger Veermaster* um die Ohren. Als er fertig war, hatten sich auch Marie, Fenna und Kilian eingefunden und hörten Günther mit großen Augen zu. »Ich dachte schon, die Welt geht unter«, sagte Fenna. »Dabei singt Günni nur.«

»Aber was für eine altertümliche Musik. Stammt das aus dem Mittelalter?« Marie wirkte entsetzt. »Und er kann es gar nicht«, fügte sie flüsternd hinzu. »Was tut er nur?« Ihrem Gesicht war anzumerken, dass gerade etwas gewaltig aus dem Ruder lief, was sie lieber in eine andere Richtung gelenkt hätte. Sie schüttelte ununterbrochen den Kopf. Man musste kein Lippenleser sein, um ihre Worte dort abzulesen. »Günni, du bist ein Vollpfosten und merkst es nicht!«

Nur Kilian schwieg, schob die Brille zurück und sagte schließlich: »Ich glaube, Günther hat seine Bestimmung gefunden. Es gibt für uns nichts mehr zu tun. Wir können uns also wieder auf die Suche nach dem Diebesgut machen. Ich habe bereits weitere Verdächtige und ihre Motive analysiert.« Damit verließ er die Küche.

»Schön gesungen, Günther.« Jette stand auf und goss ihm eine Tasse Kaffee ein. Den Kindern stellte sie Cornflakes und Milch hin.

Korrektur Jette: Schokoflakes, simple Cornflakes sind zu fad für jugendliche Gourmets.

»Geh du dann mal zu *de Flinthörners*, die freuen sich bestimmt auf dich. Nur – wenn du da mitmachen willst, musst du auf Langeoog bleiben, und ich bin sicher, du hast ein Leben jenseits der Insel.«

Günther sah sie fest an. »Ich habe ein anderes Leben, ich habe sogar ein Haus, und ich habe Laufenten, die gut gegen eine Schneckenplage sind. Eine habe ich sogar nach dir benannt, aber die haben sie plattgefahren, und dann ist mir eingefallen, wo meine Bestimmung liegt: Im Leben mit dir. Ich werde auf Langeoog bleiben.«

Marie wurde kreideweiß, knallte sich mit der Handfläche vor die Stirn, galoppierte förmlich vor der Küchenzeile auf und ab und schien die Welt nicht mehr zu begreifen.

Jette wusste nicht, was sie zu Günthers Ausbruch sagen sollte. Sie fasste es nicht! Es gab eine plattgefahrene Laufente namens Jette, die Günther mittels dieser unleugbaren Tragik an ihre Existenz und seine Bestimmung, mit Jette auf Langeoog zu leben, erinnert hatte? Es gab romantischere Ansätze, einer Frau seine Liebe zu gestehen. Und sicher schlagkräftigere Argumente als plattgefahrene Enten. Die Rosen waren schon ein guter Ansatz gewesen. Damit hatte sie etwas anfangen können.

Ja, sie in die Tonne werfen.

Marie stand hinter Jette, doch die spürte, wie sie noch immer heftig mit dem Kopf schüttelte. Sie hüpfte wie ein Gummiball auf und ab, ruderte mit den Armen und legte immer wieder den Zeigefinger an die Lippen. Jette hörte Marie mit sich selbst flüstern: »Falsche Ansage, Günther. Völlig falsche Ansage, halt den Mund! Jogge erst, kleide dich um. Gehe meinetwegen zu *de Flinthörners*, aber erzähl nicht so etwas!«

Jette merkte plötzlich, dass es nicht Marie war, die das flüsterte, sondern sie selbst. Vielleicht hatten sie aber auch beide einfach dasselbe gedacht und ausgesprochen.

Gleich erzählt er mir noch, dass er mich wegen der mongolischen Wüstenrennmäuse so liebt, weil ich ebenso fruchtbar bin.

»Ich muss jetzt meinen Laden aufschließen. Ihr kommt sicher ohne mich zurecht.« Jette räumte das benutzte Geschirr ab und ließ nur die gefüllten Schalen ihrer Enkel stehen. Warum sie wegen der seltsamen Laufenten-Jette, mit der Günther sie offensichtlich gleichsetzte, so verletzt war, erschloss sich Jette nicht. Sie wollte doch gar nichts von Günther! Sie hatte Pablo, der wollte sie sogar mit Enkeln. Er war eine Sexbombe, konnte immer und überall. Jedenfalls fast.

Und doch wäre es ihr lieber gewesen, Günther hätte sich nicht wegen der toten Ente an sie erinnert, sondern wegen ihrer Schönheit und Anmut, wegen ihres so tollen Charakters und ihres unvergesslichen Sexappeals. Ihre Erwartungen an die Kerle waren einfach zu hoch geschraubt. Immerhin hatte er das Schnabeltier nach ihr benannt.

»Eine Ente also«, sagte sie dann doch, ergriff eine ihrer Teetassen, die sie eben in die Spülmaschine stellen wollte, und schleuderte sie gegen die Wand. Fenna hob wortlos die Scherben auf und fegte auch die kleinen Splitter zusammen. Danach strich sie Jette über den Kopf. »Weißt du was, Omi? Ich glaube, du hast dir mit deinen drei Kindern ein anderes Leben erhofft. Mit Günther an deiner Seite, alle nicht so weit weg, und ein bisschen spießig. Alles ist anders gekommen, und nun bist du total cool. Jetzt kommt Günni hier einfach so an und holt dich in diesen verdrängten Traum zurück. Du bist damit überfordert. Außerdem bist du ja vergeben, immerhin hast du mit Pablo einen tollen Mann.« Sie blickte triumphierend zu Marie und Günther. »Ja guckt nur! Arme Omi!« Fenna drückte sie noch einmal.

»Danke, Fenna! Ich geh dann mal arbeiten.« Jette hielt Günthers tragischen Blick kaum noch aus. Hauptsache, heute kamen kein Herbi und keine Hilde vorbei oder irgendwer, der auch nur entfernte Ähnlichkeit mit ihnen hatte. »Dann werde ich sie alle umbringen«, flüsterte sie. Dieser Gedanke manifestierte sich, als sie durch den Garten ging und von einem regelmäßigen schrillen Piepton an die Maulwurfschreckanlage erinnert wurde. »Alle bringe ich sie um. Und die Maulwürfe, die noch gar nicht auf Langeoog leben, erst recht!«

Günther hatte sich mit Maries Hilfe neu eingekleidet und fühlte sich noch etwas fremd in seinem neuen Look, wobei die Verkäuferin beinahe ins Quietschen abgeglitten war, als sie ihn gesehen hatte. »Entzückend, das ist ganz entzückend.«

Günther hatte in dem Moment kurz überlegt, ob er sich doch etwas anderes zulegen sollte, denn das Attribut »entzückend« empfand er eher als unmännlich. Marie aber hatte ihm auf die Schulter geklopft und gesagt, dass er nun äußerst attraktiv aussähe. Für sein Alter. Da müsse man eben Abstriche machen.

Danach bugsierte sie ihn ins Solarium, wo er wie der Ochs vorm Berg vor der Kabine stand und nicht wusste, wie das mit der Münze funktionieren sollte. Wenn er sie draußen reinsteckte, ging dann das Sandwichmonster sofort an, obwohl er sich doch noch entkleiden musste? Wie aber sollte er sich auf die heiße Unterlage werfen? Er wagte aber auch nicht, Marie seine Solariumunerfahrenheit zu beichten. Das wäre ja beinahe so, als müsste er ihr seine Jungfräulichkeit gestehen. Die ihm aber wiederum nicht zu eigen war.

»Willst du hier anwachsen, oder was wird das, wenn es fertig ist?«, fragte Marie, als sie nach zehn Minuten zurückkam und Günther noch immer vor der Kabine stand. »Ich habe in der Drogerie einen allerliebsten Lippenstift entdeckt, der perfekt zu meinem neuen Make-up passt und augenblicklich gekauft werden musste. Der ist so schön!« Sie zog ihn sofort aus der Tasche. Ein Traum in Neonpink. »Willst du nicht oder traust du dich nicht? Ich dachte, du bist schon halb fertig mit dem Bräunen.«

»Ich weiß nicht, wie das geht«, gab Günther schließlich widerwillig zu.

»Ach, Günni!« Marie sah ihn mitleidig an. Hinter dem

Tresen saß eine junge Frau. »Warum bittest du denn nicht um Hilfe?«

Günther beugte sich zu Marie herunter. »Sie hat mich schon zweimal gefragt, ob sie mir helfen kann, aber ich trau mich nicht, ihr zu sagen, dass ich nicht weiß, was mich hinter dieser Tür erwartet.«

»Günther Meilenstein, das ist jetzt nicht dein Ernst! Los, stecke die Münze da ein, raus aus den Klamotten und ab in die Anlage. Die geht allein an und allein aus. Wo bitte ist das Problem?«

»Wie schnell das geht, ist das Problem. Wenn ich das Ding jetzt hier reinstecke«, Günther beugte sich ganz dicht an Maries Ohr, »springt diese Sonnenmaschine dann sofort an?«

Marie begann zu kichern und schob ihn hinein. »Das tut sie nicht. Schließ ab, ich stecke die Münze rein, und nach etwa drei Minuten kannst du dich sonnen.« Sie schloss die Tür. »Aber lege deine Socken vernünftig zusammen. Ich kenne dich: Nicht dass du von der Sonnenbank hüpfst, weil du keine Ordnung gehalten hast und dich das in genau dem Augenblick wahnsinnig macht.«

Kleinlaut drehte Günther den Schlüssel um und schlüpfte aus den Anziehsachen. Ihm war überhaupt nicht wohl, sich zwischen diese beiden Teile zu klemmen. Er fürchtete, der Bauch könne die oberen Röhren streifen. Oder aber der Deckel klemmte, wenn er sich befreien wollte, und dann würde er verkohlen, weil sich wegen eines technischen Defektes das Gerät nicht von allein ausschaltete. Hier lauerten mehr Gefahren, als Marie es sich vorstellen konnte. Also entschied er sich für die abgespeckte Version. Es reichte, wenn er den Kopf unter das Solarium hielt, denn der Rest seines Körpers hatte ja eine wunderschöne Strandbräune, und nahtlos war nicht ganz sein Ding. Auch nicht in einer abgeschlossenen Kabine im Sandwich, wo ihn keiner sah. Er wusste nicht mal, ob man seinen Slip anbehalten durfte. Und wenn, wäre der ja ganz durchgeschwitzt. Ganz abgesehen von der Hygiene. Ob diese Sprays wirklich alle Keime seines Vorgängers töteten? Gut, es roch frisch, sah sauber aus, aber man sah schließlich nicht, was da tatsächlich schlummerte.

Es war eine Höllenmaschine. Marie sah schließlich nicht, was er hier tat. Außerdem ging es nur um die Zebrastreifen am Kopf. Sein Lebensprinzip war Effektivität, die galt auch in einer Solariumzelle.

Günther tat, was er immer tat: Er plante, erstellte ein Konzept. Er hatte drei Minuten, etwa die Hälfte der Zeit war summa summarum bereits mit dem Abwägen der Situation vergeudet. Nun blieb ihm noch exakt dieselbe Spanne, um sich in einer nackenverträglichen Position unter die Röhren zu plazieren, und zwar in genau dem Winkel, dass sich die leidlichen Zebrastreifen der restlichen Gesichtsbräune anpassen konnten. Seine Bedenken wegen der Keime musste er beiseiteschieben. Er würde sich hinterher das Gesicht gründlich waschen. Aber er sah keinerlei Möglichkeit, etwas unter den Kopf zu legen, denn dann wäre die gleichmäßige Bräunung gefährdet.

Also stellte er den Stuhl davor, plazierte seinen Hintern darauf, während er sich mit den Füßen auf dem Boden abstützte. Den Kopf legte er seitlich auf die Röhren und zog die Klappe so weit herunter, wie es sein Körper zuließ. Als das Gerät zu rattern begann, schloss er die Augen und wollte nur noch durchhalten.

Es wurde heiß und heißer, bald lag sein Kopf in einer Schweißlache, doch er musste die fünfzehn Minuten durchstehen. Erst kurz vor Schluss gab er auf und schob die Klappe zurück. Nun hatte er beinahe einen Krampf in der rechten Hand, weil er die ganze Zeit gegenstemmen musste. Leider war das Ergebnis nur wenig zufriedenstellend. Das Zebra war kaum verschwunden, der weiße Streifen hatte lediglich eine leicht rötliche Färbung angenommen. Marie würde ihn ein weiteres Mal in die Folterkammer schicken.

Sie begutachtete ihn kritisch, als er die Tür öffnete und dabei war, sein Haar zu richten. Mit dem Spray hatte er ausgiebig herumgesprüht und mit dem Papier nachgewischt. Von ihm hatte kein Nachfolger etwas zu befürchten. Wobei er ja ohnehin nicht keimbelastet war. Ihn quälten derzeit weder Schnupfenviren noch sonstige bakterielle Animositäten.

Marie schüttelte enttäuscht den Kopf und war nur mäßig vom Bräunungseffekt überzeugt. Daher zog Günther es vor, besser nichts von seiner Turnübung zu erzählen.

»Nun, bis zu Jettes Geburtstag und sämtlichen Überraschungen sind es ja noch sieben Tage. Das heißt, du kannst mindestens noch sechs Mal unter die Sonne, dann sind wir ja gut am Start, Günni.«

Günther war mit seiner Frisur fertig. »Wir können uns auf den Weg machen. Bestimmt bessert sich das Wetter bald, und ich kann mich in Jettes Garten sonnen.«

»Wir müssen nur auf Nummer sicher gehen, Günni. Jedes Detail muss jetzt genau geplant werden. Wir dürfen nichts, aber auch wirklich nichts dem Zufall überlassen. Das ist wie mit meinem Styling. Ungeplant geht in die Hose.«

Günther gab sich geschlagen. Er war Maries Redefluss, der täglich unbändiger wurde, ohnehin nicht gewachsen. Draußen wehte ihnen ein ungemütlicher Wind entgegen. Vom heißen Sommer war nichts mehr zu spüren.

Marie rieb sich fröstelnd die Schultern. Sie war mit ihren Shorts und dem Top viel zu dünn gekleidet. »Mann, ist das kalt! Das Wetter muss sich bis zu Omas Geburtstag echt noch stabilisieren. Wie sieht denn das aus, wenn mein Onkel und meine Tante aus dem Zug steigen, um Oma zu überraschen, und sie sind pitschenass oder haben einen Schirm in der Hand. Wobei ein Schirm dem Sturm ja ohnehin nicht standhält. Ach ne, das geht gar nicht …« Marie redete ohne Punkt und Komma.

Günther schaltete auf Durchzug. Doch er horchte auf, als sie sagte: »Ich habe heute Morgen nach deinem Abgang übrigens ein Gespräch zwischen Fenna und Oma mitbekommen. Es ist eindeutig, dass Oma ihre Kinder bei sich haben will. Allein wie sie die Namen ausspricht! Wir müssen sie kontaktieren, immerhin reisen sie ja nicht von irgendwoher an, sondern müssen sich von wer weiß wo auf den Weg machen. Das erfordert Planung. Und Zeit.«

Günther stoppte und fasste Marie an der Schulter. »Ich weiß, wie sehr du für die Idee brennst, aber es ist ausgeschlossen, Marie. Wie sollen sie das schaffen? Sie können nicht so ohne weiteres von dort verschwinden. Sie haben keinen Urlaub, keinen Flug gebucht und all das.«

»Egal. Wenn man was will, dann schafft man es. So musst du durchs Leben gehen! Günni, du bist echt zu verzagt. Du rufst sie gleich an, dann können sie sofort ihre Flüge buchen und sich um alles kümmern. Da du zahlst, ist es doch ganz easy.« Sie streckte Günther das Handy entgegen, das sie ihm während der Überbackungszeit im Solarium entwendet und in dem sie die Nummern ihrer Verwandtschaft eingespeichert hatte. »Glaub mir, das ist eine unschlagbare Methode. Besser als die Ansage mit der Laufente. Das hat Oma nur gekränkt. Da waren deine Rosen zu Beginn echt gelungener.«

»Du mutierst zu einer Klugscheißerin«, sagte Günther. Aber er gab klein bei und wählte die Nummern an. Knut und Kathrin gingen sofort an den Apparat, aber waren etwas erstaunt, dass gerade Günther sie anrief und bat, nach Deutschland zu reisen. »Es wäre eine wunderbare Überraschung, wenn ihr zum sechzigsten Geburtstag nach Langeoog kommen könntet.«

Knut aber fand, genau wie Kathrin, die gerade einer Galapagosechse das rechte, gebrochene Bein schiente und nur wenig Netz hatte, die Idee zwar vom Ansatz her gut, aber undurchführbar. Weil sowohl auf den Inseln als auch auf Neuguinea die Flüge gerade nur ungünstig gen Deutschland starteten und sie überhaupt sehr eingespannt waren. Bei Kathrin kam erschwerend hinzu, dass eine der Schildkröten ihren einhundertsten Geburtstag feierte und sie gern dabei wäre. »Man hat ja als Veterinärin eine enge Beziehung zu den Tieren, Günther.«

»Sie kommen nicht, Marie. Das hatte ich schon befürchtet. Auch dein Vater ist mit der Eisbärforschung noch nicht im finalen Bereich, hat er gesagt. So wird er ebenfalls seinem Beruf frönen.«

Günther ließ resigniert das Handy sinken. Er überschlug im Kopf, was ihn das gekostet haben mochte. Aber er hatte immerhin seinen ersten Kontakt mit einer Galapagosechse gehabt, die sich interessiert an Kathrins Handy gezeigt und daran genagt hatte. Jedenfalls hatte Kathrin das behauptet.

Marie biss sich auf die Unterlippe. »So geht das nicht«, sagte sie. »Der Countdown läuft, und sie wollen nicht erscheinen. Ich denk mir was anderes aus.«

»Und was?«, fragte Günther. »Es ist alles sinnlos, du hast deine Oma gestern gehört. Sie wünscht sich nichts sehnlicher, als dass ich verschwinde und sie wieder ihre Ruhe hat. Vermutlich mit diesem Pablo.«

»Günther, du hast ihr was von Laufenten erzählt! Und dann noch von einer, die du nach ihr benannt hast. Unromantischer und ungeschickter geht es ja wohl nicht. Was erwartest du denn?«

»Sie soll mich so nehmen, wie ich bin«, sagte er trotzig und stampfte wütend weiter.

»Das kann sie ja auch, aber trotzdem musst du an dir arbeiten. Dein Äußeres ist jetzt einigermaßen akzeptabel, eine Woche hast du jetzt Zeit, gezielt dein Bierfass zu reduzieren und ungefähr noch einen Tag, meine Onkel und Tanten hierherzuzitieren.«

»Sie wollen nicht! Versteh es doch! Sie wollen nicht! Und ich bin an meine Grenzen geraten!« Langsam reichte es Günther.

Sie hatten Jettes Haus fast erreicht. Pablo stand lässig gegen den Zaun gelehnt vor ihrem Lädchen. In der Hand hielt er eine Zigarette, und selbst das wirkte bei ihm attraktiv.

»Gegen den Mann habe ich keine Chance«, stellte Günther resigniert fest.

»Das wollen wir doch erst mal sehen!«, widersprach Marie. Sie fuhr sich mit der Hand über den kurzen Putz. »Dafür verzichte ich sogar vorerst auf meine Extensions, zumal du mir die Finanzierung ja verweigerst. Die Operation Sockenlocken hat absolut Vorrang. Ich habe bei dem Mann da«, sie wies auf Pablo, der Jette, die eben herausgetreten war, einen Kuss auf den Mund hauchte und zugleich seine Augen einer großbusigen Blondine hinterherschickte, »kein gutes Gefühl. Der kämpft nicht aus Liebe um sie. Der will nur gewinnen. Oder seinen Spaß.«

Woher eine Sechzehnjährige diese Weisheiten hatte, erschloss sich Günther nicht, aber es war ihm auch egal. Jette schien ihm seit gestern unerreichbar. Er sollte Emma und seine Maulwurfschreckanlage einpacken und zurück nach Blersum fahren. Dort gab es wenigstens Maulwürfe, die er vertreiben konnte, und seine Laufenten waren dankbarer und einfacher als alle Frauen dieser Welt. »Ich ziehe mich zurück, Marie. Heute Abend gehe ich noch zu *de Flinthörners*. Mitmachen kann ich ja nun leider nicht, weil ich Langeoog morgen verlassen werde.«

»So 'n Quatsch, Günther Meilenstein. Es wird nicht aufgegeben, so kurz vor dem Ziel. Auf keinen Fall.«

Günther winkte müde ab.

»Kann ich dein Handy noch einmal haben? Ich habe kein Geld mehr drauf.«

Er drückte es ihr anstandslos in die Hand. Jetzt war sowieso alles egal. Sollte sie ihn doch mit ihrer Telefonitis endgültig in den Ruin treiben. Er hatte nichts mehr zu verlieren.

Jette ging zurück in den Laden. Aus den Augenwinkeln hatte sie Marie und Günther gemeinsam nach Hause kommen sehen. Doch sie wollte jetzt allein sein. Musste nachdenken. Pablos Kuss brannte noch auf ihren Lippen, doch er schmeckte nicht. Er wollte sie haben, hatte er beteuert: samt Enkeln und Familie. Zuvor war er in der Bernsteinecke über sie hergefallen, nachdem er die Ladentür heimlich abgeschlossen hatte.

Der kurzfristigen Nähe und allen Beteuerungen zum Trotz war nichts geblieben, was Jette hätte wie einen Schatz hüten wollen. Stattdessen hallten ihr ständig Günthers Worte durch den Kopf. Er hatte seine Lieblingsente nach ihr benannt. Ihr Tod war der Auslöser dafür gewesen, zu ihr zu kommen. So merkwürdig das klang: Es rührte sie. Sie kannte Günther schon zu lange, als dass sie diese Dimension nicht zu deuten wusste, dazu hatte er sich ihretwegen das Haar schneiden lassen, sich neue Sachen gekauft. Große Taten für einen einsamen Mann, der einem Horsti von Hinten verfallen war, der ihn stets nur benutzt hatte.

Jette vermutete, dass Günther sich ständig um die zahlreichen verflossenen Liebschaften Horstis kümmern musste und dabei selbst auf der Strecke geblieben war. Sie war Horsti im Weg gewesen, denn wenn Günther sich für sie und ihre drei Ks entschieden hätte, wäre er für ihn nicht mehr ständig abkömmlich gewesen. Sein Bewunderer hätte andere Aufgaben gehabt. Das hatte er nicht dulden können.

»Horsti hat mein Bild gestohlen.« Was auch immer sein Plan damit war. Doch sie kannte sein Ziel: Er musste Jette ausbooten, damit sie ihm Günther nicht ausspannte und er keinen Sklaven mehr an seiner Seite wusste.

»Was ist nur die letzten Tage passiert? Ich dachte, mein Leben wäre in der Spur, ich wüsste, wie es weitergeht, und nun komme ich mir so schwebend vor. Ohne Boden. Vor mir steht ein dickes Paket, dessen Inhalt ich nicht kenne und das ich auch nicht wage, aufzumachen. Und doch möchte ich es so gern. Ich möchte es so gern ...«

Jette blickte aus dem Fenster. Pablo war noch nicht weit gekommen. Er umgarnte eben mit einem charmanten Lächeln die Blondine von eben und geleitete sie ins nächste Café. Wie immer auf der Pirsch. Wie immer auf der Jagd.

»Das wäre deine Zukunft an seiner Seite. Du und die vielen gesichtslosen Strandschönheiten, mit denen Pablo sein Ego aufpoliert. Willst du das wirklich? Auch wenn du das immer so lautstark behauptet hast?« Jette gab sich keine Antwort, weil sie keine hatte.

Kurz darauf rannte Günther aus dem Haus. Er schien es mächtig eilig zu haben. Vermutlich hatte Horsti wieder gerufen. Es war, wie es war: Am besten blieb sie allein.

»Ich bin glücklich ohne Mann. Ich verlasse auch Pablo. Die Kinder haben mich vergessen, die Enkel sind froh, wenn sie wieder auf dem Festland sind.« Jetzt begann sie schon, sich selbst zu bemitleiden. Verdammt, sie wurde alt.

Nächste Woche, wenn ihr sechzigster Geburtstag vorbei war, würden ihre Enkel wieder abreisen, und sie hatte ihr normales Leben zurück. Aber würde es ohne Fenna, Marie und Kilian gehen?

Ich werde sie vermissen. Verdammt noch mal schmerzlich vermissen!

Jeden auf seine Art. Sogar die Schokoflakes auf dem Boden, wenn sie unter den Füßen knackten, wären ein Verlust.

Die verteilten Klamotten, die individuelle Spuren zu ihren Besitzern hinterließen, das Geschrei, die Musik und Kilians Forschungen.

Verdammt, ich werde das so vermissen.

Ich bin und bleibe Mama und kann nicht aus meiner Haut. Und wie schön wäre es, einen wirklichen Partner dazu an meiner Seite zu haben.

Günther hatte die Anzeige gerade noch rechtzeitig gesehen und konnte schnell handeln. Er hatte Marie stehen lassen und war aus dem Haus gestürzt.

Maries Idee, Jettes Kinder auf die Insel zu holen, klang zwar gut, aber es war undurchführbar. Er musste weiterhin zu den klassischen Günther-Methoden greifen. Und die lagen in Organisation, Stärke und Zuverlässigkeit. Die äußeren Umstände hatte Marie klargemacht, und er hatte alles getan.

Günther fand die angegebene Adresse schnell. Das Haus lag in der Friesenstraße und hatte, wie beschrieben, tatsächlich für Langeooger Verhältnisse einen recht großen Garten. »Ich brauche das Ding nicht mehr. Wir ziehen weg, das Leben auf der Insel ist dauerhaft zu teuer und zu einseitig«, erklärte der Mann und zeigte Günther das Objekt seiner Begierde.

Der Mäher sah aus wie ein überdimensionierter Käfer. Er brauchte als Zuhause nur eine Andockstation und einen Unterstand. Dazu Kupferdrähte. Also musste Günther sich noch einmal an Jettes Rasen zu schaffen machen, dabei konnte er den Maulwurfschreck gleich demontieren. Er war wirklich ein praktisch veranlagter Mann und schlug gern zwei Fliegen mit einer Klappe. Wenn er die Drähte verlegt hatte, musste seine Angebetete nie mehr Rasen mähen. Damit wäre der Fauxpas mit der Jette-Laufente endgültig vom Tisch. Dass Jette, trotz Hamsterphobie, keine Maulwurfhasserin war, hatte er kapiert. Aber gegen einen gestutzten Rasen konnte sie unmöglich Einwände haben.

Er gab dem Mann, was er als Obolus verlangte, und machte sich mit seinem neuen Überraschungspaket auf den Weg. Unterwegs begegnete ihm Pablo, an seine Seite schmiegte sich eine verjüngte Brigitte Bardot. Das machte seinen Nebenbuhler aber keineswegs verlegen. Im Gegenteil, er näherte sich Günther kampflustig. »Was hast du da? Ich dachte, du verlässt Langeoog bald.«

Günther zuckte mit den Schultern. »Ich weiß nicht, was Sie das angeht. Ich bin ein freier Mann und kann noch immer einkaufen, was ich will.«

»Einkaufen ja, aber Jette ist nicht käuflich. Nicht mit Maulwurfschreckanlagen, nicht mit schöner Kleidung und auch nicht mit einer neuen Frisur. Die Zeiten sind vorbei. Merk dir das!« Pablo warf ihm einen verächtlichen Blick zu.

»Du wirst schon sehen, du Torero!«, grummelte Günther.

Ein Blick auf die Uhr sagte ihm, dass es Zeit wurde, sich für das Konzert bereitzumachen. Marie hatte recht. Er würde und sollte das Feld nicht freiwillig kampflos räumen.

18

Noch sechs Tage

Kein Baum ist astrein

Jette wurde am nächsten Morgen nicht von ihrem Wecker, sondern vom fröhlichen Gesang Günthers geweckt. Es schallte durch den Garten, als sänge er um sein Leben.

Zum Glück ist jede Meerjungfrau
vom Gürtel abwärts Kabeljau ...

Jette sah aus dem Fenster in den strömenden Regen und entdeckte ihn mit seinem knallgelben Südwester im Garten. Sollte er tatsächlich diese lächerliche Maulwurfschreckanlage abbauen und sich auf dem Rückzug befinden? Dann wäre zumindest dieses blöde Piepen weg, das ihr Schlaf und Nerven raubte. Günther war bei seinem Kabeljaulied nunmehr bei der dritten Strophe angekommen. Jette kannte es, es war von *de Flinthörners*.

Hauptsache, er meinte nicht sie mit dem Kabeljau. Die Ente hatte gereicht. Jette sah kritisch an sich herunter, aber wie ein Fisch sah sie nun wirklich nicht aus. Sie hatte nicht einmal Cellulite, was er den Schuppen hätte gleichsetzen können.

Kabeljau, Kabeljau, tackerte es durch ihren Kopf. Günther hatte ihre Aufforderung, die Anlage zu entfernen, offenbar sehr ernst genommen. Immerhin hatte sie das eine ihrer Tassen gekostet. Aber dafür, dass sie ihn so angepfiffen und eigentlich vor die Tür gesetzt hatte, wirkte er ihr zu fröhlich.

Jette runzelte die Stirn. Ein wenig mehr Trauer hätte sie schon erwartet. Das war ja beinahe beleidigend. Sie war kurz versucht, Pablo anzurufen und herzuzitieren, um Günther zu ärgern, weil er ihre Abweisung so leicht nahm. Aber warum sollte sie das tun? Er war ihr schließlich egal. Und Pablo wollte sie auch nicht mehr. Es reichte mit den Männern, so, wie sie es gestern beschlossen hatte. Nach ihrem Geburtstag wollte sie das Leben einer alleinstehenden Frau führen. Sollte ihr ein anderer Pablo, der keine Ansprüche anmeldete, über den Weg laufen, könnte sie den schließlich hin und wieder unter ihre Decke lassen. Ihr graute es bei dem Gedanken, sie schob ihn aber beiseite.

Günther sollte einfach verschwinden, und sie hätte in wenigen Tagen ihre Ruhe zurück. Er warf sie noch immer aus der Bahn, und das wollte sie nicht. Heute schien ihr ein guter Tag, Tarot zu legen, den Morgen mit einem grünen Tee zu starten. Nur noch kurze Zeit, und Jette war wieder Jette.

Sie schleppte sich in die Küche, wo Günther bereits eine Kanne Kaffee aufgebrüht hatte. Das würzige Aroma verteilte sich im Raum. Daneben stand ein kleiner Strauß Blumen, aus dem Garten gepflückt. *Guten Morgen, Jette*, stand auf einem Zettel, der daneben lag. Auch wenn sie es nur ungern zugab, rührte sie diese Geste. Das hatte lange kein Mann mehr getan. Pablo schon gar nicht. Trotzdem betrachtete sie die Kanne mit abwertendem Blick und setzte Wasser für ihren grünen Tee auf.

Jette ließ das Getränk auf die Sekunde genau ziehen und zelebrierte ihren Tag, wie sie es zuvor ohne Günther und die Kinder getan hatte. Ach, hatte sie diesen geruhsamen Start vermisst, zum Teufel mit allen Liebesschwüren. Es war ihr gleich, dass von draußen noch immer *Die Meerjungfrau* intoniert wurde, jawohl, egal war es ihr. Günther Meilenstein sollte doch singen, was er wollte. Dennoch schlug ihr Herz schneller. Nicht an der Stelle mit dem Kabeljau, aber bei diesem anderen magischen Wort. Das, was sie jahrelang verdrängt hatte. Die Meerjungfrau. So hatte Günther sie oft in ihren zärtlichen Stunden genannt. Er sollte aufhören, sollte das nicht singen. Ob er es bewusst tat, oder erinnerte er sich vielleicht nicht mehr daran?

»Ist mir egal, was ihn umtreibt. Es ist vorbei. Seit dreißig langen Jahren vorbei. Egal, welche Frisuren er sich machen lässt, egal, in welchen Klamotten er steckt. Und egal, welche Enten er nach mir benannt hat.« Jette schloss die Augen und genoss den leicht bitteren Geschmack des grünen Tees. Günther hatte aufgehört zu singen, ihre Enkel schliefen offenbar noch. Ruhe. Absolute Ruhe.

Und ein wunderbarer Zeitpunkt, um ihre Karten zu legen.

Jette holte die Tarotkarten und legte sich *Das Hufeisen*. Sie brauchte nicht nur eine allgemeine Deutung, sie wollte konkrete Fragen beantwortet wissen. Als Erstes interessierte sie natürlich, was mit ihrer Liebe im Allgemeinen geschehen würde. Also, ob und wen sie überhaupt lieben sollte ... könnte ... würde ...

»Obwohl du das ja selbst am besten wissen solltest«, sagte sie zu sich. Sie bekam auch keine schlüssige Antwort. Wahrscheinlich war sie viel zu unkonzentriert, weil ihre Gedanken schon wieder um Günther kreisten. Er schien seine Gartenarbeit aufgegeben zu haben, bestimmt war der Maulwurfschreck entsorgt.

Als sie es nicht mehr aushielt und ein weiteres Mal zum Fenster schlich, war Günther nicht mehr zu sehen.

»Morgen, Omilein.« Kilian war neben sie getreten. Er roch nach »Kleinejungenschlaf« und trug seine Schlafanzughose halb heruntergerutscht. Die Brille hatte er noch nicht auf. Er rieb sich die Augen, sah noch einmal hinaus. »Du, Omilein«, sagte er schließlich.

»Ja, was denn?«

»Siehst du das nicht?«

»Was?« Jette beugte sich zu ihm hinunter und folgte seinen Augen. »Nein!«, stieß sie aus. »Nein! Was hat er denn da wieder installiert!«

Kilian rieb sich die Nase. »Ich seh ja nicht richtig, so ohne Brille. Aber mir deucht, das ist ein Ufo, das gerade unseren Rasen abnagt. Oder ein Riesenkäfer, woher er auch immer kommen mag.«

»Das ist kein Ufo«, erklärte Jette ihm. »Das ist nur Günthers Werk und ein Rasenroboter. Für einhundert Quadratmeter Rasenfläche eine wirklich notwendige Anschaffung. Dieser Mann schafft es noch, mich ins Irrenhaus zu bringen.«

In dem Augenblick trat Günther in die Küche und sah Jette beifallheischend an. »Nun haben wir deinen Garten beinahe perfekt!«, strahlte er. »Nie wieder musst du Rasen mähen, Jettelein.«

Sie wusste jetzt, warum er so fröhlich gesungen hatte. Er

wollte sie gar nicht verlassen. Er wollte bleiben und hatte ihr wieder eines seiner Anbetungsgeschenke gemacht. Erst die Jette-Ente, dann den Maulwurfschreck, und nun wartete er mit dem Käferrasenmäher auf.

Günther kam ihr vor, als wäre er ein Kater, der ihr ständig seine gefangenen Mäuse vor die Tür legte.

»Freust du dich gar nicht?«

»Doch, schon. Aber ist das nicht leicht übertrieben?«

»Oversized!«, bestätigte Kilian. »Völlig oversized bei der winzigen Rasenfläche.«

Günther überging die Einwände. Er war stolz auf seine Leistung, das war unübersehbar. »Ich war gestern beim *Flinthörners*-Konzert. Beeindruckend! Wirklich beeindruckend. Langeoog ist eine wundervolle Insel.« Dabei lächelte er so breit, wie Jette ihn noch nie lächeln gesehen hatte.

Günther war etwas enttäuscht, weil sich Jettes Begeisterung in Grenzen gehalten hatte. Er saß unter der ausgefahrenen Markise und starrte trübsinnig in den Nieselregen. Die Touristen auf der Insel störten sich nicht am schlechten Wetter, sondern lebten getreu nach dem Motto »Es gibt kein schlechtes Wetter, sondern nur die falsche Kleidung« und zogen mit ihren Bollerwagen, alle in gelben Ostfriesennerz gehüllt, über Langeoog. Die ganz Hartgesottenen strampelten mit arg vornübergebeugtem Oberkörper gegen den aufgefrischten Nordwestwind an und zogen ihren Fahrradausflug durch. Günther war nur froh, dass Marie ihn nicht mehr mit ihren Joggingideen nervte. Er hatte wirklich alles gegeben, doch Jette war ihm keinen Schritt entgegengekommen. War es ein glückloses Unterfangen, sie erobern zu wollen? Bislang hatte er einzig seinen Rauswurf verhindern können. Aber ob das Jettes Sympathie ihm gegenüber geschuldet oder ein reiner Akt der Höflichkeit war, konnte er nicht einschätzen. Jette hatte sich verändert. Durchaus zu ihrem Vorteil, denn sie war selbstbewusster und dadurch attraktiver geworden. Die Unsicherheit, die ihr damals angehaftet hatte, war einem klaren und freundlichen Blick gewichen. Günther war ratlos, was er weiter tun sollte. Er wollte nicht ohne Jette leben, war aber am Ende mit seinem Latein, was er noch anstellen sollte, um sie für sich zu gewinnen.

Das Getrampel von Füßen ließ Günther hochschrecken. Marie, Fenna und Kilian schossen um die Ecke. »Hier steckst du! Wir haben dich überall gesucht! Wir haben tolle Neuigkeiten«, überfiel Marie ihn auch gleich.

Günther aber war müde und nicht sicher, ob er Maries gute Nachrichten hören wollte, denn wenn sie sie als überragend empfand, musste er das noch lange nicht tun.

»Ich bin, glaube ich, nicht in Stimmung für gute Nachrichten«, erklärte er. »Immerhin habe ich den ganzen Morgen wie wild diese Kupferdrähte verlegt. Mein Rücken schmerzt.« Er fasste sich demonstrativ mit der Hand an die Lendenwirbelsäule. Unwillkürlich fiel ihm Jettes Schwärmerei über Pablo ein. Sie hatte ihm erzählt, wie behende er den Garten umgrub, Grassoden, einem Jongleur gleich, zum Kompost balancierte und überhaupt leichtfüßig wie ein Athlet über den Strand joggte, was man wiederum auch an seinem Körper erkennen konnte. Günthers Stirn zog sich angesichts dieser Tatsachen in Falten: »Was wollt ihr denn? Hat es nicht noch etwas Zeit mit den Neuigkeiten?«

»Nein«, sagte Marie bestimmt. »Es duldet keinen Aufschub.«

Wieso drückt sich die Kleine neuerdings so geschwollen aus?, dachte Günther. Erst glaubte ich wirklich, sie lebt völlig in ihrer Scheinwelt und hat vom wirklichen Leben keinen Schimmer, und jetzt hat sie eine Ausdruckskraft, dass es mir fast Angst macht. Sie wird Kilian immer ähnlicher.

»Willst du nun unsere grandiose Neuigkeit wissen?«, drängelte Marie, weil Günther sich nicht rührte. »Immerhin haben wir das nur für dich getan. Wirklich nur für dich.« Sie streckte ihm sein eigenes Handy hin.

»Ihr habt also etwas für mich getan mit meinem Handy?« Günther war nach wie vor skeptisch, ob er wirklich wissen wollte, was die drei sich ausgedacht hatten. »Wo habt ihr überall angerufen?«

Manchmal half die Flucht nach vorn.

»Na, wo wir mussten, um unser Vorhaben ohne Zeitverzögerung umzusetzen. Auf den Galapagosinseln, am Nordpol bei Papa und in Neuguinea. Teilweise musste ich etwas öfter durchklingeln. Weil ich sie nicht sofort am Apparat hatte, aber das ist es dir wert, dachte ich.«

»Neuguinea, der Nordpol und die Galapagosinseln«, wiederholte Günther stumpf. Er musste später die Tarife für solche Gespräche genau recherchieren. Jetzt aber galt es, cool zu bleiben. »Wie lange und wie oft ...?« Genaue Infos waren an der Stelle überlebenswichtig.

»Ach, so drei- oder viermal, kann auch öfter gewesen sein. Kannst du in deinem Anrufprotokoll nachsehen. War auch nie lange, immer höchstens fünf oder zehn Minuten, weil da ab und zu Warteschleifen angingen, bis wir durchgestellt wurden.« Marie spitzte die Lippen und nickte Günther beruhigend zu.

Kilian aber rückte wieder mal seine Brille zurecht. »Ich habe für Günther die Kosten schon ausgerechnet, das gehört zum Service dazu. Dazu habe ich mir seine Tarifkonditionen downgeloadet, die Dauer der Gespräche mit dem Faktor x multipliziert und das Ganze hochgerechnet, bis ich doch auf eine relativ genaue Summe gekommen bin. Man könnte …« Er zückte sein Notizheft, in das er einen gelben Marker geklebt hatte.

»Den Mund halten, Kilian«, unterbrach Fenna ihn mit einem Seitenblick auf Günther, der einen fast nicht zu schluckenden Kloß im Hals hatte. »Lass dein Heft zu, okay?«

Mir schwant Übles, dachte Günther und sah seine Pension samt Ersparnissen schwinden. Wie hieß der nette Bankangestellte noch, der sich schon immer gern als sein persönlicher Kundenberater sah und ihm bestimmt mit einem Überbrückungskredit aus der Patsche helfen würde?

Er hatte schließlich noch die Unkosten für den Friseurbesuch zu stemmen. Die Maulwurfschreckanlage, den Rasenroboter und die neuen Klamotten. Er ging in Gedanken das Gespräch mit seinem persönlichen Kundenberater schon mal durch: »Sie brauchen einen Kredit, Herr Meilenstein. Wofür? Ich kenne Sie als äußerst sparsamen Kunden. Ach, ich sehe eben, Ihr Konto ist überzogen und am Limit.«

»Ich habe telefoniert, eine Maulwurfschreckanlage erstanden, dazu einen Rasenroboter und war ein bisschen shoppen.«

»Herr Meilenstein, Sie mutieren ja zum Revoluzzer!«

»Man tut, was man kann.« An der Stelle würden sich die Augenbrauen des persönlichen Kundenberaters zusammenziehen, ein bedenkliches Kopfwackeln würde sich dem unverbindlichen Lächeln hinzufügen.

»Aber Ihre finanzielle Lage befindet sich nunmehr in einem besorgniserregenden Zustand. Sie haben keine Sicherheiten mehr. Wenn ich sehe, in welch roten Zahlen Sie stecken. Ihnen bleibt nur, Ihr Haus in Blersum zu veräußern, wenn Sie nicht in die Privatinsolvenz abgleiten wollen.«

Günthers Herz raste, als er an das Gespräch dachte. Es würde so peinlich sein. Er, der bodenständige Beamte, stand vor dem Aus.

»Günther, nun sag doch was!« Marie schüttelte ihn an der Schulter.

»Habt ihr sie denn am Ende wenigstens erreicht?«, fragte er.

»Ja«, grinste Kilian. »Am Ende schon.«

Günther sah ihn fragend an, der Kleine war ein bisschen zu zögerlich, als dass anzunehmen war, alles sei glatt gelaufen. »Was bedeutet, am Ende schon?« Günther schwante Übles: Die Gespräche hatten eine nicht mehr einzuschätzende Dimension angenommen.

Fenna stieß ihren kleinen Bruder beiseite, hielt ihm den Mund zu. »Das Ergebnis stimmt, das ist alles, was zählt. Sie kommen, Günther. Okay? Sie kommen vom anderen Ende der Welt hierher.«

Kilian biss Fenna in die Hand, so dass sie ihn wieder losließ. »Mir ging es lediglich darum, Günther über die Höhe der Kosten aufzuklären.«

»Was habt ihr angestellt, damit sie herfliegen? Was habt ihr ihnen versprochen?«, fragte Günther, doch als er in die Gesichter von Jettes Enkeln sah, war ihm klar, dass er keine Antwort erhalten würde. »Nun, sie kommen«, sagte er. »Immerhin was.«

Marie drückte ihm einen Kuss auf die Wange. »Und Oma sagen wir, dass es deine Idee war und sie es dir zu verdanken hat. Alles läuft super nach Plan. Wie gut, dass du uns hast.«

Irgendwie klang das wie eine Drohung. Aber kein Baum war astrein, würde Horsti sagen.

19

Jetzt nur noch drei Tage

Wenn ich meine Mundwinkel nach oben ziehe,
ist das ganz schlecht für meine Depression!
(Charles M. Schulz, Charlie Brown)

Jette war froh, dass Günther sich seit ihrem Anpfiff wegen des Rasenmähers zurückhielt. Er zupfte nur hier und da Unkraut und hatte sich die letzten drei Tage lediglich zum Essen blicken lassen.

Danach war er entweder in seiner Kemenate hinter dem Laptop verschwunden oder aber war gejoggt. Günther Meilenstein, der unsportlichste Mann aller Männer, rannte jeden Morgen in Richtung Strand und kam erst nach einer Stunde zurück. Das allerdings auf die Minute genau, alles andere hätte zu Günther nicht gepasst. Zum Abkühlen inspizierte er den Rasenroboter, der ihn wie ein Haushund täglich aufs Neue zu begrüßen schien. Zumindest schaute er immer genau dann um die Ecke, wenn Günther das Gartentor öffnete.

»Bestimmt hat er ihn so programmiert, dass das passt«, sagte Jette grimmig. Selbst wenn Günther in einem ausgiebigen Vortrag versucht hatte, ihr deutlich zu machen, dass der kleine unheimliche Rasenkäfer nach dem Zufallsprinzip agierte und er mitnichten programmiert wurde.

»So viel Zufall gibt es doch gar nicht. Um Punkt halb

neun begrüßt ihn das Ding«, grummelte Jette weiter. Und doch überfiel sie bei diesen Worten eine große Trauer, denn wenn es so war: Wie einsam musste Günther sein, wenn er einen Roboter dazu animierte, ihn zu begrüßen.

Jette goss eine Kanne Grüntee auf, ließ ihn ziehen und nahm einen Schluck aus der eingeschenkten Tasse. Sie hatte ihre Tarotkarten gelegt, die Kinder benahmen sich vorbildlich, und Günther Meilenstein ließ sie in Ruhe. Alles war so, wie sie es sich vorgestellt hatte. In exakt drei Tagen war ihr sechzigster Geburtstag, und danach kehrte sie in ihr altes Leben zurück. Zumindest ohne die Enkel, denn ob Günther sich vertreiben ließ, blieb dahingestellt. Zunächst musste sie aber Problem Nummer eins lösen, und das war, wieder die Herrschaft über ihr kleines Häuschen zurückzuerobern. Keine Krümel, keine Socken, keine herumliegenden T-Shirts.

Es würde langweilig sein und nur am Anfang schön. Dann käme die Leere, die Jette auch nicht mehr mit ihren Tarotkarten füllen konnte. Nicht mal mit grünem Tee. Sie stand auf, goss das Getränk in den Ausguss und kochte sich eine Kanne Kaffee.

Das Wasser gurgelte sich durch den Kaffeefilter. »Ich trinke ihn heute schwarz. Weil ich schwarzsehe. Ich weiß nicht mehr, was ich will. Ich kann mich nicht mehr freuen, alles ist sinnlos.« Waren das schon Depressionen oder nur eine vorübergehende Schwermut?

Jette richtete sich auf. Es war besser, sich nicht von den Gefühlen unterkriegen zu lassen. Ihr Leben war vor Keas Besuch gut gewesen, wie es war, und würde es auch wieder sein. Sie brauchte sich nicht zu sorgen. Wenn sie wollte, konnte sie sogar Pablo in ihrem Leben belassen.

Gestern war sie noch einmal kurz bei ihm gewesen, um mit ihm zu reden. Doch ihr Lover steckte gerade in einer kreativen Phase, die darin bestand, dass er ein dunkelhaariges Nacktmodell bemalte und diese Hautkreation anschließend auf Leinwand bannte. Die Farbgebung an der jungen Schönheit musste er Strich für Strich mit seinen Fingern vornehmen und ständig nachbessern.

Er hatte gar nicht aufgeblickt, aber sofort gewusst, wer da in sein Haus schneite. »Ich kann mich jetzt nicht um dich kümmern, weil das hier eine ganz erotische Situation ist, sonst wird das Bild nichts, mi corazón. Später habe ich Zeit.« Bei diesen Worten waren seine genialen Fingerspitzen über die apfelähnlichen Brüste gestrichen, und Jette hatte eingesehen, dass sie überflüssig war. Schließlich lag es ihr fern, das Genie mit ihren negativen Energien behindern zu wollen. Pablo war in solchen Fällen erleuchtet, trug eine schimmernde Aura um sich. Er behauptete das jedenfalls, und Jette hatte es bislang auch so gesehen. Diese Aura fehlte Günther, aber dafür war er im Bau von Schreckanlagen und im Umgang mit Robotern ganz gut.

Als Jette von Pablo fortgegangen war, hatte sie nicht einmal Eifersucht auf die bemalte Schönheit empfunden. Ihr kam zum wiederholten Mal der Gedanke, dass Pablos kreative Aura unter Umständen doch nicht den Stellenwert von Maulwurfschreckanlagen, Rasenrobotern und Indischen Laufenten hätte. Ja, selbst die gesungene Meerjungfrau barg viel Subtext. Pablo brauchte die Aura für sich und seine Ziele. Günthers Bemühungen hingegen hatten ausschließlich mit ihr zu tun.

Jette stand auf, goss sich die Tasse Kaffee ein und legte die

Tarotkarten beiseite. Eigentlich erzählten die doch auch nur immer dasselbe, und zudem waren die Aussagen vage und unklar.

Sie sollte sich für ihren Geburtstag zumindest im Hotel um einen Kaffeetisch kümmern und mit ihren Enkeln und Günther dort feiern. Wahrscheinlich war Kea auch bis dahin zurück.

Sie blickte aus dem Fenster, Günther war nicht mehr im Garten. Aber sie musste zugeben, auch wenn es seltsam aussah, wie der kleine Käfer über den Rasen krabbelte, dass das Gras gut gestutzt war. Vielleicht wäre es nett, wenn sie mit Günther als kleines Dankeschön einen Kaffee trank. Die ganze Kanne würde ihr doch nur Herzrasen und zittrige Finger bescheren.

Günther und sie konnten bestimmt gute Freunde sein. So richtig gute Freunde. Und wenn er mochte, würde sie sich freuen, wenn er sie auf Langeoog besuchen kam, alle Konzerte besuchte oder am Dünensingen teilnahm. Vielleicht hätten auch Fenna, Marie und Kilian mal wieder Lust vorbeizuschauen. Jette hatte nicht den Eindruck, dass sie sich in der letzten Woche gelangweilt hatten. Sie hoffte das und hätte nie geglaubt, sich so sehr nach Gesellschaft zu sehnen. Nicht nach einem Menschen, der nur Zeit für sie hatte, wenn es ihm beliebte, wenn sie in seinem Tagesplan Platz fand. Menschen, die immer da waren, die zu ihr gehörten. Nicht nur die Bekanntschaften auf der Insel. Freunde ersetzten einen Partner oder eine Familie ja nicht. »Mein Gott, ich denke und rede wie eine alte Frau und führe zudem noch lächerliche Selbstgespräche. Es wird tatsächlich Zeit, etwas zu ändern in meinem Leben.«

Ich sollte lächeln, die Mundwinkel hochziehen und meinem Hirn suggerieren: Ich bin ausgesprochen fröhlich.

Jette fiel ein Frauenabend ein, an dem sie mal teilgenommen hatte. Mit dem todsicheren Erfolgsrezept, was die positive Lebenseinstellung betraf. Dazu brauchte sie einen Teelöffel. Den steckte sie quer in den Mund, weil das dem Hirn gute Laune suggerierte. Sie kontrollierte in der Fensterscheibe, ob die Mundwinkel ordnungsgemäß ein Lächeln bildeten, und wartete auf eine Besserung ihrer Stimmung. Nichts geschah. Sie behielt den Löffel im Mund, hoffte, es würde sich auswirken. Und doch konnte sie der Abreise ihrer Enkel von Minute zu Minute weniger abgewinnen.

»Mundwinkel hochziehen ist eben schlecht für die Depression, das hat schon Charlie Brown gesagt«, nuschelte sie mit dem Löffel im Mund.

Ihr konnte heute keiner helfen. Sie wollte erst mal mit Günther reden. Wegen der Freundschaft und so. Ein wirklich vernünftiges Gespräch, nicht so ein Gezicke. Sie könnte genau nachfragen, was er eigentlich vorhatte. Immerhin besaß er auf dem Festland noch seine Laufenten und das Haus in Blersum. Und es wäre besser, wenn er das behielte. Auf ewig wollte sie ihn in der Kemenate nicht haben, denn im Winter brauchte sie den Raum als Abstellkammer.

Außerdem reicht die Freundschaft nicht für eine WG.

WG, das klang wie früher, als sie jung waren und in den »Kommunen« lebten, von jedermann schräg angeguckt. Ob die Langeooger ein solches Engagement verwerflich fanden? Vermutlich nicht, denn Günther würde, wenn er hierbliebe oder seinen Zweitwohnsitz aufschlug, in sämtlichen

Vereinen tätig sein. Sich nicht nur bei *de Flinthörners*, sondern auch bei *de Likedeelers* die Kehle aus dem Hals singen. Ganz sicher drei Kassenwartposten innehaben und früher oder später auch erster oder zweiter Vorsitzender irgendeiner Vereinigung sein. Er konnte gar nicht anders. Denn in ihrem Garten gab es nicht mehr viel zu tun. Wobei er gestern beim Essen noch von einem Bewegungsmelder nebst Überwachungskamera gesprochen hatte. Vereinstätigkeiten wären eine gute Alternative, wenn Jettes kleines Haus nicht zu einer Festung werden sollte.

Sie war verrückt, wie weit gingen ihre Gedanken? Günther sollte, zusammen mit den Enkeln, Langeoog verlassen. Sie brauchte hier niemanden. Auch ohne Pablo würde sie sich nicht langweilen. Ganz und gar nicht! Jette nahm den Löffel aus dem Mund und trat in den Flur.

Die Idee des gemeinsamen Kaffeetrinkens war dennoch gut. »Günther!«, rief sie. »Günther, wo steckst du?«

Keine Antwort. Wohin er nun schon wieder entfleucht war? Sie befand sich allein im Haus. Das Sommerwetter war gestern zurückgekehrt, und Kilian, Fenna und Marie genossen ihre Ferientage am Strand. Kilian sprach glücklicherweise nicht mehr von seinen Forschungen und hatte auch die Detektivbemühungen auf Eis gelegt. Jette war das ganz recht, denn er war ein elfjähriger Junge und sollte einfach Kind sein. Solange es nur ging. Darüber wollte sie mit Kea sprechen, denn man sah ja hier, wie sehr er die Freiheit auf der Insel genoss. Er kaufte sich dreimal täglich ein Eis, hatte sich gestern im Schlick gewälzt, Schlammmonster gespielt und benahm sich immer mehr wie seine Altersgenossen.

Wo Günther steckte, wusste Jette nicht. Aber hatte er die letzten Tage nicht schlecht ausgesehen und heute ganz besonders? Sogar beim Unkrautjäten hatte er eine eigenartige Haltung gehabt. Sie musste ein bisschen auf ihn achtgeben! Nicht dass er krank in seinem Bett lag!

Jette ging zur Abstellkammer, Kemenate, verbesserte sie sich, und klopfte an. Es klang nicht so, als halte Günther sich darin auf. Schlief er oder hatte womöglich Fieber?

Jette zögerte einen Augenblick. »Ich schau mal rein. Muss auch mal sehen, was er da renoviert hat.« Bislang hatte sie sich geweigert, es sich anzusehen.

Jetzt drückte sie energisch die Klinke herunter. Die Tür war nicht abgeschlossen, und so stand sie in Günthers Reich. Aus dem Abstellraum war eine wohnliche und überaus disziplinierte Güntherkammer geworden. Die Wände waren frisch gestrichen, das Gerümpel verbannt. In eine Ecke hatte er einen Kamin gemalt. Eine echte Kemenate eben. Jedes Teil hatte seinen Platz, sogar die nicht getragenen grauen Socken mit Golfermotiv hingen, mit beiden Spitzen identisch ausgerichtet, sorgfältig nebeneinander über der Stuhllehne. Seine Hemden hatte er mit geschlossenen Knöpfen über verschiedene Kleiderbügel drapiert und in den Schrank ohne Türen gehängt. Seine Neuerwerbungen lagen ausgebreitet auf dem Deckbett, als müsse er sich erst noch daran gewöhnen, diese Kleidung zukünftig zu tragen.

Jegliche Unordnung war aus dem Raum verschwunden, kein Staubkorn verunzierte die Regale. Sogar Emma hatte er mittels eines kleinen Bretterverschlags mit ihren Sägespäneangriffen in ihre Schranken gewiesen. Günthers Verwandlung der Abstellkammer zu einem Wohnraum war ihm gelungen. Jette dachte unwillkürlich an Pablos weißes Reich, wo man die Existenz der Möbel nur an den Beschlägen erkennen konnte. So unkonventionell und pedantisch die Kemenate eingerichtet war: Sie strahlte Wärme aus. Bei Pablo fror sie immer.

Ihr Blick wanderte weiter durch den Raum. Ein altersschwacher Laptop, der aus dem vorigen Jahrzehnt zu stammen schien, thronte auf dem alten Schreibtisch, daneben stand ein antik anmutender Drucker, auf dem das weiße Papier akkurat gestapelt lag. Vor das Fenster, das einen Blick in den Garten hinter Jettes Haus gewährte, hatte Günther Scheibengardinen gehängt, die er in einer Kiste gefunden hatte. Jette erkannte sie wieder, weil sie sie selbst gehäkelt hatte. Seinen weißen Nachtschrank mit den Metallbeschlägen schmückten ein frischer Blumenstrauß und zwei gerahmte Fotos. Eines zeigte sie und Günther aus vergangenen Tagen, das andere eine langhalsige Ente auf einer Wiese. Dieses Foto hatte Günther mit einer schwarzen Schleife versehen. Vermutlich zeigte es Jette, bevor sie zu einer plattgefahrenen Briefmarke geworden war.

Jette ignorierte das Entenfoto und nahm das Bild von ihr und Günther in die Hand. Sacht strich sie mit dem Finger über das Glas.

Natürlich verwendete Günther noch echte Glasrahmen und keine mit Plastik.

Ja, es war schön gewesen mit ihnen beiden. Günther mit seinem langen Haar, seitlich der Mitte gescheitelt. Sie mit dem Hippiehaarband. Er hatte schon damals einen kleinen Bauch gehabt, und sein Blick war noch immer derselbe.

Das Foto war auf der *Etta von Dangast* aufgenommen worden, als sie über den Jadebusen nach Eckwarderhörne gefahren waren. Dort hatten sie Kaffee getrunken, sich ihre Zukunft ausgemalt, und Jettes Gedanken waren schon bei einem Heiratsantrag gewesen. Hätte nicht Horsti angerufen und Günther um Hilfe gebeten, wäre das auch sicher geschehen, und ihr Leben wäre völlig anders verlaufen. Jette stellte das Foto zurück.

Immerhin durfte sie jetzt auf Langeoog leben und war ihr eigener Herr. Keine Depression. Absolut keine Depression mehr. Jette war kurz versucht, sich auf den Stuhl vor dem Schreibtisch fallen zu lassen, denn die alte Kemenate wirkte gemütlich und lud zum Verweilen ein. Ein wenig noch in den Erinnerungen schwelgen. Nur noch kurz. Ganz kurz ...

Doch dann kam sich Jette plötzlich vor wie ein Eindringling. Sie wollte den Raum rasch verlassen, als ihr Blick ein zweites Mal aufs Bett fiel. Etwas lugte unter der Bettdecke hervor, was der Kemenate ihre Perfektion nahm. Es war ein Handtuch, aber warum nahm Günther es mit ins Bett? Das passte so gar nicht zum Umfeld, zu seiner pedantischen Ordnung. Jette überlegte einen Augenblick lang, sich einfach umzudrehen und zu gehen. Was auch immer Günther in seinem Bett versteckte, ging sie nichts an.

Und doch war es, als würde sie von einem unsichtbaren Faden gezogen. Sie konnte nichts dagegen tun und tastete sich immer näher ans Bett heran. »Nur schauen«, verteidigte sie sich. Sie zog kurz an dem Handtuch, es ließ sich aber nicht so einfach unter der Bettdecke wegziehen. Schließlich hielt Jette es nicht mehr aus und schlug das Deckbett zurück. Das Frottee rutschte beiseite. Was ihr da entgegenlachte, ließ die eben leicht ansteigende positive Stimmung blitzartig in den Keller sausen. Das konnte nicht sein, das durfte nicht sein. Jette rannte aus dem Zimmer und knallte die Tür hinter sich zu.

Marie, Kilian und Fenna lagen am Strand. Die See war heute ruhig, so dass die Wellen nur träge an den Strand rollten. Weil es nach der Regenfront überraschend schnell wieder warm geworden war, tummelten sich sämtliche Urlauber hier. Die eingestürzten Sandburgen wurden neu hergerichtet, die Muscheln an Ort und Stelle in die Burgwand gedrückt. Fenna juckte die Haut, sie hatte eindeutig zu viel Sonne abbekommen. »Wobei das Hauptproblem am Ozonloch liegt und ich wegen der ungefilterten Sonneneinstrahlung gerade extrem krebsgefährdet bin. Wohin haben wir unsere schöne Erde nur gebracht?«

»Du hättest einfach ein Shirt anlassen können«, sagte Kilian und spuckte einen Kirschkern weit aus. Er traf einen kleinen Hund, der sich irritiert umsah. »Das Strandleben ist unschuldig an der globalen Erwärmung mit allen Konsequenzen.«

Marie grunzte nur. Sie lag platt in der prallen Sonne und hatte kein Problem mit ihrer Haut. Marie war noch nie verbrannt. Fenna schlüpfte in ihr Shirt. »Verdammt, das wird eine harte Nacht. Hoffentlich pelle ich mich nicht!«

»Mit Sonnencreme wäre das nicht passiert«, schulmeisterte Kilian weiter. Peng, flog der nächste Kirschkern in hohem Bogen durch die Luft. Er traf den dicken Herrn vor ihm genau am Allerwertesten. Dessen Rücken hatte auch schon zu viel Sonne gesehen.

»Die Sonnencreme verschmiert das Wasser. Weißt du, wie viele Tonnen davon jeden Sommer in die Meere gespült werden, weil die Leute sich eincremen und damit schwimmen gehen?«

»Tonnen vor allem«, lachte Marie.

»Lach du nicht. Ich habe mal einen Bericht gelesen, dass selbst kleinste Mengen zum Ausbleichen von Korallenriffen führen. Kann man das verantworten?«

»Ich schon, vor allem, weil es auf Langeoog so wahnsinnig viele Korallenriffe gibt«, gähnte Marie. »Da, wo die sind, schwimmt meine Sonnenmilch bestimmt nicht hin.«

»Ignorantin«, pampte Fenna ihre Schwester an.

Kilian nagte an der letzten Kirsche und sah sich um, wohin er den finalen Kern spucken konnte. Fenna folgte seinem suchenden Blick. Ihr Bruder hatte sich für eine Frau entschieden, die auch am Strand mit Bernsteinketten behängt war. Es handelte sich um die, die kürzlich in Omas Küche aufgetaucht war, weil man sie ausgeraubt hatte. Der Kern verfehlte sein Ziel nur knapp. Nun wandte sich Kilian wieder seinen Schwestern zu. »Also, wenn ihr mich um Rat fragt ...«

»Nein, tun wir nicht.« Marie drehte sich auf den Bauch, um den Rücken nachzurösten.

»Dennoch möchte ich mich äußern«, begann Kilian. »Es ist doch so, dass sich Fenna für die Natur opfert und Hautkrebs in Kauf nimmt, weil sie das Meer nicht mit Chemikalien belasten will, die sich unweigerlich abwaschen, wenn sie eingecremt in der Nordsee schwimmt. Es gibt nachweislich Substanzen in den Sonnenschutzcremes, die sich sogar negativ auf die Fruchtbarkeit auswirken, was allerdings in

Badeseen wegen der höheren Konzentration wesentlich problematischer ist als hier, wo es allein wegen Ebbe und Flut verteilt wird. Fenna hat nun neben der Inkaufnahme eines Sonnenbrandes zugunsten des Ökosystems die Möglichkeit: a) eingecremt nicht baden zu gehen und die Fruchtbarkeitseinschränkung nur für sich in Anspruch zu nehmen, nicht aber für die Fische und Vögel der Nordsee. Wobei es ja nicht unbedingt von Schaden sein muss, wenn es keine weiteren Fennas gibt, weil eine Fennareproduktion natürlich auch Nachteile birgt, denn jede weitere Fenna dient der Überbevölkerung. Oder b) …« Kilian traf die Badelatsche seiner großen Schwester. Er bückte sich nur kurz und rief: »Das (b) wäre, sie entscheidet sich für ein Bioprodukt und ist aus dem Schneider! Weil darin diese künstlichen Dinger nicht drin sind!«

»Sei einfach ruhig«, herrschte Fenna ihn an. »Ich will mich ohnehin nicht reproduzieren, aber so negativ musst du das auch nicht darstellen, wenn ich vorhätte, das zu tun.« Sie hielt inne, weil sie am Wassersaum jemanden entdeckt hatte. »Guckt euch das mal an! Das ist doch Pablo. Was schleppt der denn mit sich herum?«

»Das ist eine Frau«, sagte Marie gelangweilt.

»Oder ein Gemälde«, berichtigte Kilian. »Es ist etwas doppeldeutig, ich tendiere aber doch zu letzterer Einschätzung. Ein lebendiges Gemälde.«

»Eine Frau, sag ich doch«, fauchte Marie.

Fenna fielen beinahe die Augen aus dem Kopf. »Der Typ ist echt verrückt«, hauchte sie. Pablo hatte eine Frau im Arm, die völlig bemalt über den Sand stolzierte. Ihr Bikini war in das Kunstwerk eingearbeitet. »Cool!«, entfuhr es Fenna.

»Was ist das cool! Das ist bestimmt seine Muse. Möchte ich auch sein!«

Marie setzte sich jetzt doch auf und sah Pablo mit seiner Begleitung nach. »Der Typ ist eigentlich mit Oma zusammen, falls du das noch nicht vergessen haben solltest, Fenna. Ich finde es alles andere als cool, wenn er parallel mit anderen Frauen knutscht.«

Das tat Pablo nämlich gerade. Dabei entdeckte er die Kinder. Er schien nicht einmal ein schlechtes Gewissen zu haben. Pablo ließ sein Gemälde ein paar Meter entfernt stehen. Das posierte derweil und reckte abwechselnd einen Arm nach dem anderen in die Höhe, drehte sich und passte auf, ob es auch genügend Aufmerksamkeit hatte.

»Das ist meine Gala!«, freute er sich und deutete mit dem Finger auf die junge Frau. »Jeden Tag bemale ich sie anders. Ich bin ein Genie!«

»Salvador Dalí hatte Gala als Muse«, klärte Kilian seine Schwestern auf. »Mit Kunst kennt ihr euch ja nicht aus. Von der Leda habt ihr schließlich auch keinen Schimmer gehabt.«

Marie bekam ihren Mund vor Erstaunen noch immer nicht zu. »Ich glaube, Oma bleibt eine Menge erspart, wenn die Operation Sockenlocken gelingt«, hauchte sie. »Sie hat definitiv einen besseren Mann verdient als den durchgeknallten Typen!«

Fenna sah sie kurz fragend an, wurde aber sofort von Kilians nächster Frage abgelenkt.

»Hat Omilein das auch schon gemacht? Sich von dir anmalen lassen«, fragte Kilian Pablo direkt und wies mit dem Zeigefinger auf das Gemälde.

»Bodypainting«, verbesserte Pablo ihn. »Ich habe immer gute Ideen für meine Bilder und lasse mir als Inspiration stets was Neues einfallen. Ich kreiere am Menschen und bringe es in den nächsten Tagen auf Leinwand.« Pablo sah die drei forschend an. »Zu Hause alles im Lot? Ist der altmodische Mann, dieser Günther, noch bei Jette?«

»Ja. Warum nicht?«, antwortete Fenna zerstreut. Sie konnte den Blick nicht von seiner Gala lassen. Wie gern wäre sie auch eine Muse. Pablos Finger auf ihrer Haut! Aber ob die Farben ökologisch zu vertreten waren?

Pablo winkte den Kindern zu und stolzierte weiter den Strand entlang, hob wie ein König grüßend den Arm und ließ sich vom gemeinen Volk bewundern.

»Was fragt der nach Günther?«, überlegte Marie laut. »Er hat eine Frau dabei, die seine Tochter sein könnte, und spielt den eifersüchtigen Löwen.«

»Ein Löwe bringt immer die Jungen um, wenn er sich mit einer Löwin einlässt, die schon Kleine hat. Er mag die Konkurrenzgene nicht«, sagte Kilian. Er strahlte, denn er hatte in der Tasche noch eine vergessene Kirsche gefunden. Den Kern vergrub er allerdings im Sand.

»Schade, dass du den nicht auf seiner Gala plaziert hast«, sagte Marie. »Mit etwas Glück wäre er an der Farbmasse klebengeblieben und hätte an seinem Kunstwerk einen besonderen Akzent gesetzt. ›Schöne Frau mit Kirschkern‹ ist doch ein toller Titel. Nun ist sie zu weit weg.«

»Kili, was faselst du da von Löwen?«, hakte Fenna nach.

»Ich sagte, die killen die Kids der Konkurrenzlöwen wegen der fremden Gene.«

»Und was willst du uns damit in Bezug auf Pablo sagen?«

»Denk mal nach. Wir haben diese Fremdgene! Nicht dass er uns auch nach dem Leben trachtet!«

»Blödsinn«, spuckte Fenna aus. »Pablo tut doch keiner Fliege was zuleide. Außerdem sind wir nur Enkel und keine Direktbrut. Damit sind wir raus. Lasst uns jetzt gehen, ich verkohle sonst.«

»Wollen wir nicht zuerst schwimmen?«, fragte Marie. »So verschwitzt ist es doch blöde.«

Sie stürzten sich ins Meer, tollten in den Wellen herum. Weil ein größeres Schiff die Insel passierte, rollten jetzt höhere Wogen heran. Sie versuchten, auf den Kronen zu gleiten. Marie bekam es am besten hin, während Kilian meist von der Welle erfasst wurde und ständig mit dem Kopf untertauchte.

»Was macht man eigentlich, wenn so ein richtig fetter Hai ankäme?«, prustete Marie, als ihr eine besonders weite Strecke vergönnt worden war und ihr kurz darauf eine weitere Welle von hinten in den Rücken schwappte.

»Hier gibt es nur kleine Haie. Die tun nichts. Das Ökosystem sieht hier an der Nordseeküste keine größere Spezies vor.« Kilian tauchte kurz unter und prustend wieder auf.

»Ich mein ja nur«, lachte Marie. »Stellt euch vor, da zwischen den Wellenbergen taucht plötzlich so eine Haiflosse auf. Wie in diesem Film!«

Kilian hatte es geschafft, sich endlich auch auf einer Wellenkrone treiben zu lassen, und hatte sofort eine Antwort parat.

»Da gibt es nur eine Lösung, habe mich mal schlaugemacht. In dem Fall ist es gut, dem Tier einfach entgegenzuschwimmen. Auge in Auge, verstehst du?«

Marie lachte auf. »Du hast sie doch nicht mehr alle. Was macht eigentlich deine Detektivarbeit? Eingestellt?«

»Später, kommt mal mit!« Kilian kämpfte sich ans Ufer zurück, seine Schwestern folgten ihm. Auf Dauer war das Meer doch ziemlich kühl, und außerdem waren die hohen Wellen vorbei. »Ich bin noch dabei, die Fäden zusammenzuführen, das braucht seine Zeit. Aber auch ein Ermittler muss mal einen Tag Pause haben. Mein Hauptverdacht liegt bei Horsti. Der Mann lässt sich seit dem Raub nicht mehr bei Oma blicken.« Sie hatten den Strand erreicht und stürzten sich auf die Handtücher.

»Aber Horsti war auf der Polizeistation, als sie Oma festgenommen haben«, wandte Marie ein. Sie zitterte am ganzen Körper und rubbelte sich ab.

»Reine Taktik«, entgegnete Kilian. »Er wirft sich förmlich an den Dorfpolizisten heran. Heute Morgen bin ich noch kurz zum Hafen geradelt. Da hockten sie schon wieder zusammen auf dem Steg. Ich überlege nur, wie ich den Mann überführen kann.« Er schlüpfte in die Shorts und suchte seine Brille. »Er ist ein erfahrener Verbrecher und hinterlässt keine Spuren. Es ist nicht ausgeschlossen, dass Günther sein Komplize ist.«

»Ich glaube, du solltest besser wieder Stufen zählen«, sagte Marie. Sie packten ihre Sachen zusammen. »Deine Untersuchungsergebnisse lassen zu wünschen übrig.«

»Das kannst du so nicht sagen!« Kilian zupfte Brille und Notizbuch aus dem Rucksack. Er putzte die Gläser und suchte seinen aktuellen Eintrag heraus.

Logbuch Kilian
Langeoog, Tag 12, Eintrag XV
Wetterlage: sonnig
Geschehnisse: Strandtag
Besonderheiten: Bilderdiebstahl weiterhin ungeklärt
Verdachtsperson A, Horsti von Hinten versucht den Polizisten zu bestechen.
Verdachtsperson B., Günther M. ggf. Diebstahl mit Hilfe von Verdachtsperson A oder Handlanger Verdachtsperson A.
Verteidigung von Verdachtsperson A (Möglichkeit der gemeinsamen Sache), gemeinsame, nicht ruhmreiche Biografie in Omileins Leben.
Verdachtsperson G § H: bleiben im Fokus des Ermittlers, heute aber unauffällig.
Kilian

Fenna und Marie sahen sich an und tippten sich laut lachend an die Stirn. »Zumindest hat er uns und Mister Unbekannt von der Liste gestrichen«, lachte Marie.

Sie machten sich auf den Weg zurück.

»Trotzdem hat Kilian nicht völlig unrecht mit seinen Überlegungen«, sagte Fenna. »Beide Männer alte Spezis, und nach Omas Aussagen haben sie nicht immer astreine Dinge getan. Pablo hingegen ... Er hat *immer* nach Oma gesucht, war da, als sie nicht da war. Er muss sie echt mögen.«

Marie unterbrach ihre Schwester. »Horsti von Hinten ist nicht sauber. Günther hingegen hat nie mitgemacht.«

»Aber er hat ihm auch keinen Einhalt geboten. Was Oma da so abgelassen hat, klingt alles andere als vertrauenswürdig. Tatsache ist: Nach so langer Zeit kommen sie zusammen, ich sage *zusammen*, nach Langeoog, dann verschwindet das Bild. Und jede Menge Schmuck, wenn es stimmt, was die dicke Frau mit ihrem Herbi in Omas Küche erzählt hat.«

Marie kniff die Lippen zusammen. »Günther hat damit nichts zu tun. Er liebt Oma.«

»Er liebt wen?«, kicherte Fenna.

»Oma. Deswegen ist er da. Ich plane da grad einen Coup.«

»Dann hat er ja vielleicht erst recht ein Motiv und Kilian mit seiner Idee recht, dass er das Bild geklaut hat, weil er ihr so nah sein kann.« Fennas Stimme driftete ins Schwärmerische ab, was Kilian zu viel wurde. Er stoppte abrupt und zeigte auf einen großen Vogel, der über ihnen kreiste. »Eine Kornweihe«, flüsterte er ehrfurchtsvoll. »Guckt mal!«

»Du könntest auch Vogelforscher werden«, fand Marie. »Woher du auch immer weißt, was da grad über unserem Kopf auf Mäusejagd geht.«

»Das wäre mal eine vernünftige und sinnvolle Idee!«, grinste Fenna. Das Thema Oma und die Liebe war somit vorerst vom Tisch.

Sie stapften über die Paneelen des Dünenpfades, kämpften sich dann durch das Stück Sand, wo sie mit den nackten Füßen tief einsackten. Sie hielten an und schlüpften in die Flip-Flops, weil der Sand so heiß war, dass er unter den Fußsohlen brannte. Alle drei waren froh, als sie wieder befestigten Boden unter den Füßen hatten. Als sie am Dünenfriedhof vorbeikamen, wollte Kilian unbedingt zum Lale-Andersen-Grab. »Das müsst ihr euch ansehen! Die Frau ist hier Kult. Denkt doch an die Skulptur, wenn man zur Kaapdüne geht.«

»Ich finde es auffällig, wie klein sie gewesen ist«, sagte Marie.

»Also Lale Andersen wurde in Bremerhaven geboren und ist kurz vor Ende des Zweiten Weltkriegs nach Langeoog geflohen, nachdem sie bei den Nazis in Ungnade gefallen war. Sie lebte im Sonnenhof, wo wir nach dem Friedhofsbesuch noch vorbeikommen werden. Bekannt wurde sie unter anderem durch das Lied *Lili Marleen.* Die Statue vor der Buchhandlung ist übrigens aus Bronze und …«

»Mann, Kilian, es reicht!«, fuhr Marie ihn an. Sie hatten wirklich andere Sorgen, als sich über eine schon lange verstorbene Sängerin zu unterhalten, die zudem meist Seemannslieder gesungen hatte. Seemannslieder!

Fenna zuckte mit den Schultern. Ihr sagte Lale Andersen genauso wenig wie zuvor Leonardo da Vinci. Doch sie fragte lieber nicht nach. Die weiteren Infos konnte sie später googeln. Oder doch Kilian befragen, der das offensichtlich lange getan hatte.

Der Eingang zum Friedhof befand sich links von ihnen. Weil Kilian sonst sowieso keine Ruhe geben würde, ehe er dieses phänomenale Grab besichtigt hatte, gaben die Schwestern nach und folgten ihm. Er hüpfte putzmunter vor ihnen her. Plötzlich aber stoppte er und wies mit dem Zeigefinger auf einen Mann, der in sich zusammengesunken an einem der Gräber saß. Er hatte den Kopf aufgestützt, seine Schultern zuckten.

Marie packte Kilians Arm. »Wartet! Der sieht aus, als würde er gleich beginnen zu buddeln. Sein eigenes Grab, meine ich. Geht ihr zu Oma, ich kümmere mich!« Marie drückte Fenna ihr Handtuch in die Hand und näherte sich Günther.

Günther hörte Schritte, aber er sah nicht auf. Er saß schon lange vor dem Lale-Andersen-Grab. Es beruhigte ihn, weil er die Sängerin sehr verehrte. Er liebte Seemannslieder, und sie hörte ihm zu. Ihm, dem Jette nicht mehr zuhörte. Erst als er Maries Hand auf seiner Schulter spürte, drehte er sich um.

»Du weinst ja«, stellte Marie fest, nestelte ein Taschentuch aus der Badetasche und drückte es ihm in die Hand. »Ich kann Männer nicht weinen sehen und schon gar nicht in deinem Alter.«

Günther nahm ihr das Papiertuch aus der Hand. »Danke.« Er schneuzte sich die Nase und wischte das tränennasse Gesicht ab. »Jetzt hocke ich hier und flenne. Tut mir leid.«

Marie setzte sich neben ihn. Sie pflückte die Blüte einer Blume ab und reichte sie Günther. Es war eine hilflose Geste, aber es rührte ihn.

»Magst du mir sagen, was geschehen ist?«

»Ich reise ab«, antwortete er. »Ich nehme die Fähre morgen früh. Muss ja mein ganzes Gepäck noch zu Horsti aufs Schiff schleppen. Er kann es mir dann nach Blersum bringen.«

»Warum? Warum willst du weg?«

»Ist besser so, glaub mir.«

»Und unser Vorhaben?«

»Vorbei.«

»Warum? Mensch, Günther, lass dir doch nicht alles aus der Nase ziehen! Hat sie dir deinen Besuch beim Shantychor übelgenommen?« Marie wirkte wirklich entsetzt, sie erinnerte ihn nicht einmal an den Vertrag und die Agenda, was sie unter anderen Umständen sofort getan hätte.

Günther schüttelte den Kopf. »Nein, eigentlich mag sie *de Flinthörners*. Das hat sie sogar zugegeben. Und ich habe mich darum gekümmert, dass ich mit ihnen an Jettes Geburtstag in drei Tagen die Meerjungfrau als Überraschung singe. Das sind so tolle Jungs, die machen das.«

Marie sah Günther verständnislos an.

»Ich kann nichts mehr zurechtrücken, ich kann nur sehen, dass ich, so rasch es geht, von der Insel verschwinde. Sonst hetzt sie uns den Dorfsheriff auf den Hals.«

Marie zog die Brauen hoch. »Du sprichst in Rätseln, Günther Meilenstein. Was genau ist passiert?«

»Der Akt«, stieß Günther aus. »Dieser vermaledeite Akt ist aufgetaucht.«

»Aber das ist doch prima, den wollte Oma doch ohnehin zurückhaben.« Marie verstand immer noch Bahnhof.

»Der Akt ist nicht irgendwo aufgetaucht, sondern ausgerechnet in meiner Kemenate. In meinem Bett.«

»Und nun glaubt Oma, du hättest ihn gestohlen? Ach, du Sch... Das hat Kilian ...« Sie sprach den letzten Satz nicht aus.

20

Noch zwei Tage

Enttäuschungen sollte man verbrennen
und nicht einbalsamieren.
(Mark Twain)

Günther war weg. Obwohl Jette ihn doch eigenhändig vor die Tür gesetzt hatte, stimmte es sie tieftraurig. Er hatte nicht versucht, sich zu rechtfertigen, war sofort zu Horsti gegangen und hatte sein monströses Gepäck sowie Emma gleich mitgenommen. Nicht in einem Gang, aber nach dem dritten Besuch hatte es sich erledigt. Die Kemenate war leer, Bilder und Klamotten verschwunden. Nur der an die Wand gemalte Kamin zeugte noch von seiner Anwesenheit. So enttäuscht und traurig Jette auch war: Am liebsten hätte sie hinter ihm hergefegt, sein Zimmer samt Geruch ausgewischt. Wie konnte ein Mann sie zweimal dermaßen enttäuschen? Wie?

Günther Meilenstein, der trotz Änderung seines Outfits, der Frisur und all der Dinge einem Yeti immer noch ähnlicher war als einem Herzensbrecher, hatte es dennoch geschafft, ihr wieder weh zu tun. Gerade als sie sich auf ihn einlassen, ihm zumindest Raum als Freund geben wollte, hatte er ihr ein zweites Mal seinen Dolch ins Herz gestoßen.

Vielleicht sank er ja mit Horstis Kahn, oder ihn traf der Blitz. Oder er wurde vom Weißen Hai gefressen, der sich versehentlich in diese Bucht gewagt hatte. Er könnte auch Opfer seiner eigenen Piranhas werden, weil sie sich auf Rachefeldzug gegen ihn befanden. Von Bord gefallen und anschließend von der Flut verschluckt war ebenfalls eine gute Möglichkeit, ihn umkommen zu lassen. Alternativ konnte Jette für nichts garantieren, wenn er ihr noch einmal begegnen sollte.

Ihr fielen noch viele weitere Bösartigkeiten ein, die sie Günther an den Hals wünschte. In ihrer Fantasie köpfte sie ihn mit der Guillotine, freute sich über seinen Kopf, der ihr, bevor er die Augen schloss, noch einen letzten, um Verzeihung bittenden Blick zuwarf und sie, Jette, sich demonstrativ abwandte. Ihre finale Rache für das, was er ihr angetan hatte.

In anderen Momenten sah sie ihn mit Daumenschrauben vor dem Scharfrichter knien und um Sühne betteln. Nichts wurde ihm gewährt, auch nicht, als er seinen Peinigern alles, aber auch wirklich alles versprach.

Jette schämte sich beinahe ihrer finsteren Gedanken. Sie wurde aber abgelenkt, als sie Herbi mit der wilden Hilde auf ihr Haus zuwackeln sah. Ihr blieb heute auch nichts erspart. War dem Mann etwa zu Ohren gekommen, dass Günther ihr Bild gestohlen hatte? Aber wie sollte das geschehen sein? Sie hatte mit niemandem darüber gesprochen. Ob Günther auch der Schmuckdieb war, wagte sie zu bezweifeln. Das konnte allenfalls Horsti getan haben, dazu war Günther nicht abgebrüht genug. Aber wer wusste schon, was die beiden gemeinsam ausheckten.

Jette starrte noch immer aus dem Fenster, musste sich jetzt aber regen, weil Herbi und Hilde klingelten. Es war zwecklos, nicht zu öffnen, denn sie hatten das Wort penetrant sozusagen erfunden und würden ohnehin nicht aufgeben, ehe sie Jette erwischt hatten. Also überwand Jette sich und machte die Tür auf.

Hilde hatte hektische Flecken im Gesicht und zerrte an einer Kette herum, als plane sie, sich in Kürze damit zu erhängen. Jette hoffte nur, dass nicht sie und ihr Lädchen verantwortlich dafür waren.

»Ich schließe den Laden gleich auf, gehen Sie doch schon mal rüber«, sagte Jette und sah mit besorgtem Blick auf die neuerlich herannahende Gewitterfront, die bereits Blitz und Donner spie. Sie kam dieses Mal allerdings aus dem Westen und baute sich dunkel und bedrohlich hinter dem roten Kirchturm der Inselkirche auf. Eigenartig, dass immer dann eine Schlechtwetterfront nahte, wenn ausgerechnet die beiden ihr Haus aufsuchten. Es war wie ein schlechtes Omen. Das Unwetter sollte aber bitte noch so lange warten, bis die wilde Hilde nebst Gemahl ihr Zuhause verlassen hatte. Nicht dass sie sich noch zu einem Tee einluden, damit sie nicht von den Regenfluten ertränkt wurden. Blitz und Donner konnten sich derweil an Horsti und Günther laben und sie attackieren.

»Wir warten dann vor deinem Geschäft, Mädschen«, sagte Herbi, und sie trollten sich. Die Ruhe hatte er allerdings nicht weg, denn er klopfte mit dem Zeigefinger auf seiner Armbanduhr herum, um Jette deutlich zu machen, dass der kleine Laden schon vor exakt drei Minuten und zweiundzwanzig Sekunden hätte öffnen müssen. Sein Blick schweifte immer wieder besorgt zum Himmel, schwere Windböen pfiffen um die Häuser und spielten mit den herumliegenden Blättern und Papiertüten.

Jette beeilte sich, das Geschäft aufzuschließen, auch wenn die beiden nicht ihre Lieblingskunden waren, so wollte sie dennoch nicht schuld daran sein, wenn sie von einer Dachpfanne erschlagen wurden. Allein der Stress mit dem Dorfsheriff wäre das nicht wert. Und dann die Schlagzeile in der Tagespresse: *Touristen bei Unwetter vor Kunstlädchen erschlagen.*

Der Polizist würde Mord und Totschlag vermuten, denn er hatte Jette ohnehin auf dem Kieker, und sie würde gar nicht so schnell gucken können, wie er sie eingebuchtet hätte. »Erst bricht sie in eine Jacht ein, und dann ermordet sie harmlose Touristen, die nur bei ihr einkaufen wollen.« Der Polizist würde sie beschuldigen, die Dachpfanne vorher gelockert zu haben, damit sie im entscheidenden Augenblick genau auf die Köpfe dieses Ehepaares fiel und ihre Schädel spaltete.

Stelle fest, seit Günther weg ist, hat meine Fantasie tendenziell einen blutigen Einschlag.

Nein, nicht blutig. Mörderisch. Überaus mörderisch. Jette winkte Herbi und Hilde herein.

»Da kommt ja gleich ein ganz dickes Ding auf uns zu«, sagte Herbi mit einer Handbewegung zum Himmel.

»Haben Sie Ihre Kette denn wiedergefunden?«, fragte Jette in der Hoffnung, Herbi habe nichts von Günthers Diebstahl gehört. Sosehr sie ihm Pest und Aussatz an den Hals wünschte, so sehr wollte sie aber auch, dass niemand etwas davon mitbekam.

Das wäre so peinlich. Sie, die dumme Jette Blümerant, fiel ein zweites Mal auf ein und denselben Mann rein.

»Hach!«, stöhnte die wilde Hilde und strich sich wüst

durchs Haar. »Die lag hinter meinem Bett im Hotel. Können Sie sich das vorstellen?« Sie kicherte. »Sicher nicht. Frauen wie Sie schlafen nicht in Hotels. Sie vermieten ja selbst. Davon haben Sie keine Ahnung. Ist ja doch eine andere Preisklasse bei Leuten wie Ihnen, wo so kunterbunte Gäste absteigen wie der Gärtner, der Ihnen immer den Rasen in Ordnung bringt und herumläuft wie ein Papagei.«

Jette biss sich auf die Lippen. Andere Preisklasse, was war denn das für ein Spruch? Sie, ihre Enkel und Günther waren also Aldi oder Lidl, die wilde Hilde und Herbi hingegen vom Feinkostladen Dallmayr oder wie immer sie alle hießen.

»Das ist ja schön, dass die Kette wieder da ist«, lächelte Jette Hilde an. »Was kann ich sonst für Sie tun?«

Außer euch Feinkostverschlinger aus meinem Laden rauszuwerfen.

Herbi grinste und blitzte Jette mit seinem Goldzahn an. Den hatte er sich wohl neu verlegen lassen, zumindest war er Jette bis dato nicht aufgefallen. Vermutlich musste er ständig mit etwas Neuem aufwarten, und ein Goldzahn als Ecküberkronung hatte nicht jedermann. Es sei denn, man war Zuhälter und bediente jegliches negative Klischee. Wobei Jette diese Idee kurz überschlug und zu dem Entschluss gelangte, Herbi müsse einer anderen Tätigkeit nachgehen, sonst hätte er keine Frau wie seine Hilde. Nun übernahm er das Wort, denn die hatte sich mit einem Aufschrei auf weitere Bernsteinsensationen gestürzt und tauchte mit dem Kopf nicht mehr aus der Kiste auf.

»Wir fahren morgen weg von ... ach, Hildchen, wie hieß die Insel noch gleich?«

»Langeooge«, quietschte Hilde.

»Langeoog«, berichtigte Jette fast automatisch. Es gab Feriengäste, die begriffen es nie.

»Na ja, jedenfalls müssen wir abreisen, und da braucht mein Hildchen noch etwas neuen Schmuck.«

»Wie wäre es zur Abwechslung mal mit Koralle?«, fragte Jette. In dem Augenblick blitzte und donnerte es gleichzeitig, doch noch war kein Tropfen Regen gefallen. »Günther!«, stieß sie aus. Furchtbar in Panik, dass er noch nicht auf dem sicheren Festland war, sondern mit Horstis Boot auf dem Wattenmeer festlag, die Flut abwartete und nun der Hass -und Racheblitz, den Jette ihnen geschickt hatte, das Boot zerteilte und in Flammen aufgehen ließ.

»Ich heiße nicht Günther, Mädschen«, näherte sich Herbi mit einem Seitenblick auf Hilde, deren Kopf gerade in der nächsten Kiste steckte. »Was ist denn mit deinem Bild«, fragte er, »ist es wieder da?«

Jette nickte fahrig.

»Dann verkaufst du es mir jetzt?« Seine Speckfinger näherten sich Jette bedrohlich.

»Ich glaube, Sie sollten sich jetzt um Ihre Gattin kümmern, mir scheint, sie hat etwas gefunden«, wich sie aus.

Das holte Herbi in die Wirklichkeit zurück. »Ach, Mädschen, du hast ja so recht!« Seufzend gesellte er sich zu seiner Angetrauten. Dieses Mal war sie schnell entschlossen und entschied sich für einen Korallentraum in Rosa.

Hilde drehte sich vor dem Spiegel hin und her, strich sich das Haar glatt und fand sich wunderschön. »Aber sagen Sie mal, Kindchen …« Jette war also nun vom Mädchen bereits zum Kindchen geworden, es wurde in der Tat Zeit, dass die beiden abreisten, sonst langte es beim nächsten Besuch nur noch zum Säugling. Jette sah das Hildchen fragend an. Ihr Lächeln musste leicht eingefroren wirken, aber Menschen wie die wilde Hilde und Herbi merkten so etwas nicht. »Was soll ich sagen?«

Hilde räusperte sich. »Nun, dieser Gärtner ...«

»Der ein alter Freund und kein Gärtner ist«, lächelte Jette immer noch. Wenngleich sie diesen alten Freund nicht mehr nur zum Mond, sondern zum Mars wünschte.

»Nun denn. Der bunte Mann zumindest. Der kam mir heute Morgen entgegen, als ich mich körperlich ertüchtigte. Er sah sehr traurig aus, und mir schien, er wolle Langeooge ...«

»Langeoog.«

»Also die Insel, bald verlassen. Und wenn Sie mich fragen, Kindchen. Der hat was ausgefressen! Das sehe ich sofort! Sofort!«, bestätigte sie sich. »Was hat er denn angestellt? Mir können Sie es doch sagen. Wir sind uns in den Tagen hier auf Langeooge ...«

»Langeoog.«

»... doch recht nahegekommen. So unter Freunden muss so viel Vertrauen sein. Was glauben Sie denn, Mädschen, wie viel mir meine Freunde anvertrauen? Herrgottchen, Herrgottchen. Was die Hilde so alles weiß ...«

Jette verspürte nur wenig Lust, sich die Geschichten rund um das Feinkost-Klientel anzuhören, und tippte den zu zahlenden Betrag in die Kasse. Herbi hatte ohnehin längst sein Portemonnaie gezückt und wedelte auffordernd mit der Kreditkarte. Heute schwenkte er eine gelbe, auch da schien ihm Flexibilität wichtig zu sein. Ähnlich wie beim Kettenbehang seiner Gemahlin.

Jette fröstelte. Jetzt brach draußen das Unwetter mit Platzregen und Sturmböen richtig heftig los. Der Regen peitschte gegen die Scheiben, auf der Straße flog ein ungesicherter Gartenstuhl vorbei und überschlug sich scheppernd, bis er sich in einer Hecke verfing. Jettes Gedanken galten wieder Günther und wo er steckte, die nächsten dem Rasenkäfer und ob der einer solchen Witterung standhielt. Alle Mühen Günthers waren umsonst. Wie gut hatte es die Laufenten-Jette, die bereits glücklich unter der Erde schlummerte und den Launen der Natur nicht mehr trotzen musste.

Es blitzte und donnerte fast ununterbrochen, so als hätte der Himmel beschlossen, das von Fenna angekündigte Harmagedon heute loszulassen.

Dieses Gewitter spülte Günther Meilenstein nun endgültig aus Jettes Leben. Sie sollte froh und glücklich darüber sein. Aber sie war es nicht. »Möchten Sie einen Ostfriesentee? Bei dem Wetter sollten Sie nicht draußen herumlaufen«, hörte Jette sich sagen.

Sie wollte jetzt alles, aber nicht allein sein und schon gar nicht über Günther und seine Hinterlassenschaften nachdenken. Da war die Gesellschaft von Herbi und Hilde für diesen Augenblick doch wirklich angenehmer. Günther war weg, und das war auch gut so.

Den Kloß im Hals würde sie wegtrinken, und notfalls hatte bestimmt auch Pablo mal wieder Zeit für sie. Oder auch nicht.

Der ist allerdings gerade kreativ erleuchtet und bodypainted an dem jungen Ding herum. Er weiß nicht mal, dass du übermorgen sechzig wirst.

Aber er war auf Günther eifersüchtig. Er würde sich freuen, wenn Jette wieder nur für ihn da war, seiner weißen Villa erneut etwas abgewinnen konnte und Sex mit ihm in den Dünen hatte. Dann brauchte er diese Models nicht mehr.

Notfalls könnte ich seine Muse sein und mich bemalen lassen. So schlecht war unser Arrangement schließlich nicht, dachte Jette.

Alles verlief genau so, wie sie es sich wünschte. Genau so. Ganz genau so! Komisch, dass ein schales Gefühl blieb.

Kilian saß mit Fenna und Marie in der Küche. Alle drei starrten versonnen in den strömenden Regen, zuckten bei Blitz und Donner allerdings zusammen. Marie war ein bisschen blass um die Nase. »Ich mag Gewitter nicht. Und schon gar nicht, wenn Günther nicht da ist.«

»Was hat denn das mit Günther zu tun?«, fragte Fenna.

»Er hat so etwas Beschützendes. Wenn er da wäre, würde ich nicht fürchten, dass ein Blitz einschlägt«, erklärte Marie.

»Nun«, begann Kilian, »er hat zwar eine stattliche Körpergröße, aber Günther eignet sich dennoch nicht als Blitzableiter, geschweige denn als Blitzabschirmer. Ich müsste ...«

»Du musst jetzt deine Klappe halten!«, fuhr Marie ihn an. »Es geht hier einzig und allein darum, dass Oma Günther unrechtmäßig aus dem Haus geworfen hat und ich mich bei ihm sicher gefühlt habe.« Maries Stimme brach. »Verdammt! Jemand hat ihn reingelegt, und er war auf einem so guten Weg. Oma hat ihn schon ganz anders angesehen, er wirkte wie ein richtiger Mann.«

»Wobei er Pablo das Wasser nicht reichen kann«, fuhr Fenna dazwischen. »Der Hammer hängt verdammt hoch. Der hat fast Sixpacks, zumindest so drei, er ist ein bisschen Öko, also was Besonderes. Und das in seinem gesegneten Alter von vielleicht vierzig. Da werden ja sogar mir die Knie weich.«

»Dir werden bei jedem Rastalockenmann die Knie weich. Da übersiehst du das tatsächliche Alter, weil du auf einen bestimmten Typus Mann fokussiert bist«, erläuterte Kilian mit gerümpfter Nase die Situation. Vermutlich weil er seinen Typus Mann noch nicht gefunden hatte. »Man sieht es sogar an deinem veränderten Outfit. Immerhin erkennt dich jetzt auch der Letzte als weibliches Wesen, was zuvor nicht zwangsläufig zu sehen war ...«

»Kannst du mal aufhören!«, fuhr nun auch Fenna ihn an. »Darum geht es hier doch gar nicht.«

»Es geht um Schuld oder Unschuld«, sagte Marie. »Ich bin mir zu hundert Prozent sicher, dass Günther den Akt nicht genommen hat und jemand ihm Böses will. Ich hoffe nur, dass es nicht dieser windige Horsti von Hinten ist, der ihm das angetan hat.«

»Warum sollte er das tun?«, fragte Fenna. »Ich denke, sie sind befreundet?«

»Immerhin hatte Oma ihn als Dieb im Visier. Deshalb war sie auf dem Boot, deshalb ist sie festgenommen worden. Es besteht die Möglichkeit, dass Horsti von Hinten den Verdacht umlenken wollte.«

Kilian hatte seine Zähne in der Unterlippe vergraben. Er dachte scharf nach. »So könnte es gewesen sein: Angst vor der Entdeckung. Passt aber nicht zu den gängigen Motiven der griechischen Mythologie, die ich erarbeitet und auf den aktuellen Fall angewendet habe.« Er sprang aufgeregt auf und rannte aus dem Zimmer. »Ich hab da schon was vorbereitet.«

»Jetzt holt er wieder sein Logbuch«, unkte Marie mit hochgezogenen Brauen. Manchmal ging einem ein hochbegabter Bruder einfach nur auf die Nerven. Zumindest, wenn er ein Allrounder und rundum Hochbegabter war. »Erst dieser blöde Maler mit der Leda, dann Lale Andersen, und was hat jetzt bitte die griechische Mythologie mit Omas verschwundenem Nacktbild und Horsti von Hinten zu tun?«

Fenna schwieg beleidigt. Sie hatte offenbar noch immer mit Kilians Bemerkungen über ihre Weiblichkeit zu tun, denn sie fuhr sich ständig mit den Fingerspitzen über ihren Pony.

Die Tür flog auf, und Kilian stolzierte mit aufgeschlagenem Notizbuch herein.

»Wie ihr wisst, habe ich mich schon längere Zeit mit dem Fall beschäftigt und ausgeleuchtet, wer als Täter generell in Frage kommt. Er muss ja hier im Haus gewesen sein, muss uneingeschränkt Zugang zu Jettes Heiligtum gehabt haben.«

»Klingt oberwichtig«, wandte Marie ein. »Mich interessiert aber nicht, ob wir primär verdächtig sind, bloß weil wir das Bild hätten stehlen *können!* Ich will einfach wissen, wer es war. Allein, um Günther zu helfen. Ihm geht es so mies!«

»Du bist ja schon auf dem richtigen Weg, Marie«, lobte Kilian sie. Marie überlegte, ihm den Mund zuzuhalten, aber etwas in seinem wissenden Blick hielt sie ab. »Lass mich das bitte zu Ende ausführen. Auf meiner Liste befinden sich nach dem derzeitigen Stand der Ermittlungen fünf Namen: dieser Goldzahnkunde nebst Gattin, der Oma immer auflauert, Günther …«

»Den du streichen kannst, der war es nicht«, fiel Marie ihm ins Wort, doch Kilian winkte ab.

»Horsti und Pablo. Mister Unbekannt und uns habe ich gestrichen.«

»Pablo? Wieso jetzt Pablo?«, hakte Fenna sofort nach. »Pablo ist Künstler, der klaut nicht. Und der stand bislang auch nicht auf deiner Liste. Ich persönlich tippe auf Horsti. Der war oft genug hier, auch im Zeitraum, als das Bild verschwunden ist, und er hatte Angst, dass Jette ihn anzeigt. Er ist ein windiger Hund und hat Günther schon öfter reingeritten. Oma hat so etwas angedeutet.« Fenna lehnte sich mit vor der Brust verschränkten Armen zurück. »Da passt alles zusammen. Nur können wir das nicht beweisen.«

»Siehst du, und an der Stelle bin ich anderer Meinung«, erklärte Kilian. »Dass Pablo nämlich doch hier war, hast du erst am Strand erzählt, davon wusste ich bislang nichts, weshalb ich diese Tatsache zuvor außer Acht gelassen hatte. Aber da er ebenfalls in Frage kommt, gibt das ein völlig neues Bild. Auch wenn es auf den ersten Blick nicht einleuchtet, weshalb er sein eigenes Bild stehlen sollte. Aber hier kommt eben die Mythologie der Griechen ins Spiel.« Kilian sah seine Schwestern beifallheischend an. »Um noch einmal darauf zurückzukommen: Dort sind alle Motive des menschlichen Daseins beschrieben und machen deutlich, warum der Mensch zu Dingen fähig ist und warum nicht.«

»Kili, komm jetzt nicht mit so ’nem Scheiß«, unterbrach Marie ihren kleinen Bruder. »Behalte es einfach für dich, okay?«

Kilian aber war in seinem Element. »Shakespeare hat sich dem auch sehr angenähert, dort kann man ebenfalls alles nachlesen, was der Mensch an Motiven und Befindlichkeiten zu bieten hat.«

»Dann komm auf den Punkt, Kilian! Man kann sich echt nicht stundenlang anhören, was du ablässt ...« Marie sah auf die Uhr. Das Gewitter tobte schon fast eine halbe Stunde über Langeoog, und sie waren gedanklich noch keinen Schritt weiter und dem wahren Täter auf die Spur gekommen. »Ich möchte jetzt nur ungern die gesamte Geschichte von den Griechen an aufwärts mit einem Schlenker an Shakespeare vorbei vorgebetet bekommen, geschweige sie analytisch aufarbeiten. Was genau willst du uns bitte schön sagen?«

»Ich wollte nur, dass ihr versteht und mir folgen könnt. Also, um es kurz zu machen ...« Kilian fuhr sich durchs Haar. Auf den Punkt zu kommen, war nicht seine Stärke, er wusste einfach zu viel und hatte den unbändigen Drang, das auch stets loszuwerden. »Das Motiv für Horsti von Hinten ist zu schwach.«

»Gier!«, schob Fenna ein. »Warum ist Gier schwach?«

Kilian sog die Luft ein und zeigte auf seinen letzten Eintrag:

Logbuch Kilian
Langeoog, Tag 12, Eintrag XVI
Wetterlage: Gewitter
Geschehnisse: zu Hause

Besonderheiten: neue Erkenntnisse im Fall Aktdiebstahl
Motivüberprüfung Verdachtsperson A, Horsti von Hinten: Gier
Motiv: schwach
Nach grundlegender Überprüfung seiner Situation ist eine optimale finanzielle Versorgung gewährleistet, auch unter Berücksichtigung ausreichender Rücklagen.
Motivüberprüfung Verdachtsperson B, Günther M.: Handlanger oder Liebe
Motiv: sehr schwach
Wohnhaft bei Omilein mit der Möglichkeit der täglichen Nähe und Betrachtung.
Diebstahl des Bildes erst sinnvoll nach Rausschmiss.
Motivüberprüfung Verdachtspersonen G § H, Ehepaar: Gier
Motiv: (schwer einzuschätzen), möglicherweise stark, da finanzieller Engpass nicht ausgeschlossen.
Neue Verdachtsperson I: Pablo T. P.
Motivüberprüfung: Rache und Eifersucht
Motiv: sehr stark. Bereits ausreichend dokumentiert in der griechischen Mythologie.
Kilian

Fenna zog die Mundwinkel nach unten, Marie verzog das Gesicht. Als keine der Schwestern etwas zu Kilians Theorie sagte, räusperte er sich erneut. »Mädels …«

»Sag alles, aber nicht Mädels«, unterbrach Fenna ihn sofort. »Außerdem glaube ich das nicht.«

Kilian aber ließ sich nicht beirren: »Die stärksten Motive seit Menschengedenken, und in diesem Fall passt alles. Das habe ich genau recherchiert und werde den Beweis erbringen. Morgen früh noch. Dann ist zu Omileins Geburtstag übermorgen alles geklärt!«

Fenna entglitten die Gesichtszüge jetzt völlig, Marie griff unwillkürlich nach ihrer Hand. Das wäre für ihre Schwester ein herber Schlag.

»Der war es nicht«, winkte Fenna auch sogleich ab. »Das ist ein spanischer Don Juan, der hat doch Oma Jette und es nicht nötig, gegen einen Spießer wie Günther anzukämpfen.«

»Verletzte Eitelkeit«, resümierte Marie. »Oma lag ihm bislang zu Füßen, war ihm zu Diensten, wenn er Lust hatte, sie zu sehen, und dann taucht ein Mann wie Günther auf. Zunächst kein Stück attraktiv, sondern eher nervig und eine Witzfigur. Aber dann: Peng! Plötzlich schön und anmutig wie der Phönix aus der Asche! Ich habe ihn dazu gemacht!« Marie geriet ins Schwärmen.

»Nun übertreib mal nicht. Er war eine Katastrophe, mutierte dann zu einem Papagei und sieht jetzt gerade mal passabel aus. Eine Jeans, die einigermaßen modern wirkt, ein kariertes Freizeithemd, darunter ein T-Shirt ohne diese seltsamen Muster ...«

»Aber passend zu seinem kühlen Hautton. Günther ist eindeutig ein Sommertyp, da habe ich ihn beraten«, unterbrach Marie ihre Schwester. »Mit der Thematik habe ich mich ausgiebig beschäftigt. Es gibt richtig gute Beraterinnen auf dem Gebiet.«

Fenna winkte ab. Es interessierte sie nicht die Bohne, mit

welcher Jahreszeit man Günthers Hautton benannte. »Er hat eine neue Frisur und etwas Bräune. Damit wirkt er alles in allem wie ein durchschnittlicher Typ und nicht mehr wie ein Steinzeitabkömmling, für den man sich schämen muss.«

»Er ist auf jeden Fall urplötzlich ein Nebenbuhler, den Pablo ernst nehmen muss. Ich glaube nicht, dass eine Frau einen Mann wie Pablo verlassen darf. Oder dass es überhaupt schon mal vorgekommen ist. So etwas verletzt seinen Stolz!« Kilian lehnte sich entspannt zurück. »Also musste er Günther ausschalten, und nichts war leichter, als den Akt zu entwenden, ihn Günther unterzujubeln und ihn so zu vertreiben.«

»Wenn man dich reden hört, könnte man glauben, du hättest schon unzählige Frauenbekanntschaften gehabt«, lachte Marie. »Kili, der Don Juan aus Oldenburg!«

»Vielleicht ist es ja auch so«, sagte Kilian, was eine Kopfnuss von Fenna zur Folge hatte.

»Und was tun wir nun? Ohne Beweis kommt Günther nicht zurück«, sagte Marie düster. »Und die ganze Operation Sockenlocken war völlig umsonst!«

»Ich werde mich darum kümmern«, versprach Kilian. »Ich steige bei Pablo ein und gucke, ob er noch mehr gestohlen hat. Das wäre genial, dann hätten wir ihn. Es soll doch noch mehr verschwunden sein.«

Marie zuckte mit den Schultern. »Ich glaube nicht, dass diese Mission von Erfolg gekrönt sein wird, aber versuche es.« Ihre Stimme klang sehr enttäuscht. »Wir haben so viel angeschoben. *De Flinthörners* kommen, Tante Kathrin und Onkel Knut. Mama und Papa werden da sein. Und Oma ist unendlich traurig wegen Günther. So geht das nicht!«

Fenna, Marie und Kilian nickten. »Wir bringen alles wieder ins Lot!« Ihr Vorhaben war noch nicht zu Ende, und sie würden Günther zurück nach Langeoog holen. Ihnen blieben eineinhalb Tage.

21

Noch einen Tag

Heureka, ich hab's gefunden!
(Archimedes)

Die drei hatten gestern lange hin und her überlegt, wann Kilian den Vorstoß bei Pablo machen sollte. »Es wird Zeit zu handeln«, sagte Marie. »Als ich in der Nacht unten war, weil ich mir was zu trinken holen wollte, habe ich Oma weinen gehört. Sie nimmt das nicht so locker, wie sie es uns weismachen will.«

»Aber Kilian kann auch nicht so einfach bei Pablo einsteigen«, wandte Fenna ein. »Stell dir mal vor, er erwischt ihn. Dann sind wir schon wieder bei der Polizei, und ich glaube, Oma kriegt die Krise. Das kann sie vor ihrem Sechzigsten nicht brauchen.«

»Stimmt, alte Leute fallen in solchen Situationen einfach tot um. Ihre Gefäße halten Stress lange nicht so aus wie die von jungen Menschen. Man müsste wirklich erst einmal den Blutdruck von Omilein kontrollieren, um abschätzen zu können, welchen Belastungen sie standhalten kann«, überlegte Kilian. »Aber wir werden es jetzt nicht schaffen, einen Gesundheitscheck zu machen. Das dauert zu lange. Morgen ist der große Tag, und er geht völlig in die Hose, wenn Günther wegbleibt. Wir müssen ihn schließlich auch noch wieder auf die Insel bekommen.«

Er sieht schon aus wie ein neunmalkluger Professor, dachte Marie.

Fenna wischte Kilians Bedenken mit zwei Sätzen beiseite. »Oma hat uns jetzt fast zwei Wochen lang locker überlebt und dazu Günther mit seinem Scheidungshamster und dem anderen Schnickschnack, den er angeschleppt hat. Die kann einen Stiefel ab, so dass wir von einer Vitalzeichenkontrolle absehen können.« Sie wandte sich an Marie. »Du hast doch Günthers Handynummer, oder?«

»Ja, habe ich«, antwortete sie zerstreut. »Aber sag mal, Kilian, wo hast du das alles gelesen? Du bist doch kein Arzt.«

Fenna aber winkte ab. »Wer sich für biologische Zusammenhänge im weitesten Sinn interessierte, dem sind diese Dinge nicht fremd. Aber lassen wir das. Wie gehen wir nun vor? Wir haben nun wirklich keine Zeit mehr für Diskussionen.«

Kilian schob schon wieder seine Brille auf der Nase zurecht, was ein untrügliches Zeichen dafür war, dass eine Idee in ihm gereift war. »Ich stelle mir das folgendermaßen vor: Wir gehen alle drei dorthin. Ihr verwickelt ihn in ein Fan-Gespräch ...«

»In ein was?«, fragte Marie. »Das dauert mir alles viel zu lange. Ich habe die Operation Sockenlocken, wenn auch ohne Socken und ohne Locken, so wunderbar geplant. Und nun macht mir vermutlich der Flip-Flop-Indianer einen Strich durch die Rechnung! Ich will kein Fan-Gespräch!« Marie plusterte sich richtig auf. »Meinetwegen kann gleich das SEK anrücken und ihn aus seinem Mini-White-House schleifen.« Sie war völlig frustriert. Fast war sie am Ziel gewesen, und nun schien es unerreichbar weit weg. Sie hatte sich so auf Oma Jettes Augen gefreut, wenn plötzlich ihre Kinder vor der Tür standen. Und wenn dann die Ansage kam: Das war Günthers Idee. Das entsprach nicht ganz der Realität, aber besondere Umstände erforderten besondere Maßnahmen, und da war ein bisschen Flunkern erlaubt. Wie oft hatte sie ihren Geschwistern das in den letzten Stunden vorgebetet.

Günther konnte Jette später, nach jahrelanger Zweisamkeit, auf dem Sterbebett die Wahrheit mit letzter Kraft ins Ohr flüstern. Weil dort alles, wirklich alles verziehen wurde, würde Oma ihm generös verzeihen und dennoch dankbar sein. Auf was er sich da eingelassen hatte, wusste Günther ja noch gar nicht, und wenn sie ihren Part bei Pablo vergeigten, würde er es nie erfahren.

Und sie müssten die Suppe allein auslöffeln, denn der Ärger war vorprogrammiert. Der Zweck aber heiligte die Mittel, und schnell würden alle Umstände vergessen sein, sobald sich Jette und Günther in die Arme sanken.

Nur sanken sie eben jetzt nicht. Jetzt standen Tante und Onkel bald vor der Tür und erwarteten alles, nur nicht das. Marie und ihre Geschwister mussten ein paar Dinge erklären, vor allem, wo der geheiligte Zweck ja grad nicht da war, sondern auf dem Festland weilte und seinen nicht überfahrenen Laufenten beim Schneckenfangen zusah. Weil er im Leben keine andere Aufgabe mehr hatte, als genau das zu tun.

Diese Tragik trieb Marie Tränen in die Augen. Sie sah Günther ganz allein in seinem kleinen Haus in Blersum am Teich sitzen. Seine Laufenten waren auf der Jagd nach Nacktschnecken. Nicht weit von seiner Bank entfernt lag das Jette-Entengrab, das er immer gut pflegte, war es doch das Einzige, was ihm von Jette geblieben war. Günther hatte Marie genau beschrieben, wo es lag und wie er es in memoriam an sie und an seine große Liebe errichtet hatte. Wie er nach der Beisetzung gemerkt hatte, was ihm Oma Jette noch bedeutete und dass es nun nur noch ein Ziel in seinem Leben gab: Er wollte mit ihr alt werden und musste das, was er dreißig Jahre zuvor verbockt hatte, geradebiegen. Nun war das allerdings eher noch krummer geworden.

Das Liebespaar Jette und Günther war in weit entfernte Sphären gerückt. In ihren Träumen hatte Marie es schon als Brautpaar in der (nach Kilians Auskunft) mit vierzehn Stufen versehenen Langeooger Kirche gesehen. Sie stünden vor dem Altarbild mit dem weißen, gestrandeten Schiff, gaben sich unter dem Dröhnen der Führer-Orgel (auch darüber hatte Kilian sie ausreichend in Kenntnis gesetzt) das Jawort. Oma Jette ganz in Weiß, die behandschuhte Hand an der Klinke, die aussah wie ein Wikingerschiff. Die gesamte Familie war zugegen und zu Tränen gerührt, wenn sie mit Günther auf den Altar mit den zwei brennenden weißen Kerzen zuschritt.

Weil Marie so in ihre wehmütigen Gedanken versunken war, hatte sie das weitere Gespräch von Fenna und Kilian nicht mitbekommen. Sie war erstaunt, als beide mit den Handflächen einklatschten und offenbar einen Entschluss gefasst hatten.

»Was habt ihr vor?«, fragte sie.

»Sag bloß, du hast nicht zugehört, sondern wieder deinen Tagträumen nachgehangen?« Fenna klang fast so streng wie ihre Mutter.

»Ja, Manno. Ich habe nachgedacht.«

Kilian schüttelte den Kopf und klärte Marie darüber auf, wie er seinen Plan umzusetzen gedachte. »Und dafür müssen wir jetzt sofort los«, sagte er.

Marie hatte zwar noch immer nicht verstanden, worum es ging, aber sie nickte, bevor sie sich einen weiteren Anpfiff einfing.

Es waren nur ein paar Gehminuten bis zu Pablos weißem Holzhaus. Es lag von der Morgensonne angestrahlt idyllisch in den Dünen, in der Nacht hatte es aufgehört zu regnen. Möwen kreisten schreiend ihre Bahnen, ein Hase hoppelte davon.

»Hier gibt es nur Hasen, Kaninchen sind nämlich auf der Insel verboten«, begann Kilian. »Weil sie die Dünen …«

»Reicht schon«, unterbrach Marie ihn. »Diesen Vortrag haben wir bereits gehört, also lass gut sein. Wir müssen uns jetzt auf die wesentlichen Dinge konzentrieren, und die lauten: Pablo muss über- und Günther rückgeführt werden.«

»Du verwendest an der Stelle eindeutig das falsche Vokabular«, sagte Kilian. »Man überführt Leichen und rückführen verwendet man, wenn sich Menschen in ein anderes, ehemaliges Leben zurückführen lassen. Also ist das, was du grad gesagt hast, eher irreführend, und ich finde …«

»Ich finde, du solltest jetzt schlichtweg deinen Klugscheißerschnabel halten«, sagte Marie. »Nicht dass Mister Flip-Flop noch etwas hört.«

Kilian fügte sich wider Erwarten, hörte auf zu dozieren und schlich Fenna hinterher.

Marie folgte ihren Geschwistern mit gesenktem Kopf. Sie presste ununterbrochen die Daumen in ihren Handballen in der Hoffnung, alles ginge gut. »Und ich bete, dass Pablo auch tatsächlich der Täter ist und Kilian sich mit seiner griechischen Mythologie und der Motivlage nicht furchtbar verrannt hat.«

»Sei still!«, zischte Fenna und klopfte an. Ihre Laune war nicht die beste. Sie wollte, im Gegensatz zu Marie, ganz und gar nicht, dass Pablo der Täter war. Immer wieder blickte sie an sich herunter. Sie war für diesen Ausflug sogar in einen kurzen Rock geschlüpft, von dessen Existenz Marie nicht einen Schimmer gehabt hatte. Es musste ihrer Schwester wirklich wichtig sein, Pablo zu gefallen. Obwohl er echt viel zu alt ist, dachte Marie. Aber vielleicht ist das in der alternativen Künstlerszene ja unerheblich.

Es dauerte eine Weile, ehe sie ein Schlurfen vernahmen und Pablos verschlafenes Gesicht in der geöffneten Tür auftauchte. Sie waren zu früh, wahre Künstler erhoben sich nur selten vor zwölf Uhr.

Fehler Nummer eins, dachte Marie. Toller Plan, der schon an einem unausgeschlafenen Genie scheiterte.

»Was wollt ihr?«, fragte Pablo. Er wirkte beinahe so, als erkenne er die drei gar nicht.

Während Fennas Augen vor Bewunderung funkelten, als sie den glanzvoll tätowierten halbnackten Oberkörper – Pablo trug ein weißes Muskelshirt – nebst Bizeps wahrnahm, schüttelte Marie den Kopf. Das wäre Günther nie passiert. Der hätte uns sogar mit fünf Komma null Promille erkannt, wobei sie nicht sicher war, ob man mit fünf Promille überhaupt noch etwas erkannte. Aber das war auch egal: Günther hätte das getan, allein, weil sie Jettes Enkel waren.

Pablo sah die drei immer noch fragend an. Fenna fand

schließlich, trotz der uneingeschränkten Bewunderung des alternativ gestalteten Körpers, als Erste ihre Sprache wieder. »Wir wollten mit dir über Omas Geburtstag sprechen. Der ist morgen.«

»Jetz?« Diese Frage klang mehr als erschrocken, fast panisch. »Und wat för a Jebotsdaach?« Seine Stimme hatte plötzlich einen herben Kölner Einschlag.

Das hatte nicht nur Marie bemerkt, auch Kilian war kurz zusammengezuckt. Aber er ließ sich seine Verunsicherung nicht anmerken. »Ja, jetzt. Viel Zeit bleibt ja nicht. Wie meine Schwester eben erwähnte, ist dieser Tag morgen.«

»Es ist noch fast Nacht«, stellte Pablo mit einem Blick zum Himmel fest, der sich am heutigen Tag wieder im schönsten Blau zeigte. Lediglich ein paar Restpfützen und etliche herabgewehte Zweige zeugten vom Unwetter am Vorabend. Er prüfte den Sonnenstand.

»Da die Sonne, wie du eben festgestellt hast, fast den höchsten Stand hat, gehe ich wohl recht in der Annahme, das du eine andere Definition von Tag und Nacht hast als der gemeine Bürger«, sagte Kilian.

Marie wollte ihm schon gegen das Schienbein treten. Sie sollten sich nicht mit Pablo anlegen, sie wollten in dieses weiße Haus, das sämtliche Farben verschluckte, hinein, damit sie es unauffällig durchsuchen konnten. Zumindest stellte sie sich das so vor. Und nun maßregelte ihr elfjähriger Zwergenbruder den Künstler. Der wollte aber bestimmt nicht gemaßregelt, sondern bewundert werden. Jeder kreativ Schaffende wollte das, dazu musste man kein Psychologe sein, um das zu wissen. Das konnte sogar sie als Germany's fast Next Top Model einschätzen.

Auf der Künstlerstirn zeigte sich auch bereits eine steile Falte, der die Kritik abzulesen war. »Ich bin ein freier Mann und lebe nach meinen Bedürfnissen, nicht nach einer von Menschen vorgegebenen Uhr.« Er trat dennoch einen Schritt beiseite. »Aber wenn es um Jette geht: na gut. Kommt rein!« Pablo wies mit der Hand in den Flur.

Es roch abgestanden und nach Farbe. Sein Künstlerhirn brauchte offenkundig keine frische Luft, um kreative Energien freizusetzen. Der weiße Küchentisch war mit weißem Geschirr vollgestellt, auf dem sich weiße zusammengeknüllte Imbissservietten verloren. Marie überlegte, ob Pablo auch ausschließlich weiße Würstchen verspeiste, denn danach roch es unterschwellig. Aber auf der einen Serviette klebte ein Rest von gelbem Senf. Beim Essen war Farbe also auch bei Pablo erlaubt.

Er warf ein paar Entwürfe auf den Boden, um Platz für die drei zu schaffen. Die Skizzen zeigten die bepaintete Strandschönheit. »Setzt euch. Ich kann aber nichts anbieten. In meinen kreativen Phasen pflege ich zu fasten.«

Fenna nickte schon wieder begeistert, was Marie erneut am Gelingen des Projektes »Wir finden den Täter« zweifeln ließ. Wie sollten sie Pablo den Diebstahl nachweisen, wenn die eigene Schwester den vermeintlichen Täter förmlich anschmachtete? Und seine Muse, sein Bodypaintmodell, sein wollte.

»Was gibt es denn zu Jettes Geburtstag so Wichtiges zu sagen?«, fragte Pablo. Er gähnte und hielt es nicht für notwendig, sich die Hand vor den Mund zu halten, was für Marie erneut gewöhnungsbedürftig und für Fenna offensichtlich faszinierend animalisch war.

Sie sieht aus, als ob sie gleich in seinen Schlund kriechen wollte, dachte Marie. Was findet sie bloß an diesem alten Sack?

»Also, sie wird ja sechzig«, begann Kilian. Schon bei der für ihn horrend hohen Zahl wich Pablo erschrocken zurück, hatte sich aber so weit unter Kontrolle, dass er wissend nickte, obwohl er ganz sicher nicht wissend war.

Oma Jette hat ihm mitnichten verraten, wie alt sie wirklich ist, genau wie sie ihm ihre drei Ks und uns unterschlagen hat, dachte Marie.

»Kann ich mal aufs Klo?«, fragte Kilian.

Pablo nickte und zeigte auf eine weiße Tür, die sich eben öffnete und Rapunzel ausspuckte. Zumindest ein Wesen, das dieser Märchenfigur ziemlich nahe kam. Trug sie doch ein bodenlanges weißes Gewand, weiße Leinenschuhe und hatte honigblondes langes Haar, fast bis auf den Boden reichend, das sich, ohne die Raumsymmetrie zu stören, nahtlos in das künstlerische Hausambiente einfügte.

Marie starrte sie an, eindeutig handelte es sich weder um das Bodypaintmodell vom Strand noch um das auf den Skizzen. Wie viele Frauen hatte Pablo am Start?

»Du hast Besuch?«, hauchte das Wesen.

»Ja, die Enkel einer Freundin.«

»*Deiner* Freundin«, setzte Marie nach, und dieses Mal hatte sie es laut ausgesprochen. Oma Jette war nicht einfach irgendeine Freundin, Oma Jette war *die* Frau!

»Ja, ja«, murmelte Pablo. »Jette. Sie wird morgen schon sechzig.«

»Ach, die alte Schachtel, die du mal gemalt hast. Sehr vorteilhaft, muss ich gestehen. Wo hast du das Bild? Vor ein paar Tagen lag es hinter deinem Bett.«

Wenn Pablo diese Aussage jetzt unangenehm war, ließ er es sich nicht anmerken. Er ging darüber hinweg, als habe dieser Satz keine Brisanz, sondern wäre einfach eine Aussage über Äpfel und Birnen. Marie und ihre Geschwister aber nickten sich zu. Sie hatten Pablo. Aus der Nummer kam er nicht mehr raus. Rapunzel hatte versehentlich ihren Zopf abgeschnitten, und er war den Turm heruntergeknallt. Besser hätte es nicht laufen können.

Kilian verschwand derweil in der Toilette. Marie vermutete, dass er ursprünglich geplant hatte, von dort aus weiter in Pablos Schlaf- und Wohnbereich vorzudringen, denn normalerweise gingen Toiletten auch nicht von der Küche ab, sondern vom Flur. Normalerweise waren Häuser auch nicht komplett in Weiß eingerichtet und beherbergten weder Bodypaintmodelle handbemalt noch Rapunzelabwandlungen. Pablo war eben nicht normal und sein Umfeld ebenso nicht. Oma Jette musste das ähnlich faszinieren wie Fenna.

Daher kam Kilian recht schnell und unverrichteter Dinge von seiner »Mission Pinkelpott« zurück. Er zuckte resigniert mit den Schultern. Marie bemühte sich, ihn aufmunternd anzulächeln, sie hatten schließlich schon erfahren, was sie erfahren mussten. Und genau da würde sie ansetzen: »Dann haben Sie das Bild von unserer Großmutter also schon gesehen?«, fragte Marie Rapunzel, die eben durch den Raum schwebte und sich anmutig auf einem der Stühle plazierte. Sie machte bei allem, was sie tat, keine Geräusche.

»Ja, ist ungewöhnlich, wenn ein so begnadeter Maler wie Pablo sich ein Motiv für einen Akt aussucht, das sich schon jenseits des Verfallsdatums befindet. Aber Kunst kennt keine Grenzen, das wissen wir ja.« Rapunzel griff nach einem weißen Becher, pustete kurz hinein und befand diese Reinigungsaktion als ausreichend. Sie schwebte weiter zum weißen Wasserhahn und füllte das Gefäß mit Wasser. Sie trank es so lautlos, dass Marie sich fragte, ob sie überhaupt einen Schluckreflex hatte oder sich ihr Hals einfach so öffnete, um die Lautlosigkeit nicht zu stören.

Pablo reagierte noch immer nicht verstört. Entweder war er sich gar keiner Schuld bewusst oder aber er hielt Jettes Enkel für geistig minderbemittelt, dass sie die Brisanz der Rapunzelaussage nicht ermessen konnten.

Oder er weiß gar nicht, dass wir von dem Akt wissen, schoss es Marie ein. So wird es sein.

»Und dieses Bild war bis vor ein paar Tagen noch hier in diesem Haus und ist jetzt weg?«, hakte Marie mit fast ketzerischer Stimme nach.

»Es ist auf jeden Fall nicht mehr dort, wo ich es mal gesehen habe. Er hatte es im Gästezimmer hinter dem Bett, wo er all die Bilder aufbewahrt, die er für misslungen hält.«

»Er hält Oma für misslungen?« Endlich wachte auch Fenna auf. Ihrer Stimme haftete wahre Entrüstung an. Das ging nun wirklich zu weit.

»Oma Jette ist die gelungenste Großmutter der Welt!«, stellte Kilian fest. »In echt und auf Bildern!«

Rapunzel zuckte nur mit den Schultern und zog eine weiße selbstgedrehte Zigarette aus ihrem Gewand. »Es lag auf jeden Fall bei den Bildern, warum auch immer. Aber heute Morgen war es weg. Oder eigentlich schon seit drei Tagen.«

Marie stutzte. »Sie wohnen schon seit drei Tagen hier? Aber da war doch noch diese bemalte Frau …«

Das weiße Feuerzeug klickte, und sie zog an der weißen Zigarette, die wie durch ein Wunder zwar weißen Rauch, aber mitnichten weiße Glut produzierte. Obwohl Marie das von dieser Frau irgendwie erwartet hatte. »Herzchen«, pustete Rapunzel sie an. »Pablo ist kein Mann für eine Frau. Er ist ein alter Kölscher Jung, den ich schon viele Jahre von seiner Zeit dort kenne. Er ist Künstler und muss seiner Fantasie in jeglicher Hinsicht freien Lauflassen.«

Hier hakte Marie jetzt doch ein. »Er kommt aus Köln? Ich dachte, er sei Spanier.«

Rapunzel wischte die Bemerkung mit einer lässigen Handbewegung fort. »Noch nie was von einem Künstlernamen gehört? Er liebt Salvador Dalí, und da liegt es doch nah, sich auch mit dem Namen seinem Idol zu nähern.«

»Das weiß Omilein nicht«, rutschte es Kilian heraus.

Rapunzel blies einen Kringel, der größer wurde und sich dann auflöste. »Warum sollte sie? Sie war eine Zeit seine Muse oder ist es auch immer mal wieder. Er braucht Abwechslung, und er wollte wissen, wie es mit einer alten Dame ist.«

Marie fehlten die Worte.

»Es reicht. Unser kleiner Bruder ist erst elf, bitte keine weiteren Details«, wies Fenna sie zurecht.

Kilians roten Ohren nach hätte er sehr, sehr gern weitere Details vernommen, aber Rapunzel hatte ein Einsehen. Nach der unnatürlich süßlich duftenden Zigarette war ihr Blick glasig geworden. Sie wandte sich an Pablo, der immer noch geistig abwesend am Tisch flegelte, als habe er sich mit einem Kilo Hasch zugedröhnt.

Rapunzel stieß ihn an. »Ich glaube, wir haben den Akt vor ein paar Tagen selbst entsorgt. Oder was war das für ein Ding, als du noch bei der alten Schachtel im Laden warst, weil du sie im Haus nicht angetroffen hast?« Pablo kippte seitlich vom Stuhl und blieb mit ausgebreiteten Gliedmaßen liegen. Er fiel mit seinem Weiß auf dem hellen Fußboden gar nicht auf, sondern wirkte eher wie ein Teppichläufer mit Wolle an der Spitze, da seine Rastalocken sich großflächig um ihn herum ausgebreitet hatten.

»Was ist mit ihm?«, rief Fenna entsetzt aus. Da war es wieder. Dieses unbändige Gefühl der Bewunderung für den Künstler, der seine Kreativität aus wechselnden Frauengeschichten zog.

Rapunzel tippte ihn sacht mit der Fußspitze an. »Das hat er mal, wenn er zu viele Haschkekse intus hat. Dann macht er den Flachen. Dauert, bis er wieder da ist.«

Deshalb hat er dieses Wesen plaudern lassen und sich nicht darum geschert. Er hat es gar nicht wahrgenommen, dachte Marie und starrte auf den wie tot daliegenden Pablo, der aber selig lächelte und nicht ahnte, welch Unheil auf ihn zuschwebte.

»Haschkekse«, wiederholte Marie.

»Die frühstückt er hin und wieder, wenn ihm sonst nichts einfällt«, sagte Rapunzel, während sie ihre Zigarette im weißen Aschenbecher ausdrückte.

Marie kam es vor, als habe Rapunzel Spaß daran, der Zigarette den Garaus zu machen. Oma kennt echt nur durchgeknallte Typen. Einer ist ein spießiger Liegenschaftsbeamter, der andere frühstückt Haschkekse und haust mit Rapunzel und anderen Merkwürdigkeiten in einem komplett weißen Haus.

»Ich glaube, wir wissen nun, was wir wissen müssen«, sagte Kilian schließlich. »Ich bin allergisch gegen Rauch, und seit zwei Minuten weiß ich, dass mir auch Haschkekse nicht wirklich munden würden.«

»Du hast aber keinen gegessen, oder?«, fragte Fenna und sah sich hektisch nach verräterischen Krümeln um.

»I wo«, lachte Kilian. »Aber wenn ich den da so sehe ... Lasst uns die Biege machen, wir wissen in der Tat, was wir wissen müssen.«

Die drei verabschiedeten sich. Rapunzel hatte sich bereits eine weitere Zigarette angezündet und paffte völlig desinteressiert ihre weißen Kringel in die Luft. Sie verabschiedete die drei nicht.

»Die sind beide völlig stoned«, sagte Fenna. »Schade nur, dass wir zwar jetzt alles wissen, es aber nicht beweisen können. Denn wenn Rapunzel wieder klar bei Sinnen ist, wird sie diese Aussage wohl kaum vor Oma Jette wiederholen.«

Täuschte Marie sich da, oder schwang ein wenig Triumph in ihrer Stimme mit? Es konnte doch nicht sein, dass ihre eigene Schwester einen solch verqueren Männergeschmack hatte? Pablo war eher Pökelfleisch, also längst nicht mehr frisch, sondern lange abgehangen.

Kilian war als Erster auf der Straße und grinste die ganze Zeit über sein dummes »Ich-weiß-was-Grinsen«.

»Spuck's aus. Warum freust du dich so. Sag nicht, weil du doch einen dieser Drogenkekse intus hast.« Marie knuffte ihn in die Seite.

»Fenna, wiederhole deine Befürchtung bitte noch mal!«, forderte Kilian sie auf.

»Ich sagte: Dieses Rapunzelding wird vor Oma wohl kaum seine Aussage wiederholen.«

Kilian zupfte sein Handy aus den Shorts. »Muss sie auch gar nicht. Alles aufgezeichnet, falls Omilein uns das nicht glaubt! Was glaubt ihr wohl, weshalb ich so schnell vom Klo wieder aufgetaucht bin, als ich hörte, was die Frau da gesagt hat?«

»Genial!«, jubelte Marie. »Auch wenn wir jetzt nicht beweisen können, dass Pablo auch die anderen Leute beklaut hat: Bei Oma war er es ganz sicher!«

Fenna schwieg und lief mit großen Schritten voraus.

Jette hatte sich nicht durchringen können, den Laden aufzuschließen. Seit Günther weg war, wirkte alles so sinnlos, und doch wünschte sie ihn noch immer weit weg.

Er soll aber nicht weit weg sein, und er soll auch das Bild nicht gestohlen haben. Er soll mich nicht angelogen haben. Er soll sich um mich kümmern. Ach, verdammt, ich brauche einfach jemanden. Nicht nur, wenn es ihm behagte, so, wie es mit Pablo lief. Nein, immer. Und ewig und überhaupt. Ihre Gedanken drehten sich wie in einem Karussell.

Trübsinnig starrte Jette aus dem Fenster. Der Sommer hatte längst wieder Einzug gehalten, die Hauptstraße lag im flimmernden Licht der Nachmittagssonne da, einer der Kutscher tränkte sein Pferd. Es war ein Friese, und das tiefschwarze Fell glänzte im Licht der einfallenden Sonne. Die Kutsche war dem einstigen Pferdezug nachempfunden und sah aus wie ein alter Eisenbahnwaggon. Kinder stapften mit Eimern und Schaufeln bewaffnet, und meist einen Bollerwagen hinter sich herziehend, neben ihren Eltern in Richtung Strand. Fahrradfahrer huschten über die gepflasterten Straßen, der Dorfsheriff stolzierte eher gelangweilt und vermutlich immens schwitzend durchs Dorf.

Herbi und Hilde hatte sie heute Morgen mit einer Kutsche und ihrem überdimensionalen Gepäck zum Anleger fahren sehen. Sie hatten offenbar halb Langeoog aufgekauft und ihrer Kreditkarte nicht nur bei Jette Ausgang erteilt.

Jette hatte sich bei dem Gewicht, immerhin das Gepäck *und* Hilde und Herbi, gewundert, dass die Achse dem standgehalten hatte. Sie war froh darüber, dass die beiden verschwanden. Einen weiteren Besuch hätte sie in ihrer momentanen labilen Verfassung nicht verkraftet.

Fenna, Marie und Kilian waren am Vormittag gemeinsam losgezogen und taten seit ihrer Rückkehr äußerst geheimnisvoll. Na ja, morgen lag ja auch ihr Geburtstag an. Sie hatte einen kleinen Tisch im *Café Leiß* reserviert. Etwas Besonderes sollte es ja schon sein. Obwohl es traurig für eine Oma mit drei Kindern und drei Enkeln war, dass sie nur mit einer kleinen Runde an Gästen aufwarten konnte. Pablo wollte sie nicht dabeihaben. Er hatte gestern zur Abwechslung ein blondes, fast durchsichtiges Mädchen an seiner Seite gehabt. Die tauchte immer mal wieder auf, und er schien sie zu mögen. Obwohl sie dünn war. Und jung. Und unerfahren. Angeblich stand er auf so etwas nicht, doch jenseits seiner Jette-Erfahrungen flankierten ihn ständig genau diese Wesen.

Doch wenn Jette nun seine Flammen mit ihm über den Langeoog-Boulevard, oder besser, die Haupt- und Barkhausenstraße flanieren sah, überkamen sie doch hin und wieder Zweifel, ob es richtig war, dass sie darauf keinen

Wert legte. »Um wen trauerst du altes Waschweib denn nun?«, fragte Jette sich laut. »Um den kriminellen Günther, der sich vom kriminellen Horsti dazu hat überreden lassen, deinen Akt zu stehlen? Oder um den hochpotenten Pablo, der ein paar weibliche Wesen mehr benötigt, um zu überleben?« Jette seufzte. Plötzlich zuckte sie zusammen, als sie bemerkte, dass ein Mann mit einem überdimensionalen Sonnenhut direkt auf ihr Haus zusteuerte. Den grauen langen Locken nach war das Horsti.

»Ja verdammt, ist der denn nicht mit Günther von dannen gesegelt?«

Nein, Jette, Horst hat eine Motorjacht und kann nicht segeln.

Jette wollte sich schon ducken, als Horsti ihr zuwinkte. Er hatte sie durch das Fenster erkannt. Widerwillig öffnete Jette ihm die Tür. »Was willst du noch? Hast du den Dieb aufs Festland gebracht?«

Ausnahmsweise konterte Horsti mal nicht mit einem blöden Zitat. »Günther ist kein Dieb. Und selbst wenn er das Bild gestohlen hätte, dann doch nur, weil er dich immer bei sich haben will. Immerhin gibt es die Ente nicht mehr, und du hast seine Bemühungen gar nicht wahrgenommen.« Horsti deutete in den Garten, wo der Rasenroboter still auf dem Rasen verharrte, weil der Regen ihn hatte absaufen lassen und Jette keine Ahnung hatte, wie man das Ding wieder zum Laufen brachte. So, wie sie gerade auch nicht wusste, was sie tun sollte, um ihr Leben wieder in Schwung zu bringen.

»Es ist egal, welche Motivation ihn getrieben hat, mich zu bestehlen. Das geht keinesfalls. Das ist ein unverzeihlicher Vertrauensbruch.«

Obwohl es schon süß ist, wenn er mich immer bei sich haben will.

Von der Seite hatte sie das noch gar nicht bedacht.

Jette ließ Horsti nicht ins Haus. Es interessierte sie nicht, was er noch alles loswerden und wie er Günther reinwaschen wollte. Der war bestimmt von diesem Dieb als Spion geschickt worden. »Was willst du noch?« Jette zog die Brauen hoch und fixierte Horsti mit einem stechenden Blick. Dem hatte er noch nie standhalten können. Geradlinigen Personen war er unterlegen.

Und so wand er sich auch wie ein Aal. »Bitte, rede mit Günther! Er sitzt jetzt ganz allein in Blersum und bläst Trübsal. Du bist sein Lebenstraum, die Frau, die er an seinem Sterbebett an seiner Seite wissen möchte!« Nun holte Horst aber ganz groß aus.

»Ich hatte eigentlich nicht vor, zu seiner Pflegerin zu mutieren und seine Gebrechen zu kurieren!«, sagte Jette. In ihrem Bauch aber bohrte es. Sie sah Günther. Fremde Enten zogen auf dem kleinen Teich im Garten ihre Kreise, während seine letzten verbliebenen Laufenten sich allein um die Entsorgung der unzähligen braunen Nacktschnecken kümmern mussten. Davon wurden sie krank und lagen ihm verzweifelt und magenverdorben zu Füßen.

Daraufhin überfiel eine wahre Invasion dieser glitschigen Tiere seinen Garten und machte sämtlichen Rettichen, Radieschen und Salatgewächsen den Garaus. Völlig verzweifelt ob dieser Katastrophe, die einzig und allein zu verhindern gewesen wäre, wenn Jette Blümerant ihn erhört und ihm auf Langeoog Asyl gewährt hätte und er ihren Garten dort hätte bestellen dürfen. Ja, sie sah diese Bilder, hatte er ihr doch Fotos gezeigt und sehr viel von dem kleinen Haus gesprochen.

Reiß dich zusammen, Jette. Das will er doch nur: Dir ein schlechtes Gewissen machen. Günther hätte das alles haben können, nun muss er eben mit seinen übrig gebliebenen Laufenten und dem von Nacktschnecken vernichteten Gemüse vorliebnehmen. Das liegt nicht in deinem Verantwortungsbereich.

In dem Augenblick rannten ihre drei Enkel die Treppen herunter. Nein, sie rannten nicht, sie stürzten regelrecht, weil sie Horsti von Hintens Stimme gehört hatten. »Horsti! Wie geht es Günther? Alles gut bei ihm?«, quietschte Marie sofort los.

Horsti legte eine Trauermiene auf. Mit diesem betretenen Gesicht hätte er jedem Bestatter Konkurrenz machen können, die Toten hätten glatt die Särge gewechselt, weil sie lieber von ihm post mortem betreut werden wollten. Er litt aber offenbar wirklich, denn noch immer war kein blöder Spruch über seine Lippen gekrochen. »Leider nein, Kinder. Er wartet auf sein Ende. Er kann nicht mehr, so einsam, wie er jetzt ist!«

Marie traten die Tränen in die Augen. Fenna hielt ihr sicherheitshalber ein Taschentuch hin. Wenn Marie beschlossen hatte, zu weinen, dann tat sie das mit solcher Ausdauer und Inbrunst, dass sie sich als Co-Bestatterin an Horstis Seite hervorragend gemacht hätte.

Ein Beruf, dem nie die Arbeit ausging, war Jettes Enkelin absolut sicher, nur zweifelte Jette, ob die langen Kunstnägel sich so gut bei der Leichenwaschung machten oder sie nicht doch die Gummi-Einmalhandschuhe durchschnitten. Darüber konnte man sich später Gedanken machen.

»Dann kommt erst mal alle in die Küche!«, bot Jette an. »Ich koche einen Tee!«

Kilian stellte sogleich das Stövchen auf den Tisch und holte die Dose mit den Teeblättern und die Stoppuhr. Wenn Tee, dann richtig und auf die Minute gezogen, darauf legte er größten Wert, seit er sich genauer mit der ostfriesischen Teezeremonie befasst hatte.

Als Jette diese Mannschaft in ihrer kleinen Friesenküche versammelt sah, überkam sie große Wehmut. Immer dieselben Gedanken, die sie quälten. Die einsame Jette vor ihrem Becher Tee, als Gesellschaft die Tarotkarten. Ab und zu käme Pablo vorbei, wenn ihn wieder eine neue künstlerische Idee angefallen hatte. Oder er von anderen Gelüsten heimgesucht würde. Hin und wieder tauchte auch die eine oder andere Langeoogerin zu einem Schwatz auf, oder ein Kunde verwickelte Jette in ein Gespräch.

Abends würde sie ein zweites Mal die Tarotkarten legen, sich in ihre Bücher vertiefen und gnadenlos unabhängig sein. Sich nur um sich kümmern und sich einreden, dass dies ein wunderbarer Zustand war.

Marie schluchzte noch immer. Hin und wieder tupfte sie mit dem Papiertaschentuch dezent die Augen trocken, damit die Wimperntusche nicht verwischte.

Als Jettes Tee auf den Punkt gezogen war und in den winzigen Teetassen vor sich hin qualmte, sah sie, dass Kilian mal wieder sein Notizbuch aus der Tasche gezogen hatte und daneben das Smartphone positionierte.

»Das sieht aus, als wolltest du mir etwas sagen«, sagte Jette.

»Nicht nur ich. Wir alle. Wir haben Neuigkeiten und

wissen nicht, wie wir sie dir am besten mitteilen sollen.« Wie immer schob er bei diesen Worten das Brillengestell ein Stück höher. Er leckte sich den Zeigefinger und blätterte kontinuierlich weiter.

Fenna hatte derweil die Lippen fest zusammengepresst und sah eher nicht so aus, als ob sie etwas zu sagen hätte. Sie wirkte regelrecht unglücklich.

»Ich bin ganz Ohr. Es geht doch wohl kaum um eine Verlängerung in dieser Einöde?«, fragte Jette.

Marie schüttelte den Kopf, warf das Taschentuch beiseite und strahlte plötzlich übers ganze Gesicht. »Wir haben den wahren Dieb, Oma, und du kannst Günther zurückholen. Wie findest du das?«

»Ich verstehe zwar nicht, was ihr mir sagen wollt, aber das Bild lag bei ihm in der Abstellkammer. Deutlicher geht es wohl nicht.« Jette benutzte das Wort Abstellkammer absichtlich wieder, denn sie würde es keiner Menschenseele mehr gestatten, dort einzuziehen. Egal, wie viele Enten, Gänse oder Nashörner derjenige nach ihr benannt hatte.

»Es war ein Komplott gegen ihn«, erklärte Marie.

»Verrat«, bestätigte Kilian. »Wir haben Aufnahmen.«

»Aufnahmen?« Jette verstand nicht so ganz.

Kilian nickte. »Ich hole mal weiter aus, damit du verstehst, was wir ausgetüftelt haben. Also ... Ich habe mich mit der griechischen Mythologie befasst und mir Gedanken darüber gemacht, warum jemand deinen Akt gestohlen haben könnte.« Er tippte auf seine Aufzeichnungen.

»Also, was dein Enkel dir gleich mit vielen Worten sagen will, fasse ich mal in Kürze zusammen«, mischte sich jetzt Fenna mit düsterer Stimme ein. Ihre Mimik hatte sich nahtlos der Trauermine Horstis angeglichen. Jettes Familie war durchweg für den Bestatterberuf geeignet, da stellte man sich doch die Frage, weshalb ein Teil zum besten Freund der Meerleguane wurde und der andere in Neuguinea die Lendenschurzmode aufpeppte. Oder was immer Knut dort tat. Man erforschte ja allen möglichen Unsinn heutzutage. Kilian war das beste Beispiel.

»Oma, hörst du überhaupt zu?«, hakte Fenna nach. Sie hatte allen die schwerwiegende und großartige Neuigkeit mitgeteilt, aber Jette war mit ihren Gedanken woanders gewesen.

Horsti hingegen war freudestrahlend vom Stuhl aufgesprungen und tanzte mit Marie durch die Küche. Bestatter ade.

»Warum freut ihr euch jetzt so?«, fragte Jette. Sie bemühte sich, die Zusammenhänge zu begreifen.

»Pack deine Sachen, Jette. Was du für die nächsten zwei Stunden so brauchst«, grinste Horsti sie an.

»Warum? Bitte noch mal ganz langsam, nur für mich.«

»Weil wir jetzt Günther zurückholen. Mit meiner Jacht. Damit du morgen anständig feiern kannst. Und beeil dich, es ist gerade Hochwasser, wir können sofort los!«

»Günther hat mein Bild gestohlen! Der wird nie mehr einen Fuß auf diese Insel setzen, wenn er nicht Gefahr laufen will, dass ich ihm den Dorfsheriff auf den Hals hetze.«

»Sie hat nicht zugehört!« Marie war fassungslos. »Oma hat tatsächlich nicht zugehört!«

Kilian aktivierte die Handytaste, und Jette hörte die Stimme von Pablos Elfe. Was ihr da zu Gehör kam, ließ sie frösteln, und gleichzeitig glaubte sie sich mal wieder in den Wechseljahren.

»Dieser Schuft!«, stieß sie aus. »Dieser hundsgemeine üble Schuft! Was hat er sich dabei gedacht? Er ist kein Spanier und dann auch noch ein Dieb?«

Kilian stellte den Handymitschnitt aus. »Deshalb ja mein kurzer Ausflug in die griechische Mythologie. Schon die Erinnyen bei den Griechen waren Rachegöttinnen, wobei man dieses Gefühl nicht von der rein weiblichen Seite sehen darf, sondern zulassen muss, dass auch Männer, eben wie Pablo, durchaus von solchen Emotionen geleitet werden.«

Noch während Kilian Luft holte, um einen großen Bogen zwischen den Griechen der Antike und dem Langeooger Aktraub zu spannen, stand Jette auf. »Worauf warten wir?«

»Die Operation Sockenlocken lebt wieder! Viva Sockenlocken!«, kreischte Marie los.

Jette konnte mit diesem Begriff zwar nichts anfangen, aber sie mussten Günther zurückholen. Jette hatte ihm großes Unrecht getan. Sie musste sich auf der Stelle entschuldigen.

»Und das muss dringend noch heute passieren«, erklärte Marie mit einem Blick auf die Uhr. »Sonst geht alles schief. Morgen ist doch der ganz große Tag.«

Fenna zeigte sich noch immer zurückhaltend und sah wehmütig die Straße hinunter, als hoffte sie, der rachsüchtige Pablo tauche dort irgendwo auf und erklärte, dass sein Rapunzel Jettes Bild gestohlen hatte. Aber Pablo blieb in seinem weißen Haus und schlief vermutlich die letzten Nachwirkungen der Haschkekse aus. Vielleicht hatte er sogar einen Joint nachgezogen.

Auf dem Weg zum Anleger kamen ihnen die wilde Hilde und Herbi entgegen. Allerdings nicht ganz allein und mit weiterem Schmuck in Form von großen silberfarbigen Handschellen behängt. Der schmiegte sich um ihre Handgelenke und zierte sie nicht sonderlich, weil er sich ins Fett zu tief einschnitt.

»Was ist denn das?«, fragte Jette den Polizisten, der heute ein äußerst zufriedenes Gesicht machte.

»Das sind die Räuber. Ich habe sämtlichen gestohlenen Schmuck bei ihnen dingfest machen können. Nur Ihr Gemälde nicht, Frau Blümerant. Das bleibt auf seltsame Art und Weise verschollen!«

»Ach, das macht nichts! Ich male mir einfach ein Neues.« Sie musterte die beiden Pseudoreichen. »Sie also.«

Herbi schnaufte. »Was soll das heißen? Wir haben auf Langeooge nichts getan. Der Mann lügt.«

»Langeoog«, verbesserte Jette ihn automatisch. Sie verstand noch immer nicht. Der Polizist war sichtlich stolz auf seinen Fang und setzte zur Erklärung an: »Ich hatte die beiden in Verdacht, weil sie mir zu auffällig vor den Geschäften herumlungerten.«

»Wir lungern nicht, ich bin *Direcktor.*« Das scharfe ck legte Herbi auch in Krisensituationen nicht ab.

Der Polizist ließ sich von ihm aber nicht beirren, sondern erklärte Jette den Sachverhalt weiter. »Nun, sie traten zudem sehr großspurig auf, und der Zufall wollte es, dass ich sie auf frischer Tat ertappt habe.«

Herbis Gesicht verdunkelte sich. Dem hatte er nichts hinzuzufügen.

Jette konnte es noch immer nicht fassen. »Was mich nur

wundert, ist: Warum haben sie ausgerechnet bei mir für so viel Geld den Schmuck gekauft und nicht auch gestohlen?«

»Ich fürchte, Sie haben Ihre Bestände nicht völlig unter Kontrolle, Frau Blümerant«, seufzte der Polizist. »Buchführung und all das scheint nicht Ihre Stärke zu sein. Fragen Sie mal den Herrn Meilenstein, der könnte Ihnen bestimmt unter die Arme greifen. Der kennt sich mit so etwas gut aus. Kommen Sie in den nächsten Tagen aufs Revier. Ich denke, da wird Ihnen so manches bekannt vorkommen.« Er sah sie mitleidig an: »Und sicherlich hat der Mann mit seinen gestohlenen oder nicht gedeckten Kreditkarten bei Ihnen eingekauft, oder?«

Jette fielen die drei verschiedenen Karten ein, die er benutzt hatte. Das Geld war dann wohl futsch, wenn der Schmuck nicht in der Polizeistation zu finden war.

Der Dorfsheriff führte die beiden weiter durch den Ort, den Blicken aller ausgesetzt. Das hatte was von Mittelalter, aber Jette konnte sich der Schadenfreude nicht erwehren.

»Oma, nun komm! Da geht es nur um so ein paar olle Ketten. Hier geht es aber um die große Liebe!« Marie zerrte an ihrem Ärmel.

»Erst mal nur um eine alte Freundschaft«, berichtigte Jette. Sie wusste schließlich nicht, ob Günther ihr verzieh. So leicht würde er es ihr sicher nicht machen.

Die Gischt spritzte an der Wand des Motorbootes auf, als Horsti so richtig Gas gab. Jette war froh, dass die Tide mitspielte und sie nicht auf das nächste Hochwasser oder Fahrgastschiff warten mussten. Sie hätte keine Sekunde länger warten mögen. Sie fuhren aus dem Hafen heraus, an der

Mole vorbei und nahmen Kurs aufs Festland. Rechts steckten die Birkenpricken neben der Fahrrinne, doch schon bald kämpften sie sich durch die See, und erst kurz vor Bensersiel tauchten Mauerwälle und die Pricken wieder auf, um sie auf sicherem Weg zur Hafenmole zu führen.

Sie tuckerten mit verlangsamter Geschwindigkeit in den Hafen ein, legten an und sprangen an Land.

»Ich habe meinen Porsche in der Inselgarage«, sagte Horsti. »Wenn du da einsteigen magst. Ich kenne ja deine Aversion gegen sogenannte Protzautos.«

Jette nickte stumm. Ihr Herz klopfte bis zum Hals. Was sollte sie Günther eigentlich sagen? Dies alles war eine saudumme Idee. Saudumm. Sie sollte umkehren, es dabei belassen. Wozu diese Eile? Sie hatte sich unnötigerweise dazu anstacheln lassen. »Können wir nicht einfach so zurückfahren? Ich meine, was sollen wir bei Günther? Er wird froh sein, wenn ich nicht mehr bei ihm auftauche.«

»Oma!«, lachte Marie. »Du bist ja schlimmer als der letzte Teenie. Entspann dich!«

Jette zitterten die Hände, ihre Beine hatte sie längst nicht mehr in der Gewalt. »Aber der Porsche ist zu klein. Da passen wir gar nicht alle rein. Ich kann euch doch nicht den Gefahren hier aussetzen und euch allein zurücklassen!«

»Klar, Oma, wir könnten ins Hafenbecken stürzen oder aber unter die Räder eines Wohnmobils geraten, wenn wir da verstecken spielen!«, grinste Fenna.

»Wir sind schon groß, und glaube uns, Günther wird sich nicht lange zieren! Ehe du dich versiehst, seid ihr aus Blersum zurück.«

»Wir verspeisen derweil auf deine Kosten ein Eis nach

dem anderen.« Marie schlug ihrer Oma so kräftig auf den Rücken, dass nun Jette fast vornüber ins Hafenbecken gestürzt wäre.

Kurz darauf summte Horstis Porsche in den Hafen und fuhr schwungvoll in die nächste Parklücke. »So, nun herein, wenn's kein Schneider ist!«, riss Horsti die Tür auf.

»Wobei dieses Sprichwort eines derjenigen ist, die einen Berufsstand diskriminieren«, sagte Kilian. »Ein Schneider wurde im Mittelalter immer am schlechtesten bezahlt, und wenn er des Abends nach seinem Gehalt fragen ging, wollten ihn die feinen Herrschaften nicht einlassen. Also ich finde ...«

Fenna hielt ihrem Bruder den Mund zu. »Ich finde, du hältst jetzt mal wieder deine Hochbegabtenklappe, weil wir Älteren mit Horsti und Oma besprechen müssen, wann und wo wir uns treffen wollen.«

Horsti reichte Fenna einen Hunderteuroschein herüber. »Geht in die *Nordseetherme* zum Baden. Wir brauchen bestimmt zwei Stunden, und dann müssen wir ja warten, bis wir wieder losfahren können wegen der Tide. Ich schreibe euch eine WhatsApp, brauche nur noch eine Nummer.«

Marie griff nach dem Schein, während Fenna Horsti ihre Nummer diktierte. Dann brauste Jette mit ihm los.

Es war nicht weit bis Blersum. Sie verließen Esens und fuhren durch die typisch friesischen Marschwiesen in Richtung Wittmund. Kurz vor der ostfriesischen Stadt bogen sie links ab, darauf folgte eine Kurve, bis sie Am Drift ankamen. Eine längere Auffahrt zog sich bis zu dem kleinen Bauernhaus, das sich hinter Büschen versteckte. Horst machte sich gar nicht erst die Mühe zu klingeln, sondern umrundete das Haus gleich an der rechten Seite, bis sie auf einer gepflasterten Terrasse standen, von der aus man einen Blick auf den verwunschen wirkenden Tümpel hatte. Auf dessen Oberfläche bildete Entengrütze einen dichten Teppich. Neben dem Gewässer parkte ein ebensolcher Käferroboter, wie Günther ihn Jette geschenkt hatte, und dahinter befand sich ein Holzhäuschen, das das Zuhause seiner Indischen Laufenten beherbergte. Von Günther fehlte jedoch jede Spur, allerdings war die Terrassentür nur angelehnt. Weit konnte er nicht sein.

Während Jette noch zögerte und weiterhin am liebsten Reißaus genommen hätte, kannte Horsti keine Skrupel und stieß die Tür ganz auf. Jette warf derweil einen Blick auf den Tisch und wunderte sich über die zwei Kaffeetassen, die halb geleert darauf standen. Sie wollte Horsti eben zurückpfeifen, doch der war schon um die Ecke verschwunden. Jette fühlte sich bei alledem unwohl, denn über dem einen Sessel hing ein Kleidungsstück, das sicher nicht Günther gehörte. Auf eine mit filigranen Spitzen verzierte Jacke war er bestimmt nicht umgestiegen.

Jette zog sich unauffällig in den Garten zurück und wäre fast über ein Laufentenpaar gestolpert, das sie mit langgerecktem Hals kritisch musterte. »Du bist also der Mann der toten Jette-Ente«, sagte sie zu dem Erpel.

Das Tier legte den Kopf schief, schien nachzudenken, wie es mit Jette umzugehen hatte, doch war dem Erpel keine Ähnlichkeit Jettes mit seiner verstorbenen Gattin bewusst. Schließlich tapste er auch weiter und verspeiste die nächste Schnecke, die sich gemächlich über den Weg schob und es von nun an nie wieder tat. Sein Weib folgte ihm mit watschelndem Gang.

Als Jette sich umdrehte, trat Horsti mit hochrotem Kopf auf die Terrasse. Er umfasste Jettes Hüfte und führte sie galant ums Haus herum und zurück zum Auto. »Wir hätten uns anmelden sollen«, sagte er und schloss die Tür des Porsches auf. »Das macht man einfach nicht. So in fremde Häuser platzen. Man weiß ja nie, was der Eigentümer gerade tut, nicht wahr. Wir trinken jetzt erst mal einen Kaffee, und dann melden wir uns an.«

»Du brauchst nicht um den heißen Brei herumzureden, Horsti. Ich habe die Damenjacke in der Stube liegen sehen. Günther hat eine Frau zu Besuch. Ich bin zu spät!« Jette wunderte sich über die Ruhe, mit der sie diese Sätze auszusprechen vermochte. In ihr tobte es nämlich. Dazu zerschnitten gerade zwanzig, nein hundert Messer ihre Eingeweide. Oder sie hatte Flugzeuge im Bauch, wie Grönemeyer so schön sang. Ihre hatten aber immense Probleme im Landeanflug, so, wie sie ihre Bauchwände traktierten.

So viel also zur großen Liebe zwischen Jette Blümerant und Günther Meilenstein. Kaum hatte sie ihn abserviert, verlustierte er sich schon mit der nächsten. Sie hätte auf Langeoog bleiben sollen. »Den Kaffee können wir uns schenken! Ich will keinen Kerl, der sich die Frauen wie von der Stange nimmt und sie täglich wechselt wie die Unterwäsche.«

»Fahr los! Richtung Bensersiel ohne Rückticket!«, forderte sie ihn auf.

Horsti zögerte. Draußen wurden Stimmen laut, und der weibliche Part klang eher keifend. »Warte!« Er griff nach Jettes Ellbogen.

Jette kroch ins Porscheleder, fühlte sich förmlich aufgesogen. Sie wollte die Frau nicht sehen, der Günther nun sein Herz geschenkt hatte. Sie war sicher blond und jung und schön. Und nicht dunkel gefärbt und alt und faltig. Das klassische Bild. Die Flieger in Jettes Bauch drehten gerade Kapriolen, ein paar stürzten ab und verbrannten lichterloh. »Fahr los!«, forderte sie Horsti ein zweites Mal auf, doch der war viel zu neugierig, weil er wissen wollte, mit wem sein Spezi Günther sich getroffen hatte. Das bemerkte Jette daran, dass er sich sein Haar mit Spucke befeuchtete und die Matte hinter dem Ohr fixierte. Dabei fletschte er die Zähne im Rückspiegel, um zu überprüfen, ob sein reinweißes, gebleachtes Lächeln noch genauso unwiderstehlich war wie vor ein paar Minuten. Horsti hatte die Angewohnheit, sich das ständig neu zu bestätigen.

Jetzt bogen Günther und seine Eroberung um die Hausecke. Obwohl Jette es eigentlich gar nicht sehen wollte, konnte sie es nun doch nicht lassen, einen Blick zu riskieren. »Nur zum Abschied«, beruhigte sie sich selbst. »Danach werde ich diesen Mann nie wiedersehen.«

Die Frau trug kein Tuch um ihren Kopf, sondern einen aufgetürmten Turban. Und auch sonst wirkte sie nicht so, wie sich Jette die neue Frau an Günthers Seite vorgestellt hatte. Ihr Gesicht war so braun, dass es unmöglich war, zu erkennen, wo die Farbschicht aufhörte und das wahre Leben darunter begann. Kratzte man mit einem Spatel darüber, wäre es ein Leichtes, eine Furche zu ziehen, damit die Tränenflüssigkeit, die nun dabei war, das Braun zu einer unappetitlichen Masse werden zu lassen, in akkurat gezogenen Gräben abfließen zu lassen.

Günther stolperte mit gesenktem Kopf hinter der Frau

her, im Arm hielt er Emmas Käfig. »Du bist ein schlechter Sitter für meinen Darling. Sie mitzunehmen auf die Insel! Was hätte ihr dort alles passieren können?«

Günther zuckte hilflos mit den Schultern und öffnete die Tür des Volvos, der seitlich parkte. Dabei schwankte der Emma-Käfig nicht unerheblich, aber Günther konnte ihn gerade noch ausbalancieren. Günther, der Gute. Nie würde er einer Hamsterdame etwas zuleide tun.

»Das Schiff hätte sinken können, Günther! Dann wäre Emma verstorben und auf ewig im Wattenmeer verschollen. Ich hätte nicht einmal ein Grab gehabt, wo ich sie hätte beweinen können. Nicht mal das!« Die Geschminkte zupfte sich ein rotes Stofftaschentuch aus der Hosentasche und tupfte sich die Augen.

»Das Schiff ist aber nicht gesunken, Andrea. Wir sind doch heil wieder hier angekommen!«

Die Frau tupfte immer noch. Jette musterte sie nun doch interessiert. Erstens sah das nicht nach einer Liebesbeziehung aus, zweitens wirkte sie nicht, als hätte sie am heutigen Tag schon jemand berührt, geschweige denn mit ihr Liebe gemacht.

Oder aber sie war nach vollendetem Geschlechtsakt eine wahre Meisterin der Rekonstruktion und verstand sich darin, in Windeseile ihr Make-up zu restaurieren.

Drittens ... drittens bemerkte sie Günther in genau diesem Augenblick und ließ vor Schreck den Emma-Käfig fallen. Die Tür sprang auf, die Hamsterdame schien nicht willens, ihr Leben an der Seite von Schmink-Andrea zu verbringen, und huschte ins nächste Gebüsch. Wo der Kater des Nachbarn schon auf sie wartete und nur mit gutem Zureden von geschlagenen zehn Minuten bereit war, Emma fast unversehrt wieder auszuspucken. Der Hamster war nun sicher zeit seines Lebens traumatisiert und auf einen Tierpsychologen angewiesen. Die zwei Blessuren der spitzen Katzeneckzähne in ihrem Emma-Nacken waren das kleinere Übel. Andrea war außer sich, kämpfte mit einem Kreislaufkollaps und wedelte sich ununterbrochen mit dem roten Taschentuch die schwüle Sommerluft ins Gesicht.

Jette hatte sich während der Zeit nicht von ihrem Lederpolster bewegt. Horsti hingegen gab alles. Eine verzweifelte Frau, kurz vor einem Nervenzusammenbruch, war eine Steilvorlage für sein männliches Ego. Er stand auf Frauen mit Kriegsbemalung, das kannte Jette schon von früher. »Wie sagte schon mein Freund Oscar Wilde, gnädige Frau: Es kommt darauf an, den Körper mit der Seele und die Seele mit dem Körper zu heilen. Das tun wir mit Emma, seien Sie sicher!«

Am Ende der Emma-Jagd hatte Andreas Japsen nach Luft erheblich nachgelassen und ihre blauen Augen sich bereits an Horstis geheftet. Jette befürchtete, sie würde ihre Enkel heute nicht mehr wiedersehen und sie mussten in der *Nordseetherme* ihre Kreise ziehen, bis ihnen Schwimmhäute wuchsen, weil Horsti erst Andrea flachlegte. Stimmte seine propagierte Kondition auch nur annähernd, würde es bis zum nächsten Morgen dauern. Zumindest war es in der Therme warm, Liegen zum Schlafen waren auch vorhanden, und für den Pommesnotfall gab es ein Bistro. Aber ein winziges Gewissen war Horsti dann doch zu eigen. Er lud Andrea lediglich zum Essen in Wittmund ein mit dem Versprechen, Günther und Jette pünktlich wieder abzuholen, damit sie mit der nächsten Flut zurückfahren konnten. »Sonst nehmt ihr das Fahrgastschiff, das fährt ja tideunabhängig und in zwei Stunden.«

Günther hatte sich unter höchstem Einsatz der Emma-Jagd gewidmet. Nun stand er unsicher vor Jette und wischte sich die Hände an der Arbeitshose ab, mit der er zuvor den Spuren nach den Garten beackert hatte. Günther würdigte Andrea keines Blickes mehr, hatte allein Jette in seinem Fokus. Die schloss angesichts der veränderten Umstände ihre vorhin begonnene Überlegung mit viertens: Andrea mochte Günther nicht, hatte ihn nur ausgenutzt wie alle anderen Frauen vorher auch. Fünftens: Andrea war tatsächlich die Scheidungshamsterfrau. Sechstens: Jette hatte das Falsche gedacht.

Da stand sie also vor ihm. Günther bat sie ins Haus, wusch sich die Hände, zog sich um und setzte Kaffee auf. Jette sah sich derweil im Haus um. Günther hatte viele Bilder an der Wand. Keine Kunstdrucke, sondern Gemälde von verschiedenen Künstlern. Im Wohnzimmer hingen drei Bilder, die sie, Jette, ihm mal gemalt hatte. Sie waren abstrakt, doch er hatte damals die Bedeutung sofort erkannt. Ihre drei Bilder dominierten den Raum. Auf dem Schreibtisch, der vor dem Ausgang in den Garten plaziert war, stand ein weiteres Bild, das sie und ihn am Südstrand in Wilhelmshaven zeigte. Im Flur wiederum waren sie mit den drei Ks beim gemeinsamen Urlaub in der Schwäbischen Alb zu sehen. Auf der Toilette war Jette beim Baden aufgestellt, im Gästezimmer wiederum sie und Günther, als sie sich küssten.

»Kommst du? Der Kaffee ist durch.«

Jette setzte sich an den Küchentisch und sah Günther an. Hier, in seinem Haus wirkte er nur halb so linkisch wie auf Langeoog. Er musste dort völlig verunsichert gewesen sein. Außerdem hatten Maries Verwandlungskünste Wunder gewirkt. Er trug immer noch eine gut sitzende Hose, ein geschmackvolles Hemd mit zarten blauen Streifen, dazu ließ die neue Frisur sein Gesicht vorteilhafter wirken. Eigentümlicherweise war ihr das auf Langeoog nicht so deutlich gewesen wie hier.

Er setzte sich Jette gegenüber. Sie fasste mit wenigen Worten zusammen, was passiert war. Und sie entschuldigte sich. Einmal, zweimal, dreimal.

»Ist gut, Jette. Das ist aber, glaube ich, auch nicht unser Problem.«

Sie blickte Günther überrascht an, hatte sie doch mit heftigen Vorwürfen gerechnet.

Er nahm ihre Hände, und sie ließ es zu. »Ich habe viele Fehler gemacht, Jette, und dich damals verlassen zu haben war der größte. Ich hatte Angst. Angst vor der Verantwortung, drei fremde Kinder großzuziehen, und doch bin ich nie mehr glücklich geworden. Nur kann man einen so großen Fehler nicht ungeschehen machen.«

Jette schwieg. Ihr Herz klopfte stärker, als sie es wollte. Da saß er wieder vor ihr: der Günther, den sie kannte. Der, den sie einst so sehr geliebt hatte.

Günther nahm einen Schluck Kaffee, dabei zitterten seine Hände. Es war ihm schon immer schwergefallen, über seine Gefühle zu sprechen, das hatte sich nicht geändert. Trotzdem sprach er weiter: »Ich habe dich immer geliebt, und ich liebe dich noch immer. Ich glaube, so etwas passiert nur einmal im Leben. Aber ich habe es vergeigt. Wollte dich jetzt für mich gewinnen, wollte, dass du mich wieder liebst, aber bin dabei wie der leibhaftige Tölpel vorgegangen. Dass du am Ende denken musstest, ich hätte dich auch noch beklaut, wundert mich nicht.«

Jette wollte ihm noch mal sagen, dass sie ihm verzieh, dass sie doch als Freunde eine Weile auf der Insel zusammenbleiben könnten, um zu sehen, ob es doch funktionierte, aber Günther winkte ab. Er wirkte plötzlich stark, richtig männlich. »Du musst nichts sagen, Jette. Es ist alles gut. Ich bleibe hier in Blersum, vielleicht komme ich ab und zu bei dir vorbei. Wir haben beide unser Leben. Ohne den anderen. Die dreißig Jahre haben uns verändert, das habe ich begriffen.« Er machte eine Pause. »Du bist noch schöner geworden, noch reifer und noch selbständiger. Du brauchst Luft zum Atmen und keinen Günther Meilenstein, der dir Rasenroboter und Maulwurfschreckanlagen in den Garten stellt.«

Jette holte Luft, wollte etwas sagen, doch ihr blieben die Worte im Hals stecken. Hatte Günther nicht recht?

Sie tranken gemeinsam den Kaffee, knabberten an den Keksen, erfuhren, dass Horsti Andrea dringend bei der Emma-Pflege behilflich sein musste und sie das Fährschiff zur Rückreise wählen sollten. »Morgen zu deinem Geburtstag bin ich aber wieder da. Ich eile mit Weile«, sagte er zu Jette am Telefon. »So etwas dauert nicht lange, höchstens eine Nacht!«

Jettes wegen hätte er sein ganzes Restleben mit dem keifenden Tuschkasten und ihrem posttraumatischen Hamster verbringen können, aber davon wollte Horsti nichts wissen.

»Man soll immer dann gehen, wenn es am besten ist und das Mahl noch heiß.«

Den Spruch hatte Jette in dieser Konstellation zwar noch nie gehört, aber er passte zu ihm. Nun fühlte sie sich zwar verpflichtet, ihn zu ihrem Geburtstag dazuzubitten, aber wenn er doch nicht kam, war es auch gut. »Meinetwegen musst du dir keine Mühe machen. Wir sind im *Café Leiß* ab fünfzehn Uhr!«

»Ich schaffe das! Deinen Sechzigsten lasse ich mir doch nicht entgehen!«

Günther fuhr Jette schließlich zum Anleger. Ihren Enkeln waren die nachwachsenden Schwimmhäute mit der vorzeitigen Abreise erspart geblieben

»Wie, du kommst nicht mit?«, fragte Marie entsetzt, als Günther ohne Gepäck dastand.

Er zuckte mit den Schultern, um seinen Mund hatte sich ein tragischer Zug gelegt, und als das Schiff ablegte und Jette Günther allein am Kai stehen sah, wusste sie, dass jetzt sie einen fatalen Fehler gemacht hatte.

22

Der Tag X

Was du liebst, lass frei.
Kommt es zurück, gehört es dir – für immer.
(Konfuzius)

Jette rieb sich die Augen. Jetzt also war dieser grandiose Tag da. Ihr sechzigster Geburtstag. Pablo würde nicht kommen. Weil er gar nicht wusste oder bereits wieder vergessen hatte, dass heute Jettes Geburtstag war. Außerdem beherbergte er gerade die Elfe oder Rapunzel, Dornröschen oder eine Fee, steckte also in einer kreativen Schaffensphase.

Obwohl das eigentlich schade war. Wenn er nämlich vor der Tür stehen würde, könnte Jette ihn so richtig mit Ach und Krach rauswerfen. Alles konnte man eben nicht haben. Sie warf einen Blick auf die Uhr. Es war erst sieben. Zeit für sie und ihre sechzig Jahre. Zeit für einen grünen Tee und ihre Tarotkarten. Ab Morgen würde sie ihren Tag wieder so beginnen. Und die darauffolgenden auch. Allein.

Sie sah neben sich. Die rechte Betthälfte würde von nun an leer bleiben, weil sie nie wieder einen Mann an ihre Seite lassen wollte. Sie war für eine Paarbeziehung einfach nicht geschaffen. Deutlicher hätten ihr das die letzten Tage nicht machen können.

Die anderen Zimmer in ihrem Haus würden auch wieder leerstehen. Sie glaubte nicht, dass ihre Enkel häufig nach

Langeoog kommen würden. Kea ohnehin nicht. Und die anderen beiden blieben eben ihre Skype-Kinder.

Eigentlich möchte ich nicht aufstehen, dachte sie. Nicht feiern. Mich nicht beglückwünschen lassen. Den Tag verschlafen, und alle sind weg ohne rührseligen Abschied, den ich sowieso nicht überlebe. Ich hasse Kitsch.

»Egal«, sagte Jette laut. »Es ist, wie es ist. Man kann im Leben nichts erzwingen.« Auch nicht, wenn man wie Marie wütend mit dem Fuß aufstampfte, weil sie Günther kein Wort glauben wollte. »Der lügt! Der liebt dich doch. Was soll der Scheiß?«

»Ach, ein halbes Stündchen habe ich noch«, versuchte sich Jette den neuen Ist-Zustand schönzureden. »Ich bin frei, habe keine Verpflichtungen und es mir wunderbar eingerichtet.« Sie nickte wieder ein und wurde aber kurz darauf von lauer Musik geweckt.

»Was ist denn da los?«, schreckte sie hoch. Bei dem Wort Kabeljau wusste sie wieder ziemlich genau, was los war.

Sie wurde heute sechzig Jahre alt.

Vor ihrem Haus erklang Shantymusik.

Mit dem Lied der Meerjungfrau.

Einer der Sänger im Bass traf keinen Ton.

»Zum Glück ist jede Meerjungfrau vom Gürtel abwärts Kabeljau«, schmetterten sie nun mit wahrer Inbrunst. Sie träumte. Günther weilte in Blersum und würde so schnell nicht wieder auf die Insel kommen. Das war die Abmachung. Warum nur brach ihr das jetzt das Herz, wo sie doch die letzten zwei Wochen nichts anderes haben wollte als genau das.

Jette schälte sich aus den Federn, Marie, Fenna und Kilian

stürmten bereits durch den Flur und erfreuten sich am Minnesang. »Oma, komm, das musst du sehen!«, riefen sie.

Ja, Oma musste das sehen, und so schleppte sie sich ins Bad, prüfte, ob sie sich ihren neuerlich sechzig Jahren gewachsen fühlte, entschied sich kurzerhand dagegen und wollte zurück ins Schlafzimmer wanken. Der erste Tag ohne Günther, der letzte mit ihren Enkeln.

»Omilein, nun komm doch!«, rief Kilian. »Das ist *die* Überraschung!«

»Wenn das nicht so wär, ach herrje, dann wäre was los auf der See«, erklang es von draußen zum wiederholten Mal.

Jette bewarf sich mit Wasser, fuhr sich mit der Hand durchs Haar und tastete nach der Zahnbürste, die wieder nicht am angestammten Ort lag. Die Tube war ebenfalls leer, vermutlich hatte Kilian den Inhalt verspeist, in dem irrigen Glauben, er leide an chronischem Fluoridmangel. Er hatte gestern etwas in dieser Richtung geäußert. Jette musste, was das anging, wirklich mal mit Kea reden, seine Theorien nahmen hin und wieder höchst irrige Ausmaße an. Ein letzter Rest ließ sich noch auf die Bürste drücken, und sie fegte mit raschen Bewegungen die Borsten über die Zähne.

Von draußen erklang die Meerjungfrau zum dritten Mal. *De Flinthörners* hatten ein ausgefeiltes und sehr abwechslungsreiches Programm. Warum nur sangen sie ausgerechnet an ihrem sechzigsten Geburtstag immer dasselbe, als hätten sie eine LP aus ihrer Jugend eingelegt, die einen Sprung hatte?

Jette schlüpfte in den Kasack, es war der großkarierte, und anschließend in die weiße Leinenhose, die ihrer Figur wunderbar schmeichelte. Obwohl die Meerjungfrau zum vierten Mal Kabeljauformen annahm und Kilian zum hundertsten Mal nach Omilein rief, weil sie so etwas noch nie gesehen und gehört hatte, noch nie zum vierten Mal, nahm Jette sich Zeit und Muße, auch etwas Lidschatten und Lippenstift aufzutragen. So, wie es schien, liefen die Sänger ja nicht weg, sondern tirilierten und schmetterten den immergleichen Song in einer Endlosschleife, um sie vor die Tür zu holen. Was hatte Günther da wieder in Auftrag gegeben? Es war sicher noch ein Relikt seiner begonnenen Annäherungsversuche und er hatte vergessen, den Sängern abzusagen.

Weil sie tatsächlich nicht zu singen aufhörten, beschloss Jette, den Schritt nach draußen zu wagen. Sie hoffte nur, dass Günther es nicht als originell betrachtet hatte, sie passend zum Song mit gehackten Kabeljaustückchen bewerfen oder es Fischschuppen regnen zu lassen.

Günther war alles zuzutrauen.

Jette hatte die Hand schon an der Klinke, als sie noch einmal tief durchatmete. Sie musste jetzt allein klarkommen, so, wie sie es sich immer gewünscht hatte.

Aber dank des Konzerts in ihrem Garten wusste nun ganz Langeoog, dass Jette Blümerant sich dem Verfallsdatum näherte, und die Gratulanten würden in den nächsten Tagen bei ihr einfallen.

Sie straffte den Rücken und öffnete die Tür. Vor ihrem Haus standen viele Menschen. Die meisten gehörten zu *de Flinthörners* mit ihrer Piratenkluft. Es regnete auch keine Fischschuppen, sondern sie wurde mit etwas Weichem beworfen, das sich als Konfetti erwies, natürlich in Sechziger-Formen gestanzt.

Die Männer intonierten die Meerjungfrau noch immer mit voller Inbrunst, hielten aber nach dem letzten Ton inne und wechselten zu »Happy birthday to you«.

Jette schloss die Augen. Es rührte sie, wenn sich auch spontan in ihr der Gedanke regte, dass Pablo sie spätestens jetzt verlassen hätte, weil ihr wahres Alter und die damit zusammenhängenden Sitten und Bräuche deutlicher nicht hätten sein können.

Wie gut, dass er schon aus ihrem Leben verschwunden war. Die Schmach, als altes Weib sitzengelassen worden zu sein, entfiel.

Marie zerrte an Jettes Hand und holte sie aus ihren Gedanken zurück. »Sag mal, Oma, ist das nicht toll? Guck doch!«

Und Jette guckte. Riss die Augen auf. Vor ihr entfaltete sich ein überdimensionales Plakat:

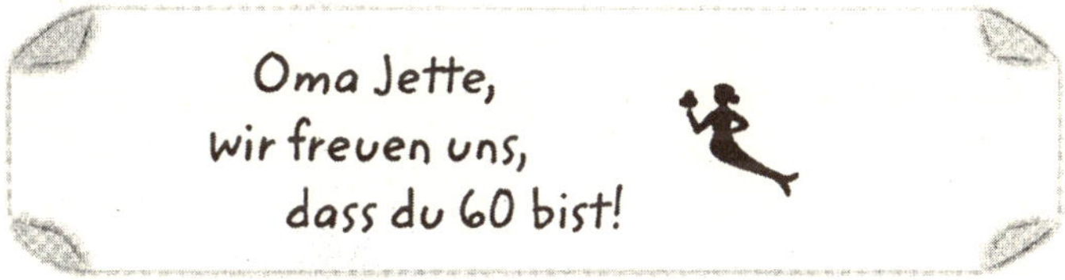

Mit großen Lettern prangte dieser Schriftzug darauf. Daneben schwamm eine kleine Nixe, die überflüssigerweise Jettes Gesicht als Fotomotiv hatte. Deutlicher hätte man es nicht sagen können:

Hallo, Langeooger: Seht her, hier lebt eine alte Meerjungfrau.

Jette aber sah die strahlenden Gesichter ihrer Enkel. Es war eindeutig ihr Werk, inspiriert von Günthers Kosewort.

Jette wollte eben zurück ins Haus gehen und eine Flasche Korn als Dankeschön holen, als sich aus der Piratengruppe ein ihr wohlbekanntes Gesicht löste. Sie schluckte. Rieb sich die Augen, kniff sich. Aber der Mann blieb stehen.

»Günther!«

»Ich war der Bass!«, sagte er stolz.

»Der Bass«, wiederholte Jette. Der, der keinen Ton traf. Sie sollte den singenden Jungs jetzt doch besser zwei Korn anbieten.

Jette sah das breit grinsende Gesicht Maries. Das Zwinkern Kilians. Sogar Fenna wischte sich eine Träne aus dem Auge.

»Ich hole eben den Schnaps.«

Jette Blümerant, du benimmst dich wie ein Teenie mit deinen albernen Fluchtgedanken.

De Flinthörners winkten aber ab. »Keinen Alkohol! Lass gut sein, Jette, das haben wir gern getan. Und Günther, das ist ein ganz Netter. Aber rede ihm das Singen aus!«

»Ich weiß«, sagte Jette. »Ihr habt Qualität. Ich wünsche eurer Gruppe noch viel Erfolg. Und danke fürs frühe Aufstehen, bloß, weil ich Geburtstag habe.«

Obwohl das ja eigentlich gar keiner wissen sollte, aber was hieß schon eigentlich.

»Kein Problem, wir gehen von hier aus jetzt alle zur Arbeit.«

Günther zerrte hinter seinem Rücken einen Strauß roter Rosen hervor. »Die letzten hast du weggeworfen. Nimmst du diese?« Er druckste herum. »Und vergisst den Blödsinn, den ich gestern gestammelt habe?«

Jette nickte, nahm die Rosen in Empfang und stand wie angewurzelt vor ihm.

»Du!«, durchbrach Marie die aufkommende peinliche Situation. »Günther hat noch eine riesengroße Katze für dich im Sack.«

»Noch einen Scheidungshamster?«, fragte Jette, denn darauf könnte sie getrost verzichten. Außerdem war Emma doch wieder gut bei diesem wandelnden Tuschkasten untergekommen, so dass kein Asylbedarf bestand.

»Nein, Oma. Er hat was ganz Tolles gemacht! Nur für *dich!* Weil du ihm so wichtig bist und er nur dein Glück will!«

»Nun übertreib mal nicht so maßlos«, zischte Fenna.

»Er hat gesungen, das war ganz toll!«, versuchte Jette, Günthers Leistung zu heben.

»Gerade ist der Zug eingelaufen«, sagte Kilian. »Und dieses Einlaufen hat schon die Dimension eines Staatsakts, wenn man davon ausgeht, dass die Familie ein Teil des Staates ist, und ein Teil fügt sich am Ende zu dem großen Ganzen.«

Jette blickte ihren Enkel verständnislos an und sah zum Bahnhof hinunter. Dort war wirklich eben die Inselbahn eingelaufen und spuckte die Urlaubermassen aus. Die Pferdetaxen mit den Friesen, Moritzburgern, Haflingern und Norikern, den gelben und grünen Planen und verschiedensten Verdecken warteten geduldig auf Mitfahrer, und die Pensionsinhaber standen mit den Fahrradanhängern fürs Gepäck bereit. Alles war wie immer.

Kilian hatte einfach weitergeredet. »Mein Vorschlag wäre es gewesen, auch Fahnen zu schwenken und die anderen Bundessymbole, aber davon wollten die Mädchen nichts wissen, weil Fenna meint, das, was wir getan haben, wäre ja eher nichts Patriotisches.«

Der Zug hupte und unterbrach Kilians Redefluss. Günther tanzte unruhig von einem Bein auf das andere.

Im Hintergrund hörte sie Fenna mit Kilian tuscheln. »Was laberst du da für einen Mist? Bundessymbole bei Omas Geburtstag. Du hast sie doch nicht mehr alle!«

»Was sind denn überhaupt Bundessymbole?«, fragte Marie.

»Ganz einfach«, sagte Kilian und reckte seinen Hals, denn er wollte sehen, worauf jetzt alle so sehnsüchtig warteten. »Denk nur an einen Vogel, die Fahne und das Lied! VFL, wie der Fußballverein.«

Marie runzelte fragend die Stirn.

»Na, der Bundesadler, die Deutschlandfahne und die Hymne« erklärte Fenna. »Was sollte das jetzt aber auf Omas Geburtstag?«

»Na, die Tragweite klarmachen! Oder findest du, dass Oma weniger wert ist als die ollen Sportler, für die man immer die Flaggen hisst oder die Musik spielt?«, erklärte Kilian und unterbrach seine Ausführungen. Sein Finger schnellte in Richtung Bahnhof, denn er hatte gesehen, was er sehen wollte.

Jette blieb fast das Herz stehen. Sie erahnte, wer ihr da auf der Straße entgegenkam.

Die eine Frau ähnelte Kathrin. Ihr folgte Knut. Beide hatten schwarze Kleidung an, hielten den Kopf gesenkt.

Es dauerte, ehe sie das Haus erreichten. »Mutter?«, fragte Knut, als er Jette gegenüberstand, und schüttelte fast entsetzt den Kopf. »Wieso geht es dir gut? Wir dachten ... Wir wollten ...«

Jettes Blick wanderte zu ihren Enkeln, die strahlend

neben dem genauso strahlenden Günther und den noch mehr strahlenden Menschen auf der Straße in einem Meer von Konfettischnipseln in Form kleiner ausgestanzter 60er-Zahlen standen.

Kathrin fiel Jette mit Tränen in den Augen um den Hals. Sie sah aus, als wäre sie einem Geist begegnet. »Mein Gott, Mama! Du liegst nicht ... wir wollten dich noch einmal sehen, bevor ... und dir an deinem Geburtstag eine letzte Freude machen!«

Jette blickte an sich herunter und fand sich trotz der sechzig Jahre ungeheuer lebendig. Waren alle davon ausgegangen, ihr zu diesem Geburtstag einen Gutschein für einen Sarg zu schenken, oder was sollte diese Frage? Was dieser Traueraufzug?

Sie fand es ja auch nicht prickelnd, so alt zu werden, aber deshalb mussten sie doch nicht a) in Schwarz erscheinen und b) mit ihrem kurzfristig zu erwartenden Ableben rechnen! Knuts Nickelbrille beschlug wegen seiner feuchten Augen, als er Jette in den Arm nahm. »Gott sei Dank, Mama! Gott sei Dank!«

Dann erkannte Jette Günthers Blick, mit dem er Marie, Kilian und Fenna musterte. Fenna hob gleich abwehrend die Hände: »Meine Idee war das nicht, Günther!«

»Wir dachten doch nur ... weil du sie nicht ans Telefon bekommen hast ...« Marie vollendete den Satz nicht.

»Was dachtet ihr?« Jetzt hatte Günther den schönsten Bass der Welt. Klar, dröhnend, sauber. Er kam von ganz tief unten aus dem Kehlkopf. Es klang ein wenig drohend. Männlich. Dazu die schwarze dunkle Hose mit dem grau gestreiften Hemd. Die neue Frisur ...

»Na ja, wir haben Tante Kathrin und Onkel Knut gesagt, Oma würde …«, druckste Marie herum. »Es musste ein wenig Dramatik her.«

»Dramatik?«

Sechzig ist doch Dramatik genug.

Marie fasste ihren ganzen Mut zusammen. »Dann kommen sie wenigstens und lassen die Leguane Leguane sein, und Onkel Knut in Jeans ist ja auch mal schick. So ohne Lendenschurz.«

»Den ich da gar nicht trage«, empörte Knut sich sofort. »Ich bin Entwicklungshelfer!«

Jette begann zu kichern. Erst leise und verhalten, dann bekam sie sich vor Lachen nicht mehr ein. »Ihr habt meinen beiden Kindern erzählt, ich würde im Sterben liegen, damit sie herkommen? Wie cool ist das denn?«

Kathrin und Knut fehlte eine Weile der Humor, aber schließlich konnten auch sie sich das Grinsen nicht mehr verkneifen.

»Eigentlich traurig, dass wir sonst nicht gekommen wären!«, sagte Knut schließlich.

»Und warum habt ihr nicht bei Kea nachgefragt?« Jette schüttelte den Kopf. Auf das Naheliegende waren sie mal wieder nicht gekommen.

»Kea«, sagte Kathrin gedehnt. »Kea war gar nicht erreichbar. Marie hat uns ausdrücklich gesagt, dass ihre Mutter nicht zu kriegen sei und sie sich deshalb um all das kümmere.«

»Ist doch auch egal. Wir haben im *Café Leiß* doch den Tisch schon bestellt. Für alle!«, sagte Kilian. »Wenn auch ohne die Bundessymbolik!«

»Und wo steckt eure Mutter?«, fragte Kathrin.

In dem Augenblick kurvte eine Cessna über ihren Köpfen, und hinter ihr flatterte ein weiteres Banner.

Nun wussten es auch die Letzten auf der Insel.

»Die fliegt noch«, erklärte Marie mit einem Blick zum Himmel. »Aber sie landet sicher bald. Und soweit ich weiß, hat sie auch den Eisbärforscher an Bord. Papa war fast am schwersten zu erreichen. Aber den haben wir auch so überreden können. Der hätte unsere kleine Flunkerei bestimmt auffliegen lassen.«

Jette bat alle in den Garten. Der Rasen war frisch gemäht, weil der kleine Roboterrasenkäfer am Morgen seine Arbeit, ohne zu murren, wieder aufgenommen hatte. Die Faulheit hatte Günther ihm schon in aller Herrgottsfrühe ausgetrieben.

Jette starrte ihre Kinder der Reihe nach an und konnte plötzlich nicht verhindern, dass ihr die Tränen in die Augen schossen. Als auch Kea und ihr Mann um die Ecke kamen, war es vollends um sie geschehen.

»Ja, Jette, nun hast du sie alle wieder!«, flüsterte Günther.

Sie drückte ihm die Hand und dann einfach einen Kuss auf den Mund. »Danke«, sagte sie. »Danke!«

Kea musterte ihre Kinder, die pflichtschuldig dabei waren, die Gäste mit Getränken zu versorgen. »Wenn ich das so sehe, hast du ja alles im Griff gehabt, als ich weg war! Hast nichts verlernt, Mami.«

»Nein, es war gut«, lächelte Jette und wischte sich die letzte Träne aus dem Augenwinkel.

Die paar Probleme waren ja schnell gelöst. Rückblickend betrachtet eigentlich Peanuts.

Aus den seitlichen Büschen ertönte ein seltsames Quaken. Zwei langhalsige Enten stolzierten ums Eck und balzten auf Teufel komm raus.

»Entschuldige, aber ich habe meinen Erpel samt Frau mitgebracht. Ich konnte die beiden doch nicht allein in Blersum lassen«, sagte Günther. »Ich wollte nämlich eigentlich bleiben.« Jette spürte seinen Arm auf ihrer Schulter. »Für immer.«

Fenna erklärte Knut gerade, wie unökologisch sein Flug über die halbe Welt gewesen sei. Marie (sie hatte sich gestern die Haare tatsächlich in ihren urblonden Farbton zurückfärben lassen) erklärte Kathrin eben die hervorragende Qualität von Sockenlocken, und Kilian hatte sein blaues Notizbuch, in das ein neuer blauer Marker eingeklebt war, aufgeschlagen. Er dozierte gerade über das Liebesleben von Spinnen. Alles war wie immer. Alles war gut.

Danksagung

Diesen Roman zu schreiben hat mir viel Spaß gemacht, einfach deshalb, weil ich auch selbst Großfamilienmama und Oma bin. Nichtsdestotrotz liegt eine fiktive Geschichte vor.

Wieder einmal hatte ich tolle Unterstützung bei meiner Arbeit. Zunächst möchte ich mich bei meiner Agentur Lesen & Hören, vor allem bei Anna Mechler bedanken. Sie weiß, wofür! Und bei meiner wunderbaren Lektorin Daniela Röll, die dem Manuskript den letzten richtig tollen Schliff verpasst hat.

Dann gilt ein Dankeschön Hans-Jürgen und Birgit Haller vom Haus Bethanien auf Langeoog. Für die liebevolle Unterkunft während meiner Recherchereisen, für die Lesungsunterstützung und für alle wertvollen Informationen über die Insel.

Walter Luserke danke ich für Günthers Haus in Blersum und die schönen Stunden, die wir dort mit der Schreibgruppe »Schreib-Moor« verbringen durften. Ohne das Wochenende und die tolle Gruppe hätte es Günthers Zuhause dort nicht gegeben.

Ein ganz großes Danke gilt natürlich Beate Oltmann, meinen Eltern und Nina Friol. Eure Arbeit ist nicht zu unterschätzen; danke fürs Lesen und auch für alle Kritik! Und an Paul und Petra Böhm, sie wissen schon, wofür!

Gitta Edelmann aus Bonn und Sabine Prilop aus Braunschweig schätze ich sehr für den kreativen Austausch! Unsere inspirierenden Schreibtreffen sind ein echter Gewinn.

Und ein großer Dank sei auch Klaus-Peter Wolf ausgesprochen. Es ist schön, wenn man so tolle Kollegen hat. Inga und Majanko gilt ein weiterer Dank fürs Gegenlesen, Einkaufen und alles, was mir den Rücken frei gehalten hat, als es eng wurde. Und was wäre ich ohne das Gitarrenduo »Rostfrei« (Frank Kölpin und Dieter Loga), mit dem ich diese wundervollen Musik- und Lesungsprogramme für meine Romane ausarbeite. Natürlich auch für »Oma zeigt Flagge«. Ihr seid einfach klasse!

Das größte Dankeschön aber geht an meinen Mann Frank, der mir als Ehemann, Freund, Ratgeber, Musiker und Hilfe in allen Lebens- und Schreiblagen stets sehr nah zur Seite steht! Es ist so schön, dass es dich gibt.

Regine Kölpin

Regine Kölpin

Oma geht campen

Roman

Weltbild

1. Kapitel

Klack, Tür zu, und der junge Mann war weg.

Oma Bille schüttelte fassungslos den Kopf. Wie lange war er da gewesen? Fünf Minuten? Zehn?

Zumindest lange genug, um sie um 2000 Euro zu melken, zahlbar in drei Tagen. Geld, das Oma Bille weiß Gott nicht hatte, sie war ja schon froh, wenn sie ihre Miete und das tägliche Essen bezahlen konnte. Das würde nun noch schwieriger werden. Dafür türmten sich jetzt in ihrer kleinen Küche zwei dicke Lammfelldecken nebst Kopfkissen.

Lammfelldecken! Mitten im Juli bei 30 Grad im Schatten, ein echtes Schnäppchen. Verdammt, was hatte sie da eben geritten? Oma Bille starrte auf die Rechnung, die ihr der junge Mann zum Abschied mit einem breiten Grinsen in die Hand gedrückt hatte. Er war zuerst so nett gewesen, hatte lange auf sie eingeredet, ihr die Vorzüge solcher Decken wieder und wieder aufgezeigt, so dass sie später gar nicht mehr anders gekonnt hatte, als zu unterschreiben. Vor allem, weil es doch für ihn, den armen entlassenen Strafgefangenen, so wichtig war, dass man ihm etwas abkaufte. »An uns glaubt keiner mehr. Nur so zuvorkommende alte Damen wie Sie«, hatte er mit zitterndem Kinn gesagt, und Oma Billes Mitleid für seinen bedauernswerten Zustand war groß gewesen. Wie von selbst hatten ihre Finger ihren Namenszug unter den Vertrag gesetzt. Erst danach war ihr aufgefallen, dass die Decken keine 200, sondern 2000 Euro kosteten. Der Daumen des jungen Mannes hatte versehentlich eine Null verdeckt. Danach hatte sie einen Augenblick gestutzt, weil er ihr mit einem Mal so bekannt vorgekommen war. Sie meinte plötzlich, ihn schon einmal irgendwo gesehen zu haben. Aber da spielte ihr wohl das Gedächtnis einen Streich. Das konnte gar nicht sein, sie kannte keine Leute, die schon einmal im Gefängnis gewesen waren.

»Jetzt werden Sie es im Winter immer schön kuschelig haben«, hatte er gesagt, und Oma Bille hatte die kritischen Gedanken gleich wieder verdrängt. Sie wollte ihm eigentlich noch eine Tasse Tee anbieten, weil er doch ein so netter Mensch war, aber er hatte es mit einem Mal sehr eilig gehabt. Als die Tür hinter ihm ins Schloss fiel und sie die tatsächliche Summe entdeckte, wusste Bille auch, wieso.

»2000 Euro«, wiederholte sie und ließ sich auf den Küchenstuhl fallen. Das Teewasser hörte eben auf zu blubbern und hinterließ eine eigentümliche Stille. Sie würde trotz der Decken im Winter frieren, weil sie nun ihre Heizkosten nicht mehr zahlen konnte. Immerhin bestand die Möglichkeit, diese monströsen Gebilde über sich aufzutürmen und darunter in eine Art Winterschlaf zu fallen. Aber ob das etwas nützte? Bille bezweifelte das. Denn der junge Mann hatte noch etwas gesagt, bevor die Tür hinter ihm ins Schloss gefallen war. Und genau das hatte weniger freundlich geklungen. »In drei Tagen bin ich wieder da, Omi.« Er hatte seine tätowierten Muskeln spielen lassen. Der kleine, zuvor sympathisch wirkende Drache auf dem linken Unterarm schwoll plötzlich zu einem feuerspeienden Ungeheuer an. »Und wenn du nicht zahlst, nehmen wir dich und deine ganze Bude auseinander. Kapiert?«

Das hatte Bille kapiert, und wie. Ihr zitterten immer noch die Knie. Niemals war sie in kriminelle Machenschaften verwickelt gewesen, sie hatte ihre Rechnungen stets pünktlich bezahlt, nie etwas geklaut oder jemanden übers Ohr gehauen. Doch nun befand sie sich inmitten einer sehr unangenehmen Situation: Sie würde nicht zahlen können. Sie hatte keine 2000 Euro.

Bille strich den grauen Flanellrock glatt und zupfte die Rüschenbluse zurecht. Es war heiß, ihre Strümpfe klebten an den Beinen, ihr Oberteil hatte sie heute schon dreimal gewechselt. Obwohl sie das Fenster zum Hinterhof geöffnet hatte, durchzog keine frische Brise ihre Wohnung im zweiten Stock. Es war, als läge über ganz Oberhausen, ach was, über dem ganzen Ruhrgebiet eine zähe Schicht, unter der man kaum zu atmen vermochte. Die Fliegen schienen an den Wänden festzukleben, und auch vom gegenüberliegenden Schulhof drang kaum Kindergelächter herüber; selbst zum Spielen war es zu warm. Wer konnte, ging in eines der umliegenden Schwimmbäder und suchte sich dort ein schattiges Plätzchen. Die Übrigen dünsteten in ihren Wohnungen vor sich hin und hofften auf kühlere Abendstunden. Lammfelldecken aber kaufte sicher um diese Jahreszeit niemand.

Bille stand auf und kühlte ihre Handgelenke unter dem fließenden Wasser. Dabei bemühte sie sich, die Gedanken zu sortieren. Ein bisschen Geld hatte sie noch auf der hohen Kante, oder besser gesagt in ihrem Bierhumpen im Wohnzimmerschrank. Es waren genau 553,60 Euro. Gespart für Notfälle. Vielleicht ließ der Mann ja mit sich handeln. Waren Lammfelldecken überhaupt ein Notfall? Nun, wenn sie

Gefahr lief, dass man ihr die Wohnung zerlegte, konnte man das wohl so nennen.

Sie hätte längst zum Amt gehen können, Gelder beantragen und schauen, was ihr zustand, dann würde es ihr finanziell nicht so schlechtgehen, doch sie mochte das nicht. Betteln war peinlich, sie hatte es bislang immer allein geschafft, und das sollte auch so bleiben. Ihr würde schon etwas einfallen, wie sie das Geld auftreiben konnte. Sie hatte noch nie aufgegeben, gleichgültig, welche Aufgaben das Leben ihr gestellt hatte. Nicht einmal, als ihr Karl gestorben war, nicht einmal da. Und auch jetzt würde sie eine Lösung für das Dilemma finden. Bille lachte bitter auf. Das war ja eine nette Vorstellung! Wie wollte sie denn innerhalb von drei Tagen an 2000 Euro kommen? Dazu müsste sie eine Bank überfallen oder einen Geldtransport. Zumindest die Supermarktkasse an der nächsten Ecke. Am besten gegen Abend, wenn die Einnahmen sich stapelten.

Bille drehte den Wasserhahn ab. Sie besaß ja nicht einmal eine Strumpfmaske, von einer Knarre ganz zu schweigen. Kriminelle Vorhaben waren bislang in ihrer Lebensplanung nicht vorgesehen gewesen. »Du und deine blöde Gutmütigkeit«, schimpfte sie. »Wie konntest du ihm glauben, dass er ein armer Kerl ist?«

Der junge Mann hatte ihr wirklich leidgetan. Natürlich hatte sie ihn unterstützen wollen. Arm sein, nichts haben, das kannte Bille. Und nun steckte sie in dieser vermaledeiten Klemme: Das Geld hatte sie einfach nicht. Und sollte sie tatsächlich vermummt im Supermarkt oder in der Bank auftauchen, würde man sie allenfalls ins nächste Demenzzentrum verfrachten. Wer nahm schon eine alte Schachtel als Gangsterin ernst? Sie war keine Bonnie, und Mr. Clyde fehlte ihr auch.

Bille nahm die Rechnung, ging ins Schlafzimmer und stopfte sie in ihren Kopfkissenbezug. Aus den Augen, aus dem Sinn. Es war eine unsinnige Handlung, aber so machte das Ganze ihr weniger Angst. Vielleicht konnte sie dem jungen Mann zumindest eine Decke zurückgeben, was sollte sie mit zweien? Sie lebte a) allein und b) in Oberhausen und nicht in Sibirien.

Oma Bille schüttelte resigniert mit dem Kopf. Der Mann war kompromisslos. Eher würde der Tattoo-Drache erneut Feuer spucken. Sie musste zahlen!

»Weil ich das Geld nicht habe und ein Überfall, wie auch immer geartet, gegen mein Naturell verstößt, wäre es am besten, unterzutauchen«, murmelte sie. Ihre Ideen wurden immer abstruser. Litt sie etwa schon an Demenz? Abtauchen mit einer neuen Identität, so hatte sie das im *Tatort* gesehen. Aber dafür musste man der Polizei Fakten gegen Verbrecher liefern, und das einzige Faktum, das es gab, war ihre Unterschrift auf dem Kaufvertrag. Und die war wohl rechtens. Der junge Mann hatte sie schließlich nicht gezwungen. Was war das alles ein Mist!

Als es klingelte, schlurfte Bille zur Tür. Sie warf einen Blick durch den Spion. Nicht, dass der Typ ihr passend zu den Decken nun auch noch ein Bett oder Spezialmatratzen andrehen wollte.

Aber es waren Annemie und Laura, die Zwillinge aus der Wohnung gegenüber. Ihre »Ersatz-Enkel«. Die Winterbergs waren ihr in all den Jahren zur Familie geworden. Das war gut, vor allem, wenn man keine eigene hatte.

Bille atmete erleichtert aus und öffnete. Der Besuch würde sie ablenken.

»Mama ist so gemein, Oma!«, legte Annemie gleich los. »Richtig fies.«

»Stimmt!« Laura stampfte mit dem Fuß auf. Die beiden zwölfjährigen Mädchen sahen sich zum Verwechseln ähnlich. Ihre dunklen Haare hatten sie zu Zöpfen geflochten und mit bunten Spangen verziert. Obwohl Bille beide schon von klein auf kannte, hatte selbst sie hin und wieder Probleme, sie auf Anhieb voneinander zu unterscheiden. Jedenfalls so lange, bis sie redeten. Laura war erheblich forscher als Annemie und gestikulierte ständig wie wild, während ihre Schwester eher ruhig blieb und überlegt agierte.

»Kommt erst mal rein!« Oma Bille trat zur Seite. Dabei sah sie sich sicherheitshalber um, wer wusste schon, ob ihr Geldeintreiber sich nicht doch irgendwo versteckt hielt, auch wenn er gesagt hatte, sie habe drei Tage Zeit. Wer alten Damen das Geld aus der Tasche zog und sie mit Tattoo-Drachen bedrohte, hatte bestimmt eine andere Zeitrechnung.

Die Mädchen schlüpften an Oma Bille vorbei in die Küche, wo sie wie selbstverständlich auf ihren Kakao warteten. Es war ein Ritual, von dem sie nie abrückten: Die Zwillinge hatten etwas auf dem Herzen, und Oma Bille machte Kakao. Im Sommer eisgekühlt, im Winter warm, aber nicht mit Haut. Haut war ein Graus für Kinder, das tat sie ihnen nicht an.

Oma Bille stellte die Tassen zurecht und holte Milch aus dem Kühlschrank. Ihre Enkel waren eine willkommene Abwechslung. Sie mochte nicht weiter über Lammfelldecken und fehlende 2000 Euro nachdenken. Schließlich wollten die Winterbergs übermorgen verreisen, und sie würde die beiden Mädchen für zwei Wochen nicht sehen. Dieser Gedanke verschaffte ihr ein noch größeres ungutes Gefühl. Sie war völlig allein und ihrem Widersacher auf Gedeih und Verderb ausgeliefert.

Die Mädchen hatten mittlerweile Omas Einkauf entdeckt. »Hast du Schafe gekauft?« Annemie strich über das Fell.

»Tote Schafe«, sagte Laura und stieß den Stapel an. »Sind ja nur Decken.«

»Ziemlich tot.« Annemie nickte. »Warum kaufst du so was? Kleine Schäfchen sind so süß!« Sie runzelte die Stirn. »Und ganz ehrlich, Oma: Es ist heiß draußen, was willst du jetzt damit?«

»War günstig«, sagte Bille. Sie verspürte nur wenig Lust, mit den Mädchen über ihre Kaufentscheidung zu diskutieren, zumal sie ja selbst nicht wusste, was sie damit anfangen sollte. Immerhin besaß sie zwei wunderbare Daunendecken, deren Inletts sie erst im Frühjahr hatte reinigen lassen. »Der Kakao ist fertig«, lenkte sie ab. »Setzt euch doch! Ich dachte, ihr wolltet was loswerden?« Sie nahm die Decken und verfrachtete sie ins Schlafzimmer. Irgendwo musste sie die Dinger in ihrer kleinen Wohnung bis zum Winter lagern, vielleicht passten sie auf den Kleiderschrank. Oder sie spielte Prinzessin auf der Erbse und packte sie unter sich auf die Matratze.

Bille ging zurück in die Küche. »So, und warum ist Mama nun fies?«, fragte sie die Mädchen.

»Weil es wieder das Meer sein muss. Und wieder der

Campingplatz am Strand. Der in Hooksiel. Dabei wollen wir so gern mal in die Berge. Ich möchte wandern.«

»Das gibt aber Blasen an den Füßen«, gab Oma Bille zu bedenken. Obwohl sie auch lieber in die Berge gefahren wäre als ans Meer, wenn sie die Wahl gehabt hätte. Nur stellte sich diese Frage nicht, weil sie nie irgendwohin fuhr. Außer ins CentrO oder in den Zoo nach Duisburg. Vielleicht mal nach Köln an den Rhein, mit dem Seniorenticket.

»Seid froh, dass ihr überhaupt verreisen dürft. Gerade bei dieser Hitze ist es ein Segen, ins Meer springen zu können.« Sie fächelte sich mit der herumliegenden Zeitung Luft zu. »Außerdem wisst ihr doch schon länger, wohin die Reise gehen soll.«

»Ja, aber wir dachten, wir könnten unsere Eltern noch umstimmen, und deshalb haben wir extra aus dem Reisebüro Prospekte von Garmisch und der Zugspitze geholt.« Laura zupfte drei zerknitterte Hochglanzflyer aus der Hosentasche und schob sie zu Oma hinüber. Bille faltete sie auseinander und strich glättend darüber.

»Mama hat nicht mal reingesehen, sondern einfach die Strandlaken in den Wohnwagen gebracht. Sie hört nicht auf uns.« Annemie nahm einen Schluck Kakao und hatte sofort einen dunklen Bart. »Die Nordsee ist aber langweilig!«

»Weil sie nie da ist«, ergänzte Laura mit einer ausladenden Handbewegung. »Das Meer in Friesland hat Ebbe und Flut.«

»Genau«, bestätigte Annemie. »Das ist voll doof. Bei Flut ist das Wasser ganz hoch, und wir dürfen nur ein bisschen rein, damit wir nicht untergehen. Und bei Ebbe ist da nur Matsch. Darin dürfen wir uns aber nicht mal wälzen, weil der Schlick aus den Handtüchern nicht rausgeht. Vor allem der pechschwarze ist für jede Hausfrau eine Herausforderung. Sagt Mama.«

Oma Bille sah ein, dass dies alles in Bezug auf einen gelungenen Urlaub durchaus kontraproduktiv war. Dieses »Sich-nicht-im-Matsch-wälzen-Können« glich einer elementaren Katastrophe. Nur wollte sie Maja, der Mutter von Annemie und Laura, nicht in den Rücken fallen.

»Es weht immerhin ein frischer Wind dort. Das ist doch auch schön, wenn es so heiß ist wie im Moment.« Oma Bille stellte sich ans geöffnete Fenster. Es brachte keine Erleichterung.

»Wind ist doof. Steife Brise nennen sie es da. Man sieht aus wie ein Pudel«, sagte Laura. »Wir sind ja keine kleinen Kinder mehr und achten auf unsere Erscheinung.«

Langsam gingen Oma Bille die Argumente aus, aber offensichtlich waren die Zwillinge ohnehin nicht daran interessiert, auch nur einen Hauch von Meer gut zu finden. »Neben dem Campingplatz in den Bergen steht ein Hotel, da ist sogar schon Franz Beckenbauer abgestiegen«, erklärte Annemie.

Oma Bille sah sie erstaunt an. Franz Beckenbauer gehörte wie sie zum alten Eisen, wieso kannten die Zwillinge ihn, obwohl sie mitnichten fußballinteressiert waren?

»Wir wissen zwar nicht, wer das ist, aber er muss ja bekannt sein, wenn sie das extra im Prospekt erwähnen.« Laura sammelte die Flyer wieder ein. »Ist auch egal, Mama und Papa gehen lieber ans Meer campen.«

»Das gar nicht da ist. Oder nur manchmal«, ergänzte Annemie.

Die Mädchen waren, trotz des seelentröstenden Kakaos, heute Morgen auf Krawall gebürstet, und Oma Bille war gnadenlos überfordert. Was verstand sie schon von Urlaub?

»Noch was zu trinken? Eine Limo bei der Hitze?«, schlug sie vor, weil die Stimmung in den Keller zu rutschen drohte und ihr nichts Besseres einfiel.

Die Mädchen schüttelten die Köpfe. »Limonade hilft jetzt auch nichts, Oma. Spanien, ja das wär auch was gewesen«, sagte Annemie. »Wenn schon keine Berge.«

»Ja, Spanien«, schwärmte Laura. »Da scheint immer die Sonne. Und was tun wir? Wir fahren ins Wangerland nach Hooksiel. Allein wie das klingt! Das ist Friesland!«

»In Spanien ist es noch wärmer als hier.« Bille fand den Süden Europas generell nicht erstrebenswert. Wenn man doch schon in einer kleinen Zweizimmerwohnung im Ruhrpott langsam vor sich hin garte. Im Süden musste es noch schlimmer sein. »Was sagt denn euer Bruder zu den Vorschlägen?«

»Ach, der!« Laura winkte ab. »Mit Felix ist nichts los. Der sitzt nur gelangweilt rum und quatscht dummes Zeug. Papa sagt, diese Phase muss man eben überstehen. Danach wären wir dran mit solchen Spinnereien. Wie Felix werden wir aber ganz sicher nicht. Der ist so blöd, vor allem, wenn er chillt.«

Er chillt?, wiederholte Oma Bille in Gedanken. Was das wohl bedeutete? Sie kannte Chinchillas, aber diese Tierchen hatten wohl kaum etwas mit Felix' Gemütslage zu tun. Wobei seine momentanen Launen ohnehin nur selten mit irgendetwas was zu tun hatten. Der junge Herr pubertierte, das war in der heutigen Generation die Ausrede für alles und jedes, was man entweder nicht erklären oder nicht entschuldigen konnte. Zu Oma Billes Zeiten nannte man diesen Zustand noch »halbstark«.

»Ich denke trotzdem, dass es ein schöner Urlaub wird. Und ich freue mich, wenn ihr wieder zu Hause seid.«

Das dieses Mal garantiert noch mehr als sonst, dachte sie. Lieber gar nicht weiterdenken. Die Winterbergs fuhren immer 14 Tage lang weg, das glich einer gefühlten Unendlichkeit.

Laura trat neben Oma Bille und umarmte sie. »Na ja, dann freuen wir uns eben auch. Aber« – sie stockte – »jetzt musst du ja ganz allein in dieser Hitze ausharren, während wir am Strand rumliegen, Drachen steigen lassen, Souvenirs shoppen, Backfisch essen und so.« Laura ließ Oma Bille los. »Du wirst uns gewiss vermissen. Wer soll denn mit dir in den Zoo gehen?«

Oma Bille lächelte gequält. »Ich schaff das schon. Ich kann mit der Bahn hinfahren, zum Friedhof spazieren und ein paar Blumen ablegen und auf den Sterkrader Wochenmarkt gehen. Dort kaufe ich schöne Stoffe und nähe euch was. Das ist dann fertig, wenn ihr zurück seid.« Falls der Schlägertyp sie bis dahin nicht massakriert und ihre kleine Wohnung völlig zerlegt hatte.

»Super!«, sagte Laura strahlend. Sie liebte die bunten Kreationen, die Oma Bille für sie entwarf und dann mit geschickter Hand zusammennähte.

Gerade als die Zwillinge sich auf den Weg machen wollten, klingelte es erneut. Laura stürmte zur Tür. »Mama?«, fragte sie entgeistert, als sie sah, wer vor der Tür stand. Doch ihre Mutter wirkte keineswegs böse, sondern spazierte mit einem freundlichen Lächeln auf den Lippen in die Wohnung. »Puh, ist das heiß«, sagte sie. »Die ganze Stadt gleicht einer Sauna, das kann nicht gesund sein. Und genau deshalb bin ich hier.«

»Hast du für Oma Bille einen Ventilator gekauft?« Laura hüpfte auf und ab, doch ihre Mutter hielt kein Paket in den Händen.

Maja Winterberg lächelte noch immer. »Das nicht, aber ich habe etwas viel Besseres dabei als einen Ventilator.« Sie wischte sich den Schweiß von der Stirn. »Vor allem ihr älteren Leute leidet ganz schön unter der Hitze«, sagte sie an Oma Bille gewandt. »Manchmal bin ich deswegen richtig in Sorge.«

»Oma Bille ist nicht alt«, warf Laura ein.

»Nein, sie ist betagt«, sagte Annemie. »So nennt man das. Sie muss viel trinken, sonst fällt sie um vor Austrocknung.« Angesichts dieser nahenden Katastrophe stürzte sie zum Wasserhahn und füllte ein Glas bis zum Rand. »Trink mal was, Oma!«

Bille nahm folgsam einen Schluck. Nicht, dass sie tatsächlich kurz davor war, in sich zusammenzusacken, so wie der mit Luft gefüllte Schneemann, den ihre Nachbarn zur Weihnachtszeit auf dem Balkon gehabt hatten und der gleich am zweiten Tag tragischerweise von einem vorzeitig abgeschossenen Silvesterböller mitten in den Bauch getroffen worden war. Sie hatten die Reste des Verblichenen noch immer nicht beseitigt, und Bille wurde mit dem Drama Morgen für Morgen konfrontiert.

Das Leitungswasser schmeckte nach Chlor. Bille mochte es nicht besonders, aber es war eine Alternative zum Mineralwasser oder zur Limo, die sie nur für die Mädchen bereithielt. Wasser aus dem Hahn war gut, weil es nicht viel kostete. »Was hast du denn dabei?«, wandte sie sich an Maja, nachdem sie das Glas geleert hatte. Sie verspürte keine Lust, weiter über zusammengesackte Gestalten nachzudenken, schon gar nicht, wenn es sie selbst betraf.

»Es handelt sich eher um eine Überraschung. Jan und ich möchten uns damit bei dir bedanken.«

Bille winkte ab. Wofür wollten sie ihr danke sagen? Sie hütete ab und zu die Mädchen, doch das war keine Last, sondern eine willkommene Abwechslung. Dafür waren ihre Tage nicht so lang und trist wie bei anderen alleinstehenden alten Leuten. Und ihnen hin und wieder ein bisschen Kleidung zu nähen oder Marmelade zu kochen und Obst einzuwecken war ebenfalls eine Sache, bei der alle gewannen.

»Weißt du, Oma Bille«, sagte Maja, »du springst immer ein, wenn mich die Klinik spontan zur Nachtwache ruft, du bist da, wenn ich krank bin. Von deinen lieben Zuwendungen wie den selbstgebackenen Kuchen am Wochenende und den leckeren Marmeladen mal abgesehen. Für uns bist du unentbehrlich geworden.« Maja presste die Lippen aufeinander und runzelte zugleich die Stirn. »Ja, du hast sogar auf Felix ein Auge, und das ist im Moment alles andere als einfach.«

An der Stelle musste Bille Maja allerdings recht geben. Das war eine echte Herausforderung. Der Knabe sprach nicht. Oder wenn, dann in Ein-Wort-Sätzen, deren Kontext man sich zusammenreimen musste. Was es mit dem Chillen auf sich hatte, würde sie noch unauffällig herausfinden. Wozu gab es schließlich Google, und wozu hatte sie vor ein paar Wochen beim Seniorentreff am Computerkurs teilgenommen?

»Nun sag schon, Mami, was du Oma geben willst«, flehte Annemie. »Ich bin so neugierig!«

Maja lächelte. »Liebe Oma Bille, was hältst du von der Idee, mit uns an die Nordsee zu reisen und endlich mal Urlaub zu machen?«

Bille zuckte zurück. »Ich soll in den Urlaub fahren?«

»Ja! Hooksiel ist richtig schön. Ein ganz kuscheliger Ort mit einem romantischen Hafen und mit alten Fischkuttern, vielen Cafés und kleinen Geschäften. Dazu ein wunderbarer Sandstrand und das Hooksmeer, wo du auch spazieren gehen kannst.« Abwartend blickte Maja sie an. Bille war unsicher, was sie sagen sollte.

Ich soll in den Urlaub fahren?, wiederholte sie stumm. Ich weiß ja kaum noch, wie man das buchstabiert, dachte sie. Aber der Gedanke ließ sie innerlich auflodern. Wann hatte sie zuletzt Urlaub gemacht? Das war in den 70er Jahren gewesen. Damals hatte Bille mit ihrem Mann Karl das Allgäu bereist. Sie hatten den Grünten bestiegen und in dem kleinen Ort Kranzegg gewohnt. In einer winzigen Ferienwohnung mit rot-weiß karierten Gardinen, einem so dicken Federbett, dass man fast darunter erstickte, und einem Kruzifix an der Wand. Aber sie hatte neben Karl gelegen und nachts sein Schnarchen gehört. Obwohl sie deswegen unruhige Nächte gehabt hatte, war es dennoch ein vertrautes Geräusch gewesen. Das war vorbei. So war das Leben. Man merkte immer erst im Nachhinein, welchen

Schatz man besessen hatte, weil man stets glaubte, der Reichtum ließe niemals nach. Seit diesem Urlaub liebte Bille die Berge als den Inbegriff von Glück.

Hooksiel war allerdings ganz weit weg davon, lag in der völlig anderen Richtung, um genau zu sein. Dazu war es dort flach, und es gab viel Wasser und viel Wind und Regen, wenn sie die Ausführungen ihrer Nachbarin Frau Meyer-Semmelmann für bare Münze nahm.

Bille musste jetzt etwas sagen, denn alle drei Augenpaare waren abwartend auf sie gerichtet. Hooksiel war nicht Kranzegg. Aber die Entfernung zwischen Oberhausen und diesem Fischerort war ihr sympathisch. Dort war sie unauffindbar für den jungen Mann, der ihr in drei Tagen den Marsch blasen würde, sollte sie nicht zahlen. Unter diesem Aspekt war eine Reise *die* Lösung!

»Du bist sonst so allein, und niemand bekäme mit, wenn dir etwas passiert«, argumentierte Maja weiter. Sie schien wirklich zu wollen, dass Bille mitfuhr. Es war kein Angebot, bei dem sie hoffte, dass die Beschenkte ablehnte. Das war ernst gemeint.

»Stell dir vor, du bekommst einen Schwächeanfall oder dich überfällt jemand. Nicht auszudenken! Und ein Tapetenwechsel würde dir sehr guttun.« Sie wischte sich erneut mit dem Handrücken über die Stirn. »Außerdem kann man dich bei dieser Hitze wirklich nicht hier allein lassen.«

Stimmt, dachte Bille. Wenn es die nächsten Wochen weiterhin so stickig blieb ... Und dann die Sache mit dem jungen Mann ... Der Plan mit Hooksiel klang nicht verkehrt. Es gab allerdings noch ein paar Details zu klären.

»Ihr fahrt mit eurem Wohnwagen auf einen Campingplatz. Wo soll ich denn schlafen?« Neben Felix im Zelt, der chillte, wovon sie noch nicht sagen konnte, ob sie das guthieß? Hinzu kam, dass Felix stets ein Doppelbett oder in dem Fall eine Doppelluftmatratze für sich allein beanspruchte. Er lag immer quer. Das hatte er schon als Baby getan.

»Wir haben für dich einen Leihwohnwagen organisiert, der gleich neben unserem Stellplatz aufgebaut wird. So hast du dein eigenes Reich. Die Mädchen schlafen bei uns im Wohnwagen, Felix hat sein Wurfzelt.«

Bille ging in sich, sie musste stets alles beleuchten, bevor sie eine Entscheidung traf. Das Ganze stellte sich folgendermaßen dar: Sie liebte die Berge und sollte nun an die Nordsee. Sie war 73 Jahre alt, träumte heimlich schon länger von einem feinen Hotel mit Schwimmbad und Sauna (so etwas hatte sie erst kürzlich als Reisetipp in einer Frauenzeitschrift beim Friseur gesehen) und würde stattdessen in einem Wohnwagen hausen. Sie sollte Urlaub machen, würde jedoch als Ersatzoma für quirlige Zwillinge und einen halbstarken Chiller fungieren (an dieser Stelle wurde ihr die Dringlichkeit des zeitnahen Googelns noch einmal sehr deutlich). Anstelle der angepeilten Seniorenwassergymnastik im gut temperierten Thermalbad würde sie sich entweder im Schlick (der nicht aus den Handtüchern zu waschen war) suhlen oder beim Baden in der Flut ihr Leben riskieren. Hinzu kam das wegen der steifen Brise nicht zu unterschätzende Frisurproblem. Der Wind wehte immer und überall und ständig von vorn. Das hatte Bille den Erzählungen der Winterbergs entnommen, wenn sie von ihren Radtouren erzählten. Bille legte aber großen Wert auf einen guten Sitz ihrer Dauerwelle. Da stimmte jede Locke.

Es gab bei dieser Reise also etliche Argumente dagegen,

aber auch ein unschlagbares dafür: Das große Problem mit den zu zahlenden 2000 Euro würde in weite Ferne rücken. Dagegen waren ein Halbstarker und alle anderen Widrigkeiten eigentlich Peanuts, wie die Zwillinge es ausdrücken würden. Oma Bille grinste. Das Leben funktionierte manchmal perfekt.

»Wäre denn genug Platz für meine Bücher da?«

Maja lächelte, kannte sie doch Billes Vorliebe für dicke Schmöker. »Du wirst viel Zeit zum Lesen haben. Versprochen!«

»Und dann geht es also übermorgen wie geplant los?«

»So ist es, Oma Bille.« Maja strahlte übers ganze Gesicht, die Mädchen führten einen Freudentanz auf. »Es ist alles organisiert. Damit du dich wirklich gut erholen kannst. Wegen der Blumen, der Treppenhausreinigung und dem Briefkasten habe ich schon Frau Meyer-Semmelmann gefragt. Sie macht das liebend gern für uns.«

Bille nickte. Frau Meyer-Semmelmann waren diese Arbeiten wie auf den Leib geschnitten, es gab in ganz Oberhausen bestimmt keine Mittfünfzigerin, die so erpicht auf solche Hilfsdienste war wie sie. Darüber brauchte sich Oma Bille also nicht den Kopf zu zerbrechen.

»Übermorgen ... Ich freue mich«, hörte sie sich sagen. In Gedanken packte sie bereits ihren Koffer und überlegte, welche Bücher sie sich noch aus der Stadtbücherei besorgen sollte, wo sie Stammgast war. In zwei Tagen lägen zwischen ihr und dem Geldeintreiber ungefähr 300 Kilometer. Das klang nach einer gesunden Distanz. Dennoch ließ ihr Magengrummeln nicht ganz nach. Aufgeschoben war nicht aufgehoben.

2. Kapitel

Fleischermeister Häwelmann packte Bille sechs Salamiwürste ein. »Sie sollen in Hooksiel ja nicht darben, Werteste«, sagte er und lächelte sie an. Und weil Bille so nett zurücklächelte, legte er noch ein Stück Schinken dazu. Bernd Häwelmann senior hätte aus Altersgründen schon lange nicht mehr in seinem Laden stehen müssen, aber er war kein Typ, der freiwillig Verantwortung abgab, und schon gar nicht an seinen sich bereits dem Rentenalter nähernden Sohn. Das war wie mit Prinz Charles, der auch kein König werden durfte.

Fleischermeister Häwelmann senior war stets sehr bemüht um Billes Wohlergehen, genauer gesagt, er wollte sie heiraten. Er war ebenso lange verwitwet wie Bille und hätte gegen eine Rubens-Häwelmann Verbindung nichts einzuwenden gehabt. Deshalb führte er sie einmal im Jahr zum Fest in der Kleingartenanlage am Bahndamm aus und schob sie dort energisch übers Tanzparkett. Öfter mochte Oma Bille die Fleischerhände nicht an ihrem Körper fühlen, selbst wenn sie den einzigartigen Schinken und seine Mettwurst, die er seit Jahren nach alter Tradition herstellte, durchaus schätzte. Doch es bestand ein Unterschied zwischen wohlschmeckender Mettwurst und der Berührung durch die Finger, die diese Wurst herstellten. Deshalb war Bille den Annäherungsversuchen des Fleischermeisters bereits dreimal erfolgreich ausgewichen.

Er hatte vorhin etwas betrübt gewirkt, als Bille ihm von dem bevorstehenden Urlaub erzählte, sich dann aber sofort überlegt, was er ihr zur Erinnerung an ihn mitgeben konnte. Natürlich wunderbare Wurstqualitäten. Er glaubte, damit ihr Frauenherz doch eines Tages erobern zu können. »Spätestens wenn Sie im Heim leben, Frau Rubens, werden Sie sich nach meiner Wurst sehnen.« Er sah Oma Bille so durchdringend an, dass sie sich verlegen ihre Dauerwelle richtete. Vermutlich würde er lange vor ihr dort landen, denn er zählte sieben Lenze mehr als Bille.

Bernd Häwelmann war aber noch nicht fertig. »Und nach *mir* werden Sie sich auch sehnen«, flüsterte er mit seinem unverkennbaren Salami-Atem, der vom häufigen Kosten der Dauerwurstvielfalt herrührte.

Bille mochte ihn ja, denn Bernd Häwelmann war durchaus ein angenehmer Zeitgenosse, nur wollte sie ihn deswegen nicht gleich heiraten. »Ich danke Ihnen, Herr Häwelmann«, sagte sie deshalb ausweichend. »Natürlich werden Sie eine Ansichtskarte von mir bekommen.«

»Ach, liebe Bille – wenn Sie aus Hooksiel, oder wie auch immer das Kaff heißt, wohin Sie nun für eine so lange Zeit entschwinden, zurück sind ... Werden Sie mich dann erhören? Sie brauchen doch einen starken Mann an ihrer Seite!« Fleischermeister Häwelmann ließ seinen Oberarmmuskel spielen. Er wirkte wie Arnold Schwarzenegger *nach* seinen besten Tagen.

»Jetzt verreise ich erst einmal, Herr Häwelmann.« Bille lächelte. Sie hatte bereits seinen ersten Antrag im vorigen Herbst abgelehnt und im Winter den zweiten. Nummer drei war im Frühling erfolgt, und sie glaubte nicht, dass sich an ihrer Abneigung gegen eine Eheschließung nach ihrem Nordseeurlaub etwas ändern würde.

Fleischermeister Häwelmann packte eine weitere Wurst ein. Dieses Mal die grobe Kalbsleberwurst mit Bärlauchnote. Dann verneigte er sich und reichte Bille die prall gefüllte Wursttüte über den Tresen. »Ich wünsche eine gute Reise, meine Liebe. Lassen Sie sich meine Wurst munden, und verschwenden Sie in diesen Augenblicken ein paar kurze und freundliche Gedanken an mich.« Er machte eine Pause, beugte sich hinunter und schnitt eine Scheibe Bierschinken ab. »Kosten Sie die bitte noch, Frau Rubens. Sie werden es nicht bereuen.«

Bille lehnte ab und verabschiedete sich eilig. Herr Häwelmann behandelte sie stets wie ein Kind, dem man eine Scheibe Wurst mit auf den Nachhauseweg gab, damit es an Mamas Hand nicht so herumnörgelte.

»Dabei bin ich schließlich nicht käuflich und schon gar nicht mit Wurst«, murmelte sie. Ein Grund mehr, Herrn Häwelmann keinesfalls zu erhören. Wer wusste, was ihm noch einfallen würde, wenn er mit ihren Aktivitäten nicht einverstanden war.

Fleischermeister Häwelmann fehlte das, was einen Mann ausmachte, den Oma Bille sich auf ihre alten Tage an ihrer Seite wünschte. Einen, neben dem sie am Morgen aufwachen wollte. Einen, mit dem sie auch über andere Dinge sprechen konnte als über passende Gewürze für die neue Wurst- und Fleischproduktion. Bille las doch so gern und liebte die Natur. Eben nicht nur die Produkte, die man aus Kühen und Schweinen herstellen konnte.

»Nur Freundschaft«, hatte Bille immer zu ihm gesagt und

seinen traurigen Blick ignoriert. Wegen eines traurigen Blickes konnte man nicht heiraten, das wäre nicht richtig.

Jetzt gehe ich erst einmal campen, dachte sie und lächelte. Ihre Unruhe war allerdings noch nicht völlig verflogen. Ständig sah sie sich um, ob der junge Mann irgendwo herumlungerte und ihr auflauerte, doch er ließ sich nicht blicken.

Bille musste sich beeilen, denn sie hatte vor der Abreise noch viel zu tun. Bei der Hitze war es nicht einfach, alles in kurzer Zeit zu bewerkstelligen. Zunächst galt es ohnehin, dieses riesige Wurstpaket im Kühlschrank zu verstauen und so vor dem Verderben zu retten.

Nachdem Bille das erledigt hatte, beschloss sie, einen Proviantkorb zu packen. Ein bisschen erkenntlich musste sie sich der Familie Winterberg gegenüber schließlich zeigen, und was lag näher, als das mit schmackhaftem Essen zu tun? Sie holte die selbstgebackenen Kekse aus dem Schrank, eilte in den Keller, wo es angenehm kühl war, und suchte drei Sorten Marmelade aus. Sie fand tatsächlich ein letztes Glas Quittengelee, von dem sie wusste, dass Jan Winterberg es liebte. Quitten machten unglaublich viel Arbeit, aber Bille hatte im Alltag sonst kaum etwas zu tun, und sie liebte es, zu kochen, zu backen und einzuwecken. War das ähnlich wie die Wurstherstellung? Bille schob den Gedanken rasch weg.

Die ersten Dinge waren eingepackt, den Rest würde sie morgen hinzufügen. Mit Maja galt es nachher noch zu besprechen, wo sie all die Wurst lassen sollte. Ihren Koffer hatte Jan Winterberg bereits vom Speicher geholt und auf Billes Bett gestellt.

Jetzt lief Bille der Schweiß über die Stirn, und sie musste sich auf die Bettkante setzen. Was zum Teufel nahm man in einen Campingurlaub mit? Wie kleidete man sich auf einem Campingplatz? Sie kannte nur die Fernsehserie *Die Camper*. Eine leichte Gänsehaut kroch über Billes Rücken. Ob es da wirklich solche Gestalten gab? Nun, dann hätte sie wenigstens was zu lachen. Aber das löste ihr Kleidungsproblem leider auch nicht. Sie warf einen Blick auf ihre Bücher. Lesestoff musste sie auch ganz dringend einpacken.

Bille stand auf und inspizierte ihre Bestände. Viel besaß sie nicht, weil sie sich sommers wie winters eher klassisch kleidete. Grauer oder beigefarbiger Flanellrock, dazu ein dünner oder dickerer Pulli, und wenn sie sich schick machte, eine Bluse. An heißen Tagen wie heute durfte die auch kurzärmelig sein. Ging sie mit Herrn Häwelmann zum Tanzen, schlüpfte sie in ein schwarzweiß gemustertes Kleid, das mit einem dunklen Gürtel gehalten wurde. Mehr brauchte Bille nicht. Nur – trug man Flanellröcke beim Campen? Bille war ratlos und räumte ihren Koffer nun schon zum dritten Mal ein und wieder aus.

Ein Blick aus dem Fenster zeigte ihr, dass die Winterbergs gerade ihre Sachen in die Schränke des riesigen Wohnwagens luden. Der blockierte seit zwei Stunden mehrere Parkplätze vor dem Haus und gab Anlass zu lauten Hupkonzerten, weil die Kunden der Apotheke nicht direkt davor parken konnten. Jan Winterberg kümmerte das nicht, er war in Urlaubslaune. Morgen früh würden sie sich auf den Weg an die Nordsee machen.

Der Campingplatz lag hinterm Deich, man hatte dort wohl die See vor der Nase. Wenn sie da war und nicht

Ebbe spielte. Bille hatte die Gezeiten noch nie erlebt und war auf den Blick übers Watt gespannt. Nordsee ist Mordsee, hatte sie mal gelesen, weil es gefährlich war, bei Ebbe zu weit hinauszulaufen, denn das Wasser konnte plötzlich von allen Seiten zurückkommen. Aber sicher war es dort nicht gefährlicher als in der Thüringer Straße in Oberhausen, wo sie bei glühender Hitze Lammfelldecken angedreht bekam und bei Nichtzahlung um Leib und Leben fürchten musste.

Mittlerweile freute sich Bille auf die Reise, auch wenn sie nicht ganz mit einem Urlaub in einem schicken Hotel vergleichbar war. Aber einem geschenkten Gaul sah man nicht ins Maul, und so kam sie zumindest mal raus und vor allem weit weg von hier und ihren unüberschaubaren Problemen. »Deiche sind auch Hügel, fast Berge«, tröstete sie sich. Immerhin gab es Mühlen und Leuchttürme, Möwenschiss und das Wattenmeer.

Bille wandte sich wieder dem Packen zu, und schließlich war der Koffer bis zur Hälfte gefüllt. »Ich wusste gar nicht, wie viele Sachen ich tatsächlich im Schrank habe«, sagte sie zu sich und nahm erfreut eine hellblaue Bluse in die Hand, deren Existenz sie völlig vergessen hatte.

»Was brauche ich noch?« Wichtig war ihre Schürze. Maja, Jan und die Kinder würden wohl kaum auf ihre Kochkünste verzichten wollen, auch wenn Bille das Campingkochen erst noch erproben musste. Aber Maja hatte gesagt, im Wohnwagen gäbe es einen Gaskocher, und sie könnten zudem auf einem Zweiflammer draußen im Vorzelt kochen. Das bekam Oma Bille gewiss hin. Nur aufs Backen würde sie verzichten müssen. Doch zurück zur Kleidungsfrage. Auf Campingplätzen trug man Jogginghosen, jedenfalls sah das in Filmen immer so aus.

Bille durchwühlte die Kommode. Sie besaß nur eine einzige von diesen Hosen. Darin nahm sie ab und zu am Seniorensport teil. Schließlich durfte sie nicht einrosten, musste Krampfadern vorbeugen. Vielleicht gab es auch auf Campingplätzen so etwas wie morgendliche Strandgymnastik.

Ihr zweiter Flanellrock war sicher verstaut, dazu ein Stapel Feinstrumpfhosen und eine dunkelgrüne Strickjacke.

»Eine normale Hose muss noch mit«, sagte Bille zu sich. Irgendwo musste doch eine sein? Sie überlegte kurz, öffnete dann die Schublade und zerrte die dunkelblaue Jerseyhose mit Gummibund heraus. Eigentlich unterschied sie sich nur unwesentlich von ihrer Jogginghose. Für Jeans fühlte Bille sich zu alt, und außerdem fand sie, dass sie nicht besonders gut zu ihrer schmalen Figur passten.

Es klingelte. Laura stand vor der Tür. Sie folgte Bille ins Schlafzimmer und inspizierte den Kofferinhalt mit neugierigem Blick. »Was willst du denn mit Röcken und diesen Strumpfhosen auf einem Campingplatz? Da kriegst du höchstens Laufmaschen.« Sie krauste die Nase, als sie die eben erst verstaute Jerseyhose mit spitzen Fingern herauszupfte. »Und ganz ehrlich, Oma: So was macht dich uralt! Dabei bist du das doch gar nicht. Uralt, meine ich.«

Bille winkte ab. »Man sollte Tatsachen nicht beschönigen. Mit 73 kriecht man nicht mehr frisch aus der Tupperdose, man hat Runzeln an Leib und Seele, so ist es nun mal.«

»Du könntest zehn Jahre jünger aussehen, weil du gar nicht viele Falten hast«, entgegnete Laura. »Neue Frisur, schicke Klamotten, und du bist wie neu!«

»Ich laufe nun mal so rum. Das ist mein Style, wie ihr so schön sagt. Eine alte Karosserie sollte man nicht mehr neu spritzen.« Bille suchte mittlerweile nach ihren Lockenwicklern, ohne die sie den Tag nicht beginnen konnte. Ihre Dauerwelle war ihr heilig, dafür legte sie immer einen Betrag zurück. Gleichgültig, wie eng es bei ihr finanziell war. Die Haare mussten sitzen, Locke an Locke. Sie hasste es, wenn sie herauswuchsen. Das sah scheußlich aus. Bille seufzte. Der Friseurbesuch würde mit ihren horrenden Schulden bald nicht mehr möglich sein.

»Stimmt nicht, Oma Bille«, riss Laura sie aus ihren Gedanken. »Man ist so alt, wie man sich fühlt, sagt Mama immer. Außer mit deiner altmodischen Kleidung wirkst du gar nicht so old school.«

Was war das nun schon wieder für ein altkluger Spruch? Bille kam nicht dazu, nachzufragen, weil Laura derweil ihren Schrank durchwühlte. Plötzlich schrie sie begeistert auf. »Du hast ja sogar eine super Hose, Oma! Eine *Jeans!* Wie cool ist das denn?« Sie warf eine nagelneue Jeans aufs Bett. Am Bund baumelte noch das Preisschild. »Wenn du die anhast, siehst du aus wie eine Oma und nicht wie eine Uroma.« Laura machte eine Pause. »Nee, wie eine coole Frau.«

»Sind Omas keine Frauen?« Bille nahm Laura die Jeans aus der Hand. »*Die* findest du gut?«

»Klar, besser als deine Röcke. Sitzt die eng?«

Bille schluckte und musterte unauffällig Lauras Jeans, die sich gut an ihren Po schmiegte. In Lauras Alter war das ja in Ordnung, aber sie auf ihre alten Tage in einer Pelle im Jeansdesign? Da kam sie sich ja schon vor wie die Fleischmassen, die Herr Häwelmann in seine Häute drückte. Ihr Bauch würde eingequetscht werden, keine schöne Vorstellung. Außerdem setzte eine Jeans einen Hintern voraus, ein Gesäß, was sie nicht vorweisen konnte.

Laura hatte Oma Billes Zögern nicht wahrgenommen, oder sie ignorierte ihre Skepsis. »Hast du denn keine zweite? Vielleicht in Schwarz? Ich stell mir grad so vor, wie du damit über den Campingplatz läufst!«

Oma Bille stellte sich das lieber nicht vor. »Ich hab nur die eine, und die bleibt, wo sie ist. Ich werde sie nach meiner Rückkehr in die Altkleidersammlung geben. Zu mir passt so etwas gar nicht.«

Sie hatte nämlich nicht vor, auf ihre alten Tage noch *cool* zu werden. Sie war, wie sie war.

»Pack sie trotzdem ein, wer weiß, was alles passiert.« Laura legte die Jeans in den Koffer und kaute auf ihrer Unterlippe. »Wenn es so heiß bleibt, brauchst du Shorts.«

Bille lachte auf. Lauras Modeberatung nahm groteske Züge an. Sie schob das Mädchen beiseite, denn sie hatte ganz hinten im Regal ihren großblumigen Badeanzug erspäht. »Wenn es warm ist, ziehe ich den am Strand an. Ich hab immerhin keine Krampfadern.«

Laura kommentierte das nicht, für eine Zwölfjährige waren Krampfadern definitiv kein Thema. Sie kramte ein paar hellblaue und gelbe Kurzarmshirts mit Lochmuster aus dem Schrank und reichte sie Oma Bille.

»Jetzt noch die Nachthemden und mein Morgenmantel. Man muss doch über den Platz zur Toilette laufen, oder?«

Laura seufzte. »Das kannst du im Bademantel tun. Ein Jogginganzug wär aber auch gut. Da gibt es ganz flotte.«

Das war sicher der Fall, wenn man Geld hatte und das kaum vorhandene nicht für Lammfelldecken hinauswarf.

Laura sah sich um. »Hast du keine Badelatschen? Zum Duschen sind die wichtig.«

Oma Bille seufzte. Zum Glück ging sie außer zum Seniorensport auch zur Wassergymnastik 60+. »Im Bad, rechter Schrank unten.«

Laura stürzte dorthin, brach aber gleich in lautes Lachen aus. »Oma, das ist nicht dein Ernst, oder? Aus welchem Gruselfilm hast du die denn?«

»Was?« Bille blickte zur Tür und sah Laura mit ihrer Badekappe auf dem Kopf hereintanzen. Die Badelatschen schwenkte sie locker in der rechten Hand.

»Was hast du daran auszusetzen? Die trage ich beim Schwimmen, sonst ruiniert das Chlor meine Haare.«

»Die willst du nicht wirklich mitnehmen, oder?« Laura setzte die Kappe ab und fuhr mit den Fingerkuppen über die Spitzen der orangefarbenen Rüschen. »Es gibt in Hooksiel ein Meerwasserschwimmbad, das ist ohne Chlor. Nur mit Unmengen Salz, genau wie die See. Also weg damit!« Sie schleuderte das Ungetüm aufs Bett.

Doch Bille grapschte sofort danach. »Salz ist auch Gift für die Haare!« Ich muss meine Dauerwelle nun besonders schonen, dachte sie. Ich habe Schulden ... »Pass auf, ich lasse dir zuliebe diese Jeans im Koffer. Kleiner Kompromiss. Ansonsten nehme ich nur mit, was ich mag. Und deshalb« – sie deutete auf die von Laura in den Koffer gelegten Klamotten – »fliegt das alles wieder raus. Ich mag diese Sachen nicht mehr anziehen!«

Billes Tonfall bewirkte, dass Laura die Shirts anstandslos

zurück in den Schrank legte. Bille nickte zufrieden. Diese Jeans mitzunehmen bedeutete ja keineswegs, sie auch anzuziehen. Bestimmt fand sich in Hooksiel ein Altkleidercontainer, in dem sie das Ding rasch entsorgen konnte.

»Das hätten wir«, sagte Laura kurz darauf und klappte den Deckel des Koffers herunter. Doch er ging nicht zu und sah aus wie ein Fisch mit aufgerissenem Maul.

Es klingelte an der Tür. Bille warf einen nervösen Blick Richtung Flur. Nicht, dass der Mann ... Jetzt so kurz vor ihrer Flucht ...

»Ist nur Felix«, sagte Laura. »Dann hau ich mal ab. Ältere Brüder sind die Pest, und den muss ich noch in Hooksiel tagelang ertragen.«

Felix schob sich an ihr vorbei und blickte skeptisch auf den gefüllten Koffer. »Wir essen in ein paar Minuten, Schwesterlein. Beeil dich. So kurz vorm Urlaub herrscht Notstand zu Hause. Man lehnt sich besser nicht auf. Mama gleicht gerade einer Furie.«

Laura huschte aus der Tür, aber Felix rührte sich nicht vom Fleck und schaute abwartend zu Bille.

»Ist noch was?«, fragte sie, während sie sich bemühte, den Koffer zu schließen. Es gelang ihr nicht, weil er viel zu voll war und ständig ein Stück Ärmel oder anderer Stoff herauslugte.

Felix zog die Mundwinkel hinunter. »Ja, schon.« Pause.

»Nun sag, was ist!« Ein Stück vom Reißverschluss hatte Oma Bille tatsächlich bereits zubekommen.

»Ist wirklich merkwürdig, aber vor dem Haus lungert ein Typ herum. Üble Sorte. Er hat nach dir gefragt.«

Bille bemühte sich, gleichmütig zu wirken, und beschäftigte sich weiter mit ihrem Gepäck. »Ach, was wollte er denn?«

»Keine Ahnung. Hab ihn ignoriert«, sagte Felix betont beiläufig. »Er tut so, als wäre er saugefährlich. So ein echter Muskel-Angeber.«

»Ich weiß nicht, wer das ist«, sagte Bille lächelnd. Bloß keine Aufregung zeigen! »Kann nicht wichtig sein.«

»Ich würde an deiner Stelle nicht runtergehen.« Felix schlug Oma Bille aufmunternd auf die Schultern. »Bis später, ich hau jetzt auch mal ab, sonst wird Mama tatsächlich noch zum Monster.«

»Kannst du mir kurz helfen?« Oma wies auf den Kofferdeckel, der noch immer nicht geschlossen war. Felix drückte, Bille zog, und dann war die letzte Lücke des Reißverschlusses zu.

Nachdem Felix davongeflitzt war, schlich Oma Bille zum Fenster und schaute vorsichtig am Schlitz der Gardine vorbei. Der junge Mann lehnte am Laternenpfahl und rauchte in aller Seelenruhe eine Zigarette. Bille zuckte zusammen und stieß dabei an die Gardine, so dass die sich bewegte. Der Mann sah hoch. Ein kurzes, höhnisches Nicken, dann pustete er den Qualm in ihre Richtung, ließ die angerauchte Zigarette fallen und trat demonstrativ langsam die Glut aus. Abschließend strich er noch mit der Handkante an seinem Hals entlang und trollte sich.

Die Warnung hatte gesessen. Für einen Augenblick hatte Bille das Gefühl, ihr Herz bleibe stehen. Doch dann beruhigte sie sich. Er konnte ihr nicht mehr drohen, ab morgen war sie weg und vorerst in Sicherheit. Wie gut, dass er das nicht wusste! Sie grinste breit: Oma Bille ging campen.

Frau Meyer-Semmelmann lauerte Bille im Treppenhaus auf, als sie ihren Koffer nach unten brachte. »Frau Rubens, Sie wollen tatsächlich verreisen? Ich hätte nie geglaubt, dass die Winterbergs Sie dazu überreden können.«

»Ja, nach Hooksiel. Das liegt in Friesland an der Nordsee.«

»Ach herrje! *Da* wollen Sie hin?« Das Entsetzen in Frau Meyer-Semmelmanns Stimme war unüberhörbar.

»Warum fragen Sie das? Ich meine, ich fahre zwar campen, aber ja nicht ins Dschungel-Camp«, erwiderte Bille lachend, doch der Blick ihrer Nachbarin irritierte sie.

Frau Meyer-Semmelmann verdrehte die Augen, was Bille noch stärker verunsicherte. »Frau Rubens! Die sprechen da eine sehr komische Sprache. Allein das!«

»Aber doch Deutsch?«

»Plattdeutsch. Versteht kein Mensch. Und in jedem Dorf eine andere Variante. Das ist kein Dialekt, dieses Platt, das ist eine eigene Sprache mit eigenen Gesetzmäßigkeiten. Also, wenn Sie mich fragen, grenzt das ein bisschen an Revolution!«

Das fand Bille ziemlich übertrieben, aber Frau Meyer-Semmelmann war nicht mehr zu stoppen. »Und wissen Sie, was ich kürzlich in der Zeitung gelesen habe? Die Friesen gelten als anerkannte Minderheit. Von unserer Regierung anerkannt. Also ich meine, ein Volk mit eigener Kultur und Sprache.«

Frau Meyer-Semmelmann war gut informiert, das musste man ihr lassen, aber was sollte Oma Bille mit einer solchen Information anfangen?

Ihre Nachbarin war noch nicht fertig. »Und die sagen immer Moin! Tag und Nacht.«

Nun konnte Oma Bille punkten, denn das Geheimnis hatte Annemie am Nachmittag bereits gelüftet. »Das hat ja auch mit dem Morgen nichts zu tun, Frau Meyer-Semmelmann. Moin kommt von ›moi‹ und heißt so etwas wie ›gut‹ oder so.«

Das wollte ihre Nachbarin nicht hören. Sie stieß den Besen einmal heftig auf die Fliesen, als müsse sie sich Gehör verschaffen. »Es ist doch nun wirklich egal, woher das stammt. Sie *sagen* es, das ist ausschlaggebend. Und jetzt kommt es, Frau Rubens: Die Ostfriesen und Friesen trinken ständig schwarzen Tee, ich weiß gar nicht, ob es dort Kaffee überhaupt *gibt!*«

Bille schluckte. Sie mochte keinen schwarzen Tee, sollte sie doch besser zu Hause bleiben? Ein Frühstück ohne Kaffee? »Ich denke, die Winterbergs haben eine Maschine, damit können wir ihn selbst kochen, Frau Meyer-Semmelmann.«

Die Nachbarin rümpfte ihre Nase, weil Bille sie dauernd unterbrach. »Es ist völlig exotisch, wenn da jemand Kaffee trinkt. Nur die ostfriesische Tee-Mischung ist erlaubt, drei Minuten gezogen, kleine Tassen, in die eigentlich gar nichts reingeht, gefüllt mit einem Zuckerklumpen, den sie Kluntjes nennen. Da wird dieser Tropfen Tee draufgegossen, ein Schuss Sahne drübergekippt, und stellen Sie sich vor, Frau Rubens, das Zeug darf man nicht mal umrühren! Obwohl das so ja bitter schmeckt. Ich sage Ihnen, das ist ein ganz eigenartiges Völkchen. Und wissen Sie was? Den Löffel nehmen die nur, um ihn in die Tasse zu legen, wenn sie keinen Tee mehr wollen. Hallo?«

Bille rauschten die Ohren. Sie wollte sich nicht verunsichern lassen. Es war nur wichtig, so rasch es ging aus Oberhausen fortzukommen, sie musste schließlich fliehen, nur wusste ihre Nachbarin das nicht. Frau Meyer-Semmelmann fand ohnehin kein Ende und plauderte über weitere Eigenarten der Menschen an der Nordseeküste, und nach einer Weile glaubte Bille tatsächlich, dass Friesland ebenso exotisch war wie Hawaii oder die Fidschis.

»Ich muss weiterpacken …« Mit diesen Worten versuchte Bille schließlich der misslichen Lage zu entkommen, aber Frau Meyer-Semmelmann war noch lange nicht fertig mit ihren Ausführungen. Sie wäre bestimmt eine gute Reisebegleiterin bei den Kaffeefahrten geworden, wenn sie denn je das Bedürfnis verspürt hätte, arbeiten zu gehen, dachte Bille. Nur hätte sie in dem Fall zu viel von dem verpasst, was in ihrem Mietshaus vor sich ging.

»Nehmen Sie lieber den Wollmantel mit, Frau Rubens«, sagte sie gerade. »In Friesland ist es oft deutlich kälter als hier bei uns, das lassen Sie sich mal gesagt sein! Ach, Frau Rubens, am sichersten ist man ja doch zu Hause …«

Was Oma Bille im Moment nicht bestätigen konnte, aber den Rest nahm sie dennoch sehr ernst. Zum Beispiel dieser Ostfriesentee … Als alter Mensch konnte und durfte man seinem Körper nicht mehr alles zumuten. Nahrungsumstellungen förderten Verstopfung oder Diarrhöe, je nach Veranlagung. Also stieg Bille wieder in den Keller und packte Vorräte ein. Ein zweiter Koffer war nun mit eingeweckten Köstlichkeiten gefüllt. Kirschen süß. Kirschen sauer. Pflaumen, Bohnen und Gulasch.

Billes Gepäckvolumen hatte sich im Laufe des Nachmittags verdreifacht, weil ihr Stunde um Stunde mehr Dinge eingefallen waren, auf die sie während der nächsten zwei Wochen unmöglich verzichten konnte. Frau Meyer-Semmelmann hatte sie zusätzlich beunruhigt. Deshalb stapelten sich in ihrem kleinen Wohnzimmer jetzt mehrere Gepäckstücke.

Jan zog die Stirn in Falten, als er sah, was Bille mitzunehmen gedachte. »Wir fahren nicht in den Dschungel«, sagte er vorsichtig. »In Hooksiel gibt es Supermärkte mit allem, was man braucht. Es ist ganz zivilisiert dort.«

Bille tat so, als hätte sie seinen Einwand nicht gehört, schließlich widersprachen die Aussagen von Frau Meyer-Semmelmann dieser Behauptung. Es war besser und sinnvoll, auf Nummer sicher zu gehen.

Jan schaute auf den noch nicht ganz gefüllten Proviantkorb, den Bille auf dem Küchentisch abgestellt hatte. »Der soll morgen auch noch mit?«, fragte er entgeistert. »Wo soll ich den verstauen? Oma Bille, ich fahre keinen Linienbus mit Gepäckraum im Bauch. Wir haben nur einen Van, und Felix hockt auf dem Sitz im Kofferraum.«

»Wir müssen unterwegs doch etwas essen«, sagte Bille.

»Lass bitte den großen Korb hier. Den müsstest du auf den Schoß nehmen, und dann sitzt du nicht mehr bequem«, versuchte Jan Bille umzustimmen. Doch sie wusste, was sie wollte, und dazu gehörte ein gut bestückter Proviantkorb. Sie hatte der Familie gegenüber eine Verantwortung, und es war wichtig, dass alle angemessen versorgt waren.

»Oma Bille ...« Maja hatte sich dazugesellt und Jans Worte mitbekommen. »Die Fahrt dauert höchstens drei Stunden. Da müssen wir nicht einmal Rast machen. Und für den Hunger zwischendurch reicht ein Brötchen für jeden.«

Bille schüttelte den Kopf. Man musste auf dieser Reise auf alles gefasst sein. Fernab jeglicher Zivilisation auf einem Campingplatz am Meer, da galt es vorzusorgen. Sie dachte an schlechte Zeiten, Unwetter und Überfälle. In der Truhe war noch Hackfleisch gewesen, davon hatte sie Frikadellen gebraten. Natürlich durfte auch ihr spezieller Gugelhupf mit Schokoglasur nicht fehlen. Und weshalb hatten Laura und Annemie ihr beigebracht, wie man die amerikanischen Minikuchen, diese Muffins, buk? Was wären die Frikadellen ohne die eingemachten Senfgurken? Zum Nachtisch schmeckten die Sauerkirschen von Frau Meyer-Semmelmanns Sohn, der seinen Baum jedes Jahr sachgerecht zurechtschnitt, einfach köstlich, und auch die Birnen aus der Kleingartenanlage von Herrn Häwelmann. Na ja, und die anderen eingeweckten Sachen wollte sie nicht zurück in den Keller schleppen, so heiß, wie es war. Nur auf Kartoffelsalat hatte sie wegen der Hitze verzichtet. Den würde sie auf dem Campingplatz bei einem Grillabend beisteuern.

»Und wozu brauchst du zwei große Koffer und eine Reisetasche? Man kann auf dem Platz waschen. Dafür gibt es Waschmarken und bei Regen einen Wäschetrockner.« Maja lächelte sie weiter freundlich an, doch was das anging, war Oma Bille erst recht altmodisch. »Ich trockne meine Sachen seit Jahrzehnten auf dem Speicher oder draußen an der frischen Luft. Ordentlich geradegezogen, so dass man kaum bügeln muss. Wäschetrockner, pah!« Sie legte ein paar Servietten in den Proviantkorb. »Das muss alles mit. In einem Koffer sind zusätzliche Vorräte. Die werden wir brauchen beim Campen. Jan sagte zwar, man bekommt dort alles, aber ich habe da andere Informationen!«

Zum ersten Mal, seit Maja Bille eingeladen hatte mitzufahren, zeigten sich nun Zweifel auf ihrem Gesicht, ob dies wirklich eine gute Idee gewesen war.

3. Kapitel

Bille wartete seit einer halben Stunde auf das Zeichen zur Abreise, aber das zog sich hin, weil Jan den Wagen bereits zum wiederholten Male komplett aus- und wieder einräumte, in der Hoffnung, Billes Proviantkorb doch noch irgendwo unterzubekommen. Endlich winkte er, und Bille konnte die Tür hinter sich abschließen. Es war ein befreiendes Gefühl, so als würde sie mit dieser Geste ihre Probleme und den jungen Bodybuilder einsperren.

Jan war das Kunststück gelungen, Gepäck, Kinder, Ehefrau und Oma Bille optimal zu verstauen, der Proviantkorb passte allerdings tatsächlich nur noch auf ihren Schoß. Jan hatte diesbezüglich gewisse Befürchtungen, aber auch der letzte Versuch, Oma Bille umzustimmen, das Essen zu Hause zu lassen, war kläglich gescheitert.

Die Strecke auf der A1 zog sich endlos dahin. Außerdem drückte der Henkel gegen Billes Kinn, und wenn Jan über eine Bodenwelle fuhr, stieß er gegen ihren Hals, was einen Hustenreiz auslöste. Erst nach einer Stunde hatte Bille eine Sitzposition gefunden, die zumindest ihren vorzeitigen Tod verhinderte.

Sie hatten bisher vorsichtshalber nicht angehalten, weil a) keiner nach einer Pipipause verlangte und b) Jan fürchtete, seine Mitreisenden danach nicht mehr vollständig in den Van zu bekommen.

Am Ende fuhren sie von der Autobahn ab und gelangten auf die Landstraße in Richtung Hooksiel. Die Gegend war hinter Oldenburg bereits ganz flach geworden. Und nachdem sie Varel passiert hatten, durchquerten sie ein unendlich weites Land.

Die höchsten Erhebungen sind hier die Maulwurfshügel, schoss es Bille durch den Kopf, als sie aus dem Fenster sah und die grünen Wiesen erblickte, auf denen sich schwarzbunte Kühe und Schafe tummelten. Dazwischen staksten weiße Möwen herum, und auf einer Wiese hatte sich ein Graureiher dazugesellt. Kurz hinter einem Ort, der Sengwarden hieß, ragten auf der rechten Seite Fabrikschornsteine in den Himmel. Flankiert wurden sie von einer erhöhten grünen Linie, die Lauras begeisterten Ausrufen nach der Deich zur Nordseeküste war. Dass sie ursprünglich eigentlich in die Berge hatte fahren wollen, war offenbar völlig vergessen.

Bille fiel auf, dass einige der Bauernhöfe auf Hügeln gebaut waren. »Das sind Wurten«, erklärte Jan. »Bevor es Deiche in ausreichender Höhe gab, war das der einzige Schutz gegen die Sturmfluten.«

Bille zuckte zusammen. Beruhigend klang das nicht, doch inzwischen schienen die Deiche wohl hoch genug zu sein. Maja griff nach hinten und tätschelte Billes Hand. »Ganz ruhig, der Campingplatz liegt zwar vor dem Deich, aber im Sommer sind Sturmfluten nicht zu erwarten.«

Mittlerweile war Annemie, die seit Münster in einen komaähnlichen Tiefschlaf gefallen war, erwacht und verlangte nun doch nach einer Pause, weil sie zur Toilette musste, was Jan aus Grund b) jedoch verweigerte. »Außerdem sind wir ganz bald da«, sagte er.

Felix hatte die gesamte Fahrt über teilnahmslos aus dem

Fenster geschaut oder die Augen geschlossen und sich zwei Knöpfe ins Ohr gesteckt. Er chillte. Bille hatte gestern noch mit dem Laptop, das Jan ihr mal überlassen hatte, gegoogelt, und der Sinn dieses Wortes hatte sich ihr erschlossen. Laut Wikipedia hatte dieser Zustand mit »abhängen« zu tun. Das beherrschte der Junge perfekt, wobei Bille froh war, dass sich ihre anfängliche Befürchtung nicht bestätigte. Denn als sie das Wort »abhängen« gelesen hatte, war sie im ersten Moment doch sehr besorgt gewesen. Abhängen tat auch das Fleisch von Herrn Häwelmann, das allerdings auf einem Haken. Zum Glück hatte dort als Nächstes etwas von »entspannen« gestanden ...

Annemie akzeptierte die Absage ihres Vaters bezüglich der Pause und vertrieb sich nun mit Laura die Zeit damit, die nächsten Urlaubstage zu planen. Die Mädchen freuten sich mittlerweile doch auf Hooksiel.

»Gut, dass du mal aus der Stadt weg bist, Oma, und nun mit uns spielen kannst. Du hast dir vor lauter Langweile ja schon tote Schafe gekauft«, sagte Laura, als sie Hooksiel bereits auf der Umgehungsstraße umrundeten. Jan durchfuhr einen Kreisverkehr, und zu Billes Erstaunen zeigte sich links ein hochmoderner Supermarkt. Ob Frau Meyer-Semmelmann doch wieder schamlos übertrieben hatte, so wie es ihre Art war? Bille ärgerte sich, sie hätte es wissen müssen.

»Du hast dir *was* gekauft?« Mist, Maja hatte Lauras Bemerkung mitbekommen. Sie fuhren nun geradewegs auf ein Deichtor zu, wo es links zum Campingplatz abging.

»Nur eine warme Decke«, wich Bille aus. »Ich friere im Winter immer so leicht.«

»Zwei Decken, Oma«, berichtigte Annemie sie. »Es waren zwei.«

Maja seufzte. »Hauptsache, du hast sie nicht bei einem windigen Haustürgeschäft erworben. Ich habe gehört, dass gerade wieder solche Drückerkolonnen unterwegs sind.« Sie lachte auf. »Aber nein, Oma, dazu bist du zu schlau.«

Ich bin zu blöd, dachte Bille. Laut aber sagte sie: »Nein, Maja, mach dir keine Gedanken. Ich war bei Betten Johann. Dort kaufe ich so etwas, sie haben eine sehr gute Qualität!« Ein Mal erlaubte Bille sich das Schwindeln. Es war so peinlich, dass sie einem Betrüger aufgesessen war! Das konnte sie im Leben nicht zugeben.

»Da vorn ist der Campingplatz!«, rief Laura.

Jan fuhr auf die Rezeption zu. »Bin gleich zurück«, sagte er. »Und ihr bleibt sitzen!«

Bille schaute auf den Deich und war überrascht, dass Gras so grün sein konnte. Die Farbe glich der irischen Landschaft in der Werbung für Butter. In Irland regnete es häufig. Hauptsache, das ließ nicht den Umkehrschluss zu, dass es sich hier ebenso verhielt. Der Himmel präsentierte sich zumindest momentan in einem strahlend hellen Blau, über das nur kleine Wolkengebilde zogen.

Es dauerte nicht lange, bis Jan mit einem breiten Lächeln im Gesicht zurückkam. »Endlich Urlaub!«

Er fuhr auf den Platz und bugsierte das große Gefährt zielsicher durch die schmalen Wege. Als sie die richtige Parzelle erreicht hatten, kuppelte er ab und parkte den Caravan mit dem Mover ein. Oma Bille kletterte mit den anderen aus dem Van. Ein Windzug streifte ihr Gesicht, obwohl es kaum weniger heiß war als im Ruhrpott. Das konnte ja heiter werden, wenn ihre Dauerwellenpracht allmorgendlich nach dem Frisieren von der Brise wieder in Unordnung gebracht wurde! Aber Annemie und Laura hatten sie schließlich vorgewarnt. Nur den Wollmantel würde sie bei den Temperaturen wohl nicht brauchen. Warum nur war sie auf das Gerede von Frau Meyer-Semmelmann reingefallen? Sie war wirklich viel zu gutgläubig! Das war ein echtes Manko: Sie konnte sich partout nie vorstellen, dass jemand sie anlog.

Annemie und Laura liefen aufgekratzt von hier nach dort und rissen Bille mit ihrem Geschrei aus den Gedanken. Sie wollten sofort ans Wasser.

»Erst wird das Vorzelt aufgebaut«, bestimmte Jan, die langen Gesichter ignorierend. Felix hingegen lächelte abwesend. Jan ignorierte das und warf ihm sein Zelt vor die Füße. »Bau wenigstens das schon mal auf. Dort!« Er wies in eine Ecke des Stellplatzes, die wegen ein paar niedrig gewachsener Büsche um diese Tageszeit etwas schattig war.

»Da hab ich aber Morgensonne«, stellte Felix mit einem Blick zum Himmel fest. Er hatte sich dafür offenbar aus seinem entspannten Zustand gerissen. »Da kann ich ja nicht ausschlafen!«

»Wir frühstücken ohnehin gemeinsam«, erklärte Maja und schleppte die Luftmatratze samt elektrischer Pumpe zu ihrem Sohn. »Avanti, Großer! Zum Chillen bleibt dir noch genug Zeit.«

Felix bückte sich seufzend und entfaltete seine Unterkunft. Vor ihm lag nun ein grüner Tunnel, den er in die vorgegebene Ecke zerrte, wo er lustlos die Heringe in den Boden trieb. Kurz darauf ertönte das Zischen der Pumpe, und auch die Luftmatratze nahm Form an. Danach ließ sich Felix auf einen der Campingstühle fallen und schaute dem geschäftigen Treiben seiner Eltern und Schwestern zu, die sich um den Aufbau des Vorzeltes kümmerten.

Derweil hielt Bille Ausschau nach ihrem Wohnwagen, denn sie kam sich angesichts der Aktivitäten ringsum, bei denen alle zu wissen schienen, was sie tun mussten, ein wenig überflüssig vor. Maja bemerkte ihren suchenden Blick und unterbrach ihr Tun. »Ach, Bille, da laden wir dich ein und vergessen vor lauter Aufbauarbeit, dir dein Zuhause zu zeigen! Entschuldige bitte.« Sie drückte ihr einen Schlüssel in die Hand. »Schau dort! Da steht dein Domizil für die nächsten zwei Wochen.« Sie wies auf den Nachbarplatz, der nicht durch eine Hecke von der Parzelle der Winterbergs getrennt war. Dort befand sich ein altersschwach wirkender Wohnwagen, weiß mit braun-orangefarbenen Streifen an der Seite. Hinter den Fensterscheiben hingen Häkelgardinen, und er war größer, als Bille erwartet hatte.

»Mach es dir drüben erst mal gemütlich, bis wir hier fertig sind.« Maja reichte Bille den Proviantkorb. »Die Wurst habe ich bei uns im Kühlschrank und in der Elektrokühlbox verstaut. Du hast bei dir aber auch eine Kühlmöglichkeit. Vielleicht kannst du aber eben diese Vorräte bei dir einräumen?«

Bille war erleichtert, etwas tun zu können, und näherte sich ihrem Asyl. Vor dem Caravan war bereits ein Pavillon aufgebaut, darunter standen ein kleiner Tisch (mit braun-orangefarbener Decke, passend zu den Caravanstreifen, die Ecken wurden mit Klammern festgehalten) und zwei Campingstühle, die Kissen ebenfalls farblich abgestimmt. Bei einem der Stühle war es möglich, die Lehne nach hinten zu kippen. Es wirkte alles sehr gemütlich, eben ihrem Alter entsprechend. Im Übrigen war die Sauberkeit wichtig und nicht, ob etwas modern war.

Bille schien sich hier wirklich um nichts kümmern zu müssen, was für ein paradiesischer Zustand! Wie gleichgültig war es doch, dass sie sich in einem Land der Minderheiten befand, wo Kaffee ein Fremdwort war und stets eine steife Brise wehte! Frau Meyer-Semmelmann war bestimmt nur neidisch gewesen!

Bille stellte den Proviantkorb auf dem Tisch ab und ließ ihren Blick über den Campingplatz schweifen. Eigentlich befand sie sich auf einer vollgestellten Wiese. Zugegebenermaßen ordentlich vollgestellt, denn die Caravans standen in Reih und Glied – bis auf einen überdimensionalen und doppelachsigen Wohnwagen auf dem Nachbarplatz, der alle anderen überragte, aber dem trotzdem das Kunststück gelang, innerhalb der Grenzsteine zu bleiben.

Bille setzte sich probehalber auf einen der Stühle und schloss kurz die Augen. Von nebenan drang das Klappern des Gestänges zu ihr herüber. Sie atmete die frische Brise, die sie hier im Schatten angenehm umwehte, tief ein und entspannte sich zunehmend.

Doch schon nach kurzer Zeit fand sie, dass es nun an der Zeit war, ihr Domizil von innen zu betrachten und vor allem die Vorräte zu verstauen, bevor sie in der Hitze verdarben. Vorsichtig steckte Bille den Schlüssel ins Schloss des Wohnwagens.

Sie schaute noch einmal zu Maja und den anderen hinüber, dort bot sich das Bild, das Bille erwartet hatte: Jan gab ruhig und präzise seine Anweisungen, so wie es seine Art war. Die Zwillinge packten mit an, Felix hielt zumindest eine Stange fest, hatte aber die Augen geschlossen und nickte rhythmisch mit dem Kopf, seine Ohren waren mit Ohrstöpseln verkorkt.

Bille betrat den Wohnwagen und inspizierte den Innenraum. Er war überraschend geräumig und wider Erwarten hell und freundlich. Es gab sogar ein kleines Bad mit Toilette. Die war allerdings sehr eng, so dass Oma Bille sie nur im Notfall oder in der Nacht nutzen wollte. Es war gut, dass sie den Morgenmantel und die Badelatschen dabeihatte, damit sie das Waschhaus problemlos aufsuchen konnte.

Das Bett war bereits bezogen, sie selbst war in Sicherheit und dem in Oberhausen anstehenden Besuch des Bodybuilders mit der negativen Sozialbilanz entkommen. Oma Bille seufzte zufrieden auf, verstaute dann den Inhalt des Proviantkorbs im Kühlschrank und setzte sich auf die Eckbank. Als es klopfte, schreckte sie hoch.

»Da hast du es ja gut getroffen«, dröhnte eine tiefe Stimme. Ein grauhaarig gelockter Mann ihres Alters steckte den Kopf zur Tür herein. Er trug ein dunkelblaues T-Shirt, auf der rechten Brust segelte eine Möwe. Seine behaarten Waden lugten aus farblich zum Shirt abgestimmten Shorts, zu denen er passende Flip-Flops anhatte. Das perfekte Nordsee-Styling, wie Laura es ausdrücken würde und gegen das Bille sich staubig und hässlich vorkam.

Billes Karl war farbenblind gewesen. Und stoffblind. Und drecksblind. Und ... ach, man sollte über Verstorbene nicht schlecht denken, auch nicht über Ehemänner, zumal sie ihren Karl ja sehr geliebt hatte.

Unwillkürlich strich Bille sich jetzt über die heute Morgen frisch ondulierte Dauerwelle, die auf der Reise allerdings ein paar Blessuren hatte hinnehmen müssen. Dann trat sie ihrem Besuch freundlich entgegen.

Der lächelte sie mit ausgestreckter Hand an. »Darf ich mich vorstellen? Harry Sitter, dein Campingnachbar von der rechten Seite.«

Dem Möwenmann gehörte also der Doppelachser – und er sprach Deutsch, nicht Platt, wie Frau Meyer-Semmelmann es für alle Menschen hier vorausgesagt hatte.

»Bille Rubens. Wie der Maler«, sagte sie und schämte sich augenblicklich. Nicht, dass Harry falsche Schlüsse zog. Mit diesem Maler brachte man üppige Frauen in Verbindung, ein Bild, das sie überhaupt nicht bot. Und verwandt war sie auch nicht mit ihm. »Schön, Sie kennenzulernen.«

Harry grinste. »Wir duzen uns hier alle. Wir sind Camper.«

Aha, eine große Familie, dachte Bille. Da braucht man weder Hecke noch Zaun. Und anständige Sitten wie das Siezen, das erst nach einer angemessenen Zeit des Kennenlernens aufgegeben wurde, waren ebenfalls überflüssig. Bille musste erst darüber nachdenken, ob ihr das zusagte. Mit Herrn Häwelmann siezte sie sich schließlich auch nach alle den Jahren noch, obwohl sie mit ihm tanzen ging und sogar Wurstgeschenke annahm.

»Campen ist ein Stück Lebensfreiheit, weißt du?« Harry ließ sich ganz lebensfrei neben Bille nieder. Doch sie rückte sofort ein Stück von ihm ab. Sie kannte diesen Mann überhaupt nicht! Bille wusste, was sich gehörte, und so eng neben einem wildfremden Mann zu sitzen, der sie unverfroren duzte, gehörte nicht dazu. »Ich muss jetzt draußen meiner Familie helfen«, sagte sie.

»Kein Problem.« Harry Sitter stand auf. »Wir sehen uns später. Ich werde dich in den nächsten Tagen mal nach Hooksiel zum Fischessen ausführen. Du entkommst mir nicht, so eng, wie wir beieinander stehen.« Er lachte rauh, und Bille fragte sich kurz, ob sie den letzten Satz als Drohung empfinden sollte.

Sie trat vor den Wohnwagen. Das Vorzelt nebenan stand schon fast. Jan spannte gerade die letzten Seile. »Nun haben wir eine feine Wohnwagenburg, Oma Bille«, stellte er befriedigt fest. Felix hielt noch immer eine der Vorzeltstangen umklammert und hatte sich kein Stück bewegt.

Jan stieß ihn leicht an. Als sein Sohn nicht reagierte, zog er ihm die Stöpsel aus den Ohren. »Hey, mein Sohn«, sagte er tadelnd, »das geht so aber nicht weiter mit dir!«

Felix verdrehte genervt die Augen. »Ständig meckerst du. Ich hab doch gar nichts gemacht!«

»Genau das ist das Problem«, sagte Jan. »Du hast *nichts* gemacht.« Er deutete auf die herumliegenden Heringe und Schnüre. »Los, pack die bitte mal weg.«

Widerstrebend machte Felix sich ans Werk.

»Wollt ihr gleich die Frikadellen essen?«, fragte Bille in dem Versuch, die Stimmung ein wenig aufzuhellen.

»Später, Oma Bille!« Maja dekorierte gerade ihren Campingtisch. »Ich bau erst zu Ende auf, danach können wir gemeinsam essen. Ein bisschen dauert es aber noch.«

»Gut, dann sehe ich mich mal auf dem Campingplatz um.« Es konnte schließlich nicht schaden zu wissen, wo sie sich befand. Außerdem verspürte sie nur wenig Lust, gleich wieder Harry Sitter an der Backe zu haben.

»Das ist eine gute Idee, mach das, Oma Bille«, sagte Maja.

Da auch der Rest der Familie mit den letzten Aufbauarbeiten beschäftigt war, machte Bille sich allein auf den Weg. Neben den Winterbergs stand ein Wohnwagen, dessen Fenster mit unzähligen Window-Color-Motiven geschmückt waren – wenn man diese Bilder als Schmuck und nicht als überholten Kitsch bezeichnen wollte. Auf dem Tisch lag ein Seidenblumenstrauß, an der Ecke des »Grundstücks« winkte ein Gartenzwerg.

Bille schüttelte sich. Sie war immer noch nicht sicher, ob campen wirklich ihr Ding war. Doch sie lief weiter, bis sie das rotgeklinkerte Waschhaus gefunden hatte, und war angenehm überrascht von dem Komfort, der sich ihr bot. Einen solchen Luxus hatte sie nicht erwartet.

Da sie noch keine Lust verspürte, zurück zur Parzelle zu gehen, spazierte Bille noch eine Runde über den Platz. Seitlich ging es zur Drachenwiese und zum Spielplatz. Bille beschloss, in diese Richtung zu gehen, dort hatte sie vermutlich am ehesten ihre Ruhe. Trubel gab es in den folgenden Tagen gewiss noch genug. »Das ist ja lustig«, sagte sie grinsend, als sie entdeckte, dass auch der Campingplatz von einem hüfthohen Deich umgeben war.

Auf einer großen Zeltwiese standen etliche Motorräder. Es handelte sich um riesige Maschinen, ein paar hatten durchaus das Ausmaß eines Kleinwagens. Davor lungerten finster dreinblickende Männer herum, teilweise in zerschlissenen Jeans. Einige hatte Zigaretten zwischen den Fingern, und die meisten schmückten lange Bärte und dafür umso weniger Haupthaar. Sie wohnten in Igluzelten, die sie rings um Bierzeltgarnituren und einen überdimensionalen Grill aufgebaut hatten. Mitten auf dem Tisch stapelten sich Pappteller um mehrere Krautsalattöpfe, Ketchup, Senf und Toast. Hier würde nachher eine Grillparty steigen, das war unübersehbar.

Und alles aus der Dose! Bille schüttelte sich. Kein selbstgemachter Kartoffelsalat, kein eigenhändig angerührtes Tsatsiki. Hier fehlte eindeutig eine Frau.

Bille überlegte für einen Moment, wieder umzudrehen, denn ein wenig fürchtete sie sich vor diesen Gestalten. Aber dann schüttelte sie entschieden den Kopf. Sie werden mich schon nicht überfallen, dachte sie. Ich bin ja nur eine alte Frau, was sollen sie von mir wollen? Ich werfe ihnen die Maschinen schließlich nicht um. Also stapfte sie weiter, in der Hoffnung, den Lagerplatz umrunden zu können und von hinten zurück auf den Campingplatz zu gelangen.

Einer der Männer riss gerade einen Witz, den Bille nicht verstand, der aber Leben in die Mimik der Gesichter zauberte. Bille bemühte sich, sie nicht zu beachten. Die Typen erinnerten sie sehr an ihren Bodybuilder zu Hause, denn auch die Arme dieser Männer waren voller Gemälde. Irgendwelche Indianerköpfe oder Adler waren auf die muskulöse Haut tätowiert, mal in einem verblichenen Blau, mal fahlbunt. Bille kroch eine Gänsehaut über den Rücken. Ihr Karl hatte keine Höllenmaschinen gemocht, und er wäre niemals auf die Idee gekommen, sich Köpfe auf den Körper stanzen zu lassen. Oder Anker, Schlangen und sonstiges Getier. Sie selbst war früher mal auf einem Motorrad mitgefahren, aber darüber wollte sie lieber nicht nachdenken. Es gab Erinnerungen, die waren zu schmerzhaft.

Ohne es zu merken, war Bille stehen geblieben und musterte die Männer. Was nur faszinierte sie so an ihnen? Einer der Rocker stach ihr stärker ins Auge als die anderen, er trug trotz der Hitze braune Lederstiefel und ein dunkles T-Shirt, über das er eine Weste gezogen hatte. Sein Haar war kurz und grau, das Gesicht wurde von einem schmalen Backenbart eingerahmt. Auffällig an ihm war die mächtige Uhr, deren Armband mit bunten Steinen bestückt war. Er mochte in Billes Alter sein, wirkte aber erheblich jünger als sie mit ihrem grauen Flanellrock. Gerade streifte er sich die Stiefel von den Füßen und schlüpfte in ein Paar Flip-Flops. »Ist echt heiß, wenn man nicht auf der Kiste sitzt«, kommentierte er die Aktion.

Noch war Bille den Männern nicht aufgefallen, aber das konnte sich rasch ändern, wenn sie weiterhin so tat, als stünde sie im Zoo vor einem Gehege und warte nur darauf, dass der Affe endlich die Banane schälte.

Trotzdem vermochte Bille nicht weiterzugehen. Die Männer und deren Maschinen zogen sie in den Bann. Jedes Motorrad hatte ein eigenes Design, wirkte aufgemotzt und individuell gestaltet, ein Unikat, das der Besitzer sicher selbst kreierte. Einige schmückten goldene Adler, andere ein Feuer auf dem Tank. Einige Sitze waren schwarz, andere hatten Schlangenleder-Optik. Die eine oder andere Maschine war mit Packtaschen bestückt, deren metallische Nieten im einfallenden Sonnenlicht glänzten. »Harley-Davidson«, flüsterte Bille, »das müssen diese Rockermaschinen sein.«

Waren diese Rocker nicht allesamt in Banden organisiert

und beschäftigten sich mit Drogenhandel und Prostitution? Billes Herz schlug schneller. Nicht, dass sie doch gekidnappt oder ausgeraubt wurde! Also, nichts wie weg hier. Sie drehte sich um und machte sich schnurstracks auf den Weg zurück zur Parzelle.

Dabei war ihr entgangen, dass ihr der Rocker mit den Flip-Flops und der Weste längst schräg über die Wiese entgegenschlenderte. »Interessierst du dich für Harleys?« Der Spott in seiner Stimme war unüberhörbar.

»Nein.« Bille blieb stehen. »Ich mag Motorräder nicht, und ich kenne mich auch nicht damit aus.«

»Macht nichts. Siehst du diese Harley? Das ist meine.« Er wies auf eine von denen, die Bille für sich eher als Kleinwagen bezeichnet hatte, weil sie so hoch und breit war. »Ist eine Electra Glide«, sagte er nicht ohne Stolz. »Eine ganz besondere Maschine. Ist quasi mein Baby.«

Oder dein Frauenersatz, fügte Bille in Gedanken hinzu. Diese Harley-Fahrer kloppten auch nach all den Jahren noch immer dieselben Sprüche. Das kannte sie von Wolfi, aus dem bestimmt etwas hätte werden können, wenn er sich keine Höllenmaschine gekauft hätte. Warum sprach der Mann sie überhaupt an?

»Ich mag wirklich keine Motorräder«, wiederholte Bille. »Sind zu gefährlich. Schlechte Erfahrungen.« Sie wollte eigentlich weitergehen, doch sie verharrte wie angewurzelt vor dem Mann, dem sie nun zum ersten Mal in die Augen sah. Sie passten nicht zu ihrem vorgefertigten Bild, denn darin entdeckte sie eine freundliche Wärme. Die Iris war grau, und wenn Licht auf sie fiel, funkelten darin Sterne. Das passte doch nicht zu einem Rocker!

Der Tätowierte grinste. »Eine Oma, die auf heiße Öfen steht, wäre ja auch eigenartig. Das gibt es nur im Film.«

»Früher fand ich das toll«, wehrte Bille sich. »Aber nur bis …« Sie brach ab. Verdammt, warum rechtfertigte sie sich vor dem Kerl? Das hatte sie weiß Gott nicht nötig. Sie hasste Motorräder. Punkt. Und Rocker passten nicht zu ihr, deshalb wurde es Zeit, diese Unterhaltung abzubrechen.

»Schon gut.« Der Mann grinste. »Brauchst nichts weiter zu erklären. Ich bin übrigens Franz. Bin mit meinen Kumpels auf Bikertour.«

»Bille Rubens. Aus Oberhausen.«

Bist du nun völlig durchgedreht?, dachte Bille im nächsten Moment erschrocken. Du kannst einem potenziellen Verbrecher doch nicht verraten, wie du heißt!

Franz schaute Bille eine Spur zu lange an. Was sollte denn das schon wieder? Vermutlich glaubte er, sie sei ein willkommenes leichtes Opfer. Aber da hatte er die Rechnung ohne sie gemacht, auch mit 73 war man noch lernfähig, und sie würde sich von ihm nicht ins Bockshorn jagen lassen. Das hatte sie mit ihrem Bodybuilder bereits hinter sich.

»Willst du mal eine Spritztour machen? Als Beifahrerin?«

Oma Bille lächelte verkrampft, und in ihr regte sich Unmut. Allerdings war sie zu höflich, Franz anzufahren. Die Winterbergs warteten jetzt bestimmt schon mit dem Essen. Sie wollte schleunigst die Frikadellen auf den Tisch bringen. »Ich muss los, einen schönen Tag noch!« Sie, die kleine Oma Bille im grauen Flanellrock, auf einer Spritztour mit einer Harley-Davidson. Alberner ging es wohl nicht! Der Mann wollte sie doch auf den Arm nehmen!

»Hey, komm. Macht echt Spaß! Auch in unserem Alter.«

Bille war verunsichert. »Es ist außerordentlich gefährlich, Motorrad zu fahren.«

Jetzt lachte Franz dröhnend auf. »Motorradfahren ist gefährlich? Ach was. Busfahren kann auch tödlich sein.«

»Natürlich, aber Sie müssen zugeben ...« Bille unterbrach sich selbst.

Franz hatte den Kopf zur Seite geneigt und sah sie amüsiert an. »Was muss ich zugeben?«

Bille winkte ab. »Ach, egal! Ich habe gar keinen Helm.«

»Sie hat keinen Helm.« Abermals grinste er. »Aber der Franz, der hat einen. So einen echten Thunderbike, der perfekt zu deinem Lockenkopf passt. Wäre nur super, wenn du eine Jeans hättest. Flanellrock und Harley passt so gar nicht zusammen.«

»Sie sind ein Flegel!« Bille schnappte empört nach Luft. Nun war ihr doch eine schärfere Bemerkung herausgerutscht, es galt immerhin, diesen Herrn in die Schranken zu verweisen. Es gab bestimmt jüngere, willige Dinger, die sich von ihm und seiner Höllenmaschine beeindrucken ließen. Der wollte sich doch nur über sie, die alte Frau, lustig machen. Aber nicht mit ihr!

»Ich meine es ernst«, antwortete Franz. »Ich wollte, dass du auch ein bisschen Fun hast, mehr nicht.«

Bille schnaubte. »Mein lieber Herr ... Herr ...« Sie winkte ab, seinen Nachnamen hatte er ihr ja nicht verraten. »... Franz, ich kenne Sie gar nicht. Ich mag keine Motorräder und Harleys schon mal gar nicht, und ich finde alles drumherum sehr ... gewöhnungsbedürftig.«

»Ich wollte doch nur -«

Bille unterbrach ihn. »Bitte akzeptieren Sie das! Ich sehe

vielleicht so aus, als sei ich alt und ein bisschen einfach, aber wissen Sie etwas? Ich bin in meinem Leben oft genug veräppelt worden. Ich habe keine Lust auf ein weiteres Mal.« Bille entfernte sich schnellen Schrittes von der Zeltplatzwiese. Ihr reichte es!

»Morgen soll es nicht so windig sein!«, rief Franz ihr nach. »Ich erwarte dich gegen zwei Uhr! Wo hast du denn deine Parzelle?«

Bille antwortete nicht mehr. Eine Spritztour auf einer Harley-Davidson, Electra Glide! Was für ein schwachsinniges Angebot. Mit 73! Da fuhr man Bus oder Bahn mit dem Seniorenticket oder saß auf der Rückbank eines Familienvans, sofern man wie Bille keinen Führerschein hatte. Aber auf dem Sattel einer Harley, da saß man bestimmt nicht.

Bille war insgeheim sehr stolz auf sich. Noch nie, wirklich noch nie in ihrem Leben hatte sie einem Menschen derart Kontra geboten. Sie war auf einem guten Weg.

Kurz bevor sie um die Ecke zum Campingplatz bog, kicherte sie albern. Was war das schon jetzt für ein Urlaub! Sie war noch keinen ganzen Tag in Hooksiel und hatte bereits die zweite Herrenbekanntschaft gemacht. Der eine Mann hatte sie spontan zum Essen eingeladen, der andere wollte mit ihr Motorrad fahren. Wenn das Fleischermeister Häwelmann wüsste! Als er ihr seine Salami geschenkt hatte, hatte er sicherlich keine Gedanken daran verschwendet, dass die Konkurrenz hier gleich um 200 Prozent anwachsen würde.

Davon hatte Frau Meyer-Semmelmann nicht gesprochen, als sie von ihrer Nordseereise erzählte. Aber vielleicht kannte Frau Meyer-Semmelmann das Männerproblem nicht. Es gab bestimmt kaum jemanden, der täglich von einer Frau mit Klobürste in der Hand empfangen werden wollte, vermutlich war ihre Nachbarin deshalb auch ledig. Billes Mann war zwar tot, aber immerhin hatte sie mal einen gehabt! Und nun offenbar ein paar Verehrer in der Warteschlange. Kein schlechter Schnitt für ihre 73 Jahre. Wahrlich nicht!

Das war wie zu ihren besten Zeiten, als junge Frau. Oder als sie zur Kur in Horn-Bad Meinberg gewesen war und ihr gleich der dicke Anton Avancen gemacht hatte. Aber mit ihm verhielt es sich ähnlich wie mit Fleischermeister Häwelmann. Der dicke Anton hatte eine Bäckerei und kreierte Torten. Die Gesprächsthemen waren folglich für Bille genauso einschläfernd wie die des Wurstmachens von Herrn Häwelmann, wobei es beim dicken Anton stets darum gegangen war, ob mit Rosinen oder ohne, und bei Herrn Häwelmann eben, wie viel Speck die Salami vertrug. Das war zwischendurch bestimmt mal ganz interessant, als tägliches Frühstücksthema jedoch eher abschreckend.

Außer mit Fleischermeister Häwelmann hatte Bille sich hin und wieder auch mit dem ebenfalls verwitweten Herrn Sieberfink getroffen. Ihm war sie bei ihrem Spaziergang am Rhein-Herne-Kanal begegnet, wo er täglich seinen Silberpudel Baldur ausführte und seine Spaziergänge stets so legte, dass er Oma Bille in die Arme laufen musste. Er war forscher als der Fleischermeister Häwelmann und hatte ihr schon dreimal das Du angeboten. Natürlich hatte Bille abgelehnt, weil sie Gefahr lief, dass darauf ein Heiratsantrag folgte. Der Mann tickte so. Nur wollte sie erstens nicht Sieberfink heißen, zweitens mochte sie keine Silberpudel, und drittens sollte man keinen Mann ehelichen, der Plüschhasen sammelte. Diese Leidenschaft lebte Herr Sieberfink mit Hingabe aus, wie er ihr gleich zu Beginn gestanden hatte. Als sie dann doch einmal zum Kaffee zu ihm gegangen war, hatte er das Sofa erst freiräumen müssen, und Bille hatte beschlossen, nicht eines seiner Häschen sein zu wollen.

Franz sammelte ganz sicher keine Plüschhasen und Silberpudel, sondern jagte mit seiner Electra Glide über die Straßen. Und ganz sicher schraubte er ständig an ihr herum. Auch das war ihr von Wolfi in Erinnerung. »Wichtig ist nicht, welche Harley du dir kaufst, wichtig ist, dass sie danach anders ist als die anderen«, hatte er oft gesagt.

So waren sie, die Harley-Fahrer, da hatte sich über die Jahrzehnte nichts geändert. Und als Frau musste man immer noch die Maschine als Zweitliebe neben sich dulden.

Die Harley von Franz wirkte auf jeden Fall sehr individuell. Genau wie seine Tattoos und das Shirt mit dem Totenkopf-Aufdruck. Für einen Augenblick sehnte Bille sich nach Herrn Häwelmann, der ihr mit seiner Salamitaktik gerade wesentlich charmanter erschien als der ölverschmierte Rocker.

»Ich warte auf dich!«, hörte sie Franz noch rufen. »Morgen, okay?«

Bille verlangsamte den Schritt. War es nicht fair, jedem Menschen eine Chance zu geben? Doch dann vernahm sie etwas völlig anderes: Es waren die Stimmen seiner Kumpel, die lautstark einen altbekannten Song über den Zeltplatz grölten: »Meine Oma fährt im Hühnerstall Motorrad, Motorrad, Motorrad! Meine Oma ...«

Übertönt wurde der Song schließlich von »Highway to hell!«.

Als sie zum Stellplatz zurückkam, war alles fertig aufgebaut. Bille fand, dass es ein guter Moment war, um ihre kulinarischen Köstlichkeiten auf den Tisch zu bringen. Kochen, backen, das waren ihre Stärken. Turteln mit wildfremden Kerlen hatte sie noch nie gekonnt, und wenn sie zudem tätowiert waren und wirkten, als kämen sie von einem anderen Planeten, war sie endgültig überfordert. Sie konzentrierte sich besser auf das, was sie gut beherrschte.

Bille holte den Korb, nahm ein paar Köstlichkeiten wie die kleinen Frikadellen aus dem Kühlschrank und plazierte alles auf dem Campingtisch. Maja würde in ihren Schränken sicher Teller und Besteck haben.

Doch bevor sie danach fragen konnte, ertönte von links neben den Winterbergs ein herzzerreißender Schrei. »Mein Gold! Mein ganzer Schmuck ist weg! Hier auf dem Platz treibt ein Dieb sein Unwesen!« Aus dem Wohnwagen mit den Window-Color-Motiven stürzte eine blondierte Frau, die in Ballonseide gehüllt war. Ihr folgte ein schwergewichtiger Mann, in Partnerlook gekleidet. Er fiel über den Gartenzwerg in einen der Papierlampions, die ihrem Stellplatz am Abend wohl eine romantische Note verpassen sollten. Der Mann rappelte sich aber schnell wie hoch und wischte den Papierrest vom Ärmel.

Jan war augenblicklich zur Stelle. »Sollen wir den Platzwart informieren?«

Die Blondine schüttelte den Kopf. »Ich kann mir schon denken, wer das war! Seit gestern sind Rocker auf dem Platz. So richtige Rocker! Dass man die überhaupt hier zulässt, ist eine Zumutung für alle Gäste.«

Oma Bille betrachtete die Ballonseidenfrau. Sie redete offenbar von Franz und seinen Freunden. Sie waren anderen hier also ebenfalls aufgefallen.

Jan versuchte, die Nachbarin zu beruhigen. »Wenn der Schmuck wirklich weg ist, müssen Sie das melden, und es sollte auch die Polizei informiert werden.«

Die Frau schluchzte auf. Ihr Mann legte den Arm um ihre Schultern. »Salome, du Arme. Ich weiß ja, wie sehr du an genau diesen Ketten und Ringen hängst.«

»Genau, Johannes! Ich habe das alles von dir bekommen …« Salome sank kraftlos in seine Arme, und Bille fragte sich, wann die Frau wohl wie ihre Namensvetterin in der Legende den Kopf des Mannes serviert bekäme. Salome und Johannes, das hatte einen eigenartigen Beigeschmack. Bille ahnte, warum sie die Frau auf Anhieb nicht mochte.

4. Kapitel

Hier irgendwo musste es sein. Hier irgendwo lag Hooksiel. Wie konnte ein Ort Hooksiel heißen? Justus verfluchte den Tag, an dem er sich auf den Kuhhandel mit dieser Omi eingelassen hatte. Er war kein Lammfelldeckenverkäufer, er war ein cooler Dealer, der Unmengen Stoff unters Volk brachte. *Das* war seine Aufgabe! Trotzdem war es besser, jetzt nicht zu scheitern. Und nun war ihm diese Oma auch noch durch die Lappen gegangen und einfach in den Urlaub gefahren! Aber er kam schließlich nicht aus Dummsdorf und hatte seine Ohren überall. Hooksiel klang nicht gerade nach Weltstadt, da würde ihm sein Silberlöckchen schon über den Weg laufen.

»Oma geht also campen …« Justus grinste und ließ seine Muskeln spielen, auch wenn ihn während der Fahrt keiner sehen konnte. Es gab ihm ein gutes Gefühl. Er fingerte die Sonnenbrille aus dem Handschuhfach und setzte sie auf, das steigerte seine Unantastbarkeit noch.

Er hoffte, nicht allzu lange in diesem friesischen Kaff bleiben zu müssen. »Auftrag ausgeführt!«, würde er demnächst seinem Boss schreiben können. Und sich dann wieder den wirklich kriminellen Aufgaben des Lebens widmen. Hatte der Job mit dieser Oma zunächst leicht und lässig ausgesehen, nahm er nun doch eine kompliziertere Wendung.

Justus entdeckte ein Schild, das ihm sagte, er müsse am Kreisel die zweite Ausfahrt nehmen, wenn er zum Campingplatz wolle. Die dritte führte nach Schillig und Horumersiel, bei der ersten bog man in den Ort ab. Nun, es konnte sicher nicht schaden, Hooksiel mal kurz seine Aufwartung zu machen, immerhin hatte er seit Stunden nichts gegessen, und irgendeine Pizzeria würde es in dem Fischerdorf ja wohl geben.

Justus steuerte den Ford Ka ins Zentrum von Hooksiel. Ja, er fuhr nur solch eine Gurke, zu mehr reichten die Einkünfte nicht. Aber was nicht war, konnte schließlich noch werden. Die Ortsdurchfahrt war für den Durchgangsverkehr gesperrt, er musste abbiegen und gelangte schließlich zum Hafen. Dort gab er einmal kräftig Gas, um den Touris deutlich zu machen, dass nicht *irgendwer*, sondern Justus durch ihren verschlafenen Ort fuhr. Leider beeindruckte es niemanden, die Auspuffanlage war zu leise.

»Ihr Friesen werdet euch eines Tages vor mir fürchten«, zischte Justus. »O ja, das werdet ihr. Aber jetzt fang ich mit der silbergelockten Oma an. Der werden spätestens morgen die Knie zittern.«

Justus gefiel sich als Supermann, selbst wenn ihm noch nicht ganz klar war, wie er Oma Bille auf dem Campingplatz einschüchtern wollte. Aber ihm würde bestimmt etwas einfallen, notfalls nutzte er seine Muskeln, und die hatten sie bereits in Oberhausen so eingeschüchtert, dass sie willenlos seinen Anweisungen gefolgt war.

Kurz darauf hatte Justus Hooksiel durchquert. Er wendete und stellte seinen Wagen am Hafen ab. Nach ein paar Schritten wurde er fündig. Da Nello hieß der Laden, und er war überrascht, was für eine hervorragende Pizza er dort serviert bekam. Weil es ihm so gut schmeckte, bestellte er noch ein Tiramisu hinterher und genoss den feinen Schokoladengeschmack. Danach fühlte er sich gewappnet für alles, was auf ihn zukommen würde.

Auf dem Rückweg ging es nur langsam voran, weil sich die Urlauberströme durch das Fischerdörfchen schoben und sie natürlich alle Zeit der Welt hatten. Als Justus den Kreisel erneut erreichte, bog er zum Strand ab, wo sich auch der Campingplatz befand.

»Goldschmuck ist richtig viel wert!« Oma Bille hörte das Gespräch der Zwillinge mit an, während sie den Tag im lauen Abendwind auf dem Relax-Sessel ausklingen ließ. »Was meinst du, wie reich der Dieb ist, wenn der noch mehr klaut? Überall ein bisschen, dann hat keiner richtig großen Schaden, aber bei den vielen Leuten auf dem Platz lohnt es sich!«

Annemie und Laura waren vom Auftauchen der Polizei völlig beeindruckt gewesen. Natürlich konnte der Dieb nicht dingfest gemacht werden, und die Beute war nicht wieder aufgetaucht.

Reich, ja, reich wäre Bille auch gern, wer träumte nicht davon? Steckte man in ihrer Haut, träumte man sogar noch ein bisschen mehr als andere. Diese Schulden waren eine immense Belastung und für Bille eine neue Erfahrung, hatte sie doch in ihrem ganzen Leben noch nie welche gemacht. Nur einmal hatte sie sich bei Herrn Häwelmann fünf Euro ausgeliehen, weil sie ihre Geldbörse zu Hause vergessen hatte. Das Geld hatte sie ihm am nächsten Tag sofort zurückgegeben, so wie es sich gehörte.

Ob der Bodybuilder ihre Wohnung bereits auf den Kopf

gestellt hatte? Bei der Vorstellung, sie wäre allein zu Hause geblieben und ihm gnadenlos ausgeliefert, wurde ihr noch immer abwechselnd heiß und kalt. Wie viel lieber lag sie nun unter dem norddeutschen Sternenhimmel und war in Sicherheit!

Zudem hatte sie hier bereits angenehme Abwechslung und wurde von einem Mann wie Harry hofiert, der schon rein äußerlich ein anderes Kaliber war als Herr Häwelmann oder Herr Sieberfink. Und Manieren hatte dieser Harry! Er hatte vorhin mit einem Piccolo vor ihr gestanden und sich dann mit ihr übers Lesen und über das Künstlerhaus in Hooksiel unterhalten. Dort wollten sie die nächsten Tage mal hin. »Vor dem Gebäude befindet sich eine ausnehmend amüsante Skulptur«, wusste Harry Sitter zu berichten. »Ein Mann mit Taucherflossen und Rettungsring, zu seinen Füßen schwimmt ein Fisch, den er zu jagen scheint. Und, werte Bille, es gibt sogar ein Weihnachtshaus in Hooksiel. Es ist das ganze Jahr über geöffnet. Wenn Sie hingegen historisch interessiert sind: In dem Örtchen wurde auch Kapitän Hegemann geboren. Er fuhr in die Arktis und überlebte dort mit seinen Seeleuten 2000 Tage. Ja, es gibt viel zu sehen in Hooksiel, und es ist für jeden etwas dabei!« Über Bilder und Kunst, geschweige denn Bücher, konnte Bille weder mit Herrn Häwelmann noch mit Herrn Sieberfink plaudern. Herr Häwelmann guckte nur Fußball, er war Schalke-Fan und saß mit seinem königsblauweißen Fan-Schal vor dem Fernseher oder verbrachte die Wochenenden im Stadion. Natürlich auch mit Fan-Schal und dazu dem passenden Käppi. Bille wunderte es nicht, dass er auch Wurst im Schalke-Mantel anbot. Um die Rot-Weiß-

Oberhausen-Fans nicht zu verprellen, lag aber die Fleischwurst mit Kümmelnote in rot-weißem Design direkt daneben und wurde extra für die Oberhausener angefertigt. Die Wurst ging weg wie warme Semmeln!

Herr Sieberfink wiederum erweiterte seinen Horizont mit Vorabendserien und *Dr. House*, ab und zu schaute er auch Ballerfilme wie *Alarm für Cobra 11*. Die Gesprächsthemen waren deshalb sehr beschränkt. Meist ging es um den Bau einer guten Autobombe oder den perfekten Mord.

Bei Harry Sitter schien das ganz anders zu sein.

Aber generell wollte Oma Bille lieber allein bleiben. Neulich beim Frauen-Computerkurs hatten die anderen Frauen derartige Schreckensszenarien in Bezug auf ihre Ehemänner entwickelt, dass Bille beinahe schwindlig geworden war. Dabei waren die Damen im Durchschnitt 10 bis 15 Jahre jünger als sie. Ach nein, Oma Bille konnte auf einen neuen Mann in ihrem Leben gut verzichten. Aber sie würde es genießen, sich mit Harry über kulturelle Dinge auszutauschen, das war immer noch besser, als über Schalke-Wurstkreationen zu debattierten. Oder über das günstigste unnatürliche Ableben.

Die Diskussion der Mädchen war weitergegangen, und nun horchte sie wieder auf.

»Und wenn Salome nun recht hat und diese Rocker wegen krimineller Aktivitäten hier sind? Gut getarnt als Bikertour, fahren sie in Wirklichkeit von Platz zu Platz und klauen?«

Vorhin war Franz an Billes Parzelle vorbeispaziert, und er hatte sich betont unauffällig verhalten. Hatte auch Salomes Palast mit keinem Blick gewürdigt. War das Tarnung? Immerhin konnte er sich ein großes Motorrad leisten, preiswert war das sicherlich nicht.

»Es gibt zwei Möglichkeiten«, murmelte Bille, »entweder hat er so viel Geld, dass er nicht stehlen muss, oder er besitzt deshalb eine Harley, weil er stiehlt.« Man konnte es drehen und wenden, wie man wollte, zu einem Ergebnis führten die Gedanken definitiv nicht. Es war besser, sie hielt sich zurück.

»Wenn man ganz viel Schmuck klaut, kann man sich bestimmt einen Palast bauen.« Lauras Stimme. »Stell dir vor, eine Villa mit Swimmingpool in den Bergen!«

»Mit goldenen Badezimmergriffen!«

»Armaturen«, verbesserte Felix, aber seine Schwestern ignorierten die Bemerkung.

»Salome hat massig Geld, guck dir doch den großen Wohnwagen an. Das ist ein Tabbert«, flüsterte Laura.

»Sie wird sich nicht selbst beklaut haben, davon wird man schließlich auch nicht reicher«, wandte Annemie ein. »Außerdem ist der Wohnwagen nicht neu.«

»Stimmt auch wieder. Und sie trägt diese altmodischen Jogginganzüge. Wer zieht so was noch an? Das ist ja Steinzeit pur.«

»Jungsteinzeit.«

»Frühes Neolithikum.«

Bille grinste, denn die Mädchen prahlten mit ihrem erworbenen Wissen aus dem Erdkundeunterricht. Nannte man das heute noch so? Die Unterrichtsfächer hatten sich seit ihrer Zeit derart verändert, dass sie oft gar nicht mehr wusste, von welchem Fach die Kinder sprachen.

»Wir kommen so nicht weiter«, fasste Annemie zusammen. »An die Rockertheorie von Salome glaube ich nicht, das wäre zu einfach. Und du hast recht: Sie wird sich kaum selbst bestohlen haben, das ergibt keinen Sinn!«

Es sei denn, Salome und Johannes wollen ihre Versicherung betrügen, dachte Bille. Sie sagt, der Schmuck sei weg, und in Wirklichkeit hat Johannes ihn mitgenommen und bunkert ihn irgendwo. »Ich könnte ihnen ja mal auf den Zahn fühlen«, murmelte Bille. Dann aber brachte sie sich gleich selbst zur Räson. »Du bist nicht die Miss Marple von Hooksiel! Und von Ermittlungen hast du keine Ahnung, also halt dich da raus.«

»Wenn ich das Gold finden würde«, erklärte Laura eben, »weiß ich gar nicht, ob ich es der Tussi zurückgeben würde. Hallo? Die führen sich hier so angeberisch auf! Wie sie noch vorhin damit geprahlt hat, dass sie zu Hause sogar einen Pool im Garten haben! Und sie besitzen einen dicken Wohnwagen, selbst wenn sie ihn mit ihren komischen Fensterbildern völlig verunstaltet haben. Voll prollig. Die brauchen den Schmuck doch gar nicht.«

»Vielleicht hängt sie aus romantischen Gründen an dem Schmuck«, überlegte Annemie. »Und man muss auch bei reichen Leuten ehrlich bleiben.«

Bille schloss die Augen. Es gab wirklich viele Menschen, die nur so in Geld schwammen. Denen ein paar gestohlene Goldketten gar nichts ausmachten, weil sie sich einfach neue kaufen konnten. Sie würden nicht leiden, wenn ihnen etwas Geld abhandenkam, es war ja noch genug da. Bei Oma Bille war es eben nicht da, und leider würde sich das nach ihrer Reise auch nicht geändert haben. Das Problem war lediglich aufgeschoben, aber nicht aufgehoben.

Das Geflüster der Zwillinge war verstummt. Bille sah sie im Wohnwagen verschwinden, das Thema »Diebstahl Salome und Johannes« hatte sich bei den Mädchen offenbar erschöpft. In Bille aber kreisten die Überlegungen weiter.

Es gab auf dem Platz noch mehr Camper wie Königin Salome und Gemahl. Was hatten die Mädchen zu Beginn des Gesprächs gesagt? Wenn man den gutsituierten Campern ab und zu ein bisschen wegnahm, nur winzige Sümmchen, die kaum auffielen und die nicht wehtaten, wäre man schnell reich und hätte keinem wirklich geschadet. Billes Rücklagen würden in einer stetig ansteigenden Kurve wachsen, immerhin hatte sie zwei Wochen lang Zeit, sie zu füttern und zu mästen. Sie würde nur die Gutsituierten besuchen ...

Bille konnte die Gunst der Stunde nutzen, denn immerhin trieb ja ein »echter« Dieb auf dem Platz sein Unwesen. Zwar waren jetzt alle wachsamer, aber man würde ihr, der harmlosen Oma Bille, sicherlich keinen Diebstahl zutrauen. Sie trug Flanellröcke und Dauerwelle. Und wenn sie nur bei den Reichen einstieg, war das fast legitim, so wie ein moderner Robin Hood.

Bille zuckte bei ihren Überlegungen zusammen. Ihr Herz raste. Sie und kriminell! Unvorstellbar. Sie und Robin Hood – der Vergleich hinkte, weil sie sich mit dem Diebstahl selbst bereichern und nicht etwas Gutes damit tun wollte. Also Schluss damit!

Billes Herz klopfte noch stärker. Stolperte. Du liebe Güte, was für abscheuliche Gedanken purzelten ihr durch den Kopf?

»Ich habe doch nicht mal ein Glas Wein getrunken und

benehme mich wie beschwipst!« Bille stand auf und kletterte in ihren Wohnwagen. Dort überprüfte sie wie von einem inneren Zwang getrieben den Kopfkissenbezug. Sie hatte dasselbe Versteck wie zu Hause gewählt, und die vermaledeite Rechnung über die Lammfelldecken hatte sich leider auch hier nicht in Luft aufgelöst. Das Papier knisterte verdächtig, als sie es auseinanderfaltete. Auch die Summe hatte sich nicht reduziert. Bille konnte es drehen und wenden, wie sie wollte: Sie steckte tief in der Klemme. Aber eines würde sie bestimmt nicht tun: zur Diebin werden.

Franz köpfte die Bierflasche und saugte den herausspritzenden Schaum auf. Er liebte das herbe Jever Pils und beschloss, auch zu Hause darauf umzusteigen. Warum hatte er Bille Rubens (die übrigens überhaupt nicht aussah wie eine Rubens-Frau) angesprochen? Sie sogar zu einer Spritztour eingeladen? Diese Bille war beinahe so alt wie er, und das Schlimme war, man sah es ihr an. Das konnte doch nicht sein Ernst sein! Er, der große Franz, der locker eine Mittvierzigerin auf seine Harley bekommen konnte, wenn er es drauf anlegte, sprach eine gleichaltrige Oma an?

Er überlegte, warum er zu ihr gegangen war. Sie hatte hilflos gewirkt, etwas unglücklich. Und als sie ihn angesehen hatte, waren ihr Alter, ihre altbackende Kleidung und all das plötzlich völlig nebensächlich. Da waren nur noch ihre Augen gewesen. Die blaue Iris, bei der er glaubte, in die Tiefe des Meeres zu sehen. Wurde er jetzt zum Romantiker, oder was? Franz nahm einen weiteren Schluck aus der Flasche. Tiefblaue Meeresaugen, wie kam er nur auf solch absurde Ideen? »Sie erinnern mich an Helga«, flüsterte er ergeben, als ihm deutlich wurde, was wirklich dahintersteckte. Helga, seine verstorbene Frau. Die große Liebe seines Lebens. Sie war sein Lebensinhalt, sein Augenstern gewesen. Nie hatte er einer anderen Frau hinterhergesehen, geschweige denn Helga betrogen. Sie waren eins gewesen, Helga und er, ein Team. Schlimm waren lediglich die Momente, wenn sie nicht zusammen sein konnten. Wie hatte er jedes Mal sehnsüchtig auf den Moment gewartet, als sie wieder um die Ecke bog! Erst dann war sein Leben wieder in der Spur.

Aber Helga war fort.

Billes Blick war ähnlich bezaubernd wie ihrer. Dieses Tiefsinnige, so als hinterfragte sie die Welt auf eine ganz besondere Art und Weise und immer mit einem liebevollen Augenmerk. Er hatte nicht geglaubt, das noch einmal zu erleben, und deshalb war er binnen Sekunden völlig aus der Fassung geraten.

»Du mutierst hier gerade zum Totalromantiker«, schimpfte Franz mit sich. Was war nur in ihn gefahren? Ihm fehlten die Worte für seine Gefühle. »Ich werde wohl alt, anders ist dieses Gedankenchaos nicht zu erklären.«

Die Bierflasche war leer, doch in dem Kasten vor seinen Füßen stand noch eine weitere. Hier halfen im Grunde nur eine junge Frau oder Alkohol. Erstere war nicht in Sicht, und ehrlicherweise musste Franz zugeben, dass er dazu auch gar keine Lust verspürte, tanzte doch Billes Gesicht ständig vor seinem inneren Auge.

Seine Freunde zündeten gerade unter lautem Gejohle den Grill an, Gott sei Dank würde er gleich abgelenkt sein.

Mike war unbemerkt hinter ihn getreten. »Sag mal, Alter,

macht dir das Greisentum zu schaffen? Du führst seit Minuten *Selbstgespräche!*«

»Sorry, ich war in Gedanken«, sagte Franz erschrocken. »Was geht heute ab?«

»Grillen, siehst du doch. Oder meinst du, die Jungs machen einen Regentanz, weil uns die Sonne nicht passt?« Mike schlug seinem Kumpel auf die Schulter. »Was zum Henker ist los mit dir?«

»Nichts, holst du uns noch ein Bier? Der Kasten ist leer.« Franz trank die angefangene Flasche auf ex. Zwei Pils hintereinander. Das hatte er in seiner Jugend besser abgekonnt, jetzt wurde ihm leicht schwindelig. Und ihm zitterten die Hände, hoffentlich bemerkte Mike das nicht. Er musste sich wirklich zusammenreißen, damit seine Jungs ihn nicht aufzogen, allen voran Doc Gringo und ErTeEl. Das Lied von der Oma im Hühnerstall war Bille gegenüber nicht besonders nett gewesen. Aber damit er sich nicht vollends zum Gespött der Gruppe machte, hatte er mitgesungen, wenn auch nur leise. Er musste sich behaupten, denn er war der heimliche Alterspräsident und es war wichtig, sich die besten Kumpels warmzuhalten. Vor allem Doc Gringo, der einen Bart bis zur Hüfte trug und nie ohne Sonnenbrille anzutreffen war. Sein Wort galt unter den Jungs etwas. Niemand kannte seinen richtigen Namen. Er fuhr die individuellste Maschine, schraubte ständig daran herum und hatte immer, wirklich immer, ölige Finger. Kein Wunder, dass er schon lange nicht mehr als Doc arbeitete. Er war mal Chirurg oder so gewesen, jedenfalls ein Weißkittel. Ärzte waren normalerweise in ihren Kreisen nicht besonders angesehen. So reiche Stinker, die sich eine Kiste leisten konnten, aber sie normalerweise »von der Stange« kauften. Gringo hatte es anders gemacht. Den Traum von Freiheit gelebt, das bürgerliche Leben samt Arztpraxis hinter sich gelassen. Vor ihm wollte Franz wirklich nicht als senil dastehen.

ErTeEl hingegen hatte nie etwas anderes getan, als Harley zu fahren. Zumindest von dem Zeitpunkt an, als er sein erstes Harley-Schaukelpferd bekam, denn auch sein Vater war Harley-Fahrer gewesen. ErTeEl hatte nichts gelernt, war aber perfekt darin, eine Maschine aufzupeppen. Cruiste er nicht mit dem Motorrad durch die Gegend oder bastelte daran herum, guckte er eines der RTL-Programme. Oder einen anderen Privatsender. Er nannte das Bildungsfernsehen, vor allem *Dschungelcamp, Der Bachelor* und *Frauentausch* empfand er als sehr informativ und psychologisch tiefsinnig. Franz hatte es aufgegeben, mit ihm darüber zu diskutieren. ErTeEls Niveau war eher niedrig, obwohl er ein guter Kumpel war, mit dem man immer Spaß haben konnte. Nur wäre Franz' heimliche Schwärmerei für Bille ein gefundenes Fressen für seine spitze Zunge. Franz musste sich also zusammenreißen, wollte er nicht zum Gespött seiner Kumpels werden.

Mike kam mit zwei neuen Flaschen Jever zurück. Er entfernte die Kronkorken mit den Zähnen, lehnte er doch Hilfsmittel als spießig ab. »So, Alter, nun mal Butter bei die Fische. Was geht ab?« Er nahm einen Schluck und wischte sich mit dem Handrücken über die Lippen. »Bevor Doc Gringo und ErTeEl kommen, will ich wissen, warum du so nachdenklich bist. Haben wir dir irgendwas getan?«

»Quatsch!« Franz nahm einen Zug. So konnte er noch

ein paar Sekunden überlegen, was er Mike antworten wollte.

»Ist es diese Omma?«

Treffer. Scheiße.

Franz schwieg und wand sich unter Mikes bohrenden Blick. Sie kannten sich schon viele Jahre, es war unmöglich, ihm etwas vorzumachen.

»Franz, das ist eine alte Schachtel, du kannst doch echt was Jüngeres haben! Was willst du ausgerechnet von der? Die läuft ja rum wie von vorgestern!«

»Ich will gar nix von ihr. War ein Spaß, mal zu gucken, was eine Alte zu meiner Einladung sagt.« Franz stieß mit Mike an, das Glas klirrte. »Aber sie wirkt so ... nett. Wir hätten sie hinterher nicht verarschen sollen. War unfair. «

»Nett ist das liebevolle Wort für langweilig«, konterte Mike. »Das sagt doch alles. Jetzt trink dein Bier, danach gehen wir zum Grill, und du vergisst die Olle ganz schnell.« Er machte eine Pause. »Und Mann, Alter! Was heißt denn schon unfair? Die Frau siehst du nach unserem Abgang nie wieder!«

Franz nickte. Mike hatte ja recht. Nur spukte ihm gerade ständig durch den Kopf, dass sämtliche Affären seit Helgas Tod schiefgegangen waren. Keine einzige Frau hatte mehr sein Herz berührt. Wirklich nicht eine. Klar, er hatte schöne Frauen an seiner Seite gehabt. Wunderschöne Frauen. All die Jahre war er durch die Lande gestreift, nicht ahnend, wonach er eigentlich suchte, weil da nur noch diese Leere war. Dieses Gefühl, er habe das Wichtigste verloren, und dazu der Trotz, sich nun alles zu nehmen, was sich ihm bot. Und doch hatte sich diese Leere nicht wieder gefüllt. Im

Gegenteil, sie war größer geworden, so dass er sich meist wie eine mit Luft gefüllte Hülle fühlte. Das Gefühl war nur dann weg, wenn er auf der Electra Glide saß. Und jetzt rührte diese Bille etwas in ihm, aber er konnte nicht einmal sagen, was genau es war.

»Mann, nun komm mal wieder runter, Kumpel!«, riss Mike ihn aus den Gedanken. »Eine Omi in Flanell, geht's noch? Die sieht aus, als könnte sie deine Mama sein, und das heißt bei deinem Alter schon viel.« Mike grinste und köpfte eine weitere Bierflasche. Danach rülpste er dreimal hintereinander.

»Benimm dich, Mann!«, herrschte Franz ihn an. »Es gibt tatsächlich so etwas wie ein kultiviertes Auftreten, selbst wenn man eine Harley unter dem Arsch hat.«

»Vor allem unter dem *Arsch!* Hörst du dir eigentlich noch selbst zu?«

»Ach, lass mich in Ruhe, Mike. Ich muss nachdenken.«

»Jetzt sag nicht, über Frau Flanellrock!«

Franz schüttelte den Kopf. Aber sein Kumpel gab nicht auf. »Brauchst du jetzt so etwas? Pass auf, wir gehen gleich nach dem Grillen auf Tour und gucken mal, wo eine fetzige Strandfete läuft, und dann geht die Post ab. Notfalls suchen wir eine Disko. Das bringt dich auf andere Gedanken, diese Trauermiene ist ja kaum auszuhalten!«

»Ich hab keinen Bock auf Strandfete.«

»Das darf ich Gringo und ErTeEl echt nicht erzählen, die bringen dich samt deiner Harley in die Klapse. Franz will nicht feiern!« Mike warf die leere Bierflasche ins Gras, zuckte mit den Schultern und machte sich an den Satteltaschen seiner Maschine zu schaffen, bis er gefunden hatte, was er suchte. Er hielt einen Flachmann in der Hand, den er ebenfalls mit den Schneidezähnen öffnete und dessen Inhalt er dem Bier hinterherkippte. »Die Frau trägt *Oma-Röcke!* Franz! Oma-Röcke! Knielang! Vergiss es!«

Justus hatte den Campinglatz endlich erreicht und saß nun rauchend vor seinem Zweimannzelt. Was tat er sich an, bloß um eine alte Frau zu finden? Hatte er das nötig, dafür in einem *Zelt* zu schlafen? Gut, es war eines, das sich selbst entfaltete, und es war nagelneu. Sein Boss hatte es angesichts der veränderten Situation springenlassen.

»Verdammt, Justus, natürlich hast du das nötig, weil dir für jedes Hotel der Welt die Kohle fehlt!« Ohne diese Aktion würde er immer ein armer Schlucker bleiben. Zog er das mit den 2000 Flocken jedoch erfolgreich durch, standen die Zeichen super dafür, dass er mehr solcher Aufträge bekam und sich ein finanzielles Polster zulegen konnte. Mal was anderes als die Drogendealerei. Es war also wichtig, dass Justus seinen Job gut machte. Richtig gut.

Er tat sich normalerweise schwer damit, zuzugeben, wenn es ihm mies ging, und er spielte sich vor allem vor seinen Freunden gern damit auf, dass er stets gut bei Kasse war. Das hatte ihm einen sicheren Platz in der Clique beschert – Kohle zu haben war immer gut.

Justus rutschte hin und her. Ihm war das rechte Bein eingeschlafen. Egal, er wollte sowieso ein wenig herumstromern, denn vorhin hatte er die Alte nicht entdeckt, war ja verdammt groß hier. Er hatte gedacht, zack, rauf auf den Platz, die Oma ein bisschen unter Druck setzen und ab durch die Mitte. Aber sie war nicht auffindbar, zu allem

Überfluss hatte er sich in den Gängen auch noch verlaufen. Zumindest hatte er die Nordsee vor der Nase, denn der Platz grenzte direkt an die See, und so haftete der Arbeit zumindest ein Hauch von Urlaub an.

Gegenüber feierten ein paar Rocker. Justus beneidete sie. Doch statt darüber nachzudenken, sollte er lieber endlich Bille Rubens finden. Nicht, dass sie doch woanders untergekommen war, weil ihre Krampfadern oder irgendwelche anderen Zipperlein sie davon abgehalten hatten, sich hier niederzulassen. Alten Leuten und nervigen Gören war alles zuzutrauen.

Justus stand auf, wackelte mit seinem Bein, schlenkerte es hin und her, bis das Kribbeln aufhörte. Danach stapfte er los und ließ die Rockergang hinter sich, obwohl er am liebsten mit ihnen ein Bier getrunken hätte. Er schlenderte am Waschhaus vorbei, bog mal links, mal rechts ab. Immer dorthin, wo er glaubte, noch nicht gewesen zu sein. Schließlich lief er geradewegs auf einen überdimensionalen und sehr teuer wirkenden Wohnwagen zu, den der Fahrer sicher eher zum Angeben als für eine lange Urlaubsreise nutzte. Mit dem Teil kam man ja um keine Kurve!

Daneben duckte sich ein älteres Modell, das neben dem Angeberteil geradezu verschämt wirkte. Allein die braunorangefarbenen Streifen vermittelten einen demütigen Eindruck. Dort schlich gerade ein Mädchen heraus, das ihm ungeheuer bekannt vorkam. Die lungerte doch mit einer anderen, die völlig identisch aussah, immer vor ihrem Haus in Oberhausen herum!

Bingo, Treffer, versenkt. Er hatte den richtigen Riecher gehabt. Er würde einen Besen schlucken, wenn sich sein

Opfer nicht irgendwo hier in der Nähe versteckte! Justus schnalzte zufrieden mit der Zunge. Das lief ja wie geschmiert. Er vermutete die Oma in dem altersschwachen Gefährt nebenan.

Justus sah auf die Uhr. Heute wollte er nichts mehr tun, aber morgen würde er der Dame mal fein auflauern und ihr deutlich machen, dass sie mit ihrer Flucht weiß Gott nichts gewonnen hatte. Ihm entkam man nicht! Justus beobachtete, wie die Gardine am alten Wohnwagen für einen Augenblick beiseitegeschoben wurde. Gleich darauf zerrte jemand den Stoff hastig wieder vors Fenster. Hatte sie ihn gesehen? Dann würde der Oma heute Nacht bestimmt die Düse gehen, und schon bald hätte er seine Kohle in der Tasche und sein Boss war zufrieden. Wobei Justus noch immer nicht verstanden hatte, was genau der Typ mit der Aktion bezweckte. Ihm war es wichtig, dass diese Frau Rubens massiv unter Druck gesetzt wurde und zahlte. Nun, dafür konnte Justus sorgen, das war kein Problem.

»Findest du nicht, dass Oma Bille irgendwie bedrückt aussieht?«, fragte Laura ihre Schwester, als sie vom Waschhaus zurückkam. »Sie starrt ständig vor sich hin, so als müsse sie nachdenken, ob das Leben überhaupt noch schön ist.«

»Ach Quatsch. Oma Bille hat eben Urlaub. Ich glaube, sie war noch nie weg und nun genießt sie ihre Ruhe.«

»Ihre Ruhe?« Laura schüttelte entschieden den Kopf. »Oma Bille hat das ganze Jahr über ihre Ruhe. Und ich habe darüber nachgedacht, seit wann sie so verändert ist.«

Annemie zuckte mit den Schultern und blätterte gelangweilt eine Seite in ihrem Buch um. »Und?«

»Seit sie diese komischen Decken gekauft hat. Als wir sie darauf angesprochen haben, hat sie eigenartig reagiert. Heute Nachmittag, als wir hier angekommen sind, war es für kurze Zeit besser. Aber gerade kam sie mir auf dem Weg zum Klo entgegen, und da hatte sie wieder dieses Saure-Gurken-Gesicht. Als wäre ihr ein Geist begegnet.«

»Meinst du?« Annemie ließ das Buch sinken und betrachtete Oma Bille, die vor ihrem Wohnwagen in dem Relax-Sessel saß und die Augen geschlossen hielt. »Du könntest recht haben. Sonst strahlt Oma von innen, aber sie wirkt tatsächlich wie ein Trauerkloß. Das sieht man sogar jetzt, wo sie so tut, als würde sie schlafen!«

»Macht sie aber nicht. Die Füße zucken, siehst du das? Außerdem war sie eben noch in ihrem Wohnwagen.«

Annemie nickte. »Vielleicht war ihr warm?« Sie pustete sich eine Strähne aus der Stirn. »Ist es ja schließlich auch – warm, meine ich.«

»Was ist, wenn Oma Bille Mama die Wahrheit verschwiegen hat? Die Decken sind nicht vom Fachmarkt, die hat ihr jemand aufgeschwatzt, und irgendetwas stimmt damit nicht. Ich möchte ihr so gern helfen! Oma Bille ist immer für uns da, und ich glaube, jetzt steckt sie in irgendeinem Schlamassel! Ist nur so ein Gefühl, weißt du?«

»Vielleicht hängen ihre Sorgen wirklich mit diesen Decken zusammen. Da hing zu Hause so ein windiger Typ vor der Haustür rum, der hat Oma komplett nervös gemacht«, erklang Felix' Stimme wie aus dem Off.

Die Zwillinge schnellten herum. »Felix? Chillst du nicht mehr?«

»Doch, ich brauch aber mal 'ne Pause. Ist ein wenig *boring*.«

»Red Deutsch mit uns, wir verstehen auch so, dass du dich langweilst.« Laura deutete auf den leeren Stuhl. »Also, was genau hast du gesehen? Und bitte ein bisschen fix, Mama und Papa kommen gleich bestimmt vom Strandspaziergang zurück, und ich glaube, wir sollten das Ganze erst mal für uns behalten.« Sie machte eine bedeutungsschwere Pause. »Erwachsene müssen schließlich nicht alles wissen.«

Felix stimmte ihr zu und erzählte dann von dem jungen Mann auf der Straße. Er schloss mit den Worten: »Oma Bille hat zwar so getan, als wüsste sie gar nicht, wovon ich rede, aber sie war ganz schön nervös.«

»Wir müssen das weiter beobachten, ich will einfach nicht, dass es ihr schlechtgeht. Wer weiß, wer sie da übers Ohr gehauen hat.« Laura zog die Nase kraus. Oma Bille saß noch immer vor ihrem Wohnwagen, hatte nun allerdings die Augen geöffnet und starrte ins Nichts. Nahm nicht wahr, dass sich eine getigerte Katze über die Parzelle schlich. Realisierte weder den feinen Windhauch, der ihre Dauerwelle verwuschelte, noch das Mondlicht, das ihre Augen streifen würde, wenn sie auch nur einen Augenblick den Kopf hob.

»Kein Wort zu Mama oder Papa!«, sagte Annemie. »Wir finden raus, was Oma Bille bedrückt, und dann stellen wir demjenigen nach. Der wird nichts mehr zu lachen haben.«

Die drei hoben die Hände wie zum Schwur.

Es wurde von Minute zu Minute ruhiger auf dem Platz. Die eben noch vom Strand herüberschallende Musik war verstummt, der Geruch nach Grillfeuer wurde vom Meeresgeruch abgelöst. Hin und wieder schallte noch ein Lachen über den Campingplatz, hin und wieder knackte eine Wohnwagentür. Bille nahm an, dass sie sich vorhin geirrt hatte, als sie glaubte, diesen jungen Mann aus Oberhausen vor dem Wohnwagen gesehen zu haben. Das konnte nicht sein! Woher sollte er denn wissen, dass sie ausgerechnet hier Urlaub machte?

Von ihrer Reise hatte sie nur Frau Meyer-Semmelmann und Herrn Häwelmann erzählt. Der junge Mann musste anderweitig Wind von ihrem Aufenthaltsort bekommen haben. Vielleicht hatte er sich die Information auch erschlichen, und Frau Meyer-Semmelmann hatte ihm ihren Aufenthaltsort versehentlich preisgegeben, redefreudig, wie sie war. So könnte es gewesen sein.

»*Wenn* er es überhaupt gewesen ist, ganz sicher bin ich mir schließlich nicht«, flüsterte Bille. Sie setzte sich aufrecht hin. »Doch egal, ob der Typ hier ist oder nicht, ich muss sehen, wie ich an das Geld komme.«

Bille schreckte hoch, weil Stimmen zu ihr herüberdrangen. Maja und Jan kamen vom Spaziergang zurück. Sie waren so in ihr Gespräch vertieft, dass sie Bille gar nicht wahrnahmen, zumal es mittlerweile dunkel geworden war. Sie verschwanden in ihrem Vorzelt, und kurz darauf klackte die Wohnwagentür hinter ihnen.

Harry Sitter schlenderte vom Waschhaus kommend an ihrer Parzelle vorbei und blieb für einen Augenblick stehen. »Guten Abend, werte Bille. Ich habe für übermorgen in der Alten Schneiderei einen Tisch bestellt. Um 19 Uhr, ist das passend?«

Bille schnappte nach Luft. Es war ein Gebot der Höflichkeit, eine Dame zuvor zu fragen, ob sie das überhaupt wollte!

»Bitte sei nicht böse, dass ich so eigenmächtig gehandelt habe, aber ich war gerade in Hooksiel, und da dachte ich, es sei eine wunderbare Überraschung für dich.« Harrys Blick hatte etwas Flehendes, und da Bille ohnehin schlecht nein sagen konnte, zog sie es vorerst vor, zu schweigen. Doch als sie in diesem Moment den Rocker Franz den Weg entlangschlendern sah, musste sie grinsen. »Meine Oma fährt im Hühnerstall Motorrad«, sangen die Männer in ihrem Ohr. Unverfroren und frech war das gewesen. Respektlos.

Sie hob ihre Stimme, damit Franz auch wirklich jedes Wort verstand. Sie würde nicht mit ihm Motorrad fahren, aber mit ihrem Platznachbarn essen zu gehen war kein Problem. Franz sollte den Unterschied ruhig erkennen.

»Ja, Harry. Ich gehe sehr gern mit dir essen. Ich freu mich darauf!« Franz brauchte wegen seiner blöden Spritztour gar nicht mehr angekrochen zu kommen!

Der Rocker war für einen Augenblick stehen geblieben und verschwand nun wortlos in der Dunkelheit. Was auch immer er vorgehabt hatte – eine Entschuldigung oder gar ein neuer Anlauf –, Bille hatte ihn in seine Schranken verwiesen. Sie war hochzufrieden.

»Ich wünsche dir noch eine gute Nacht, Harry«, setzte sie nach, in der Hoffnung, dass Franz es noch hörte, obwohl ihr das Du noch immer schwer über die Lippen kam. Harry entfernte sich höflich und verschwand in seinem Wohnmobil.

Bille war jetzt viel zu aufgekratzt, um schlafen zu können. Was war das für ein Tag gewesen! Sie musste erst einmal runterkommen, egal, wie spät es mittlerweile war. Sie huschte kurz in den Wohnwagen, schlüpfte in ihre Strickjacke und verließ danach die Parzelle. Es würde ihr sicher guttun, sich ans Meer zu setzen und in den weiten Sternenhimmel zu schauen. Vielleicht kam sie dort zur Ruhe.

Bille atmete tief ein. Was hatte sie für Hoffnungen gehegt, als Jan und Maja sie einluden, mitzukommen. Und nun sah es so aus, als würde sie bis in den Urlaub verfolgt.

»Du bist eben eine Närrin. Vor Problemen kann man nicht davonlaufen, man muss sich ihnen stellen. Das solltest du in deinem Alter wirklich wissen!«, schalt sie sich, während sie den Weg in Richtung Nordsee entlanglief. Einen Strand gab es zwar nicht direkt am Campingplatz, dazu musste man ein kleines Stück laufen, aber man gelangte über kleine Trampelpfade zum Meer.

Das Schlendern beruhigte sie. Es war eine laue Sommernacht, der Wind hatte sich gelegt, und die Sterne funkelten am Firmament. Der Mond thronte hoch über der Nordsee, die Lichter von Horumersiel glitzerten herüber. Am Horizont glitt ein Frachter entlang, und plötzlich kam in Bille Fernweh auf. Sie näherte sich dem Wattenmeer, doch vorher musste sie einen Grasstreifen überqueren, es roch nach Heu und Sommer. Bis zum frühen Abend hatte sie von hier die Mähdrescher stampfen gehört.

Kurze Zeit später fühlte Bille Sand unter den Füßen, dann wurde es feuchter, je näher sie der Wasserlinie kam. Sie schlüpfte aus den Schuhen, band die Riemchen zusammen und traute sich sogar, die Strumpfhose auszuziehen. Sie wollte den Sand zwischen ihren Zehen fühlen, das leichte Kribbeln unter den Fußsohlen, wenn sie sich über den Untergrund abrollten. Bille stopfte die Strumpfhose in die Schuhe und stellte sie an einer kleinen Senke ab. Am

Wattsaum angekommen, lauschte Bille dem Knistern des Schlicks und setzte sich auf eine der Sandabbruchkanten. Sie legte den Kopf in den Nacken und genoss die Weite über sich. Der Himmel über Friesland war viel weiter als der im Ruhrpott. Dort sah man ihn immer nur zwischen den Häuserzeilen, und meist verfremdeten das Licht der Straßenlaternen und der Rauch aus den Industrieanlagen das Bild.

»Der Abend ist viel zu schön, um sich mit negativen Gedanken zu belasten. Wie sagte Scarlett O'Hara? ›Morgen ist auch noch ein Tag‹«, flüsterte Bille. »Ich fange besser erst morgen mit meiner kriminellen Karriere an.« Sie lachte albern, weil sich die Idee, irgendwo einzubrechen, wieder nach oben gearbeitet hatte und sich hier am Meer einfach nur lustig anfühlte. Ihr Karl würde sich im Grab umdrehen, wenn er davon wüsste. Ach, nicht nur umdrehen würde er sich: einen Salto schlagen!

»Was für eine Nacht …«

Oma Bille zuckte erschrocken zusammen, als hinter ihr eine dunkle Männerstimme ertönte. Warum zum Teufel verfolgte sie der Altrocker?

Bleib höflich, Bille, dachte sie. Man weiß nicht, ob er womöglich mir nichts, dir nichts zur Bestie mutiert, wenn man sich ihm widersetzt.

Langsam drehte sie sich um. »Ach, Sie sind es«, sagte sie mit gespielter Leichtigkeit, während sie Franz musterte, der mit verschränkten Armen hinter ihr stand. »Können Sie sich nicht früher bemerkbar machen? Warum erschrecken Sie eine alte Frau?«

»Du, hier ist man per du!« Franz schlug Oma Bille kumpelhaft auf den Rücken, entschuldigte sich aber im selben Atemzug für sein Benehmen und sagte grinsend: »Ich muss den Umgang mit Damen erst wieder erlernen.«

Obwohl sie sein Auftreten nach wie vor unmöglich fand, musste Bille zugeben, dass Rocker-Franz ein spannenderer Typ war als Herr Sieberfink oder Herr Häwelmann. Bei ihrem Wohnwagennachbarn kam der Kuttenmann allerdings nicht mit. *Der* hatte Manieren und hatte sie in ein piekfeines Restaurant eingeladen!

Franz setzte sich neben Bille und verschränkte die Hände hinterm Kopf, während er die Sterne betrachtete. »Du hast ja keine Schuhe an.« Das war ihm in der kurzen Zeit also auch aufgefallen.

»Und keine Strümpfe«, rutschte es Bille heraus. Vor Schreck schlug sie ihre Hand vor den Mund. »Entschuldige, es ziemt sich wohl nicht, das einem mir völlig unbekannten Herrn zu sagen.« Sie wurde rot, als sie spürte, wie Franz' Blick zu ihren Beinen wanderte. Bille versuchte, den Rock tiefer übers Knie zu ziehen, was sich jedoch als unmöglich herausstellte. Was sie da gesagt hatte, war ja an Peinlichkeit kaum zu überbieten! Womöglich nutzte dieser Rocker gleich seine Chance und fiel über sie her ... Außer ihnen war hier niemand, und wenn sie nicht alles täuschte, hatte er eine Bierfahne.

»Ich schau nicht hin, und die fehlenden Strümpfe habe ich längst vergessen. Ehrlich!«

Bille sprang auf und lief ein Stück zurück, wo es trockener und sandiger war. Dort setzte sie sich auf eine kleine Düne und zupfte erneut den Rock über die Beine. Sie wusste selbst nicht, warum sie nicht einfach verschwand und sich stattdessen von Franz einlullen ließ. Er folgte ihr wie selbstverständlich und ließ sich erneut neben sie fallen.

»Warum willst du nicht mit mir Harley fahren?«, fragte er. »Ich frage nicht oft Frauen, ob sie mich auf der Maschine begleiten wollen. Ehrlich.«

»Warum denn mich?«

Der Rocker druckste herum. Schabte mit der Fußspitze im Sand. Rieb sich das Kinn. Und schwieg.

Bille glaubte ihm kein Wort. Wollte der Mann sie veräppeln? Von wegen, er nahm keine andere Frau auf seiner Maschine mit. Wahrscheinlich hatte der Sattel schon eine dicke Sitzkuhle von all den Damenhinterteilen!

»Ich fahre nicht Motorrad. Nicht mit und nicht ohne Helm«, sagte Bille. Sie wusste, dass sie etwas schnippisch klang. »Schon lange nicht mehr.«

»Du bist also schon mal gefahren?«

Bille nickte, biss sich aber auf die Lippen. Franz hatte ihr keine Antwort gegeben, da würde sie ihm von Wolfi und seiner Harley ganz bestimmt nichts erzählen.

Franz hakte auch nicht weiter nach, und so saßen sie eine Weile stumm im Sand und schauten auf die Weite des Wattenmeeres.

»Ob die Diebe wohl wieder herumstreifen?«, fragte Franz plötzlich.

Bille fühlte sich plötzlich unwohl, so allein mit ihm am Strand. »Wie kommst du darauf, dass die Diebe wieder unterwegs sein könnten? Viele auf dem Platz glauben, deine Kumpel haben damit zu tun.«

»Na, du glaubst doch den Mist nicht, der über mich und die anderen erzählt wird? Wir wollen nur unsere Ruhe, ab und zu ein bisschen durch die Gegend fahren, grillen und dann weiter.«

»Ihr fahrt also bald woandershin?«

»Denke schon. Aber ein bisschen bleiben wir noch.« Franz' Tattoos glänzten im Mondschein auf den muskulösen Unterarmen. Vom Strand her erklang leises Lachen, aber die Menschen waren viel zu weit weg. Bille überkam eine Gänsehaut. Es war besser, sie verschwand so rasch wie möglich.

»Du glaubst also auch, dass wir Mörder, Diebe und Betrüger sind? So, wie es alle denken, bloß weil wir eine Harley unter dem Arsch ... äh, Hintern, haben?« Frank zupfte einen Dünengrashalm ab und steckte sich das Ende in den Mund. »Nun sag schon!«

Bille beschloss, gute Miene zum bösen Spiel zu machen. Sie wollte Franz keineswegs reizen. Er hatte wirklich eine Bierfahne, er war Rocker. Er fuhr Harley. Sie musste achtgeben, was sie sagte.

»Nein, ich möchte mir darüber kein Urteil erlauben. Für mich gilt immer: im Zweifel für den Angeklagten. Man darf Menschen schließlich nicht nach Äußerlichkeiten beurteilen.«

Auf Franz' Stirn bildete sich eine tiefe Falte.

»So meinte ich das nicht«, beeilte sich Bille zu sagen, doch es war zu spät. Franz erhob sich abrupt und klopfte den Sand von seiner Jeans. »Hab verstanden, Bille. Schönen Abend noch!« Er tippte sich mit der Handkante an die Stirn und verschwand zum Campingplatz.

Bille stolperte durch den Sand zurück, fand aber ihre Schuhe nicht auf Anhieb. Sie war ein ganzes Stück zu weit nach rechts geraten. Wie dumm, dabei hätte sie sich doch nur in Richtung des Weges zum Platz halten müssen. Wie konnte man in ihrem Alter auch so unvernünftig sein und einfach Schuhe und Strümpfe irgendwo liegen lassen! Sie war wirklich nicht mehr ganz zurechnungsfähig.

Mit gesenktem Blick schlurfte Bille am Weg entlang, bis sie das Gesuchte gefunden hatte. Dann eilte sie schnurstracks zum Campingplatz zurück. Für heute hatte sie die Nase voll.

5. Kapitel

Oma Bille stand am nächsten Tag lange vor den anderen auf. Sie deckte den Campingtisch vor dem Wohnwagen der Winterbergs, holte Brötchen und plazierte einen Teil ihrer mitgebrachten Vorräte auf dem Tisch. Gestern war schon etliches in den Mündern der drei Kinder verschwunden. Sie freuten sich über Billes Essen. Das wiederum tat ihr gut, als sie jetzt darüber nachdachte, denn sie hatte sich in der Nacht die ganze Zeit hin und her gewälzt, weil sie kein Auge zubekam. Und am frühen Morgen war ihre schlimmste Befürchtung wahr geworden: Auf dem Weg zum Waschhaus war sie dem jungen Mann aus Oberhausen begegnet. Er hatte sie tatsächlich bis nach Hooksiel verfolgt.

Bille saß nun vor dem gedeckten Tisch und bemühte sich, ihre Gedanken zu sortieren. Es half nichts: Sie musste handeln, und zwar so rasch es ging. Ihre eiserne Reserve von 553,60 Euro aus dem Wohnzimmerschrank hatte sie mit hierher genommen, aus lauter Furcht, der Kerl würde bei ihr einbrechen und das Geld stehlen. Sie hatte es in ihrem zweiten Schuhpaar hinten im Campingschrank versteckt. Wer vermutete schon Geld im Gesundheitsschuh einer alten Dame? Den Rest würde sie sich nun beschaffen müssen, auch wenn es ihr noch bis gestern völlig unmöglich erschienen war. Sie würde das Geld »besorgen«. Nach und nach. Und immer nur ein bisschen, damit es nicht auffiel. Kein Mensch würde ihr, der kleinen Oma Bille, so etwas zutrauen. Ehrlich gesagt traute sie es sich ja nicht einmal selbst zu.

»Ich schau mich nachher mal auf dem Platz um und spähe aus, inwieweit es überhaupt möglich ist, mich unauffällig zu bereichern«, murmelte sie vor sich hin. Ein bisschen Vorbereitung konnte schließlich nicht schaden, aber allein bei der Vorstellung begann Billes Herz zu rasen.

Insgeheim hoffte sie, dass sie schon von der Unmöglichkeit des Vorhabens abgehalten wurde. Sie würde nach kurzer Zeit zurückkehren und festgestellt haben, dass sie nirgendwo einfach einsteigen und etwas stehlen konnte.

Bille seufzte. Wie wäre es, eine andere Identität anzunehmen? Also, nicht wirklich wie im *Tatort*, sie konnte schließlich nicht ohne weiteres aus dem Leben der Winterbergs verschwinden. Aber vielleicht half es, wenn sie sich ein bisschen anders kleidete und der junge Mann sie deshalb nicht mehr erkannte? Es war ohnehin viel zu heiß und zugegebenermaßen unpraktisch, wie sie herumlief. Kein Wunder, dass die Rocker ... Nein, dafür gab es keine Entschuldigung, und sie sollte nicht versuchen, es schönzureden. Ihre Hosen, die sie eingepackt hatte, fand sie ebenfalls unpassend, und den ganzen Tag in einer Jogginghose herumzuspazieren, war unter Billes Niveau. Da hielt sie es mit Karl Lagerfeld. Der hatte mal gesagt, Menschen in Jogginghosen hätten die Kontrolle über ihr Leben verloren. Das bezog sich natürlich nicht auf die Nutzung beim Sport, sondern wenn man tagein und tagaus darin herumstiefelte. Wenn Bille eines wollte, dann die Kontrolle behalten.

Heute war ein wundervoller Tag, er versprach genauso sommerlich warm zu werden wie gestern. Vor dem klarblauen Himmel zogen weiße Möwen ihre Kreise, die Luft roch nach Meer und Tang, ein wenig süßlich. Darunter mischte sich eine leichte Brise, die den Geruch von Sommer mit sich trug.

»Was für ein wunderbarer Morgen, Oma Bille!«, rief Maja begeistert aus, als sie vom Waschhaus zurückkam. Sie blühte hier förmlich auf. Über Nacht waren die dunklen Schatten unter ihren Augen verschwunden. Stattdessen strahlten sie vor Energie. »Wie lieb, dass du den Tisch gedeckt hast! Ich habe vorhin den Kaffee bereits angestellt, riechst du es?«

Zu Bille wehte der leicht herbe Duft herüber, als Maja die Tür des Vorzeltes beiseiteklappte und seitlich festband. Bille liebte Kaffeeduft, das war normalerweise ein guter Start in den Tag. Sie fand ohnehin, dass ein ausgewogenes Frühstück wichtig war. Das gönnte sie sich in Oberhausen immer. Es sei denn, sie hatte gerade Lammfelldecken zu überteuerten Preisen gekauft und deswegen eine Menge Probleme. Dann tat es auch trockener Zwieback mit Kamillentee.

»Nun frühstücken wir in aller Seelenruhe. Urlaub, Oma Bille, Urlaub!« Maja stellte ihre Kulturtasche auf dem Schrank im Vorzelt ab und reckte sich. »Ich möchte gar nicht wieder nach Hause.«

Ich auch nicht, dachte Bille. Nur, bin ich hier sicherer als dort?

Die Zwillinge steckten nun ebenfalls verschlafen ihre Köpfe aus der Tür, der Reißverschluss von Felix' Zelt blieb allerdings verschlossen. Jan kehrte gerade völlig außer Atem vom Joggen zurück und trocknete sich mit einem Handtuch den Schweiß von der Stirn. »Puh, ich muss gleich duschen. Fürs Laufen ist es schon so früh am Morgen beinahe zu warm.« Er holte sich ein trockenes T-Shirt. »Aber erst wird gefrühstückt, oder?«

Sie ließen sich auf ihren Metallstühlen um den Tisch nieder.

»Camping ist Urlaub für die ganze Familie«, sagte Annemie gähnend. »Wäre super, wenn das sogar im Schädel meines Bruders ankommen würde.« Sie hob eine Muschel von der Erde auf und schleuderte sie gegen Felix' Wurfzelt.

Jan schnappte sich ein Brötchen, auch er strahlte von innen. Der Urlaub tat den Winterbergs richtig gut. Bille musste achtgeben, dass sie ihnen mit ihren Schwierigkeiten die Zeit hier nicht vermieste. Deshalb war es ungeheuer wichtig, ein Grabtuch des Schweigens über die Sache zu legen. Es war ihr ureigenstes Problem, und das würde es auch bleiben.

»Wie ist denn die Planung für heute?«, fragte Jan, während er sich Kaffee in den Becher schenkte. Er reichte die Kanne an Maja weiter. Sie goss Bille ein und gab ihr auch die Milch.

»Strand! Baden! Wattwandern!«, riefen die Zwillinge wie aus einem Mund. »Alles auf einmal.« Sie blickten zu Bille. »Und am liebsten alles mit Oma!«

Die hob abwehrend die Arme. »Ach, Kinder, ihr könnt doch nicht die ganze Zeit mit mir alter Frau verplempern!« Ich muss nämlich mein kriminelles Leben in Ordnung bringen, fügte sie in Gedanken hinzu.

»Du bist nicht alt, Oma Bille. Und mit dir macht das alles bestimmt Spaß!« Laura zappelte wie immer auf ihrem Stuhl herum, so dass er bedenklich kippelte. Wenn sie das noch lange tat, würde er den Campingurlaub vermutlich nicht überleben. Maja warf ihr einen warnenden Blick zu, den sie aber geflissentlich übersah. Laura war einfach nicht in der Lage, auch nur eine Sekunde stillzusitzen. Bille griff nach ihrer Hand.

»Ein paar Sachen mache ich mit euch gemeinsam. Nur wisst ihr ja, wie gern ich lese. Ich mag es, ein bisschen im Schatten zu sitzen und mich auszuruhen. Außerdem wollte ich noch -«

Ratsch. Der Reißverschluss des Zeltes wurde aufgerissen. »Chillen. Ich werde hier die ganze Zeit chillen.« Felix kroch heraus und reckte sich. »Keine Hektik, keine Eile. Einfach nur Ruhe für einen leistungsgeplagten Schüler in Auszeit!«

»Prima, dann haben die jungen Leute ja immerhin einen Plan.« Jan hatte sich das Handtuch in den Nacken gelegt. Er warf einen Blick zum Himmel, ein Flugzeug malte gerade einen Kondensstreifen in das helle Blau. »Es ist übrigens wunderbar, hier zu laufen. Die Strecke zum neuen Hafen führt die ganze Zeit am Strand entlang, man hat immer die Weite der Nordsee vor Augen. Zurück habe ich die Route am Hooksmeer entlang gewählt. Ganz anders, aber auch eine tolle Etappe. Es ist ein interessantes Binnengewässer, rechts der Wald, links ein paar Surfer auf dem Wasser. Kinder, hier möchte ich als Rentner leben«, schwärmte er. »Wenn ich endlich im Lotto gewonnen habe, kaufe ich mir in Hooksiel ein Haus. Aber heute lege ich mich an den Nordseestrand.«

»Immobilien sind in Norddeutschland vom Preisniveau nicht mit denen bei uns im Ruhrgebiet zu vergleichen«, sagte Felix und ließ sich mit völlig verstrubbeltem Haar am Tisch nieder. »Deshalb kaufen auch viele Menschen aus unserer Region an der Küste Häuser, die sie vornehmlich als

Altersruhesitz nutzen.« Er nahm ein Brötchen. »Wisst ihr übrigens, dass das Meer in Friesland See heißt und ein See Meer?«

Diese lange Ansage musste ihn sehr ermüdet haben, denn er legte den Kopf ermattet auf den Tisch, was ihm von Maja eine scharfe Rüge einbrachte. »Benimm dich bitte, Felix. Auch beim Campen lässt man sich nicht so gehen. Aber du hast recht. Deshalb heißt das Hooksmeer auch Meer, obwohl es ja genau genommen ein See ist. Und die Nordsee eben See und nicht Meer.«

»Wie in Holland«, warf Annemie ein. »Da gibt es das Ijsselmeer.«

»Seid ihr eigentlich alle in einen Topf voller Weisheit gefallen, oder hat Felix einen Zaubertrank geschlürft, weil er so unwichtige Dinge weiß und auch noch lautstark kundtut? Und kann Annemie nicht aufhören, ihn beim Klugscheißern zu unterstützen?« Laura hieb ihre Zähne ins Nutella-Brötchen, das sie sich mit raschen Bewegungen geschmiert hatte.

»Hab eben in der Schule aufgepasst«, erwiderte Felix grinsend und langte nach der Butter. Immerhin saß er wieder gerade.

»Chill du besser, sonst redest du zu viel«, sagte Laura.

»Wer bringt denn hier die Würze ins Gespräch?«, fauchte Felix. »Gib mir mal die Wurst, die Oma Bille von Herrn Häwelmann mitgebracht hat. Hab voll den Kohldampf! Ich kann ja nichts dafür, dass ihr so ungebildet seid.«

»Schluss! Sofort!«, unterbrach Maja den sich anbahnenden Streit. »Was möchtest denn du heute tun, Oma Bille? Felix hat dich ja vorhin unterbrochen. «

Bille lächelte gequält. Sie konnte Maja schlecht erzählen, dass sie in Gedanken gerade den ersten Diebeszug ihres Lebens plante.

»Es klang so, als ob du dir außer dem Lesen noch etwas anderes vorgenommen hast.«

»Ach, ich weiß nicht«, druckste Bille herum. »Vielleicht gehe ich ein bisschen spazieren, zum Beispiel auf der Deichkrone. Hier sieht alles so unendlich weit aus. Der Blick zum Horizont, der Blick über das flache Land, das ich mir nicht so grün vorgestellt habe.«

»Wir können doch mitkommen«, sagte Annemie. »Ich finde es blöd, wenn du mit uns in den Urlaub fährst und dann alles allein tun musst.«

»Das ist lieb gemeint, aber ich finde es wirklich schön, mal nur für mich zu sein. Ich bin so viel Trubel schließlich nicht gewohnt. Bitte nehmt keine Rücksicht auf mich!« Bille lächelte die Mädchen freundlich an. »Außerdem überlege ich seit dem Frühstück, ob ich nachher zum Seniorensport gehe. Ich habe nämlich einen Aushang am Schwarzen Brett gesehen.«

»Das ist eine sehr gute Idee«, bestätigte Maja, und Laura fügte hinzu, dass sie Oma Bille extra darin bestärkt hatte, Sportzeug mitzunehmen. Sie hatte das Brötchen mittlerweile vertilgt, was unübersehbare Schokospuren auf ihren Wangen hinterlassen hatte.

Täuschte Bille sich, oder waren die Mädchen tatsächlich erleichtert, dass sie sich nicht ununterbrochen um sie kümmern mussten? Teenager waren bestimmt nicht erpicht darauf, die Animateure für eine alte Dame wie sie zu geben. Bille erinnerte sich an das Naserümpfen, wenn die Mädchen sahen, was sie gerade las oder sich im Fernsehen anschaute. Die beiden standen eben nicht auf Sendungen wie *Das Traumschiff* und *Herzkino* oder irgendwelche Musikvergnügen mit Florian Silbereisen. Bille mochte auch Helene Fischer, ob das den anderen gefiel oder nicht. Die Frau hatte hart für ihren Erfolg gearbeitet und tat es noch. Bille schätzte das. Bei »Atemlos durch die Nacht« tanzte sie gern durch ihre Wohnung. Aber nur heimlich, das verstand sich von selbst.

Bille lächelte in die Runde. »Ein bisschen Fitness mit anderen in meinem Alter tut mir bestimmt gut.«

»Dein Wohnwagennachbar geht da auch hin. Hat er mir gestern erzählt. Dann kennst du ja schon jemanden«, freute sich Laura.

Bille war nicht sicher, ob sie das positiv sah. Allein die Vorstellung, neben diesem perfekten Mann zu schwitzen ... Ein Grinsen huschte über Billes Gesicht, als sie sich vorstellte, Franz würde auch kommen und seine Gemälde trainieren, damit der Indianerkopf keine Falten bekam.

Maja begann den Tisch abzuräumen, alle Brötchen waren verzehrt. Ein paar Spatzen freuten sich über die heruntergefallenen Krümel. Einige waren richtig dreist und näherten sich bis auf wenige Zentimeter. Jan zupfte ein frisches Handtuch von der Leine. »Bis später, ich bin duschen!«

Die Mädchen fassten beim Abräumen zuerst mit an, wurden aber nach kurzer Zeit unruhig. »Wir möchten gern schon zum Strand, dürfen wir?«

Majas Blick wanderte zu ihrem Sohn, der sich lässig abgewandt hatte und scheinbar konzentriert auf ein paar

Ameisen schaute, die sich begeistert am Abtransport der Brötchenkrümel beteiligten. »Bevor du zum Extremchillen übergehst, Felix: Auf dich wartet der Abwasch. Du weißt, dass jeder hier seine Aufgabe hat. Chillen gilt *nicht* als Ausrede!«

»Ich weiß«, knurrte er und erhob sich betont langsam. »Aber morgen sind die Mädchen dran!«

»Natürlich. Bitte schließ hinterher ab, und versteck den Schlüssel wie gewohnt, okay?«

Bille wurde hellhörig. Vielleicht hatten alle Camper Verstecke für ihre Schlüssel? Sie freute sich kein bisschen darüber, denn das gab ihrer Einbruchidee neue Nahrung, selbst wenn sie das gar nicht wollte. Du musst es ja nicht tun, Bille. Dich zwingt kein Mensch!

»Bis auf den jungen Mann, der mich sonst einen Kopf kürzer macht!«, murmelte sie.

»Hast du was gesagt, Bille?«, fragte Maja, die geschäftig mit den Wurst- und Käsedosen zwischen dem Tisch und der Wohnwagenkühlbox im Vorzelt hin und her eilte.

Bille schrak zusammen. Sie musste besser achtgeben. Diese Selbstgespräche waren nicht ungefährlich. Sie durfte sich um Gottes willen nicht verplappern!

»Ja. Ich habe dich gefragt, wo ihr den Schlüssel denn versteckt? Ich meine nur, falls ich mal eher zurück bin und was brauche ... Sonst betrete ich euren Wohnwagen natürlich nicht und ...« Du redest dich um Kopf und Kragen, Bille!

Maja hielt einen Moment in ihrem Tun inne und legte die Hand auf Billes Schulter. »Du musst dich nicht rechtfertigen, du gehörst schließlich zur Familie. Der Schlüssel liegt immer in der Klappe.« Maja deutete auf den hinteren

Teil des Caravans. »Da ist eine Leiste, und darunter legen wir den Schlüssel. Ist leicht zu finden. Sogar für Diebe.« Sie lachte laut auf. »Aber auf Campingplätzen kommt normalerweise nichts weg, Camper sind durch und durch ehrlich. Da passt jeder auf den anderen auf.« Sie sah zu Salomes Wohnwagen. »Ich glaube auch nicht, dass man wirklich bei unseren Nachbarn eingestiegen ist. Die hat ihren Kram bestimmt nur verlegt, und es ist ihr peinlich, es jetzt im Nachhinein zuzugeben.« Das war typisch Maja, sie drehte sich die Welt immer ins Sonnenlicht. Genau das liebte Bille an ihr. Aber dieses Schlüsselversteck war nicht besonders originell.

»Dann weiß ich ja Bescheid«, sagte sie zu Maja. »Ich werde nur im Notfall davon Gebrauch machen.«

Majas Schlüsseldepot war vermutlich 90 Prozent der Camper bekannt, und wahrscheinlich hinterlegten sie alle ihre Schlüssel an solche einem Platz. Das Stehlen würde dadurch leichter sein, als Bille es sich vorgestellt hatte. So ein Mist! Weg mit diesen schrecklichen Gedanken! Weg damit!

Was aber willst du sonst tun, Bille? Dir einen Strick nehmen? Dich zusammenschlagen lassen? Du hast doch gar keine Wahl, als in diesem Zug, der unaufhaltsam auf den Abgrund zurast, die Notbremse zu ziehen! Unablässig wirbelten die Gedanken durch ihren Kopf.

»Dann ist ja alles geklärt«, sagte Maja, die nun den Campingtisch abwischte. »Ich mache mich mit Jan auch auf den Weg zum Strand, wenn er vom Duschen zurück ist. Heute werde ich auch nur auf der Decke liegen und die Nordsee genießen!«

Oma Bille konnte also ihre Zeit frei verplanen. Sie sah

an sich hinunter und war noch unsicher, was sie heute anziehen wollte. Es war ausgeschlossen, bei dieser Hitze, so angenehm sie am Meer auch zu ertragen war, in Feinstrumpfhosen und knielangen Röcken herumzuspazieren. Der Badeanzug gefiel Bille ebenfalls nicht richtig, sie war es nicht mehr gewohnt, sich so locker zu kleiden und Haut zu zeigen. Aber deshalb die Geschäfte zu stürmen und sich neu einzukleiden, wäre völlig wider ihre Natur. Bille konnte sich kaum erinnern, wann sie sich, außer ihrer Unterwäsche, das letzte Mal ein neues Kleidungsstück gekauft hatte.

»Du hast sowieso kein Geld dafür«, flüsterte sie. »Mit Schulden bis über beide Ohren träumst *du* von einem Einkaufsbummel?« Und das, wo du vor wenigen Minuten noch den nächstbesten Wohnwagen ausrauben wolltest, fügte sie in Gedanken hinzu.

Bille biss sich auf die Lippen. Doch es war nun mal so, dass ringsumher alle in bunter, luftiger Sommerkleidung herumliefen. Und wenn sie ganz ehrlich war: Ihr war heiß. Also musste sie eine Lösung finden, denn laut Wetterbericht würde die Hitzewelle noch eine Weile anhalten. Und mit ein bisschen Glück würde der Bodybuilder sie in anderer Kleidung nicht mehr erkennen.

»Ich habe ja meinen Notgroschen. Und bevor man mir den noch wegnimmt, könnte ich doch ...« Ob sie einen Einkaufsbummel wagen sollte? Nachdem sie sich etwas Luftiges zum Anziehen gekauft hatte, würde sie gewiss wieder klar denken können. Es war ja kein Wunder, dass sie im Augenblick auf schlimme Gedanken kam, wenn sie ständig zu ersticken drohte. Warum nicht wenigstens eine leichte

Hose und ein Flattershirt erstehen? Das konnte schließlich kein Vermögen kosten.

»Heute Abend würde ich euch gern am Hafen ins To'n Fischhus zu einem leckeren Backfisch einladen, wie immer, wenn wir unseren Urlaub in Hooksiel beginnen!« Jan kam eben frisch geduscht vom Waschhaus zurück und brachte den Zitronenduft seines Duschbads mit. Er leckte sich die Lippen.

»Das ist eine tolle Idee«, sagte Maja. Sie steckte die Sonnenmilch zurück in die Halterung und verwischte die letzten Spuren auf ihrem Unterarm. Die Strandtasche hatte sie schon gepackt und das Haar mit einem bunten Tuch aus der Stirn gebunden. Sie lächelte Bille an, die noch unschlüssig vor dem Vorzelt ausharrte.

»Hast du es dir anders überlegt, Bille? Möchtest du doch mit uns an den Strand? Das ist kein Problem! Wir freuen uns.«

Bille schüttelte den Kopf. »Nein, mir ist eben eine Idee gekommen. Kann ich dein Fahrrad haben, Maja?«

»Mein Fahrrad?«, hakte diese ungläubig nach.

»Ja, es ist so heiß und ...« Bille stockte. »Ich glaube, ich bin fürs Campen und für die Hitze einfach unpassend gekleidet. Der Rock« – sie zupfte am grauen Flanell herum – »der ist viel zu warm. Nicht, dass ich noch einen Sonnenstich bekomme. Ich überlege deshalb, nach Hooksiel zu fahren und mir ein paar Anziehsachen zu kaufen.« Bille beschleunigte ihren Redefluss, es war ihr unangenehm, sich verteidigen zu müssen. »Und morgen Abend will Harry, also der Nachbar aus dem Wohnwagen neben mir, mit mir essen gehen, und irgendwie ...« Bille unterbrach sich. So genau musste sie Maja das gar nicht erklären. Aber Harry Sitter war eher elegant gekleidet. Billes Stil harmonierte da nicht. Grund Nummer drei für einen Einkaufsbummel.

Maja strahlte sie begeistert an. »Ach, Oma Bille, das ist eine tolle Idee. Sollen wir dich nach Hooksiel fahren? Mit dem Rad könnte es vor allem auf dem Rückweg in der Mittagszeit sehr unangenehm werden.«

Bille schüttelte den Kopf. »Auf keinen Fall! Ich möchte euch nicht zur Last fallen. Eine langsame Radtour schaffe ich schon.«

Maja blickte skeptisch von Bille zum Fahrrad und wieder zurück. »Und du weißt, dass hier an der Küste immer der Wind geht. Eine steife Brise, wie die Friesen es ausdrücken. Das könnte anstrengend sein.« Die Sorge stand ihr ins Gesicht geschrieben.

»Maja, zu Hause bin ich auch bei solchen Temperaturen Rad gefahren. Ich lass mir viel Zeit. Notfalls schiebe ich. Mach dir keine Gedanken, und nun ab mit euch an den Strand!« Bille wollte allein zum Einkaufen. Jemanden dabeizuhaben würde sie unnötig verunsichern, ungeübt, wie sie war.

Jan überprüfte bereits, ob genug Luft im Schlauch war. »Alles klar, Oma Bille. Die Strecke kennst du?«

»So viele Dörfer gibt es im Umkreis schließlich nicht.« Bille lachte.

Maja war in den Wohnwagen geklettert und hielt ihr nun einen Geldschein hin. »Ich möchte, dass du dir was Schönes kaufst, Oma Bille. Nimm das Geld bitte als ein kleines Dankeschön für alles, was du in den letzten Jahren für uns getan hast.«

»Ich ... ich kann doch von euch kein Geld annehmen«, stammelte Bille. »Ihr bezahlt ja schon den Urlaub!«

»Du kannst! Ständig springst du zu den unmöglichsten Zeiten ein, sagst nie nein, wenn wir dich um etwas bitten. Ohne dich könnte ich gar nicht arbeiten gehen. Und« – Maja machte eine Pause und umarmte Bille spontan – »meinst du, wir wüssten nicht, wie eng es bei dir oft finanziell aussieht? Nun nimm schon und mach dir einen schönen Vormittag.«

Bille schämte sich ein bisschen, aber dann steckte sie das Geld ein. Sollte sie es nicht besser gleich für die Decken zurücklegen? Ach nein, Maja würde fragen, warum sie sich nichts gekauft hatte.

Franz kaute lustlos auf seinem Brötchen herum. Warum war er gestern wie eine beleidigte Leberwurst abgehauen, anstatt das Gespräch mit Bille in Ruhe fortzusetzen? Sie war keine Zicke, im Gegenteil. Wenn es brenzlig wurde, neigte sie zur Flucht und nicht zum Angriff.

So war seine Frau auch gewesen. Die jungen Dinger dagegen liebten es eher stürmisch. Im Bett, beim Streiten, überall. Er konnte ihre ausladenden Gesten schon nicht mehr ertragen, wenn sie ihm weismachen wollten, wie sehr er im Unrecht sei, allein, weil er älter war und von der modernen Welt keinen Plan hatte. Das ließen auch Mike und ErTeEl immer mal wieder durchblicken. Von Doc Gringo ganz zu schweigen. Der hatte allerdings eine besondere Art, Franz deutlich zu machen, für wie antiquiert er ihn hielt. Er kämmte mit Zeige- und Ringfinger seinen langen Bart und schnalzte dabei leise mit den Lippen. Das war bei Doc

Gringo, der grundsätzlich keine unnötigen Worte verlor, eine eindeutige Ansage, dass er eine Sache überaus kritisch sah. In letzter Zeit kämmte Doc Gringo recht häufig seinen Bart, wenn Franz in seine Nähe kam. Er kratzte bildlich gesprochen an dessen Thron. Aber war es denn überhaupt möglich, den Alterspräsidenten abzusägen? Franz war nun mal der Älteste von den Jungs, daran änderte auch das Kämmen eines Bartes nichts. Aber Alterspräsident zu sein und das Sagen zu haben waren zwei völlig verschiedene Paar Schuhe. Franz merkte ja selbst, dass er nicht mehr der Jüngste war, dass es ihm oft schwerfiel, eindeutige und zugleich populäre Entscheidungen zu fällen. Das Gemotze war häufig laut und unangenehm. Vor allem, weil sich im Laufe der Jahre die Gruppe stark verjüngt hatte und dadurch andere Interessen in den Vordergrund getreten waren. Noch hielt Franz mit, aber er hatte auch schon Kommentare mitbekommen, die wohl nicht für sein Gehör bestimmt waren. Sie spiegelten wider, dass sein Einfluss kontinuierlich abnahm. Aber brauchte er das denn überhaupt noch? Einfluss? Macht?

»Der Grasbeißer« war eine der harmloseren Bezeichnungen. Sie spielte darauf an, dass er vielleicht schon bald das Zeitliche segnen würde. Nun, sollten sie ihn doch so nennen, alt wurden sie auch, das ging schneller, als man dachte. Und Franz war es müde, gegen den Jugendwahn anzukämpfen, der Welt etwas beweisen zu müssen. Er wollte einfach nur Harley fahren, und es widerstrebte ihm immer mehr, sich mit Haut und Haar der Gruppe zu unterwerfen. Trotzdem waren die Jungs seine Familie, Männer, die das Lebensgefühl der unendlichen Freiheit teilten, die sie mit dem Harleyfahren verbanden. Männer (gut, es wurden auch immer mehr Frauen), die sich für nichts zu schade waren, wenn es galt, einem Kumpel beizustehen. Aber es herrschte eben ein rauher Ton, mit dem Franz in zunehmendem Alter immer schlechter zurechtkam. »Nicht, dass du zur Mimose wirst!«, maßregelte er sich selbst. Er benahm sich wirklich wie ein Grasbeißer, es wurde Zeit, mal wieder Stärke zu zeigen, verdammt!

Ob er noch einmal zu Bille gehen sollte? Ihr ein Gespräch aufdrücken? Nur – worüber sollte er mit ihr reden? Sie glaubte, er sei kriminell, war in ihren Augen schlecht gekleidet und hatte ölige Finger. Franz schaute auf seine Hände und seufzte. Wo Bille recht hatte, hatte sie recht. Zumindest mit Letzerem, sonst lag sie allerdings total falsch und vereinte sämtliche Vorurteile der Welt. Trotzdem war er selbst schuld daran, dass sie so von ihm dachte!

»Meine Oma fährt im Hühnerstall Motorrad ...« Wie blöd musste man sein, das in ihrem Beisein zu singen! War doch logisch, dass sie sich nicht mit ihm einließ. Er war ein Idiot!

Franz hieb mit der Faust auf die Lehne seines Regiestuhls, was dazu führte, dass dieser sofort in sich zusammensackte. Er selbst war schon zu schwer für das bisschen Stoff am Alu-Gestänge, und dann schlug er zu allem Überfluss auch noch darauf herum. Was war nur in ihn gefahren?

»Sag mal, Alter, alles klar? Warum schlägst du denn den Stuhl kurz und klein?« Mike hatte schon am frühen Morgen eine Flasche Pils am Hals. In der freien Hand klemmte eine selbstgedrehte Zigarette zwischen den gelblichen Fingerkuppen. Er stellte die Flasche ab. »Hör mal, wenn die Omma dich so verrückt macht, geh hin, reagier dich ab und sei danach wieder du. Sonst können wir unsere Nordseetour komplett vergessen. Denk dran: In ein paar Tagen fahren wir weiter, die Frau hin oder her. Ich geh mal davon aus, dass sie dich nicht auf diesem Feuerstuhl begleiten will.« Er kicherte albern. »Die Omma im Rock auf der Höllenmaschine – das wäre ein gefundenes Fressen für Doc Gringo, der Weiber auf unseren Touren ja ohnehin nicht gut leiden kann.«

»Halt's Maul«, fuhr Franz ihn an. »Bille ist einfach eine freundliche Frau, eine ganz feine Person. Wir hätten sie nicht verarschen dürfen.«

Mike schüttelte den Kopf. »Das alles hast du in der kurzen Unterhaltung herausgefunden? Ich kenn dich nicht wieder, Alter. Weißt du, was ich vermute? Das ist gar keine Omma, das ist eine Hexe! Sie hat dich verzaubert!« Mike rotzte auf den Rasen. »Hast du Tomaten auf den Augen? Die Frau ist *alt!*«

»Jünger als ich«, entgegnete Franz und starrte auf den Weg in der Hoffnung, Bille würde einen kleinen Spaziergang an der Zeltwiese vorbei machen. Natürlich tat sie das nicht. »Außerdem hatte ich schon lange keine Frau mehr.«

»Stimmt«, gab Mike zu. »Aber du kannst doch was Besseres haben, wenn du willst. Dass in den letzten Monaten nichts gelaufen ist, lag nur daran, dass du voll einen auf Couchpotatoe machst.«

»Couchpotatoe? Ich bin mit euch auf dem Campingplatz!«

»Ja, das schon, aber du führst dich auf, Alter, als sei der Harley-Sitz dein Sofa, von dem du deinen Arsch nicht mehr runterkriegst.«

Franz schüttelte den Kopf. Ihn nervten Mikes Sprüche, die klangen plötzlich so ordinär, so prollig. Mit ihm stimmte wohl wirklich etwas nicht. »Was meintest du eben mit ›was Besseres‹? Ich sehe hier keine Mieze herumlaufen, die sich auch nur die Bohne für einen von uns interessiert.«

»Ich rede mehr von der allgemeinen Lage, verstehst du?« Mike hatte die Zigarette mittlerweile zur Hälfte ausgeraucht, normalerweise müsste er sie nun auf die Erde werfen und sie mit der Fußspitze austreten. Mike war da recht durchschaubar, aber heute sog er tatsächlich noch einmal daran, ehe er weiterredete. »Hast du mit fünfzig die Midlife-Crisis ausgelassen und musst sie nun noch nachholen, oder was? Mann, solche Ideen sind mir *damals* durch den Kopf geschossen!« Jetzt warf er die Zigarette doch auf den Boden und trat sie mit einer leichten Drehbewegung des Ballens aus. Anschließend trank er das Pils in einem Zug leer. »Aber nun wollen wir frei sein! *Born free!* Das wolltest du doch immer. *Easy rider! Born to be wild!*«

Franz stand auf. »Ich suche sie noch mal.« Weit konnte Bille ja nicht sein. Er hörte das Klacken eines weiteren Kronkorkens und den verzweifelten Gesang seines Freundes: *»Born to be wild!«*

Bille strampelte die Straße nach Hooksiel entlang. Der Wind blies von hinten, das mochte auf dem Rückweg ja heiter werden. Links von ihr gab es immer wieder Abzweigungen in den Ort, eine führte zum Meerwasserwellenbad, aber sie traute sich nicht, dort abzubiegen. Womöglich würde sie sich verfahren und aus dem Straßengewirr nicht mehr herausfinden. Es war wirklich ziemlich heiß, da wollte sie keinen Meter weiter als nötig fahren.

Es war gut, wenn sie bald etwas luftiger gekleidet war. Zuallererst musste Bille sich einen Hut kaufen, sonst bekam sie in Kürze einen Sonnenbrand. Sie war die pralle Sonne einfach nicht gewohnt, und direkt an der See schien sie noch stärker zu stechen als in Oberhausen.

Schon bald erreichte sie die Tankstelle und den Kreisel und näherte sich dann dem Ortskern von Hooksiel. Bille hielt sich links, radelte bis zum Hafen und stellte ihr Rad dort ab. Von hier aus spazierte sie durch die Einkaufsmeile. Cafés und Restaurants reihten sich aneinander, in vielen Auslagen der kleinen Geschäfte fanden sich bunte Schaufeln und Eimer in Netzen, Leuchttürme und Muscheln in Körbchen. Zuerst betrat Bille das Lotto-Lädchen, erstand eine Zeitschrift und entschied sich gleichzeitig, ein neues Buch zu kaufen. Wenn sie schon mal hier war, wollte sie eine Geschichte lesen, die an der Küste spielte, allerdings keinen Krimi. Mord und Totschlag lehnte Bille ab, auch wenn es humorvoll daherkam. Tod war nie lustig, da war sie eigen. Sie mochte lieber historische Romane oder schöne Liebesgeschichten.

Es dauerte nicht lange, bis sie ein geeignetes Taschenbuch in der Hand hielt. Bald darauf suchte sie entlang der Straße nach einem Geschäft, in dem sie etwas Leichtes zum Anziehen erstehen konnte. Ein kleiner Laden, der auch draußen auf einem Kleiderständer einzelne Stücke anbot, sagte ihr sofort zu. Die Leinenhosen wirkten bequem, aber nicht zu jugendlich. Vor allem war der Preis moderat, es wäre natürlich gut, das alles mit Majas Zuschuss bezahlen zu können.

Oder sollte sie die Zusatzausgaben, falls es nicht reichte, unter Spesen verbuchen? Immerhin war der Urlaub ja umsonst. Sie hätte auf Laura hören sollen, die hatte ja gleich gesagt, dass ihre Kleidung unangemessen war und man beim Campen alles trug, nur keine Flanellröcke. Dennoch suchte sie unschlüssig in der Auslage und klappte mit schnellen Bewegungen einen Bügel nach dem anderen zur Seite.

»Kann ich Ihnen helfen?«, fragte die Verkäuferin, während sie eine gelbe Bluse auf den Ständer hängte, die aussah, als habe sie der Sonne persönlich einen Besuch abgestattet. »Sie stehen schon so lange hier, und bei älteren Leuten mache ich mir angesichts der Temperaturen gleich ein wenig Sorgen. Ihnen geht es doch gut, oder?«

Bille lächelte sie dankbar an. Sie war froh, dass die Frau sie angesprochen hatte, denn sonst wäre sie vermutlich unverrichteter Dinge wieder zurückgefahren. Ein Wechsel im Kleidungsstil war ein Wagnis, und ehrlich gesagt wusste Bille gar nicht, was ihr stand. »Ja, danke, mir geht es gut. Ich bin nur ein wenig ... unsicher.«

»Da kann ich Ihnen gern helfen. Woran haben Sie denn grundsätzlich gedacht?« Die Verkäuferin zog fragend die Brauen hoch und wirkte plötzlich sehr geschäftig.

Bille zuckte mit den Schultern und sah verzweifelt an sich hinunter. Ihre Beine erschienen ihr so dünn, fast wie Stelzen. Ihre Oberweite war in den letzten Jahren auch geschrumpft, das Alter war eben nicht spurlos an ihr vorübergegangen, nur hatte sie das bislang kein bisschen gestört. Aber nun gab es Harry und diese Rocker, die sie als Oma bezeichnet hatten, und es war so furchtbar warm. Das Thermometer an der Wand des Lädchens war auf 28 Grad geklettert.

Die Verkäuferin begutachtete Bille mit wohlwollendem Blick. »Sie sind so wunderbar schlank, und Ihre blauen Augen strahlen ja förmlich aus Ihrem Gesicht hervor! Dann dieser Teint, kaum tiefe Falten, und die Taille, perfekt! Wir können Sie um zehn Jahre verjüngen, wenn wir Sie in die richtigen Farben kleiden, den passenden Schnitt finden!«

Bille sagte matt: »Wissen Sie, mir ist unwahrscheinlich warm. Was meinen Sie: Kann ich eine kurze Hose tragen? Oder besser eine luftige lange?«

Die Verkäuferin strahlte, Bille war in ihren Fängen. Die wusste das zwar, aber sie war dennoch heilfroh, dass ihr jemand bei den schweren Entscheidungen half.

»Klar, kommen Sie bitte rein. Ich suche Ihnen gern was Passendes raus!« Sie musterte Bille erneut. »Ich denke, Ihnen würde eine dunkle Leinenhose in Knielänge wunderbar stehen. Das Ganze aus leichtem Baumwollstoff. Ich habe ein Modell in Schwarz oder Hellgrau. In Ihrem Alter ist das genau das angemessene Kleidungsstück. Vor allem, wenn wir es mit einem farbenfrohen Oberteil kombinieren.«

Bille schluckte. Wie ein Papagei wollte sie eigentlich nicht herumlaufen. Aber sie hatte A gesagt, da war ein B wohl nicht zu vermeiden. Sie sah aus dem Augenwinkel, wie die junge Frau ein paar bunte Blusen von einer Stange zupfte. Es war eine eisrosafarbene darunter, aber auch eine in Hellblau und eine dezent gemusterte. Bille atmete erleichtert aus. Die Frau schien etwas von ihrem Handwerk zu verstehen und würde sie nicht gänzlich umkrempeln. Das, was sie in den Händen hielt, war meilenweit von einem Papagei entfernt, es sah tatsächlich geschmackvoll aus!

»Auch eine Jeans? Kommt das in Frage?«

Bille schüttelte entschieden den Kopf. Solch ein Ding lag noch in ihrem Koffer. Ungetragen, so etwas musste sie sich kein zweites Mal aufschwatzen lassen.

»Dann nicht«, seufzte die junge Frau ergeben. »Ich will Ihnen ja nichts anschnacken. Sie sollen sich schließlich wohl fühlen, sonst ziehen Sie die Sachen doch nicht an.«

Bille war zufrieden und ließ sich immer mehr auf dieses Abenteuer ein. Sie begann, der jungen Dame zu vertrauen.

Schon nach kurzer Zeit häuften sich Billes Schätze neben der Kasse. Überwiegend farbige Sachen, das Grau fand sich nur in einer langen Leinenhose wieder, die sich dank des leichten Stoffs auch bei der Hitze angenehm trug. Am besten gefiel Bille neben der knielangen Hose das blau-weiß gemusterte Langarmshirt, denn es war aus weichem Material (die Verkäuferin hatte die Zusammensetzung heruntergebetet, nur konnte Bille sich das nicht so rasch merken) und unglaublich luftig. »Sie sind farblich ein Wintertyp und leben von Kontrasten«, hatte die junge Frau kundgetan. »Diese in sich verschobenen Vierecke betonen Ihren Teint besonders!«

In Windeseile hatte sie Bille ein völlig neues Image verschafft. »Darf ich Ihnen einen Vorschlag machen?«, fragte sie dann.

Bille rechnete gerade die Summe im Kopf zusammen. »Meine Ersparnisse sind aufgebraucht. Ich muss nun zwar nicht mehr schwitzen, aber ich habe auch kein Geld mehr. Dabei brauche ich noch ganz dringend einen Sonnenhut.«

»Wissen Sie was? Den gebe ich Ihnen gratis dazu. Was halten Sie von diesem klassischen Modell?« Die Frau zog einen aus der Ecke. »Wenn Sie darunter ein farbiges Tuch tragen, sieht das total hip aus!«

Hip war nun nicht das, was Bille sich vorstellte, aber sie nahm beides an. Der Hut war schließlich umsonst. Einem geschenkten Gaul sah man nicht ins Maul. Die Dame setzte Bille den Strohhut auf, er passte wie angegossen. »Aber ich habe Ihnen noch einen weiteren Vorschlag zu machen!«

»Was auch immer es ist, es darf nichts mehr kosten.« Bille verzog das Gesicht. »Ich hab wirklich kein Geld mehr.« In ihrer Stimme lag größere Verzweiflung, als sie sich gewünscht hätte.

Die Verkäuferin wiegte den Kopf. Presste die Lippen zusammen. Schaute verständnisvoll. »Haben Sie eine halbe Stunde Zeit? Ich hätte da wohl eine Lösung. Eine richtig gute!«

Bille sah auf die Uhr. Aber warum tat sie so beschäftigt? Sie hatte sich mit den Winterbergs erst gegen Abend zum Essen verabredet – und sie hatte Urlaub.

»Ja«, sagte sie. »Ja, ich habe Zeit.«

»Wissen Sie«, hob die Verkäuferin mit schmeichelnder Stimme an, »meine Freundin hat ein paar Schritte von hier entfernt einen Friseursalon. Sie sehen jetzt so toll aus, um zehn Jahre jünger! Nur« – sie zögerte, schien sich dann aber doch für die Wahrheit zu entscheiden – »nur passt diese Dauerwelle so gar nicht zu Ihnen. Sie haben ein junges Gesicht und sprühen vor Elan!«

Das hatte noch niemand zu ihr gesagt. Wo war der Haken?

Neue Frisur, Bille. Die will dich an die nächstbeste Friseurin verschachern! Dabei hatte sie in Oberhausen Mariana, die ihr die Dauerwelle verpasste, und zwar *immer* mit fünf Euro Nachlass. Mariana besaß ein großes Herz.

Bille wandte ihre Aufmerksamkeit wieder der Verkäuferin zu. Sie musste sich wirklich angewöhnen, konzentrierter zuzuhören. Jetzt hatte sie die Hälfte nicht mitbekommen.

Die junge Dame war völlig in ihrem Element. »Meine Freundin sucht für Ihre Auszubildende ein Modell. Ganz dringend. Das kostet Sie nichts, und Sie würden mit einer wundervollen Kurzhaarfrisur das Studio verlassen. Ich weiß, das ist ein Wagnis, aber Sie haben doch eben schon Mut bewiesen ...« Sie runzelte die Stirn. »Das könnte Ihnen noch einmal fünf Jahre Verjüngung bringen, Frau ...?«

»Rubens, ich heiße Rubens.« Bille fühlte sich überfordert, aber dann begriff sie, welchen Vorteil das Ganze brachte. Sie würde bereits in der neuen Kleidung verändert aussehen, das war ein positiver Aspekt, vor allem, wenn sie an Harry Sitter dachte! Aber die junge Frau hatte gesagt, Bille würde mit neuem Haarschnitt noch jünger wirken. Viel jünger. Das würde Harry Sitter bestimmt gefallen, und diese Rockerbrut würde es wohl kaum noch wagen, über sie irgendwelche Oma-Lieder zu singen oder sie anderweitig zu verspotten. Es bedeutete in letzter Konsequenz aber auch, dass der Bodybuilder sie eventuell gar nicht mehr erkannte. Frisch gestylt – ein anderes Outfit, wie Laura es ausdrücken würde –, ein anderer Haarschnitt (obwohl es schon eigenartig sein würde, wenn ihre geliebte Dauerwelle der Schere zum Opfer fiel) ... Sie war mit der neuen Frisur, der neuen Hose in Knielänge und ihrem Wintertyp-Shirt dann quasi inkognito.

»Ja, das mache ich. Eine neue Frisur, das klingt nicht schlecht«, antwortete Bille und schlug sich im nächsten Moment vor Schreck die Hand vor den Mund. Verflixt, was hatte sie da gesagt? War sie denn verrückt geworden? Die Seeluft trübte wohl ihren Verstand, wer wusste schon, was außer dem bekannten Salz und Jod noch so darin herumwirbelte. Frau Meyer-Semmelmann hatte sie schließlich gewarnt! Aber nun war es zu spät, wenn sie sich nicht lächerlich machen wollte.

Die Verkäuferin trat gleich ans Telefon, und ehe Bille sich's versah, befand sie sich ein paar Häuser weiter auf dem Stuhl der Friseurin. Es roch genau wie im Salon von Mariana. Ein bisschen nach Haarspray, nach Festiger und Shampoo, darunter mischte sich eine Spur Kaffeeduft. Das Dröhnen von Hauben und einem Föhn erfüllte den Raum.

»Bitte nehmen Sie Platz. Danke, dass Sie sich zur Verfügung stellen. Es ist für mich sehr wichtig und eine Ehre, Ihnen das Haar schneiden zu dürfen. Ich bin Claudia.« Das junge Mädchen raffte Billes Haar, prüfte die Struktur, den Sitz, suchte nach Wirbeln. »Ich weiß, wie schwer Typveränderungen in einem gewissen Alter sind.« Sie räusperte sich. »Entschuldigung, das sollte jetzt nicht blöd klingen.«

Tat es aber, dachte Bille. Was sollte das denn heißen? In einem gewissen Alter! Dass es kaum noch lohnte, weil sie dem Tod schon wie ein Kaninchen der Schrotflinte davonhoppelte und nur hoffen konnte, von keiner Kugel getroffen zu werden?

Claudia zupfte weiter an Billes Haar herum. »Frau Rubens, wenn ich ganz ehrlich bin, muss ich sagen: Da muss eine Menge ab. Ich meine, eine *richtige* Menge.«

Bille schluckte. Worauf hatte sie sich eingelassen? War sie nach diesem Vormittag überhaupt noch Bille Rubens? Die kleine Oma Bille aus Oberhausen-Buschhausen, die sich um ihr unbedeutendes Leben kümmerte, ab und zu bei den Winterbergs aushalf und dafür sorgte, dass in ihrem kleinen Haushalt nichts fortgeworfen wurde? Die kleine Bille, die ab und zu mit Fleischermeister Häwelmann beim Schrebergartenfest tanzte und sich hin und wieder zu einem Spaziergang am Rhein-Herne-Kanal mit Herrn Sieberfink traf?

Und die kleine blöde Oma Bille, die sich an der Haustür von einem jugendlichen Gauner überteuerte Lammfelldecken andrehen ließ!

»Ich bin durchaus mutig genug, mich zu verändern«, sagte Bille zwar laut, aber mit einer ihr völlig unbekannten Stimme.

Claudia entfuhr ein erleichterter Seufzer. »Dann ist es ja gut, Frau Rubens. Kurz, pfiffig, apart und frech, das wird Ihr neuer Style! Denn genau das spiegelt Ihr Wesen wider.«

Frech? Ich? Bille war ganz perplex. Ob sich ihr Charakter mit der neuen Frisur auch veränderte? Schnipp, schnapp, Haar ab. Aus kleiner dummer Oma Bille wurde ein Star? Na, oder zumindest eine patente ältere Dame, die endlich mal sagte, was sie wollte, und jugendliche Bodybuilder einfach zum Teufel jagte. Das wäre ja bereits ein Quantensprung.

»Apart und frech«, wiederholte Bille ungläubig.

Zu ihr hatte man schon einige Dinge gesagt, aber noch nie, dass sie frech war. Früher vielleicht, als es ihren Karl noch gab. Als sie jünger war, noch laut lachen konnte. Ihr Karl hatte immer gesagt, ihr säße der Schalk im Nacken.

Wahrscheinlich hatte sie den zusammen mit ihrem Mann beerdigt. Genau wie ihren Löwenmut, ihren unerschütterlichen Optimismus, mit dem sie Karl durch seine schwere Krankheit begleitet hatte. Da war Bille stark gewesen, hatte sich nie unterkriegen lassen. Heutzutage biss sie sich lieber die Zunge ab oder kaufte Lammfelldecken, ehe sie sich wehrte oder bissige Kommentare machte.

»Darf ich, Frau Rubens?«, fragte Claudia. Sie hatte Bille, während diese wieder einmal in Gedanken versunken war, das Haar gewaschen und nahm eben die Schere aus dem Wägelchen mit den Friseurutensilien.

»Ja, Claudia, verwandeln Sie mich mal in apart und frech!«

Sie hörte ein Schnipp, dann ein Schnapp und spürte geradezu, wie ihr Haar auf den Boden fiel. Bille wusste in diesem Augenblick nicht, ob es sie freute oder ob es eine Katastrophe war.

»Du bist in Wahrheit doch nicht mutig, Bille«, flüsterte sie, fing eine der weißen Strähnen auf und hätte sie am liebsten sofort wieder angeklebt. Gleich darauf kämpfte sie tatsächlich mit den Tränen, glaubte sich erneut über den Tisch gezogen und fremdbestimmt. War das hier wirklich ihre eigene Entscheidung, oder hatte sie sich mal wieder zu etwas breitschlagen lassen? Frech und apart! Sie war noch keine zwei Tage aus Oberhausen fort und veränderte bereits ihr Äußeres, ihr Image. Alles. Bille zitterten die Knie, aber nun war es zu spät. Mit einem halbgestutzten Kopf konnte sie unmöglich durch die Gegend spazieren. Die Entscheidung war nicht rückgängig zu machen. Schnipp. Schnapp.

Am besten, sie stellte sich tot, schloss die Augen und wartete das Ergebnis ab. Vielleicht wurde es besser als gedacht.

»So, Frau Rubens, Sie können in den Spiegel sehen, wir haben es geschafft. Jetzt noch ein bisschen föhnen, ein paar Fingerspitzen Gel, und alles ist perfekt.« Claudia wuschelte Bille noch ein paarmal durchs Haar, hielt den Föhn hinein, zerrte es mit einer Rundbürste in sämtliche Richtungen (jedenfalls kam es Bille so vor) und war erst nach etlichen weiteren Minuten mit ihrem Werk zufrieden. Schließlich verteilte sie etwas Feuchtes auf den Haaren (das war wohl das Gel) und wusch sich die Hände.

»Fertig. Sieht super aus!« Claudia huschte fort. Bille wagte aber nicht, die Augen zu öffnen.

»Und nun die Augen wieder schließen, ach, Sie habe sie ja sowieso noch zu. Ich habe noch eine Überraschung, Frau Rubens. Jetzt mache ich Sie richtig schön!«

Bille spürte Creme auf ihren Wangen, einen Pinsel auf ihren Lidern und schließlich einen Stift, der ihre Augen ummalte. »Jetzt dürfen Sie gucken!«

Bille wagte es kaum, aber dann konnte sie doch nicht widerstehen. Wider Erwarten war sie tatsächlich sehr neugierig auf das Ergebnis. Sie atmete einmal tief ein, setzte sich gerade hin und öffnete die Augen.

»Boah!«, entwich es ihr in waschechtem Ruhrpott-Slang, den sie eigentlich ablehnte und der ihr nur in Extremsituationen über die Lippen kam. Sie glaubte, ihren Augen nicht zu trauen: Vor dem Spiegel saß eine in die Jahre gekommene, aber sehr gutaussehende Frau mit schickem, *apartem* Kurzhaarschnitt und dezentem Make-up. Die Friseurin hielt einen Spiegel, so dass Bille sich auch von hinten betrachten konnte. Es gab keinen Zweifel: Das war tatsächlich sie!

»Oma Bille, wie siehst du denn aus? Super!« Laura rannte dreimal um sie herum und betrachtete ihre Oma begeistert.

»Nicht schlecht, oder?« Bille wurde ein wenig rot, Eigenlob fiel ihr schwer.

»Das ist einfach nur klasse, Oma Bille!«, freute sich auch Jan. »Gar keine Oma mehr!« Er hielt ihr galant den Arm hin. »Voilà, gnädige Frau. Darf ich bitten? Ich möchte heute im To'n Fischhus an Ihrer Seite speisen.«

Bille lächelte verlegen, war über die Komplimente aber sehr glücklich. Ein wenig hatte sie befürchtet, man würde sie auslachen. So alt und eine Typveränderung! Frau Meyer-Semmelmann würde es bestimmt nicht gutheißen, sie war immer so kritisch, was Neuerungen anging, aber sie befand sich weit weg in Oberhausen und würde Bille erst in zehn Tagen wiedersehen. Bis dahin hatte sie sich selbst an ihr neues Aussehen gewöhnt und würde es mit mehr Selbstbewusstsein zur Schau stellen. Außerdem, wen interessierte eigentlich Frau Meyer-Semmelmann? Bille lächelte vor sich hin. Nicht eine ihrer Unkereien war bislang eingetroffen, nicht *eine!* Die Frau im Laden hatte zwar eine leichte Sprachfärbung gehabt, und Bille konnte hören, dass sie aus Norddeutschland stammte, aber sie war der deutschen Grammatik durchaus mächtig gewesen. Es gab ansprechende Geschäfte, Literatur und Historie, einen modernen Ort, dem aber das Küstenflair nicht abhandengekommen war, und sogar einen Supermarkt. Ihre Nachbarin hatte mal wieder gnadenlos übertrieben, so wie es ihre Art war. Sogar den Wollmantel hätte Bille getrost zu Hause lassen können. Also: Was kümmerte es sie, wie Frau Meyer-Semmelmann ihre neue Frisur und ihre neue Kleidung fand?

Jan sah auf die Uhr. Er hatte ein gerötetes Gesicht, die Sonne hatte schon am ersten Tag ihre Spuren hinterlassen. »Es ist kurz nach fünf, meine Lieben. Auf zum traditionellen Backfischessen!«

»Wir gehen doch nicht zu Fuß dahin, oder?« Felix verdrehte die Augen. »Das sind« – er schnaufte – »etliche Kilometer!«

Jan und Maja lachten laut auf. »Wir laufen am Strand entlang, da vergeht die Zeit blitzschnell!«

Sie verließen den Platz in Richtung Nordsee, mussten sich aber bald rechts halten, um auf den schmalen Asphaltweg zum Strand zu gelangen. Bille genoss die warme, würzige Luft des Spätnachmittags, den Blick übers Meer. Sogar eine Insel konnte man heute ausmachen.

»Das ist die Vogelinsel Mellum«, erklärte Jan. »Sie ist nicht bewohnt. Weiter westlich befinden sich die anderen Ostfriesischen Inseln.«

Oma Bille hörte Jan gern zu, wenn er über die Region erzählte, und so verging die Zeit wie im Flug, bis sie am Hooksieler Außenhafen angelangt waren. Hier dümpelten ein paar Segeljachten, die auf den nächsten Schleusengang ins Hooksmeer warteten, und etliche größere Schiffe, die Bille nicht zuordnen konnte.

Direkt am Hafenbecken befand sich der Fischimbiss. Alle wollten den legendären Backfisch probieren, selbst Felix zierte sich nicht. Und als Bille die vor Fett triefende Köstlichkeit in der Hand hielt, wusste sie, dass Jan kein bisschen übertrieben hatte.

Zurück spazierten sie auf der Deichkrone entlang. Hin und wieder gab eines der grasenden Schafe ein kurzes »Mäh«

von sich, eine Cessna flog über sie hinweg, und eine kleine Reitergruppe trabte unten an der Straße entlang, ehe sie zum Hooksmeer abbog. Frieden. Bille war froh, wenigstens an diesem Abend die düsteren Gedanken hinter sich lassen zu können.

6. Kapitel

Bille lehnte sich auf ihrem Stuhl zurück, das Frühstück war längst vorbereitet. Es schien sich wie ein Ritual einzubürgern, dass sie dafür die Verantwortung hatte. Bille tat das ausgesprochen gern, zumal sie ohnehin eine Frühaufsteherin war. Das war in ihrer Generation eben so. In ihrer Jugend wäre niemand auf die Idee gekommen, zu chillen oder auszuschlafen. Man stand beizeiten auf und begann das Tagwerk. Nun, im Augenblick tat sie ja auch nichts Weltbewegendes, das war eine völlig neue Erfahrung für sie. Gestern nach ihrer Rückkehr aus Hooksiel hatte Bille kurz in Erwägung gezogen, einen Kuchen zu machen, vielleicht eine Philadelphia-Torte, die musste man nicht backen, aber sie hatte die Idee tatsächlich wieder verworfen, weil sie das Nichtstun nach ihrem Ausflug unglaublich genoss. Und danach noch dieser fantastische Spaziergang!

Noch immer betrachtete sie sich in jedem Fenster, weil sie sich an der neuen Bille gar nicht sattsehen konnte. Du siehst zehn Jahre jünger aus!, dachte sie ein ums andere Mal begeistert. Und das nur wegen einer neuen Hose und einer anderen Frisur. Na ja, und wegen des neuen Shirts, und denen, die darauf warteten, endlich von ihr getragen zu werden. Bille fühlte sich wie neugeboren.

Dass sie nicht schon früher auf die Idee gekommen war, sich ein wenig zu verändern! Wie einfach war das alles gewesen, denkbar einfach. Bäume könnte sie heute ausreißen!

Ach was, den riesigen Wohnwagen von Harry umwerfen. Oder Harley-Davidson fahren.

Bille fuhr hoch. Senkrecht.

»Was hast du eben gedacht, Bille? Harley fahren? Spinnst du?«, murmelte sie. Sie fuhr sich durch ihr kurzes Haar. Einmal nach rechts, dann nach links. Nach vorn. Nach hinten. Und wieder nach vorn.

Die Frisur fühlte sich trotz aller Freude noch immer eigenartig an. Das Haar pikte, es waren nicht mehr die weichen, zarten Locken, die sie millimetergenau auf der Kopfhaut eindrehte. Aber sie würde sich daran gewöhnen. Nur diese klebrige Pampe, die wollte sie nicht darin haben, auch wenn Claudia ihr die als Geschenk mitgegeben hatte. »Damit bekommt die Frisur erst den richtigen Pfiff, Frau Rubens.«

Nun, frech und apart reichte Bille fürs Erste, Pfiff musste nicht auch noch sein. »Überflüssig«, murmelte sie, und sogleich fielen ihr Felix' begeisterte Worte wieder ein.

»Oma, das ist Haargel, das trägt man heute«, hatte er sie aufgeklärt, als er sah, wie Bille ständig an ihren Strähnen herumfummelte. Seine Frisur stand stets in alle Richtungen ab, er hatte sein Haar also ebenfalls mit diesem Zeug festgekleistert. Felix würde sich freuen, wenn sie ihm später das Teufelszeug zusteckte.

Mit Gel pikt nämlich auch der Helm!, schoss es ihr nun überflüssigerweise durch den Kopf. Dabei wollte sie weder Harley fahren noch etwas mit Franz' ungehobelter Truppe zu tun haben. Die sollten bleiben, wo der Pfeffer wuchs.

Was Harry Sitter heute Abend wohl sagen würde? Er schien sie schließlich zu mögen, und wenn er sie sogar mit ihrem antiquierten Aussehen zum Essen ausführen wollte, um wie viel erfreuter würde er sein, nun eine flotte Frau an seiner Seite zu haben! Keine seidenbestrumpfte alte Schachtel. Was aber, wenn er genau darauf stand? Ein Strumpffetischist war, oder wie man das nannte? Was, wenn Harry den Typ »Bille alt« und nicht »Bille frech und apart« mochte? Ihr Hals wurde trocken. Zu dumm, dass sie Harry seit gestern noch nicht wieder begegnet war.

Wieder begann sie eins ihrer Selbstgespräche. »Es ist jetzt sowieso zu spät, und es ist völlig egal, was Harry Sitter dazu sagt. Du bist frei und kannst tun und lassen, was du willst. Sonst wärst du längst mit Fleischermeister Häwelmann verheiratet! Es ist, wie es ist, und selbst der alte Harley-Rocker …« Bille brach ab. Der Mann hatte nun gar nichts mit ihr zu tun. Der sollte doch singen, über wen auch immer er wollte, aber nicht mehr über sie. Dieser Kerl war ohnehin abgetaucht, früh am Morgen war ihr lediglich das Dröhnen lauter Motorräder an die Ohren gedrungen. Die Truppe war entweder abgereist oder hatte sich auf eine Spritztour begeben. Bille konnte das recht sein.

Der Bodybuilder blieb ebenfalls vorerst verschwunden. Bille ließ den Blick über den gedeckten Frühstückstisch wandern und wartete darauf, dass die anderen Familienmitglieder eintrudelten. Aus ihrem Proviantkoffer hatte sie heute das Johannisbeergelee gekramt. Es war mit einem kleinen Schuss Amaretto angereichert und zerging mit einem Brötchen, das dick mit Butter beschmiert war, auf der Zunge. Das war ein Gaumengenuss und würde vor allem Jan begeistern, der ein wahrer Fan ihrer Marmeladen war.

Bille hörte Stimmen, und gleich darauf kamen die Winterbergs vom Waschhaus zurück – alle bis auf Felix.

»Ach Bille, wie lieb, du hast wieder alles vorbereitet!«, rief Maja begeistert. »Das ist wunderbar.« Sie setzte sich sofort an den Tisch, während Jan die Kaffeekanne holte.

Laura und Annemie hüpften aufgeregt herum, was zumindest für Annemie ein eher ungewöhnlicher Zustand war. »Stell dir vor, Oma, wir waren eben schon am Strand, und da war so eine dicke Qualle!« Laura malte mit beiden Händen einen riesengroßen Kreis. Demnach waren die Mädchen einem Monster begegnet. »So dick! Und weißt du was? Da kam so eine Tusse mit einer Schaufel und wollte die Qualle in der Mitte durchschlagen!«

»Gibt es denn eine so große Schaufel?«, nahm Jan seine Tochter hoch, was Laura aber nur mit einem verächtlichen Schnauben kommentierte.

»Die Frau wollte das arme Tier im Sand verbuddeln. Was für eine Tierquälerei!«

Annemie nickte und rieb sich die Augen. Das war nichts für ihr sensibles Gemüt.

»Themawechsel!«, schlug Maja mit einer Grimasse vor. Offenbar schüttelte sie sich innerlich bei der Vorstellung an die Qualle.

»Wir konnten sie nicht retten«, schloss Annemie mit düsterer Miene.

Vor einigen Minuten war auch Felix aus seinem Zelt gekrochen – vermutlich eine Folge von Jans Ansage, sein Sohn müsse künftig selbst für sein Essen sorgen und den gesamten anfallenden Abwasch allein bewältigen, wenn er es vor lauter Chillen nicht schaffte, an den Mahlzeiten teilzunehmen. Felix hatte den Mund wie ein an Land gespülter Fisch ein paarmal auf- und zugeklappt, hatte nach Argumenten gesucht, mit denen er das Ganze kippen konnte, aber gleichgültig, was er sagte: Jans Schulterzucken war wie eine Mauer gewesen, die sämtliche Worte zum Redner zurückkatapultierte.

So saß er nunmehr auf seinem Stuhl, beteiligte sich bislang nicht an der Unterhaltung, aß aber bereits das dritte Brötchen. »Regt euch mal nicht auf, Mädels«, stieß er jetzt schmatzend hervor. »Wenn eine Qualle so dicht am Ufer treibt, ist sie ohnehin längst tot!« Sein Messer versank im offenen Nougatcremeglas, und die nächste Brötchenhälfte verschwand mit einer fließenden Bewegung in seinem Mund.

Annemie und Laura fühlten sich ihrer Heldenhaftigkeit aufs Übelste beraubt und aßen von dem Augenblick an schweigend weiter.

»Heute gehe ich aber mal zum Seniorensport«, versuchte Bille die Situation zu retten. So richtig nahm das aber keiner wahr, alle hingen ihren Gedanken nach. Das Quallenthema hatte definitiv die Stimmung verdorben. Bille suchte krampfhaft nach einem neuen Gesprächsstoff, doch ihr wollte nichts einfallen. Also schloss sie sich dem allgemeinen Schweigen an und ließ ihren Blick zum Weg schweifen. Dabei verschluckte sie sich beinahe am Kaffee. Das konnte nicht sein, das *durfte* nicht sein! Also schaute sie noch einmal hin. Sie hatte sich nicht geirrt. Schon wieder der Bodybuilder! Und er erkannte sie. Trotz neuer Frisur. Trotz neuer Klamotten. Oder hatte sie sich die leicht winkende Handbewegung nur eingebildet?

»Ich glaube Oma Bille nicht, dass sie nachher zum Seniorensport geht. Den schwänzt sie doch zu Hause auch oft«, flüsterte Laura Annemie beim Abwasch zu. »Obwohl sie immer behauptet, sie braucht das und man muss im Alter was für sich tun und so.«

»Sie sagt, sie macht das wegen der Krampfadern!« Annemie schaute ihre Schwester an. »Obwohl sie gar keine hat.«

»Oma geht gern spazieren und fährt viel mit ihrem Rad. Aber Sport? Den hasst sie.«

»Woher weißt du das?« Annemie stellte den nassen Teller ab.

Laura lachte auf. »Weil ich mal gehört habe, wie sie zu Frau Meyer-Semmelmann gesagt hat, dass sie sich das Sportzeug nur gekauft hat, damit alle denken, sie gehe regelmäßig zum Damenturnen. ›Dabei finde ich das Herumgehopse albern, Frau Meyer-Semmelmann‹«, äffte Laura Oma Bille nach. »›Ich muss auf meine alten Tage meinen Körper nicht mehr in Form bringen. Bewegung ist wichtig, aber es reicht doch, wenn man sich wirklich *bewegt*, und nicht in eine stinkende Turnhalle geht und die Arme vor- und zurückschleudert, nur um ein gutes Gefühl zu haben.‹« Statt weiter abzutrocknen, führte Laura diese Bewegung mit dem Geschirrhandtuch vor.

»Das hat Oma Bille gesagt?« Annemie war mal wieder tief beeindruckt vom Wissen ihrer Schwester, packte sie dann aber am Arm, weil sie die belustigten Blicke der Umstehenden bemerkte.

»So ähnlich jedenfalls«, relativierte Laura ihre Worte und schnappte sich den nächsten Teller. »Ist doch auch egal, Annemie. Ich weiß nur, dass Oma Bille es hasst, zu schwitzen, und Sport überflüssig findet. Also, sie mag es nicht, wenn man sich nur wegen der Bewegung bewegt und nicht, weil es einem Zweck dient.«

»Klingt kompliziert«, wandte Annemie ein. »Dabei ist Oma Bille doch eher ... na, eben unkompliziert.«

»Das hat sie oft genug betont, glaub mir!« Laura zog die Nase kraus. »Mich hat es echt gewundert, dass sie gestern mit dem Fahrrad und nicht mit einem Taxi nach Hooksiel gefahren ist. Oma Bille schwitzt ja auch nicht gern. Da hat sie mehr Wäsche, das verbraucht Strom, und Strom kostet Geld, sagt sie immer.«

Annemie goss das Wasser aus dem Abwascheimer. »Das stimmt zwar, aber was du über das Fahrrad gesagt hast, ist falsch. Logischerweise ist sie mit dem Rad gefahren, weil diese Bewegung schließlich einem Zweck gedient hat: Sie wollte ja irgendwohin.«

»Stimmt auch wieder, kluge Schwester«, gab Laura zu, während sie die letzten Teller abtrocknete und im zweiten Eimer abstellte. »Ich ziehe meine Bemerkung zurück. Allerdings nur die, denn mit den anderen Sachen liege ich voll richtig.«

Annemie winkte ab. Wenn Laura diesen geschwollenen Ton anstimmte, war es ein Ding der Unmöglichkeit, mit ihr zu diskutieren. Also wechselte sie das Thema. »Aber Oma Bille sieht jetzt wirklich toll aus, findest du nicht? So jung und frisch. Sie strahlt wieder mehr.«

»Und ist dir schon mal aufgefallen, wie wenig Falten sie für ihr Alter hat? Und nicht diese Orangenhaut, aber dazu ist Oma auch zu dünn. So echte Omas haben ja normalerweise mehr Speck auf den Rippen. Wenn Frauen in die Wechseljahre kommen, hab ich mal gelesen«, fuhr Laura fort, »nehmen sie zu. Das liegt an den Hormonen. Ich glaube, dass Mama auch bald einen Bauch bekommt.«

»Worüber du dir Gedanken machst!« Annemie schüttelte den Kopf, griff nach dem Abwascheimer mit den trockenen Tellern und Tassen und legte sich das feuchte Geschirrhandtuch um den Hals.

Laura prüfte, ob sie das Abwaschbecken sauber hinterlassen hatten, sonst würde ihnen ihre Mutter gewaltigen Ärger machen. Wobei Laura das Herauspulen der Essensreste aus dem Ausguss wirklich ekelte – aber noch widerlicher war es, wenn man solche Relikte der Vorgänger vorfand. »Wir können los«, stellte sie schließlich fest. »Und dann lass uns rausfinden, warum Oma Bille uns das Märchen vom Seniorensport aufgetischt hat.«

»Ob sie sich in diesen Harry verliebt und sich deshalb so verändert hat?« Annemie setzte ihr GZSZ-Gesicht auf. So schaute sie immer, wenn sich zwei der Schauspieler dort küssten und endlich in die Arme schlossen.

Laura glitt ein verschmitztes Grinsen übers Gesicht. »Ja, stell dir mal vor, es wäre so!«

»Können sich alte Leute denn überhaupt noch verlieben?« Annemie war bei der Vorstellung abrupt stehen geblieben.

»Warum nicht?«, fragte Laura schulterzuckend.

»Aber stell dir mal vor, die wollen sich küssen?« Annemie klang völlig entsetzt. »Das ist schon bei Mama und Papa komisch. Ich meine nicht den Begrüßungskuss, ich rede von ... du weißt schon.«

Laura grinste breit. »Natürlich weiß ich, was du meinst. Heutzutage verlieben sich auch alte Leute.«

»Früher nicht?«

»Da durfte man das nicht so.« Laura winkte ab. »Auf jeden Fall verknallen sich die Alten manchmal ganz schön heftig, sogar in Jüngere. Vor allem bei den Promis, das hab ich schon mal gelesen. Dieser Harry ist nicht viel jünger als Oma Bille, da wird es nicht so peinlich. Also, wenn du recht hast, ist er der Grund für Omas Veränderung.« Laura schnappte sich den zweiten Abwascheimer und wedelte mit der freien Hand. »Lass uns gehen! Ach übrigens, wann wollen die los? Harry und Oma Bille, meine ich.«

»Heute Abend, hab ich gehört. In die Alte Schneiderei, glaub ich. Da gibt es super Fischplatten, hat Paps mal behauptet.«

Annemie blickte zu Laura. »Du willst sie doch nicht beschatten, oder?«

Laura zuckte mit den Schultern, sagte weder ja noch nein und wechselte das Thema. Darüber musste sie erst noch in Ruhe nachdenken, nur würde eine solche Aktion vermutlich am Widerspruch der Eltern scheitern. »Was meinst du, was Oma Bille tut, wenn sie nicht zum Turnen geht? Das ist die entscheidende Frage!«

Die beiden näherten sich der Parzelle. Von Oma Bille war keine Spur zu sehen.

»Eigentlich klar: Sie hat schon vorher ein Date mit Harry und will es uns nicht sagen!«, schoss es aus Annemie heraus. Im nächsten Moment waren sie am Vorzelt angelangt und stellten beide Eimer auf den Tisch. Nun noch das Geschirr wegräumen, und der Tag stand ihnen frei zur Verfügung.

»Macht keinen Sinn, dass sie sich vorher treffen.« Laura schnappte sich sofort die übereinandergestapelten Tassen.

Die hatte ihre Mutter im Vorzeltschrank untergebracht, und so sparte sie sich die Mühe, in den Wohnwagen zu klettern, wo Annemie die anderen Sachen verstauen musste.

»Grammatikalisch falsch«, mischte sich Felix ein, der auf einem Regiestuhl vor seinem Zelt kauerte. »Macht keinen Sinn ist nur aus dem Englischen abgeleitet: *Makes no sense.* Kann man aber so nicht übersetzen. Auf Deutsch muss es heißen: ›Das ergibt keinen Sinn‹ oder ›Das ist sinnlos‹.«

»Mann, kannst du mit deiner Besserwisserei einfach mal aufhören?«, stöhnte Laura. »Wir machen uns hier Gedanken über Oma Bille, und du ...« Laura fuchtelte mit der Hand herum, und prompt fiel ihr eine Tasse aus der Hand. Da ihre Mutter fürs Campen Melaningeschirr verwendete, ging sie glücklicherweise nicht kaputt.

Felix stand von seinem Thron auf. Betont langsam, betont gechillt. Es galt, deutlich zu machen, dass er alles im Griff hatte und sich nicht von seinen aufgescheuchten Schwestern verrückt machen ließ. »Ich habe euch eine ganze Weile zugehört, Mädels«, begann er mit einem herablassenden Lächeln. Er war froh, die Sonnenbrille aufgesetzt zu haben. Sonnenbrillen vermittelten stets das Gefühl von Coolness und Überlegenheit. Bei Zwillingsschwestern war das eine notwendige Überlebensstrategie. »Ihr seht doch Gespenster! Oma hat genauso Urlaub wie wir, und warum sollte sie sich jetzt keine Zeit zum Turnen nehmen? Im Urlaub ist alles anders als zu Hause.« Felix gefiel sein leicht sonorer Tonfall, den hatte er von einem Fernsehkommissar kopiert. Immer ruhig bleiben, immer Herr der Lage sein. Fehler weglächeln. Ach, Fehler, welche Fehler?

Laura fühlte sich sofort in die Ecke gedrängt. Das erkannte er an ihrem hin und her schnellenden Blick. Und an ihrer Art, in solchen Augenblicken viel zu rasch zu sprechen.

»Ich hab eben so eine Ahnung«, erklärte sie, sichtlich genervt über Felix' Eimischung. »Hab ein Gefühl, dass etwas nicht stimmt.«

»Laura hat recht, Felix. Beispielsweise habe ich gestern gesehen, wie Oma mit einem dieser Rocker gequatscht hat. Mit einem *Rocker!*«

»Woher kennen die sich?« Laura fuhr sich durchs Haar. »Genau so etwas meine ich. Ich dachte immer, wir kennen Oma Bille, aber ganz ehrlich – sie ist kaum hier, da verabredet sie sich mit Harry, obwohl sie in Oberhausen mit Herrn Häwelmann ausgeht. Und dann lässt sie sich auch noch die Haare abschneiden, wo sie doch schon immer und ewig diese Locken hat. Das muss schwerwiegende Gründe haben.«

»Tiefe Gründe«, bestätigte Annemie.

»Ihr habt sie doch nicht mehr alle.« Felix lachte auf, eine Regung, die nicht ganz mit seinem chilligen Lebensgefühl übereinstimmte. Sofort veränderte er seinen Ausdruck. Keine Blöße geben. Über allem stehen. Pokerface. »Meint ihr, sie hat sich umstylen lassen, weil sie hier inkognito sein will?« Coole Lache nachschieben, Sonnenbrille zurechtrücken, dann passte das.

»Warum nicht? Denk an den jungen Mann, der in Oberhausen vor unserer Tür stand! Vielleicht ist er uns hierher gefolgt, Oma Bille hat ihn gesehen und musste deshalb handeln.« Laura ruderte schon wieder mit ihren Armen.

»Du guckst zu viele Krimis. Das sag ich Mama, das sollst du nämlich nicht.« Felix senkte den Tonfall noch etwas. Das klang entschieden cooler.

»Halt die Klappe! Oma Bille hat definitiv ein Geheimnis, und das steht in engem Zusammenhang mit den Lammfelldecken. Schon unseren Eid vergessen?« Laura wurde schnippisch, wie immer, wenn Felix so lässig tat und die Wahrheit verdrängte.

»Und mit Rockern hatte Oma doch noch nie zu tun! Denk mal an Herrn Häwelmann«, unterstützte Annemie ihre Schwester. »Das ist ein anderer Mann als ein Lederwestentyp!«

»Was ist denn, wenn die Rocker Oma Bille bedrohen? Wenn das Gespräch mit diesem Typen gar nicht harmlos war?« Laura steigerte sich merklich in ihre kriminelle Theorie hinein.

»Mädels«, konterte Felix. »Vergesst den Rocker. Ihr Date mit Harry ist der Anlass dazu, sich zu verändern, sonst nichts. Habt ihr irgendeinen Beweis, dass Oma Bille Stress hat? Ich sehe sie nur völlig entspannt herumlaufen, oder sie sitzt mit einem Buch vor der Nase auf dem Stuhl, sie ist wie immer. Außer, dass sie hier nicht ununterbrochen den Kochlöffel schwenkt. Und dass sie jetzt mal was für sich getan und sich verändert hat, ist doch klasse. Spricht für totales Relaxen.«

»Ich glaube, Felix hat recht«, knickte Annemie ein. »Harry Sitter ist ein ganz anderer Mann als Herr Häwelmann. Der wirkt cool. Für sein Alter, meine ich. Da musste Oma was tun, sonst geht er einmal mit ihr aus und das war es dann. Das will sie sicher nicht.«

»Also kombinieren wir, dass sie eher auf Männer wie Harry steht und nicht auf Fleischermeister?« Felix sah seine Schwestern beifallheischend an. »Hab sogar gehört, wie sie den hat abblitzen lassen, genau wie den hageren Typen, bei dem angeblich Plüschhasen auf dem Sofa sitzen. Das hat sie mal dieser Tratschtante im Treppenhaus erzählt.«

»Sprichst du von Frau Meyer-Semmelmann?« Laura baute sich vor Felix auf.

Der zuckte mit den Schultern. Er hatte definitiv schon zu viel gesagt. Nicht, dass er sich in fruchtlose Diskussionen verwickeln ließ. Er war schließlich nicht in den Urlaub gefahren, um mit seinen zwölfjährigen Schwestern, von denen zumindest eine offensichtlich glaubte, bereits erwachsen zu sein, über Oma Bille zu debattieren. Er wollte seine Ruhe haben und im Übrigen zeigen, wie abgebrüht er mittlerweile war.

Laura betrachtete ihren Bruder. Sie war ein Fuchs und leider manchmal gar nicht so leicht hinters Licht zu führen, wie Felix es sich wünschte. »Gibt es sonst noch Informationen, die du uns vorenthalten hast, werter Bruder? Dann spuck's aus!«

»Nö, gibt es nicht. Und nun hört auf mit diesem Theater, wir sollten uns freuen, dass Oma Bille Spaß hat.« Felix zog es vor, sich auf seinen Regiestuhlthron zurückzuziehen. Diskussion beendet. Er schloss die Augen. Zu dumm nur, dass man das wegen des dunklen Sonnenbrillenglases nicht sah. Er überlegte, die Brille ins Haar zu schieben, die geschlossenen Augen würden seinen Schwestern deutlich machen, dass er aus der Debatte ausgestiegen war.

Laura würde ohnehin erst Ruhe geben, wenn sie wusste, was mit Oma Bille los war. Erst dann!

»Nun«, begann sie erneut, weil weder Annemie noch Felix etwas sagten, »ich glaube nach wie vor nicht, dass sie wirklich plant, zum Sport zu gehen.«

Justus glaubte seinen Augen nicht zu trauen, als er die alte Schachtel, die aber gar nicht mehr aussah wie eine alte Schachtel, über den Campinglatz schleichen sah. Er hatte sie vorhin auf der Parzelle dieser Familie nicht als Bille Rubens wahrgenommen, dachte, die Leute hätten Besuch und die Olle wäre unterwegs. Jetzt eilte sie über den Campingplatz und umklammerte einen Beutel, der aussah wie ein Turnbeutel aus der Grundschulzeit. Er war sogar bestickt mit irgendwelchen Mustern, denen man ansah, dass jemand das im Unterricht verbrochen haben musste. Kreuzstich, Längsstich, Stilstich, ach, er hatte vergessen, wie der ganze Mist hieß. Handarbeiten war was für Schwachköpfe und alte Frauen, aber doch nicht für Typen wie ihn!

Dieser Beutel war aber auch das einzig Antiquarische an der Frau. Sie hatte eine völlig andere Haltung als sonst. Nicht mehr leicht vornübergebeugt, wie alte Leute eben durch die Gegend liefen, sondern irgendwie ... aufrechter.

Justus hatte wirklich zweimal hinschauen müssen, ehe er die Oma erkannte. Diese Frau trug eine Jogginghose, einen überdimensionalen Sonnenhut und ein dunkel gemustertes Shirt. Ihre Füße zierten Flip-Flops! Nicht diese beigefarbigen Gesundheitssandalen, die bestimmt bequem waren, aber sonst aussahen, als dürfe man sie lediglich im Stockdunklen tragen.

Justus schüttelte den Kopf. Über Nacht hatte sich die Alte zu 100 Prozent verändert. Er hätte so etwas nicht für möglich gehalten. Und sie hatte es ziemlich eilig. Wohin wollte sie bloß? Alte Leute standen höchstens an den Kassen der Supermärkte unter Zeitdruck und drängelten sich permanent vor, so als würde man ihnen die Rente nicht pünktlich auszahlen, wenn sie irgendwo fünf Minuten zu lange in der Schlange stehen mussten. Aber ansonsten hatten sie doch alle Zeit der Welt. Zum Beispiel sonntags, wenn sie gemächlich in ihrem Mercedes über die Landstraßen schaukelten und jede Löwenzahnblüte am Straßenrand feierten. Justus hasste die »Sofahrs«, wie er sie nannte. Wenn die Alte jetzt also in dieser Geschwindigkeit über den Campingplatz lief, musste das tiefere Gründe haben, und die galt es herauszufinden. Sie wirkte ja nahezu gehetzt!

Justus glaubte nicht, dass sie ihn am Morgen gesehen hatte. Deswegen konnte ihre Eile auch nichts mit ihm zu tun haben. Obwohl ihm der Gedanke gefiel: Er, der große Justus, versetzte die alte Frau so sehr in Angst und Schrecken, dass sie kopflos über den Campingplatz rannte, bloß um ihm, dem Herrscher des Grauens, zu entfliehen.

Schön wäre es. Die Realität hatte ihm bisher eher gezeigt, dass er selbst vor sämtlichen Herrschern geflohen war, nicht selten bei Nacht und Nebel, weil er mal wieder eine Sache gründlich versemmelt hatte. Wäre er als Ganove so erfolgreich wie Al Capone, den er wirklich und wahrhaftig als sein persönliches Vorbild sah, dann müsste er nicht Omas irgendwelche Lammfelldecken andrehen. Nun, zumindest bekäme er dafür einen größeren Anteil der Kohle als das Almosen, was man ihm für diesen Dienst zudachte.

»Nun jammere nicht herum«, forderte er sich selbst auf,

»wenn du Erfolg haben möchtest, musst du diese Handlangerarbeiten als einen weiteren Meilenstein betrachten. Jeder Weg nach oben ist mit Hindernissen gespickt!« Das hatte schon seine Großmutter immer gesagt. Auf dem Schaukelstuhl sitzend, ein Pfeifchen im Mund und dafür von allen schräg angesehen. Eine Pfeife rauchende Frau war nicht die Idealvorstellung einer Oma. Überhaupt war sie alles andere als ideal gewesen, aber der Gedanke an sie und seine kaputte Familie gehörte jetzt nicht hierher. Weil ihre Lunge die Dauerbequalmung eher hinderlich fand, war seiner Großmutter ein kürzeres Gastspiel auf Erden vergönnt gewesen als geplant. »Hab sie eben geteert, mein Junge«, hatte sie Justus zum Abschied gesagt. »Und wo Asphalt ist, kann sich nicht mal ein vereinzeltes Gänseblümchen hindurchkämpfen!«

Aber was trieb sein Opfer nun über den Platz? Hatte die Alte keine Lust, sich zusammen mit der Familie am Strand zu tummeln und gleich zum Urlaubsbeginn zu verbrennen? Schließlich glühte die Sonne gnadenlos über Norddeutschland. Gestern waren in Oberhausen, laut Aussagen seiner Kumpels, zwei schwere Gewitter niedergeprasselt und hatten die Luft dort ein wenig abgekühlt. Davon war man hier aber meilenweit entfernt.

Hitze hin oder her, es musste ihm nun gelingen, die Alte unter Druck zu setzen, ihr die Dringlichkeit der Zahlung deutlich zu machen. Eine klare Ansage war nötig, er hatte keine Lust, noch weitere Nächte in diesem unbequemen Zelt zu verbringen und sich von nebenan das Geschnarche der Rocker oder das Gemotze der Nachbarfamilie anzuhören. Letzte Nacht hatte Justus seine Luftmatratze sogar nachpumpen müssen. Ihm lagen nicht nur Hindernisse im Weg, er musste ganze Höhenzüge erklimmen!

Justus wollte der Oma eben weiter folgen, als er von einem Mann angesprochen wurde, der ihm auf Anhieb äußerst unsympathisch war. Der Typ wirkte, als sei er einer Katalogseite entsprungen. Einem Seniorenkatalog, versteht sich, so ganz frisch war er natürlich auch nicht mehr. Allein diese Frisur: exakter Scheitel in dichter Lockenpracht. Die Klamotten: durchgestylt vom Shirt bis zur Socke, hätte er denn eine an. Sogar der blinkende Goldzahn schien eigens passend zum Goldkettchen und zur Designerbrille gemacht zu sein. Was für ein Lackaffe!

»Was starren Sie der Frau so nach?«, herrschte der Mann ihn nun an. »Die ist ja wohl eine Nummer zu alt für Sie. Oder führen Sie etwas im Schilde?« Die zunächst weich klingende Stimme schraubte sich mit jeder Silbe weiter in die Höhe und erinnerte am Ende an einen Motor mit defektem Anlasser.

»Ich ... ich war nur erstaunt, wie flott die Dame aussieht«, stammelte Justus, »denn ich glaube, ich habe sie gestern noch in Strumpfhosen und Flanellrock über den Platz laufen sehen, aber bestimmt irre ich mich.«

An dieser Stelle zuckte der Typ merklich zurück und starrte selbst hinter der alten Schachtel her. Er runzelte die Stirn, schüttelte den Kopf, als könne er nicht glauben, was er dort sah. Das Überraschungsmoment wollte Justus gerade für sich nutzen und einen Abgang machen, als sich der Schönling wieder fing.

»Nun lenken Sie mal nicht ab, junger Mann«, schnauzte er Justus an. »Das können Sie Ihrer Großmutter erzählen.«

Er schraubte sich merklich in die Höhe und hätte Justus nun zumindest auf die Stirn spucken können. Aber Justus beruhigte sich sofort selbst: Ein Mann wie dieser Gockel würde niemals seine Contenance verlieren. Wichtig war solchen Typen immer ihre Außenwirkung.

Er fixierte Justus nun mit stechendem Blick. »Auf dem Platz wurde ein Diebstahl begangen, junger Mann. Ein nicht unerheblicher Diebstahl! Und da sind mir so Typen wie du, die einer älteren Dame folgen, genauso suspekt wie diese alternde Rockergang, die ebenfalls nur rumlungert.« Er fixierte den jungen Mann. »Man ist sich hier ja seines Lebens nicht mehr sicher.«

Justus wandte sich ab. Die Alte hatte er ohnehin aus den Augen verloren, und vermutlich war es besser, wenn er sich im Moment nicht weiter auf die Suche nach ihr machte; dieser Wachhund konnte bestimmt ungemütlich werden. Es wäre zu dumm, wegen Belästigung vom Platz zu fliegen, bevor er den Auftrag erfüllt hatte.

Justus grinste das Seniorenkatalogmodel also an und tippte sich zum Abschied mit der Zeigefingerspitze gegen die Stirn.

Erst wollte er zurück zum Zelt gehen, doch dann überlegte er es sich anders und schlug den Weg zum Wasser ein. Es gab schließlich keine Abmachung, dass er während seiner Mission nicht auch ein bisschen Spaß haben durfte. Im Augenblick kam er sowieso nicht weiter.

7. Kapitel

Bille strich sich durchs kurze Haar und hoffte, dass der Bodybuilder sie nicht erkannt hatte, als sie sich eben erneut begegnet waren. Er hatte zumindest nicht so gewirkt, denn er kannte sie als alte Frau, nicht als Dame. Bille zuckte zusammen. Hatte sie wirklich Dame gedacht? Als solche hatte sie sich lange nicht mehr gesehen, auch wenn Herr Häwelmann das tatsächlich einmal zu ihr gesagt hatte. Aber das war schon lange her. Bestimmt zwei Jahre. Da hatte er ihr mit den Worten geschmeichelt: »Liebe Frau Rubens, es ist mir eine Ehre, mit einer Dame wie Ihnen zum Schrebergartenfest gehen zu dürfen.« Als Bille dann die anderen Frauen sah, wusste sie, warum er ihr das Kompliment gemacht hatte. Ein paar von ihnen waren auffällig geschminkt wie die Barbiepuppen der Zwillinge, hatten allerdings Gesichter jenseits des Verfallsdatums. Die anderen waren in schlimme Modesünden gekleidet. Es sollte wohl schick sein, aber ein Gruselkabinett war nichts dagegen.

Wo Fleischermeister Häwelmann sie nun nach ihrer Wandlung einordnen würde, konnte Bille nicht einschätzen.

»Ich bin eine Dame mit einem riesigen Berg Schulden!«, murmelte sie. Es passte einfach nicht zusammen. Bille ertappte sich dabei, wie sie eine junge Frau beobachtete, die gerade einen Schlüssel genau wie die Winterbergs in der Klappe des Wohnwagens plazierte. Die Camper nutzten also dieselben Verstecke. Das war ja genauso, als wenn sie ihren Schlüssel unter der Schuhmatte vor ihrer Etagenwohnung versteckte und glaubte, dass es niemand merkte.

Bille beschleunigte den Schritt, als könne sie auf diese Weise ihren üblen Gedanken entkommen. Das mit dem Schlüssel der jungen Frau hatte sie jetzt wirklich ohne Hintergedanken wahrgenommen, das hatte keinerlei Bedeutung! Sie wurde zwar von einem tätowierten Bodybuilder bedroht, aber sie war anständig. Überaus anständig, und deshalb würde sie nun umkehren und auf dem schnellsten Weg zum Seniorensport gehen.

Bille warf einen Blick auf die Uhr. Der Seniorensport begann um elf, ein bisschen Zeit blieb ihr noch. Ich spaziere zum Meer, schaue in die Ferne, und dann gehe ich turnen, dachte sie.

Doch kurz bevor sie den Uferbereich erreicht hatte, dort, wo sich kleine Sandinseln mit Grasbüscheln erhoben, stockte Bille. Ihr Mund wurde trocken, das Schlucken fiel ihr schwer.

Der Bodybuilder! Nur wenige Meter von ihr entfernt!

Verdammt, sie saß wie eine Maus in der Falle. Er hatte sie offenbar bereits erkannt, wenngleich er Bille überrascht ansah, als traue er seinen Augen nicht. Ein breites Grinsen glitt über sein Gesicht, als er einen Schritt auf sie zu machte.

Bille presste den Turnbeutel an die Brust, machte auf dem Absatz kehrt und rannte zurück auf den Campingplatz, als sei der Teufel hinter ihr her – was ja im Prinzip auch genauso war.

»Ich habe keine Wahl«, keuchte sie schließlich leise, als sie außer Sichtweite war. »Ich muss mir selbst helfen, wenn ich nicht völlig untergehen will. Und ich darf die Winterbergs nicht mit hineinziehen. Was ist, wenn er nicht nur mich bedroht, sondern plötzlich den Mädchen was antut?« Bille zitterte, als sie sich eingestand, wie sehr sie sich fürchtete. Sie konnte dem Bodybuilder nur die eiserne Reserve anbieten. Diese 553,60 Euro waren aber weit weniger als der verlangte Betrag. Exakt 1446,40 Euro weniger, das hatte Bille bestimmt schon zehnmal ausgerechnet. Damit würde er sich nie zufriedengeben, niemals! Und genau diese Furcht ließ ein Gedankengebilde in ihrem Kopf entstehen, das nicht mehr zu steuern war. Sie sah die Wohnwagenklappe vor sich und sie wusste, dass sich dahinter der Schlüssel verbarg, den sie nur nehmen musste, um ihr Problem zu minimieren.

Bille schüttelte den Kopf. Sie wollte nicht zur Diebin werden, auf keinen Fall! So tief würde sie nicht sinken. Vielleicht ließ der junge Mann sie ja einfach in Ruhe? Oder war es besser, Harry Sitter um Hilfe zu bitten? Ach nein, ausgeschlossen. Viel zu peinlich. Es ging ja nicht nur darum, dass Bille kein Geld hatte. Viel mehr schämte sie sich dafür, dass sie so dumm gewesen war, auf das Geschäft hereinzufallen, und das nur aus Mitleid mit einem jungen Mann!

Bille sog die salzige Luft tief ein, nahm fröhliches Kinderlachen wahr, die sachte, warme Brise auf ihrer Haut. »Überall nur ein bisschen, das tut keinem weh«, hörte sie Lauras Stimme. Bille kniff die Augen fest zusammen, sah den Bodybuilder in Gedanken auf sich zukommen. Er hielt eine Brechstange in der Hand, die er rhythmisch in seiner Armbeuge auf und nieder tanzen ließ. Sein Gesicht war zu einer bedrohlichen Grimasse verzerrt, und er war unglaublich stark. So wie Herkules.

Bille brach der Schweiß aus. »Ich muss es wagen«, flüsterte sie und öffnete die Augen wieder. Es war sicher kein Zufall, dass sie bereits vor dem Objekt ihrer Begierde stand. Jener Caravan, bei dem die junge Frau vorhin den Schlüssel demonstrativ in der Klappe verstaut hatte. Es handelte sich um einen modernen, gut gepflegten Wohnwagen. Daneben stand ein ebenso neuer Mercedes metallic mit Ledersitzen.

Keine armen Leute, stellte Bille fest. Sie war jetzt ganz ruhig. Wenn man sich einmal dazu durchgerungen hatte, war es gar nicht so schwer. Hier bot sich ihre große Chance. Alle dachten, sie sei beim Sport, wo sie nach dem Raub auch erscheinen würde, so, als wäre nichts passiert.

Maja, Jan und die Kinder waren an den Strand gegangen, Bille hatte also bis zum Mittagessen freie Bahn. Ringsum war kein anderer Camper zu sehen, alle genossen irgendwo den herrlichen Sommertag.

Bille huschte unter die ausgefahrene Markise, öffnete mit beiden Händen den Verschluss der Klappe, so wie sie es bei Jan und Maja beobachtet hatte. Der Schlüssel fiel Bille regelrecht entgegen. Sie wunderte sich darüber, wie ruhig ihre Hände blieben, wie gleichmäßig ihr Atem floss, und das, wo sie doch zum ersten Mal in ihrem Leben etwas Schlimmes tat. Bevor Bille zur Wohnwagentür schlich, blickte sie sich noch einmal prüfend um und verschloss dann die Klappe, um keine auffälligen Spuren zu hinterlassen. Bis jetzt kam sie sich sehr professionell vor. Bille steckte den Schlüssel ins Schloss und stieg ins Innere des Caravans.

Dort war es unglaublich aufgeräumt, die Betten akkurat gemacht, als sei eine Hotelcrew durch den Wagen gescheucht worden. Keine Tasse stand herum, kein Kleidungsstück lag achtlos dahingeworfen auf dem Bett oder in der Sitzecke. Man erkannte auf den ersten Blick gar nicht, dass jemand in diesem Domizil lebte. Bei den Winterbergs herrschte stets eine gemütliche Unordnung, in der man sich auf Anhieb wohl fühlte. Das junge Ehepaar hatte offenbar keine Kinder, ihr Domizil machte eher den Eindruck, als stünde der Caravan jederzeit zur Besichtigung für potenzielle Käufer bereit. Bille war mit den Winterbergs mal in Düsseldorf beim Caravan Salon gewesen. Die Wohnwagen, in die sie hineingeklettert waren, hatten ähnlich ausgesehen wie dieser, nur dass hier anstelle des Plastikobstes echte Äpfel in der Schale lagen.

»Bille, hör auf zu analysieren, sieh zu, dass du etwas Bargeld findest, und dann nichts wie weg!« Sie öffnete die Schränke, weil sie annahm, dass sich darin eine Dose mit Geld oder Wertgegenständen befand, doch sie musste schnell feststellen, dass sie sich da geirrt hatte. Junge Leute bunkerten keine Geldbeträge in kleinen Dosen im Schrank. Junge Leute kauften mit EC- oder Kreditkarte ein und konnten sogar mit dem Computer oder Handy überallhin überweisen. Online Banking nannten sie das. Davon hatte Bille keinen Schimmer, aber sie war schließlich auch auf den Lammfelldeckenverkäufer reingefallen, sonst wäre sie jetzt nicht hier in diesem fremden Wohnwagen, und das vermutlich ganz umsonst, denn sie fand nichts.

Hose, schoss es ihr plötzlich durch den Kopf. Die Hose. Der junge Mann war in Shorts losgezogen, vielleicht hatte er sein Portemonnaie in einer Hosentasche gelassen. Bille arbeitete sich bis zum Schrank vor, der neben der Toilettentür in die Wand über einem schwarzen Heizkörper eingearbeitet worden war. Sie öffnete ihn, und sogleich stach ihr die sorgfältig auf Bügel gehängte Kleidung ins Auge. Nun wurde Bille doch nervös. Das alles machte nicht den Eindruck, als würden die Besitzer auch nur irgendetwas herumliegen lassen. Das Gesuche dauerte viel zu lange, womöglich kam das Pärchen bald zurück und erwischte sie. Bille stand der Schweiß in dichten Perlen auf der Stirn. Sie tastete hektisch die Taschen ab, und bei der vorletzten fühlte sie endlich eine Geldbörse. Mit zitternden Fingern fischte sie sie heraus. Viel war nicht drin, aber sie wollte ihre Opfer (hatte sie wirklich gerade Opfer gedacht?) ja ohnehin nicht zu sehr beuteln. Bille entnahm zwei 10-Euro-Scheine und steckte das Portemonnaie wieder zurück. Gerade als sie die Schranktür schloss und sich aus dem Staub machen wollte, näherten sich eilige Schritte. Helles Lachen drang von außen in den Wohnwagen, neben dem Fenster zeichnete sich der dunkle Schopf des jungen Mannes ab. »Siri, ich hol rasch die Sonnenmilch, nicht, dass wir auf hoher See verbrennen. Du weißt: Die Haut vergisst nichts. Wo hast du sie denn hingestellt?«

»Neben das Waschbecken im Bad«, trällerte die Frau.

Bille blieb fast das Herz stehen. Gleich würde der Mann bemerken, dass der Schlüssel nicht in der Klappe lag, ja, dass der Caravan gar nicht abgeschlossen war.

Wie ungeschickt, sich schon beim ersten Bruch erwischen zu lassen! An ihrer Professionalität musste Bille wahrlich noch arbeiten. Wohin konnte sie verschwinden, wenn sich gleich die Tür öffnete? Im Augenblick kramte der Mann in der Kühlbox herum. Bille hörte es zischen und dann ein Glucksen, als er trank.

»Bei dem Wetter glaubt man ständig, auszutrocknen. Ich könnte alle halbe Stunde eine ganze Flasche Wasser trinken. Die Sonnenmilch steht im Bad, sagst du?«

»Ja doch. Und der Schlüssel vom Wohnwagen liegt in der Klappe.«

»Hab meinen eigenen dabei.«

»Okay, lass den anderen aber dort liegen, ich will ihn nicht überall mit hinschleppen. Außerdem haben wir dann immer noch einen, falls der Kutter sinkt und dein Schlüssel über Bord geht«, kicherte die Frau. »Wobei, wenn das Schiff untergeht, brauchen wir gar keinen Schlüssel mehr.«

Diese Siri redete eindeutig zu viel. Aber das Schlüsselproblem war gelöst, den würden die beiden also nicht vermissen, doch das half Bille in ihrer misslichen Situation auch nicht weiter. Sie sah nach rechts, nach links. Es war ausgeschlossen, sich in einem Wohnwagen zu verstecken, sie passte ja nicht einmal unter den Tisch. Möglich wäre es einzig und allein im Bad gewesen, nur befand sich dort ja angeblich die gesuchte Sonnenmilch. Doch dann blieb Billes Blick an einer orangefarbenen Flasche hängen, die auf dem kleinen Nachtschrank zwischen den Betten stand. Siri hatte sich geirrt! Welch Glückes Geschick! Wenn sie die Flasche nahm und so plazierte, dass der junge Mann gar nicht anders konnte, als förmlich darüber zu stolpern, würde Bille im Bad Zuflucht finden und mit etwas Glück nicht erwischt werden.

Gesagt, getan. Billes Griff nach der Sonnenmilchflasche, das Öffnen der Badezimmertür und das Positionieren der Flasche genau vor der Caravantür war eine einzige fließende Bewegung. Sie hockte sich auf die Toilette und zog die Tür hinter sich zu. Das war keinen Augenblick zu früh, denn schon hörte sie, wie der Schlüssel ins Schloss gesteckt wurde.

»Siri, du hast vorhin gar nicht abgeschlossen!«

»Hab ich wohl, Jonas, ganz bestimmt. Ich habe den Schlüssel in die Klappe gelegt.«

Bille blieb das Herz stehen. Was, wenn sie das ihrem Mann nun beweisen wollte? Aber Siri verspürte offenbar keine Lust dazu. »Ich setze mich in den Schatten, bis du fertig bist.«

»Du bist immer so nachlässig, wenn wir im Urlaub sind, Siri, das finde ich nicht gut.« Der Mann öffnete die Wohnwagentür. »Mensch, Süße, die Sonnenmilch steht direkt vor der Tür, fast so, als hätte ein Heinzelmännchen sie dort für uns plaziert. Auf dem Boden, Siri!« Er machte eine Pause, als müsse er die Ungeheuerlichkeit dieser Tatsache erst begreifen, bevor er weitersprechen konnte. Seine Stimme klang überaus vorwurfsvoll. Vermutlich schätzte er nicht, wenn Dinge auf dem Boden standen, und vermutlich kam das auch normalerweise nicht vor, so ordentlich, wie es hier war.

»Ich habe gar nichts auf den Fußboden gestellt, mein Lieber. Aber jetzt komm! Wir verpassen sonst noch den Kutter.«

»Siri, es gibt keine Heinzelmännchen, und ich stelle niemals etwas auf dem Boden ab, weil ich das für sehr unhygienisch halte. Folglich *musst* du es gewesen sein!«

Mein Gott, dachte Bille, der wird ja nahezu hysterisch deswegen. Hauptsache, er kommt nicht auf die Idee, sich sofort die Hände zu waschen, weil er Keime an der Flasche vermutet. Ihr Herz setzte zu einem gestreckten Galopp an. Die Chancen, heil aus der Sache herauszukommen, schwanden mit jeder Sekunde.

»Ich stelle auch nichts auf den Boden, bestimmt ist sie uns aus der Tasche gefallen«, versuchte Siri ihren Mann friedlich zu stimmen. Den Geräuschen nach steckte auch sie nun ihren Kopf in den Wohnwagen. »Na, dann steht sie da eben, es gibt Schlimmeres. Nun komm endlich, der Kutter wartet wirklich nicht auf uns!«

»Geld hast du eingesteckt?«, fragte Jonas und ritt glücklicherweise nicht mehr auf den mangelhaften hygienischen Zuständen herum. Ihm war es zuzutrauen, dass er stundenlang über potenzielle Keime dozierte. Ob der Typ Arzt war? Auf jeden Fall ein Korinthenkacker, das war mal sicher. Bille erschrak bei dem Gedanken. Wie drückte sie sich denn aus? Im Stillen leistete sie bei ihrem Karl Abbitte.

Mittlerweile glaubte sie, keine Luft mehr zu bekommen. Was, wenn dieser Jonas doch noch ins Bad trat? Was, wenn er sein Portemonnaie nahm und bemerkte, dass 20 Euro fehlten? Ein Mann wie er wusste auf den Cent genau, wie viel Geld er bei sich trug. Auch das war Bille in den wenigen Minuten klargeworden.

Sie umklammerte die Scheine, zerknüllte sie, hätte sie am liebsten ins Klo gespült, so sehr brannten sie zwischen ihren Fingern. Wobei »spülen« bei dem Chemieklo ja eher relativ war. Ob sich Geldscheine überhaupt auflösten? Sie waren vom Schweiß ihrer Finger schon ganz feucht geworden. In diesem winzigen Camperbad war es mehr als stickig.

»Ja, Jonas, ich habe Geld mit! Los jetzt!« Siri klang mittlerweile aggressiv. »Ich habe mich so sehr auf die Kutterfahrt gefreut. Und dann kommst du mit deinem Sonnenbrandtick!«

»Wobei die Gefahr auf hoher See schließlich auch gegeben ist ...«

»Jonas! Ich ... will ... jetzt ... mit dem Kutter fahren. Egal, wie verseucht die Sonnenmilch ist. Multiresistente Keime werden es schon nicht sein.« Sie seufzte, entschloss sich dann aber offenbar, einzulenken. Ihre Stimme wurde sanfter. »Du hast ja recht. Es wäre gefährlich, deshalb sind wir auch zurückgegangen. Aber jetzt wird es Zeit!«

»Schon gut, Liebes.« Jonas hüpfte aus dem Gefährt und schloss die Tür hinter sich ab. Die Schritte der beiden entfernten sich rasch.

Bille brauchte eine Weile, ehe ihr Herzschlag und ihr Atem sich beruhigten. Auch das Zittern der Hände musste erst nachlassen, so konnte sie nicht einmal die Klinke der Tür öffnen. Bille kniff die Augen fest zusammen, versuchte, den Atemfluss zu regulieren, und lauschte dabei, ob wirklich niemand zurückkam. Doch es blieb still. Bille wagte es nun, die Türverriegelung zu lösen und aus ihrem Gefängnis zu huschen. Nun musste sie nur noch unbemerkt aus dem Wohnwagen und dann von der Parzelle verschwinden. Billes Herz klopfte wieder zum Zerspringen. Tür auf, Schlüssel ins Schloss und abschließen, zurück in die Klappe werfen und weg! Hoffentlich hatte sie keiner gesehen.

Bille entfernte sich rasch, aber jeder Schritt fiel ihr schwer. Es kam ihr so vor, als hätte sie Blei an den Füßen. Das Geld brannte in ihren Händen, vor lauter Schreck trug sie ihre

Beute mit ausgestrecktem Arm vor sich her, so als liefe sie Gefahr, sich zu verbrennen, wenn sie das Geld in ihrer Hosentasche verschwinden ließ.

»Nun steck es schon weg, du alte Eule, oder willst du erwischt werden?«, schimpfte Bille mit sich selbst. Mit zitternden Fingern steckte sie die zwei Scheine in die Tasche ihrer Jogginghose.

Die Gedanken sprangen in ihrem Kopf hin und her wie ein Tischtennisball.

Ping. Pong.

Ping. Pong.

Du hast Unrecht getan.

Ging ja nicht anders.

Trotzdem falsch.

Besser als schwer verletzt.

Nun, so schlimm …

Besser als tot.

Ihr schlechtes Gewissen nahm überhand und verdrängte den Verteidiger, aber so rasch ließ der sich nicht vom Platz weisen. Er hielt dagegen.

Es sind nur 20 Euro, Bille. Du hast keineswegs ihr gesamtes Hab und Gut gestohlen.

Das war eine schreckliche Tat.

Hey, keine schreckliche Tat. Ein Bagatelldiebstahl. Nimm von jedem Reichen was, und du bist gerettet, diese kleinen Summen kann jeder verschmerzen, hast ja nicht die Kreditkarte mitgehen lassen.

Es ging Bille dennoch nicht besser. Sie hatte erst kürzlich gelesen, dass die Psyche eines Menschen empfindlich in Mitleidenschaft gezogen wurde, wenn er Opfer eines Einbruchs geworden war. Und fürchtete sie sich nicht selbst ständig vor diesen Verbrecherbanden?

Aber nur, weil die auch morden könnten. Du bist ja nicht gewalttätig!

Bille fasste in die Hosentasche und umkrallte beide Scheine. Sie fühlte sich noch viel schlechter, als wenn sie sich nur vor dem Bodybuilder fürchtete.

Dreh um! Noch ist es nicht zu spät!, war die letzte Aufforderung ihrer inneren Stimme.

Bille kam sich völlig paranoid vor, weil sie von diesen merkwürdigen Stimmen traktiert wurde. Die eine klang grell und vorwurfsvoll, die andere wie ein Pastor bei der Predigt.

Außer Atem erreichte sie das Häuschen, in dem der Seniorensport stattfand. Dort musste sie sich erst einmal an die Wand anlehnen. Sie schloss die Augen. Kurz danach rüttelte eine junge Frau, offenbar die Trainerin, an ihrer Schulter.

»Geht es Ihnen nicht gut? Müssen Sie etwas trinken?« Sie hielt ihr eine PET-Flasche mit stillem Wasser hin.

Bille schüttelte den Kopf. Mangelnde Flüssigkeit war gerade ein sekundäres Problem. Sie musste etwas ganz anderes, nämlich das Geld so rasch es ging wieder zurückbringen, sonst würde sie den Urlaub nicht überleben. Sie hatte großes Unrecht getan. Bille hörte mittlerweile Stimmen, und ihr Körper rebellierte, als stünde sie kurz vor einem Infarkt. So ging das nicht. Sie wollte nicht auf dem Campingplatz dahinscheiden und ihre große Schuld mit ins Grab nehmen.

Bille riss sich zusammen und lächelte die junge Frau an.

»Ist schon besser, danke. Mir war nur ein wenig schwindelig. Ich gehe zurück zu meinem Wohnwagen und turne dann morgen mit.«

»Sind Sie sicher, dass Sie allein gehen können?«

Bille nickte freundlich.

Bald darauf stand sie schon wieder vor dem Caravan des Pärchens. Nur waren Siri und Jonas zu ihrem großen Entsetzen auch da, und sie konnte das Geld nicht einfach hinlegen wie geplant. Wobei Bille zugegebenermaßen eigentlich gar nichts richtig geplant hatte. Hatte sie ein zweites Mal einsteigen wollen?

Also Plan B!

Welcher Plan B, es gab ja nicht einmal Plan A …

»Doch, ich hätte den Schein unter den Griff der Wohnwagentür geklemmt und wäre danach rasch verschwunden«, flüsterte sie. »Und nun denke ich mir eben etwas anderes aus.« Sie musste diese 20 Euro wieder loswerden, und zwar an dieses Pärchen. Alles andere war irrelevant. Also näherte sie sich Siri und Jonas. Bei ihnen hing der Haussegen schief, das erkannte Bille sofort an ihren Gesichtern.

»Deinetwegen haben wir den Kutter verpasst! Wir mussten nicht mal mehr bis zum Hafen fahren, weil es einfach viel zu spät war. Bloß, weil du die ganze Zeit rumgeschimpft hast, wegen meiner angeblichen Unordnung!«, keifte Siri. »Du bist ein Kleingeist, Jonas. Immer weißt du alles besser, und dazu bist du auch noch ein Hypochonder. Siehst überall Keime und Bakterien. Der Tag heute ist mir echt versaut, das sag ich dir!« Sie holte tief Luft. »Und das alles wegen der Sonnenmilch! Das muss man sich mal auf der Zunge zergehen lassen.«

Die beiden unterhielten mit ihrem Krach die gesamte Nachbarschaft. Siri schien von aufbrausendem Gemüt zu sein, sie scheute sich nicht, einen Stuhl umzuwerfen. Anschließend stemmte sie die Hände in die Hüften. Jonas hingegen saß breitbeinig auf seinem Campingstuhl und tat so, als prallten die Worte an ihm ab.

Na, dem würde ich auch sämtliche Stühle um die Ohren hauen, dachte Bille, die sich schon vom Zusehen provoziert fühlte und spontan überlegte, ob sie das Geld doch behalten sollte. Als Strafe für sein Verhalten.

Dass ihm 20 Euro fehlten, hatte er offenbar noch nicht bemerkt, zumindest wurde das bislang nicht thematisiert. Sie stritten gerade um einen abgerissenen Knopf, den Siri nur unzureichend und nach Jonas' Ansicht »mit der heißen Nadel« angenäht hatte. Der Vorfall lag allerdings wohl schon vier Jahre zurück.

Bille stand unschlüssig vor der Parzelle. Jonas und Siri nahmen ihre Umgebung gar nicht wahr und arbeiteten sich nun an einer Geschichte ab, die mit Siris verstorbener Großmutter zu tun hatte. Jonas hatte sie scheinbar irgendwann mal vergessen abzuholen. Ob das der Grund für ihr Ableben gewesen war, erschloss sich Bille aus dem Streit aber nicht.

Sie wollte auf gar keinen Fall unverrichteter Dinge wieder abziehen, nur wie sollte sie tätig werden? Sie stand vor der Parzelle der beiden Streithähne und wirkte wie eine Schaulustige, die sich an der filmreifen Szene ergötzte (sie hätte eins zu eins bei *Kramer gegen Kramer* eingebaut werden können). Bille musste überaus vorsichtig sein, nicht dass sie den Zorn der beiden auf sich zog. Wenn sich Siris

Wut gegen Bille richtete, hatte das womöglich ein schlimmeres Desaster zur Folge als die Forderung des Bodybuilders.

Unschlüssig spazierte Bille hin und her, aber das war viel zu auffällig. Sie musste handeln, und zwar ganz schnell. Mit der rechten Hand fuhr sie in die Hosentasche, wo die zerknitterten Geldscheine schlummerten. Ein kleiner Windstoß, der die mittägliche Glut für einen Moment erträglicher machte, brachte Bille schließlich auf eine Idee. Sie zog die Hand mit den Geldscheinen aus der Tasche, entfaltete sie, öffnete die Finger und ließ die 20 Euro auf den kurzgeschnittenen Rasen segeln.

»Ist das Ihr Geld?«, unterbrach sie gleich darauf die Streithähne und wunderte sich über ihre ruhige, freundliche Stimme.

Die beiden jungen Leute blickten erstaunt hoch. »Welches Geld, bitte?«

»Das da, auf dem Rasen. Da liegen zwei Scheine, so als wären sie einem von Ihnen aus der Tasche gefallen.«

»Wir tragen kein loses Geld in den Hosentaschen herum«, klärte Jonas sie sofort auf. »Dafür gibt es schließlich Geldbörsen.«

Bille hoffte trotzdem, dass er ihre Lüge schluckte.

. Siri hob die zerknitterten Scheine auf. Sie fasste sie nur mit den Fingerspitzen an. »Wo soll es denn sonst herkommen? Hast du nicht eben noch steif und fest behauptet, dir fehlen 20 Euro? Wo hattest du das Geld denn vergraben? Es ist nass und zerknittert!«

Also hatte er doch den Verlust schon bemerkt, dachte Bille. Solche Leute fühlen, wenn etwas anders ist.

»Ich kann es nicht verloren haben, weil ich *immer* eine Geldbörse benutze!«

Bille schüttelte über Jonas' Selbstgerechtigkeit den Kopf; selbst wenn er dieses Mal recht hatte, war seine Arroganz unerträglich.

Siri stieß die Luft aus. »Dann willst du wahrscheinlich mir die Schuld daran geben, dass das Geld da rumlag. So bist du ja, Mr. Perfect!«

»Wahrscheinlich hast du das Geld aus meinem Portemonnaie genommen, es in deine Shorts gesteckt und dann vergessen, so wie du alles vergisst!« Jonas hatte sich von seinem Stuhl erhoben.

Bille wollte nur noch fort und einfach so tun, als hätte es die letzte Stunde gar nicht gegeben. Sie unterbrach das junge Paar, das sich bereits weitere Vorwürfe an den Kopf geworfen hatte. Irgendetwas mit zu Matsch gekochten Pellkartoffeln oder so. »Also, Ihr Geld ist ja nicht weggekommen, es lag auf dem Rasen. Da haben Sie es besser als andere«, sagte sie.

»Was soll denn das heißen?« Jonas ließ sich einen Augenblick von Siri ablenken und baute sich nun vor Bille auf. Er war größer, als sie erwartet hatte, und er hätte ihr auf den Kopf spucken können. Oder war sie vor Angst geschrumpft? Bille konnte seinem stechenden Blick nicht standhalten.

»Und, gute Frau? Was wollen Sie uns damit sagen?«

»Auf dem Platz wurde immerhin eingebrochen. Direkt neben unserer Parzelle.« Nun wagte Bille doch einen Blick in die stahlgrauen Augen des jungen Mannes. Sie bestanden wirklich nur aus dieser einen Farbe.

Kalt, schoss es Bille durch den Kopf. Der Mann war eiskalt wie sein Blick.

»Oma Bille ist nicht beim Seniorensport, das habe ich überprüft«, erklärte Laura, die ihre Geschwister zurück auf den Campingplatz geholt hatte.

»Ja und? Du bist ja auch nicht am Strand!« Felix ordnete seine schwarz gefärbte Gel-Tolle, die er am Morgen in einen perfekten Sitz gebracht hatte. Er war nicht einmal baden gegangen, damit sich kein Haar schief legte. Außerdem war er noch unschlüssig, ob ihm das trübe Nordseewasser mit dem schlickigen Untergrund wirklich behagte. »Du siehst Geister, hab ich doch heute Morgen schon gesagt. Wo kommen wir denn hin, wenn wir Oma Bille überwachen!« Er warf einen prüfenden Blick ins Wohnwagenfenster. Yeah, er sah supergechillt und lässig aus. So langsam wurde es was mit seinem Image, die Mädels in Oberhausen würden auf ihn fliegen. Er würde braun gebrannt und extrem cool nach Hause zurückkehren, da kam kein anderer mit.

»Ich glaube, dass Oma unter Druck steht. Da stimmt was nicht. Ich schau in ihrem Wohnwagen nach, ob ich einen Hinweis darauf finde, was sie so verändert hat!« Laura stand auf.

Felix seufzte. Schwestern konnten so unglaublich uncool sein. Was machte Laura für einen Stress um nichts?

»Warte doch noch!«, versuchte auch Annemie sie aufzuhalten.

Laura schüttelte den Kopf und presste dabei die Lippen fest zusammen. »Ihr seid so träge! Um all das geht es hier doch gar nicht. Oma Bille hat sich nicht nur äußerlich verändert, sie hat ein ganz anderes Problem.« Laura positionierte sich breitbeinig vor ihren Geschwistern und legte mit einer theatralischen Pose die Faust aufs Herz. Dabei ließ sie den Kopf in den Nacken sinken und schloss die Augen.

»Wir sind hier nicht bei Winnetou«, grummelte Felix.

Annemie stieß ihre Schwester in die Seite. »Pass auf, wir beobachten die Situation einfach in Ruhe weiter, und sollte sich in den nächsten Tagen bestätigen, dass mit Oma Bille etwas nicht stimmt, werden wir sie ganz direkt darauf ansprechen.«

»Besser, als ihr nachzuspionieren«, bestätigte Felix.

Laura kam wieder in die Realität zurück und senkte den Kopf. »Mann, seid doch nicht immer so gnadenlos und schrecklich vernünftig! Das hält ja kein Mensch aus.«

»Du kannst nicht bei Oma Bille einbrechen!« Annemie war sichtlich entsetzt. »Das ist voll der Vertrauensbruch.«

»Ich breche ja nicht ein, ich gucke nur, ob alles in Ordnung ist, das ist ein Unterschied. Ich klaue nichts und fasse nichts an!« Laura senkte verschwörerisch ihre Stimme. »Ich sehe mich nur um, weil wir uns Sorgen machen. Oma Bille lacht nicht mehr. Nicht mehr echt, meine ich.«

»Moment«, unterbrach Annemie sie, »Oma Bille hat heute Morgen beim Frühstück ...«

»Das war kein Lachen, Schwesterchen. Oma Bille lacht sonst auch mit den Augen. Sie hält durch, sonst nichts!«

Laura winkte ihren Geschwistern kurz zu und schlenderte betont gleichgültig zu Oma Billes Wohnwagen hinüber. Felix seufzte laut. Besser, er chillte wieder, dann musste er sich über solch einen Kinderkram nicht aufregen.

8. Kapitel

Oma Bille hatte nicht einmal die Tür abgeschlossen, so dass Laura lediglich am Hebel ziehen musste, um sie zu öffnen. Der Wagen duftete zudem nach Oma Billes Seife. Ein Lavendelduft, den sie auch in Oberhausen benutzte. Sie lehnte Duschgel in Plastikflaschen ab und glaubte fest daran, dass ihre Seife bessere Dienste tat, was die Reinlichkeit anging. »Wichtig ist ja einzig und allein, dass nur ich sie benutze und sie nicht mit anderen teile. Das wäre dann in der Tat nicht hygienisch.«

Laura wusste nicht, ob das stimmte, aber es war praktisch, dass Oma so dachte, denn dadurch wusste man immer, womit man ihr eine Freude machen konnte.

Wie immer war es bei Oma Bille fein säuberlich aufgeräumt, wenngleich nicht alles in die Schrankfächer einsortiert war. Der große Koffer stand mit geöffnetem Schlund auf der Eckbank, ein Schal lugte wie eine Zunge heraus. Die braunen Strumpfhosen aber lagen ordentlich aufeinandergestapelt in dem Regal unterhalb der Schrankklappen.

Laura kletterte auf die Eckbank und öffnete die Klappen nacheinander. Auch hier herrschte die altbekannte Bille-Ordnung, und ihr lachten in einem Fach Blusen entgegen, Kniff auf Kniff gefaltet, im anderen sorgfältig gebügelte Geschirrhandtücher. Auf der Anrichte lagen zwei Bücher, ein Frauenroman und ein historischer Schmöker.

Der Proviantkorb war geleert und befand sich auf der Spüle. Alles, was in den Kühlschrank gehörte, war darin einsortiert. Die Konserven hatte Oma Bille im Schrank darüber verstaut. Dazu hatte sie das wenige Geschirr in eine Ecke des Fachs verbannt. Der Wohnwagen wirkte von der Ordnung her fast wie Oma Billes Wohnung, wo alles seinen Platz hatte und nichts verrückt werden durfte, obwohl die Ablagen der Anrichten vor Kleinkram überquollen. Aber auch dort stand alles in zentimetergenauem Abstand voneinander entfernt. Früher hatte Laura die winzigen Porzellanfiguren und Krüge sehr gemocht, konnte sie als kleines Mädchen doch immer etwas Neues entdecken. Jetzt fand sie es eher kitschig, nur liebte sie Oma Bille zu sehr, als dass sie darüber auch nur einen einzigen Ton verloren hätte.

Wo aber könnte sie hier etwas versteckt haben, was Laura einen Hinweis darauf gab, warum sie so verändert war?

»Eine Möglichkeit wäre, dass sie einen Brief bekommen hat«, überlegte Laura laut. »Einen richtigen Erpresserbrief.« Oder eine Rechnung, ergänzte sie in Gedanken. Und dann, wie durch einen Geistesblitz, fügten sich mögliche Zusammenhänge zu einem großen Ganzen, und Laura glaubte zu verstehen, was mit Oma Bille geschehen war. Hatte Mama nicht noch auf der Fahrt hierher fallenlassen, dass in Oberhausen miese Verbrecher unterwegs waren, die vor allem alte Leute übers Ohr hauten? So konnte es gewesen sein. Laura wollte schon aus dem Wohnwagen stürmen und ihren Verdacht Annemie und Felix mitteilen, doch dann überlegte sie, dass es besser wäre, den beiden Fakten zu liefern. Nur knallharte Beweise zählten, das war auch in den Krimis, die sie heimlich guckte, immer so. Also galt es nun, diese Beweise zu finden.

Wenn Oma Bille die Decken unter Druck gekauft hatte,

gab es bestimmt eine Rechnung. Das war Punkt 1. Punkt 2 aber war das größere Dilemma: Oma Bille besaß kaum Geld. Eine hohe Summe zu zahlen war für sie ausgeschlossen. Nicht umsonst drehte sie jeden Cent um.

Konnte Oma Bille nun eine hohe Rechnung nicht bezahlen, würde der Verbrecher sich doch bestimmt nicht scheuen, sie unter Druck zu setzen! Einen solchen Fall hatte sie erst letzte Woche heimlich bei *Aktenzeichen XY ungelöst* verfolgt. Laura hatte sich insgeheim gewundert, wie schnell und bereitwillig Oma Bille mit ihnen zum Campen gefahren war. Sie hasste doch eigentlich Veränderungen, war davon immer richtig gestresst. Aber sie war widerstandslos mitgekommen. Und warum? Weil sie vermutlich auf der Flucht war! Es passte alles. Am liebsten hätte Laura sich für diese Erkenntnisse selbst auf die Schulter geklopft.

»Ich muss nach so etwas wie einer Rechnung suchen, die hätte Oma doch bestimmt nicht zu Hause gelassen«, murmelte sie, stemmte die Hände in die Hüften und sah sich prüfend um. Wo versteckten alte Leute wichtige Dinge? In Oberhausen besaß Oma Bille ganz viele Schachteln unterschiedlicher Größe, worin sie wahre Schätze an Bildern, Briefen und anderen Erinnerungen aufbewahrte. Manchmal holte sie eine hervor und erzählte den Zwillingen die dazugehörige Geschichte. Aber hier im Wohnwagen gab es keine Schachteln. Keine außergewöhnlichen Verstecke. Trotzdem war Laura sich sicher, dass Oma Bille irgendwo etwas liegen haben musste.

Laura beschloss, bei der Suche systematisch vorzugehen.

In der Besteckschublade. Nichts.

Unter der Matratze. Nichts.

Unter der Fußmatte. Nichts.

Den Schrank und die Klappen hatte sie schon durchforstet. Laura presste die Lippen aufeinander. Das gab es doch gar nicht.

»Und wenn sie das, was du suchst, in Oberhausen gelassen hat?«

Laura schnellte herum, weil Annemie eingetreten war. »Das glaub ich eben nicht, weißt du? Das passt nicht zu Oma Bille.«

Frustriert ließ sich Laura aufs Bett fallen und stützte sich mit der linken Hand auf dem Kopfkissen ab. Im nächsten Augenblick schoss sie wie elektrisiert hoch, packte das Kissen und riss den Reißverschluss des Bezuges auf.

»Kannst du mir mal erklären, was du da tust?«, fragte Annemie.

»Es hat geknistert!« Laura zog triumphierend ein Blatt heraus.

»Was ist das?«

»Ein zerknittertes Stück Papier, das Oma Bille sorgfältig im Kissenbezug deponiert hat«, resümierte Laura.

Annemie nahm es ihr ab und glättete es. »Sieht aus, als hätte der Besitzer es schon oft gelesen«, stellte sie fest.

»Nun lies schon vor, was draufsteht!«

Annemie las und las. Schüttelte den Kopf und reichte Laura dann das Papier. Die riss es ihrer Schwester förmlich aus der Hand.

»Bingo! Ich hatte recht!«, stieß sie schließlich hervor und erklärte Annemie, was sie sich zusammengereimt hatte. »Schau, es geht tatsächlich um diese Decken.«

»Hab ich selbst gesehen, aber ich wollte es nicht glauben.«

Annemie atmete tief durch. »2000 Euro, eine irre Summe. Kein Wunder, dass Oma Bille so fertig ist. Wie soll sie denn das bezahlen?«

Laura zuckte mit den Schultern und stopfte das Papier zurück an den Fundort. »Sie darf auf gar keinen Fall wissen, dass wir es wissen. Das ist oberste Geheimstufe.«

»Und jetzt?« Annemie war ratlos.

»Null Ahnung. Aber bei Salome ist geklaut worden. Direkt bei uns nebenan. Hoffentlich dreht Oma Bille nicht gerade irgendwelche krummen Dinger!«

»Du meinst, weil sie nicht beim Sport war?«

»Genau das meine ich.«

Harry Sitter erschien pünktlich um achtzehn Uhr. Bille hatte sich für die Verabredung mit ihm doch wieder den Flanellrock mit Bluse angezogen. Sie trug die dunkelblaue, zu der sie ein feines eisrosafarbenes Tuch umlegen konnte. Der Kontrast sei wichtig, hatte die Verkäuferin gesagt, und das ging sicher auch zum Rock. Oma Bille wagte es nicht, sich Harry in ihrer vollständigen Verwandlung zu präsentieren. Schließlich hatte er sie eingeladen, als sie noch die alte Bille war. Die neue Frisur würde er bestimmt mögen, denn dafür hatte sie bisher uneingeschränktes Lob bekommen. Niemand vermisste ihren Silberpudel.

Als sie Harry nun in seinem dunkelblauen Anzug mit hellblauem Hemd und Einstecktuch vor sich stehen sah, klopfte ihr Herz eine Spur zu schnell. Bille überprüfte nunmehr zum fünften Mal ihr Äußeres. Für ihre Verhältnisse sah sie sehr elegant aus, was vor allem dem Tuch zur Bluse geschuldet war; der Tipp der Verkäuferin war etwas wert.

Harry blieb die Spucke weg, als er Bille sah. »Du warst beim Friseur?«, fragte er und pfiff anerkennend. »Sieht sehr gut aus! Aber was sollte eine Frau wie dich auch entstellen?«

Bille fuhr sich verlegen durch die kurzen Haare und wurde rot. Allein der Tonfall, in dem Harry mit ihr sprach, war einzigartig. Diese rauhe Stimme, dieses feine Lächeln um seine Augen ...

»Ja, ist angenehmer bei der Hitze«, flötete sie. Und dann errötete sie noch mehr, ihr waren die Blicke der Zwillinge nicht entgangen. Flirtende alte Menschen waren in deren Generation offenbar nicht angesagt.

»Hast du ein Taxi bestellt?«, fragte Bille, um sich auf ein unverbindlicheres Terrain zu begeben – und vor allem wollte sie möglichst rasch von hier verschwinden.

»Selbstverständlich, meine liebe Bille! Es wartet am Eingang des Campingplatzes.« Galant verbeugte Harry sich, und sie musste schmunzeln. Mal sehen, was der Abend so brachte und ob sie mit ihm über Themen plaudern konnte, die auch sie interessierten. Umwerfend war sein unglaublicher Charme. Er hatte Manieren. War sauber und ordentlich. Roch gut, fügte Bille hinzu, als sein Rasierwasserduft ihre Nase erreichte. Nicht zu süß, nicht zu herb. Und nicht nach Bärlauch oder Salbei. Schon gar nicht nach Blut oder Silberpudel. Es würde ein angenehmer Abend werden.

Harry bot Bille den Arm, sie schnappte sich ihre schwarze Häkelstola und hängte sich bei ihm ein. Herrje, fühlte sich das gut an. So wie damals, als sie noch mit ihrem Karl zum Tanzen gegangen war. In einem langen dunkelblauen Kleid war sie an seiner Seite auf dem Parkett durch den Ballsaal geschritten, nicht über die Fliesen des Schrebergartenvereins, wie mit Herrn Häwelmann. Oder in enger Jeans ums Lagerfeuer mit Wolfi und seiner Clique. Bevor es ihren Karl gab. So ein Lagerfeuertanz würde Bille mit Franz drohen. Männer mit einem Indianer-Tattoo tanzten bestimmt ständig um irgendwelche brennenden Holzhaufen.

Aber es war gleichgültig, um welches Lagerfeuer der Rocker mit wem auch immer seinen Regentanz machte: Sie würde mit Harry Sitter, einem gepflegten und gutaussehenden Mann, speisen gehen und bestimmt eine gepflegte und anregende Unterhaltung führen.

Mittlerweile hatten sie die Schranke des Campingplatzes erreicht, von einer gepflegten Unterhaltung waren sie aber noch sehr weit entfernt, denn Harry hatte, seitdem sie die Parzelle verlassen hatten, kein Wort gesagt. Das Taxi wartete bereits, und er nannte dem Fahrer die Adresse des Restaurants. Sie fuhren dieselbe Strecke, die Bille am Vortag mit dem Rad genommen hatte. Weil sie nicht in die verkehrsberuhigte Zone einfahren konnten, bog der Taxifahrer zuvor ab. Ehe er dann wieder rechts in eine Querstraße fuhr, wies er mit dem Kopf auf einen Gebäudekomplex, der sich linker Hand befand. »Das ist unsere Altenwohnanlage«, sagte er, als preise er Bille und Harry ihr neues Zuhause an. Wobei Bille zugeben musste, dass alles überaus ansprechend wirkte. Nur hatte sie nicht vor, in naher Zukunft in eine Altenwohnanlage zu ziehen – obwohl sie das bestimmt vor ihrem Dilemma bewahrt hätte. Lammfelldeckenverkäufer hatten in solchen Anlagen sicher keinen reißenden Absatz.

An der grün-grauen Boje zum Alten Hafen ließ der Taxifahrer Bille und Harry aussteigen und steckte ihnen sein Kärtchen zu, damit er sie später wieder zurückfahren konnte.

Harry sah auf die Uhr. »Wollen wir ein bisschen spazieren gehen? Wir haben noch eine Viertelstunde Zeit, und die Hafenanlage mit den alten Kuttern ist äußerst pittoresk.«

Bille musste sich ein Lachen verkneifen. Ihr gutgekleideter Begleiter hatte tatsächlich pittoresk gesagt! Das las man sonst nur in Büchern. Hatte sie das große Los gezogen? Einen kultivierten Mann gefunden, mit dem sie sich über Bücher, Kunst und andere ansprechende Dinge unterhalten konnte? So wie damals mit ihrem Karl?

Sie folgte Harry zum Hafen, wo ein paar Fischkutter am Kai lagen. Einer hatte einen tiefroten Rumpf, ein anderer glänzte in Grün-Weiß. Sie waren viel kleiner, als Bille es sich vorgestellt hatte. Interessiert studierte sie die Sturmflutmarkierungen am Packhaus und konnte eine Gänsehaut nicht vermeiden. Es war wirklich gruselig, wie hoch die Nordsee bei Sturmflut auflaufen konnte.

Wie selbstverständlich nahm Harry Billes Hand, und sie verspürte keinerlei Widerwillen. Im Gegenteil, sie genoss diese Nähe. Harry kannte sich in Hooksiel aus, erzählte ihr eine Menge zum Schwarzen Bären, wo man ebenfalls wunderbar essen gehen konnte. »Dorthin führe ich dich auch noch aus«, raunte er, so wie er überhaupt den ganzen Abend nur raunte. »Oder wir fahren nach Horumersiel. Das ist auch ein ganz entzückender Ort.« Er legte den Arm um Bille, und gemeinsam flanierten sie am Hafen entlang. Das Wasser plätscherte leise gegen die Kaimauer, am Himmel zeigte sich der Flaumstrich eines Flugzeuges, das eine konstante weiße Linie an den Himmel malte, bis die sich irgendwann im Nichts verlor. Bille legte den Kopf in den Nacken und verspürte ein so friedliches Gefühl wie lange nicht mehr.

»Ist das schön hier«, schwärmte sie. »Allein der Geruch! Ein bisschen fischig vom Wasser her, aber darunter mischt sich ein süßlicher Duft.«

Harry nickte und drückte Bille. »Ja, die Bauern haben gemäht. Horch mal!«

Und richtig, in der Ferne konnte man das Stampfen der Mähdrescher hören. »Komm, ich zeig dir, was hier noch so zu finden ist«, raunte Harry weiter. Sie umrundeten das Hafenbecken, und er zeigte Bille ein paar wie zufällig abgestellte Ausstellungsstücke. Er konnte alle benennen.

»Es wird Zeit, zum Restaurant zu gehen, ich habe für Viertel vor sieben den Tisch reserviert!«, sagte Harry schließlich lächelnd, nachdem er einen Blick auf die Uhr geworfen hatte. »Ich mag keine Unpünktlichkeit, selbst wenn sie den Tisch bestimmt eine halbe Stunde für uns freihalten würden.«

Auf die Minute pünktlich betraten sie die Alte Schneiderei und setzten sich an den Tisch. Harry bestellte einen trockenen Weißwein, nachdem er sich zuvor galant nach Billes Weinvorlieben erkundigt hatte. Sie fühlte sich jung. Schön. Charmant. Was für eine wunderbare Idee, mit in diesen Urlaub gefahren zu sein! Vergessen war ihr morgendlicher Einbruchversuch, vergessen die Gedanken an den Bodybuilder und diesen Rocker.

»Ich empfehle den Zander auf Spinat mit Rosmarinkartoffeln«, sagte Harry. »Er ist ein Gedicht. Oder die Fischpfanne Alte Schneiderei.«

Bille entschied sich für den Zander, Harry wählte die Garnelenpfanne. Vorab gab es einen kleinen Salat.

Doch beim ersten Biss ins Zanderfilet hörte Bille ein lautes Brummen. Dieses typische Grollen, wenn eine Harley des Weges kam. Unverkennbar, auch für Außenstehende. Bille legte die Gabel kurz ab, hob den Kopf und lauschte. Das war nicht nur *eine* Harley. Auch nicht zwei. Draußen donnerte eine ganze Gruppe vorbei.

»Können die nicht über Land fahren?«, raunte Harry. »Solch ein Lärm am Abend! Das stört mich. Ich bin einfach kein Freund von diesen Höllenmaschinen.«

Bille horchte geistesabwesend dem Geräusch nach, so dass sie Harrys Worte überhört hatte und nicht darauf reagierte.

»Was meinst du?«, hakte er nach.

Bille lächelte ihm zu und pikte mit der Gabel in die Rosmarinkartoffel. Harry hatte nicht übertrieben, das Gericht war vorzüglich, vor allem der Klecks Hollandaise rundete den Geschmack ab.

»Wozu?«, fragte sie freundlich und in der Hoffnung, dass Harry ihre Unaufmerksamkeit nicht bemerkt hatte. Das war wirklich unhöflich von ihr.

»Dass diese Biker sich aus den Ortschaften fernhalten sollten. Die Maschinen sind doch alle aufgemotzt und unnötig laut.« Harry spießte eine Garnele auf, die er genüsslich in die dazugehörige Soße tunkte. »Das sind lauter Testosteron-Junkies, die mit ihrer überschüssigen Kraft nicht wissen, wohin. Die sind doch dauerhaft in der Pubertät stecken geblieben. Allein diese Schlangenhautsitze als Polster und überall Tattoos auf der Haut! Malen kann man besser woanders.« Harrys Ton war bei diesen Worten ungewöhnlich scharf geworden. Bevor er die Garnele in den Mund steckte, sah er Bille jedoch freundlich an und änderte die Stimmlage. »Ich will damit sagen, sie können ja gern ihren Spaß haben, nur wäre es rücksichtsvoller, wenn sie ihre Angebertouren nicht durch solch entzückende Fischerorte wie Hooksiel machen würden.«

Bille nickte. Eigentlich hatte Harry ja recht. Krach machen, blöde Sprüche klopfen und am Gashebel ziehen. Das waren Rocker wie Franz und seine Jungs. Aber das war ihr nun egal: Sie hatte Harry!

Sie aßen in Ruhe zu Ende und plauderten dabei über Bücher, die sich im Moment auf den Bestsellerlisten befanden. Harry war offenbar sehr belesen, was Bille begeisterte. Um kurz nach neun machten sie sich auf den Weg zurück zum Campingplatz.

Justus war es schlecht. Er hatte etwas gegessen, was ihm absolut nicht bekommen war. Er hätte diese Dose Ravioli doch gestern nicht angebrochen im Zelt stehen lassen und den Rest heute Morgen zum Frühstück kalt essen sollen. Ein Kühlschrank hätte vermutlich verhindert, was nun geschehen war, wo aber zum Teufel sollte man in einem Wurfzelt auch noch einen Kühlschrank unterbringen? Die Nachbarn nutzten Kühlboxen, teilweise mit Strom, nur besaß er als Nichtcamper so ein Ding? Nein, natürlich nicht. Justus griff nach der bereitgelegten Tüte, er schaffte den Weg zum Toilettenhaus nicht.

Verdammt, warum hatte ihm sein Boss nicht ein paar Spesen genehmigt, so dass wenigstens ein täglicher Besuch in einer Pommesbude drin gewesen wäre! Stattdessen kaute er auf ekelhaften Ravioli herum. Er hasste diesen Dosenfraß, vermutlich gaben sich die Hersteller selbst beim Hunde- und Katzenfutter erheblich mehr Mühe mit der Zubereitung. Er war echt eine arme Sau.

Scheiß Auftrag! Er sollte mal wieder einen Bruch machen, dann konnte er die geklauten Sachen selbst verticken und war nicht von solchen Arschlöchern wie seinem feinen Chef abhängig. Genau, das war sein Ziel: Unabhängigkeit. Freiheit! Er würgte erneut. Das hier war eine waschechte Lebensmittelvergiftung, und eigentlich gehörte er zum Arzt, wenn nicht gleich in die Klinik!

Justus legte die Tüte beiseite. Sein Bauch war leer, da kam nach all den Stunden Übelkeit nichts mehr. Mittlerweile plagte ihn schrecklicher Durst. Zum Glück hatte er zwei Flaschen Wasser. Als er danach griff, wurde ihm klar, dass er die bereits geleert hatte. Er warf sie gegen die Zeltwand. Nun, dann würde er halt verdursten. »Toter junger Mann in Hooksiel gefunden. Identität unklar. Besondere Kennzeichen: Drachenkopf-Tattoo am rechten Oberarm. Er lag völlig vertrocknet in einem grünen Wurfzelt am Rande einer Campinganlage. Seinen Mitcampern ist die Tragödie verborgen geblieben, sie waren mit kleinen Eimern und Schaufeln am Strand und genossen ihren Urlaub. Die Polizei wird Fragen stellen …«

Ach, zum Teufel mit der Polizei. Es war besser, wenn sie auch nach seinem Dahinscheiden nicht auftauchte. Justus würgte erneut, sehnte sich nach einer Mama, seine eigene hätte er zwar lieber nicht hier gehabt, aber eine wie die aus der Werbung war echt nicht verkehrt. Verdammt, keiner kümmerte sich um einen armen Tropf wie ihn!

»Kann ich dir irgendwie helfen?« Ein Kerl schaute ins

Zelt und wirkte entsetzt, als er Justus auf der Luftmatratze liegen sah. Der Kerl glich dem Weihnachtsmann. Justus glaubte, Wahnvorstellungen zu haben. Es war Sommer, da weilte der rotbemützte Typ doch am Nordpol oder in Finnland. Aber ganz sicher nicht in Hooksiel. Obwohl – es gab in Hooksiel dieses Weihnachtshaus, und wer sagte denn, dass ein Weihnachtsmann nicht auch mal Strandurlaub machte?

»Hey, junger Mann. Dir geht es echt scheiße!«

»Wasser«, keuchte Justus. »Ich hab solchen Durst, Mann!«

Der Typ verschwand und kam kurze Zeit später mit drei Literflaschen Wasser zurück. Er kramte in seiner Jeans und warf Justus zwei Tabletten hin. »Ist gegen Übelkeit. Es sei denn, du hast gesoffen, dann helfen die auch nichts.« Er kraulte seinen meterlangen Bart. »Bin Doc Gringo, wenn du was willst. Weißt ja, dass wir da drüben kampieren!« Er deutete mit dem Kopf auf die Bierzeltgarnituren, die sich langsam mit weiteren seltsamen Gestalten füllten. Die meisten trugen Sonnenbrillen, etliche hatten ihren Kopf mit einer Art Piratentuch umhüllt. Ihre Oberarme waren eine einzige Bilderlandschaft. Einer von ihnen trug ein albernes gelbes Käppi zu einer ebenso albernen schwarzen Jacke mit gelben Streifen. Er glich farblich dem Willy von Biene Maja. Ein anderer hatte eine Jeans und ein Holzfällerhemd an. Alles in allem eine verwegene Truppe, um die Justus in Oberhausen ganz bestimmt einen großen Bogen gemacht hätte. Aber sie hatten bemerkt, wie dreckig es ihm ging, und kümmerten sich zumindest um ihn.

Im Gegensatz zu der Familie nebenan, deren einziger Kommentar gewesen war: »Kinders, bleibt von dem Kerl wech. Nich, datta euch noch anstecken tut! Kotz mich nich im Nacken, mein Freund!« Die kamen aus seiner Heimat, zweifelsohne. Gerade da hätte er sich etwas mehr Solidarität gewünscht. Justus hatte einen Blick auf das Nummernschild erhascht: Bochum. Nicht Oberhausen. Die Bochumer Keimfrei-Mutter hatte ihn nach ihrer Ansage keines Blickes gewürdigt, der Vater ihm lediglich ein verächtliches Schnauben gegönnt. Die Rocker aber, die kamen zu ihm. Soeben schlenderte ein weiterer breitbeinig auf Justus' grünes Wurfzelt zu. In der einen Hand hielt er eine Flasche Cola, in der anderen ein Paket Salzstangen. Der Mann sah ein wenig manierlicher aus, auf seinem Arm prangte ein Indianerkopf, ansonsten zeigte er erstaunlich viel blanke Haut und Muskeln.

»Der ist krank, Doc Gringo, oder? Kein Kater.«

Der Angesprochene deutete auf die umgeworfene Dose Ravioli. »Schlechter Fraß. Da lob ich mir unsere Bratwurst mit Krautsalat. Wenn du wieder fit bist, kommst du mal rüber und isst etwas Anständiges«, schlug er vor.

Justus wurde allein bei der Vorstellung übel. Von einer Bratwurst war er noch etliche Magenkrämpfe weit entfernt.

Der andere Rocker – Justus glaubte, dass ihn mal jemand Franz gerufen hatte – reichte ihm die Cola und die Salzstangen. »Gibt ja welche, die behaupten, das sei unwirksam, aber ich finde, es wirkt besser als nix.«

Justus griff wie ein Ertrinkender danach. »Danke«, quetschte er hervor. Ein dritter Mann, es war der mit dem Käppi, kommentierte die Aktion mit den Worten: »Auf RTL hab ich mal gesehen, dass es wie Placebo wirkt.« Ein vierter nahm Justus das letzte Sonnenlicht, und nun wurde ihm doch etwas bange. Alle vier standen breitbeinig und mit vor der Brust verschränkten Armen vor seinem Zelt und beobachteten, was er mit den dargebotenen Gaben anstellte. Justus befand, dass es wohl besser war, zumindest an der Cola zu nippen und dabei die Pillen einzuwerfen, um die Gruppe gnädig zu stimmen. Doch bevor er dazu kam, sprach ihn Doc Gringo erneut an.

»Wenn du noch was brauchst, gib Laut. Wir sind heute Abend auf dem Platz. Notfalls kommt der Doc.« Er zeigt auf sich, aber Justus wusste nicht, was er davon halten sollte. Die vier drehten ganz unspektakulär ab und diskutierten lautstark über den Sinn oder Unsinn, bei Magen-Darm-Erkrankungen zu Cola mit Salzstangen zu greifen. Eindeutig besprachen sie nicht, was sie mit Justus tun würden, wenn er ihr Angebot nicht entsprechend würdigte. Nein, sie benahmen sich wie normale Leute!

Justus schlürfte die Cola, knabberte an ein paar Salzstangen, und es ging ihm tatsächlich nach einiger Zeit etwas besser. Also konnte er mal kurz seine Lage analysieren. Er war eigentlich schon verdammt weit gekommen ...

Immerhin hatte er die Alte mit ihrer neuen Frisur enttarnt, was eine Glanzleistung war, denn sie sah wirklich stark verändert aus. Hätte ihn dieser Schönling nicht aufgehalten, wäre seine Mission vielleicht schon lange zu Ende gewesen. Der Mann schmachtete die Alte ja förmlich an. Als er, Justus, vorhin zum Toilettenhaus gestürzt war, hatte er die beide zusammen gesehen, total aufgedonnert. Der Mann war ein typischer Baggertyp, der seine Finger sicher von keiner Frau lassen konnte. Entweder war er ein Heiratsschwindler, oder er musste sich bei allen Weibern der Welt beweisen. War er Ersteres, vertat er seine Zeit. Bei der Omi war nichts zu holen, denn die konnte offenbar nicht einmal die 2000 Flocken für die blöden Decken zusammenkratzen, sonst hätte sie gezahlt und wäre nicht Richtung Nordseeküste abgehauen.

Ach, das alles konnte ihm auch egal sein. Er musste zunächst diese Kotzerei hinter sich bringen. In seinem Bauch rumorte es erneut. Er würde der Truppe da drüben morgen Stoff für ihre Cola-Salzstangen-Statistik liefern. Und dann war es an der Zeit, diese dämliche Aktion hier abzubrechen. Es reichte, die Alte zu Hause wieder unter Druck zu setzen.

Justus sprang auf und rannte zum Waschhaus. Das lief alles überhaupt nicht so, wie er sich das vorgestellt hatte.

Mittlerweile schien es, als habe er das Schlimmste hinter sich, seine Gedärme schienen sich ein wenig beruhigt zu haben. Er schlich aus dem Häuschen und stieß draußen mit Doc Gringo zusammen, der ihn besorgt musterte. »Gut geht es dir noch nicht, oder?«

Justus fühlte seine Hand auf der Schulter. »Geht schon. Ich leg mich wieder hin. Die Tabletten wirken bestimmt bald.«

»Mach das! Wenn es morgen nicht besser ist, sag Bescheid!« Doc Gringo nickte ihm kurz zu und verschwand im Häuschen.

Franz hatte schlechte Laune, als sie von dem kranken Typen zurückkamen. Sie waren den ganzen Tag mit den Motorrädern unterwegs gewesen und bis Emden gefahren. Zwischendurch hatten sie am schiefsten Turm der Welt in Suurhusen haltgemacht. Da rühmten sich die Italiener mit ihrem Turm in Pisa, und im tiefsten Ostfriesland versteckte sich einer, der wirklich aussah, als falle er gleich um.

In Emden hatten sie sich Dat Otto-Huus angesehen, als Otto-Waalkes-Fans ein Muss. Von dort aus waren sie nach Pilsum gefahren und zum Otto-Leuchtturm gepilgert, der Schauplatz für den Otto-Film. Aber wie klein der Turm in Wirklichkeit war! Gegessen hatten sie im malerischen Hafenort Greetsiel.

Franz hatte dennoch nicht abschalten können, weil er ständig an Bille denken musste. Warum beschäftigte sie ihn so sehr? Er liebte die Freiheit, und Bille wollte ihn schließlich gar nicht!

Er warf noch einmal einen Blick zum Zelt des jungen Mannes, der wirkte, als tanze er dem Tod auf der Spatenspitze herum. Doc Gringo sah das recht entspannt, sagte, es sei lediglich ein übler Magen-Darm-Infekt. Franz wunderte das nicht, wenn er an das Chaos und den Dreck rings um das Zelt des Mannes dachte. Und mittendrin die Lebensmittel! Bald würde der Platzwart ihn zurechtweisen, denn so etwas war auch für die umliegenden Zelter eine Zumutung.

Die Nachbarin aus Bochum, die ständig mit einem Putztuch durch die Gegend lief, hatte sich schon lautstark beschwert. »Wat is dat denn für 'ne Sauerei? Dat sieht ja hier aus wie bei Hempels untern Sofa. Widderlich!«

Wahrscheinlich war es nur eine Frage der Zeit, bis sie petzen ging. Überhaupt wirkte der Platz der Saubermann-Familie mittlerweile wie eine Festung. Sie hatten sämtliche Bodyboards und Surfbretter an der Parzellengrenze entlang aufgestellt, so dass keiner mehr den Weg abkürzen und auch nur einen Fuß auf ihr Zeltterritorium setzen konnte. Da, wo es möglich war, hatten sie Wäscheleinen gespannt. »Et läuft keina übba unsa Grundstück!«

Immer wieder warf die Frau abschätzige Blicke zu den Harley-Fahrern, doch da wagte sie den Frontalangriff offenbar nicht, verzog nur säuerlich ihren rotgeschminkten Mund, fegte demonstrativ den Campingfußboden und murmelte dabei Dinge wie: »Et is mirn Rätsel, wie man dat hier sauba haltn soll. Gibbet doch gar nich! Mit sonne Pest nebenan. Wenn der uns die Viecher rübberschiebt, dann gibbet Ärger. So wat von …«

Im Moment fixierte sie auch mal wieder die Müllhalde rings um das grüne Wurfzelt, aus dem nun lautes Schnarchen drang. Dem Jungen schien es besserzugehen. Franz schaute sich um. Seine Kumpels und er sahen vielleicht ein bisschen anders aus als die normalen deutschen Camper, aber bei ihnen war es zumindest sauber. Sie ließen nichts herumliegen, das widersprach ihrer Ehre. Außerdem würden sie vermutlich sofort vom Platz fliegen, Außenstehende suchten ja nur nach Gründen, ihnen in den Rücken zu fallen. Er schnaubte. Nein, auf ihrem Zeltplatz fand sich nicht einmal eine Zigarettenkippe, bei der Tante aus Bochum aber lugte eine dreckige Windel aus dem Müllsack, sie sollte sich mal nicht so haben! Bille hingegen … Sie kam auch aus dem Ruhrpott, aber sie war anders. Wirkte so klug, so feinsinnig!

»Franz, deine Wurst ist fertig!«, ertönte Mikes Stimme. Ach, was sollte es, er hatte seine Jungs und würde keiner Frau nachheulen, die definitiv nichts von ihm wollte. Das hatte er echt nicht nötig!

Er begab sich zu seinen Kumpels, die ihre Pappteller schon mit Bratwürsten, Ketchup und Fertigsalaten gefüllt hatten. Es roch wirklich lecker, Franz hatte, seitdem sie in Greetsiel eingekehrt waren, nichts mehr gegessen. Er biss in die Wurst, und im selben Moment überfiel ihn der Gedanke, was Bille wohl in Hooksiel mit diesem Schönling gegessen hatte. Der Typ war kein Bratwurststand-Besucher. Der war mit ihr garantiert in ein piekfeines Restaurant gegangen, um sich bei ihr einzuschleimen. Ja, der Typ würde alles geben, um bei Bille Eindruck zu schinden. Das hatte er, Franz Richter, nicht nötig. Überhaupt nicht!

Wie ein liebestoller Kater war er dennoch nach der Motorradtour noch an ihrer Parzelle vorbeispaziert, in der Hoffnung, Bille zu begegnen. Doch er hatte sie nicht vor dem Wohnwagen angetroffen. Alles war zugesperrt gewesen, die Handtücher akkurat auf die Leine gehängt und die Flip-Flops senkrecht vor der Tür abgestellt. Wie abgesprochen, war eines der Mädchen, die er nicht auseinanderhalten konnte, aufgetaucht und hatte quer über den Platz gerufen, dass Oma Bille und Harry schon ganz schön lange in Hooksiel zum Essen waren.

Franz hatte seine Electra Glide erneut geschnappt und war nach Hooksiel gedonnert. Ihm waren noch ein paar andere Motorradfahrer begegnet, und so hatten sie am Hafen mal so richtig aufgedreht. Danach war Franz auf der Ortsumgehung zurück zum Platz gefahren und hatte sich geschämt. Obwohl Bille an der Seite dieses Gockels vermutlich nicht einmal mitbekommen hatte, dass er einer der Krachmacher war. Mit ihm, Franz, wäre sie bestimmt niemals zum Essen ausgegangen. Mit ihm fuhr sie ja nicht einmal Harley. Er ließ sich auf die Bierzeltbank fallen. Die Bierkiste war bereits leer, sie hatten es versäumt, für Nachschub zu sorgen, und das Versorgungsfahrzeug kam erst morgen. Natürlich konnte er in die Camperklause gehen und sich dort volllaufen lassen, alles vergessen. Er zerfloss gerade vor Selbstmitleid.

Doch dann fiel ihm ein, dass er in seinem Topcase noch eine Flasche Flens versteckt hatte. Für harte Zeiten. Er beschied, dass genau die heute angebrochen waren und er seine eiserne Reserve knacken durfte. Es ploppte, als er den Deckel abdrückte. Mittlerweile dämmerte es, die Temperaturen wurden merklich angenehmer. Zeit zu entspannen.

Doc Gringo ließ sich neben ihn fallen. »Du siehst aus, als wäre was so richtig scheiße!«, sagte er. Trotz seiner Bildung zog er hin und wieder die Fäkalsprache vor, warum auch immer. In der rechten Hand hielt er ebenfalls ein Flens. Jeder hatte offenbar seine Vorräte für magere Zeiten. Die Flaschen klackten aneinander.

»Ja, alles Mist.«

»Die Alte mit dem Rock?«

Franz hatte schon zwei Bier zu viel getrunken. Er nickte. »Ist mit einem anderen auf Tour.«

»Hm.« Doc Gringo verstand ihn. Ohne viele Worte. So waren sie, die Jungs. Beide schlürften ihr Bier.

»Magst du sie echt?«

»Hm.«

»Ist aber alt. *Old school*, oder so.«

»Hm.«

»Bist du nur sauer, weil sie mit einem anderen weg ist?« Treffer, versenkt.

»Hm.«

»Kannst andere haben.«

»Hm.«

»Hm. Noch ein Bier?«

»Hm.«

Es klackte. Doc Gringo hatte ein paar mehr eiserne Vorräte.

Sie tranken schweigend.

»Sie ist alt, Franz!«

»Hm.«

»Geht's jetzt besser?«

Franz trank den Rest der Flasche leer. »Hm.«

»Gutes Gespräch, Alter!« Doc Gringo schlug ihm auf die Schulter.

»Hm.« Franz stierte weiter vor sich hin. Wer sollte sein Problem auch verstehen? Er verstand es ja selbst nicht. Konnte es nicht erklären. Franz stellte die Flasche ins Gras. Rings um ihn herum machten die Jungs Party. Nicht mehr lange, und es galt Nachtruhe auf dem Platz. Aber diese letzten Minuten kosteten alle noch voll aus. Nur er nicht. Er machte sich Gedanken über einen Lackaffen mit Einstecktuch. Einen Typen, der bei der Hitze einen *Anzug* trug! Ging es noch? Bestimmt badete er in seinem »Herrenduft«, aber zumindest im Rasierwasser. Und Kohle hatte der Lümmel mit Sicherheit auch genug, so wie der sich gebärdete. Golduhr, Kettchen. Ach, zum Henker, warum interessierte es ihn überhaupt, was dieser Typ tat oder nicht? Bille passte sowieso nicht zu ihm, da hatte Mike doch recht. ErTeEls Worte während der Motorradtour waren ebenfalls eindeutig gewesen. »Wenn du in einem kleinen Einfamilienhaus hocken und dort zählen willst, wie viel Millimeter die Radieschenblätter gewachsen sind, Franz, dann lauf hinter der Oma her. Tu dir keinen Zwang an und stürz dich ins Unglück! Aber verkauf vorher deine Maschine. Ich will dich nicht bis zu meinem Haus schluchzen hören, weil du sie nur noch in der Garage polieren darfst. Die ist echt keine Motorradbraut. Die ist *alt!*«

Mittlerweile prangte der Mond am friesischen Himmel. Grillen zirpten, ein Flugzeug flog blinkend über ihn hinweg. Richtung London? Franz hatte keine Ahnung, welche Flugroute über Friesland ging. Er stand auf und begann zu der Musik von The Boss Hoss zu tanzen. »Joline, Joline, Joline ...« Er hob die Arme und wackelte mit den Hüften. Er war zwar ein alter Sack, aber nur dem Geburtsjahr nach, nicht mit seinem Geist, nicht mit seinem Körper. Die Jungs schlossen sich ihm an. Endlich war alles wieder beim Alten. Sie hatten Spaß, und was für einen! Franz lachte laut auf, als er leicht stolperte. Er fing sich und hob den Blick.

Was er da sah, erschien ihm wie eine Fata Morgana: Dieser Harry spazierte auf dem Nebenweg, und er hatte eine kurzhaarige Frau im Arm. Dieser Windhund. Er verarschte Bille, turtelte da schon wieder mit einer anderen!

Franz hielt mit dem Tanzen inne und hechtete Harry hinterher. Den würde er sich kaufen! Er packte ihn von hinten und drehte ihn ruckartig zu sich herum. Die Frau neben ihm war sehr erschrocken. Er wollte gar nicht wissen, wer das war, aber dann schaute er ... in Billes Augen.

9. Kapitel

»Wer war denn das? Einer dieser Rocker, die uns in Angst und Schrecken versetzen wollen?«, fragte Harry, nachdem Franz sich schnellstens wieder davongemacht hatte. Kein Wort hatte er zu Bille gesagt, kein Wort zu Harry. Nur dieser fassungslose Blick.

»Das war Franz. Einer der Harley-Fahrer!« Bille versuchte, mit ihren Augen die stärker werdende Dunkelheit zu durchdringen. Sie konnte sich auf die Reaktion keinen Reim machen.

»Du kennst *solche* Typen?« Der Abscheu war Harry anzumerken.

Bille war es peinlich, dass sie so rasch geantwortet hatte und dadurch deutlich wurde, dass Franz ihr tatsächlich nicht unbekannt war – wie sie es im Augenblick lieber gehabt hätte. Sein lächerliches Angebot, sie auf seiner Electra Glide mitzunehmen, um ihr einen Moment später mit dem albernen Gesang deutlich zu machen, wie wenig ernst es ihm damit gewesen war. Sein Bieratem und diese ungehobelten Freunde. Bille verzog den Mund. Sie wäre sowieso nie auf der Harley mitgefahren. Sie doch nicht!

»Ich kenne ihn nicht näher. Dieser Mann hat mich nur mal angesprochen.« Bille lächelte Harry zu, der beruhigt den Arm um sie legte, was sie stillschweigend duldete.

»Nicht, dass du auf Abwege kommst«, raunte er ihr zu. »Was wollte er denn von dir?« Harrys Stimme hatte etwas Lauerndes.

»Ach nichts, eine belanglose Frage. Genau weiß ich es schon gar nicht mehr.«

Bille, warum bist nicht ehrlich?, dachte sie. Es war ihr wichtig, es sich mit Harry nicht zu verderben. Zum ersten Mal seit Karls Tod fühlte sie sich beschützt!

Harry drückte sie wieder an sich und streifte mit seinen Lippen ihr Haar. »Das pikt jetzt so schön«, raunte er. Harry erinnerte Bille an einen schnurrenden Kater. Sie mochte das, auch ohne Katzenfan zu sein.

»Hör zu, Bille. Ich werde dich von nun an vor allen Männern dieser Welt, die dir etwas Böses wollen, beschützen. Sei es vor Rockern oder sonst wem. Die sollen nur kommen! Ich bin von nun an für dich da. Immer!«

Ach, klang das gut. Das hatte schon lange niemand mehr zu ihr gesagt. Dankbar sah Bille Harry an und drückte seinen Arm. »Wollen wir noch zum Strand gehen?«

Harry antwortete nicht, sondern führte sie zum Weg am Deich, von wo aus sie die Nordsee erreichen konnten. Er war ein Mann der Taten, redete nicht lange um den heißen Brei herum, wusste, was sie sich wünschte. Bille war auf dem besten Weg, sich Hals über Kopf zu verlieben – und das in ihrem Alter!

Heute verspürte sie nicht den Wunsch, ihre Schuhe und Strümpfe auszuziehen, das wäre ihr in Harrys Beisein unangenehm gewesen. Obwohl das Laufen dadurch erheblich leichter gewesen wäre, denn der Sand suchte sich blitzschnell seinen Weg in die Schuhe. Dennoch wollte Bille neben Harry stilvoll bleiben. Sie glaubte nicht, dass er es schätzte, wenn sie mit nackten Beinen herumlief. Für Franz hingegen war es völlig normal gewesen. Der Mann war, was Stil anging, eine Nullnummer.

Bille griff nach Harrys Hand, die in Form und Größe der von Karl glich. Mit ihm war sie immerhin viele Jahrzehnte sehr glücklich gewesen. Es war tatsächlich mühsam, in Schuhen durch den Sand zu stapfen, aber Harry beklagte sich schließlich auch nicht, sondern stapfte unermüdlich voran.

Jetzt wusste Bille, was sie an ihm mochte: Er erinnerte sie an einen vornehmen englischen Adligen. Ein Mann, der nie die Beherrschung verlor, der genau wie der Leiter dieses Streichorchesters auf der Titanic den Kopf oben halten und freundlich »Habe die Ehre« sagen würde, bevor er dahinschied. Egal unter welchen Umständen. Nach einem solchen Mann suchte doch jede Frau! Trotzdem wollte Bille vorsichtig sein.

Schließlich erreichten sie den Wattsaum. »Es ist auflaufendes Wasser«, raunte Harry. Bille liebte diesen dunklen Ton, das versprach Wärme, das versprach Geborgenheit. Herrje, ihre Gedanken raunten ja auch schon und klangen vom Tonfall her wie diese Sprecher auf dem Kirmesplatz: »Zugreifen, meine Damen und Herren! Jedes Los ein Gewinn! Greifen Sie zu!«

Bille legte ihren Kopf an Harrys Schulter. Die See schob sich Zentimeter für Zentimeter übers Watt, das seinen unvergleichlichen Duft verströmte. Hin und wieder gluckste es leise. Die Lichter von Horumersiel glänzten am Horizont, erneut glitt ein beleuchteter Frachter über die Nordsee und verschwand im Nirgendwo.

Bille bückte sich und griff in den Sand. Ließ die Körner durch ihre Finger rieseln und schloss die Augen. Angesichts der friedlichen Stimmung konnte sie aber nicht verhindern, dass ihr plötzlich Tränen über die Wangen rannen. Sie schlüpften einfach unter ihren Lidern hindurch und verteilten sich über ihr Gesicht.

»Findest du es so schön mit mir?« Harry wischte mit der Außenkante des Zeigefingers über ihre Wange, ließ sie mit der anderen Hand aber nicht los. Bille hätte nie geglaubt, dass ihr so etwas noch einmal passieren würde.

»Und?«, hakte Harry nach, weil sie nicht antwortete.

Sie nickte. Sie verschwieg ihm besser, warum sie in Wahrheit weinte. Es war ein zu schöner Abend, den sie nicht gefährden wollte. Sie bemerkte, dass ihr Rock hochgerutscht war, und zog ihn züchtig übers Knie.

»Oma Bille ist mit diesem Harry an den Strand gegangen«, sagte Laura. »Ob sie sich in ihn verliebt hat?«

»So schnell geht das in der Generation nicht mehr«, meinte Annemie. »Da macht man sich erst den Hof.«

»Was ist das denn für ein Spruch? Den Hof machen!« Laura schüttelte den Kopf.

»Sagt man bei den alten Leuten so. Die daten eben nicht oder parshippen oder sonst was. Die Männer machen den Frauen den Hof!«, verteidigte Annemie sich. »Also, da wird lange geredet, Wein getrunken und wieder geredet. Küsschen rechts auf die Wange und links. Ein bisschen Händchenhalten und …«

»Das war's dann, nicht wahr?« Laura wollte das Szenario nicht zu Ende denken. Alte Leute mussten sich mit dem Gesagten begnügen! Eine knutschende Oma war für sie unvorstellbar. »Du guckst zu viele Gruftie-Filme«, wehrte sie weitere Erklärungen ihrer Schwester ab.

»Du willst Oma Bille doch nicht ernsthaft als Gruftie bezeichnen? Als alte Frau, die nichts checkt?«

»Mann, du bist immer so kompliziert«, echauffierte Laura sich. »Wie können wir Zwillinge sein, wenn wir so verschieden sind?«

»Na, zumindest scheint sie kein zweites Mal auf Diebestour gegangen zu sein«, mischte Felix sich ein und unterbrach damit den sich anbahnenden Streit, der seine Ruhe unnötig unterbrochen hätte. »Es ist nichts mehr bekannt geworden wegen weiterer Einbrüche und so. Wenn sie das bei Salome überhaupt war. Ich glaub ja nicht dran.« Er blickte seine Schwestern mit gerunzelter Stirn an. »Lasst uns hier die Biege machen, falls Oma Bille oder Mama und Papa doch schneller zurückkommen als erwartet. Es ist nach wie vor besser, wir binden unseren Eltern ein paar Dinge nicht auf die Nase.« Für Felix war dies eine immens lange Ansprache, die Laura mit einem anerkennenden Kopfnicken zur Kenntnis nahm. »Du bist also wieder im Boot?«, fragte sie ihn. »Aber wenn, dann ganz. Halbherzige Aktionen machen wir nicht!«

Felix runzelte die Stirn und nickte dann. Die drei verschwanden in Richtung Spielplatz, wo um diese Zeit nichts mehr los war. Laura und Annemie stürzten sich auf die beiden Schaukeln, während Felix es sich auf der Rutsche bequem machte.

»Leute, wollen wir jetzt Kindergarten spielen oder besprechen, wie wir weiter vorgehen sollen?« Er gab wieder ganz den erwachsenen Mann.

Annemie stoppte die Schaukel sofort. »Was können wir denn tun? Habt ihr 2000 Euro? Ich nicht.«

»Ich denke, das ist erst Schritt zwei«, meinte Felix. Seine Stimmlage war gefühlt im Bass. »Lauras große Befürchtung ist ja zunächst, dass Oma Bille etwas mit dem Diebstahl bei Salome und ihrem Johannes zu tun hat. Wir sollten nicht zu viele Baustellen auf einmal haben. Eins nach dem anderen!«

Annemie holte wieder Schwung. »Stimmt. Aber wie finden wir das heraus? Und ganz ehrlich – ich glaube auch nicht, dass sie den Bruch bei unseren Nachbarn gemacht hat. Wir waren doch gerade erst angekommen! Wann soll sie denn dort eingestiegen sein?« Sie holte tief Luft. »Und überhaupt: Oma Bille ist nie und nimmer eine Diebin!«

»Aber sie ist gleich verschwunden, noch während wir aufgebaut haben. Wir waren die ganze Zeit mit dem Aufbau des Vorzelts und so beschäftigt. Da könnte sie in der Zwischenzeit -«

»Du siehst echt Gespenster, Laura!«, unterbrach Annemie ihre Schwester.

Die schaukelte mittlerweile so hoch, dass die Ketten nachgaben. Es wirkte, als hörte sie ihren beiden Geschwistern gar nicht zu. Aber plötzlich sprang sie ab und landete ein paar Meter von der Schaukel entfernt im Sand. Sie wischte sich die Körner von den nackten Beinen.

»Ich verschwinde mal, bin gleich zurück.«

»Laura muss immer zum Klo, wenn es absolut nicht passt«, tadelte Annemie, hielt aber ihre Schaukel an, hüpfte ebenfalls hinunter und folgte ihr.

»Ich warte auf euch!«, rief Felix ihnen nach und schüttelte den Kopf. Er verstand seine beiden Schwestern nicht. Sie konnten sich zanken wie die Kesselflicker und eine Sekunde später völlig einträchtig der nächsten Beschäftigung nachgehen. Und das, obwohl er so oft geglaubt hatte, sie würden jeden Moment aufeinander losgehen und sich gegenseitig die Augen auskratzen. Das war allerdings noch nie geschehen. Eine Schwester war schon eine Bürde, das wusste er von seinen Kumpels, zwei Schwestern bedeuteten eine Katastrophe. Und wenn es sich dabei auch noch um Zwillinge handelte, glich das einem Weltuntergang! So gesehen hatte er das schwerste Los von allen.

Gerade, als er vor Selbstmitleid vergehen wollte und in den Sand starrte, hörte er Stimmen vom Weg her, und es waren nicht die seiner Schwestern.

»Siri, du hattest den Wohnwagen nicht abgeschlossen, die Tür war offen! Und diese Sonnenmilch! Keiner von uns würde sie mitten in den Gang vor die Tür stellen, wir sind ordentliche Menschen und keine Chaoten!«

»Jonas, nun komm mal runter. Es ist doch egal. Es ist passiert, und deswegen haben wir den Kutterausflug verpasst. Ich möchte nicht mehr darüber reden, der Tag war danach einfach nur noch schlimm und langweilig. Ich hatte mich so auf die Fahrt gefreut!«

»Du verstehst nicht, was ich dir sagen will! Es ist jemand im Wagen gewesen, derjenige hat uns draußen gehört und sich im Bad versteckt, nachdem er zuvor die Sonnenmilchflasche schnell dorthin gestellt hat.«

»Jonas, das klingt ziemlich abgedreht, findest du nicht? Und es ergibt keinen Sinn«, widersprach die Frau, und Felix registrierte wohlwollend, dass sie nicht »Es macht keinen Sinn« gesagt hatte. Solche Formulierungen waren für sein Hirn eine wahre Folter. Er war in der Schule nicht gerade eine Leuchte, aber Deutsch konnte er, und so hatte er es sich angewöhnt, seine gesamte Energie darauf zu konzentrieren, Sätze zu analysieren, sie grammatikalisch zurechtzurücken und, wenn nötig, zu korrigieren.

»Stell dir vor, wenn wirklich jemand bei uns eingestiegen ist! Und wir zerfleischen uns jetzt mit Vorwürfen, obwohl keiner von uns irgendetwas getan hat.«

»Korrigiere, Jonas: *Du* zerfleischst *mich* mit Vorwürfen, weil du mir schon den ganzen Tag unterstellst, was ich alles nicht oder erst recht getan habe. Ich kann es nicht mehr hören!«

Felix spitzte die Ohren. Das klang ja nach einem sehr erfrischenden Streit mit umgekehrten Rollen. Zu Hause war es immer eher Mama, die Papa sagte, was er verkehrt gemacht hatte.

Die beiden jungen Leute waren unter der Laterne neben dem Spielplatz stehen geblieben. »Siri, genau das versuche ich ja gerade gutzumachen. Du hast gar keine Schuld! *Es war jemand in unserem Caravan!*«

Felix hörte ein Schmatzen. Jetzt war Versöhnung angesagt, Siri knickte offenbar ein. Doch schon kurze Zeit später ließen sie voneinander ab, und der Mann schob seine Frau auf Armlänge von sich weg. Felix konnte ihre Gesichter im Lichtschein gut erkennen. Sie aber entdeckten ihn auf dem dunklen Spielplatz nicht, und er verhielt sich ganz ruhig, denn wenn es stimmte, was dieser Jonas sagte, versprach die Geschichte eine überaus interessante Wendung zu nehmen, die Felix sich nicht entgehen lassen wollte.

»Willst du etwa sagen, dass du glaubst, diese Oma, die

uns das Geld zurückgebracht hat, könnte bei uns eingestiegen sein?«, fragte die Frau.

Der Mann nickte.

»Es war wirklich eigenartig, wie sie mit den zerknitterten Geldscheinen vor uns stand«, gab Siri zu. »Und das, wo dir genau diese Summe fehlte.«

Verdammt, das klingt schrecklich nach Oma Bille, dachte Felix, und der Gedanke gefiel ihm ganz und gar nicht. Im Gegenteil, ihm liefen kalte Schauer über den Rücken. Nur war das Verhalten exakt so, wie er es ihr zutrauen würde. Erst stehlen, danach ein schlechtes Gewissen bekommen und die Beute wieder zurückbringen! Sollte Oma Bille tatsächlich wegen der Rechnung derart auf Abwege gekommen sein und sich dann verzweifelt bemühen, alles wieder in Ordnung zu bringen?

Laura schien wirklich den richtigen Riecher gehabt zu haben. Felix sah dem Pärchen hinterher, das Arm in Arm weiterlief und im Dunkeln verschwand.

Laura und Annemie kamen kurze Zeit später zurück.

»Na, lebst du ohne uns noch?«, frotzelte Laura, sprang sofort auf die Schaukel und holte Schwung.

»Ja, und ich glaube, ich bin in Bezug auf unsere Nachforschungen ein gutes Stück weitergekommen«, sagte Felix. Er freute sich über den überraschten Blick seiner Schwester, die sonst immer alles besser wusste als die anderen. Aber nun war sie doch für einen Moment sprachlos.

»Spuck's aus!«, forderte sie ihn schließlich auf. Sie schaukelte sacht hin und her, während Annemie blass und wie angewurzelt vor ihrem Bruder verharrte.

Felix genoss seinen Auftritt, denn nun war es schwierig,

cool zu bleiben. »Es stimmt nicht. Dass es keinen Vorfall mehr gab, meine ich.«

»Was für einen Vorfall? Noch einen Diebstahl, oder was meinst du?« Laura wollte zwar gleichgültig wirken, aber ihre Stimme klang ein bisschen zu grell.

»Pst, nicht so laut. Es muss ja nicht gleich der ganze Platz mitbekommen, oder?«

Fragend schauten ihn seine Schwestern an. »Wovon redest du denn?«

»Ich saß hier brav auf der Rutsche, als ihr auf dem Klo wart. Auf der Toilette«, verbesserte er sich.

»Na und?« Laura holte Schwung.

Nun wurde auch Annemie ungeduldig. »Nun sag schon, und spann uns nicht derart auf die Folter!«

»Also: Da waren eine junge Frau und ein junger Mann. Sie standen dort.« Felix wies in Richtung der Laterne. »Die haben eine äußerst eigenartige Unterhaltung geführt.«

»Worüber?« Laura sprang von der Schaukel ab und trat auf ihren Bruder zu. »Nun lass dir nicht jedes Wort aus der Nase ziehen! Es ist schon verdammt spät, gleich pfeifen Mama und Papa zum Schlafen, es ist eh ein Wunder, dass wir noch hier sein dürfen.«

»Die sind im Urlaubsmodus«, kicherte Annemie.

Felix berichtete, was er belauscht hatte, und schloss mit den Worten: »Leute, Oma Bille hat ein dickes Problem. Laura hatte recht. In jeder Beziehung!«

»Puh, das ist ein starkes Stück. Dann steckt sie bis zum Hals im Dreck. Sonst würde Oma Bille so etwas nie, wirklich niemals tun!« Laura pustete lautstark die Luft aus.

»Ob sie doch bei Salome eingestiegen ist, wie wir schon

vermutet haben? Das wäre wirklich krass!« Annemie stand noch immer stocksteif vor ihrem Bruder. »Oma Bille ist die Ehrlichkeit in Person, und jetzt soll sie plötzlich eine Diebin sein? Das ist unmöglich!«

»Nun, sie ist es ja nicht ganz«, beruhigte Felix sie. »Immerhin hat sie ja, falls sie tatsächlich in deren Wohnwagen war, das Geld zurückgebracht. Ich weiß allerdings nicht, wie man das im Polizeijargon nennen würde. Vielleicht remittierender Klau?«

»Ist doch völlig egal, wie man das nennt, oder? Du mit deinem oberwichtigen Geschwafel! Sie hat sich komisch benommen, als sie bei dem Pärchen war, hat das Diebesgut zurückgebracht, das spricht alles gegen einen Einbruch bei Salome, denn dort ist der Schmuck nicht wieder aufgetaucht. Also rede nicht immer so geschwollen, nur um uns zu zeigen, wie schlau du bist!«

»Bin halt schlau«, sagte er grinsend. »Darüber könnt ihr nicht hinwegsehen.«

»Jetzt hört auf, ihr beiden, das bringt uns nicht weiter!«, beklagte Annemie sich.

Laura lief derweil mit großen Schritten vor der Rutsche auf und ab. »Aber dass Oma Bille das geklaute Geld zurückgebracht hat, passt zu ihr wie die Faust aufs Auge, von daher könnte an Felix' Theorie tatsächlich etwas dran sein.«

Die drei schwiegen für eine Weile, jeder hing seinen Gedanken nach.

»Wir haben keine Wahl und müssen Oma helfen, die 2000 Euro irgendwie aufzutreiben«, sagte Annemie schließlich. »Jemand muss doch was tun, und wenn nicht wir, wer dann?«

»Es wird Oma Bille aber peinlich sein, dass uns ihre Schieflage bekannt ist«, warnte Felix. »Vor allem, wenn sie weiß, dass wir wissen, *was* sie getan hat!«

»Zu viele ›wissens‹«, kommentierte Laura, froh, ihren Bruder auch mal wegen seines Satzbaus kritisieren zu können.

Felix räusperte sich. Bloß nicht provozieren lassen. Er senkte die Stimmlage. »Wir müssen vorsichtig vorgehen, einen echten Plan haben, sonst bringen wir Oma Bille in Verlegenheit, und das wollen wir schließlich nicht.«

»Ach Manno, sie tut mir so leid.« Annemie standen Tränen in den Augen. »Sie muss sich furchtbar gefühlt haben. Steigt in einen Wohnwagen ein, weil so ein Idiot sie unter Druck setzt, versteckt sich dort, um nicht erwischt zu werden, und dann schämt sie sich so sehr, dass sie das Geld sogar zurückbringt und der ganze Stress umsonst war.«

»Heulen nützt nichts«, sagte Laura. »Aber im Prinzip hast du recht. Nun, ich sage: Geheimoperation. Sonst werden wir scheitern.«

»Annemie, Laura! Felix!«

»Mama ruft«, zischte Laura. »Passt auf. Jeder überlegt in der Nacht, was man tun könnte, und dann treffen wir uns morgen wieder hier und erstellen einen Plan.«

Die drei klatschten sich gegenseitig ab.

»Wir lassen Oma Bille nicht im Stich!« Felix' Stimme war nun tiefster Bass.

10. Kapitel

Bille plante, einen Strandtag einzulegen. Sie hatte in der Nacht schlecht geschlafen. Vor Freude, vor Aufregung und vor Scham. Diese Mischung hatte ihr nicht besonders gutgetan. Harry wusste nichts von ihrem Dilemma, ihren Sorgen und Nöten. Für ein Geständnis war es noch zu früh. Entweder wäre er entsetzt, oder er würde ihr am Ende womöglich anbieten, ihre Schulden zu begleichen. Er war ein Kavalier der alten Schule und schien nicht unvermögend zu sein. Sie wollte von ihm aber kein Geld annehmen, denn sie war immer unabhängig gewesen, und dabei würde es bleiben. Sonst hätte sie schließlich auch Herrn Häwelmann um Hilfe bitten können (Herr Sieberfink war selbst arm wie ein Schlotkehrer), nur wollte Bille das nicht. Wenn sie Geschenke annahm, bedeutete dies, dass sie eine Verpflichtung einging. Herr Häwelmann hätte es missverstehen und es als Zustimmung zu einer Hochzeit interpretieren können. Geldgeschenke waren also ausgeschlossen.

Bille ging zu ihrem Wohnwagen, um die Sachen für den Strand zu packen, bevor sie gemeinsam frühstückten. Den Tisch hatte sie wie immer gedeckt und bereits Brötchen geholt. Für die beiden Mädchen den Kakao angerührt.

Als sie zum Frühstückstisch zurückkam, stand eine kleine Flasche Sekt neben ihrem Teller. Maja hatte sie dorthin gestellt. Doch die Mahlzeit verlief eigenartig. Es fehlte die ungezwungene Stimmung, obwohl Bille und Maja sich den Sekt schon zu Beginn genehmigten.

»Worauf stoßen wir an?«, fragte Maja.

»Trink nicht zu viel, wir wollen doch eine Wattwanderung machen«, sagte Jan, aber Maja winkte ab. »Das Schlückchen, da passiert doch nichts!«

Maja und Jan hatten sich zu einer geführten Wanderung durchs Watt angemeldet. Aber die drei Kinder wirkten, als lauerten sie auf etwas. Sie taxierten Bille, sahen sich immer wieder an und schienen sich mit unsichtbaren Zeichen zu verständigen.

Als ihre Eltern schließlich aufgebrochen waren, hielt Bille es nicht mehr aus. »Sagt mal, Kinder, was ist eigentlich mit euch los? Ihr tut furchtbar geheimnisvoll. Ich komme mir ja regelrecht beobachtet vor! Hab ich was verbrochen?« Bille lachte laut auf und hoffte, dass nicht auffiel, wie schief es klang.

Laura schaute zu Annemie, die wiederum blickte ihren Bruder an. Offensichtlich hatte Bille ins Schwarze getroffen, und das war ihnen unangenehm. Die drei heckten etwas aus, und sie, Bille, hatte damit zu tun. »Nun, raus mit der Sprache, was bedrückt euch?«

»Wir glauben, Oma ... nun, wir glauben, dass du in Schwierigkeiten steckst«, stieß Laura hervor, als sie Billes Blick nicht länger standhalten konnte. »Also, wegen dieser Decken, die bei dir in der Küche lagen und ...«

Bille zuckte zusammen. »Ach, die Decken!« Sie winkte ab. Ihr brach zwar der Schweiß aus, aber es war wohl besser, lässig zu reagieren. Sie wollte nicht, dass die Kinder sich Sorgen machten. Und vor allem wollte sie nicht, dass sie auch nur annähernd ahnten, was sie angestellt hatte.

»Ja, seitdem du die gekauft hast, bist du anders. Und

außerdem hat da dieser Typ vor unserem Haus in Oberhausen herumgelungert«, ergänzte Felix die Befürchtungen seiner Schwester. Nur Annemie schwieg.

»Ach, wie kommt ihr denn auf solche Ideen?« Bille lachte erneut. »Ich habe die Decken gekauft, weil ich sie brauche. Im Winter ist es oft kalt in der Wohnung, da kann ich mich gut in etwas Warmes kuscheln.«

»Ja, aber du hast *zwei* Decken gekauft, und die sind richtig teuer gewesen.« Laura taxierte Bille, und der Blick war ihr unangenehm.

Sie winkte ab. »Ach, das stimmt doch gar nicht, Kinder. Hab ein bisschen gespart und sie mir davon gegönnt. Nun macht euch bitte keine Gedanken. Wir haben schließlich Urlaub!«

»Und der junge Mann?«, hakte Laura nach. Sie wirkte längst nicht mehr so unsicher wie zuvor.

Bille zuckte mit den Schultern. »Ich weiß nicht, was das mit ihm zu tun haben soll. So, Kinder, und nun wechseln wir das Thema!«

»Ja, dann kannst du die 2000 Euro bezahlen, Oma?«, rutschte es Annemie heraus, und kaum hatte sie diese Frage gestellt, legte sie erschrocken die Hand vor den Mund.

Bille wurde blass. »Woher wisst ihr …?« Ihr Blick wanderte zu dem altersschwachen Wohnwagen, dessen Tür wie immer offen stand. »Habt ihr mir nachgeschnüffelt?«

Alle drei schüttelten vehement den Kopf, wurden aber feuerrot. »Wir waren in Sorge, Oma. Und da haben wir zufällig …« Laura druckste herum. »Also, wir haben was gesucht. Einen Hinweis, und dann ist uns diese Rechnung in die Hände gefallen.«

»Zufällig aus meinem Kopfkissenbezug?« Bille runzelte die Stirn.

Wieder nickten alle drei gleichzeitig. Dazu machten sie äußerst betretene Gesichter.

»Ja, wirklich! Laura wollte sich auf deinem Bett ausruhen, und da hat es geknistert und …« Annemie brach ab, ihre Erklärung klang zu fadenscheinig.

Bille überlegte, ob sie den dreien böse sein sollte, aber sie vermochte es nicht. Auch wenn es nicht in Ordnung war, dass die Kinder ihr hinterherschnüffelten, rührte es sie dennoch, immerhin hatten sie es aus Sorge getan. Nun war es wichtig, alles herunterzuspielen. Das Ganze war allein ihr Problem, und sie wollte die Kinder damit nicht belasten, denn sie konnten ohnehin nichts an der Sache ändern. Außerdem war es ihr nicht recht, wenn sie es in der Weltgeschichte herumposaunen würden. Nicht, dass Harry doch noch davon erfuhr! Oder Maja und Jan. Nicht auszudenken, wie sie dann dastehen würde.

»So, nun weiß ich also, dass ihr drei richtige kleine Spione seid. Aber ich sagte es eben schon, genießt besser eure Ferien, das mache ich ja auch. Wie ihr wisst, habe ich mich mit unserem Platznachbarn angefreundet, heute Abend fahren wir nach Horumersiel und werden dort wieder essen gehen, ich genieße seine Gesellschaft sehr. Macht euch um mich bitte keine Sorgen!«

Die drei sahen sich an, nickten einander zu. Laura ergriff als Erste das Wort, wie immer. »Wenn *du* das sagst, Oma Bille. Dann vergessen wir das Ganze!«

Bille blieb aber leider nicht verborgen, dass Laura hinter ihrem Rücken die Finger überkreuzte.

Bille hatte mit diesem Schnösel also einen wundervollen Abend verlebt und sich für ihn auch noch die Haare abschneiden lassen! Franz hieb die Zähne ins Brötchen, aber er kaute nicht mit Genuss. Er schmeckte nicht die Butter, die ErTeEl am Morgen extra von einem Stand auf dem Markt organisiert hatte und die von den glücklichen Kühen Frieslands stammen sollte, die den ganzen Sommer über auf der Weide grasten. Franz war es ziemlich egal, was sie im Bauch hatten, Milch war Milch, und Butter war Butter. ErTeEl hatte auch Honig von einem Imker aus der Region beigesteuert, den er gestern auf der Motorradtour kennengelernt hatte. So langsam kam Franz sich vor wie in einer Ökotruppe. ErTeEl hatte sich auf dem Handy eine Soap reingezogen, vermutlich wurde da das ökologisch einwandfreie Leben propagiert.

Er wunderte sich nur, dass keiner der Jungs moserte. Früher hatte es keinen gestört, wenn die Butter von Aldi, die Pizza aus der Netto-Tiefkühltruhe und die Marmelade aus dem Laden mit Versicherungsschäden kam. Es hatte niemand danach gefragt, Hauptsache war, jeder wurde satt. Und plötzlich standen von einem Tag auf den anderen ausschließlich regionale und ökologische Produkte – wie das schon klang – auf den Bierzelttischen. Wir, die Ökobiker, oder was sollte das werden? Fehlte nur noch, dass sie ab morgen selbst in die Nordsee abtauchten, um auf Fischfang zu gehen, damit man die ökologisch bedenkliche Überfischung auf dem Bierzelttisch der Rocker ausschloss. Mann, das alles waren Themen für Greenpeace-Aktivisten, für Ökos, die sich in jedem zweiten Satz um das Wohlergehen der anderen sorgten, indem sie ständig nachhakten, ob dieses oder jenes auch okay für den anderen sei. Aber doch nicht für sie hier!

Mit ein wenig Glück würde das nur bis zum Ende der Soap-Serie dauern, dann war der kulinarische Ausflug ins Reich der Körnerfresser vorbei. ErTeEl war so, aber der Rest hatte doch Grips im Schädel! Es war wirklich komisch, dass keiner aus der Gruppe gegen den Ökowahnsinn rebellierte, es fiel nicht einmal ein dummer Spruch! Locker sein, Witze reißen, das war einer der Gründe, warum ihre Touren seit jeher ein unvergessliches Erlebnis waren. Fettes Grillfleisch und dicke Bratwürste, dazu ordentlich Ketchup. Wenn Zeit war, Kraut- und Kartoffelsalat aus der Plastikdose. Gern eine Flasche Osborne, Bier und Musik von AC/DC oder The BossHoss. Aber doch nicht dieser gequirlte Softiemix! Das hielt ja kein normaler Mann aus!

Warteten die Jungs darauf, dass er, Franz, dem Spuk ein Ende bereitete, so wie er es auch in der Vergangenheit getan hatte, wenn etwas aus dem Ruder lief? War das alles nur eine Provokation, um ihn endlich aus der Reserve zu locken, weil er sich rund um die Uhr nur Gedanken darüber machte, wie er eine Oma auf seinen Harley-Sitz bekam? Wollten sie ihm die Absurdität dieses Unterfangens deutlich machen?

Franz winkte innerlich ab. Ach was, dazu war vor allem ErTeEl viel zu einfach gestrickt. So weit dachte der gar nicht. Sollten sie doch auf ihrem Ökotrip reiten – solange er, Franz, seine saftige Bratwurst vertilgen konnte, war alles okay.

Es wurde Zeit, dass sie weiterreisten. Zu lange auf einem Campingplatz zu verweilen war ein Fehler. Die friesische

Luft schien niemandem ernsthaft gutzutun. Dieses ewige »Moin« Tag und Nacht wirkte offenbar wie ein Zauberwort, das sie lähmte und ihre DNA umstrickte. Sie waren Rocker, ganze Kerle und keine Weicheier. Also, weg von dem Öko- und Bille-Schlamassel.

Heute Mittag würde er im Imbiss feine Schweinshaxen bestellen. Anschließend wollte Franz den nächsten Discounter stürmen und in rauhen Mengen Bratwurst in Plastikverpackung nebst Krautsalat einkaufen. Und er freute sich schon jetzt auf ein Maxi-Burger-Menü mit einem halben Liter Cola und Pommes.

Franz grunzte. Es war wirklich an der Zeit, die Sache wieder in die Hand zu nehmen. Was hatte ihn eigentlich geritten, die Oma überhaupt anzusprechen? Sie war dort drüben vorbeigelaufen ... Franz sah sie noch genau vor sich. Schmal, mit diesem schrecklichen Rock, der Rüschenbluse und der altmodischen Dauerwelle. Sie war auf dem Weg stehen geblieben, hatte die Maschinen angesehen, und dann ... dann waren sich ihre Blicke begegnet. Sie hatte blaue Augen, die so sehr strahlten, dass er alles andere ringsherum vergessen hatte. Und inzwischen sah sie auch noch völlig verändert aus. Positiv verändert. Einfach toll. Hallo? War er zum Romantiker mutiert? Verzaubert von den Augen einer über 70-Jährigen? Er stand ErTeEl, was die Blödheit anging, wahrhaftig in nichts nach. Aber damit war nun Schluss!

Er stand auf, klopfte an den Becher, bis ihn alle ansahen. »Jungs, ich glaube, wir sollten ...« In dem Augenblick sah Franz, dass Bille an der Zeltwiese vorbeilief. In der Hand trug sie eine Basttasche, auf ihrem Kopf thronte ein überdimensionaler Sonnenhut, und sie hatte eines nicht an: einen Flanellrock. Stattdessen steckten ihre schlanken Beine in einer knielangen Hose, und ihren Körper umschmeichelte ein sonnengelbes Shirt.

»Was ist, Franz? Was sollten wir?« ErTeEl hob erstaunt den Kopf, er schwelgte gerade im Genuss des regionalen Honigs, der ihm das Hirn verklebt hatte.

»Ach nichts. Wir sprechen später darüber.« Franz stopfte die Brötchenhälfte in den Mund, goss den Kaffee hinterher und spurtete los.

»Glaubt ihr Oma Bille, dass das alles harmlos ist?«, fragte Laura, nachdem Bille sich an den Strand verkrümelt hatte.

»Na ja, richtig unglücklich wirkt sie mit ihren neuen Klamotten und der schicken Frisur nicht«, gab Annemie zu bedenken. »Es kann doch sein, dass diese Leute von einer anderen Oma gesprochen haben.«

»Trotzdem«, beharrte Laura. »Sie war so aufgesetzt fröhlich. Oma Bille hat was zu verbergen, und ich bin fest davon überzeugt, dass sie es war, die in den Wohnwagen der jungen Leute eingestiegen ist. Es passt alles zusammen.«

Annemie schwieg. Es war deutlich, dass sie auf keinen Fall daran glauben wollte, dass Oma Bille fremde Menschen bestahl. Oder es zumindest versuchte. »Und nun?«, fragte sie.

Felix sprang so hastig auf, dass der Tisch bedenklich wackelte.

Lauras Mund klappte auf und zu. Hektische Bewegungen passten absolut nicht zum derzeitigen Seelenzustand ihres Bruders. Er hatte offenbar kurz den Chillmodus vergessen und benahm sich in diesem Augenblick völlig *normal.* »Das gibt es doch gar nicht! Das ist dieser Typ!« Sogar seine Stimme erklang in der normalen Stimmlage.

Annemie sah ihren Bruder entgeistert an. »Was für ein Typ?«

»Na, guck hin, weißt du, wen Felix meint?« Laura stieß sie heftig in die Seite. »Das ist dieser Typ aus Oberhausen! Das ist tatsächlich großer Mist. Oma Bille hat mehr als ein Riesenproblem.«

»Allerdings«, pflichtete Felix ihr bei (Sprachmodus wieder Bass, Bewegungsmodus Zeitlupe). »Wir haben von dieser Minute an nur eine Wahl, denn wenn dieser Schläger hier schon auftaucht, was bleibt uns dann?«

Annemie sah ihren Bruder fragend an.

»Ist doch klar«, sagte Laura. »Wir müssen die 2000 Euro auftreiben. Irgendwie.«

»2000 Euro auftreiben?«, wiederholte Annemie. »Wie möchtest du das denn anstellen? Eine Bank überfallen?«

Laura spitzte die Lippen. »Ich denke mir was aus, verlasst euch drauf. Wir lassen Oma Bille nicht hängen!«

»Und wir finden raus, was das für ein Verbrecher ist, der sie da reingeritten hat«, ergänzte Felix. »Kann mir kaum vorstellen, dass dieser junge Typ das allein ausgeheckt hat. Dem fühlen wir gehörig auf den Zahn!«

»Angeber. Willst du dir eine blutige Nase holen, oder was? Nein, großer Bruder, da ist jetzt Taktik angesagt.«

»Den pustet doch die nächste Nordseebrise um, so fertig, wie der aussieht«, sagte Felix kopfschüttelnd. »Der wirkte in Oberhausen irgendwie mächtiger.«

»Unterschätz solche Leute nicht«, gab Annemie ängstlich

zu bedenken. »Ich weiß echt nicht, wie das hier weitergehen soll.«

Laura hingegen freute sich, dass der Urlaub alles andere als langweilig verlief. Zwar tat ihr Oma Bille leid, aber genau das war der Grund, endlich etwas zu unternehmen. Sie hatte bereits eine blendende Idee. »Als Erstes werden wir einen Abwaschdienst organisieren.«

»Und damit willst du 2000 Euro einnehmen?« Annemie klang skeptisch.

Felix übte sich gerade in einem Ninja-Ausfallschritt, weil er in Gedanken gegen den Bodybuilder kämpfte. Es wirkte leicht verunglückt.

»Damit bekommen wir natürlich keine 2000 Euro zusammen, aber es ist ein Anfang«, verteidigte Laura ihre Idee. »Wenn man erst einmal einen Schritt in die richtige Richtung unternimmt, kommt das andere wie von selbst.«

Bille saß mit angewinkelten Knien am Strand unter ihrem Sonnenschirm und schaute über die Nordsee, deren Wellen träge an den Strand rollten. Es herrschte an diesem Morgen Flaute, und das passte zu Billes Gemütszustand. Sie glaubte, vor einer unüberwindlichen Mauer zu stehen. Sie war auf ihre alten Tage tatsächlich komplett gescheitert, ja beinahe sogar kriminell geworden. In Gedanken sah sie Karl mit erhobenem Zeigefinger auf einer der wenigen Wolken am friesischen Himmel über sich hinwegsegeln.

»Ach, Karl«, flüsterte sie. »Jetzt hab ich gestern mal ein bisschen Glück verspürt und kann es prompt wegen der vielen Schulden nicht genießen. Ich werde verklagt oder gar zusammengeschlagen, wenn ich nicht zahle, weißt du?«

Karl antwortete nicht, seine Wolke war längst weitergezogen. Oben schien ein stärkeres Lüftchen zu wehen als unten auf der Erde. Bille lehnte sich zurück, stopfte das zusammengerollte Handtuch unter den Kopf und schloss die Augen. Ein feiner Windhauch streichelte ihr übers Gesicht, zwei Möwen stritten rechts neben ihr. Hin und wieder knirschte der Sand, wenn jemand an ihrer Decke vorbeilief. Ein paar Kinder rannten kreischend hinter ihrem Ball her. Sie versuchte, diese schönen Bilder vor ihrem inneren Auge zu bewahren, doch es gelang ihr nicht. Ständig sah sie den Bodybuilder vor ihrem Haus stehen oder an der Parzelle entlangschleichen. Dann drängte sich das andere Bild in den Fokus: Bille eingesperrt im winzigen Klo mit dem Geld in der Hand. Was hatte sie nur getan?

Erneut knirschte es neben Bille, jetzt entfernten sich die Schritte allerdings nicht. Jemand ließ sich sogar neben ihr in den Sand fallen. Bille öffnete die Augen, wandte den Kopf nur leicht. Wer setzte sich unverschämterweise einfach neben sie? Harry war es bestimmt nicht, Harry bewegte sich anders. Eleganter, ruhiger. Es war doch nicht etwa ...

Bille setzte sich ruckartig auf. Ja, er war es. Sie öffnete den Mund, wollte ihm den Marsch blasen, aber da Franz nichts sagte, schwieg sie vorerst.

Der Rocker hatte die Sonnenbrille auf der Nase und schaute aufs Meer, als fände er dort eine Antwort auf alle Fragen, die er im Augenblick nicht stellen wollte.

Weil Bille die Sonne ebenfalls blendete, kramte sie kurzentschlossen ihre eigene Sonnenbrille aus der Basttasche, das war eine unverfängliche Aktion, die ihr einen Zeitgewinn einbrachte. Und sie musste Franz nicht direkt in die Augen sehen.

»Ich fahre nicht mit dir auf der Höllenmaschine«, sagte Bille schließlich, als das Schweigen peinlich wurde. »Ich mag das Schlangenlederdesign nicht.« Was war denn das für eine schreckliche Argumentation? Sie hielt besser den Mund.

»Das ist doch nicht der wahre Grund! Erzähl, was du gegen Harleys hast.«

»Höllenmaschinen, die den Tod bringen.«

»Ich lebe noch, und meine Jungs auch. Irgendwann müssen wir alle sterben, doch wie sagte Snoopy: *Aber an allen anderen Tagen werden wir das nicht tun.*«

»Hab da schlechte Erfahrungen gemacht. Ich hatte mal einen guten Freund ...« Bille brach ab, es war unnötig, Franz Wolfis Geschichte zu erzählen. Zweimal hatte Bille ihn auf einer Tour begleitet, glücklicherweise nicht auf seiner letzten, da hatte sie Chorprobe gehabt, und so war sie vom Herrgott gerettet worden. Wolfi, der Harley-Fahrer. »Eine Harley zu besitzen macht frei.« Große Worte vor seiner letzten Fahrt. »Harley fahren ist ein Lebensgefühl!« Er war mit den Fingerkuppen sanft über den schwarzen Lack geglitten, auf dem ein Feuerblitz prangte. Bille war es damals vorgekommen, als gliche die Beziehung zum Motorrad der zu einer besonders schönen Frau, und vermutlich war es so. Wolfi war kurz darauf gemeinsam mit der Höllenmaschine in die ewigen Jagdgründe abgetaucht. Von beiden war nicht viel übrig geblieben.

»Und dieser Freund ist mit seiner Harley in den Tod gefahren?« Franz griff nach Billes Hand. Seine Finger waren warm, ein bisschen schwielig.

»Ja, es war schlimm.« Bille verstummte für einen Moment. »Ich mache seitdem einen großen Bogen um Motorräder jeglicher Art. Als ich eure Maschinen gesehen habe, kamen die Erinnerungen hoch, und dann habt ihr nichts Besseres zu tun gehabt, als dieses Lied ...« Bille brach erneut ab.

Franz drückte ihre Hand fester. »Es tut mir leid, Bille. Ehrlich!«

»Das sollte es dir auch. Es war unverschämt!«

Franz nickte zerknirscht, und sie schwiegen eine Weile.

»Du warst beim Friseur?«, versuchte er schließlich das Gespräch erneut in Gang zu bringen.

»Ja.«

»Sieht gut aus. Die Hose und das Gelb stehen dir auch gut.«

Bille war unsicher, wie sie mit dem Kompliment umgehen sollte. Wie meinte Franz das? Er hatte schon wieder diesen Schalk im Blick. War die Entschuldigung eben tatsächlich ernst gewesen?

Bille entzog ihm die Hand. Was tat sie hier eigentlich? Saß händchenhaltend mit einem Rocker am Strand, erzählte ihm von Wolfi und davon, dass sein Schmähgesang sie verletzt hatte.

Aber sie hatte genug Probleme, es war unnötig, an einem Streit mit einem Menschen festhalten, der sie im Grunde nichts anging. Maja würde sagen: »Das ist unnötig verschleuderte Energie.« Die besaß Bille so oder so nicht, also war es besser, sie verzieh ihm und dieser ungehobelten

Truppe. »Danke für das Kompliment und für die Entschuldigung. Lassen wir es gut sein, in Ordnung?«

»Du klingst so verbittert.«

»Ich bin nicht verbittert, immerhin hatte ich gestern Abend ein wunderbares Essen mit einem sehr kultivierten Herrn.« Bille war selbst überrascht über ihre scharfe Zunge. Ihre kleine Rache für die Unverschämtheiten der Rocker. Sie lächelte, wollte den Worten damit an Schärfe nehmen, was aber absolut misslang.

»Ich weiß, ich habe euch schließlich gesehen.« Franz rückte ab, die Wärme war aus seiner Stimme gewichen.

Bille schwieg, es ging diesen Flegel gar nichts an, mit wem sie essen ging. Kein Kommentar.

»Nichts für ungut, Bille.« Franz stand auf und klopfte den Sand von der Jeans. »Ich habe mich entschuldigt. Es war nicht besonders nett von uns, aber nun ist es aus der Welt. Wir fahren bald weiter. Dann läufst du nicht mehr Gefahr, dass wir uns begegnen.«

Bille lag es auf der Zunge zu sagen, dass dies eine wunderbare Aussicht sei, aber sie bekam keinen Ton heraus. Weil sie es einen Moment lang gar nicht so wunderbar fand. Dann schaute sie Franz doch an. »Ich wünsche euch alles Gute. Ich bin wirklich nicht verbittert, es läuft bei mir nur gerade etwas aus dem Ruder. Das ist aber nicht dein Problem, ich bekomme es schon hin.«

Franz setzte sich sofort wieder. »Größere Schwierigkeiten?« Seine Stimme klang besorgt.

Bille legte sich zurück aufs Handtuch. »Ich möchte eigentlich nicht darüber sprechen.«

Franz kam nicht dazu, nachzufragen, weil sich Stimmen

näherten. Annemie, Laura und Felix stürmten auf sie zu. Sie sahen den Rocker skeptisch an.

»Guten Tag«, quetschte Laura schließlich heraus und schaute von Oma Bille zu Franz und wieder zurück.

Bille fuhr augenblicklich hoch. Was für einen Eindruck mussten die Kinder von ihr haben? Gestern Abend war sie mit Harry ausgegangen, zu Hause wartete Herr Häwelmann, und heute lümmelte ein tätowierter Rocker neben ihr am Strand. »Das ist Herr Franz«, stellte sie ihn vor. Bille erinnerte sich nicht an seinen Nachnamen, hatte er ihn ihr überhaupt genannt?

»Herr Richter«, korrigierte Franz. »Ich heiße Franz Richter.«

Die Kinder interessierte das nicht. Felix starrte nur begeistert auf den Kopf, den sich Franz auf den Oberarm hatte tätowieren lassen. »Was bedeutet das?«

»Das ist Geronimo!« Franz krempelte den kurzen Ärmel noch ein Stück hoch, so dass Felix das Konterfei des Indianers in vollständiger Größe betrachten konnte. »Geronimo war ein Häuptling eines Apachenstammes. Er gehörte zu den Bedonkohe, das war ein Unterstamm.«

Bille verdrehte die Augen. Das fehlte noch, dass der Rocker mit seiner Riesenharley in Wirklichkeit ein kleiner Indianer war und nachts von seinem Wigwam träumte!

Felix sah das anders, er fuhr sogar über die Konturen des Tattoos. »Wie cool! So eins lasse ich mir später auch stechen.« Er räusperte sich, war er doch in seiner Begeisterung mit der Stimmlage eine Oktave zu hoch gerutscht. Der nächste Satz klang gleich gechillter. »Was hat er denn so gemacht als Indianer?«

»Nun, als kleiner Junge hat er oft gegähnt.« Franz lachte. »Deshalb hieß er damals auch ›Der Gähnende‹.« Er riss seinen Mund auf und erinnerte dabei an einen Walfisch auf Planktonfang.

Felix sah weder die blöde Geste von Franz noch Billes genervten Gesichtsausdruck. Er war wie gebannt von diesem bläulichen Gekritzel auf dem muskulösen Rockerarm.

»Ich finde, der Gähnende sieht aus wie draufgestempelt«, erklärte Laura. »Ich verstehe nicht, wie man sich freiwillig so was stechen lassen kann. Ich würde es wirklich stempeln, und wenn ich keine Lust mehr drauf habe, wasche ich es ab oder stemple was Neues. Wäre viel billiger und einfacher.« Laura war stolz auf ihren Beitrag, aber er brachte ihr von Felix nur ein Augenrollen ein.

»Schwestern haben von Kunst am Körper so was von keinen Plan«, brummte er.

Franz winkte ab. »Nicht jeder muss alles mögen. Aber man muss jeden so sein lassen, wie er mag.«

Was erzählt er da?, schoss es Bille durch den Kopf. Er soll die Kinder in Ruhe lassen!

»Ich mag eben die Philosophien der Indianer. Geronimos Geist begleitet mich durchs Leben.«

»Nun«, brummte Felix, »wenn du ihn dir auf den Arm tätowiert hast, wird er noch was anderes gemacht haben, als zu gähnen, oder?« Er hing förmlich an Franz' Lippen, und das war Bille unangenehm. Nicht, dass sie sich Ärger mit Maja und Jan einfing, weil sie mit einem Tattoo-Fan verkehrte und die Kinder zu nahe an den Typen heranließ. Maja hatte gezielte Vorstellungen von Erziehung, und Bille war nicht sicher, ob der Umgang mit tätowierten Rockern in ihr Konzept passte.

»Ja, das stimmt.« Felix hatte bei Franz einen Nerv getroffen, das war sein Thema!

Franz, der Märchenerzähler, dachte Bille. Nun legt er los und wird so rasch nicht enden. Annemie und Laura war es schon zu langweilig geworden, sie suchten am Wattsaum nach Muscheln und Quallen.

»Geronimo war später Häuptling der Chiricahua«, hörte Bille, die sich wieder hingelegt hatte. »Zwar war er das nicht allein, weil es ja viele Untergruppen gab, aber was er sagte, hatte immenses Gewicht. Er war ein Kämpfer für seine Leute. Dass sein Land besetzt worden war, galt für ihn als großes Unrecht.«

Bille spürte sogar mit geschlossenen Augen Felix' Bewunderung für den vermeintlichen Meister. »Dann bist du also in deiner Gruppe auch ein Kämpfer gegen das Unrecht?«

Franz nickte. »Ja, so könnte man es sagen. Ich kann Willkür, Ungerechtigkeit und all das auch nicht leiden.«

Bille sog scharf die Luft ein. Was erzählte der Tattoo-Mann da für einen Mist? Dass er sich als Rocker für andere einsetzte? Er trieb sich mit Kriminellen herum! Was hatte sie kürzlich beim Friseur in der *Frau für alle Fälle* gelesen? Auf das Konto solcher Gestalten gingen Raub, Mord und Diebstahl! Von all den Frauengeschichten mal ganz zu schweigen.

Vorurteile, Bille, heftige Vorurteile!, dachte sie. Sofort schämte sie sich deswegen.

»Felix, kommst du? Wir wollen baden!«, rief Laura vom Wasser her. Sie stand bereits knietief in der braun-grünen Nordsee. Wegen des schlickigen Untergrunds wirkte die See immer trüb und grün oder sonst wie farbig. Nur blau wie in den Bilderbüchern war sie hier nie.

Das Meer in Spanien oder Italien hatte auf Bildern immer eine azurblaue Farbe. Die Nordsee aber hatte ihre eigenen Regeln, die bei Ebbe und Flut begannen, sich über das knisternde Wattenmeer zogen und bei der eigenartigen Farbe des Wassers aufhörten.

Felix war Lauras Aufforderung gefolgt und hüpfte mittlerweile am Wattsaum auf und ab, konnte sich aber nicht durchringen, wirklich in die Fluten zu springen, während Annemie und Laura sich schon fröhlich nass spritzten.

»Ich geh noch mal zurück!«, rief er (Chillmodus vergessen). »Unterhalte mich gerade so angeregt.«

Es rumste, als er sich neben Franz im Sand fallen ließ und ihm gleich darauf Löcher in den Bauch fragte. Das Indianerthema war abgehakt. Nun ging es um Harleys im Allgemeinen und um die Höllenmaschine, die Franz sein Eigen nannte. »Meine Electra Glide ist mein Baby«, erklärte er eben.

»Hast du auch immer Windeln dabei? Oder ist das Baby bereits trocken?«, hörte Bille sich sagen. Was tat sie da? Einen Rocker mit einem Häuptling im Herzen gegen sich aufzubringen war wohl nicht das Klügste. Und überhaupt: Warum war sie so unhöflich? Das hatte noch keinem weitergeholfen. Durch solche Äußerungen stellte sie sich mit Franz auf eine Stufe. Seine lag aber nicht am oberen Ende der Treppe, sondern ganz weit unten. Ganz weit!

»Oma!«, entfuhr es Felix. »Das ist nicht dein Ernst, oder?«

Bille kramte in ihrem Bastkorb. Irgendwo war ihre Frauenzeitung vergraben. Für ein Buch fehlte ihr die Muße. Sie war froh, als sie die Zeitschrift in der Hand hielt und ihre Nase zwischen den Seiten verschwinden lassen konnte. Sie hatte sich noch nie besonders für das Schicksal des englischen Königshauses interessiert, aber heute lenkte es wunderbar ab.

11. Kapitel

Justus ging es noch immer schlecht. Er war so schwach auf den Beinen, dass an einen Angriff oder eine eindrucksvolle Bedrohung der Oma nicht zu denken war. Sie brauchte ihn nur mit dem kleinen Finger anzutippen, und er würde rücklings umkippen. Aber ihm lief die Zeit davon. Er musste handeln, sein Auftraggeber wurde ungeduldig und drohte bereits damit, selbst hier aufzutauchen. Dann konnte Justus einpacken, und alles war umsonst gewesen. Er würde nicht mal die Benzinkosten für die Reise in die Einöde bezahlt bekommen. Ohne Erfolg keine Knete, das war von Beginn an klar gewesen. Da Justus auf dem Gebiet in der Vergangenheit stets äußerst erfolgreich gewesen war, hatte er nicht einen Moment an ein Scheitern geglaubt, sondern war davon ausgegangen, dass es ein Leichtes wäre, die Oma weichzukochen. Ältere Damen konnte man gut übers Ohr hauen, die brachen sofort ein, wenn man ihnen erst mit der Mitleidsmasche kam und dann im zweiten Anlauf so richtig drohte, damit der Rubel rollte. Justus hatte einen Blick einstudiert, der ihnen die Knie weich werden ließ. Morgen für Morgen hatte er ihn nach dem Zähneputzen vor dem Spiegel geübt. Die Brauen gleichzeitig hoch- und leicht zusammenziehen. Den Kopf zur Seite neigen, aber nicht zu sehr, dabei den Mund so öffnen, dass ein Teil der Zähne zu erkennen war.

Ein dumpfes Grunzen unterstrich den Willen, sich durchzusetzen. Gut, ein bisschen wirkte es wie eine Mischung aus Star Wars und Terminator, aber es war effektiv und funktionierte immer. Nur bei dieser Oma nicht! Obwohl es zuerst aussah, als hätte er ein leichtes Spiel. Sie hatte ihn bereitwillig reingelassen, ihm seine überaus traurige und zu Herzen gehende Geschichte geglaubt und willenlos unterschrieben. Sein Rehblick in Kombination mit der sentimentalen Story, und zack: Die Decken an die Oma gebracht.

Doch dann machte sie plötzlich, was sie wollte! Erst haute sie ab, dann ging sie ihm ständig geschickt aus dem Weg und tauchte als um Jahre verjüngte Frau wieder auf. Zu allem Überfluss war er nun krank. Letzteres konnte man leider nicht ihr zuschreiben. Die Keime hatte sie ihm wohl kaum in die Ravioli-Dose gekippt. Dank der Hilfe der Rockergruppe ging es mit ihm zumindest aufwärts, wenngleich man noch nicht behaupten konnte, dass es wirklich überstanden war.

Nach seiner Genesung musste er der Oma rasch wieder einen Navigationstipp geben, damit sie wusste, wo es langging. Er war vorhin zwar an ihrem Stellplatz vorbeigehuscht, nur musste er am Einsatzort einsehen, dass seine Kräfte bei weitem noch nicht für ein Statement reichten. Er hoffte, dass sie sich mit seinen entsprechenden Instruktionen endlich so verhielt, wie es sich für eine anständige ängstliche Oma gehörte!

Was hatte er nur verkehrt gemacht? Er, der absolute Stadtmensch, der gestern Rot-Weiß-Oberhausen bei einem Freundschaftsspiel hätte anfeuern sollen, saß nun in einem Zelt in der Pampa. Nein, nicht in der Pampa, schlimmer: in Friesland! Dem Land der Teetrinker und Moin-Sager. Dem

Land des fehlenden Genitivs! Zumindest hatte Justus gelesen, dass es den zweiten Fall in der plattdeutschen Sprache nicht gab. Doch damit nicht genug. Er hatte auch noch Dünnpfiff und Erbrechen und befand sich höchstens in der Phase der Rekonvaleszenz!

Justus kämpfte sich zurück ins Zelt, weil ihm die Knie schon wieder weich wurden. Vielleicht hatte dieser Doc Gringo noch einen heißen Genesungstipp für ihn auf Lager. Er wollte nur ErTeEl aus dem, Weg gehen, der hatte sein Hirn offenbar mit Zellstoff gefüllt, so als hätte er seine Obduktion schon hinter sich. Justus hatte in einer Fernsehsendung mal gesehen, dass sie das so machten, wenn sie jemanden zerfleddert hatten.

Aber dieser Doc Gringo, Mike und auch der Alte, die waren schwer in Ordnung. Selbst als die neue Zeltnachbarin aus Oberhammelwarden an der Weser (wie konnte sich jemand diesen Ortsnamen ausdenken?) die nationale Seuchenstelle informieren wollte (sie hatte sich stundenlang mit Doktor Google unterhalten und war zu dem Schluss gekommen, dass Justus entweder an Ebola oder Typhus und mindestens an Aids erkrankt war), hatten sich die Motorradtypen auf seine Seite geschlagen und die Diagnose in »Beginnende Pestepidemie« umgetauft. Sie hatten dadurch erreicht, dass die Eltern aus Oberhammelwarden wegen der zu erwartenden Seuche ihre Kinder in den fleckenfreien Kindersitzen verstaut und den Platz nach kürzester Zeit kampflos verlassen hatten. Denn sie wollten alles, aber bestimmt nicht mit der Pest nach Hause kommen.

Die keimfreie Familie aus Bochum hingegen weigerte sich generell, eine Diagnose zu stellen, und verbarrikadierte sich gegen ihre neuen Nachbarn, die aus Holland angereist waren. Die Situation hatte sich immens verschärft, den Schutz ihrer Camping-Außengrenzen sahen sie nunmehr als nationale Aufgabe.

Das Gebrüll der keimfreien Bochumer reichte Justus. Was hatte die Frau ihren Alten vorhin angepflaumt! »Hömma, wenne dat morgen nich auffe Reihe kriss, dat hier keina auf unsa Grundstück tritt, kommt die Chefin persönlich, und et gibt Kasalla.«

Justus konnte das Gelaber nicht mehr hören, nur war es ihm nicht vergönnt, zu fliehen. Er zog den Reißverschluss des Zeltes zu. Das nutzte natürlich gar nichts. Frau Bochum trällerte ihre Litanei im saubersten Sopran, dieses Mal betraf es den jüngsten Spross. »Wenne nich hinnemachs, fährse gleich wieda zurück na Bochum. Oda gleich zum Mond, hörsse?«

»Was war denn das mit Oma Bille? Seit wann kennt die Rocker?« Laura war fassungslos, als sie das Wasser verlassen hatte und sich nun, vor sich hin tropfend, vor Felix' Handtuch aufbaute.

Oma Bille hatte ihre Sachen schon gepackt und war zurück zum Campingplatz gegangen.

»Der Rocker ist Franz, ein voll chilliger Indianertyp. Er fährt Harley-Davidson!« Felix' Augen glänzten verzückt. »Und nicht irgendeine, sondern eine Electra Glide. Sein Kumpel hat eine Fat Boy, da sind die Felgen aus einem Guss oder so.«

»Erstens: Indianer chillen nicht. Die kannten das Wort gar nicht und ...«

»Dann ist er eben cool«, verteidigte sich Felix.

»Cool gibt es da auch nicht.« Laura grinste.

Ihr Bruder winkte ab, die Konversation mit seinen Schwestern brachte überhaupt nichts.

»Was ist eigentlich an dieser Electra Glide so klasse, außer dass sie groß und laut ist?«, fragte Annemie, die sich gerade das Haar mit dem Handtuch frottierte, dabei den Kopf leicht schief gelegt hatte und ihren Bruder provokativ von oben herab fixierte.

»Davon verstehst du nichts. Typisch Mädchen.«

»Das hat damit nichts zu tun, du kannst es eben nicht erklären. Aber weißt du was? Es ist in Wahrheit auch völlig nebensächlich.«

Felix sah Laura fragend an.

»Ganz ehrlich, ich glaube, dein Gedächtnis fährt bereits auf der Harley spazieren. So langsam müssen wir uns mal wieder fokussieren, Bruderherzilein.« Laura zerrte ihm das Handtuch unterm Hintern weg, was Felix mit einem wütenden Grunzen kommentierte.

»Genau«, bekräftigte Annemie. »Gestern haben wir noch die große Hilfsaktion für Oma Bille geplant, wollten einen Abwaschdienst organisieren und so, und nun hängen wir hier am Strand rum und diskutieren über Harleys, tätowierte Indianerköpfe und lauter so einen unsinnigen Kram.«

»Kommt, wir packen ein, und auf geht's!« Laura fasste Felix am Arm und zog ihn hoch. »Wir machen jetzt einen Aushang, und außerdem sollten wir bei den anderen Campern rings um unsere Parzelle schon mal fragen, ob wir was tun können.«

Felix fügte sich wortlos, auch wenn Laura ihm ansah, dass

er in Gedanken bereits auf der Electra Glide saß. Bestimmt hatte der Rocker ihm eine Spritztour versprochen. Laura glaubte nicht, dass ihre Mutter sich dafür erwärmen ließ.

Oma Bille war nicht an ihrem Wohnwagen, als die Kinder zurückkamen. Laura suchte Papier und Stifte zusammen.

»Wir müssen was dichten, das mögen vor allem die alten Leute«, schlug sie vor und kaute auf dem Kugelschreiberende herum.

»Dichten?« Felix verdrehte die Augen. »Wir schreiben, was wir anbieten, und gut ist es!«

Annemie grübelte, dann leuchteten ihre Augen auf. »Ich hab's!«

»Und?« Laura setzte mit fragendem Blick den Stift an.

»Bald sind Ihre Teller sauber, mit dem neuen Abwaschzauber!«, strahlte Annemie.

»Was soll das sein? Abwaschzauber?« Felix war stimmtechnisch wieder im Bass.

»Na, wir sind das! Muss man dir denn *alles* erklären?« Laura seufzte. Dann lenkte sie ein. »Du kannst den Zusatz darunterschreiben. Die Fakten eben.«

Weil Felix seine Augen geschlossen hielt und er eine Antwort unterhalb seines Niveaus empfand, nahm Laura den Kugelschreiber aus dem Mund und malte in fein säuberlichen Buchstaben das erste Plakat.

Bald sind Ihre Teller sauber,
mit dem neuen Abwaschzauber

Unbürokratisch, rein und schnell!
Die Abwaschhelfer vom Strand!

»Wieso denn unbürokratisch?« Annemie fügte die Parzellennummer in roter Schrift dazu.

»Wir stellen keine Rechnungen, sondern lassen uns nach erfolgter Arbeit sofort in bar bezahlen, das ist ein sehr unbürokratischer Akt«, erklärte Laura, selbst beindruckt von ihrer Genialität. »Außerdem müssen die Kunden sich nicht lange anmelden, sie können einfach kurzfristig Bescheid geben. Wir holen alles ab und bringen es zurück.«

»Das müsst ihr ergänzen«, mischte Felix sich dann doch ein. »Schreibt noch: Inklusive kostenfreiem Abholservice.«

Laura kritzelte es hinzu, und sie erstellten für alle Waschhäuser auf dem Platz einen solchen Aushang und einen weiteren fürs Schwarze Brett.

Die drei schwärmten aus und brachten ihre Werbekampagne an den Waschhäusern an.

»So, nun warten wir auf Kundschaft«, freute sich Laura, als sie sich wieder am Wohnwagen trafen.

»Wir haben nur eins nicht bedacht, Mädels!«

Fragend sahen die Zwillinge ihren Bruder an.

»Jetzt muss immer einer von uns hier am Platz ausharren. Wie sollen die Leute uns sonst finden?« Felix kratzte sich am Kinn. »*Ich* kann das aber nicht, ich werde mit Franz Harley fahren.«

Hatte ich also recht, er hat es ihm versprochen, dachte Laura. Sie schüttelte entschieden den Kopf. »Hör mal gut zu, Bruderherz. Ab sofort gilt nur noch: Oma Bille braucht das Geld. Dafür müssen wir Opfer bringen. Deines ist eben der Verzicht auf die Spritztour. Das darfst du sowieso nicht.«

»Was darf Felix nicht?« Maja war unbemerkt auf den Platz getreten.

»Mit den Rockern Harley fahren!«, petzte Laura.

»Die werden einen so kleinen Jungen kaum dabeihaben wollen«, sagte Maja lachend.

»Ich bin kein kleiner Junge!«, echauffierte sich Felix sofort, aber seine Mutter war längst im Vorzelt verschwunden. »Alte Petze«, raunte Felix Laura zu, die in Richtung Weg schaute und freundlich lächelte, weil dort eine junge Frau aussah, als suche sie etwas. »Können wir Ihnen helfen?«

»Seid ihr die Kinder, die den Abwaschdienst anbieten?«

Super, der erste Auftrag war in der Tasche.

Laura war enttäuscht. Sie kippte das finanzielle Ergebnis des Abwaschtages in den Sand vom Spielplatz. Die letzte große Abwaschwelle war vorbei, aber außer der jungen Frau, deren Kinder krank waren, hatte keiner Lust gehabt, das Geschirr gegen Bezahlung reinigen zu lassen. »3 Euro und 10 Cent. Das bringt uns nicht weiter.«

Felix nickte. »Ist noch weit von 2000 Euro entfernt, zugegeben. Aber ein Anfang!«

»Jetzt rechne bloß die Differenz nicht aus, dann ...« Laura wühlte in ihrer Tasche. »Ich für meinen Teil stifte mein Urlaubsgeld, das macht jetzt 23,10 Euro. Auf das tägliche Eis kann ich für Oma Bille verzichten.«

»Ich auch!« Annemie steuerte ihre 20 Euro ebenfalls bei, und Felix kam in Zugzwang.

»So, nun haben wir immerhin 63,10 Euro zusammen. Aber wir müssen uns was Lukrativeres einfallen lassen. Das Projekt ›Abwaschhilfe‹ kann man als gescheitert betrachten, würde ich sagen.«

»Und was sollen wir deiner Ansicht nach tun?«, fragte Annemie düster. »Doch einen Banküberfall?«

Laura grinste. »Die Rocker könnten uns bestimmt mit Masken aushelfen.«

»Das sind Harley-Fahrer, die haben so was nicht«, klärte Felix seine Schwestern auf. »Die tragen Sonnenbrillen.«

»Die tarnen uns aber nicht genug. Was sollen wir denn tun? Spuck's aus, Brüderlein!«

»Wir müssen das Geld auf legalem Weg besorgen«, erklärte Felix. »Und zwar so, dass Oma Bille es nicht merkt.« Er hatte schon wieder einen so altklugen Tonfall, dass es Laura ganz fuchsig machte.

»Das ist ja mal eine absolut neue Erkenntnis, Felix Winterberg. Du hast wahrscheinlich schon wieder *die* zündende Idee auf Lager. Klugscheißer!« Laura war so enttäuscht! Das einzige Ergebnis der Idee mit dem Geschirrabwasch war die Bemerkung ihrer Eltern, dass sie angesichts ihrer großen Begeisterung für die Küchenarbeit auch hier gern mehr abwaschen könnten. Zu dumm, dass sie ihnen nichts vom karitativen Zweck der Aktion erzählen durften. Es war besser, Oma Billes Geheimnis zu wahren.

»Hab ich, die zündende Idee«, bestätigte Felix. »Weil ich immer super Ideen habe.«

»Nun lass Felix erzählen, Laura. Es hilft ja nichts, unsere andere wundervolle Idee müssen wir verwerfen, es ist Zeitverschwendung. Nächste Woche reisen wir wieder ab, und bis dahin muss das Geld da sein, ob es uns gefällt oder nicht.«

»Rennbahn«, sagte Felix, und es lag ein gewisser Stolz in seiner Stimme. »Wir gehen auf die Rennbahn und setzen auf ein Pferd.«

»Du hast sie doch nicht mehr alle!« Laura ging hoch wie eine Rakete. »A: Kennst du dich mit Pferden aus? B: Woher willst du das Geld nehmen? C: Weißt du überhaupt, wie man wettet?«

»D«, ergänzte Annemie, »wir sind noch minderjährig und gar nicht befugt, zu wetten. Das ist Glücksspiel.«

Felix hörte sich die Argumente seiner kleinen Schwestern an. Das Grinsen im Gesicht machte deutlich, dass er sowohl A, B und C als auch D durchaus schon bedacht hatte. »Nun, natürlich gibt es für diese Dinge Lösungen, sonst hätte ich euch den Vorschlag gar nicht gemacht!«

»So, du hast also alles durchdacht, Brüderchen?« Laura war stinksauer. *Sie* war bei Oma Bille eingestiegen und hatte die Rechnung gefunden. *Sie* hatte angeregt, dass man Oma helfen musste, und *sie* hatte die Idee mit dem Abwaschen gehabt. Und nun kam ihr großer Motzbruder, der doch den ganzen Urlaub eigentlich die Klappe halten und chillen wollte, einfach so daher und glaubte, eine grandiose Lösung des Problems gefunden zu haben? Das ging gar nicht. Da konnte sie nur dagegen sein!

»So, erklär es uns! Bestimmt hast du null Antworten!«

Felix sah seine Schwester grinsend an. »Natürlich habe ich Antworten. Ein Mann stellt nie eine Idee in den Raum, wenn er keine Lösungsvorschläge mitliefern kann. Das unterscheidet uns eben!«

»Du Macho!«, keifte Laura. »Und rede mal wieder in einer normalen Tonlage, dein Gebrummel beeindruckt mich gar nicht. Außerdem kann man es kaum verstehen.«

»Auf der Rennbahn gegenüber am Hooksmeer«, brummelte er weiter, ungeachtet des schwesterlichen Tadels, »beginnen übermorgen die Renntage. Es hängen überall Plakate, die darauf hinweisen.«

»Und weiter?«

»Weiter ist ganz leicht. Da wir weder Kohle noch die Erlaubnis zum Wetten haben, fragen wir Franz!«

»Den Rocker?«, kam es zeitgleich aus Lauras und Annemies Mund. »Das ist nicht dein Ernst!«

»Woher weißt du, ob der sich mit Pferden auskennt? Der schraubt an Harleys!« Annemie war alles andere als überzeugt.

»Also, Franz ist cool und kennt sich mit Indianern aus, die reiten doch auch.«

»Aber keine Rennen, wo man Geld gewinnt! Die waren ohne Sattel in der Prärie unterwegs.«

»Nun vertrau mir, Laura. Ich mach das schon«, grinste Felix. »Gleich morgen geh ich zu ihm.«

Bille war nervös und freute sich auf den Abend mit Harry in Horumersiel. Maja hatte sie zwar eben beiseitegenommen und gefragt, was sie denn über den Mann wisse. Ein wenig hatte Bille das amüsiert. Fragte nicht sonst eine Mutter ihre Tochter besorgt nach deren Umgang? Hier war es wohl umgekehrt.

»Nichts«, musste Bille zugeben. »Aber ich gehe ja nur mit ihm aus. Mehr nicht.« Sollte sich im Laufe der Zeit herausstellen, dass etwas zwischen ihnen wuchs, würde Harry bestimmt etwas über sich preisgeben. Dass ihr Herz in seiner Nähe stärker klopfte als normal, musste sie nun wirklich nicht erzählen. Das war Bille ja selbst peinlich. In ihrem Alter noch Schmetterlinge im Bauch zu haben, war schon eine eigenartige Situation!

»Ich ziehe mich jetzt um«, sagte sie lächelnd, ehe Maja weitere Fragen stellen konnte, die Bille nicht beantworten wollte.

Im Wohnwagen war es sehr stickig, sie riss zuallererst das Fenster auf und war froh, auf diese Weise etwas Luft zu bekommen. Dann stellte sich die Frage, was sie anziehen wollte. Ihr war das Äußere seit Karls Tod nie mehr wichtig gewesen, und nun fand sie nichts maßgeblicher als ihre Kleidung heute Abend.

Bille kramte nach einer Bluse, die hellblaue mit dem eckigen Kragen machte am Ende das Rennen. Dazu passte ihr dunkler knielanger Rock, damit fühlte sie sich immer noch sicherer als in den neuen Hosen. Am Abend war es schließlich nicht ganz so heiß, dass sie auch die Strumpfhosen tragen konnte.

Bille war ziemlich überrascht gewesen, dass Harry sie gleich wieder eingeladen hatte. Es war so anders als mit Herrn Häwelmann und Herrn Sieberfink. Bei ihnen war stets das Gefühl vorherrschend gewesen, dass sie Bille irgendwie brauchten. Nicht nur, weil sie den Plüschhasen- und Wurstgeschichten lauschen sollte, sondern weil die beiden Herren ungern allein waren. Bille kam sich bei ihnen austauschbar vor. Obwohl das ungerecht war, sie kannte keine andere Frau, der Herr Häwelmann Wurst schenkte.

Mit Harry war es anders. Er bemühte sich auf eine überaus charmante Art und Weise um sie, vermittelte Bille das Gefühl, in den Stunden der Zweisamkeit seine Königin zu sein. Das schmeichelte ihr! Bille schlüpfte in die Sachen, legte ein bisschen Lidschatten und Rouge auf und gefiel sich tatsächlich selbst. In Momenten wie diesen konnte sie ihren Kummer direkt einmal vergessen.

Franz sah Bille, wie sie sich schick zurechtgemacht auf dem Campingstuhl niederließ und ihre Nase in einen Roman tauchte. So wie sie aussah, würde sie wieder mit diesem Blender den Abend verbringen. Er hatte sich wohl komplett in ihr getäuscht, für so oberflächlich hätte er sie wirklich nicht gehalten. Es musste Bille doch klar sein, dass Harry Sitter sie nur benutzte, irgendetwas im Schilde führte: Ein Mann wie er interessierte sich nicht ernsthaft für eine Frau wie Bille. Es sei denn, er spekulierte auf ihr Geld, von dem Franz aber nicht wusste, ob sie es überhaupt hatte. Er wusste eigentlich gar nichts von Bille, außer dass ihn ihre Augen faszinierten, dass sie ihm wie ein Geschenk erschien. Und dass sie auf Typen wie Harry Sitter abfuhr.

In dem Augenblick entdeckte Bille ihn. »Ist was?«

Franz schüttelte den Kopf. »Nein, ich gehe nur ein bisschen spazieren.«

Bille schaute wieder in ihr Buch. Franz hätte zu gern gewusst, was sie da las, war er doch selbst ein großer Bücherfan. Er stand auf historische und Indianer-Romane, aber er konnte auch lustigen Geschichten viel abgewinnen. Bestimmt hätten sie feine Gesprächsthemen – wenn Bille ihn ließe.

Jetzt öffnete sich die Tür des Mammutwohnwagens, und Harry Sitter schaute heraus. Er sah Bille lesend vor ihrem Caravan sitzen, ließ den Blick aber schweifen und grüßte Salome und ihren Mann. Die hatten eben den Grill angeworfen und waren von einer Rauchwolke vernebelt, winkten aber fröhlich herüber. Den Verlust des Schmucks schienen sie gut verkraftet zu haben.

Harry schloss den Wohnwagen gewissenhaft ab und spazierte, die rechte Hand lässig in die Hosentasche gesteckt, zu Bille. Sie klappte das Buch ohne Lesezeichen zu und sprang von ihrem Stuhl auf. Harry Sitter küsste formvollendet ihre Hand.

Das war zu viel für Franz. Es reichte. Er machte sich zum Affen, die Frau war fest in den Klauen des Schönlings. Warum gab er sich überhaupt noch Mühe? Er machte auf dem Absatz kehrt und rannte zum Strand. Die frische Luft und die Weite des Meeres würden ihn vor dem aufkommenden Wahnsinn bewahren.

Bille machte gerade den Fehler ihres Lebens. Harry passte nicht zu ihr, das hatte Franz eindeutig im Gefühl. Aber wie sollte er ihr das klarmachen, wenn er nicht als eifersüchtiger Vollidiot dastehen wollte? Dabei hatten sie durchaus Gemeinsamkeiten, sah man mal vom Harley-Fahren ab. Oder den Äußerlichkeiten. Sie lasen beide gern, und sie klappte ein Buch genau wie er ohne Lesezeichen zu. Sie würde, auch wie er, die Seite, bei der sie aufgehört hatte zu lesen, sofort wiederfinden. Das funktionierte, wenn man Bücher liebte. Nur – wie sollte er Bille das alles sagen? Sie ließ es nicht zu! Einfach zu ihr zu gehen und locker rauszuhauen: »Hey, wir klappen beide das Buch zu, ohne uns zu merken, wo wir gerade sind. Deshalb passen wir zusammen!«, war wohl eine ziemlich dumme Anmache.

Franz beschleunigte den Schritt, um möglichst rasch von Bille wegzukommen. Er benahm sich wirklich wie ein Teenie. Eine Frau aufzureißen war normalerweise eine seiner leichtesten Übungen.

Und du regst dich über Harry Sitter auf! Wer im Glashaus sitzt, mein lieber Franz, der sollte nicht mit Steinen werfen, schimpfte er im Stillen. »Ach, sei doch ruhig!«, antwortete er sofort und ignorierte die verwunderten Blicke eines Mädchens, das ihm entgegenkam.

Bille stand nun mal nicht auf verwegene Harley-Typen, er war chancenlos. Sie wollte ihn nicht und ließ sich von Harry die Hand küssen.

Franz war mittlerweile am Wattsaum angelangt, der Himmel hatte eine rötliche Färbung angenommen. Morgen würde wieder ein schöner Tag werden.

Franz setzte sich in den Sand und schaute den Familien zu, die sich den angenehmen Abend am Wasser nicht entgehen lassen wollten. Ein blonder Junge bemühte sich, im lauen Abendwind einen Drachen in die Luft zu bekommen, ein Mädchen spielte selbstvergessen mit einem Ball, ein anderes sammelte konzentriert Muscheln, die es begutachtete und anschließend in einen roten Eimer legte. Ganz vorsichtig, als fürchte es, die Muscheln zu zerstören, wenn es sie zu heftig fallen ließ. Es war ein idyllischer Abend und mit jenem vergleichbar, als er mit Bille an dieser Stelle gesessen hatte. Sie ohne Strümpfe, unkonventionell, nicht so korrekt wie eben mit Harry. Nur leider saß Bille nicht bei ihm. Weder mit noch ohne Strümpfe.

»Darf ich mich zu dir setzen?«

Franz schreckte zusammen. Neben ihm ließ sich eine Mittvierzigerin nieder. Blonde hüftlange Mähne, die Sonnenbrille ins Haar geschoben. Ihre Shorts gaben mehr frei, als dass sie etwas bedeckten, und unter dem Shirt trug sie keinen BH. Sie konnte es sich leisten. Ihr Anblick raubte Franz fast den Atem.

»Ich habe dich schon den ganzen Tag beobachtet. Das heißt, als ihr auf dem Platz wart.« Das Lächeln gab eine Reihe ordentlich aneinandergereihter weißer Zähne preis.

Franz musterte sie ein zweites Mal, nicht, dass er einem Trugbild aufsaß. »Du campst auch?«, fragte er, um irgendwas zu sagen.

Die Blondine rückte ein Stück näher. »Klar.«

Plötzlich schien Franz die Luft noch ein bisschen heißer als eben, alles war von einer Süße geschwängert, die nur Sommertagen wie diesen zu eigen war.

»Ich stehe total auf Harley-Fahrer mit Tattoos. Vor allem, wenn sie Geronimo auf dem Oberarm haben.« Die Finger der Frau strichen über Franz' Arm, bis sie sich zu seinem Indianerkopf-Tattoo hochgearbeitet hatten.

Träumte er oder baggerte ihn gerade eine Model-Frau an? Er stellte sich kurz vor, sie säße hinter ihm auf der Electra Glide und umklammerte ihn.

»Ich bin übriges Tina«, säuselte sie. Ihre Hand war auf Geronimo liegen geblieben.

Franz stellten sich die Haare auf. Doch das war keine Gänsehaut, die man beim Gruseln bekam. Es erinnerte eher an einen Kater, der zu schnurren begann. Er konnte, er durfte, ja er *sollte* das hier genießen, das war Ablenkung pur, auf dem Silbertablett serviert. So, wie er es von den Frauen gewohnt war. So, wie er die letzten Jahre gelebt hatte.

Bille ging gerade mit dem Schnösel essen, ließ sich die Hand küssen. Und er sollte sich eine solche Gelegenheit entgehen lassen? Franz lächelte Tina ebenfalls an und wehrte sich nicht, als sie ihren Kopf an seine Schulter lehnte.

Harry war immer pünktlich, auch ein Zug, den Bille sehr schätzte. Pünktlichkeit hatte etwas mit Wertschätzung zu tun. Wer den anderen warten ließ, nahm ihn nicht ernst. So war Bille erzogen worden, und das konnte sie nicht ablegen.

»Liebste Bille, du siehst fantastisch aus!«, begrüßte Harry sie. Seine Lippen verweilten länger als nötig auf ihrer Hand. »Du riechst gut. Frisch und natürlich.« Er hielt Bille den Arm hin, und sie spazierten in Richtung Ausgang, wo das Taxi wartete, das Harry bestellt hatte.

»Warst du schon mal in Horumersiel?«, raunte er.

Sie schüttelte den Kopf. »Nein, ich habe allerdings gehört, dass es ein äußerst gemütlicher kleiner Hafenort sein soll.«

»So ist es, meine Liebe. Der Strand in Hooksiel ist zwar schöner, aber ich mag Horumersiel als Ort so gern, dass ich mir überlege, dort eine Immobilie zu kaufen. Und einen fantastischen Sandstrand hat man in Schillig, das ist gleich um die Ecke.«

Bille war beeindruckt. Harry verfügte offenbar über ein so großes Vermögen, dass er ganz nebenbei ein Haus an der Küste erwerben konnte. »Woran hast du denn gedacht?« Das Taxi fuhr eben rechts in den Ort und hielt auf ein paar Hochhäuser zu. Bille runzelte die Stirn.

»Keine Sorge, Bille, gleich wird es wunderbar urig.« Harry hatte Billes skeptischen Blick bemerkt. Er strich ihr über den Arm. »Woran ich gedacht habe? An nichts Großes. Eher an eine Ferienwohnung oder ein schickes Appartement. Ein Domizil, das ich das ganze Jahr über bewohnen kann und bei dem ich keine Arbeit mit der Gartenpflege oder Ähnlichem habe.«

»Dann wirst du deine alte Wohnung also verkaufen?«

»Genau, meine liebe Bille. Ich werde meinen Wohnwagen und die Eigentumswohnung in Krefeld abgeben.«

Bille schaute aus dem Fenster des Taxis. Mittlerweile waren sie im Ortskern von Horumersiel mit der belebten Einkaufsstraße angekommen. Was für ein entzückender Ort! Sie konnte sich denken, dass es sich hier gut leben ließ. Sogar im Winter – oder da erst recht, wenn weniger los war. »Du willst gar nicht mehr campen?«

Das Taxi hielt, Harry Sitter zahlte, und kurz darauf standen sie auf einem Rondell. Auf Billes Frage war er nicht eingegangen, aber das störte sie nicht. Sie sah als Erstes die kleine Buchhandlung. Bücherinsel, was für ein netter Name! Schade, dass der Laden bereits geschlossen hatte, aber Bille nahm sich fest vor, noch einmal wiederzukommen und dort ausgiebig zu stöbern. Ein Buch im Monat war in ihrem Budget vorgesehen, denn wenn Bille nicht lesen konnte, war sie nicht glücklich. Und immerhin brauchte sie nun keine Dauerwelle mehr zu bezahlen. Weitere Bücher lieh sie in Oberhausen in der Bibliothek aus, dort half man ihr stets auf eine überaus freundliche Art und Weise, so dass sie um Lesestoff nie verlegen war.

»Bille?«

Sie schrak zusammen, weil Harry leicht auf ihre Schulter klopfte. »Kommst du? Was beeindruckt dich so, dass du ganz vergisst, mit wem du hier bist?« Seine Stimme klang plötzlich ein wenig gereizt, oder täuschte Bille sich da?

»Entschuldigung, ich habe nur die Buchhandlung gesehen und ...«

Harry lachte wieder, der strenge Blick war verschwunden. »Dass du eine Leseratte bist, ist mir nicht entgangen. Kaum glaubst du dich allein, tauchst du deine Nase in ein Buch.« Er sog die Luft ein. »Ich liebe Bücher auch. Der Geruch, der den Seiten entströmt! Ich kann den eBooks nichts abgewinnen, weil ich das Rascheln der Buchseiten so mag.«

Bille glaubte ihren Ohren kaum zu trauen. Eine weitere Übereinstimmung! Ein Mann, der gern las! Und zwar Bücher mit Seiten, nicht elektronisch. Fleischermeister Häwelmann schmökerte nur in der Apothekenzeitschrift und in der Kundenzeitung der Fleischerinnung, damit er stets nah am Geschehen war. »Denn auch in der Umschau geht es oft um Ernährung, liebe Frau Rubens, und Sie wissen, dass meine Wurst keine Zusatzstoffe enthält.« Bille wischte die Erinnerung an den Fleischermeister rasch beiseite.

»Schön, dass du den Büchern ebenso zugetan bist wie ich. Das ist so ...« Sie räusperte sich. Es war besser, das Thema zu wechseln. »Also hat sich das Campen für dich erledigt?«

»Ich möchte es zukünftig wirklich nicht mehr tun.« Harry blieb stehen und sah Bille fest in die Augen. »Ich will sesshaft werden. Ich habe einen Grund gefunden, warum das eine gute Idee ist. Meine zukünftigen Urlaube möchte ich in der Karibik verbringen. Aber nicht allein!«

Billes Herz stolperte. War das eine Liebeserklärung? Meinte er womöglich sie damit? Karibik, schoss es ihr kurz durch den Kopf. Das war verdammt weit weg, vor allem von Oberhausen und den Winterbergs.

Bille kam nicht dazu, länger darüber nachzudenken, der kurze Zauber war verflogen, denn Harry lief schon weiter. Manchmal wurde Bille nicht schlau aus ihm. »Es ist so wunderschön hier! Hat Horumersiel denn auch einen Hafen?«, fragte Bille, weil Harrys Worte noch zwischen ihnen schwangen, aber nicht greifbar waren. Der Ort gefiel ihr wirklich. Die Mischung aus Fischerdorf und touristischem Leben, das Bunte und die Unbeschwertheit vermittelten vollendetes Urlaubsflair.

»Aber klar, der Hafen liegt in dieser Richtung.« Harry sah auf die Uhr. »Wenn du magst, können wir dorthin spazieren, es ist noch etwas Zeit.« Er lachte rauh. »Es scheint zur Gewohnheit zu werden, dass wir vor dem Essen sämtliche Häfen inspizieren. Nun« – er schnalzte mit der Zunge – »diese Orte im Wangerland haben aber wirklich etwas Romantisches.«

Sie umrundeten einen großen Parkplatz und liefen geradewegs auf das Kurmittelhaus zu. Von dort war es nur noch ein Katzensprung zu den Booten, die im Abendlicht auf der spiegelglatten Wasseroberfläche dümpelten. Wobei Bille den alten Hafen in Hooksiel doch romantischer fand als den in Horumersiel, auch wenn man dort nicht, wie hier, auf die Nordsee blicken konnte.

»Es ist wunderbar an der Nordsee. Das hätte ich nie für möglich gehalten!« Bille lächelte. Wieso hatte sie eigentlich in die Berge gewollt? Da kreischten keine Möwen, da gab es den weiten Blick nicht. Die friesische Landschaft öffnete Kopf, Herz und Seele. Bille hätte zu gern gewusst, ob sie das auch bei schlechtem Wetter so sehen würde.

»Ja, das ist es«, sagte Harry. Er umfasste Billes Hüfte, und sie spazierten zurück. »Du fühlst dich gut an.« Was löste dieser Mann nur in ihr aus? Sie schämte sich ein bisschen, denn sie kannte Harry Sitter schließlich erst vier Tage, und schon gelang es ihm, sie mit seinem unvergleichlichen Blick, der einzigartigen Stimme und diesen gezielten Annäherungen aus der Fassung zu bringen. Mit ihren 73 Jahren sollte sie das besser unter Kontrolle haben!

Bille löste sich aus Harrys Griff. Er sah sie verwundert an, und sie schüttelte leicht den Kopf. »Geht ein bisschen zu schnell. Ich bin das nicht mehr gewohnt.« Und ich mag die Karibik nicht! Da will er ja zukünftig hin!

Harry verbeugte sich galant. »Das ist doch kein Problem, Bille. Ich habe alle Zeit der Welt. Ich weiß, wann es sich lohnt, auf eine Frau zu warten.«

Trotz der großen Worte hielt Bille es für besser, einen klaren Kopf zu bewahren. Das hatte sie schon bei Herrn Häwelmann vor so manch dummer Situation gerettet, wobei der nie eine solche Verlockung dargestellt hatte wie Harry Sitter. Aber wohin es führte, wenn man den Gefühlen nachgab, und sei es nur aus Mitleid, das hatte sie schließlich auf eine sehr eindringliche Art und Weise bei ihrem Lammfelldeckenkauf gelernt. Also war es besser, weiterhin vorsichtig zu sein.

Harry Sitter verhagelte ihre Zurückhaltung ohnehin nicht die Laune. Er bot ihr erneut den Arm und spazierte mit ihr zum Restaurant Leuchtfeuer, wo er einen Tisch am Fenster reserviert hatte.

Bille liebte es, hinauszuschauen und den anderen Urlaubern beim Urlaubmachen zuzusehen. Es erfüllte sie mit Leichtigkeit, wenn die jungen Familien fröhlich mit ihren Kindern durch die Straßen liefen. Wenn Väter ihre Kinder durch die Luft wirbelten oder ein kleiner Junge Zeit fand, einer Ameise bei ihrer Wanderung zuzusehen. Sie beglückte das Lächeln eines Pärchens, das alle paar Meter stehen blieb und sich gegenseitig einen Kuss auf die Wange hauchte.

Bille spürte Harrys Fingerspitzen an ihren. »Du siehst glücklich aus. Was erfreut dich so? Darf ich hoffen, dass ich es bin, der dir ein Lächeln auf die Lippen zaubert?«

Bille mochte ihm nicht sagen, dass es mit seiner Person nichts zu tun hatte, denn sie wollte Harry nicht verletzen. Grundsätzlich hatte er sie ja tatsächlich in diesen Glücksmodus gebracht. Er tat so viel für sie, und sein Interesse schien echt und wahrhaftig zu sein. Da konnte sie ihm schlecht sagen, dass sie sich über die jungen Eltern freute, die ihr Kind zwischen sich fliegen ließen.

»Du bist sehr aufmerksam«, wich Bille seiner Frage diplomatisch aus. Weil er sie mit seinen dunkelbraunen Augen aber festnagelte, fügte sie hinzu: »Und ich bin gern mit dir hier.«

Ein breites Strahlen glitt über Harrys Gesicht, und Bille war versucht, ihre Zurückhaltung aufzugeben. Aber was dachte sie da? Wollte sie Harry Sitter wirklich küssen? Sie lehnte sich in ihrem Stuhl zurück und war froh, als die Bedienung ihr die Weißweinschorle und Harry das Bier brachte. Der Bann war gebrochen.

»Du willst dir also hier eine Wohnung kaufen?«, wechselte Bille das Thema, nachdem sie sich für die Scholle Finkenwerder Art entschieden hatte. Ihr machte es nichts aus, schon wieder Fisch zu essen, hier an der Nordsee und fangfrisch schmeckte er einfach vorzüglich.

»Ja, ich mag Friesland, ich mag die Küste, Ebbe und Flut, und ich finde die ruhige Art und Weise der Menschen hier unglaublich entspannend. Ist dir schon aufgefallen, dass sich kaum jemand aufregt? Ich meine, so richtig. Wann wird man mal angehupt? Wenn du jemanden nach etwas fragst, erhältst du eine freundliche Antwort. Das ist in den Großstädten anders, da rennen alle an dir vorbei, als gäbe es nur sie allein.«

Da hatte Harry nur bedingt recht. Zwar hatte sich Bille in Duisburg mal verlaufen und etwa fünf verschiedene Leute nach dem Weg gefragt, und ein paar hatten tatsächlich so getan, als sei sie gar nicht da, doch ein freundlicher Marktbeschicker hatte ihr schließlich weitergeholfen. Natürlich war es an der Küste schön, aber sie mochte ihre Heimatstadt Oberhausen. Dort kannte sie jede Ecke, sie liebte vor allem den Kaisergarten mit dem Tierpark. Die Leute in der Schrebergartenkolonie am Bahndamm waren sehr gesellig, die Mitarbeiter in der Bibliothek hilfsbereit. Sie dachte an die nette Apothekerin, die ihr immer eine Packung Tempos oder andere Kleinigkeiten in den Beutel legte. Oder an die Stoffverkäuferin auf dem Markt. Ganz abgesehen von den Winterbergs und Frau Meyer-Semmelmann, die ohne zu murren ihre Blumen goss und den Briefkasten leerte. Die Friesen und Wangerländer, oder wie immer sie hießen, waren bestimmt angenehm im Umgang, aber es gab überall solche und solche Menschen. Bille mochte keine Vorurteile und Verallgemeinerungen. Nur bei den Rockern, da hast du dir dein vorgefertigtes Bild gemacht, schoss es ihr durch den Kopf, aber sie drängte den Gedanken beiseite. Franz gehörte nicht hierher.

»Auf jeden Fall ist es schön hier«, versuchte Bille abzulenken. Es gab nicht nur Tee, sie brauchte doch keinen Wintermantel, und die Friesen erschienen ihr in jeder Hinsicht kultiviert. Das sah man ja an den beiden wunderbaren Restaurants, in die Harry sie ausgeführt hatte, und auch an ihrem neuen Haarschnitt und der schicken Kleidung. Sie hätte doch heute Abend etwas davon anziehen sollen, bestimmt hätte es Harry gefallen. Ach, immer diese Hätteritis!

»Würdest du nicht gern hier wohnen wollen?« Harry beugte sich vor und ergriff ihre Hand.

Bille schrak zusammen. War das etwa ein ernstgemeintes Angebot, dass sie zusammenleben sollten? Das ging ihr wirklich zu schnell, aber sie hatte Harry ja nicht anders kennengelernt. Er machte gleich Nägel mit Köpfen, sonst hätte er sie vor dem ersten Treffen schließlich auch gefragt, ob sie überhaupt mitkommen wollte. Zum ersten Mal regte sich in Bille Widerstand gegen Harrys bevormundende Art. Aber er sah sie weiterhin so freundlich an, dass ihr das Wort im Hals stecken blieb.

»Ich glaube, ich möchte weder meine Wohnung noch den engen Kontakt zu den Winterbergs aufgeben«, sagte sie. »Schau, sie haben mir sogar diesen Urlaub ermöglicht. Sie sind meine Familie. Außer ihnen habe ich keinen Menschen auf der Welt und -«

Harry unterbrach Bille, indem er ihr den Finger auf den Mund legte. »Ach, Bille, das verstehe ich alles gut. Aber du musst dir etwas Eigenes schaffen und kannst dich nicht so auf fremde Menschen fixieren.« Harrys Raunen bekam einen flehenden Unterton. »Kannst du dir denn keinen Mann in deinem Leben vorstellen? Einen, der Tag und Nacht oder zumindest am Tag für dich da ist, den du gern umsorgst?«

Bille biss sich auf die Lippen. Das Gespräch nahm eine

unbehagliche Wendung. Nein, sie wollte nicht aus Oberhausen weg, so schön es in Friesland auch war. Einen Mann umsorgen wollte sie auch nicht. Und sich schon jetzt für Harry zu entscheiden, obwohl sie ihn kaum kannte, war wirklich zu viel verlangt.

Harry aber ließ nicht locker. »Gibt es einen Mann, der in deiner Stadt auf dich wartet?«, hakte er nach. Seine Finger zitterten, als er einen Schluck Bier nahm.

Bevor Bille antworten konnte, servierte ihr die Bedienung den Fisch und Harry das Steak. »Guten Appetit«, wünschte Bille und hoffte, das Thema sei vom Tisch. Sie wollte mit Harry nicht über Männer debattieren. Sie wollte ihm nicht erklären, dass es zwei Herren in Oberhausen gab, die aber nichts mit ihrer Entscheidung zu tun hatten.

Bille kostete den Fisch und war begeistert. Auch dieser Koch verstand sein Handwerk. Es war ohnehin unverfänglicher, sich über Essen zu unterhalten als über die Zukunft.

Harry schnitt das Steak an, so dass sich das rote Fleischwasser verteilte. »Ich lasse es nicht einmal medium braten«, verriet er Bille. »Ich mag es gern fast roh.«

Bille wandte sich ab. Harry speiste rohes Fleisch! Sie hoffte, nicht den ganzen Abend darüber reden zu müssen, das wäre dann ja wie ein Gespräch mit Fleischermeister Häwelmann. Glücklicherweise verteilte Harry schweigend die Kräuterbutter über dem Fleisch und ließ Bille in Ruhe ihre Scholle verspeisen.

Erst beim Nachtisch – Eis mit heißen Kirschen – und dem abschließenden Ramazotti sprach Harry den Wohnungskauf abermals an. Er hob das Glas. »Ein Toast auf uns beide, Bille. Ich glaube, wir werden noch viel Spaß miteinander haben. Was hältst du davon, wenn wir morgen mit der Harlekurier in Wilhelmshaven eine Schiffstour machen?«

Beide tranken einen Schluck, und Bille schmeckte die saure Zitrone.

»Du hast kein Auto«, gab Bille zu bedenken. »Wie sollen wir dorthin kommen?«

»Mit dem Bus. Das schaffen wir schon.«

Bille nahm noch einen Schluck. Sie fühlte sich von Harry mit einem Mal bedrängt. Er wirkte trotz der zur Schau gestellten Offenheit geheimnisumwoben, so als verberge er etwas. Bille konnte nicht einmal sagen, woher diese plötzliche Erkenntnis kam. War es die Eile, mit der Harry über ihr Leben bestimmen wollte? Bille bekam Bauchschmerzen. »Weißt du, was ich mich die ganze Zeit über frage?«, platzte es aus ihr heraus. Wenigstens *ein* Geheimnis wollte Bille lüften.

»Was denn, meine Liebe?« Harry sprach noch immer mit sonorem Tonfall und war völlig unbeeindruckt von Billes Zurückweisung und Ablenkungsmanöver.

»Du hast einen riesigen Caravan, und du bist bislang mit ihm von Ort zu Ort gereist. Warum hast du kein Auto? Du musst ihn doch irgendwie bewegen?«

Harry lachte auf. »Worüber du dir Gedanken machst! Der Wohnwagen ist ziemlich schwer. Dafür braucht man einen ordentlichen Zugwagen. Das ist sehr kostspielig, und wie du weißt, ist es in Städten eher von Nachteil, wenn man ein großes Auto besitzt. Allein wegen der engen Parkhäuser und Parkplätze. Außerdem ist der Personennahverkehr so gut ausgebaut, dass ich kein Auto vermisse.« Wieder ergriff

Harry Billes Hand und streichelte ihre Hautoberfläche sanft.

Bille konnte die Gänsehaut nicht verhindern, und sie wusste nicht, ob es eine angenehme oder eine unangenehme war.

»Und wie bewegst du dann den Wohnwagen?« Harry würde ihn wohl kaum per Hand von Campingplatz zu Campingplatz schleifen.

»Du bist sehr neugierig, das gefällt mir.« Er lächelte. »Ich bleibe in meinen Urlauben immer an ein und demselben Ort, damit ich Land und Leute intensiv erkunden kann. Deshalb lasse ich den Wohnwagen von einem Unternehmen bringen. Im Winter stellen sie ihn für mich unter, und ich lebe in meiner Penthouse-Wohnung in Krefeld. Aber die möchte ich wirklich gern eintauschen und mir hier etwas kaufen. Schau mal.« Harry zerrte einen Hochglanzprospekt aus der Tasche, mit Appartements, die sich wirklich sehen lassen konnten. »Mit Meerblick, Bille. Stell dir mal vor, du wachst am Morgen auf und als Erstes siehst du die Nordsee.«

»Wenn sie da ist«, entgegnete Bille. »Ich würde oft aufs Watt schauen.«

Harry schluckte. »Dann aufs Watt. Es geht um die Weite, die Freiheit! Ich möchte mit dir diesen Blick genießen!« Er sah Bille lange in die Augen. »Jeden Tag!«

Sie schüttelte unmerklich den Kopf, atmete tief ein und hielt Harrys Blick stand. Weil sie sich die passenden Worte noch zurechtlegen musste, erhob sie das Ramazotti-Glas. »Ich weiß dein Angebot zu schätzen, Harry. Wirklich. Aber dieses Tempo! Das geht mir alles viel zu schnell. Wir kennen uns doch kaum.«

Harry seufzte. »Ich war mir einer Sache noch nie so sicher. Noch nie. Ich werde auf dich warten, Bille Rubens. Auf jeden Fall.« Er faltete den Prospekt wieder zusammen, presste dabei jedoch die Lippen zusammen. In Bille kroch erneut dieses schreckliche schlechte Gewissen hoch. Dieses Gefühl, alles zu verspielen, wenn sie nicht augenblicklich zugriff. Sie hatte ihn verletzt, nur konnte sie nicht ihr ganzes Leben ändern, bloß weil es Harry so wollte! Wäre sie immer gleich auf alle Angebote eingegangen, wäre sie längst Wurstverkäuferin an Herrn Häwelmanns Seite. Es gab Dinge, die sollte man nicht übers Knie brechen – und erst recht nicht, wenn einem die beteiligte Person erst weiche Knie verursachte und jeglichen Verstand raubte und dann aber ein ungutes Gefühl hervorrief, das sie nicht einzuordnen wusste.

»Ich kann es nicht. Noch nicht«, sagte sie schließlich. »Bitte sei nicht böse, aber es gibt eben Dinge, die brauchen ein wenig Vorlauf, vor allem, wenn sie erst so kurz bestehen.«

»Lass dir Zeit«, lenkte Harry ein. »Aber glaub mir, ich gebe nicht auf!«

Warum klang das schon wieder wie eine Drohung? Bille fühlte sich nicht mehr wohl und verzichtete auf ein letztes Glas Wein, das sie normalerweise gern noch getrunken hätte. Beide saßen für eine Weile schweigend am Tisch. Harrys Angebot hatte ihr deutlich gemacht, in welch verschiedenen Welten sie lebten, auch wenn sie sich gut verstanden. Aber Harry kaufte mal eben eine Immobilie und stieß die andere ab, während sie Monat für Monat jeden Cent zusammenhalten musste, um die Miete für ihre kleine

Wohnung in Buschhausen bezahlen zu können. Sie träumte von einem Kurztrip in ein Hotel, und Harry reiste mir nichts, dir nichts in die Karibik. Sie war so naiv und ließ sich an der Haustür Dinge andrehen, die sie nicht bezahlen konnte. Harry hingegen hätte sich mit seinem selbstbewussten Auftreten nie in solche eine Situation gebracht. Das passte nicht. Sie wollte sich von keinem Mann abhängig machen. Unabhängigkeit war ihr wichtig.

»Was bedrückt dich denn?« Harry stand auf und setzte sich neben sie. Sein Rasierwasserduft kroch in Billes Nase. Männlich herb, passend zur raunenden Stimme. »Irgendetwas ist doch los mit dir – und das hat nichts mit unserem Gespräch gerade zu tun.«

Bille presste die Lippen zusammen, ihr Kinn zitterte. Ja, es war eine ganze Menge los! Sie schluckte den dicken Kloß im Hals herunter und wusste nicht, ob es klug war, Harry von ihrem Dilemma zu erzählen. Er war so perfekt und würde mit einer Kleinkriminellen sicher nichts zu tun haben wollen.

Einer Fast-Kleinkriminellen, du warst ja zu feige, es in aller Konsequenz durchzuziehen!

Wieder diese keifende Stimme. Bille wollte, dass sie verschwand, aber es schien, als hätte sie sich in ihrem Ohr festgesetzt, um sie ständig zu traktieren. »Hau ab!«, flüsterte sie.

Harry sah Bille entsetzt an. »Was hast du gesagt?«

Bille schrak zusammen, sie hatte gar nicht bemerkt, dass ihr die Worte laut über die Lippen gekommen waren. »Dich meinte ich nicht. Hab nur gerade an jemanden gedacht.«

»Willst du darüber reden?« Harry war so verständnisvoll! Sollte sie ihm doch vertrauen?

»Komm, Bille, ich beiße nicht! Ich merke doch, dass dich etwas bedrückt.« Harry streichelte erneut Billes Hand. Sie war kurz versucht, sie ihm zu entziehen, ließ es aber dann doch geschehen. Ach, wie gern würde sie sich mal alles von der Seele reden!

»Ich behalte es für mich, und wenn ich dich eben bedrängt haben sollte, tut es mir leid, Bille. Komm, sag, was los ist!«

Alles in ihr kämpfte dagegen an, sich zu offenbaren, aber plötzlich purzelten die Worte wie von selbst aus ihr heraus.

Sie erzählte die ganze Geschichte, die damit endete, dass der Mann sie bis Hooksiel verfolgt hatte. Nur ihren Einbruch, den behielt Bille doch lieber für sich. »Weißt du, und nun turnt er hier herum. Ich habe Angst vor ihm, denn er hat mich ja schon zu Hause bedroht. Warum nur habe ich diese blöden Dinger gekauft, die ich doch gar nicht benötige?«

Harry wirkte wirklich entsetzt. »Oh, du Arme«, brummte er. »So viel Geld! Was willst du nun tun, Liebes?«

»Ich weiß es nicht, Harry. Ich habe die Summe nicht!«

»Ich helfe dir, Bille, und lasse dich nicht allein. Von jetzt an nicht mehr.« Er legte den Arm um sie, und da war es wieder, das Gefühl, dass sie ihn am liebsten nicht so dicht an sich heranlassen wollte.

Du hast echt eine Männerphobie. Immer wenn sie dir zu nahe kommen, stößt du sie weg!

Um sich nicht lächerlich zu machen, hielt Bille still, selbst wenn es sich zwischenzeitlich anfühlte, als brenne sich seine Wärme durch den Stoff ihrer Bluse und hinterließe eine Brandblase. Sie verharrten eine Weile so, bis Harry wegrutschte, aufstand und sich wieder an seinen Platz setzte.

»Ich glaube, du möchtest keine Nähe.« Seine Bewegungen wirkten plötzlich fahrig, Wein und Ramazotti taten offenbar ihre Wirkung.

Ich muss achtgeben, sonst plaudere ich gleich noch mehr Dinge aus, die ich besser für mich behalten sollte. Bille winkte der Kellnerin und bestellte ein Wasser. »Ich brauche Zeit, Harry, das habe ich dir eben gesagt, und das hat sich in der letzten Stunde auch nicht geändert.«

»Verstehe.«

»Lass uns nach dem Getränk zurück zum Campingplatz fahren. Ich fühle mich gerade nicht so gut, habe wohl zu viel gegessen.« Das Wasser kam, und Bille suchte verzweifelt nach einem unverfänglichen Thema. Ihr fiel nichts ein, denn Harry wirkte wie Rumpelstilzchen, bevor er sich selbst in der Luft zerriss. Er trommelte mit den Fingerspitzen auf der Tischplatte, nagte an der Unterlippe und schien den Aufbruch kaum erwarten zu können.

Was für ein arroganter Schnösel, schoss es Bille durch den Kopf und bereute nun doch zutiefst, ihm alles erzählt zu haben. Sie war ein dummes Schaf! In einem Zug stürzte sie den Rest des Wassers hinunter.

Harry verlangte in gewohnt großspuriger Art nach der Rechnung, tastete an seiner Jacke herum und wurde blass. »Oh, Bille, ich muss mein Portemonnaie vergessen haben. Meine Güte, ist mir das unangenehm!«

»Du hast doch das Taxi bezahlt, da war es noch da«, wandte Bille ein. Harry zuckte mit den Schultern. »Tut mir leid, aber es ist weg. Ob am Hafen ein Taschendieb unterwegs gewesen ist? Die sind ja so geschickt, dass man gar nicht merkt, wenn sie einen berauben.«

Bille konnte sich nicht erinnern, dass ihnen jemand nahe gekommen war, aber wenn das Portemonnaie weg war, gab es keine andere Erklärung.

Harry sah Bille bittend an. »Könntest du vielleicht zahlen? Ich weiß, ich hab dich eingeladen, nur wollen wir den Rest dieses wunderbaren Abends sicher nicht damit verbringen, Teller abzuwaschen, oder? Es ist mir wirklich peinlich.« Das Rumpelstilzchen war wieder in die Prinzenrolle geschlüpft, Harrys Fähigkeiten zur Mutation waren beeindruckend.

Bille glaubte zwar nicht, dass man sie zum Tellerwaschen verdonnern würde, aber ihr wäre es unangenehm gewesen, jetzt aufzufallen. Also kramte sie in ihrer Ledertasche nach der Geldbörse und sah nach, ob sie überhaupt genug Bargeld dabei hatte. Natürlich nicht. »Ich hab nur meine EC-Karte«, murmelte sie.

Generös erlaubte Harry, damit zu zahlen, und Bille war unvermittelt um eine Menge Geld leichter, denn Harry hatte mit Trinkgeld wahrlich nicht gegeizt.

12. Kapitel

Bille war am nächsten Morgen früh auf. Sie hatte grottenschlecht geschlafen und hätte als Nachtwächter ihren Mann gestanden. Die Gedanken waren am Ende so schnell in ihrem Kopf gekreist, dass ihr schwindelig wurde. Harry wollte mit ihr zusammenziehen, war beleidigt, wenn sie nicht gleich ja und amen zu allem sagte, und hatte angeblich sein Portemonnaie verloren. Bille hatte auch noch das Taxi bezahlen müssen. Ob Harry Sitter das Wort »danke« überhaupt kannte? Mit Fremdwörtern warf er um sich wie ein Jongleur mit seinen Bällen, aber das einfachste aller deutschen Worte konnte er nicht aussprechen.

»Harry Sitter gleicht emotional einem gefrorenen Kotelett, das zu lange im Gefrierfach gelegen hat.« Bille erschrak bei ihren Worten. Nur war ihr in der Nacht genau das durch den Kopf geschossen. Erst hatte ihr Campingnachbar anziehend, ja appetitlich gewirkt. Als es nicht so lief, wie er es sich vorstellte, war er erstarrt, und was nach dem Auftauen übrig blieb, war ein graues Stück Fleisch mit Gefrierbrand. Noch schlimmer war es nach der Beichte geworden, die er aus ihr herausgepresst hatte. Es war gut, dass Jan sie heute Abend zum Winterbergschen Berg-Grillfest eingeladen und zum Herrichten des Kartoffelsalats verdonnert hatte. Deshalb hatte sie heute einen triftigen Grund, sich Harrys Annäherungsversuchen zu widersetzen, sollte er einen weiteren Versuch wagen.

»Morgen Abend lässt du dich mal nicht entführen, Oma

Bille«, hatte Jan gestern gesagt, als Bille und Harry zurückgekommen waren. Er und Maja hatten mit einem Windlicht auf dem Tisch und zwei Gläsern Rotwein beisammengesessen und den lauen Sommerabend genossen. »Wir wollen schließlich auch mal was von dir haben! Machst du uns für das Grillfest deinen Kartoffelsalat? Den keiner so gut hinbekommt wie du?«

Bille freute sich, dass sie etwas für die Winterbergs tun konnte. Jetzt deckte sie für alle den Tisch, aber es war noch zu früh, um die Zutaten fürs Frühstück aus dem Kühlfach zu holen. Morgens um halb sechs im Urlaub verlangten nur Hartgesottene nach einer kräftigen Mahlzeit. Die Rocker gehörten definitiv nicht dazu, denn als sie zum Waschhaus gelaufen war, hatte sie einen Blick zur Zeltwiese geworfen. Dort war noch alles ruhig gewesen; zumindest bei den Rockern. Die Übermutter der Bochumer Saubermann-Familie war bereits dabei, Ringelsöckchen auf der Wäschespinne zu dekorieren, was die Holländer mit einer kunstvollen Männerslip-Vernissage parierten. Die Vielfalt des männlichen »Underdressings« und der Fußkollektion war durchaus beeindruckend.

Bille überlegte, was sie tun sollte, und entschied, schon mal mit der Zubereitung des Kartoffelsalats zu beginnen, dabei störte sie keinen, das machte keinen Lärm. Sie wollte nur einfach nicht mehr in ihrem Wohnwagen liegen. Alles war ihr auf einmal viel zu eng, und sie fühlte sich von den Gedanken umkreist und bedrängt.

Maja hatte die Kartoffeln gestern schon gekocht und geschält. »Es ist ohnehin gut, wenn die Kartoffeln einen halben Tag durchziehen«, flüsterte Bille, holte alles, was sie brauchte, leise aus dem Vorzelt, schnappte sich die Schürze aus dem Koffer in ihrem Wohnwagen und begann, die Pellkartoffeln in dünne Scheiben zu schneiden. Anschließend schnippelte sie zwei saure Äpfel klein, danach die Gurken. Das Gurkenwasser war perfekt, es würde der Marinade die richtige Würze geben. Bille holte aus ihrem Kühlschrank zwei gekochte Eier. Auch die wurden rasch unter den Salat gemischt. Am Ende gab sie die Mayonnaise dazu.

»Was tust du denn da am frühen Morgen? Ich dachte, nur *ich* schlafe schlecht.«

Bille fuhr herum, als Franz an der Parzelle auftauchte.

»Was tust *du* am frühen Morgen hier?«, lautete ihre Gegenfrage. Seltsam, dass Bille bei Franz nie auf den Mund gefallen war. Bei ihm wagte sie immer, genau das zu sagen, was sie dachte. Oder zumindest fast. Manchmal war ihr das direkt unheimlich.

»Ich musste vor ein paar Dingen fliehen«, sagte er lachend.

Bille stellte das Mayonnaiseglas auf den Tisch und wischte die Hände an der Schürze ab. In dem Augenblick wurde ihr deutlich, wie sie aussah.

Schürze, schoss es durch Billes Kopf. O mein Gott, ich habe tatsächlich eine schreckliche geblümte Schürze an und mansche am frühen Morgen im Kartoffelsalat herum. Klischeehafter ging es nicht. Die kochende Oma!

Ach, es konnte ihr gleichgültig sein, was der Rocker von ihr dachte. Dennoch fühlte sie sich ihm gegenüber uralt. Sie zupfte die Schürze vom Bauch und warf sie betont lässig über den Stuhl. Zum Glück war sie darunter nicht so altbacken gekleidet, sondern trug ihre neue Hose. Sie fuhr sich durchs Haar, doch das saß, dank der neuen Frisur. Mit der Dauerwelle hätte sie ungekämmt größere Schwierigkeiten gehabt.

»Wovor musstest du fliehen?«, hakte Bille nach, in der Hoffnung, Franz hätte die Schürze nicht realisiert.

Er lachte immer noch. »Vor meinen Zeltnachbarn!« Er fasste sich an den Kopf. »Die entsprechen sämtlichen Spießer-Campingplatz-Klischees. So ähnlich wie eure Salome mit dem geköpften Johannes.«

Bille verstand, wovon er sprach. Er konnte nur die Bochumer und die Holländer meinen.

»Und dann gibt es noch eine neue Familie, aus Hamburg, die Eltern regen sich seit gestern Abend in einer Dauerschleife über den pubertierenden Sohn auf!«

»Chillt der auch?«, unterbrach Bille ihn.

»Schlimmer. Er bewertet gewisse Dinge etwas anders als seine Eltern.« Franz kicherte.

»Nun schieß los, was hat er angestellt?« Bille musste schon mitlachen, weil es sie amüsierte, wie Franz es erzählte.

»Es geht ums Gepäck. Der Junge hat wohl als Maximalvolumen einen Rucksack bewilligt bekommen.«

»Und?«

»Darin befand sich sein Schlauchboot ...«

Bille begriff und prustete ebenfalls los. »Das Schlauchboot und sonst nichts?«

»Genau. So Unsinnigkeiten wie Unterhosen oder T-Shirts braucht er anscheinend nicht, wenn er Schlauchboot fahren kann.«

»Und das hat der Familie die Laune schon am ersten Tag verhagelt«, schloss Bille. »Das nenne ich absolut gechillt.«

Franz sah sie angesichts der Formulierung erstaunt an, bestätigte sie dann aber. »Das Ganze führt nun dazu, dass der Knabe neu eingekleidet werden muss. Aber er kann auf der Nordsee paddeln, immerhin!«

Bille wischte sich eine Lachträne aus dem Auge und lud Franz mit einer Handbewegung ein, Platz zu nehmen. »Und was war noch?«

Der Morgen begann amüsanter als erwartet, aber da ringsherum noch alle schliefen, war es bestimmt besser, wenn sie sich im Flüsterton unterhielten, und das ging nun mal nicht, wenn Franz auf dem Weg herumstand. Er nahm die Einladung an und huschte zu Bille, wo er sich auf dem bereitgestellten Stuhl niederließ. »Wir sprechen besser leiser, sonst haben wir hier auch gleich Ärger. Die Schlauchboot-Story war ja nur *ein* Erlebnis!«

»Einen Augenblick bitte, ich pack das nur schnell weg.« Mit wenigen Handgriffen räumte Bille alle Küchenutensilien zusammen und stellte den Kartoffelsalat kühl. »Aber nun erzähl weiter!«

»Auf der anderen Seite zelten die mit der Sockenparade.«

»Die hab ich auch schon entdeckt.«

»*Die* lassen vielleicht Sprüche ab!«

»In breitem Slang?« Bille grinste, wohl wissend, wie oft über den Ruhrpott-Dialekt gelacht wurde.

»Ja, das auch. Ich kann das ›Hömma‹ schon nicht mehr hören. Aber weißt du, was da wirklich abgeht?«

»Nein, erzähl!«

»Daneben haust eine holländische Familie, und diese Konstellation birgt, ich sag es mal vorsichtig, Sprengstoff. Also, sie ist hochexplosiv!«

»Die Männerunterhosen!«, sagte Bille.

»Genau, aber nicht nur das.« Franz wischte ein kleines Stück Gurke vom Tisch. »Zwischen beiden Parteien geht es um massive Grenzverletzungen. Ich meine das ernst! Also, Familie Hegemann aus Bochum ist der festen Ansicht, dass man sich an Regeln halten muss. Deshalb ist ihre Sandburg am Strand auch mit dem Bochumer Wappen geflaggt. Sie glauben weiter, dass eine Parzelle ein Hoheitsgebiet ist, das es zu verteidigen gilt, wenn sich der Feind nähert.«

»Der Feind ist in dem Fall die holländische Familie?«

»So sieht das aus, Bille. Da werden scharfe Geschütze aufgefahren, um die Grenzen zu sichern. Dass Vater Wolle noch keinen Schießbefehl ausgegeben hat, grenzt an ein Wunder, ist aber nur eine Frage der Zeit!«

Bille schlug die Hand vor den Mund. »Hat er etwa ein Gewehr?«

»Das nicht, aber die Flitsche ist schon in Position gebracht, genau wie andere Maßnahmen, die das Bollwerk Parzelle kenntlich machen sollen. Der Bochumer Hoheitsbereich muss um jeden Preis verteidigt werden. Deshalb stehen dort Schwimmboards, aufrecht plaziert, neben befestigten Luftmatratzen, aufgestellten Schlauchbooten und lauter solchem Zeug. Uns haben sie nach der Bierzeltgarnitur als Sicherung vor dem holländischen Übergriff gefragt. Aber wie sollen wir dann essen? Wolle will heute einen Schutzzaun erwerben.«

Das klang schlimm, das klang dramatisch, und weil Bille sich lebhaft vorstellen konnte, wie nervtötend dieser Parzellennachbarkrieg war, hatte sie für Franz' Flucht volles Verständnis.

»Ich komme mir vor wie im Irrenhaus und dachte, ich hau besser ab. An Schlaf ist ohnehin nicht zu denken, schon gar nicht, weil meine Jungs auch noch ein Schnarchkonzert begonnen haben, nachdem nebenan endlich Ruhe war.«

»Wie habt ihr die Bierzeltgarnitur eigentlich dorthin bekommen?«, sinnierte Bille.

Franz reagierte entspannt auf den Einwand. »Dafür haben wir ein Versorgungsfahrzeug organisiert. Darin sind wir Motorradtypen großartig. Das ist so üblich.«

Bille nickte. Dann fragte sie: »Möchtest du Kaffee? Ich hab aber nur löslichen. Die Kaffeemaschine steht dort im Vorzelt, und die Winterbergs schlafen noch.«

»Gern!«

Bille betätigte den Wasserkocher und füllte kurz darauf zwei Becher mit löslichem Kaffee, den sie nach Frau Meyer-Semmelmanns Warnung, dass ein solches Getränk in Friesland niemals zu bekommen sei, vorsichtshalber mitgenommen hatte.

»Campst du eigentlich gern?«, fragte Franz.

»Ich mache es zum ersten Mal, aber ich mag es sehr. Zwar habe ich davor von einem Wellnesshotel mit allen Schikanen und Candle-Light-Dinner geträumt, aber das sind Spinnereien einer alten Frau.«

»Es gibt bestimmt hier irgendwo so ein Hotel.«

»Mir würde ein Wochenende reichen, mich nur einmal so richtig verwöhnen lassen. Und danach gehe ich gern wieder campen. Hätte nie geglaubt, dass mir das so gefallen könnte. Man hat diese Freiheit, ist ständig draußen! Wirklich wunderbar!«

Sie sahen dem aufsteigenden Kaffeedampf zu und schwiegen für eine Weile. Als Franz' Becher leer war, stand dieser auf. Er schien es mit einem Mal eilig zu haben. »Danke für das Gespräch, Bille. Und den Kaffee. Tut mir leid, dass unser Start so blöd gelaufen ist, ehrlich. Nun hauen wir bald ab, aber alles ist hoffentlich aus der Welt?«

»Alles gut«, sagte Bille.

Gerade als Franz losgehen wollte, öffnete sich nebenan die Tür, und Jan kam heraus. Er war ebenfalls Frühaufsteher und auf dem Weg zu seiner Joggingrunde. »Na, Oma Bille, so früh Herrenbesuch?«, fragte er verwundert und zuckte zurück, als nicht der erwartete Harry dort stand, sondern ein ihm unbekannter Mann.

Bille war das sehr unangenehm. Was sollte er nur von ihr denken? Sie war schließlich eine anständige Frau, die wusste, was sich gehörte, und trotzdem trieb sie sich ständig mit verschiedenen Männern herum.

Jan war jedoch offenbar aus einem anderen Grund irritiert. Er stürzte geradewegs auf Franz zu. »Sag mal, bist du nicht einer der Harley-Fahrer? Oder sogar der mit der Electra Glide?«

»Ja, warum?« Franz wirkte misstrauisch, aber Jan strahlte übers ganze Gesicht.

»Ich liebe Harleys, vor allem deine Maschine! Das ist ein Traum, ein solches Motorrad zu besitzen. Welcher Mann wünscht sich das nicht?«

Mein Karl, dachte Bille. Mein Karl mochte solche Knatterdinger nicht.

Im nächsten Moment glaubte sie ihren Ohren nicht zu trauen. War Jan denn von allen guten Geistern verlassen?

»Sag mal, wir machen heute Abend ein kleines Grillfest.

Oma Bille steuert den besten Kartoffelsalat der Welt dazu bei. Willst du nicht kommen und uns ein bisschen über deine Maschine erzählen? Bitte! Du kannst auch gern ein paar von den Jungs mitbringen. Was meinst du? Ich habe schon gehört, dass auch mein Sohn restlos von dir und deiner Harley begeistert ist.«

Sie reichten einander die Hände und schüttelten sie kumpelhaft. »Gern, ich bin dabei!«, sagte Franz.

In dem Augenblick öffnete sich zwei Parzellen weiter eine Wohnwagentür, und eine Frau erschien. Sie rief panisch: »Mein Schmuck ist weg! Hier war ein Dieb! Er muss eingestiegen sein, als ich im Waschhaus war! Um kurz vor sechs.«

Billes Blick wanderte zu Franz. Kurz vor sechs, schoss es ihr durch den Kopf. Genau da war er zu ihr gekommen. Und hatte ihr die Geschichten seiner Parzellennachbarn erzählt. War das nur eine dumme Ausrede gewesen?

Franz schien Billes Gedanken zu ahnen. Er schüttelte langsam den Kopf. »Ich war das nicht, Bille, was denkst du denn?«

Bevor sie etwas erwidern konnte, stolzierte eine langbeinige Blondine auf Billes Wohnwagen zu. Sie glich einem dekorierten amerikanischen Weihnachtsbaum, was die Schmuckdichte an ihrem Körper anging. »Ach, hier steckst du, mein Süßer«, flötete sie. »Bist du auf Oma-Besuch? Dachte, ich hole dich zum Frühstücken ab. Nach dem schönen Abend gestern! Was war das für ein Sternenhimmel!«

Franz wurde rot, und Bille war der Ansicht, dass für die frühe Stunde auf dem Platz eindeutig zu viel los war.

Franz saß vor den beiden Polizeibeamten, die die Parzellennachbarn sofort gerufen hatten, und war in Erklärungsnot. Doch die beiden hatten die Ruhe weg.

»Jou ... denn wullt wi mol.« Der Beamte, es war der Dickere der beiden, kratzte sich am Kopf und schürzte wichtig die Lippen. »Warum spazieren Sie früh am Morgen über den Platz und tauchen dann wie zufällig bei Frau Rubens auf?« Er hatte die Hände auf dem basketballgroßen Bauch abgelegt und formte mit den Fingerspitzen die Merkel-Raute. Er wirkte noch gemütlicher als der andere und hatte offensichtlich keinen Stress mit der Geschwindigkeit der Ermittlungen.

»Ich habe es Ihnen doch bereits erklärt«, begehrte Franz auf. »Warum soll ich das noch einmal sagen? Ich war spazieren, weil ich nicht schlafen konnte.«

»Jou«, bestätigte der andere Beamte. Erst glaubte Franz, er versprühe einen Hauch mehr Elan – wobei Elan der falsche Ausdruck war bei dem Zeitlupentempo, das er an den Tag legte –, um Franz' Aussage zu protokollieren. »Wir denken nun mal ...« Er unterbrach sich, überlegte und begann von neuem. »Also, wir nehmen an, dass Sie Frau Rubens gesehen und es als willkommenes Geschenk betrachtet haben, weil Sie beinahe entdeckt worden wären. Ein bisschen Tratsch am Morgen kam Ihnen da gerade recht.«

»Ich hatte kein Diebesgut dabei, wo sollte ich es denn gelassen haben? Fragen Sie Frau Rubens, ob ich was in der Hand hatte! Sie haben mich bereits gefilzt und nichts gefunden. Der Schmuck müsste schließlich irgendwo sein.«

Die beiden Polizisten sahen sich an. Nickten wissend.

»Jou«, sagte der Dicke.

»Denn man tau«, der andere. Dann wandte er sich an Franz. »Schönen Dank. Bitte halten Sie sich zu unserer Verfügung, reisen Sie vorerst nicht ab, ausgestanden ist der Spaß für Sie noch nicht. Schöne Maschinen übrigens, solche Harleys. Moi, wirklich moi.«

Franz sah ihnen nach, und in ihm keimte ein schrecklicher Gedanke auf, als sie sich in Richtung Billes Parzelle auf den Weg machten. Die beiden glaubten doch nicht allen Ernstes, dass er das Diebesgut bei ihr gelassen hatte, ja, dass sie womöglich mit ihm unter einer Decke steckte? Er stürzte hinter den beiden her. Es war ohnehin besser, Bille schnellstmöglich zu erklären, was es mit Tina auf sich hatte, obwohl es da eigentlich gar nichts zu erklären gab. Franz hatte sie gestern Abend weggeschickt, obwohl er ihr Erscheinen zunächst als Fügung des Himmels interpretiert hatte, was es auch gewesen wäre: Wenn es Bille nicht gäbe!

Tina hatte ihn geküsst, aber plötzlich war nichts mehr gelaufen. Sie schmeckte nicht, sie roch nicht gut, ach, es ging einfach nicht. Trotzdem hatte sie mitten in der Nacht vor seinem Zelt gestanden. Fast nackt. Er hatte sie nicht reingelassen, was sie jedoch nicht weiter störte, im Gegenteil: Wie sonst war zu erklären, dass sie keine Skrupel hatte, ihm sogar am frühen Morgen aufzulauern und so zu tun, als hätten sie die heißeste Nacht ihres Lebens miteinander verbracht?

Die Polizisten schlenderten auf Billes Wohnwagen zu, Franz eilte an ihnen vorbei. Bille hatte den Frühstückstisch mittlerweile fertig gedeckt, vor ihr stand allerdings nur ein Becher Tee, und ein Knäckebrot zierte ihren Teller. Sie war verdammt blass um die Nase. »Das Grillfest ist aber erst heute Abend«, sagte sie zu Franz, merklich um Höflichkeit bemüht. Diese Frau, die mit Wonne ihren Kartoffelsalat vermengte, die herzlich über seine kleinen Witzchen lachte, war wieder der unnahbaren Bille gewichen. Höflich, freundlich und distanziert.

Jetzt entdeckte sie auch die Beamten und realisierte, dass sie zu ihr wollten. »Kann ich Ihnen helfen?«

»Moin erst mal«, antwortete der Dicke. »Haben Sie Tee?«

Bille nickte. »Aber nur Beutel.« Die Beamten winkten ab. Beuteltee ging für echte Friesen gar nicht.

»Dann erst die Arbeit, wenn es keinen richtigen Tee gibt«, hob der Dicke an. Er war offenbar der Wortführer. »Sie können uns helfen, indem Sie uns einen Blick in Ihren Wohnwagen werfen lassen.«

Bille wirkte unsicher. »Und warum? Bitte entschuldigen Sie, aber ich kann doch nicht irgendwen einfach in mein Domizil lassen. Woher weiß ich denn, dass Sie echte Polizisten sind? Man liest so viel!«

Der Dünnere zuckte mit den Schultern. »In Hooksiel sind wir bekannt.« Umständlich fischten die beiden ihre Ausweise aus der Uniform. Bille studierte sie lange, verglich die Fotos. Franz warf ebenfalls einen Blick darauf und stellte fest, dass der Dicke bei der Aufnahme des Fotos bestimmt zehn Kilo weniger gewogen hatte und dass der Dünne im Gegenzug mal dicker gewesen war. Immerhin glich sich das aus.

»Dürfen wir jetzt da rein?«, fragte der Dicke. Dank seiner Ruhe hätte es ihn garantiert auch nicht gestört, bis Sonnenuntergang warten zu müssen, wenn es sein musste. Es sei denn, er verstarb zuvor an einer Teeunterversorgung. Ob es in Friesland diese Todesart gab, wusste Franz aber nicht genau.

»Wat mutt, dat mutt, mien Deern«, leierte der Polizist.

»Ich … ich hab mein Bett noch nicht gemacht«, stotterte Bille. Sie fuhr sich verlegen durchs Haar, weil die beiden Polizisten das Argument für nicht überzeugend hielten und sie weiter fragend ansahen. »Na, dann gehen Sie bitte rein«, gab sie schließlich nach. »Was auch immer Sie dort finden möchten.« Bille wies mit der Hand zur Tür. »Soll ich Ihnen nicht doch einen Tee machen? Drei Minuten gezogen?«

Betretenes Kopfschütteln im Gleichtakt. »Beuteltee ist Plörre.«

Nachdem sie sich mit den beiden Polizisten nach einigem Hin und Her doch auf die Beutelvariante geeinigt hatte, kochte Bille Tee – a), weil es sich um eine ostfriesische Mischung aus Leer handelte, und b), weil der Beuteltee zwar eine kulinarische Katastrophe für friesische Zungen, aber immer noch besser als gar nichts war. Die beiden Männer durchforsteten ihren Caravan, wo sie nichts finden konnten, da Franz nichts bei ihr abgelegt hatte.

Doch plötzlich ertönte ein Aufschrei. Franz sah erschrocken hoch und stellte fest, dass Bille kreideweiß geworden war. Der dicke Polizist hielt eine Handvoll Schmuck in der einen und einen Briefumschlag in der anderen Hand. »So, das wäre dann mal eine Erklärung wert.«

»Oma Bille hat sich niemals an dem Schmuck vergriffen«, sagte Laura und stieß energisch die Schaukel an. »Das ist völlig ausgeschlossen!« Sie war mit ihren Geschwistern allein auf dem Spielplatz.

Annemie hatte Tränen in den Augen. »Sie behaupten, Franz hätte ihn dort hineingelegt. Man hält sie für seine Komplizin. Er ist eben Rocker, und die sind zu allem fähig. Sagt Salome, die ja auch schon behauptet hat, dass er bei ihr der Einbrecher war.«

»Du hast Vorurteile, Annemie. Warum sollte ein Mann, bloß weil er eine Harley fährt, gleichzeitig kriminell sein? Salome redet einfach zu viel«, wandte Felix ein, der mit der Entwicklung der Ereignisse nicht einverstanden war und krampfhaft nach einer anderen Erklärung suchte.

»Das Schlimme ist, dass wir Oma Bille schon selbst verdächtigt haben, irgendwo eingebrochen zu sein. Immerhin hat sie hohe Schulden.« Laura schlug die Hände vors Gesicht. »Dass nun auch noch Franz mit drinhängen soll, glaube ich nicht. Entweder er oder sie, aber bestimmt nicht im Komplott. Ich hatte eher den Eindruck, dass Oma Bille ihn nicht besonders gut leiden kann, da wird sie als gemeinsame Aktivität wohl kaum einen Bruch geplant haben.«

Felix pflichtete ihr bei, hob dann allerdings die Hand. »Ganz ehrlich? Keiner der beiden war es. Da ist etwas verdammt faul.«

»Womöglich klaut Salome selbst und schiebt es dann anderen in die Schuhe!« Annemies düstere Worte hoben die Stimmung nicht gerade.

»Es ist eine vertrackte Situation«, fasste Laura die Lage zusammen. »Die Rechnung für die Lammfelldecken haben sie natürlich auch in Oma Billes Kopfkissen gefunden. Der Strick liegt so was von eng um ihren Hals! Sie haben damit sogar ein Motiv entdeckt und sich dasselbe gedacht wie wir.«

Ihre Geschwister nickten. »Wir müssen Oma Bille retten! Daran führt kein Weg vorbei«, sagte Felix. »Ich hoffe, wir können den Rennbahnplan mit Franz umsetzen, nicht, dass sie ihn vorher einbuchten, das wäre die Pleite schlechthin.«

Laura sah ihren Bruder an und ruderte mit den Armen. Es lohnte nicht, Annemie um Rat zu fragen, die machte sich vor lauter Angst schon wieder fast in die Hose.

»Wir gehen zu Franz und schauen, was nun weiter mit ihm passiert«, schlug Felix vor. »Ich habe eher den Straßenräuber im Visier. Wenn der mal nicht dahintersteckt!«

»Macht keinen Sinn«, begann Laura, verbesserte sich aber sofort, ehe sie den Vortrag ihres Bruders über sich ergehen lassen musste, »es ergibt keinen Sinn, weil er den Schmuck doch besser selbst behalten hätte, wenn er ihn gestohlen hat. Was bringt ihm eine Oma Bille im Gefängnis? Von dort kann sie ihre Schulden gar nicht mehr bezahlen. Der hätte das Zeug geklaut und wäre dann ab über alle Berge!«

»Es sei denn, er musste das Diebesgut schnell loswerden, warum auch immer.« Felix krauste die Stirn.

»Vielleicht wollte er Oma Bille gar nicht reinreiten, sondern hat nicht weit genug gedacht«, mischte sich nun Annemie ein.

Die Gesichter ihrer Geschwister glichen Fragezeichen. »Was willst du damit sagen?« Felix' Stimme schwang im dumpfen Bass.

Seine Schwester atmete tief durch und brauchte eine Weile, um ihre Gedanken zu sortieren. Dann sagte sie langsam: »Nun, wenn ich eine Diebin wäre, würde ich meine Beute auch an einem solch vermeintlich sicheren Ort deponieren. Leute, wer käme außer uns schon auf die absurde Idee, bei einer 73-jährigen Omi nach Diebesgut zu suchen? Kein Mensch der Welt. Hey, Oma Bille ist die unauffälligste Frau, die es gibt.« Sie sah ihre Geschwister triumphierend an. »Der Typ konnte doch wirklich nicht ahnen, dass die Polizei bei Oma Bille suchen wird.«

»Wow«, entfuhr es Laura. Das war ein cooler und klarer Gedanke ihrer Schwester, den es zu verfolgen galt. »Aber wer zum Henker hat der Polizei den Tipp gegeben?«

»Das müssen wir auch noch herausfinden. Unsere Liste wird von Sekunde zu Sekunde länger.« Annemie wurde nach diesen Worten wieder klein, fast unsichtbar.

»Also auf zu Franz. Wir brauchen einen Verbündeten!«, schlug Felix vor. »Er wird wohl noch auf freiem Fuß sein. Wirkliche Beweise, dass er den Schmuck dort hinterlegt hat, gibt es ja nicht, und so ohne weiteres darf man keinen festnehmen.«

»Okay, du Hobbykriminalist.« Laura grinste und nahm dafür einen Bodycheck in Kauf. »Obwohl du dir sicher sein kannst, dass ich auch deinen Franz *genau* beobachten werde.«

Justus ging es heute besser. Er hatte in der Morgendämmerung einen ausgiebigen Strandspaziergang bis zum neuen Hafen unternommen. Es hatte ihm gefallen, die wenigen Schiffe dort zu beobachten, und es war interessant gewesen, als die ersten Segler durch die Schleuse kamen. Er hatte so etwas noch nie gesehen, und dieses Angleichen des Wasserstands hatte ihn fasziniert. Was für ein Anblick, diese davonsegelnden Boote! Ein bisschen hatte ihn sogar das Fernweh gepackt, doch einen Urlaub würde er sich bei seinen mickrigen Einkünften niemals erlauben können. Trotzdem hatte es ihm Spaß gemacht, zu träumen und ein bisschen Urlaubsgefühl zu verspüren, denn das, was er nun tun musste, hatte mit einem guten Gefühl herzlich wenig zu tun. Am schlimmsten war, dass er auf dem Zeltplatz mittlerweile auffiel, wie immer, wenn man sich zu lange am selben Ort aufhielt. Ein grober Fehler, den man stets büßen musste. Die neue Familie mit ihrem Hamburger Slang nervte mit dem ewigen Gemotze wegen des Schlauchboots, der arme Junge dürfte wohl längst eingesehen haben, dass es ein Fehler war, seine Klamotten zu Hause gelassen zu haben. Gegenüber tobte der Krieg ums Territorium zwischen den Holländern und der anderen Familie aus Bochum weiter. Die Holländer taten Justus mittlerweile richtig leid. Es war eine Schande, wie sich die Leute aus seinem Nachbarort verhielten, aber Idioten gab es überall. »So wie du selbst«, flüsterte er. Mit Ruhm bekleckerte er sich ja gerade nicht. Aber er musste überleben. Irgendwie.

Justus hasste Familien sowieso. Und vor allem hasste er *große* Familien, wie diese Schlauchbootcombo. Und noch mehr hasste er die dazugehörigen Omas. Nicht an den Qualm denken, den seine immer umwabert hatte, das verursachte bloß miese Laune. Das alles hatte er auch mal gehabt. Oder besser: Das alles war ihm versagt geblieben, weil sich rings um ihn herum zwar viele Geschwister und unzählige »Väter« getummelt hatten, und die Frau, die ihn geboren hatte, ließ sich sogar Mama rufen. Dennoch war das Ganze von einem Familienleben weit entfernt gewesen. Justus hätte es sich gewünscht, dass sich jemand über vergessene Shirts aufgeregt hätte. Bei ihm wäre nicht einmal aufgefallen, ob er überhaupt eins trug. Es hatte keinen gekümmert, weder die Mutter noch die Oma. Den »Vätern« war es ohnehin egal, was der älteste Spross der LAG (wie er den Begriff Lebensabschnittsgefährtin hasste) so trieb, und seine »Mama« interessierte sich nur für sich und den nächsten Lover, der stets rasch und ohne viel Aufhebens bei ihnen einzog, ein weiteres Kind hinterließ und genauso sang- und klanglos wieder verschwand, wie er gekommen war.

Also war Justus eines Tages gegangen, er war nicht einmal sicher, ob es überhaupt jemand bemerkt hatte. Aber wenn er dann Familien erlebte, die sich umeinander kümmerten, und sei es nur, dass sie über ein Schlauchboot debattierten, empfand er das als pure Provokation. Mischte sich dann auch noch eine Oma ein, hätte er jedes Mal kotzen können, denn seine Oma kannte er nur betrunken und mit Kippe in ihrem Ohrensessel. Eine alte Hexe, die man nur hörte, wenn sie lautstark nach ihren Zigaretten oder einer weiteren Flasche Bier verlangte.

Ja, Justus hatte den Augenblick des Friedens am Hafen mit Blick über die morgendliche Nordsee genossen. Wie ein Spiegel hatte sie vor ihm gelegen, die einzigen Wellen wurden von den ausfahrenden Schiffen verursacht. Am Horizont waren riesige Frachter entlanggeglitten, rechts ragten die Hafenanlagen des Jade-Weser-Ports neben gewaltigen Schornsteinen empor. Dieser Anblick trübte die Idylle, und er hatte sich gefragt, warum die Leute die einen Fabrikanlagen verließen, um hier andere zu sehen. Aber im Ruhrpott fehlte eben die Nordsee.

Zurück zum Campingplatz war Justus nicht am Strand, sondern am Hooksmeer entlanggelaufen. Auch diese Ruhe hatte seinem Gemüt gutgetan.

Als er den Platz wieder erreicht hatte, war er erstaunt gewesen, wie viele Camper mittlerweile aktiv waren. Ein einziges Kommen und Gehen. Ihm begegneten zwei Männer, die er mit der Alten in Verbindung brachte, weil er sie bereits zusammen gesehen hatte. Einmal handelte es sich um diesen ältlichen Harley-Typen, der mit seinem breitbeinigen Gang unverwechselbar war. Und dann um den Mann, der sogar um diese Tageszeit wirkte, als sei er dem Neckermann-Katalog, Abteilung Dressman, entstiegen.

Es wurde Zeit, dass er endlich verschwinden konnte. Einen Notfallplan hatte er schon in der Nacht erarbeitet, davon wusste sein Boss nichts, und er würde auch nichts erfahren. Nun galt es noch, die Pflicht zu erfüllen, und alles war paletti. Auf Wiedersehen, Friesland. Oder Wangerland, warum auch immer man das unterschied.

Justus näherte sich Billes Parzelle, vielleicht bekam er sie nun zu fassen? Doch dann wich er erschrocken zurück. Was für ein Scheiß, da waren Bullen!

Franz sah die zwei Mädchen und Felix auf seinen Platz zurennen. Bei den Jugendlichen schien höchste Eile geboten. Es war bestimmt ein Schock für sie gewesen, als sie erfuhren, was man ihrer Oma vorwarf. Am schlimmsten war das Gekeife der Nachbarin. Diese Salome mit dem Mann, der wirklich aussah, als hätte sie ihn längst enthauptet und als habe er seinen Kopf nur zum Schein wieder angeklebt, damit sie es jederzeit wiederholen konnte, wenn es ihr beliebte. Himmel, hatte das Weib sich echauffiert. Sie habe es ja immer gewusst, mit den Leuten aus dem Pott, diesen Nordrhein-Vandalen, könne man unmöglich friedlich zusammenleben. Sie neigte dazu, alles auf einer Tonlage abzusingen, ohne Höhen und Tiefen, was zumindest das Abschalten der Aufmerksamkeit erheblich erleichterte.

»Franz, wir brauchen deine Hilfe!«, stieß Felix aus, als er mit seinen identisch aussehenden Schwestern völlig außer Atem vor ihm stand. »Es geht um Oma Bille.«

»Das Problem kenne ich.« Franz winkte ab. »Und das Dumme ist, dass ich gerade bis zum Hals mit drinhänge. Habt ihr das mitbekommen?«

»Ja, wir wissen das. Sie glauben, dass du den Schmuck -«

»Ich habe ihn dort nicht hingepackt.« Franz hob abwehrend die Hände und unterbrach damit Felix' Ausführungen.

»Das sagt auch keiner. Wir müssen aber den Schuldigen finden.« Das eine Mädchen – es bewegte sich ständig und wirkte äußerst selbstbewusst – sprach mit drängender Stimme, während das andere verlegen die Hände ineinander verschränkt hielt und den Blick zum Boden senkte.

»Laura, erkläre ihm, was wir wollen!«, forderte Felix sie auf.

»Dir können sie doch nichts«, legte Laura los. »Was sollen die dir denn anlasten? Bloß weil du am Morgen über den Platz spaziert bist und Harley fährst?«

»Nun, ich könnte zuvor eingebrochen sein, mich zu Bille geschlichen und das Diebesgut dort deponiert haben. Das glaubt die Polizei, und ich kann meine Unschuld nicht beweisen.« Franz lächelte schief, denn richtig wohl fühlte er sich bei dem Gedanken nicht. »Bin ziemlich überrascht, dass ihr mich nicht für den Dieb haltet.« Und es tut gut, dass es so ist, fügte er in Gedanken hinzu. Er mochte die drei, das hatte er schon am Strand gedacht. Und er mochte die Vertrautheit, die zwischen ihnen und Bille herrschte. Dass die Jugendlichen sie jetzt nicht hängenlassen wollten, sondern auf eigene Faust versuchten, ihr zu helfen, sprach ebenfalls Bände.

»Oma Bille sagt, du warst nicht in ihrem Wohnwagen, aber trotzdem haben sie all den Kram bei ihr gefunden. Also muss es jemand anders gewesen sein«, bekräftigte das Mädchen nun ihre Argumentation.

Franz zuckte mit den Schultern. »Nur wer? Sie hat schließlich nichts bemerkt – und zu glauben, sie selbst sei eine Diebin, ist doch absurd.«

»Du musst uns helfen, Franz!« Laura verlegte sich aufs Flehen.

»Eure Oma mag mich nicht. Ich befürchte, sie möchte auch gar keine Unterstützung von mir. Vor allem, wo sie nun überflüssigerweise glaubt, ich und diese dumme Tina ...« Er brach ab. »Warum sollte ich ihr helfen?«

»Schon in deinem eigenen Interesse. Immerhin beschuldigt man dich, den Schmuck geklaut zu haben«, meldete sich Annemie zu Wort.

»Nun, was soll ich denn tun?«, fragte Franz schließlich. Er verstand nicht, worauf die Kinder hinauswollten.

»Es gibt noch ein weiteres Problem«, druckste Laura herum. »Der Diebstahl ist längst nicht alles, was Oma Bille in den Knast bringen kann.«

Franz hob fragend die Brauen. Da hatte er Bille wohl komplett falsch eingeschätzt. Sie schien es ja faustdick hinter den Ohren zu haben. »Dann schießt mal los, ihr drei!«

Felix fasste zusammen, was sie von Oma Billes misslicher Lage und den Lammfelldecken wussten. »Und der Typ schleicht hier über den Platz!«, beendete er seinen Bericht. »Könnte es sein, dass er sogar dein Zeltnachbar ist? Ich glaube, er pennt in dem Zelt da drüben!«

»Justus? Das wäre heftig«, sagte Franz verdattert. »Dieser Mistkerl!«

Die drei nickten. »Aber das ist gerade das geringere Problem.«

»Stimmt. Den kaufen wir uns später. Es wird erst einmal schwierig für Bille zu beweisen, dass sie den Schmuck nicht gestohlen hat. Sie hätte schließlich ein handfestes Motiv. Da muss man nur eins und eins zusammenzählen. Und das alles weiß die Polizei?«

Die drei nickten. »Leider ja. Aber wir müssen Oma Bille helfen. Also den wahren Dieb finden und ihre Schulden bezahlen«, fasste Felix zusammen.

»Selbst wenn sie mal kurz mit dem Gedanken gespielt hat, irgendwo einzusteigen, sogar, wenn sie es tatsächlich getan hat«, begann Laura, brach aber ab, als sie Franz' fragenden Blick sah. »Na, jedenfalls passt Diebstahl – oder irgendetwas anderes zu tun, was Unrecht ist – nicht zu ihr. Ganz und gar nicht!«

Franz musste ihnen recht geben. Bille war zurückhaltend, diplomatisch. Freundlich. Nur eines sicherlich nicht: unehrlich. So etwas spürte er immer sofort. Und genau das war es ja, was ihn von Beginn an fasziniert hatte.

»Ich überlege mir was«, sagte er nach einer Weile, in der er nur dagesessen und seinen Bart gekrault hatte. »Ich weiß im Augenblick noch nicht, was zu tun ist, aber mir fällt was ein. Zur Not hab ich ja meine Jungs hier.«

Den dreien stand die Erleichterung ins Gesicht geschrieben.

»Du, wir hätten tatsächlich schon eine Idee. Ehrlich gesagt sind wir genau deshalb hier.« Felix blickte verlegen auf den Boden.

Von nebenan drang das Bochumer Gekeife herüber, sie setzten zur Verteidigung ihres Territoriums gegen die Holländer mittlerweile Wasserwerfer in Form von Pumpguns ein, was die Holländer wiederum dazu veranlasste, sich mit Wasserbomben in den unterschiedlichsten Farben zu wehren.

»Ihr habt also schon eine Idee?«, fragte er bewusst vorsichtig, denn er traute den dreien einiges zu, und das nicht nur im positiven Sinn. Sie hatten es garantiert faustdick hinter den Ohren.

»Kannst du wetten?«, fragte Laura.

»Klar kann ich wetten. Um was?« Er lachte erleichtert. Es schien nur halb so schlimm zu werden wie befürchtet.

»Nicht so. Anders.«

»Anders«, wiederholte er. »Wenn ihr euch bitte angewöhnen könntet, Klartext zu reden, würde das unsere Kommunikation immens erleichtern.«

»Wir dachten an eine Pferdewette auf der Rennbahn«, stieß Felix hastig aus. Er war so aufgeregt, dass seine sonst so dunkel verstellte Stimme abrupt in den Sopran gewechselt war.

»Pferderennen?«, hakte Franz nach. Das war schlimm, sogar schlimmer als gedacht. »Davon habe ich null Ahnung.«

Annemie klatschte in die Hände. »Das ist voll super!«

»Ich sagte, ich habe null Ahnung!«, wiederholte er.

»Es nützt eben nichts«, unkte Felix, »wenn man keine Ahnung hat, wird man auch nichts gewinnen!«

»Ja, das stimmt, aber bei diesen Glücksspielen gilt die Regel: Das Glück ist mit den Doofen.«

»Herzlichen Dank!« Franz schüttelte den Kopf. Die Probleme türmten sich mittlerweile zu einem hohen Berg.

»Ja, das steht doch so ähnlich in der Bibel. Selig sind die geistig Armen. Ich habe es nur frei übersetzt.«

»Wann soll das Rennen denn sein?«, versuchte Franz sich Luft zu verschaffen.

»Am Wochenende«, sagte Felix. »Danach ist sowieso alles zu spät. Wir reisen bald ab, und auch wenn sich die Sache mit dem Diebstahl erledigt: Es wartet der Bodybuilder, wenn er Oma Bille wie der böse Wolf nicht schon gleich verschlingt. Meinst du, da ist was zu machen?«

Franz wiegte abschätzend den Kopf. »Ich weiß es nicht. Ehrlich gesagt habe ich in meinem ganzen Leben noch keine Rennbahn betreten, und Pferde kenne ich nur als wohlschmeckenden Sauerbraten.«

»Pfui!«, stieß Laura aus.

Felix packte sie am Arm. »Das ist jetzt kein Thema«, zischte er.

»Aber du weißt schon, was ein Pferd ist?«, provozierte Laura ihn. »Vorne Kopf, hinten Schweif, dazwischen langer Körper, auf dem man sitzen kann, und vier Beine mit Hufen?«

Annemie wurde blass, sie schien zu fürchten, dass die Stimmung kippte, aber Franz war von seinen Jungs einige Dinge gewöhnt. »Ja, Laura, das weiß ich. Nur ändert das nichts an meiner Unerfahrenheit bei Pferdewetten. Auf das Doofenglück zu vertrauen, halte ich für sehr gewagt. Einer muss den Spaß schließlich bezahlen!«

»Wir wollen gewinnen«, meinte Laura. »Um jeden Preis!«

»Trotzdem muss einer den Einsatz vorlegen.« Franz schüttelte den Kopf. Wo war er da hineingeraten? Die Jungs würden ihn killen.

»Wir haben keine andere Wahl«, sagte Felix bestimmt.

Franz dachte kurz nach. Er wusste nicht, ob er das alles wirklich wollte. Bille lehnte ihn ab, ging mit diesem Dressman aus. Sollten die Kinder doch den fragen! Aber dann sagte er in beschwichtigendem Ton: »Wir treffen uns nachher beim Grillen. Bille darf ja vorerst auf dem Platz bleiben, sie haben sie zum Glück nicht mitgenommen. Und euer Vater wollte es nicht absagen, weil er alles eingekauft hat und weil er glaubt, es lenkt Bille etwas ab.«

»Stimmt«, sagte Felix. »Bis dahin sind wir bestimmt alle ein Stück weiter.«

Harry Sitter beobachtete schon seit dem frühen Morgen das Geschehen auf dem Nachbarplatz. Erst hatte der dämliche Rocker bei Bille rumgesessen und seine Witzchen gerissen, später war die Polizei aufgetaucht. Bille ging es gerade richtig an den Kragen. Selbst schuld, wo sie ihn gestern hatte abblitzen lassen! Mit keinem Cent wollte sie sich an seiner Immobilie beteiligen! Weggeguckt hatte sie und dieser Kinder in die Luft werfenden Familie nachgeschaut. Wo lag sein Fehler? Er war charmant, hatte sie zum Essen ausgeführt, sah super aus. Harry schaute in den Spiegel, fuhr sich durchs Haar und legte die Locken einen Millimeter nach links. Dann drehte er sich, zupfte das T-Shirt über dem Bauch zurecht. Gut, er hatte zwei Kilo zu viel auf den Hüften, aber eben nur zwei. Da schoben andere in seinem Alter ganz andere Lokomotiven vor sich her. Mit seinen Absichten konnte er sich das allerdings nicht leisten. Und außer bei Bille war er noch nie gescheitert. Er konnte es drehen und wenden, wie er wollte: Es hatte sich nicht gelohnt, auch nur einen Cent in diese Omi zu investieren, da hatte er weiß Gott schon bessere Deals gemacht.

Bille Rubens war auf jeden Fall die konservativste Frau, die ihm je begegnet war. Abwarten war ihre Devise. Alles von vorn bis hinten beleuchten, wieder neu abwägen. Es war zum Mäusemelken! Dieser Eimer würde nicht voll werden, sie schöpfte von oben ständig etwas ab. Und nun hatte sie die Bullen auf dem Hals.

Er sollte das Weite suchen und sich einen anderen Campingplatz mit neuen, betuchteren Frauen erobern. Hooksiel war zu einem heißen, aber wenig lukrativen Pflaster verkommen. Er musste jetzt an sich selbst denken, hier war so ziemlich alles schiefgelaufen, was schieflaufen konnte. Er war arm wie eine Kirchenmaus, hatte eine Investition getätigt, die sich als Fehlschlag erwies, und momentan bestand keinerlei Aussicht auf Veränderung, denn seine fest eingeplante zu melkende Kuh hatte den Milchhahn abgedreht. Oder besser, das Euter zugeklemmt. Nein, seine Arbeit und Mission waren erfüllt. Er hatte alles gegeben und war dennoch in jeglicher Hinsicht gescheitert. Und was das

Schlimmste für ihn war – er drehte sich noch einmal vor dem Wohnwagenspiegel und schüttelte verständnislos mit dem Kopf –, sein Charme, dem alle, wirklich alle Damen rasch verfielen, hatte nicht ausgereicht, Billes Herz zu erobern und sie dazu zu bringen, ihm ihre letzten Ersparnisse anzuvertrauen. Sprich: Er würde keinen Liebeskummer, keinen Schmerz hinterlassen, weil sie ihn stets auf Abstand gehalten hatte und ihm nicht hoffnungslos verfallen war. Sie hatte sich nicht mit Haut und Haaren in ihn verliebt, so dass ihre Nächte schlaflos und ihr Verstand völlig ausgeschaltet waren. Aber so wollte er es haben, so brauchte er die Frauen. Willenlos wie eine Sklavin und anschmiegsam wie ein Kätzchen, das er in letzter Minute aus einem reißenden Fluss gerettet hatte. Bille hingegen führte sich auf wie eine erwachsene Katzendame. Zwar schnurrte sie, blieb aber dennoch auf Distanz, hatte sogar diesen »Rühr mich nicht an«-Blick drauf. Und sie würde, davon war Harry überzeugt, ihre Krallen ausfahren und sie kurzerhand in seinem Handrücken versenken, sollte er die von ihr gesetzte Distanzlinie überschreiten.

Das alles kratzte sehr an seinem Ego. Aber: neues Spiel, neues Glück. Die nächste Frau würde er sich etwas besser ansehen, bevor er seine Energien vergeudete. Gerade als Harry sich auf den Weg zur Rezeption machen wollte, um seine Abreise klarzumachen, kamen ihm die beiden Beamten entgegen. Sie hielten jeder ein belegtes Käsebrötchen in der Hand. Da schoss Harry eine grandiose Idee durch den Kopf.

»Wollen Sie zu Frau Rubens?« Er stellte sich den Polizisten breitbeinig in den Weg.

»Moin erst mal«, schmatzte der Dickere und biss noch einmal ab.

»Ja, Moin. Darf ich mich vorstellen? Mein Name ist Harry Sitter. Ich habe meinen Caravan neben Frau Rubens stehen und kann Ihnen in der Diebstahlsache weiterhelfen.«

Der Dünne wurde hellhörig und verlangsamte die Kaubewegungen. »Gehört Ihnen dieses monströse Geschoss? Wirklich moi, der Wagen.« Er hieb seine Zähne wieder ins Brötchen.

Harry nickte. »Ja, ich bin Caravaner durch und durch, und ich mag keine Enge um mich herum. Aber deswegen halte ich Sie nicht an und störe Sie in Ihrer Frühstückspause.«

Der Dicke hatte das Brötchen mittlerweile völlig vertilgt und sah Harry abwartend an. »Was möchten Sie uns denn so dringend mitteilen?«, fragte er und wischte mit dem Handrücken einen Krümel vom Mund.

»Ich muss eine Aussage machen, weil ich etwas gesehen habe.«

Der Kleinere hielt sein Brötchen dem Kollegen hin, der das Angebotene dankbar annahm.

»Um was für eine Aussage handelt es sich? Belastet sie Frau Rubens?«

Harry lachte auf. »Das kann ich nicht beantworten, weil ich nicht weiß, in welchem Verhältnis sie zu diesem Rocker steht.«

Nun zog auch der Dicke die Brauen hoch, das zweite Brötchen war inzwischen ebenfalls in seinem Mund verschwunden, und nach einem letzten Schlucken war er in der Lage, dem Gespräch wirklich zu folgen. »Schießen Sie los!«, bat er Harry.

Der plusterte sich auf wie ein Pfau, ja, er schlug regelrecht ein Rad, denn das war eine Situation, die er mehr schätzte als alles auf der Welt. Er hatte ungeteilte Aufmerksamkeit, und das von der Staatsgewalt persönlich!

»Nun, meine werten Herren, ich habe diesen Wilden – ich meine, wer tätowiert sich schon Indianerköpfe auf die Haut – morgens über den Platz schleichen sehen.« Harry nickte selbstgefällig. Er wirkte überaus überzeugend, das erkannte er an den neugierigen Blicken der Beamten. Im Prinzip war an ihm ein Schauspieler verlorengegangen. Harry Sitter auf der Bühne wäre ein bombensicheres Erfolgsrezept gewesen, aber er hatte sich für andere Inszenierungen entschieden, weil die ihm in der Vergangenheit zwar keinen Ruhm, aber immerhin ein gut gefülltes Bankkonto beschert hatten. Inszenierungen wie diese oder die auf seiner Frauenbühne. Er versicherte sich ein weiteres Mal der ungeteilten Aufmerksamkeit, verneigte sich leicht, wie es ein guter Schauspieler seinem Publikum gegenüber tat, und sprach mit ruhiger Stimme. Er musste die beiden Beamten mit seinem Schauspiel beeindrucken, dann lief das Stück wie von selbst.

»Der gute Mann war nicht in harmloser Mission unterwegs, wenn Sie wissen, was ich meine!«, tönte Harry mit Überzeugungskraft.

»Nö«, kommentierte der dünnere Polizist. »Ich weiß nicht, was Sie meinen.« Er wandte sich an seinen Kollegen. »Du?«

»Nö.«

»Jou.«

»Er war bei Bille Rubens! Die beiden haben sich so laut unterhalten, dass es nicht zu überhören war!«, versuchte Harry es erneut.

»Ich denke, Sie haben ihn über den Platz schleichen sehen? Was denn nun?«, hakte der dünne Polizist nach.

Harry zuckte zurück. Grober Fehler in der Dramaturgie, den es auszumerzen galt, wollte er seine Glaubwürdigkeit nicht verlieren. Er hatte sich zu sehr von seinen Gedanken ablenken lassen. Er schluckte, sog die Luft tief ein und lächelte. Das half immer. »Ja, das hab ich auch! Sogar ein Mann wie ich muss dorthin, wo selbst der Kaiser zu Fuß hingeht, Sie verstehen, was ich meine?« Er zwinkerte den beiden Männern zu, was die offensichtlich falsch verstanden (kein Mann zwinkert dem anderen zu, verdammt!) und erschrocken einen Schritt rückwärts machten.

Wieder so ein blöder Fehler, Harry Sitter, du wirst alt. Jetzt denken die noch ... Also nächster Versuch der Glaubwürdigkeitsaktion. »Sie wissen doch: Prostata! Hat man in meinem Alter«, setzte er verschwörerisch hinzu, und sofort wurde ihm klar, dass auch das die verkehrte Ansage war, denn die Beamten waren mindestens 15 Jahre jünger und hatten sicher eine Prostata, aber die damit einhergehenden Beschwerden waren ihnen bestimmt nicht geläufig: dieser unerträglichen Harndrang, vor allem zu nachtschlafender Zeit.

»Nun, es ist schade, dass Sie gesundheitliche Probleme haben, Herr Sitter, das tut uns außerordentlich leid, wirklich. Aber was hat Ihre Prostata mit dem morgendlichen Spaziergang von dem Harley-Fahrer, Herrn ... wie hieß er noch gleich, zu tun?«

Harry räusperte sich, obwohl ihm als gewiefter Blender klar war, dass diese Geste nur Unsicherheit demonstrierte. Verdammt, die beiden friesischen Dick-und-Doof-Polizisten hatten so gut wie nichts gesagt und es dennoch geschafft, ihn völlig aus der Fassung und von seinem inneren Drehbuch abzubringen.

»Ich war auf der Toilette.« Harry musste sich ein zweites Mal räuspern, und nun begriffen die beiden endlich, *was* er ihnen mit dem Kaiser und der Prostata zu sagen versuchte.

»Und da war der Harley-Mann auch«, ergänzte der Dicke. »Hat der auch Prostata?«

»Das weiß ich nicht«, sagte Harry. Er war furchtbar auf dem Holzweg und weit entfernt von der Aussage, die er eigentlich machen wollte. »Also, ich kenne sein Krankheitsbild nicht, aber ich habe ihn gesehen, weil ich wegen meiner Blasenschwäche so früh auf der Toilette am Waschhaus war.«

Jetzt schien es bei den Polizisten endgültig »Klick« zu machen.

»Aber Sie haben doch eine Toilette in ihrem Mammut-Caravan«, bemerkte der Dünne. »Warum gehen Sie denn zum Waschhaus? Würde ich nicht tun.«

Harry ertappte sich bei einem dritten Räuspern. Verdammt, er wollte Bille eins reinwürgen, stattdessen unterhielt er sich mit zwei wildfremden Beamten über ...

»Ich hatte noch andere Bedürfnisse«, murmelte er. »Sie verstehen? Und das möchte ich nur ungern ... die Chemietoilette muss man selbst leeren.« Viertes Räuspern.

»So weit, so gut«, grunzte der Dicke. »Das ist ja alles sehr informativ, nur was wollten Sie uns denn eigentlich sagen?

Ich meine, was ist daran so schlimm, wenn man einen anderen Camper auf der Toilette und später bei einer Dame antrifft?«

»Schlimm daran ist, dass ich den Rocker am frühen Morgen *mit einem Beutel* in der Hand über den Platz schleichen gesehen habe«, bölkte Harry. Wie tief war er gesunken! »Und später ist er auf der Parzelle von Frau Rubens aufgetaucht.« Endlich hatte Harry die Bullen gedanklich dort, wo er sie haben wollte.

»Hatte er den Beutel da noch?« Der Dünne holte einen Block aus der Tasche und notierte Harrys Aussage, der betete, dass er den Teil mit der Prostata weglassen würde.

Der Dicke erfragte Harrys Telefonnummer. »Muss Sie ja erreichen können, wenn das vertieft werden sollte.«

»Ich reise heute noch ab.«

»Das tun Camper öfter mal«, sagte der Dicke grinsend.

»Ja, man ist eher ein Weltenbummler und muss weiterziehen wie ein Zugvogel -«

»Hm«, unterbrach ihn der Dünne in einer für ihn ungewöhnlichen Geschwindigkeit. »Wo soll es denn hingehen? Falls wir Sie erreichen müssen, wäre es für uns gut, das neue Ziel zu kennen.«

»Nicht weit«, erwiderte Harry. »Nur bis Schillig!« Sein Lächeln erstarb, als er die amüsierten Gesichter der beiden Beamten wahrnahm. Er war ein Idiot.

Von Hooksiel bis Schillig waren es gerade mal elf Kilometer. So viel zum Thema Weltenbummler! Verdammt, warum machte er solch gravierende Fehler? Es wirkte beinahe so, als hätte Bille Rubens ihn verhext!

13. Kapitel

Jan hatte den Grill beizeiten angemacht, während Bille sich mit dem Abschmecken des Kartoffelsalats ablenkte. Ihr ging es wirklich mies.

Was auch immer sie in den letzten Tagen begonnen hatte, war in die Hose gegangen. Ob es eine gute Alternative gewesen wäre, Fleischermeister Häwelmann zu erhören und ins Wurstgeschäft einzusteigen? Wäre sie dadurch von aller Unbill verschont geblieben? Sie würden vielleicht nur noch ab und zu Würste herstellen, denn wegen ihr würde er sich bestimmt bald um einen Nachfolger kümmern. Oder auch nicht. So ein Blödsinn. Herr Häwelmann lebte für seine Würste, seinen Laden und sämtliche Gewürzkreationen, die er für die Herstellung brauchte. Er würde das für sie nicht aufgeben. Es war anzunehmen, dass er selbst im Rollstuhl sitzend noch Gedärme füllte.

Bille wendete den Salat heftiger als gewollt. Es lief wirklich mies. Zwar war der Bodybuilder nicht mehr aufgetaucht, das bedeutete allerdings nicht, dass die Kuh vom Eis war. Harry hatte seinen Caravan vorhin verlassen, hatte ihr nur kurz zugenickt und war einfach verschwunden. So wie sein Gefährt, das wenig später von einer Firma abgeholt wurde. Er wollte definitiv nichts mit einer vermeintlichen Diebin zu tun haben. Das verletzte Bille mehr, als sie sich eingestehen wollte. Sie hätte ihm die Umstände so gern erklärt, aber das war nun ausgeschlossen, sie kannte ja nicht einmal seine Telefonnummer.

Was sollte sie nur tun? Es war bestimmt nur eine Frage der Zeit, bis die beiden Polizisten mit Handschellen vor ihr standen, weil sie sie als überführt erachteten. Bille hatte es nur Jan zu verdanken, dass sie nicht mit aufs Revier hatte fahren müssen.

Sie sah zu ihm hinüber. Er sang beim Einheizen der Kohlen, aber Bille wusste, dass es eher eine aufgesetzte Fröhlichkeit war. Er wollte die Angst, die die Familie Winterberg lähmte, einfach nicht zulassen. »Wir wissen, dass du nicht die Schmuckräuberin bist, Oma Bille«, hatte er gesagt, als die Beamten den Campingplatz verlassen hatten. »Und die Polizei weiß es auch, sonst hätten sie dich trotz meines Einspruchs mitgenommen. Der Schuldige wird sich finden. Ich glaube, da will dich jemand reinlegen.«

»Aber wer?«, hatte Bille geflüstert. Sie tat doch keiner Fliege was zuleide. Allerdings hatte sie einen Feind. Der war jung, der hatte sie übers Ohr gehauen, und sie schuldete ihm mehr Geld, als sie je irgendwem geschuldet hatte.

Jan strahlte stets eine unglaubliche Ruhe aus. Selbst jetzt, wo er »An der Nordseeküste« trällerte und dabei die Kohlen behutsam auflockerte, damit sich die Glut richtig verteilen konnte.

»Was macht der Gurkensalat, Oma Bille?«, rief er zu ihr hinüber, als er sah, dass sie gerade den Kartoffelsalat nachwürzte.

»Kommt als Nächstes!«, antwortete sie. Gehobelt waren die Gurkenscheiben schon, nun galt es, das passende Dressing herzustellen.

»Hast du an Dill gedacht?«

»Ja doch!« Bille wusste, wie liebend gern Jan dieses Kraut

an den Salatgurken mochte, und natürlich hatte sie es fein geschnitten und würde es unter die Marinade mengen. »Es ist alles genauso, wie du es magst, Jan. Im Kartoffelsalat zwei saure Äpfel, an die Gurken kommt der Dill, und ich habe eine feine Tomatensoße zum Fleisch gemixt. Das schmeckt besser und ist viel gesünder als euer Zuckerketchup.«

Die Zwillinge kamen frisch geduscht mit Maja vom Waschhaus. »Das riecht ja schon gut!«, riefen sie, und auch Bille musste zugeben, dass der Duft der Holzkohle richtiges Urlaubsflair verbreitete. Ihr Magen knurrte nun doch, sie hatte außer ihrem spartanischen Frühstück vor Aufregung nichts essen können.

Vielleicht war es wirklich am besten, den Abend einfach zu genießen. Sie hoffte so sehr, dass sich alles aufklärte! Sie hatte tatsächlich einen Einbruch begangen, aber in einem ganz anderen Wohnwagen, und sie hatte das Geld zurückgebracht, also war es kein Diebstahl. Was aber war, wenn die jungen Leute von den jüngsten Ereignissen erfuhren und ihren Verdacht gegenüber der Polizei äußerten? Sie hatten ihr schließlich nicht geglaubt, das war sehr deutlich gewesen. Wie auch immer, sie kam ohne Hilfe aus dem Schlamassel nicht raus. Allein wegen der 2000 Euro musste sie früher oder später mit den Winterbergs sprechen. Sie sollte ihnen vertrauen, denn sie hatten am heutigen Tag nichts anderes getan, als vorbehaltlos zu Bille zu halten. Während Oma Bille vor Angst wie gelähmt auf ihrem Campingstuhl verharrte und die Anklagen gegen sie kommentarlos zur Kenntnis nahm, war Jan zum Tiger mutiert und hatte ein Plädoyer gehalten, von dem jeder Anwalt träumen konnte.

Danach durfte Bille auf dem Platz bleiben. Die Polizei ging offenbar davon aus, dass man ihr den Schmuck untergeschoben und ihre sprichwörtliche Gutmütigkeit ausgenutzt hatte. Eine alte Dame als Schmuckräuberin solchen Ausmaßes kam wohl auch den Beamten unglaubwürdig vor.

Maja hatte inzwischen mit den Mädchen den Tisch gedeckt, allerdings mit fünf weiteren Gedecken. Franz würde seine Kumpels also tatsächlich mitbringen.

Und tatsächlich, er wurde von drei weiteren Rockern begleitet, was ein breites Grinsen auf Felix' Gesicht zauberte. Der eine Mann war dünn und mit einem Zopf bis fast auf die Hüfte, das musste Mike sein, davon hatte Felix gesprochen. Dahinter lief mit leicht abgespreizten Armen ein Mann, der regelrecht zum Fürchten aussah. Er war jünger als Franz, kräftiger, trug eine dunkle Sonnenbrille, ein rotweißes Holzfällerhemd und ein Piratentuch auf dem Glatzkopf. Das war unverkennbar Doc Gringo, der Fat-Boy-Fahrer. Langer Bart, finsterer Blick, aber mit freundlichen Augen, wie Bille feststellte, als er kurz zu ihr kam und sie mit einem Lächeln begrüßte. »Bin Doc Gringo. Immer der richtige Mann, wenn es um Krankheiten geht.«

»Der war mal Arzt«, erklärte Franz und schaute betreten zu Harley-Fahrer Nummer drei, der mit dem gelben Käppi wie ein pubertierender Sprössling aussah. Das war ErTeEl. Er trug eine Tüte in der Hand, die er demonstrativ auf den Tisch der Winterbergs knallte. »Ich esse nur die, was anderes kommt mir nicht auf den Grill. Die solltet ihr dringend probieren!«

»Sind das besondere Würste?«, hakte Jan nach. »Ich habe unsere direkt beim Dorfschlachter erstanden.«

ErTeEl winkte ab. »Meine sind von freilaufenden Deichschweinen!«

Totenstille.

Bille, die von ihrem Platz aus natürlich alles mitbekommen hatte, wiederholte in Gedanken, was ErTeEl gesagt hatte. Sie war, was Wurstware anging, schließlich eine Menge gewohnt, aber von freilaufenden Deichschweinen hatte sie noch nie etwas gehört.

Jan reagierte wie immer diplomatisch. »Dann leg ich die jetzt mal auf den Grill, die Deichschweine.«

Die Rocker überspielten die peinliche Stille, indem sie Maja einen Blumenstrauß reichten. »Die sind von freilaufenden Deichrockern! Selbst gepflückt. Ökologisch unbedenklich!«

ErTeEl hob den Daumen.

Ökorocker, dachte Bille bei sich. Das musste sie Frau Meyer-Semmelmann erzählen, es deckte sich beinahe mit ihren Friesland-Erzählungen. Wo sonst gab es das? Das war ja beinahe charmant!

ErTeEl nickte Bille nur kurz zu und kümmerte sich um die Überwachung der Deichschweinbratwurst. Mike grüßte Bille ebenfalls nur mit einem kurzen Kopfnicken, Doc Gringos Begrüßung schien für sie Höflichkeit genug gewesen zu sein. Franz kam sofort zu ihr. »Sei ihnen nicht böse. Dass sie lautstark dieses Lied gesungen haben, ist ihnen peinlich, aber das können sie unmöglich zugeben.«

»Weißt du was, Franz? Im Augenblick ist mir das so was von egal. Der Tag war echt schlimm.«

Franz nahm Billes Hand. »Komm mit rüber zu den anderen. Heute Abend keine Probleme! Es reicht momentan, finde ich.«

Bille war von Franz' fürsorglicher Art überrascht, aber sie nahm jegliche Zuwendung auf wie ein ausgetrockneter Schwamm und folgte Franz zu den Winterbergs. Maja hatte ein Lächeln im Gesicht, als warte sie auf den Osterhasen. Ein Stuhl war tatsächlich noch frei. Hoffentlich gab es keine weitere böse Überraschung, dachte Bille.

Sie reichte ihren Kartoffelsalat herum, der vor allem bei den Bikern gut ankam. ErTeEl sah sie begeistert an und nickte mit zusammengepressten Lippen. Das schien von seiner Seite ein Höchstmaß an Lob zu sein, vor allem, als er noch draufsetzte, dass ein Kartoffelsalat nach einem ähnlichen Rezept kürzlich beim *Frauentausch* gezeigt worden war.

Die ersten Deichschweinbratwürste hatten eine gesunde Färbung angenommen, und es roch zugebenermaßen lecker. Bille warf einen Seitenblick auf ErTeEl, der den Teller zum dritten Mal mit Kartoffelsalat vollschaufelte und eine Ecke freiräumte, damit die Bratwurst noch Platz fand.

»Er hat am lautesten gesungen, oder?« Bille deutete mit einem Kopfnicken auf ihn.

»Ja, aber nicht allein«, gab Doc Gringo zerknirscht zu.

»Und wo steckt der Rest eurer Truppe heute?«

»Am Hafen, zum Backfischessen.«

»Da war ich auch schon.« Bille dachte an die köstliche Panade mit dem leckeren Innenleben.

»Die Wurst ist fertig. Rechts die vom Hooksieler Schlachter, links die Deichschweinbratwurst«, sagte Jan.

Bille langte zu, die Bratwurst schmeckte vorzüglich. Der Schlachter aus Hooksiel verstand sein Handwerk, das musste sie ihm lassen, immerhin war sie die Häwelmannsche Qualität gewohnt. Aber diese Wurst hatte eine besondere Note, das verwendete Gewürz ergab einen interessanten Beigeschmack. Bille schrak bei dem Gedanken zusammen. Herrgott noch mal, sie dachte ja schon wie Herr Häwelmann!

Franz zupfte an ihrem Ärmel. »Ich habe dir was mitgebracht, Bille. Ich hoffe, du verstehst uns danach ein bisschen besser.«

Sie sah ihn fragend an und war schon wieder überrascht, wie freundlich seine Augen schauen konnten.

»Du bist ja sehr belesen, wie ich festgestellt habe, aber ich vermute, Bücher über Harleys kennst du nicht.«

Sie zuckte verlegen mit den Schultern. »Harley-Bücher? Nein, das tut mir leid. Um welche handelt es sich?« Bille verspürte wirklich keine Lust, Motorradbücher zu lesen, aber sie wollte nicht unhöflich sein. Im Grunde war sie froh, dass der Zwist zwischen ihr und Franz beigelegt war, und zu allem Überfluss saßen sie nun wegen der Beschuldigungen auch noch im selben Boot.

»›Auf einer Harley-Davidson möchte ich sterben‹ heißt das eine und ›Als Gott Harley-Davidson fuhr‹ das andere.« Er griff in seine Jackentasche und zerrte zwei zerfledderte Taschenbücher daraus hervor.

Bille nahm sie in die Hand. Auf dem einen stand »Leichte Lektüre für Jugendliche«. Wollte Franz sie schon wieder auf den Arm nehmen? Unsicher schaute sie ihn an, doch sein flehender Ausdruck zeigte ihr, dass er es ernst meinte.

»Harley-Fahrer gelten als ewig jung, Bille. Und Frauen wie du auch. Man muss immer das Beste aus allem machen. Warum sollte man als älterer Mensch nicht Bücher für junge Leute lesen? Nenn mir einen Grund!«

Bille zuckte wieder mit den Schultern. Es schien auf jeden Fall mal andere Lektüre zu sein als das, was sie sonst las.

»Danke, Franz, ich schaue gern mal rein. Hab ja Zeit.« Sie stand auf und wollte die beiden Bücher zu ihrem Wohnwagen bringen, als ihr Majas Gesichtsausdruck auffiel. Sie hämmerte ständig auf der Handytastatur herum, flüsterte mit Jan, und anschließend sahen sie zu Bille herüber. Die beiden führten etwas im Schilde, und ihrem Benehmen nach hatte es mit ihr zu tun.

Na, da bin ich ja gespannt, dachte Bille und ging zu ihrem Wohnwagen. Hier war es dunkel und angenehm kühl. Bille warf die Büchlein auf den Tisch, schnappte die Wollstola, die am Haken neben der Tür hing, und huschte durch den Chenillevorhang wieder hinaus. Das Lachen von nebenan, das leise Zirpen der Grillen und der Geruch von Grill und Feuer ließen sie den scheußlichen Tag vergessen. Sie wollte heute lange aufbleiben, damit sie völlig ermattet einschlafen konnte.

Als sie zu den anderen zurückkam, hatte Maja auf dem Tisch kleine Windlichter verteilt, die ruhig im Licht der untergehenden Sonne vor sich hin brannten. Franz war inzwischen von Felix und seinen beiden Schwestern umringt, sie schienen Wichtiges zu besprechen zu haben, so eng, wie sie die Köpfe zusammensteckten. Bille überlegte, zu wem sie sich nun gesellen sollte. ErTeEl war keine gute Alternative, auch wenn er mittlerweile abseits saß. Sein Kopf war auf die Brust gesunken, ein Gespräch mit ihm würde sehr einseitig verlaufen, denn er war offenbar fest eingeschlafen.

Mike und Doc Gringo redeten mit Jan, der ihnen wahrscheinlich sämtliche Details zur Fat Boy und den anderen

Maschinen aus den Rippen leierte. Bille war überrascht, welch große Anziehungskraft die Motorräder hatten. Irgendwie schienen alle sie attraktiv zu finden. Alle außer ihr.

Franz unterbrach sein Gespräch mit den jungen Leuten, als er Bille zurückkommen sah. »Da bist du ja wieder!«

»Hab nur die Bücher weggebracht.«

»Wollen wir uns dorthin setzen?« Franz wies auf zwei freie Stühle im hinteren Bereich der Parzelle. Ringsumher brannten kleine Lichter, Maja hatte wirklich alles gegeben, um eine gemütliche Atmosphäre zu schaffen. Bille folgte ihm. »Du hast eine Freundin?«, fragte sie ihn unvermittelt. Sie wollte sich nicht für sein Privatleben interessieren – und doch brannte ihr diese Frage seit dem Auftauchen der Blondine unter den Nägeln.

»Tina ist nicht meine Freundin. Sie wäre es bloß gern.«

Bille ärgerte sich über die Erleichterung, die diese Worte in ihr hervorriefen. Sie hatte ja wohl gerade genug Ärger mit Harry gehabt, da musste sie sich keinen zweiten Mann ans Bein binden, und schon gar keinen, der a) Harley fuhr, b) Indianerköpfe auf dem Oberarm spazieren trug, c) überaus verwegen aussah und d) zu allem Überfluss auch noch blöde Lieder über sie sang.

»Du hast mir erzählt, dass du keine Motorräder magst und wie dein Freund umgekommen ist«, wechselte Franz das Thema. Seine Stimme klang verletzlich, das irritierte Bille. Ein Mann wie er war doch unangreifbar, ein Fels in der Brandung, an dem niemand einen Kratzer hinterlassen konnte.

»Ja, er ist losgefahren in die Freiheit, und dann hatte er sie ganz. Ich hasse Motorräder.«

»Aber es sterben auch Menschen beim Autofahren, und du setzt dich noch in einen Wagen. Bille, man kann immer und überall umkommen. Das ist das Leben. Magst du nicht doch einen Versuch auf meiner Harley wagen? Ich habe einen Helm, ich fahre vorsichtig.«

Bille wollte eben empört ablehnen, als sie Franz' Augen sah. Sie schluckte ihre Bemerkung herunter. »Warum willst du das, Franz? Warum ich? Warum nicht Tina?«

Er ergriff Billes Hand. Sie sah sich um, doch alle waren mit anderen Dingen beschäftigt, keiner beobachtete sie. Franz' Hand war hart, durchsetzt von Schwielen, und sie konnte fest zupacken. Trotzdem fühlte sich die Berührung freundlich, fast liebevoll an. »Weil ich dich mag, Bille. Und das sag ich nicht einfach so. Du hast etwas an dir ...«

»Ich bin alt.«

»Ich auch.«

Bille musste lächeln. Das stimmte. Warum war das Altwerden bei Männern nicht solch ein zentrales Thema wie bei Frauen?

»Du hast wunderschöne Augen, Bille. Und du erinnerst mich an meine Frau. Ich habe sie sehr geliebt. Und als sie weg war, weil der Krebs glaubte, sie mir mit Ende vierzig entreißen zu müssen, stand ich vor einem Abgrund. Ich hatte die Alternative, zu springen ...«

»Oder Harley zu fahren?«

Franz nickte. »Die Jungs waren da. Sie haben mich mitgenommen, selbst Typen wie ErTeEl waren ein Halt. Niemand hat es hinterfragt, wenn ich schräg drauf war, keiner hat es verurteilt, als ich mit meinen Frauengeschichten anfing.«

Bille drückte seine Hand. Vor ihr saß nicht der abgebrühte Rocker, der womöglich in fremde Wohnwagen einstieg und Schmuck bei ihr versteckte. »Sie haben dich abgelenkt.«

»Die Frauen, die Jungs ... Aber weißt du was, Bille? Der Abgrund blieb. Ich stehe nicht mehr unmittelbar an der Kante, ich laufe wie ein Tiger davor auf und ab und weiß, dass ich ihm sehr nahe bin. Gut ist es nur, wenn ich auf meiner Electra Glide sitze und mir der Fahrtwind ins Gesicht bläst. Nur dann ist es gut. Und in deiner Nähe.« Franz hob den Kopf, und für einen Augenblick verschmolzen ihre Blicke in einem stummen Verstehen. Alle Geräusche ringsum traten in den Hintergrund, es gab nur sie und Franz.

»Hallo, Tina!«, krähte ErTeEls Stimme plötzlich über den Platz. Die blonde Schönheit hatte Franz entdeckt und stolzierte geradewegs auf ihn zu. Sie ignorierte Bille und umschlang seinen Hals mit ihren spinnenhaften Armen. Bevor Bille darauf reagieren konnte, bog auch Maja um die Ecke. Bille hatte gar nicht bemerkt, dass sie weggegangen war.

Maja war nicht allein. An ihrer Seite lief, mit dem ewig breiten Lächeln im Gesicht und mit einer großen Tüte in der Hand, deren Inhalt eindeutig war – Herr Häwelmann.

»Franz, wir müssen uns kurz zu einer Lagebesprechung zurückziehen.« Felix schlich sich an den Rocker heran, der Tina hinterhersah. Sie hing inzwischen an Mikes Arm, nachdem er, Franz, sie unwillig abgeschüttelt hatte. Im nächsten Moment schnappte sie sich wie selbstverständlich einen Teller, lud eine große Portion Kartoffelsalat darauf und stellte sich zum Grill. Mit schriller Stimme, die den Abend wie mit einer scharfen Glasklinge durchschnitt, tat sie ihre Essgewohnheiten kund. »Eigentlich esse ich ja am Abend keine Kohlenhydrate, und normalerweise bin ich auch noch Vegetarierin, aber wenn sich die Oma solche Mühe macht, dann sage ich nicht nein und esse mit. Das ist doch völlig okay, oder nicht?«

Felix sah sich mit Verschwörermiene um und zupfte Franz am Ärmel. Mit etwas Glück konnte er ihn von der Parzelle lotsen, bevor er den Fleischermeister wahrgenommen hatte.

Der hatte seine Tüte mittlerweile stolz entleert und auf dem Tisch ausgebreitet. Dort lagen jetzt Berge von Würstchen und etliche eingeschweißte Nackensteaks in Paprika-, Kräuter- und Knoblauchmarinade. Er hatte bereits dreimal betont, dass der Anteil der mit Knoblauch marinierten Steaks den geringsten ausmachte, weil ihm bewusst sei, dass die meisten am nächsten Tag ihrer Umwelt mit ihrem Atem nicht zeigen wollten, was sie am Vortag zu sich genommen haben. Und deshalb könne er, weil er selbst diese Geschmacksnote präferiere, durchaus die Paprikavariante empfehlen, die es in der Zusammensetzung nur bei ihm gab, denn er hätte noch ein winziges Geheimnis bei den Zutaten zu bieten.

Oma Billes Gesicht nach zu urteilen, war sie über seinen Besuch nicht mal halb so erfreut, wie Maja es vermutlich erwartet hatte. Aber darauf konnte Felix jetzt auch keine Rücksicht nehmen, Franz schuldete ihm eine Antwort, und sie mussten so rasch es ging zu einem Entschluss kommen.

»Was ist nun?«, fragte Felix nun ungeduldig. »Kommst du? Hier hören zu viele Ohren mit, also müssen wir verschwinden.« Felix sah Franz mit flehendem Blick an, und endlich ließ dieser sich erweichen. »Ja, ich komme.« Doch dann bemerkte er den kräftigen Mann mit den Riesenhänden an Oma Billes Seite. »Wer ist das? Der sieht ja aus wie ein Schlachter.«

»Er *ist* ein Schlachter«, sagte Felix und trat sich in Gedanken selbst in den Hintern, weil er Franz nicht rechtzeitig weggelotst hatte. Mittlerweile hatte auch Laura sich zu ihnen gesellt und warf einen gelangweilten Blick in Oma Billes Richtung. »Ach, der! Das ist nur Herr Häwelmann, der Fleischermeister. Mit dem geht Oma in Oberhausen tanzen. In der Schrebergartenkolonie«, fügte sie hinzu. »Kommst du jetzt, Franz? Wir müssen unseren Schlachtplan entwerfen!«

Franz stand noch immer wie angewurzelt da und schüttelte den Kopf. »Fleischermeister«, wiederholte er.

»Er hat einen Laden in Buschhausen, wo Oma wohnt. Er will sie heiraten, glaube ich«, sagte Annemie, die ebenfalls hinzugekommen war. Felix trat ihr auf den Fuß, was sie mit einem Ellenbogencheck kommentierte.

Franz hatte ihre Worte zur Kenntnis genommen, wirkte allerdings nach wie vor fassungslos. »Aber weshalb ist sie dann mit diesem Schönling ausgegangen? Wenn es doch einen Mann in ihrem Leben gibt?«

»Du meinst Harry?«

Franz nickte.

»Weil sie Herrn Häwelmann *nicht* heiraten will. Oma Bille hasst das ständige Dauerwurstthema«, versuchte Felix

Annemies Bemerkung wiedergutzumachen. Etwas sagte ihm, dass es besser wäre, wenn Franz in der derzeitigen Situation keine Konkurrenten hatte. Er sah Oma Bille immer so eigenartig an, und in Felix keimte ein Verdacht auf, den er jedoch rasch beiseiteschob. Dass sich ein Rocker für Oma Bille erwärmen könnte, war absolut unwahrscheinlich. Männer wie Franz brauchten eine Tina an ihrer Seite.

Allerdings wirkte Franz nun tatsächlich erleichtert, und Felix beschloss, ihn noch mehr zu besänftigen. »Sie hat nie zugestimmt. Sie isst seine Wurst gern, und sie kauft nur dort, weil sie sagt: Wurst kauft man beim Fleischer und Brot beim Bäcker. Aber sie will ihn deshalb ja nicht gleich heiraten. Echt nicht.« Er machte eine Pause und überlegte, ob ihm ein weiteres Argument einfiel, das Franz beruhigen würde. »Sie pflückt auch nur die Früchte aus seinem Schrebergarten und macht daraus leckere Marmelade. Also …« Er brach ab. Das war kontraproduktiv, es zeigte eher, wie viel Oma Bille mit Bernd Häwelmann verband.

Franz hatte offenbar genug gehört. »Okay, Kinder. Lasst uns an den Strand gehen und überlegen, ob wir eine Lösung für die wirklichen Probleme dieser Welt finden.«

Bille stand indes noch immer sprachlos vor dem Koloss von Metzger, während Tina sich von ErTeEl bratwursttechnisch beraten ließ. Seine Wurst von freilaufenden Deichschweinen beeindruckte sie sichtlich und ließ sie auch Franz vergessen: Die Bratwürste hatten offenbar eine erotisierende Wirkung auf Frauen, das wollte Felix sich merken. Wer wusste schon, wann man das mal brauchen konnte. In Gedanken notierte er: Wurst von freilaufenden Deichschweinen.

Justus schlenderte auf die Parzelle zu, wo sich verdammt viele Menschen aufhielten. Sie wirkte wie die Partymeile schlechthin. Noch eine Stunde, und der Platzwart würde dem Treiben hier ein jähes Ende bereiten. Das war sein letzter Akt mit der Oma, danach wäre Schluss für ihn, und er konnte abreisen. Das Glück war ihm hold, denn bevor er zu nahe an die Menschenansammlung herangehen musste, sah er die Alte vom Platz eilen. Sie machte einen gehetzten Eindruck und wirkte ziemlich aufgelöst. Justus verkroch sich hinter zwei Büschen und schoss wie aus dem Nichts hervor, als sie auf seiner Höhe angekommen war.

Sie zuckte zusammen, als sei ihr ein Geist begegnet, ihr Gesicht war verheult, das kurze Haar verstrubbelt. »Da sind wir ja wieder«, quetschte Justus zwischen den Zähnen hervor.

»Was wollen Sie hier? Haben Sie mir nicht schon genug angetan? Nun gehe ich Ihretwegen auch noch ins Gefängnis, reicht das nicht?«

Justus erwiderte darauf vorsichtshalber nichts, spitzte die Lippen, legte den Kopf zur Seite und rang sich ein Lächeln ab. »In den Knast willst du wegen der zwei Lammfelldecken? Ja, Omi, da frag ich mich doch, weshalb du so viel Geld zusagst, wenn du es nicht hast? Dafür kann der arme Justus schließlich nichts!«

»Sie haben mir die Sachen aufgeschwatzt. Und die Summe war viel höher, als ich geglaubt habe.« Sie sah ihn an, und ihr Blick erweckte für einen Augenblick tatsächlich sein Mitleid. »Sie haben eine Null zugehalten.«

Justus wollte keine Empathie zeigen. Er war der Macher, er ließ sich von nichts und niemandem mehr beeindrucken oder die Butter vom Brot nehmen. Er musste überleben, und andere, die das auch wollten, hatten bislang nur verdammt wenig Rücksicht auf ihn genommen. Einschließlich seines Bosses. »Wer lesen kann, ist klar im Vorteil, meine Dame. Ich brauch das Geld, und es wird nicht besser, wenn du einfach davonläufst!« Justus packte Bille am Arm. »Pass mal auf! Ich bekomme scheiße viel Ärger, wenn ich das Geld in der nächsten Woche nicht abliefere. Da sitzen wir beide im selben Boot, Omilein. Aber ich bin ja kein Unmensch und komme dir eine Winzigkeit entgegen und gebe dir noch Zeit, bis dein Urlaub beendet ist. Dann ist die Kohle da, und ich hole sie mir bei dir ab. Ich nehme an, nächsten Mittwoch bist du wieder zurück im Pott, oder?«

Die Alte nickte. Sie zitterte so stark, dass Justus befürchtete, sie würde gleich vor seinen Füßen zusammenbrechen. Deshalb lockerte er den Griff. Bei diesem Opfer waren keine harten Geschosse notwendig, sie fürchtete ihn auch so. »Gut, dann stehe ich kommende Woche vor der Tür. Machst du nicht auf, trete ich sie ein.«

Die Oma sah zu Boden. »Ja, ich versuche es. Nur – Sie haben mich ja noch tiefer hineingeritten. Das hätten Sie sich sparen können. Wenn Sie Pech haben, bekommen Sie nun gar nichts.«

Justus wiegte den Kopf. Er wusste zwar absolut nicht, wovon sie sprach, aber ihm gefiel ihre Furcht vor ihm. Die Alte würde zahlen, da war er sicher. Als er den Kopf wandte, sah er einen Schatten den Weg heraufeilen. »Mist!«, stieß er aus. »Das gibt es doch gar nicht und ist jetzt überflüssig wie ein Kropf!« Er schubste die Oma fort und verschwand hinter dem nächsten Caravan.

Bille sah sich um, erstaunt darüber, dass sie schon wieder frei war. Über dem Schrecken hatte sie völlig vergessen, dass sie eigentlich zur Toilette gehen wollte. Sie war kopflos vom Grillfest weggestürmt, weil ihr die Tränen gekommen waren. Alles war ihr zu viel. Dass Herr Häwelmann plötzlich da war, machte die Situation nicht besser, denn nun musste sie sich den auch noch vom Hals halten. Hätte man ihr eine Rakete vor den Wohnwagen gestellt, wäre sie ohne zu zögern eingestiegen und damit zum Mond, zum Mars oder wer weiß wohin geflogen. Sogar mit Franz' Harley wäre sie weggefahren, nur würde der ihr das wohl kaum ein drittes Mal anbieten, jetzt, wo Herr Häwelmann da war und ihn Tina belagerte.

»Hallo, Bille«, raunte da eine Stimme, die ihr sehr bekannt vorkam.

»Harry!«, stieß sie aus, allerdings unsicher, ob sie sich freuen sollte oder nicht. Die Tendenz war eher negativ.

»Ich hatte von dem Grillfest gehört und dachte, ich schau doch noch mal vorbei. Ist ja bald Platzruhe, dann müsst ihr aufhören und ich verschwinden. Bin jetzt in Schillig.«

Bille sah betreten fort. Ihr Haar war zerzaust, sie war verheult, und überhaupt stand ihr ins Gesicht geschrieben, wie dreckig es ihr gerade ging. Sie wollte nicht, dass Harry sie so sah, auch nicht, wenn es ihr eigentlich egal sein sollte, was er von ihr dachte. Er hatte den Anschuldigungen ihr gegenüber Glauben geschenkt und war einfach abgehauen, ohne sich zu verabschieden. Davor dieser merkwürdige Abend ... Sie wollte nichts mehr mit ihm zu tun haben.

»Ich möchte mit dir etwas trinken gehen«, sagte Harry. »Ich bin dir eine Erklärung schuldig.«

Bille knickte ein. »Allerdings bist du das, Harry. Dein

Abtauchen war für mich alles andere als angenehm. Aber ich weiß nicht, ob ich deine Erklärung wirklich hören möchte. – Es ist so viel passiert. Nein, nicht so viel. *Zu* viel!«

Harry ignorierte den Einwand, so wie er stets ohne zu fragen das tat, was er für richtig hielt. Er reichte ihr galant den Arm, und Bille war fast versucht, wieder auf ihn hereinzufallen, aber die warnende Stimme in ihr gelang Oberhand. Sie nickte ihm zu. »Ich höre mir an, was du zu sagen hast. Mehr nicht.« Harry Sitter sollte sie nicht mehr stützen. »Ich muss zuvor kurz zum Waschhaus.«

Wenn der Mann auch nur einen Funken Empathie besitzt, dann weiß er, was er falsch gemacht hat, und er muss sich als Entschuldigung etwas Dolles einfallen lassen, dachte Bille. Wobei sich an meinem Entschluss, ihn auf Abstand zu halten, nichts ändern wird.

Harry wartete geduldig vor dem Waschhaus, bis Bille wieder herauskam. Sie hatte sich viel Zeit gelassen, um ihr derangiertes Aussehen einigermaßen wiederherzustellen und ihre wirren Gedanken zu sortieren.

»Du steckst ja in immensen Schwierigkeiten«, sagte er und versuchte erneut, den Arm um sie zu legen. »Das nimmt dich arg mit, ich sehe es!«

Bille wich seinem Annäherungsversuch geschickt aus. »Ich dachte …«

»Was dachtest du, meine Liebe?«

»Ach, nichts.« Bille wollte ihre verletzten Gefühle vor ihm nicht ausbreiten. Glücklicherweise fragte Harry auch nicht weiter nach.

»Schau, nun bin ich wieder da«, versuchte er sie stattdessen milde zu stimmen. »Für dich! Ich hatte ein schlechtes

Gewissen und bin zurückgekommen. Du warst nicht der Grund für meine überraschende Abreise, also, ich bin nicht weggefahren, weil ich geglaubt habe, du bist eine Diebin. Sonst wäre ich ja nicht hier. Es waren andere Umstände, die ich dir gern erklären würde, nur nicht jetzt und nicht heute.« Er redete sich um Kopf und Kragen. Bille glaubte ihm kein Wort und unterbrach ihn. »Warum bist du hier?«

»Nach alldem dachte ich, es wäre für dich vielleicht doch eine Option, mit mir nach Horumersiel zu kommen und dort zu bleiben. Quasi neu zu beginnen. Weg von all dem Mist mit Diebstahl und so was. Wir verkaufen deine Möbel ...«

»Moment!« Bille hob den Arm. Was sollte das werden?

Harry aber ignorierte ihren Einwand und sprach unbeirrt weiter. »Die brauchst du bei mir nicht. Du bringst deine eiserne finanzielle Reserve, von der du mir erzählt hast, ein, und wir machen uns hier im Wangerland einen feinen Lebensabend, weit weg von allen Problemen. Was meinst du?« Er strahlte übers ganze Gesicht.

»Ich hab dir doch schon gesagt, dass ich nicht nach Horumersiel ziehen möchte!«, stieß Bille hervor, doch sie war Harrys Wortgewalt nicht gewachsen. Der tat nämlich weiterhin einfach so, als hätte sie nichts gesagt.

»Ich lasse uns ein Angebot kommen, und du beginnst schon nächste Woche dein neues Leben an meiner Seite. Das Geld überweist du mir, und ich kümmere mich um alles. Du wirst sehen, wir werden es schön haben. Wunderschön.«

Bille schüttelte fassungslos den Kopf. Er versuchte, sie mit seiner unvergleichlich charmanten Art umzustimmen, und verlangte tatsächlich, dass sie ihm Geld gab? Glücklicherweise war da diese Stimme in ihr, die sie warnte und immer wieder warnte. Sie glaubte, einem Clown gegenüberzustehen. Einem selbstverliebten Geck, der ihr mit einer Maske ein Stück vorspielte, in dem sie aber nur eine Gastrolle haben sollte, so lange, bis er eine neue Starbesetzung gefunden hatte. Um wie viel klarer und ehrlicher wirkte da Franz mit seinem Geronimo auf dem Arm und den weichen blauen Augen!

»Ich möchte das nicht«, sagte Bille nun bestimmt. Sie näherten sich der Parzelle, und mit einem Mal stieß Harry sie abrupt von sich. Er war plötzlich leichenblass, und Bille glaubte ein leises »Ach du Scheiße« vernommen zu haben, was aber nicht sein konnte, weil Harry Sitter niemals »Ach du Scheiße« sagen würde.

»Ist was?«, fragte sie, doch da hatte er sich bereits wieder unter Kontrolle. »Nein, Liebes, es ist nichts.«

Bille mochte nicht mehr, wenn er sie »Liebes« nannte. Sie war in ihn genauso wenig verliebt wie in Herrn Häwelmann oder Herrn Sieberfink. Sie war sich zu hundert Prozent sicher, dass sie nicht mit ihm nach Horumersiel ziehen würde. Harry Sitter eignete sich ebenso wenig zum Mann an ihrer Seite wie ihre beiden Verehrer in Oberhausen.

»Ich möchte das alles nicht«, wiederholte sie nun lauter als zuvor, aber Harry Sitter zeigte keine Reaktion.

Kaum sah Herr Häwelmann, dass sie zurückgekommen war, eilte er ihr mit ausgestreckten Armen entgegen. »Da sind Sie ja wieder, Frau Rubens!«

Bille wollte ihm Harry eben vorstellen, als ihr die Worte im Hals stecken blieben. Die Männer standen sich gegenüber, taxierten sich wie Boxer kurz vor ihrem größten Kampf. Und Bille wurde das Gefühl nicht los, dass die beiden sich kannten.

14. Kapitel

Franz war mit den drei jungen Leuten am Ufer der Nordsee angelangt, bis zum Strand war es ihnen zu weit. Über dem Meer hingen dichte Nebelschwaden und schienen es wie mit einem weißen Tuch zu bedecken. Das Wasser wirkte erstarrt, denn keine Welle kräuselte die glatte Oberfläche, lediglich das leise Glucksen am Wattsaum zeugte von einer minimalen Bewegung.

Franz riss sich selbst aus seinen Betrachtungen. »So, Kinder, was sollen wir tun? Wirklich wetten?«

»Jep«, bestätigte Laura seine Frage. »Genau das ist Plan A. Plan B besteht aus detektivischer Spitzfindigkeit, für die wir dich aber nicht zwangsweise brauchen, weil wir das notfalls auch allein schaffen, wir sind ja ›TKKG‹-, ›Drei Fragezeichen‹- und ›Deichbanden‹-erfahren.«

Franz schüttelte den Kopf. »Untersteht euch! Ihr werdet euch keineswegs allein auf die Suche nach dem Dieb machen. Das kann ziemlich gefährlich werden, und eure Kinderdetektivgeschichten helfen da gar nicht, das wisst ihr auch.«

»Dann musst du uns halt unter die Arme greifen«, sagte Annemie. »Somit wäre das hinreichend geklärt.«

»Moment!« Franz hob abwehrend die Hände. »Ehrlich gesagt fehlt mir gerade jegliche Lust, in der Sache noch irgendeinen Finger zu rühren!« Er ließ sich in den Sand fallen und starrte in die Ferne. Langsam fühlte er sich wieder wie der alte Rocker, der er mal gewesen war. Tough, geradeaus schauend und klar im Blick. Nicht dieses Weicheigetue, das von ihm, seitdem ihm Bille begegnet war, Besitz ergriffen hatte. Seine Kumpels hatten recht, wenn sie sich über ihn lustig machten.

Die drei Kids diskutierten intensiv über ihr weiteres Vorgehen, weil sie es irgendwie schaffen wollten, ihn ins Boot zu bekommen. Sie würden sich die Zähne ausbeißen, das war mal sicher. Er, Franz Richter, würde sich ganz bestimmt nicht von drei Heranwachsenden vorschreiben lassen, wann er wem wie half. Ja, es fühlte sich gut an, wieder sein eigener Herr zu sein.

Bei Bille tauchte im Augenblick ein Kerl nach dem anderen auf, das verletzte ihn, traf ihn in seiner Eitelkeit, und zwar mehr, als er es sich eingestehen wollte. Er verspürte keinerlei Ehrgeiz, sich in die Reihe ihrer Verehrer einzugliedern, die sie offenbar anschmachteten und die Bille am ausgestreckten Arm verhungern ließ. Solch ein Theater hatte er weiß Gott nicht nötig, zumal Bille ihm gegenüber, im Gegensatz zu Harry Sitter und diesem Fleischermeister, sowieso keinerlei Interesse signalisierte. Im Gegenteil. Deutlicher konnte sie nicht kommunizieren, wie skeptisch sie Rocker, Motorräder, sein Leben, die Tätowierungen und all das sah, ja sogar ablehnte. Bille war nur zu höflich, um es in aller Deutlichkeit zu sagen. Anhand ihrer Verehrer wie diesem Harry-Schönling und dem Koloss von Herrn Schlachtermeister mit seinen mörderischen Pranken war offensichtlich, auf welche Art Mann sie stand. Er passte definitiv nicht in ihr Beuteschema und sollte aufhören, so zu tun, als könne er das ändern.

Die drei Kids näherten sich ihm nun wieder und hatten

mit ihrem entschlossenen Auftreten etwas von Cowboys. Es wirkte ein bisschen pathetisch, das hatten sie bestimmt in irgendeinem Western so gesehen, aber schauten die Kids von heute solche Filme überhaupt noch? Wie ein Bollwerk bauten sie sich vor ihm auf. »Wir sind zu dem Ergebnis gekommen, dass du dich nicht drücken kannst, egal, was auch immer du versuchst«, begann Felix in gewohnt dunklem Timbre.

Das war ja noch abgegriffener, als Franz es befürchtet hatte. John Wayne live, wobei er davon ausging, dass Felix nicht einmal wusste, wer das war. Aber er schwieg und wollte sich zumindest anhören, zu was man ihn verdonnerte.

»Morgen ist der erste Renntag, und wenn wir unsere Chance dort nicht nutzen, wird Oma Bille ins Gefängnis wandern. Das kannst du nicht wollen, Franz. Du bist ein Ehrenmann!« Es war eindeutig, dass Felix sich betont männlich und cool gab. Unwillkürlich musste Franz lächeln: Er hatte das früher ähnlich gemacht und sich allein dadurch erwachsen gefühlt. Es gab Dinge, die änderten sich auch über Generationen nicht. Er wusste nicht, ob es die Übereinstimmung war, die ihn gnädig stimmte, oder ob ihn der Blick in die Augen der Zwillinge erweichte. Ihm lag die Antwort auf der Zunge, dass er raus sei und mit allem nichts zu tun haben wollte, doch er konnte es einfach nicht aussprechen.

»Und, bist du nun dabei?«, fragte Felix schließlich, als die Stille zu aufdringlich wurde.

Franz schaute hoch und schüttelte den Kopf. Er durfte sich nicht von Sentimentalitäten leiten lassen. Egal, ob er früher genauso gehandelt hätte wie Felix. Machte er da mit, verstrickte er sich noch viel tiefer in die Sache, und das wollte er ganz und gar nicht. »Ich bin nicht mehr dabei, Kinder. Ich steige aus!« Warum klang seine Stimme so matt? Er hatte einen Entschluss gefasst. Er war ein cooler Typ, gewohnt, sich durchzusetzen in einer Welt, von der die Kids null Ahnung hatten.

»Du kannst Oma Bille doch jetzt nicht im Stich lassen!«, empörte Laura sich sofort. »Das kommt gar nicht in die Tüte!« Sie stemmte die Arme in die Hüften.

»Ich lasse sie nicht im Stich«, wehrte Franz sich. »Sie will mit mir gar nichts zu tun haben.« Er sprang auf und eilte mit großen Schritten auf und ab. Weil ihm der Sand seitlich in die Schuhe rieselte, zog er sie kurzerhand aus. Das erinnerte ihn an den Abend, als er mit Bille am Strand gesessen hatte. Weg mit den Gedanken, ganz weit weg! Das tat hier nichts zur Sache.

»Ich werde morgen oder übermorgen weiterfahren. Mit den Bullen kläre ich das, sie können mich übers Handy jederzeit erreichen.«

»Bitte, Franz, tu das nicht!«, flehte jetzt Annemie. »Bitte, nur noch die Rennbahnsache, und wir müssen herausfinden, wer Oma Bille den Schmuck in den Caravan gelegt hat. Dann ist Schluss! Versprochen!«

Er blieb stehen. Die drei standen mit betretenen Gesichtern vor ihm. »Wir wissen nicht, was wir sonst tun sollen. Unser Versuch, mit Abwaschen Geld zu verdienen, ist kläglich gescheitert. Aber wenn man aufs richtige Pferd setzt ...« Lauras Wangen waren vor Begeisterung gerötet.

»Ich hab von Harleys Ahnung, nicht von Pferden«, sagte Franz. »Sagte ich doch schon.«

»Wir müssen herausfinden, welches Pferd am schnellsten ist«, schlug Laura vor.

Franz seufzte. »Auf die richtig guten setzen leider alle, da gewinnt man nichts.«

»Du weißt also doch, wie es geht?«, fragte Laura.

»Na, das Prinzip ist klar. Man kann am meisten Geld verdienen, wenn man auf einen Außenseiter setzt, weil das eben weniger Leute tun.«

»Das habe ich auch gegoogelt«, sagte Annemie, was ihr einen verächtlichen Blick von Felix einbrachte.

»Cool, dann machen wir das. Super Idee«, freute sich Laura hingegen.

Franz lachte auf. »Und da kommen wir an unsere Grenzen. Dazu sollte man sich auskennen, wissen, wer vermutlich der Champ ist und wer nicht.«

Felix hob sein Handy. »Das erfährt man gleich zu Beginn der Rennen. Also da wird bekannt gegeben, wer Favorit ist und wer nicht. Ist alles keine Hexerei.«

»Das hilft uns ja nicht weiter«, wehrte Franz ab. »Dazu müsste der Außenseiter gewinnen, sonst ist das Geld futsch.«

Betretene Stille, Kratzen von Zehen im Sand. Der Schrei einer Möwe, fernes Kinderlachen. Doch nichts täuschte über die Ausweglosigkeit der Situation hinweg.

Franz war der Erste, der wieder etwas sagte. »Ich rechne es euch hoch an, dass ihr eurer Oma helfen wollt, aber eine Pferdewette ist eine Nummer zu groß für uns alle.«

Laura winkte ab. »Wir setzen auf das Glück. Das passt dann schon, und puff: Oma Bille ist alle Sorgen los. Dank uns.«

Annemie stieß sie an. »Du, Laura, das kann verdammt teuer werden, weißt du? Ich meine, wenn man erst Geld gesetzt hat, ist es ja weg, sollte das Pferd nicht gewinnen. Oder nicht?«

»Genauso ist es! Auf einer Rennbahn mal eben 2000 Euro zu verdienen ist nicht sehr leicht«, bestätigte Franz. »Und schon gar nicht, wenn einem die Materie so fremd ist wie uns.«

Von seinen Jungs hatte da auch niemand den Durchblick, er hatte noch nie gehört, dass einer von ihnen jemals gewettet hatte. Beim Fußball, das schon, denn auf St. Pauli zu setzen gehörte zum guten Ton. Ein Großteil von ihnen rannte ohnehin ständig dorthin ins Stadion. Pferderennen aber waren was für die Upperclass. Für Leute mit großen Hüten und viel Geld. Der Harley-Clique fehlte in der Regel beides.

»Ein Problem habt ihr so oder so nicht bedacht«, sagte er. »Mit welchem Einsatz sollen wir dort überhaupt hingehen?«

»Das Abwaschgeld reicht wohl nicht«, bestätigte Laura, nun merklich kleinlauter. »Das brauchen wir gar nicht erst zu setzen. Jedenfalls nicht allein.«

»Damit gewinnt ihr nicht einmal einen Blumentopf«, sagte Franz grinsend. So langsam schienen die Kinder zu begreifen. Mein Gott, er klang wie ein konservativer Lehrer, der den Schülern gerade vermittelte, für wie klein und dumm er sie hielt. Wie hatte er solche Typen in seinem Leben immer gehasst! Und nun verhielt er sich genauso. Aber er hatte ja recht, verdammt. Was sollte er denn machen? Alles Geld, das er besessen hatte, steckte er in seine Electra

Glide oder in Helme und Ausrüstung. Er brauchte sonst nichts.

Felix scharrte schon länger mit dem dicken Zeh im Sand herum, mittlerweile hatte sich eine kleine Kuhle gebildet.

»Aber was nun? Die Wette ist für uns die einzige Möglichkeit, Oma Bille unter die Arme zu greifen, Franz. Ehrlich gesagt dachten wir …«

Franz lachte laut auf. »Ihr dachtet, ich strecke das Geld vor und trage das Risiko? Ihr seid wirklich echte Kindsköpfe! Ich habe nichts übrig für so etwas. Außerdem wette ich nicht. Bin kein Glücksspieltyp. Damit wäre unsere Unterhaltung beendet, okay?« Er schämte sich der harschen Worte, aber sie verfehlten ihre Wirkung nicht.

Felix nickte stumm, ihm war klargeworden, welche Schnapsidee das mit der Pferdewette gewesen war. Letztlich blieb Oma Bille keine andere Wahl, als ihre Schulden selbst zu bezahlen. Es würde kein Prinz und schon gar kein Harley-Fahrer daherkommen und sie aus der Situation retten.

Laura war allerdings nicht so leicht still zu kriegen. »Das ist jetzt nicht dein Ernst«, fuhr sie Franz an. »Alles faule Ausreden! Du drückst dich bestimmt, weil Oma Bille Besuch von Herrn Häwelmann bekommen hat und weil sie mit Harry Sitter ausgegangen ist. Ich glaube, du bist nur beleidigt, weil sie dich nicht genug beachtet.«

Nun zuckte Franz zusammen, denn Laura hatte den Nagel auf den Kopf getroffen. War sein Interesse an Bille so deutlich gewesen?

Laura war noch lange nicht fertig. »Aber das ist doch jetzt wohl piepegal, oder? Es geht um Oma Billes Zukunft, die sie nicht im Knast verbringen soll! Da müssen solche Dinge zurückstehen. Ich bin ja auch nicht sauer, weil Oma Bille Felix kürzlich ein Eis gekauft hat und mir nicht, obwohl mein Bruder es weiß Gott nicht verdient hat.« Sie machte eine Pause. »Franz, man muss immer cool bleiben, damit man nicht die falschen Entscheidungen trifft. Deine *ist* falsch.«

Woher hatte diese Göre ihr altkluges Geschwätz? Franz fühlte sich mit dem Rücken an die Wand gedrängt. Er wollte sich nicht von einer Zwölfjährigen vorschreiben lassen, was für sein Leben richtig und relevant war, und schon gar nicht, wenn es mit einer Wette einherging!

»Dann kann sie ja Herrn Häwelsupermann oder den fein gekleideten Herrn Sitter um das Geld bitten. Ich hab nichts.« Demonstrativ stülpte Franz das Futter seiner Jeanstaschen nach außen. Oder besser die winzigen Ecken, die er zu fassen bekam. Die Hose saß zu eng. Er winkte ab, stand auf und stapfte in Richtung Campingplatz davon. Sie sollten ihn doch alle in Ruhe lassen. Er hatte die Nase gestrichen voll. Bis oben hin.

»Oma Bille ist viel zu stolz, um jemanden um Hilfe zu bitten, Franz! Viel! Zu! Stolz! Du kannst uns nicht hängenlassen!«

»Das war ja mal ein Satz mit x, das war wohl nix«, resümierte Annemie düster. »Der will Oma Bille echt nicht helfen.«

»Der Typ ist eifersüchtig!« Laura kratzte sich am Kinn. »Verdammt, der ist eifersüchtig wie ein Erstgeborener, der entthront wird!«

»Woher hast du den Spruch denn?«, fragte Felix. »Im Übrigen weißt du gar nicht, wie sich ein entthronter Erstling fühlt, das kann nur ich beurteilen, immerhin habe ich das auf einen Schlag gleich zweifach erlebt!«

»Dann weißt du wenigstens, wie er sich fühlt.« Laura winkte ab. »Nur darum geht es.«

Felix schwieg. Rümpfte die Nase. Schürzte die Lippen. Zog den Mund wieder gerade. Er konnte sich für keine Mimik entscheiden. Das alles half nicht weiter.

»Wir müssen zusehen, dass die anderen Männer aus Omas Dunstkreis verschwinden«, schlug Annemie vor. »Wenn Franz nicht mehr eifersüchtig ist, lässt er sich ja vielleicht dazu herab, doch für uns zu wetten.«

»Erstens: Wie willst du das anstellen? Und zweitens: Uns bleibt keine Zeit. Wir müssen morgen handeln! Die Renntage gehen schließlich nicht ewig.«

Annemie gab Laura recht. Die Situation war völlig verfahren.

»Die ganze Pferdewetterei ist vielleicht doch keine gute Idee«, meinte Felix. »Es stimmt ja, was Franz sagt. So einfach ist es nicht, Geld zu gewinnen. Sonst würde das ja jeder tun.«

»Es gibt aber keinen anderen Weg!« Laura stampfte wütend mit dem Fuß auf. »Wir ziehen das durch. Irgendwie und dann eben ohne Franz.«

»Und wie willst du das anstellen?«, fragte Annemie.

»Ich schaff das schon. Lass mich mal machen, kleine Schwester. Manchmal merkt man doch, dass du zehn Minuten später geboren bist!« Laura wusste selbst, wie gemein sie war. Was konnte denn Annemie für all das?

Die zuckte nur mit den Schultern und ging ihren Geschwistern voraus zurück zur Parzelle.

Auf dem Weg kam ihnen Maja mit Riesenschritten entgegen. »Verdammt, wo habt ihr gesteckt? Ich hab euch überall gesucht!«

15. Kapitel

Bille saß mit den Winterbergs beim Frühstück, und auch mit dem kurzfristig dazugestoßenen Herrn Häwelmann, der sich ein Zimmer in einer günstigen Hooksieler Pension genommen hatte (»Man muss schließlich sparen, es ist schon nett, dass ich überhaupt zu Ihnen gekommen bin, Frau Rubens!«). Die Laune des Fleischermeisters ließ zu wünschen übrig, was sich bei ihm allerdings, im Gegensatz zu Bille, niemals im mangelnden Appetit niederschlug. Er zerkaute eben das dritte dreifach mit der Häwelmannschen Wurst belegte Brötchen und trank den vierten Becher Kaffee, den er stets zu einem Drittel mit fettarmer Milch anreicherte.

»Was sollte das eigentlich gestern von dem Kerl mit der gelben Kappe, der ständig von der Deichschweinbratwurst faselte? Wichtig ist einzig die fachgerechte Zubereitung! Wo die Viecher für die Wurst herkommen, ist egal. Ein Stück Fleisch hingegen schmeckt durchaus anders, wenn es …« Herr Häwelmann brach ab, weil ihm die ungeteilte Aufmerksamkeit der anderen fehlte. »Macht sich jedenfalls gut, wenn ich schreibe: von bekannten Fleischlieferanten aus der Region.«

Jan gab Herrn Häwelmann in Bezug auf die Wurst nicht recht, begann kurz eine Diskussion mit ihm, streckte aber rasch die Segel.

Bille fühlte sich unwohl. Bernd Häwelmann war von Maja zugetragen worden, dass sie mit Harry ausgegangen war und sie sich duzten. Das ließ ihren ehemaligen Parzellennachbarn zu einem ernsthaften Konkurrenten aufsteigen, und das wiederum konnte und wollte Häwelmann nicht dulden, was er Bille sehr deutlich gemacht hatte. Sie war sich vorgekommen wie ein Schulmädchen, als er sie deswegen rügte. »Das tut man nicht, Frau Rubens! Keine Frau, die etwas auf sich hält, trifft sich mit mehreren Männern zugleich.«

Bille war Herrn Häwelmann gegenüber doch keinerlei Rechenschaft schuldig! Sie hatte seine drei Anträge abgelehnt, was maßte er sich also an? Nur – hatte sie ihm widersprochen? Nein.

Einen Augenblick lang hatte Bille am Abend zuvor tatsächlich geglaubt, Harry und Herr Häwelmann würden sich kennen. Doch nach dem Überraschungsmoment hatten sie die üblichen Nettigkeiten ausgetauscht, und kurz darauf war Harry verschwunden, abermals ohne sich von Bille zu verabschieden.

Zu allem Überfluss huschte nun auch noch der Bodybuilder an der Parzelle vorbei. Als Herr Häwelmann ihn entdeckte, ließ er vor Schreck das geschmierte Marmeladenbrötchen auf den Rasen fallen. Seltsam, dachte Bille. Doch im nächsten Moment schien er sich wieder gefangen zu haben.

»Liebe Frau Rubens«, begann er nämlich, wie immer in seinem jovialen Tonfall, wie immer eine Spur zu weich. Das passte weder zu seiner Statur noch zu seiner sonstigen Art. Und schon gar nicht zu seinem scharfen Ton von gestern Abend. Bille kannte ihn durchaus als Poltergeist, vor allem, wenn einer seiner Angestellten einen Fehler gemacht hatte. Er kam nicht dazu, weiterzusprechen, weil Harrys Stimme plötzlich über den Platz dröhnte. »Also hier ist echt was los!« Er raunte längst nicht mehr und eilte mit großen Schritten um die Ecke. »Ich war eben auf dem Polizeirevier. Man hatte mich gebeten, dort meine Aussage zu Protokoll zu geben, die ich bereits gestern auf dem Campingplatz vor den beiden Polizisten gemacht habe.« Harry baute sich breitbeinig und mit vor der Brust verschränkten Armen vor der Frühstücksgesellschaft auf. Vor allem Herrn Häwelmann taxierte er mit provozierendem Blick.

Bille sah Harry befremdlich an. Welche Aussage?

Selbst Jan wirkte verunsichert. »Erklär uns bitte genauer, was du da andeutest!«

»Na, ich habe doch diesen Rocker beobachtet. Er ist gestern sehr früh am Morgen, ich betone, *sehr früh* am Morgen über den Platz geschlichen. Das war derart auffällig, dass ich genau hingesehen habe. Und siehe da: Kaum war unsere Oma abgelenkt, ist er mit einem Beutel in ihrem Wohnwagen verschwunden und ohne wieder herausgekommen! Da muss man nur eins und eins zusammenzählen, liebe Leute, und wir haben den Täter!« Harry sah beifallheischend zu Bille, die innerlich kochte.

»Unsere Oma« hatte er gesagt! Was für ein Flegel er doch war!

Harry bemerkte ihre Wut nicht, sondern weidete sich am allgemeinen Entsetzen. »Wie ist eure Meinung dazu?«, hakte er nach, als sich niemand äußerte. Alle starrten ihn an. Bille war am Ende die Erste, die sich trotz ihres Zorns wieder fing. »Harry, das kann nicht sein.«

Er sah sie mit hochgezogenen Brauen an. »Du musst den Kriminellen nicht in Schutz nehmen, Bille. Es verhält sich exakt so, wie ich es gesagt habe. Ganz exakt so!«

Bille schüttelte den Kopf. »Nein!« Das war eine klare und deutliche Aussage, kein Zögern, kein Abwägen, wie man es sonst von ihr kannte. Franz mochte sein, wie er wollte, etwas derb, etwas freakig, aber er hatte definitiv gestern Morgen keinen Beutel dabeigehabt, und er war auch keineswegs in ihrem Wohnwagen gewesen. Prompt sah sie die beiden Polizisten von gestern langsam um die Ecke des Weges kommen. Sie nahmen Harrys Lüge also für bare Münze. Vermutlich mussten sie allen Anschuldigungen nachgehen, das war schließlich ihr Job.

»Aber Bille« – Harry lächelte so gönnerhaft, dass ihr bei dieser unerträglichen Arroganz förmlich die Luft wegblieb – »bloß weil du nicht bemerkt hast, dass er in deinem Wohnwagen war, heißt das doch nicht, dass es nicht so war. Du warst so damit beschäftigt, den Kartoffelsalat zu machen, dass du ihn einfach nicht gesehen hast! In deinem Alter kommt so etwas durchaus vor.«

Nun platzte Bille der Kragen. Sie wusste nicht, wann sie zum letzten Mal derart wütend gewesen war. Vielleicht damals, als ihr Nachbar seine kleinen Kätzchen im Rhein-Herne-Kanal ersaufen wollte. Sie hatte ihn am Ende fast selbst hineingeworfen. Sie hasste Ungerechtigkeiten, sie mochte es nicht, wenn das Recht des Stärkeren immer und überall galt.

Ihre Stimme klang genauso scharf, wie sie es in dem Augenblick wünschte. »Ich bin nicht senil, Harry Sitter, das weißt du genau. Und ich mag es auch nicht, wenn man so tut, als wäre ich es, damit sich andere ihre Wahrheiten zurechtbiegen können.«

Harry Sitter hob abwehrend die Hände und setzte ein süffisantes Grinsen auf, doch bevor er ihr ins Wort fallen konnte, sprach sie unbeirrt weiter. »Bloß weil ich meinen Mund nicht immer gleich aufreiße, wenn mir etwas nicht passt, heißt das nicht, dass ich wehrlos bin. Hier geht es allerdings nicht um mich. Du beschuldigst gerade einen anderen Menschen, etwas getan zu haben, was er nicht gemacht hat. Da kann ich nicht schweigen.« Sie sprang hastig vom Campingstuhl auf, der dabei zusammenklappte und hintenüberfiel. »Du lügst, Harry Sitter, und ich wüsste zu gern, warum.«

Jan legte Bille beruhigend die Hand auf die Schulter. »Bille, erzähl mal ganz ruhig, weshalb Harry sich irren muss. Du bist dir der Sache sehr sicher, und wir alle möchten nicht, dass ein Unschuldiger für etwas belangt wird, was er nicht getan hat. Auch nicht, wenn es deinen Kopf rettet.«

Bille lächelte Jan dankbar zu. Sein besonnenes Auftreten tat ihr gut. Sie machte einen Schritt auf Harry zu, der seine überlegene Haltung nicht aufgegeben hatte. »Warum tust du das? Erst machst du mir ein sehr eindeutiges Angebot, dann haust du kommentarlos ab. Und jetzt lügst du. Was an dir ist überhaupt echt, Harry? Nichts, gar nichts! Du bist eine Kunstfigur!«

Er zuckte zurück, einen Augenblick lang entgleisten seine Gesichtszüge, aber kurz darauf hatte er sich wieder in der Gewalt.

Er lachte, doch es klang unecht. »Ich habe dir *was* gemacht? Wir waren lediglich zusammen essen, Bille. Von wegen eindeutiges Angebot! Ha, wo kämen wir denn da hin, wenn ich den Frauen, die ich ausführe, gleich Offerten machen würde! Da hast du etwas völlig falsch verstanden. Völlig.«

Bille zuckte zurück, als hätte man sie geschlagen. Das, was sie zuvor nur geahnt hatte, wurde nun zu einer unumstößlichen Gewissheit: Harry Sitter war nicht der Mann, für den sie ihn zunächst gehalten hatte. Harry war ein Schuft.

»Herr Sitter«, mischte sich nun Bernd Häwelmann ein, »bitte tun Sie nicht so, als hätten Sie es mit einer senilen Frau zu tun. Wenn Frau Rubens sagt, Ihre Anschuldigung stimme nicht, dann wird es so sein. Und ich möchte lieber nicht wissen, was genau Sie ihr versprochen haben! Ich glaube, sonst vergesse ich mich.«

Abermals glaubte Bille, eine vertraute Schwingung zwischen den beiden Herren zu spüren, nur bekam sie nicht zu fassen, was genau es war. Sie sog scharf die Luft ein. »Das tut nichts mehr zur Sache. Herr Sitter« – sie verwendete ebenfalls die förmlichen Anrede – »Herr Sitter kann kaufen, was und mit wem er will.«

Doch in dem Augenblick kam Bille eine Erleuchtung. Plötzlich begriff sie, warum er abgehauen war. Weshalb sie keine Option mehr für Harry war. Eine Frau ohne Geld war für ihn indiskutabel. Und weil sie selbst ihre mageren Ersparnisse nicht lockermachen wollte, war sie sofort uninteressant für ihn. Dass er nun bemüht war, Franz reinzureiten, konnte nur einen Grund haben: Er selbst hatte mit der Sache zu tun. Womöglich kannte er sogar diesen Bodybuilder und machte mit ihm gemeinsame Sache? Gleich und gleich gesellte sich gern. Bille wurde schlecht. Warum hatte sie sich so von diesem Schönling blenden lassen? Von einem dicken Caravan, von einem smarten Äußeren, von den perfekten Umgangsformen, die nun von ihm abfielen wie die Blätter eines Baumes im Herbst.

»Ich kann dazu nur eines sagen: Ich habe den ganzen Morgen vor meinem Wohnwagen gesessen, es wäre keine Maus an mir vorbeigekommen. Auch wenn ich koche, bin ich durchaus Herr, oder besser Frau der Lage.« Bille räusperte sich, sie mochte es nicht, wenn alle Blicke auf sie gerichtet waren.

Mittlerweile hatten sich auch die beiden Polizisten hinzugesellt. Also musste Bille ihr Plädoyer zu Ende führen. »Außerdem hat der besagte Schmuck in keinem Beutel gelegen. Er war einfach in eines der Schrankfächer geworfen worden. So, als musste es schnell gehen.« Bille atmete tief ein und aus. Das wäre schon mal geschafft.

Sie wusste, dass sie sich mit den folgenden Sätzen verletzbar machte, dass ihr Harrys zu erwartende Antwort wie ein Schlag ins Gesicht erscheinen würde. Doch das würde sie aushalten. Sie war 73 Jahre alt, hatte ein ruhiges und beschauliches Leben hinter sich, das erst seit kurzem zu kippen drohte. Das durfte sie nicht zulassen, sie wollte ihr Schiff weiter allein und mit der gewohnten Routine durchs Fahrwasser lenken.

»Harry, ich glaube, Sie wollen sich mit der Anschuldigung selbst reinwaschen. Haben *Sie* den Schmuck gestohlen? Vielleicht, damit genug Geld für das Appartement da ist?« Bille holte zum finalen Schlag aus. »Ich stand ja nicht mehr zur Verfügung, weil Sie mich nicht wie eine Weihnachtsgans ausnehmen können.«

»Das muss ich mir nun nicht bieten lassen!«, bölkte Harry los. »Ich habe Sie verwöhnt, Bille, Sie eingeladen und wunderbare Stunden mit Ihnen verbracht. Ist das jetzt der Dank? Dann bin ich hier wohl nicht mehr erwünscht!« Harry stürmte davon, als sei der Teufel hinter ihm her.

Die beiden Polizisten hatten Bille gut zugehört und tippten sich an die Mütze. »Wir gehen noch mal zu dem Rocker. Fragen müssen wir ihn ja schließlich.«

Franz sah die beiden Polizisten auf sich zukommen. Sie sahen ernst aus, und es wirkte nicht so, als wollten sie sich einen Tee zum Frühstück holen.

»Es liegen schwerwiegende Anschuldigungen gegen Sie vor«, begann der Dicke, aber Franz spürte eine gewisse Skepsis in seiner Stimme. »Ein Zeuge behauptet, Sie über den Platz schleichen gesehen zu haben, und er sagt weiterhin aus, Sie hätten den Schmuck in einem Beutel im Wohnwagen von Frau Rubens verschwinden lassen. Allerdings ist der Beutel unauffindbar.«

»Das stimmt auch alles gar nicht«, sagte Franz. »Wie kommt er darauf?«

Von nebenan hörte man ein Scheppern, was beide Beamte kurzfristig ablenkte. Franz beruhigte sie. »Das sind nur unsere Campingnachbarn aus Bochum. Sie führen einen Grenzkrieg gegen die holländischen Camper. Mittlerweile gibt es keinen Waffenstillstand mehr, die Gefechte dauern auch in der Nacht an.«

»Ach, das Übliche«, atmete der Dünne erleichtert aus.

»Genau«, sagte Franz. »Und deshalb bin ich gestern Morgen auch so früh wach geworden.« Wie zur Bestätigung rannte Mutter Wanda Hegemann (Franz hatte inzwischen die Namen der Kontrahenten erfahren) aus Bochum mit einem gefüllten Eimer Wasser hinter Anneke van der Bloom aus Zeeland her. Frau Hegemann rutschte aus, und der Inhalt des Eimers ergoss sich über der blonden Holländerin. »Jetz hasse dat gekricht, watte verdiens!«

Das wiederum ließ sich der Ehemann der Holländerin nicht gefallen, zerrte die Handtücher von der Leine der Bochumer Familie und trampelte darauf herum. Das rief den Bochumer Familienvater Wolle Hegemann auf den Plan, der fast lustvoll begann, Metallstangen in den Hooksieler Kleiboden zu treiben und dazwischen eine orangegestreifte Wand zu spannen.

»Nun, kommen wir auf die Anschuldigungen gegen Sie zurück«, begann der Polizist wieder, den der Nachbarschaftskleinkrieg langweilte, zumal auf der anderen Seite im Zelt die Hamburger Schlauchboot-Großfamilie ihr Guten-Morgen-Lied anstimmte. Fünfstimmig im Kanon und nicht ganz text- und tonsicher.

»Sie sind also vor diesem Chaos geflohen«, griff der Polizist Franz' Antwort auf.

Der nickte.

»Können wir verstehen, Herr Richter.« Das klang verdammt ehrlich.

»Also, wenne nich gleich herkomms, dann gibbet wat auffe Ohren!« Mama Hegemann hatte den Kleinkrieg unterbrochen, um sich kurzfristig der Brutpflege zu widmen.

»Mama, ich kann nich. Der Dennis hat meine Socke, un mit eina kann ich nich laufen.«

»Ich sach getz un nich später, mein Freund!«

Franz nervte das Gekreische. Er wandte den Kopf und sah Bille auf den Zeltplatz zusteuern. Das lenkte ihn ab, denn im Gegensatz zu ihrer sonstigen Art wirkte sie aufgebracht, fast kampflustig. Genauer betrachtet, glich Bille einer Furie, und so stürzte sie auf die Polizisten zu und legte auch gleich los.

»Also: Egal, was Harry Sitter Ihnen da auftischen wollte: Er lügt. Franz war nicht in meinem Wagen, und er trug keinen Beutel bei sich, ganz abgesehen davon, dass der Schmuck in gar keinem Beutel steckte.«

»Stimmt«, bestätigte der Dünne. »Wo sie recht hat, hat sie recht. Haben Sie ja eben schon gesagt. Dann ist die Kuh vom Eis!«

»Jou, erst mal. Wir gehen der Sache in den nächsten Tagen in Ruhe weiter nach. Gut Ding will ja bekanntlich Weile haben.« Der Dicke nickte. »Denn wullt we mol seh'n, wa?« Beide tippten sich kurz mit der Handkante an die Stirn. »Halten Sie sich zu unserer Verfügung, Herr Richter! Vorbei ist das ja nun noch nicht. Nichts für ungut.«

»Da nich für!«

Harry Sitter hatte diese Wendung nicht voraussehen können. Die Bullen ließen die Sache erst einmal auf sich beruhen und glaubten ihm kein Wort. Ein Ding der Unmöglichkeit! Das war überaus ärgerlich und dumm gelaufen. Er hatte gedacht, mit seinem Ablenkungsmanöver die Fäden in der Hand behalten zu können. Da war er zwei vertane Abende mit der alten Schachtel losgezogen und hatte in Gegenwart von altmodischen Flanellröcken gespeist, um dann feststellen zu müssen, dass die Olle nichts, aber auch gar nichts auf der hohen Kante hatte.

Harry Sitter hatte es wirklich nicht leicht, seit er seinen Wirkungskreis auf den Campingplatz verlegen musste, weil er die wunderbare Penthouse-Wohnung nicht mehr bezahlen konnte. Was aber keiner wusste, es galt den Schein zu wahren. Seine Freunde hatten keine Ahnung, dass er mittlerweile arm wie eine Kirchenmaus war. Es war ein Kreuz mit dem Älterwerden. Da liefen ihm die reichen Frauen auch nicht mehr scharenweise nach, und er sah sich gezwungen, das Beuteschema zu ändern und nach deutlich älteren Frauen Ausschau zu halten.

Das hatte allerdings den Nachteil, dass er sich nun auf solche wie Bille Rubens konzentrieren musste, aber die hatte gar kein fettes Polster auf der Bank, sondern sogar 2000 Euro Schulden. Wenigstens bunkerte sie in ihrer Eichenschrankwand noch eine Notreserve von fast 600 Euro, wie sie ihm in ihrer Verzweiflung erzählt hatte. Haben oder Nichthaben. Das hätte ihn einen halben Monat über Wasser gehalten. Wenn sie sich nur ansatzweise auf seinen Vorschlag eingelassen hätte! Seine zweite Hoffnung, sie würde all ihre Möbel und den Hausrat für ihn verscherbeln, hatte sich auch nicht erfüllt. Sie saß auf ihren paar Restkröten und dem Hausrat wie eine Glucke auf den Eiern. Es war zum Verrücktwerden! Vertane Zeit, vertane Energie. Und dann der Fauxpas mit dem Beutel und dem Schmuck. Verdammt, warum hatte er etwas von einem Beutel erzählt? Mit Bille Rubens war alles, wirklich alles dumm gelaufen. Es half nichts, er musste sich ein neues Opfer suchen.

Bald war Herbst, da kam die ältere Generation zum Campen, und die Ehemänner waren meist sehr nachlässig mit ihren Frauen, so dass er leichtes Spiel haben würde. Hier und da ein Erpresserfoto, und er konnte die goldbehangenen Damen melken wie eine Kuh. Es waren nicht alle Nüsse so schwierig zu knacken wie Bille Rubens.

Allerdings war die Aussage, bei Männern bedeute das Altern nichts, ein schrecklicher Trugschluss! In seinem Job sah das anders aus. Es war nicht mehr leicht mit den jüngeren Frauen. Noch vor fünf Jahren war das kein Problem für Harry gewesen, doch nun war sein Radius eingeschränkt. Fakt war, dass Bille Rubens arm wie eine Kirchenmaus war. Dafür musste er sie nun schon zum zweiten Mal ausführen, über Bücher und so einen Mist reden und sich völlig verstellen.

Harry liebte Bayern München, ein anständiges Bier oder zwei, und er mochte sogar weiße Tennissocken zu Shorts, weil er leicht kalte Füße bekam. Das alles, wenn er allein war.

Mit Bille aber hatte er Wein trinken müssen! Recherchiert hatte er bis zum Abwinken. Er war da sehr sorgfältig, überlegte stets, wie er den Ansprüchen der Damen gerecht werden konnte. Die aktuelle Spiegel-Bestsellerliste war ihm geläufig, belesene Herren waren in der Damenwelt sehr beliebt. Auch den Inhalt des einen oder anderen Buches zu kennen war von Vorteil. Drei hatte er immer als Titel im Kopf, dazu zwei Klassiker, die musste er nicht nacharbeiten, die blieben ja alte Schinken, machten aber was her, wenn er seine gutbürgerliche Bildung unter Beweis stellen wollte.

Ein zweites Standbein war die derzeitige politische Lage.

Standbein drei waren die Filme, die in der UCI Kinowelt in Wilhelmshaven gerade gezeigt wurden. Wurde es heikel, half ein Gespräch übers Wetter, doch das vermied Harry, so gut es ging. Wetter konnte jeder.

Er sah auf die Uhr. Zeit, nach Schillig zu kommen. Dort würde er den Fernseher anstellen und sich durch die Sportsendungen klicken. Er würde sicher bald eine gutbetuchte Frau finden, und bis dahin würde er sich eben irgendwie über Wasser halten.

»Wo ist Oma Bille?«, fragte Laura, die kurz im Wohnwagen gewesen war und Billes hektischen Aufbruch nicht mitbekommen hatte.

»Bei Franz. Sie hat sich über Harrys Lüge total aufgeregt.« Felix schaute in Richtung Zeltwiese. »Hätte nicht gedacht, dass Oma Bille sich jemals für ihn einsetzt.«

»Ich auch nicht. Aber guck dir mal Herrn Häwelmann an!«, flüsterte Laura.

Der Fleischermeister war puterrot angelaufen und knibbelte an seinen dicken Fingern herum. Er blickte noch immer in die Richtung, in die Bille verschwunden war.

»Der sieht kreuzunglücklich aus«, meinte Annemie.

»Eher wütend, finde ich. Sauwütend.« Felix schüttelte den Kopf. »Irgendetwas ist hier komisch, finde ich. Mit der ganzen Aktion stimmt was nicht.«

Plötzlich sprang Herr Häwelmann auf und stürzte davon.

»Ich lauf ihm nach!«, sagte Felix. »Ihr haltet die Stellung.«

»Was willst du von ihm?«, fragte Laura.

»Der läuft bestimmt Harry Sitter hinterher. Ich hatte vorhin schon einmal das Gefühl, dass die beiden sich kennen. Bin gleich wieder da!«

Felix brauchte nicht lange, ehe er Herrn Häwelmann auf den Fersen war, und siehe da: Er hatte sich nicht getäuscht. Der Fleischermeister stapfte mit großen Schritten zum Parkplatz. Dieses Mal hatte Harry Sitter aber kein Taxi bestellt, sondern am Eingang ein Fahrrad abgestellt. Er holte gerade die Hosenklemmen aus der Tasche. Felix huschte ein Grinsen übers Gesicht. Hosenklemmen, das passte so gar nicht zu Harry Sitter. Konnte es sein, dass der Typ ein Blender war und den Dressman nur dann gab, wenn es ihm nutzte?

»Was willst, Bernd?«, hörte er Harrys Stimme, die derzeit kein bisschen raunend, sondern angriffslustig wirkte.

Er duzt ihn, sie kennen sich wirklich, dachte Felix. Treffer, versenkt! Auf dem Platz waren sie überaus förmlich miteinander umgegangen, es sollte wohl keiner wissen. Felix schlich näher heran, um nur ja kein Wort zu verpassen.

»Was hast du mit Bille gemacht? Sie ist ja völlig aufgelöst!« Herrn Häwelmanns Stimme klang merkwürdig gepresst.

»Mein Gott, Bernd. Nicht nur du hast Interessen!«

»Ich will Bille heiraten. Und du machst ihr den Hof! So war das nicht abgesprochen!«

Felix grinste. In ihrer Generation hieß das anbaggern, Herr Häwelmann sprach von »den Hof machen«! Wie antiquiert war das denn?

»*Du* hast mich angerufen und gesagt, ich solle ein Auge auf sie haben, und wenn du mich als Freund um einen solchen Gefallen bittest, nehme ich das ernst.« Harry stieß wütend die Luft aus. »Verdammt, du hast mir aber nicht gesagt, wie hoch die Omi verschuldet ist!«

Bernd Häwelmanns Kopf war mittlerweile so rot angelaufen, dass Felix fürchtete, er platze gleich. »Was hat das damit zu tun? Wenn du auf die Frau achtgeben sollst, die ich zu heiraten gedenke, bedeutet das nicht, dass du sie zum Essen ausführen sollst, und schon gar nicht, dass du ihr selbst irgendwelche Versprechen machst.« Der Fleischermeister ruderte wie wild mit den Armen. »Und überhaupt, wie sieht sie denn jetzt aus? Wo sind Billes wunderbare Locken?«

»Zum Friseur habe ich sie nun wirklich nicht geschleift. Mein lieber Bernd, deine Bille steckt bis zum Hals in Schwierigkeiten. Sie ist alles, aber ganz bestimmt keine gute Partie.«

Bernd Häwelmann wandte den Blick ab, so dass Felix sich hinter dem Eingangshäuschen verstecken musste, damit er ihn nicht entdeckte. »Harry, ein Mann wie ich braucht keine Frau mit Geld. Ich brauche eine Partnerin, die für mich kocht, die Verständnis für meine Wurstwaren hat und die da ist, wenn ich nach einem langen Tag in der Fleischerei nach Hause komme. Und die hin und wieder auch mit hinter dem Wursttresen steht.«

Harry begann schallend zu lachen. »Und du meinst, das genügt einer Frau wie Bille? Glaubst du wirklich, dass sie den Rest ihres Lebens Wurstverkäuferin sein möchte?« Er kicherte immer noch. »Sei doch ehrlich, Bernd! Du weißt, dass du deinen Laden bald abgeben musst. Du willst eine Pflegerin an deiner Seite!«

Bernd Häwelmann stieß die Luft aus wie ein Stier kurz vor dem Angriff. »Selbst wenn es so wäre, Harry, auch dann ist es ein Unding, dich einzumischen! Ich habe die älteren Rechte!« Er machte eine kurze Pause, um dann erneut loszudonnern: »Und lass dir eines gesagt sein: Ich dachte, du bist mein Freund. Mein Gott, wie lange kennen wir uns? Zehn Jahre? Was haben wir für tolle Tennismatches ausgefochten! Ich habe wirklich geglaubt, ich könnte dir vertrauen. Ein Auge auf Bille werfen, damit sie nicht allein ist, wo du doch zufällig auf dem gleichen Campingplatz bist.« Bernd Häwelmann winkte ab. »Und du nennst dich meinen Freund!«

Felix ballte die Fäuste. Die beiden sauberen Herren verschacherten Oma Bille wie auf dem Basar.

»Du lässt zukünftig die Finger von ihr!« Bernd Häwelmann baute sich drohend vor Harry Sitter auf. Der zog sich aus der Affäre, indem er sein Fahrrad aufschloss und das Bein über den Sattel schwang. »Ich bin ohnehin kein Problem mehr. Für meine Interessen ist sie nicht geeignet, ob mit oder ohne Locken. Ich geb sie frei, aber du solltest ein Auge auf jemanden ganz anders haben. Ihn verteidigt sie nämlich gerade mit Händen und Füßen vor der Polizei. So aufgebracht kenne ich Bille Rubens gar nicht.«

Felix hatte genug gehört. Harry Sitter war eine durch und durch unehrliche Haut und hatte Oma Bille ausnehmen wollen, doch das war jetzt vom Tisch. Was er von den Aussagen Bernd Häwelmanns halten sollte, war ihm noch nicht klar, aber das würde er schon herausfinden.

»So, nun weißt du genug, Franz. Sie hat alles für dich gegeben.«

Zur Campingwiese schallten Lautsprecherdurchsagen herüber.

»Es geht los da drüben.« Laura hielt ihm ein Portemonnaie mit den Einnahmen des Abwaschdienstes hin, dazu ihre eigenen Ersparnisse und die ihrer Geschwister. »Das sind 63,10 Euro Startkapital!«

Franz nickte. Er strich im Vorübergehen über den Tank der Electra Glide. Die Mädchen hatten ja recht. Bille war von allein hinter den Polizisten hergekommen und hatte sich für ihn starkgemacht. Ohne etwas zu verlangen, ohne die Konsequenzen für sich zu hinterfragen. Es konnte schließlich sein, dass sie sich dadurch wieder verdächtiger machte. Und hatte sie sich darum geschert? Nein.

»Okay, wir machen uns auf den Weg.« Er blickte zum Himmel, das Wetter schien umzuschlagen. Zum einen war es seit einer Stunde merklich kühler geworden, zum anderen hatte sich die Sonne heute hinter dichten Wolken versteckt. Laut Wettervorhersage sollte es sich aber nur um eine kurze Schlechtwetterfront handeln.

»Und wie machen wir das?«, fragte Annemie. »Mehr als das bisschen Geld haben wir ja trotzdem nicht.«

Franz hob die Brauen. »Da bleibt ja nur die eine Lösung!«

Über Lauras Gesicht huschte ein Grinsen, doch sie wurde vorsichtshalber sofort wieder ernst. Alles lief nach Plan. Nun mussten sie nur noch auf Felix warten und sehen, was er herausgefunden hatte. Franz fragte in genau demselben Moment nach ihrem Bruder.

»Der kommt gleich. Er ist mit seinem detektivischen Spürsinn auf Tour!«

Franz zog eine Lederweste über sein schwarzes T-Shirt, das mit einem Harley-Emblem versehen war. Schließlich kramte er in seinem Portemonnaie und prüfte, ob die Kreditkarte noch da war. Dann ging er mit den Kindern zu seinen Kumpels.

»Alles fit im Schritt?«, krähte ErTeEl, wartete die Antwort aber nicht ab, weil ihn der Camperkrieg auf dem Nachbargrundstück erheblich mehr interessierte. Das war Fernsehprogramm live und unkommentiert! Mittlerweile hatten die Holländer sich ebenfalls mittels eines Easy-Camp-Windschutzes in Mausgrau gegen die deutschen Widersacher abgegrenzt. Tätliche Angriffe konnten von nun an nicht mehr Mann gegen Mann, sondern nur noch oberhalb der Begrenzung fortgesetzt werden. ErTeEl beobachtete fasziniert, wie ein Apfel in regelmäßigen Abständen von links nach rechts geworfen wurde. Es hatte etwas von einem Tennismatch, wo man den Gegner nicht sah. Also eine Art Blind-Tennis. »Abgefahren«, entwich es ihm. »Die geben nicht auf.«

Franz winkte ab. Für ihn waren das Kindereien, und auch die anderen Jungs konnten sich für den Kleinkrieg nicht begeistern, während ErTeEl das Ganze als Ersatz für sein tägliches Fernsehprogramm sah, auf das er beim Campen verzichten musste.

»Was heckt ihr denn aus?« Doc Gringo wirkte leicht verschlafen, hielt aber schon einen Becher Kaffee in der Hand. Mike kehrte gerade vom Waschhaus zurück, er hatte Joggingschuhe in der Hand und war zuvor laufen gewesen. »Noch eben ausnutzen, bevor das Wetter umschlägt. Es kann an der Küste dauern, ehe die Sonne wieder Oberhand gewinnt. Egal, was die Wetterfrösche prophezeien!« Er warf einen Blick auf die Bierzelt-Garnitur, auf der ein Beutel mit frischen Brötchen lag. »Wer ist heute fürs Frühstück zuständig?«, fragte er. »Sag nicht ErTeEl, dann gibt es wieder nur Bio-Fraß. Ich will mal wieder ungesund essen.«

»Ist sowieso Mumpitz. Wir sind Rocker, keine Körnerfresser«, grunzte Franz. »Aber ich frühstücke nicht mit, wir müssen jetzt los.«

Mike und Doc Gringo sahen ihn fragend an, und Franz erklärte seinen Freunden, was Sache war. Obwohl Annemie und Laura entsetzt auf und ab hüpften, weil Franz Oma Billes Geheimnis einfach so herumposaunte, als hätte sie nur vergessen, im Supermarkt eine Gurke zu bezahlen, ließ er sich nicht davon abbringen, alles haarklein zu erzählen. Er überging nichts, auch nicht das, was ihr werter Zeltplatznachbar angestellt hatte.

»Mensch, das ist ja ein Ding! Eine Omi, die so ausgenutzt wird, braucht Hilfe, damit das klar ist! Pass auf, Franz, das läuft wie immer. Da halten wir natürlich zusammen. Wir kommen mit und sehen zu, dass wir den Zaster reinbekommen. Und dann knöpfen wir uns den kleinen Kerl vor, der meint, man könne eine Oma ausnehmen wie eine Weihnachtsgans. Das macht der so schnell nicht wieder! Seine Magenverstimmung hat er mittlerweile im Griff, da ist er ein Partner auf Augenhöhe!« Doc Gringo grinste breit.

»Aber ihr tut niemandem was, bitte!«, flehte Annemie.

»Könnte diese Faust jemandem etwas zuleide tun?« Doc Gringo hielt ihr die Hand hin. Annemie schaute ihn verunsichert an. Dann sah sie in seine Augen, aus denen der Schalk blitzte, und sie musste über sich selbst lachen, weil sie das von ihm geglaubt hatte.

»Wir haben andere Möglichkeiten«, sagte Mike schließlich. »Aber wir schlagen ganz bestimmt keinen zusammen.«

Laura und Annemie schämten sich ein bisschen, weil sie jemals in Erwägung gezogen hatten, dass die Clique um Franz Kriminelle waren. »Das nennt man böses Vorurteil, Schwesterchen«, raunte Laura. »Dabei wollen die uns tatsächlich helfen. Die meinen das ernst!«

»He, wartet!«, rief Felix, der gerade abgekämpft auf die Campingwiese gelaufen kam.

»Da bist du ja endlich. Natürlich gehen wir nicht ohne dich. Uns interessiert sowieso viel zu sehr, was du herausgefunden hast.« Franz sah ihn abwartend an, und Felix berichtete, was er gehört hatte.

»Da stimmt wirklich was nicht«, empörte Laura sich. »Die kennen sich? Harry sollte auf Oma Bille aufpassen, und nun bahnt sich da ein Eifersuchtsgemetzel an? Und was ist, wenn ... ach nee, vergesst es.«

»Das müssen wir vertagen«, sagte Felix. »Es wird Zeit, sich auf den Weg zur Rennbahn zu machen[xxxxx] «.

16. Kapitel

Bille saß vor ihrem Wohnwagen und stierte in den wolkenverhangenen Himmel. Maja und Jan wollten heute abermals eine Wattwanderung unternehmen, dieses Mal von Neßmersiel aus, deshalb waren sie schon aufgebrochen. Wo die drei Kinder steckten, wusste Bille nicht, aber Maja hatte zu ihr gesagt, dass sie sich keine Sorgen machen sollte. Es hatte geheimnisvoll geklungen, Bille befürchtete allerdings, dass Maja ihr lediglich freie Zeit für Herrn Häwelmann verschaffen wollte. Nur war das gar nicht das, was Bille sich wünschte. Es war ja nett von ihm, dass er ihr hierher nachgereist war, und sie fand es auch überaus fürsorglich, dass er ein paar seiner Wurstwaren im Gepäck hatte. Aber sie fürchtete einen vierten Heiratsantrag. Bille hatte oft überlegt, warum sie Bernd Häwelmann als Ehemann nicht akzeptieren konnte, und als er gestern vor ihr gestanden hatte, da wusste sie, was sie bisher davon abgehalten hatte, ihm ernsthaft näherzukommen. Es sind seine Augen, dachte sie. Mit ihnen stimmt etwas nicht. Sie wirkten zwar im ersten Moment liebevoll, aber dahinter verbarg sich ein Blitzen, das Bille abschreckte.

Sie überlegte, ob sie den Tag lesend im Wohnwagen verbringen wollte, denn das Wetter präsentierte sich heute alles andere als einladend. Doch blieb sie in ihrem Caravan, lief sie Gefahr, dass Fleischermeister Häwelmann auf der Parzelle auftauchte. Es war allein aus diesem Grund besser, etwas zu unternehmen.

Von fern waren Lautsprecherdurchsagen zu hören. Stimmt, die Mädchen hatten davon gesprochen, dass heute in Hooksiel Renntag war. Bille überlegte. Und überlegte. Eine Rennbahn hatte immer ein besonderes Flair. Pferde. Reiche Leute. Geld. Geld. Geld.

Das sie nicht besaß, aber mit dem richtigen Tipp war es möglich, all ihre Probleme mit einem Schlag vom Tisch zu fegen. Nur gab es ein unüberwindbares Hindernis: Sie hatte in ihrem ganzen Leben noch keine Rennbahn betreten, geschweige denn gewettet. Obwohl es auch bei ihnen im Ruhrgebiet Rennbahnen gab. Nicht weit entfernt lag Raffelberg und einen Katzensprung weiter Gelsenkirchen. Normalerweise fürchtete Bille sich vor Pferden. Sie waren ihr zu groß und zu unberechenbar. Manchmal bissen sie oder schlugen aus. Aber am heutigen Tag waren sie Billes große Chance.

Sie betrat den Wohnwagen, schlüpfte in ihren grauen Flanellrock – kühl genug war es, und Bille nahm an, ein seriöser Auftritt würde nicht schaden. Sie holte ihre eiserne Reserve aus dem Versteck, schloss den Wohnwagen ab, öffnete ihn aber ein weiteres Mal, denn irgendwo hatte sie gelesen, dass die Damen auf Rennbahnen einen Hut trugen. Gut, dass sie den Strohhut erstanden hatte. Vorsichtshalber nahm sie auch noch ihre Jacke mit, denn der Wind hatte aufgefrischt und schickte seine Böen über den Platz.

Bille eilte zum Ausgang des Campingplatzes und überquerte die Straße. Dort herrschte ein wahnsinniger Verkehr. Alle wollten zur Rennbahn. Bille spürte ein Kribbeln in den Fingern.

Laura hüpfte aufgeregt auf und ab. Sie war noch nie bei einem Pferderennen gewesen, und sie fand die Mischung aus Jahrmarkt und Grillfest mit Hutverkleidung äußerst interessant.

Schon am Eingang befand sich eine Box, in der die Broschüren mit den Beurteilungen der Pferde lagen. Es gab viele verschiedene Rennen, die Laura nicht voneinander unterscheiden konnte. Sie überflog alles und reichte das Heft dann Franz. »Checkt ihr das mal! Und sucht die Außenseiter. Na los!«

Doch die Harley-Fahrer winkten ab. »Erst mal die Lage peilen und schauen, wo es ein Bierchen gibt.«

»Es ist noch vormittags!«, sagte Laura.

»Frühschoppen«, kommentierte Mike. »Wir haben Urlaub, und wenn wir diesen Job hier erledigen, können wir heute keine Tour machen, also ist es legitim, ein Morgenbier zu trinken.«

Franz runzelte die Stirn. »Kein Bier vor vier, ihr kennt meine Devise!«

»Dogmatiker«, sagte Doc Gringo, folgte Mike zum Bierstand und kam schon bald mit einem Becher in der Hand zurück. »Ich brauche auch noch eine Bratwurst«, erklärte er schließlich. »Eine fette, normale Bratwurst ohne Deich in der Biografie. Dann kann der Tag beginnen.«

Annemie verzog angewidert das Gesicht, während Laura ungeduldig von einem Bein auf das andere hüpfte. »Macht schon! Wir dürfen keine Zeit verlieren!«

Mike hatte die Wurst besorgt und biss kräftig hinein. »Die Rennen dauern bis Sonntag, da werde ich mich doch erst mal satt essen dürfen, oder?« Er tunkte das Wurstende in den Tropfen Senf.

»Ihr seid genauso schlimm wie der Häwelmann, der redet auch von nichts anderem«, sagte Felix.

»Der Alte aus Oberhausen, der gestern mit seinem dröhnenden Gelächter über seine eigenen Witze die Party gesprengt hat?«, fragte Doc Gringo. Seine Bratwurst war bereits nach drei Bissen vertilgt.

»Ja, der. Aber nun müssen wir sehen, auf wen wir setzen. Mama und Papa haben gesagt, wir sollen um sechs zurück sein.« Lauras Hüpfen glich dem eines Flummis.

»Bis dahin sind es sieben Stunden, so lange brauche ich weder für Bier noch Bratwurst.« Mike grinste.

Laura gab auf. Sie musste sich den Männern fügen. Während Mike und Doc Gringo ihre Sprüche klopften und genüsslich Bier tranken und speisten, studierte zumindest Franz die Broschüre intensiv.

»Hast du schon einen Plan?« Felix' Stimme war zwar wieder im Bass, die Dringlichkeit war dennoch unüberhörbar.

Franz schüttelte den Kopf. Er wirkte aber zumindest so, als habe er die Bedeutsamkeit der Aktion erkannt. »Wir retten Bille nicht, wenn wir unseren Einsatz gleich verspielen, weil wir es falsch angepackt haben.«

»Genau, wir sind schließlich lauter Greenhorns!« Doc Gringo hob den Daumen. »Wir schaffen das trotzdem, junger Mann.« Er verneigte sich vor Annemie und Laura. »Die Damen ...«

»Ihr überlegt, was eure Indianerköpfe tun würden, stimmt's?« Felix' Frage war durchaus ernst gemeint, aber Annemie kicherte. »Was soll ein Geronimo denn zu einem Pferderennen sagen?«

Die Rocker ignorierten die Bemerkungen der Kinder. Doc Gringo und Mike beratschlagten stattdessen.

»Und was tun wir jetzt?«, fragte Laura. Ihr ging die Gelassenheit der Männer gewaltig auf die Nerven. Oma Billes Zukunft stand auf dem Spiel, und die drei waren völlig entspannt, ja, sie sahen alles als einen einzigen Spaß.

»Wir gehen zuerst zur Tribüne.« Franz blickte zum VIP-Zelt. »Dorthin werden sie uns wohl kaum lassen.«

Annemie, Laura und Felix warfen sich genervte Blicke zu, aber es ging eben nicht ohne die Rocker, also mussten sie sich deren gemächlichem Tempo beugen. Die Tribüne war am Binnendeich aufgebaut, so dass man von dort einen guten Überblick über das Renngeschehen hatte. Von hier war das VIP-Zelt gut zu erkennen und auch die vielen eleganten Leute. Allen voran die Damen mit den fantasievollen Hüten. Franz zog ein kleines Fernglas aus der Tasche, das er Laura reichte.

Neben den klassischen Hüten gab es Modelle, die mit großen Sonnenblumen verziert waren, und welche mit Legosteinen, bis hin zu einem Hut, auf dem Playmobil-Pferde galoppierten. Aber auch die einfachen roten, blauen und grünen Hüte mit den Seidenschleifen sahen toll aus. Für einen Augenblick vergaß Laura den Grund ihres Hierseins, so sehr faszinierten sie die Menschen auf der Tribüne. Schließlich riss Annemie ihr das Fernglas aus der Hand, weil sie sich die Hüte ebenfalls ansehen wollte.

Das erste Rennen war ein Trabrennen. Schlanke Pferde in verschiedenen Farben tänzelten vor den Sulkys herum. »Hier wird disqualifiziert, wer galoppiert, anstatt zu traben«, erklärte Mike, der sorgfältig das Programmheft studierte und sich mit den Regeln eines Rennens vertraut gemacht hatte.

Wenigstens etwas!, dachte Laura.

»Das schwarze Pferd sieht toll aus«, flüsterte Annemie ehrfürchtig.

»Das ist die Nummer 5 und der Favorit in diesem Rennen.«

Laura suchte nach den Pferden, die für sie eher zu den Losern gehören könnten. Sie deutete auf die Nummer 1. »Der sieht aus wie ein alter Zossen.«

Franz öffnete das Beurteilungsheft. »Mittelfeld«, kommentierte er.

»Welches Pferd rangiert denn ganz hinten?«, fragte sie.

Doc Gringo warf einen Blick auf die Broschüre. »Die 7. Darauf wettet garantiert keiner einen Pfifferling. Das wäre unser Kandidat, wenn wir gesetzt hätten.«

Das Tier wirkte merklich nervös. Es tänzelte nicht nur, hin und wieder stieg es sogar leicht, warf den Kopf in die Luft und war für den Fahrer kaum zu bändigen.

Franz murmelte: »Der wird gleich losrennen, und das nicht in der korrekten Gangart.«

Das Rennen begann, und die drei Jugendlichen waren von dem Geschehen mehr als beeindruckt. Die Nummer 7 stob sofort los. Das Pferd hielt sich, entgegen der Unkerei vom Doc, zunächst allerdings an die vorgeschriebene Gangart.

»Wir hätten auf die Nummer 7 setzen sollen!«, kreischte Laura und presste die Fäuste auf den Mund. »Verdammt, es war ein Fehler zu warten.«

Doch dann holte der Favorit auf. Ruhig und mit ausgreifenden Schritten, den Kopf leicht erhoben, schoss er an der Nummer 7 vorbei. Das Pferd wollte sich das aber nicht bieten lassen – und galoppierte an.

»Gut, dass wir nicht gesetzt haben«, sagte Franz. Dann warf er einen skeptischen Blick zu den dunklen Wolken. »Hat einer von euch einen Schirm oder ein Regencape dabei?«

Alle verneinten, aber es war ohnehin zu spät, denn im nächsten Moment öffnete der Himmel seine Schleusen. Sie schafften es gerade noch, einen Platz unter den Pagodenzelten zu erhaschen, bevor der Nordseeregen mit Sturmböen auf sie niederprasselte.

»Was tun wir jetzt?«, fragte Franz. »So ganz geht unser Plan nicht auf. Dass ein Außenseiter gewinnt, ist wohl eher die Seltenheit, und auf den Sieger zu setzen bringt uns nicht viel weiter.«

»Oder wir setzen in jedem Rennen auf den Favoriten, Kleinvieh macht schließlich auch Mist«, schlug Felix vor. Regenböen streiften die Gruppe.

»Willst du bei dem Sauwetter echt bis heute Abend hierbleiben?«, fragte Annemie. Sie fror bereits, und ihr war der erste Enthusiasmus abhandengekommen.

Doc Gringo, Mike und Franz sahen sich an. »Risiko?«

»Risiko!« Einstimmiges Votum, wie Laura zufrieden bemerkte.

Sie standen auf und begaben sich zum Wettschalter. Eben ging auf der Bahn ein neues Rennen los. »Wir setzen beim nächsten Trabrennen, mittlerweile verstehe ich die Regeln sogar fast.« Franz studierte wieder Favoriten und Loser. Alle sechs sahen sich an, nickten, schlugen dann ein.

»Für Oma Bille!«, sagte Felix, und dunkler hätte seine Stimme nicht klingen können.

»Für Bille!«

Herr Häwelmann war unzufrieden. Er war eben noch einmal bei Bille vorbeispaziert, aber die Parzelle war verlassen. So ging das nicht. Da war er eigens mit seiner Wurst angereist, und was fand er vor? Seinen Tennisfreund mit unlauteren Absichten und Bille ohne Dauerwelle!

Bernd Häwelmann ballte die Faust. Er hatte zwar einen idiotensicheren Plan entworfen, aber offenbar mit den falschen Partnern. Lauter Egomanen, die die Gunst der Stunde nutzen und nur für sich das Beste herausholen wollten, anstatt sich daran zu halten, was er ihnen vorgegeben hatte.

Und nun war Bille weg. Wo zum Teufel konnte sie stecken? Panisch, wie sie oft reagierte, wollte er nicht ausschließen, dass sie einfach abgehauen war. Bille brauchte dringend einen Aufpasser, jemanden, der sie begleitete und für sie sorgte. Aufpasste, damit sie nicht auf Männer wie Harry Sitter hereinfiel. Das war seine Aufgabe. Versonnen drehte Fleischermeister Häwelmann in seiner Jackentasche den Verlobungsring. Dieses Mal würde sie ihn nicht ablehnen, sondern erkennen, wie sehr sie ihn brauchte. Er hatte doch wirklich alles gegeben.

Bille war fasziniert von dem Spektakel auf der Rennbahn. Sie schnappte sich eines der Hefte mit den Beurteilungen der Pferde und ging dann sogleich zur Kasse. Um sie herrschte reger Trubel. Bille überlegte nicht lange. Sie war kein risikofreudiger Mensch und beschloss, es auch jetzt nicht zu werden. Das schreckliche Abenteuer, in diesen blöden Wohnwagen eingebrochen zu sein, reichte für die letzten Jahre ihres Lebens. Wenn sie die 553,60 Euro aufteilte und immer ein bisschen Geld auf den Zweiten setzte, bestand durchaus die Möglichkeit, dass dieser Zweite den Ersten überholte, weil das Schicksal es gut mit Bille meinte.

Sie nahm 200 Euro und gab das Geld am Wettschalter ab. »Auf den Schwarzen mit der Nummer 9«, sagte sie und tat so, als sei auf Pferde zu wetten für sie die normalste Sache der Welt.

»Nach der Siegerehrung, die vor dem VIP-Zelt stattfindet, rechnen wir die Quoten aus«, sagte die Frau am Schalter. »Und wir verlosen heute einen Hotelgutschein mit erstklassigem Candle-Light-Dinner im Romantik-Hotel Reichshof in Norden. Möchten Sie in den Lostopf?«

Romantik-Hotel. Candle-Light-Dinner. Das klang wie die Erfüllung ihres Traums. Bille nickte.

Bille sah ihre 200 Euro im Schlund der Kasse verschwinden und warf das Los in die Trommel. Dann drehte sie sich um, geriet in den Sog einiger Frauen, die auch Hüte trugen. Allerdings waren diese erheblich aufwendiger gestaltet als der von Bille, den sie vorhin zumindest noch mit einem roten Band ausgestattet hatte. Bille wollte sich aus dem Pulk herauskämpfen, doch sie hatte keine Chance und wurde unweigerlich in Richtung des großen weißen Zeltes gedrängt, das sich in der Mitte der Rennbahn befand. Die Frauen schoben sich zum Ordner, und auch Bille wurde einfach durchgewinkt. Sie befand sich unvermittelt in einem Reich, das ihr völlig fremd war. Elegant gekleidete Menschen standen mit Sektgläsern beisammen, fachsimpelten über Politik und die Pferde, andere lachten lautstark über einen Witz, den Bille nicht verstanden hatte. Sie bekam ein Sektglas in die Hand gedrückt. »Na, haben Sie auch auf die 9 gesetzt?«

Bille nickte, und ihr wurde bewusst, dass sie mitnichten Sekt, sondern Champagner trank. »Ist ja wirklich lieb von Anne, dass sie uns alle zu ihrem Geburtstag eingeladen hat und wir mit ihr hier auf der Rennbahn feiern, nicht wahr?« Eine jüngere Frau mit Piepsstimme hatte sich Bille zugewandt, die erneut zustimmte und krampfhaft überlegte, wer wohl diese Anne sein könnte. »Woher kennen Sie Anne?«, riss die Piepsstimme Bille aus ihren Gedanken. »Ich habe Sie noch nie bei einer ihrer Feiern gesehen.«

Bevor Bille antworten konnte, redete die Frau weiter. »Ich ahne es: Sie sind bestimmt ihre Tante Nelly aus Würzburg, von der hat sie schon viel erzählt. Nur nicht, dass Sie heute auch herkommen. Aber wenn es was zu feiern gibt ...« Die Piepsstimme hob das Glas, und Bille stieß mit ihr an. Die Tante aus Würzburg also. Nun, wenn es ihr den Vorteil brachte, dass sie direkt an der Quelle an Informationen darüber kommen konnte, wie sie die restlichen 353,60 Euro zu stattlichen 2000 Euro anwachsen lassen konnte, dann spielte sie eben für ein paar Minuten die Tante Nelly. Nur war es besser, Anne nicht zu nahe zu kommen, nicht dass Bille schon zu Beginn aufflog. Anne hatte auf jeden Fall sehr viele Frauen zu ihrem Rennbahngeburtstag eingeladen. Vermutlich trugen die Damen Billes angestrebten Gewinn schon als Wetteinsatz in der Tasche spazieren.

»Wer hat noch auf die 9 gewettet?«, kreischte eine Blonde, die ihr Glas fröhlich schwenkte.

Ungefähr zehn Hände fuhren hoch, und Bille erkannte, dass ihre Chancen auf einen Gewinn erheblich schwanden. Wenn die alle auf das schwarze Pferd gesetzt hatten und es gewann, würde für sie nicht viel übrig bleiben.

Es wurde ruhiger, als das Rennen begann. Die Damen näherten sich der Absperrung und verfolgten die vorbeitrabenden Pferde mit Spannung. Die 9 lag tatsächlich vorn. Billes Herz klopfte. Auch wenn sie nicht die vollen 2000 Euro herausbekam, ihre eingesetzten 200 Euro würden sich gleich ein klitzekleines bisschen vervielfachen.

»Die 9 führt!«, jubelte die Piepsstimme. »Ich habe 1000 Euro gesetzt!«

Die Blonde mit dem schwankenden Gang kreischte: »Und ich 1500 Euro!«

Bille wurde heiß und kalt. 1500 Euro, nur zum Spaß.

»Nein!«, schrie jetzt die Blonde. »Nein!«

Im nächsten Augenblick erkannte Bille, was sie zu dem Gebrüll veranlasst hatte. Die Nummer 9 lahmte und fiel merklich zurück.

Bille nahm die enttäuschten Rufe ringsum nur am Rande wahr. Das Einzige, was ihr einfiel, war: Mein Geld ist weg.

Die anderen Damen bedauerten noch eine Weile ihre Niederlage und machten sich dann erneut auf den Weg zum Wettschalter. »Neues Spiel, neues Glück!«

Bille zögerte. Sollte sie wirklich …?

Wie ein Lemming folgte sie der Geburtstagsgesellschaft, die offenbar kein ernsthaftes Problem damit hatte, so viel Geld verloren zu haben. »Pech im Spiel, Glück in der Liebe«, sagte die Blonde lachend, und Bille stellte fest, dass nicht einmal dieser Spruch bei ihr zutraf. Aber wer nicht wagt, der nicht gewinnt! Tiefer konnte sie gar nicht mehr fallen, also los! Noch einmal 200 Euro.

Mit einem Ohr verfolgte Bille die Gespräche der Damen, die sich über den möglichen Favoriten austauschten. Kurz glaubte sie, Franz und einen der Rocker gesehen zu haben, aber das musste natürlich ein Trugschluss sein, solche Typen ließ man bestimmt gar nicht auf die Bahn. Die Damen setzten dieses Mal geschlossen auf den Favoriten, und Bille war versucht, es ihnen gleichzutun, doch dann sah sie das Bild eines Pferdes, das sie anrührte. Seine Augen blickten so traurig, als wisse es, dass kein Mensch auf dieser Welt ihm etwas zutraute. Genauso fühlte auch Bille sich. Vermutlich wirkte ihr Blick gerade sehr ähnlich.

»*Ich* glaub an dich!«, flüsterte sie, schnappte sich die Karte, kreuzte das Pferd an, setzte auf Sieg und trug die Summe ein. Ihr Restgeld von 353,60 Euro war nun auf Dünentiger verwettet. Bille wollte das Pferd nicht als Nummer sehen, sondern als ihren persönlichen Favoriten.

Die Prosecco-Damen waren bereits wieder in den VIP-Bereich entfleucht. Bille hatte es verpasst, sich ihnen anzuschließen, aber das war ihr gleichgültig. Es war nicht ihre Welt. Ihre Welt war eine kleine Zweizimmerwohnung in Oberhausen und ein horrender Berg Schulden. Sie spazierte in Richtung Zuschauertribünen. Es würde noch etwas dauern, ehe das Rennen mit ihrem Dünentiger begann, zuvor startete ein anderes Trabrennen.

Laura hatte die Augen fest zusammengekniffen. Jetzt galt es, Glück zu haben. Die drei Rocker hatten lange hin und her debattiert und waren schließlich zu dem Schluss gekommen, auf den Drittgesetzten zu wetten. Laura hielt das für die falsche Entscheidung, aber da der Einsatz von 200 Euro Franz' Geld war (er hatte es abgelehnt, dass die Kinder ihre Ersparnisse auf den Kopf hauten), schwieg sie.

Wenn das hier schiefging, konnten sie einpacken, dann konnten sie Oma Bille nicht mehr helfen. Wenigstens hatte der Regen nachgelassen, und die Zuschauer hatten die Schirme zusammengeklappt. Die drittgesetzte Nummer war zufällig auch die Nummer 3. Es handelte sich um ein fast schwarzes Pferd, ein Rappe, wie Franz ihr erklärt hatte. Eine lange Mähne wallte über seinem Hals, und es hatte den Kopf mit einem leicht arrogant wirkenden Blick erhoben. Es tänzelte, und Laura betete inständig, es möge gleich einfach nur traben. Traben, traben, traben und für die Zeit des Rennens vergessen, wie viel schöner und leichter so ein Galopp sein konnte.

Der Startschuss fiel, und die Pferde setzten sich in Bewegung. Laura schloss die Augen. Die drei Rocker waren völlig still, Annemie hatte es Laura gleichgetan und schaute ebenfalls nicht hin. Felix hingegen kommentierte, was sich auf der Rennbahn tat. »Noch ist unser Favorit hinten, nein, das sieht nicht gut aus! – O Mann, was macht der denn da? – Das darf doch nicht wahr sein! – Mädels, er holt auf! Platz drei hat er schon. Na immerhin! – O nein, nicht galoppieren, bitte nicht!« Erleichtertes Seufzen. »Er hat es eingesehen, er trabt! Ja, er trabt!«

Laura wagte einen Blick. Ihr Pferd lief nun Hals an Hals mit seinem Gegner, dem als Favorit gesetzten Tier. Laura presste die Lippen zusammen und hielt die Luft an. Das Ziel war in Reichweite, jetzt durfte kein Fehler mehr passieren. Die beiden hatten sich weit vom Feld abgesetzt, Zweiter würde er auf jeden Fall werden, aber das reichte natürlich nicht. Felix schrie auf. »Nein! Nein!«

Laura verstand erst nicht, was er meinte, doch dann sah auch sie es. Ein Pferd galoppierte, aber es war nicht die Nummer 3, es war der Favorit, den der Jockey im Sulky nicht bändigen konnte. Er wollte den Gegner nicht an sich vorbeilassen.

»Ja, Sieg!«, schrie Laura. »Wir haben gesiegt!«

Die drei Rocker schlossen sich dem Freudentanz der Kinder an. »Ich sollte das professionell angehen«, stellte Franz fest. »Mal sehen, was die Quote bringt!«

»Nun wirst du wohl mit deinen Gewohnheiten brechen müssen«, sagte Doc Gringo. »Von wegen, kein Bier vor vier. Jetzt wird angestoßen.«

Mike klopfte Franz auf die Schulter. »Ich dachte wirklich, du mutierst noch zum Spießer, aber Hut ab, Alter. So eine Pferdewette mit vollem Risiko hätte ich dir nicht zugetraut. Eben alles für die Omma!«

Sie machten sich auf den Weg zum Totalisator. Weil dort das Gedränge aber riesig war, holten sie zuerst Bier und Limonade und für alle eine Bratwurst.

Bille war nervös. Jetzt kam es wirklich darauf an. Sie war ein Schaf gewesen, auf Dünentiger zu setzen, das wurde ihr vollends bewusst, als er neben seinen Konkurrenten stand. Mickrig, kein gutes Exterieur, nichts, was auch nur annähernd darauf hindeutete, das Pferd könnte einen Sieg einfahren. »Du bist so dumm, Bille. Es geht hier nicht um Mitleid oder dass du an etwas glaubst, sondern einzig darum, dass du endlich deinen Schuldenberg abträgst!«, murmelte sie vor sich hin. Sie mochte kaum auf die Bahn schauen. Ihr Favorit wirkte völlig lustlos, gar nicht, wie man sich einen Dünentiger vorstellte. Eher wie eine Dünenschnecke.

Vielleicht hätte sie sich doch das Heft mit den Beurteilungen genauer ansehen sollen, bevor sie auf der Karte ihr Kreuz machte. Aber so war sie nun mal. Aus Mitleid würde sie alles tun. Deshalb gab es den Bodybuilder in ihrem Leben, deshalb war derart viel schiefgelaufen.

Der Startschuss fiel, und ihr Dünentiger trabte recht gemütlich vor seinem Sulky hinter dem Feld her. Er machte eher den Eindruck, als sei er bei einem gemächlichen Ausritt statt bei einem Pferderennen. Hätte nur noch gefehlt, dass er zwischendurch graste oder ein Blümchen abzupfte. Der junge Jockey gab alles, aber Dünentiger war nicht auf Empfang. Das Feld raste nun in der zweiten Runde an ihm vorbei, was seine Leidenschaft für das Rennen auch nicht anfachte.

»Ist das der Erste oder der Letzte?«, frotzelte der Kommentator, so dass Bille, trotz des zu erwartenden Geldverlustes, schon wieder Mitleid mit dem Jockey bekam. Sie ging davon aus, dass der Besitzer des Pferdes einen anderen Verlauf des Rennens erwartet hatte. Das Feld überrundete den armen Dünentiger, der zugebenermaßen keineswegs so traurig wirkte wie auf dem Bild, ein drittes Mal, und das erste Pferd preschte über die Ziellinie. Man ersparte Dünentiger die Schmach, alle drei Runden laufen zu müssen, er überquerte das Ziel als Letzter, hatte aber nur eine Runde geschafft.

»Wenn er ein Hund wäre, würde er jetzt mit dem Schwanz

wedeln«, sagte Bille zu sich. »Wahrscheinlich ist er einfach nur schlau!«

Im Gegensatz zu seinen Konkurrenten war Dünentiger nämlich alles andere als abgekämpft, er wirkte frisch und ausgeruht.

Bille zuckte mit den Schultern. Nun war sie endgültig pleite, damit musste sie leben. In Oberhausen wartete der Knast auf sie. Oder zumindest ein blaues Auge.

Franz erblickte Bille als Erster. Er wollte gerade zum Totalisator gehen und traute seinen Augen nicht. Sollte Bille dieselbe Idee gehabt haben wie sie? Er ließ die Jungs und die drei Kids stehen und eilte zu ihr. Sie wirkte ein wenig benommen.

»Bille!«, sprach er sie an.

Sie fuhr erschrocken zusammen. »Was machst du denn hier?«, rief sie.

Franz konnte nicht anders, er nahm sie einfach in den Arm. Bille ließ es wider Erwarten zu, sie schien entweder unter Schock zu stehen, oder sie war absolut tiefenentspannt.

»Hast du gewettet? Wegen der« – Franz räusperte sich – »Sache?«

»Du weißt es?« Bille klang müde.

Franz hätte erwartet, dass sie böse wurde oder zumindest nachfragte, wer ihr Geheimnis verraten hatte, aber sie sagte nichts. »Hast du etwa alles verloren?« Franz musste die Antwort nicht abwarten, so, wie Bille dreinschaute.

»Komm, Bille, wir haben eine Überraschung für dich!« Wenn sie erstaunt war, zeigte sie es nicht, denn noch immer wirkte sie gleichgültig. Doch sie ließ sich von Franz mitziehen. Er roch ihren leicht süßlichen Duft, fühlte den zarten Körper. Franz genoss den Moment, sie im Arm halten zu dürfen, auch wenn er befürchtete, dass Bille in ihrer Erstarrung gar nicht realisierte, wer sie gerade über die Rennanlage führte.

Sie erwachte erst, als sie die drei Kinder erkannte. »Was tut ihr denn hier auf der Rennbahn?«, fragte sie, als begegne sie gerade drei Geistern.

»Wetten«, antwortete Felix lapidar. »Was sonst?«

»Wissen eure Eltern davon?«, hakte Bille sofort nach und war binnen Sekunden wieder die besorgte Oma, die sich Gedanken über ihre Enkel machte.

»Klar!« Bass Felix, Chillmodus.

Bille atmete spürbar erleichtert aus. »Und? Schon was gewonnen?«, fragte sie betont fröhlich. Franz hielt sie noch immer im Arm und spürte das Beben in ihrem Körper. Verdammt, wie schlecht musste es ihr gehen! Nur der Kinder wegen riss sie sich zusammen.

»Du brauchst keine Angst mehr zu haben!«, flüsterte er und nickte Doc Gringo zu, der ihm einen Schein aus der Hand nahm und sich damit zum Totalisator begab.

»Ich bin pleite«, flüsterte Bille zurück, lächelte die Kinder aber weiterhin an, als sei nichts passiert. »Ich habe alles verloren, Franz. Und wenn du von der Sache weißt, dann weißt du auch, dass auf mich keine rosige Zukunft wartet.«

Franz drückte sie und sah dann unruhig in die Richtung, aus der Doc Gringo gleich mit dem gewonnenen Geld kommen musste. Auch die Jugendlichen wirkten nervös.

»Du, Oma Bille«, setzte Laura an, »wir haben eine Überraschung für dich!«

Bille lächelte immer noch. »Wie lieb von euch. Dass Herr Häwelmann da ist, weiß ich ja schon, ist es wieder so etwas?«

»Herr Häwelmann!« Felix winkte verächtlich ab. »Das war ja nun alles andere als eine Überraschung. Der mit seinen ollen Würsten!«

»Wir haben was Besseres!« Laura hüpfte auf und ab und flog Doc Gringo förmlich entgegen, der gerade mit einem breiten Grinsen zurückkam. »Wir haben dein Problem gelöst!«

»Nicht ganz«, wehrte Doc Gringo ab, und Franz glaubte in Billes Gesicht zu lesen, dass sie sich fragte, wer denn auf dem Campingplatz *noch* von ihren Schulden wusste. »Aber Bille, du bist ein gutes Stück weiter.« Er hielt Bille einen Stapel Geldscheine hin. »1500 Euro und 97 Cent.«

Bille schaute von Franz zu Doc Gringo, von dort zu Mike und dann zu den Kindern. »Das habt ihr für mich getan?«

Die sechs nickten.

»Wo habt ihr das Geld denn her? Ich will kein Blutgeld! Nicht, dass ihr so kriminelle Scheine ...«

Doc Gringo lachte und ordnete dabei seinen Bart. »Hey, Bille, mach dich locker. Wir sind nur Harley-Fahrer! Das solltest du doch mittlerweile wissen.«

Bille blickte verschämt zu Boden. Ja, das sollte sie wissen!

»Es fehlen also noch knapp 500 Euro, aber wir könnten unser Abwaschgeld dazutun.« Laura überlegte. »Dann hätten wir 1564,07 Euro.« Ihrer Stimme war die Enttäuschung anzumerken. Sie erklärte Bille kurz, was es mit dem Abwaschgeld auf sich hatte, und wandte sich wieder an die Rocker. »Weil es nicht reicht, müssen wir noch was setzen. Oma Bille muss alles zahlen können!«

»Moment«, warf Bille entschlossen ein. »Das ist so viel Geld, und selbst wenn ihr mir den Gewinn schenken wollt, müssen wir erst den Einsatz abziehen. Wie hoch war er, und wer hat ihn gestiftet?«

Franz schob Bille ein Stück von sich fort, damit er ihr in die Augen sehen konnte. »Ich, Bille. Und ich will es nicht zurückhaben.«

»Wie viel?« Franz konnte Billes bohrendem Blick nicht ausweichen. »Los, sag es!«

Franz schüttelte stur den Kopf.

Bille hielt ihm 500 Euro hin.

»Das ist zu viel.«

»Ich nehme das Geld nicht, wenn ich nicht wenigstens den Einsatz zurückzahlen darf. Notfalls finde ich die Höhe selbst heraus.«

Franz grinste. Ja, so war Bille! »200 Euro«, sagte er, obwohl Laura die Augen verdrehte.

Sie gab ihm die Scheine und wirkte nun merklich gelöster. »Danke«, sagte sie zu Franz, und für den Blick hatte sich die ganze Mühe gelohnt, fand er. Bille umarmte die Kinder, dann schüttelte sie den Jungs die Hand. »Ich hätte das nicht erwartet und von euch schon gar nicht.«

»Nun, wir sind nicht so rauh und ungehobelt, wie das manchmal wirkt«, erklärte Doc Gringo. »Und wir hatten schließlich wegen der Singerei was gutzumachen.«

Bille blickte Franz noch einmal an, und jetzt lag Wärme in ihren Augen.

»So, genug der Lobhudelei«, bestimmte Laura. »Es fehlen noch circa 700 Euro, Oma Bille ist folglich noch nicht aus dem Schneider!«

»Ich habe es auch versucht, aber ich habe auf das falsche Pferd gesetzt.« Bille reichte Franz den Schein.

Der warf einen Blick darauf. »Du hast was?«

»Auf das falsche Pferd gesetzt«, wiederholte Bille. »Der Dünentiger hatte heute nicht seinen besten Tag.«

Franz zückte das Beurteilungsheft, seine Augen schweiften von dort immer wieder zu Billes Wettschein. Dann stieß er einen Freudenschrei aus, küsste sie auf die Wange und wirbelte sie anschließend durch die Luft. »Du hast gewonnen, Bille!«

»Quatsch, die haben so sehr über ihn gelacht, dass mir der Jockey regelrecht leidgetan hat.«

»Dünentiger ist tatsächlich Letzter geworden«, bestätigte Franz. »Aber, du hast gar nicht auf ihn gesetzt, sondern auf den Sieger!«

»Es ist gerade erst Mittag, und unser Problem ist schon gelöst!«, sagte Felix fröhlich. »Dann können wir ja jetzt gehen.«

17. Kapitel

Als Bille zurückkam, leuchtete sie förmlich von innen, registrierte Bernd Häwelmann. Sie war allerdings nicht allein, sondern hatte dieses Pack im Schlepptau. Und die nervigen Kinder, auf die sie auch in Oberhausen ständig aufpasste und die sie völlig vereinnahmten. Immerhin hatte Bille schon zweimal wegen der Gören einen Termin mit ihm platzenlassen!

»Oh, liebe Frau Rubens, da sind Sie ja. Ich habe Sie schon überall gesucht. Vielleicht können wir später einen Kaffee trinken gehen?«

»Ich war mit meinen ...« Bille zögerte, aber dann stieß sie hervor: »Mit meinen Freunden unterwegs.«

»Freunden?« Bernd Häwelmann war konsterniert.

»Ja, bessere kann man nicht haben, Herr Häwelmann. Freunde erkennt man, wenn man in Not ist und sie für einen da sind, und zwar ohne zu fragen oder ihren Vorteil abzuwägen.«

»Und das tun diese ... Typen?« Bernd Häwelmann musterte die drei Jungs. Sein Gesicht verfinsterte sich, als sich auch noch dieser Kerl mit dem gelben Käppi dazustellte, eine Zigarette im Mundwinkel.

»Hat es geklappt?«, fragte er.

»Und wie, ErTeEl! Und wie!«

»Cool, das funzt.«

Bernd Häwelmann schaute von einem zum anderen. Allein dieser Jargon! Er beschloss dennoch, gute Miene zum bösen Spiel zu machen und zunächst herauszufinden, wovon die Bande sprach.

»Was haben Ihre Freunde denn so Wichtiges angestellt, Frau Rubens?«, fragte er. Diese vier abgewrackten Gestalten wirkten eher so, als würden sie Bille um den Rest ihres Vermögens bringen wollen. In dem Augenblick erkannte Bernd Häwelmann seine Chance. Wenn es sich so verhielt, wie er vermutete, war es nicht ausgeschlossen, dass die Rocker Bille gerade gewaltig über den Tisch zogen und er als Retter in der Not dastehen konnte. Noch war nichts für ihn verloren.

»Was diese Herren« – Bille sprach tatsächlich von *Herren* – »für mich getan haben, Herr Häwelmann, das kann ich in meinem restlichen Leben wohl kaum wiedergutmachen.«

Bernd Häwelmann zog fragend die Brauen hoch. »Diese Männer sollen Ihnen etwas Gutes getan haben? Mit Verlaub, Frau Rubens, das kann ich nicht glauben. Dazu reicht meine Fantasie leider nicht aus.«

»Es könnte daran liegen, dass Sie recht wenig davon besitzen, Herr Häwelmann. Zumindest, wenn es nicht gerade um Ihre Wurstkreationen geht.«

Was waren das denn jetzt für Töne? So unverschämt war Bille Rubens noch nie gewesen, man merkte, welch überaus schlechten Einfluss diese tätowierten Gestalten auf sie ausübten.

»Ach, Frau Rubens ...« Bernd Häwelmann riss sich zusammen. Bloß jetzt keinen Fehler machen. Gleichgültig, was diese Männer angeblich für sie getan hatten: Er hatte mindestens ein Ass im Ärmel und würde es gleich ausspielen. Weil er so intensiv seinen Gedanken nachhing, hatte er den Fortgang des Gesprächs nicht verfolgt und zuckte nun bei Lauras Bemerkung zusammen.

»Jetzt müssen wir nur noch den Bodybuilder finden«, sagte sie. »Dann gibt Oma Bille ihm das Geld, und die letzten Urlaubstage sind gesichert! Wir können von nun an ausschließlich baden und spielen.«

»Und Backfisch essen«, ergänzte Annemie.

»Chillen«, war Felix' Kommentar.

Bernd Häwelmann zuckte zusammen. Bille hatte das Geld?

»Stell dir vor, ErTeEl, wir haben sogar 200 Euro zu viel!«, erzählte der Junge dem Typ mit der gelben Kappe gerade.

Wie konnte das passieren? Sein ganzer schöner Plan fiel in diesem Moment in sich zusammen und stob davon wie ein Haufen Asche, in den ein Windstoß gefahren war. Das konnte, das durfte nicht sein! Er musste sofort zu diesem Idioten, der hatte alles, wirklich alles vermasselt.

Justus fühlte sich wie ein Häufchen Elend. Vor ihm hatte sich Fleischermeister Häwelmann aufgebaut. Die Sonne war verschwunden, gleich würde erneut Regen fallen und sein kleines Zelt unter Wasser setzen, in der Ecke war schließlich ein Loch, durch das ihn regelmäßig eine Schwadron Ameisen in Begleitung einiger Ohrenkneifer besuchte. Eine fantastische Eintrittspforte für ein Regenbächlein. Und nun hatte ihn auch noch Häwelmann entdeckt. Schlimmer ging's nicht.

»Hier verkriechst du dich also?« Diese Stimme kannte Justus zur Genüge. Wie hatte er seinen Chef gehasst, wenn er ihn während der Ausbildung in diesem Ton zusammenfaltete! Und Bernd Häwelmann hatte immer etwas gefunden, worüber er meckern konnte. Immer. Entweder war die Küche nicht sauber genug, oder die Wurstenden hatten nicht die gewünschte Form. »Wenn du nicht spurst, bestehst du die Prüfung nicht, du wirst nicht einmal zugelassen, mein Lieber. Aber es gibt immer Mittel und Wege, auch solche Luschen wie dich durchzukriegen.«

Damals hatte Justus beschlossen, dass es besser war, sich nicht von einem Kerl wie dem Fleischermeister abhängig zu machen, und hatte es vorgezogen, selbständig zu werden, vor allem, weil ihm die Idee, sein ganzes Leben lang Wurst herzustellen, und das womöglich an der Seite von Bernd Häwelmann oder ähnlich gestrickten Typen, absolut nicht gefiel. Er wollte frei sein.

Nun, das hatte nicht geklappt. Es war zwar ein Leichtes gewesen, die Kasse zu plündern – und die war an jenem Samstag vor Weihnachten richtig voll gewesen –, aber leider hatte Herr Häwelmann in kürzester Zeit herausgefunden, wer als Dieb in Frage kam, zumal er, Justus, noch am selben Tag das Weite gesucht hatte. Und nach drei Monaten hatte der Kerl vor seiner Tür gestanden, ähnlich wie er sich jetzt in voller Größe und Breite vor seinem Zelt aufbaute.

»Hier verkriechst du dich also?« Sogar der Wortlaut war derselbe. Damals hatte sein Ex-Chef eine klare Ansage gemacht. »Ich zeige dich nicht an, aber dafür tanzt du nach meiner Pfeife, wenn ich dich brauche. Mit etwas Glück fällt dabei für dich auch etwas ab – wenn alles so läuft, wie ich es mir vorstelle!«

Seitdem verlief Justus' Leben so, wie der Fleischermeister es vorgab. Er hatte ihn in der Hand. Kuschen oder Knast war die Devise.

»Ich verkrieche mich nicht, Herr Häwelmann.« Justus hasste sich für seine Kleinkindstimme, in der etwas Flehendes mitschwang. Genauso hatte er immer gesprochen, wenn seine Mutter ihn ausnahmsweise mal beachtete. Ihre Beachtung beschränkte sich allerdings stets darauf, ihn für irgendetwas verantwortlich zu machen, was er gar nicht angestellt hatte.

»Ich habe nichts Schlimmes getan, Herr Häwelmann«, jaulte Justus weiter. »Ich wollte die Alte hier cashen, aber mir ist eine Magen-Darm-Infektion dazwischengekommen. Ich werde es heute vollenden!«

Bernd Häwelmann winkte ab. »Du bist und bleibst ein Versager. Ich hätte dich nie einstellen dürfen. War klar, dass du mich bescheißt. Du kneifst. Wie immer.«

Justus wollte etwas erwidern, aber ihm blieb das Wort im Hals stecken.

»Wir sprechen uns noch, mein liebes Früchtchen. Wir sprechen uns noch!«

»Ich gehe jetzt zu dem jungen Mann und gebe ihm das Geld, damit endlich Ruhe ist und ich einen entspannten Nachmittag verbringen kann. Die zwei Stunden auf der Rennbahn haben mir doch arg zugesetzt«, sagte Bille und wollte sich auf den Weg in Richtung Zeltplatz machen.

»Wir kommen besser mit, denn da herrscht gerade Krieg«, sagte ErTeEl. »Mittlerweile geht es um Ressourcen.«

Die Köpfe von Franz, Doc Gringo und Mike schnellten

herum. »Ressourcen«, wiederholte Doc Gringo. »Du weißt, was das Wort heißt?«

ErTeEl nickte. »Selbstverständlich. Ich bilde mich im Gegensatz zu euch täglich weiter, und mir sind diese Vokabeln vertraut.«

Bille kannte ErTeEl kaum, aber auch sie wusste, dass dies für ihn ein ziemlich langer Redebeitrag war. »Was ist auf dem Zeltplatz los?«, fragte sie.

»Jetzt geht es um die mageren Grasvorräte für das mitgebrachte Karnickel aus Bochum.«

Bille lief los, die Rockergang und die Kids im Schlepptau. Das Geschrei der beiden Camping-Kriegsparteien hörte sie schon von weitem.

»Hömma, getz macht euch ma vom Acker, Pack, Elendiges! Dat is unser Land, un dat verteidign wia mit unsa Leib un Leben, damit unsan Karnickl überleben kann!« Wanda Hegemanns Stimme klang merkwürdig gedämpft.

»Ach herrje«, seufzte Bille. »Ich dachte immer, Camper seien friedlich.«

»Sind sie normalerweise auch«, sagte Franz. »Aber es gibt eben überall ...« Er brach ab, als er Wanda Hegemann mit Mundschutz über den Platz laufen sah. Ihr angewiderter Blick in Richtung von Justus' Zelt sprach Bände. Seine Parzelle hatte sie, trotz seines gesundheitlichen Aufwärtstrends, mittlerweile unter Quarantäne gestellt. Kleine Hinweisschilder mit einem Stopp-Zeichen deuteten darauf hin.

»Bin ich froh, dass wir woanders stehen«, sagte Bille. Als sie den Müll vor Justus' Zelt entdeckte, regte sich in ihr allerdings eine Spur Verständnis. Er hauste inmitten von Dosen und verschmutzten Papptellern. Ein Plastikbecher mit buntem Aufdruck kullerte eben von einer Böe angetrieben über den Rasen.

»Du vergisst Salome, wenn du sagst, dass bei uns alles gut ist«, erinnerte Laura sie. »Wer ihr den Schmuck geklaut hat, weiß ja auch noch kein Mensch.«

Bille spazierte ungeachtet der Warnschilder direkt auf das Bodybuilderzelt zu, doch der Reißverschluss war heruntergelassen. Er war fort.

Bernd Häwelmann tobte. Nach seiner Tirade war Justus ganz kleinlaut geworden, aber es änderte nichts daran, dass er Oma Bille nicht rechtzeitig genug Druck gemacht hatte. Der Plan war, sie so am Boden zu sehen, dass ihr keine andere Möglichkeit blieb, als ihn, den Fleischermeister Häwelmann aus Oberhausen-Buschhausen, um Hilfe zu bitten. Er hatte gedacht, dass Justus dies in die Wege leiten könnte, aber selbst für einen so einfachen Job war ein wenig Grips nötig, der Justus offensichtlich fehlte. Er war zwar brav nach Hooksiel in die wangerländische Einöde gereist, aber er sollte hier keinen Urlaub machen, sondern sich um Bille kümmern. Damit er, Bernd Häwelmann, zum Retter werden konnte.

Magen-Darm-Grippe! Das sagten doch immer alle, die eine faule Ausrede brauchten. Bernd Häwelmann strotzte vor Gesundheit, und ein Magen-Darm-Virus hatte ihn noch nie außer Gefecht gesetzt. Und hier wurde sogar der Zeltplatz unter Quarantäne gestellt. Was für ein Loser, verdammt! Er hatte sich für den Falschen, ach was, für *die* Falschen entschieden, auch sein alter Kumpel Harry war ihm mit seinem Egotrip in den Rücken gefallen. Wenn man nicht alles selbst in die Hand nahm, lief einfach nichts, das lehrte ihn das Leben immer wieder. Und dennoch war er in diesem wichtigen Augenblick einer fehlerhaften Strategie gefolgt. Etwas, was ihm noch nie passiert war. Er, der große Fleischermeister, er, der Macher der Innung, war ein Siegertyp und hatte bisher noch immer die Goldmedaille errungen. Und nun drohte ihm nicht einmal ein Trostpreis!

Ungeschoren sollte der Bengel, der ihm das eingebrockt hatte, wirklich nicht davonkommen. Er würde die Sache jetzt selbst in die Hand nehmen und diesem Justus Beine machen. Was hatte der Junge bloß für ein Durcheinander angerichtet? Bille stand unter Diebstahlverdacht, mit dem zusätzlichen Einbruch hatte Justus nur zusätzliches Chaos angerichtet, vor allem, als er den gestohlenen Schmuck bei Bille deponierte, weil er glaubte, dort finde ihn keiner. Das alles gehörte nicht zu Bernd Häwelmanns Plan.

Nun galt es, dies alles zu vertuschen. Bille durfte weder von seinem Spitzel Harry erfahren noch vom Deal mit Justus. Niemals durfte sie wissen, dass er es war, der ihn auf Bille angesetzt hatte. Ihr Ton war schon jetzt eine Spur zu scharf gewesen.

Felix hatte keine Lust, sich weiter zu engagieren. Er hatte für Oma Bille schon viel Zeit seiner Ferien geopfert. An Chillen war schon lange nicht mehr zu denken. Aber nun war bei Oma Bille ja alles wieder in der Spur. Irgendwann würde der Bodybuilder auftauchen, und sie konnte ihm das Geld geben. Worauf er absolut keine Lust hatte, war dieser blöde Camperstreit auf dem Zeltplatz.

Also marschierte er von dannen. Doch als er sich der

Camperklause näherte, stutzte er. Da stand tatsächlich Herr Häwelmann neben dem Bodybuilder, und der wirkte ziemlich kleinlaut. Ob Herr Häwelmann von Oma Billes Schulden wusste und nun ebenfalls versuchte, ihr zu helfen? Das würde Felix ihm hoch anrechnen, auch wenn er sonst keine allzu großen Stücke auf den Angeber hielt.

Das Chillen müsste verschoben werden. Felix schlich sich näher an die beiden heran, aber so, dass sie es nicht bemerkten. Wichtig war einzig und allein, herauszufinden, was sie zu besprechen hatten.

»Du hast versagt, Justus. Du bist dümmer als ein Stück Leberwurst!«

»Ich war krank, das hab ich vorhin doch erklärt«, verteidigte der junge Mann sich, aber der Fleischermeister ließ es nicht gelten.

»Ich wollte für Bille Rubens den Retter spielen. Deine Aufgabe war es, sie so zu erschrecken, dass sie sich vor lauter Panik an mich wendet, ich ihr mit dem Geld aus der Patsche helfen kann und danach die Zustimmung zur Heirat nur noch Formsache ist. Verdammt, und dann mischt sich auch noch diese Rockergang ein und kommt gleich mit dem Geld!«

»Dann haben Sie doch wenigstens das«, sagte Justus.

Herr Häwelmann winkte ab. »Und warum hast du den geklauten Schmuck ausgerechnet bei ihr im Wohnwagen deponiert? Was sollte denn dieser Schwachsinn?«

Justus hob abwehrend die Hände. »Das war ich nicht! Ich hab nichts geklaut und nichts bei ihr hingelegt.«

»Aber wer soll das denn sonst gewesen sein?«, brüllte der Fleischermeister.

»Keine Ahnung, aber fragen Sie doch den Heiratsschwindler, diesen Harry Sitter, der schon wieder abgehauen ist. Den habe ich nämlich an jenem Morgen mit einem Beutel in der Hand gesehen. Da war was drin, und später hab ich das Stoffteil im Mülleimer gefunden. Leer!«

Bernd Häwelmann zuckte zurück. »Harry Sitter«, wiederholte er. »Ein Heiratsschwindler und Dieb. Von wegen bester Tenniskumpel, Geld wie Heu und überhaupt ... Das erklärt ein paar Dinge.« Er stampfte wie ein kleines Kind mit dem Fuß auf. »Da habe ich wohl den Wolf zum Schaf geschickt!«

Felix hatte genug gehört. Was für ein Tag, an dem sich alle Ereignisse überschlugen! Diese Geschichte würde die Rocker sicher brennend interessieren. Komisch war nur, dass Harry Sitter offenbar vergessen hatte, dass er den Stoffbeutel nicht mit in Oma Billes Schrank gelegt hatte. Er musste ganz schön unter Druck stehen. Kein Wunder!

Franz wiegte den Kopf, als er Felix' Bericht zu Ende angehört hatte. »Das ist ein starkes Stück. Jetzt müssen wir nur diesen Harry Sitter noch überführen. Die Frage ist, wie?«

»Justus bekommt von mir nicht einen Cent«, sagte Bille. »Das Geld können wir gut für etwas anderes verwenden.«

»Klar!« Franz grinste sie an, und Billes Herz schlug einen Takt schneller.

Nicht schon wieder, Bille Rubens, nicht schon wieder! Ich will mich nicht verlieben. Und schon gar nicht in so einen Kerl.

Na, immerhin hat er dich gerettet!

Da war sie wieder, diese Stimme. Bille versuchte sie zu ignorieren.

»Ich habe noch eine Überraschung für dich«, sagte Franz.

»Darin bist du offenbar unschlagbar.«

»Könnte sein.«

»Nun sag schon, was es ist!« Bille stieß Franz in die Seite.

Er fasste in seine Tasche und zog ein Stück Papier hervor. »Ich hatte ein zweites Mal Glück im Spiel«, sagte er lächelnd. »Hab da bei einer Verlosung mitgemacht, und den Gewinn möchte ich dir schenken, weil ich glaube, du kannst ihn besser nutzen als ich.« Er schob ihr den Schein hin. »Es ist nur für dich, egal, was draufsteht. Nicht falsch verstehen!«

Bille griff danach und glaubte ihren Augen nicht zu trauen.

Gutschein Romantik-Hotel Reichshof in Norden
Eine Übernachtung für zwei Personen im Doppelzimmer
inklusive Schwimmbad- und Saunanutzung
und einem 4-Gang-Candle-Light-Dinner

»Für mich allein?« Sauna, Schwimmen, Candle-Light-Dinner. Ein schönes Bett. Bille fasste es nicht.

»Ja, für dich. Genieße es, Bille!«

»Und was verlangst du als Gegenleistung?«

»Ich wüsste, was du dir von dem Rennbahn-Geld kaufen könntest«, sagte Franz.

»Und?«

»Eine Jeans, eine Kevlar-Jacke und einen eigenen Jethelm, der zu dir passt. Ich möchte dich zumindest mit der Harley nach Norden bringen. Bis vor die Tür des Hotels!«

Bille lachte laut auf, obwohl ihr die Idee, doch einmal

mit Franz' Electra Glide zu fahren, immer mehr gefiel. »Eine Jeans habe ich. Und sogar im Koffer!«

»Na, dann ist der Grundstein ja gelegt.« Er zog Bille kurz an sich, was ihr Herz neuerlich zum Stolpern brachte. Dann aber sah er zum Weg und stutzte. »Da kommt er ja schon, unser Übeltäter!« Der junge Mann steuerte mit gesenktem Kopf direkt auf Billes Parzelle zu.

»Du kriegst nichts!«, fuhr Bille ihn an. »Gar nichts! Sag das dem Fleischermeister, und sag ihm auch, dass ich ohnehin niemals mit ihm zusammen Wurst gemacht hätte! Niemals!«

»Ich will kein Geld«, sagte Justus. »Und ich rede auch nicht mehr mit Herrn Häwelmann, der wollte eh nach Oberhausen abreisen.« Er bat um einen Stuhl und erzählte dann offen und ehrlich alles, was er wusste. »Ich hoffe nur, er bringt mich wegen des Diebstahls damals nicht noch in den Knast. Und Sie haben ja auch allerlei gegen mich in der Hand.«

»Herr Häwelmann soll mal ganz kleine Würste herstellen«, sagte Bille giftig. »Er kann dir nichts, weil ich sonst Anzeige gegen ihn erstatten werde. Ich bin froh über deine Ehrlichkeit.«

Justus war sehr erleichtert. »Da ist noch etwas«, begann er erneut. »Ich habe Harry Sitter dabei beobachtet, wie er in zwei Wohnwagen eingestiegen ist. Ich werde gleich bei der Polizei eine Aussage machen.«

»Dann ist er wohl auch für den Diebstahl bei Salome verantwortlich«, sagte Bille. »Wirklich blöd von ihm! Offenbar hat er sich völlig übernommen, nur hält sich mein Mitleid gerade in Grenzen.«

Laura und ihre Geschwister näherten sich in diesem Moment und hatten ihre letzten Worte gehört. »O Mann, Oma Bille, was für ein Glück, dass Harry der Dieb ist! Wir dachten nämlich schon, dass du es warst! Auch die, die bei dem Pärchen eingebrochen ist und das Geld später zurückgebracht hast, weil du ja so eine ehrliche Haut bist.«

»Ich als Einbrecherin«, winkte Bille ab. »Absurd!« Sie schluckte. Es war wohl besser, ein paar Dinge für sich zu behalten.

Als Jan und Maja später von ihrer Wattwanderung zurückkamen, betrachteten sie erstaunt die vielen Menschen auf Billes Parzelle. Doch bevor sie etwas sagen konnten, rasten hupend drei Autos über den Weg. Das eine beherbergte die Familie aus Bochum, allerdings war der Wagen furchtbar überladen, und so konnte man nur erahnen, dass sich unter den Laken, Spielzeugen und dem Kaninchenkäfig auch Menschen befanden. Ihm schloss sich das holländische Fahrzeug an, und dahinter hatte sich die Hamburger Schlauchbootfamilie eingereiht.

Justus warf einen kurzen Blick dorthin. »Sind rausgeflogen, der Platzwart hatte kein Verständnis mehr für die Eskapaden.« Er räusperte sich. »Ich hab auch einen Anschiss bekommen. Muss aufräumen, sonst flieg ich hinterher.«

»Super, endlich Ruhe! Dann sollten wir doch noch bleiben«, stellte Mike fest, während ErTeEl eher enttäuscht seinem Live-Programm hinterhersah.

»Was ist denn hier los?«, wollte Jan verblüfft wissen.

Franz übernahm den Erklärungsversuch, doch weil alles ziemlich verworren war, beschloss er, nur das Wichtige zu erzählen.

Jan schüttelte den Kopf. »Dann werden wir jetzt mal diesen Harry überführen, oder? Wie schön, dass die Sache mit den Lammfelldecken geklärt ist.« Er grinste und warf einen Blick zu Bille.

»Der Fleischermeister ist tatsächlich abgehauen, Bille?«

»Ja, ich habe ihm klipp und klar gesagt, dass ich ihn niemals heiraten werde. Egal, wie sehr er glaubt, dass ich ihn brauche. Und dass er den armen Jungen in Ruhe lassen soll, hab ich ihm auch gesagt.«

»Hast du dem Fleischermeister etwa verziehen?« Franz drückte Billes Hand. Die Berührung ließ sie zusammenzucken, wieder klopfte ihr Herz, aber dieses Mal ohne Vorbehalt wie bei Harry. Dieser saß mittlerweile in der Arrestzelle in Wilhelmshaven ein. Es hatte sich herausgestellt, dass sein überdimensionaler Wohnwagen auch nicht bezahlt war. Wenn der Fall bekannt wurde, meldeten sich garantiert bald einige Damen, die Harry Sitter um ihr Vermögen gebracht hatte.

Bille zwang sich, nicht mehr an Harry, sondern an Franz zu denken. Mit Franz fühlte es sich richtig an. Sie sah an sich hinunter und fand, dass ihr die Jeans gar nicht so schlecht stand, vor allem in Kombination mit dem kurzen Haar und den lässigen Oberteilen.

»Bille, ich habe dich gefragt, ob du Herrn Häwelmann verziehen hast.«

»Herrn Häwelmann – nein. Was er getan hat, ist unverzeihlich. Aber er tut mir leid.« Ihre Stimme senkte sich. »Irgendwie ist er seinem Namen ziemlich gerecht geworden.«

»Häwelmann?«

Bille nickte. »Der kleine Häwelmann aus dem Märchen von Theodor Storm wollte auch immer zu hoch hinaus. ›Mehr, lieber Mond, mehr!‹ Bis er gescheitert ist und fast ertrinken musste.«

Franz rückte näher, legte den Arm um sie, und Bille lehnte ihren Kopf an seine Schulter. Franz duftete erdig, nach Natur und eben wie Franz. »Justus kann ich allerdings nicht mehr böse sein, das ist ein armer Junge.« Sie fasste mit wenigen Worten zusammen, was sie inzwischen über den jungen Mann wusste.

»Eine schwere Kindheit darf keine Rechtfertigung sein«, sagte Franz.

»Nein, aber es erklärt einiges, und Einsicht kann eine Schranke öffnen. Es geht nicht immer gerecht zu im Leben, das weißt du doch von Geronimo.«

»Ich habe einen guten Kumpel, der besitzt eine Kfz-Werkstatt. Vielleicht kann er da ein bisschen mitschrauben.«

»Und Harley fahren.« Bille grinste.

»Na, er hätte zumindest schon ein paar Kumpels. Wir halten zusammen, das weißt du ja jetzt.«

»O ja.« Bille fasste ihren ganzen Mut zusammen und hauchte Franz einen Kuss auf die Wange. »Ich habe euch falsch eingeschätzt. Hab riesige Vorurteile gehabt. Dabei konnte ich mich gerade auf euch verlassen, während die anderen …«

Franz sah Bille in die Augen. »Was ist mit Harry? Du mochtest ihn.«

»Ja, aber ich habe trotzdem geahnt, dass mit ihm etwas nicht stimmt. Er hat mir Zuneigung vorgespielt, um an mein letztes Geld zu kommen. Und er hat versucht, mich reinzulegen. Unglaublich, dieser Mann!«

»Und?«, fragte Franz nach. »Fährst du nun mit mir Harley? Darf ich dich nach Norden zum Hotel bringen?«

Bille umarmte Franz. »Und ob! Ich möchte dieses Gefühl, frei zu sein, nicht mehr missen. Auf der Maschine wird das wohl nie aufhören, wenn ich dir und den Jungs Glauben schenken darf. «

»Das ist ein Lebensgefühl, Bille, und ich möchte es mit dir teilen.«

18. Kapitel

Zwei Tage später

»Ihr fahrt also morgen los?«, fragte Jan. Er konnte kaum glauben, dass sich Oma Bille von Franz auf seiner Harley nach Norden bringen lassen wollte. Allein und ohne die Jungs. Aber er gönnte ihr das Wochenende im Hotel.

»Norden liegt auch in der Nähe vom Meer«, hatte sie gesagt. »Aber in die Berge will ich gar nicht mehr. Freiheit findet man wohl eher hier. Man kann schließlich weit gucken.«

Jan und Maja hatten mit den Kindern ein großes Abschiedsgrillen organisiert. Bille hatte wie immer ihren Kartoffelsalat beigesteuert. Bernd Häwelmann hatte nicht einmal Würste dagelassen und war sang- und klanglos zurück nach Oberhausen gefahren, dafür hatte ErTeEl sich die Mühe gemacht, erneut seine Bratwurst von den freilaufenden Deichschweinen zu besorgen. Von einem noch lebenden hatte er sich sogar noch persönlich verabschiedet! Bille wurde das Wurstthema auch ohne den Fleischermeister Häwelmann einfach nicht los.

»Wir werden dich vermissen, Oma Bille«, sagte Felix, dessen Ohren noch immer gerötet waren, denn Mike hatte ihn am Nachmittag auf seiner Fat Boy mitgenommen. »Ich kann dich gut verstehen. Der Weg ist das Ziel.« Aus Felix wurde sicher mal ein ganz gechillter Harley-Fahrer.

»Morgen noch ein üppiges Frühstück, dann geht es los«, sagte Franz.

»Ja, mit Brötchen, Ei und allem, was dazugehört«, bestätigte Bille. Sie hatte ihre Anziehsachen schon im Topcase verstaut, die am Tag zuvor erstandene Kevlar-Jacke und der Vanucci-Jethelm waren angepasst.

Sie und Franz standen auf und spazierten ein letztes Mal Hand in Hand zum Hooksieler Strand. Dorthin, wo sie vor einigen Tagen ohne Schuhe und Strümpfe gesessen hatten.

Das Meer lag ruhig und wie ein Spiegel vor ihnen. Das Typhon eines Schiffes hupte, gepaart mit dem Schrei einer Möwe. Es war ein friedlicher Abend, von dem man sich wünschte, er möge nie vergehen.

»Möchtest du mir von Karl erzählen?«

Bille nickte nach kurzem Zögern, und Franz erfuhr von einer unsagbar großen Liebe. Er erfuhr aber auch, dass Karl nicht immer einfach gewesen war, ein Querkopf mit unverrückbaren Vorstellungen. Und er erfuhr, wie wichtig es Bille war, sich auf jemanden verlassen zu können. »Ich brauche eine Burg«, endete Bille. »Da bin ich altmodisch.« Sie rückte näher an Franz heran, legte den Kopf an seine Schulter, und gemeinsam sahen sie den Möwen zu, die wie weiße Farbtupfer auf dem Meer schwammen.

»Glücklich?«, fragte Franz nach einer Weile. Er warf einen Blick zum Sternenhimmel, das schlechte Wetter hatte sich längst wieder verflüchtigt.

»Ja, Franz. Aber ich möchte dir noch etwas sagen.« Bille holte tief Luft. Für das, was sie nun loswerden wollte, bedurfte es einigen Mutes.

»Soll Jan dich nach Norden bringen und in zwei Tagen wieder abholen?«, versuchte Franz ihr eine Brücke zu bauen.

Bille schüttelte den Kopf. »Nein, nein.« Sie zog einen

Zettel aus der Jeans und entfaltete ihn. »Du fährst mich morgen nach Norden. Ich habe mir das Hotel im Internet angesehen.«

Franz schaute sie neugierig an.

»Seniorencomputerkurs, ich kann mit einem Rechner umgehen«, erklärte Bille. »Und Felix hat mir sein Laptop gegeben.«

»Ich verstehe aber nicht, was du mir damit sagen willst.«

»Hör zu.« Bille lächelte. »Zum Reichshof gehört ein feiner Wellnessbereich. Die Sauna geht über mehrere Etagen, es gibt einen Ruheraum mit Kamin und einen, von dem aus man den Himmel betrachten kann. Im Schwimmbad reichen sie schon morgens Kaffee, sowie Tee und Obst, während die Sauna geöffnet ist.« Bille stockte. »Und dann ist da noch dieses Candle-Light-Dinner. Für *zwei* Leute.« Sie stockte wieder. »Ich möchte nicht allein da hin, ich würde mich freuen, wenn du mitkommst.«

Franz sah sie fragend an. »Verstehe ich richtig, was du mir sagen willst?«

»Ich denke schon. Wir fahren gemeinsam hin und bleiben eine Nacht. Du kannst ja auf dem Sofa schlafen.«

»Das mache ich glatt.«

»Wir lassen uns im Reichshof verwöhnen, und dann ...«

Franz legte den Arm um Bille. Es fühlte sich gut an, so verdammt gut. »Was dann?«

»Dann gehen wir campen. Allein. Mit deinem Igluzelt. Irgendwo am Meer.«

»Da kannst du mir aber nicht ausweichen!«

»Und wenn schon ...« Bille zog ihre Sandalen aus und genoss das Kribbeln des Sandes unter ihren Fußsohlen.

Oma Billes Kartoffelsalat

Zutaten
1 kg Kartoffeln
1 Glas Miracel Whip
1/2 Glas Cornichons
2 hartgekochte Eier
1 saurer Apfel

Zubereitung

Kartoffeln mit der Schale kochen und pellen, in dünne Scheiben schneiden. Das Glas Miracel Whip dazugeben. Gurken, Apfel und Eier klein schneiden und unter die Kartoffeln mengen. Salzen und pfeffern. Mit Gurkensaft abschmecken. Ziehen lassen, ggf. später noch Gurkensaft nachgeben.

Guten Appetit!

(Herzlichen Dank an das Hotel Reichshof in Norden für die Bereitstellung. Nachkochen ist erwünscht!)

Ostfriesen-Labskaus mit (Emder) Matjes, Vinaigrette und Spiegelei

Zutaten für das Labskaus
200 g gepökeltes Rindfleisch
200 ml Rinderbrühe
200 g Rote Bete (gekocht)
2 Gewürzgurken
800 g gekochte Kartoffeln
Cumin, Pfeffer und Salz

Zubereitung

Das gepökelte Rindfleisch, die Kartoffeln und die Gewürzgurken durch den Fleischwolf drehen und danach in einem Topf zusammen mit der Rinderbrühe aufkochen.

Diese Masse mit Salz, Pfeffer und Cumin abschmecken, danach Rote Bete hinzugeben, die vorher ebenfalls im Fleischwolf zerkleinert wurde.

Den Matjes (2 Filets) separat reichen und mit einer Vinaigrette servieren.

Zutaten für die Vinaigrette
100 ml Sherryessig
200 ml Olivenöl
Matjes, in kleine Würfel geschnitten
2 Gewürzgurken, in kleine Würfel geschnitten
2 Tomaten, in Würfel geschnitten
Senf, Salz, Zucker, Pfeffer

Zubereitung

Alle Zutaten miteinander verrühren und über den Matjes geben.

Am Ende das Spiegelei von einer Seite braten und über das Labskaus legen.

Danksagungen

Was für ein tolles Gefühl, wenn man es wieder geschafft hat, einen Roman zu vollenden! Und welch große Freude, jedes Mal zu erleben, wie eng und liebevoll man bei jedem Projekt von anderen begleitet wird, welche tollen Anregungen und Hilfestellung jeder Art man bekommt.

Dieser Roman hat mir schon deshalb viel Spaß gemacht, weil wir als Camper mit dem Wohnmobil häufig in Deutschland und ganz Europa unterwegs sind. Früher, als unsere Kinder noch zu Hause lebten, haben wir lange Jahre mit einem Caravan Urlaub gemacht. Vorab also danke an alle Camper! Wir hatten übrigens noch nie Stress mit irgendwem. ☺

Und: Die Friesen gelten tatsächlich als von der Bundesregierung anerkannte nationale Minderheit, das ist kein Scherz!

Und jetzt DANKE …

- Danke an meine Agentin Anna Mechler dafür, dass sie mich aufbaut und immer wieder an mich glaubt!
- Danke an meine Lektorin Andrea Müller für die feine Zusammenarbeit und an Gisela Klemt für das wunderbare Lektorat.
- Danke an Lea Freese und Nina Axnick für alle konstruktiven Anmerkungen. Das hat super geholfen! Ihr seid klasse!
- Und ein besonderes Dankeschön an Nina Axnick für den »Ruhrpott-Slang« und den damit verbundenen

Sprachunterricht. Auch wenn ich in Oberhausen geboren bin, bin ich der Sprache dort nicht mehr mächtig, bin eben friesisch sozialisiert.

- Danke an Günter Harms und Jenny Harms von der H&L Physiotherapie für die Gesunderhaltung meines Schriftstellerrückens und dafür, dass ich auf euren Harleys sitzen durfte und so viele Infos zur Szene, zu den Maschinen, Buchtipps und allem, was dazugehört, erhalten habe. Ich hoffe, ich hab es zusammen mit meiner Fantasie richtig umgesetzt. Sonst: Asche auf mein Haupt und eine Extrarunde auf dem Zirkel!
- Danke an meine Schwägerin Martina Kölpin-Borchardt. Ohne dich hätte ich mich an die Rennbahn mit den Hüten nicht herangetraut.
- Danke an Perikles (Perry) und sein Team vom Restaurant Athen in Sande, dafür, dass du, egal wie spät es auch ist, die Küche für uns nicht kalt werden lässt, wenn wir (das Gitarrenduo Rostfrei mit meinem Mann Frank und Horst-Dieter Loga und ich) auch zu nachtschlafender Zeit nach unseren Veranstaltungen ausgehungert und verdurstet bei dir einfallen. Das Athen in Sande ist Kult und einfach super!
- Danke an das Romantik-Hotel Reichshof in Norden für die Bereitstellung des Candle-Light-Dinners und das Rezept. Wir haben dort über unseren 31. Hochzeitstag zwei wundervolle Tage verbracht und sind gnadenlos verwöhnt worden.
- Danke an das Gitarrenduo Rostfrei (Frank Kölpin/Horst-Dieter Loga) für unsere Zusammenarbeit und die vielen kreativen Ideen für die musikalischen Lesungen. Ich

freue mich auf alle weiteren Auftritte und die Songs, die wir gemeinsam erarbeiten und singen.

- Danke an meine Eltern dafür, dass ihr mir immer wieder den Rücken freihaltet, wenn es eng wird, und auch für die konstruktiven Anmerkungen.
- Danke an meine fünf Kinder und zwei Enkel, einfach weil ihr da seid!
- Und danke an meinen Mann Frank! Du bist der Beste! Immer und in jeder Lebenslage!